novum ⟁ pro

CÉLINE
CHEVRIER

Genieße die *Zufälle,*
achte auf die *Zeichen,*
danke für die *Wunder*

novum pro

Dieses Buch ist auch als
e-book
erhältlich.

www.novumverlag.com

Bibliografische Information
der Deutschen Nationalbibliothek:

Die Deutsche Nationalbibliothek
verzeichnet diese Publikation in
der Deutschen Nationalbibliografie.
Detaillierte bibliografische Daten
sind im Internet über
http://www.d-nb.de abrufbar.

Gedruckt in der Europäischen Union
auf umweltfreundlichem, chlor- und
säurefrei gebleichtem Papier.

© 2023 novum Verlag

ISBN 978-3-99131-687-9
Umschlagfotos:
Woraphon Banchobdi, Nikki Zalewski,
Pklimenko | Dreamstime.com
Umschlaggestaltung: novum Verlag
Layout & Satz: Marga Cretton

www.novumverlag.com

Climate neutral
Print product
ClimatePartner.com/16547-2201-1002

Inhaltsverzeichnis

Teil II: Das holperige Jahr

Teil III: Das Leben schreibt die Geschichte

Sophie & Gregory
Eine Seelenliebe

Die Liebe von Seele zu Seele ist
die Einzige, die ewig währen kann,
weil die Seele unsterblich ist.
Es ist eine heilende, nährende Liebe,
die uns nur Freude bringen kann,
eine Liebe, die frei ist von Konkurrenzkampf
oder Eifersucht, Manipulation, Kontrolle
oder Machtkämpfen.
Jorge Bucay

Gregory:
Möge rund um uns her immer alles Freude sein …

Sophie:
… und wenn uns davon schwindlig wird,
halten wir uns einfach aneinander fest.

Vorwort

Diese Geschichte wurde vom Leben geschrieben.
Alle Zufälle, Zeichen und Wunder haben sich so
wie erzählt zugetragen.
Sophie und Gregory sind authentisch, ebenso die
meisten anderen Personen,
manche sind frei erfunden und haben
mit derzeit lebenden Personen nichts gemein.

1. Kapitel: Ein Wunsch, ein Wiedersehen

Dies ist ein modernes Märchen, das wie alle Märchen mit « Es war einmal » beginnt.

Dieser magische Beginn der Erzählungen öffnete für uns als Kinder das Tor zu den Welten der Prinzen und Prinzessinnen, der Zauberer und Hexen, lehrte uns die guten von den bösen Menschen zu unterscheiden und die Gefahren zu erkennen, die in den Erlebnissen unserer Helden lauerten. Mochte der Weg zum Glück auch mit noch so vielen Gefahren, Schrecken und Grausamkeiten gepflastert sein, die sichere Zuversicht darauf, dass am Ende alles gut wird, schwebte im Verborgenen immer mit. Eine beruhigende Tatsache, die jedoch weder die Spannung noch unsere Aufregung minderte, mit denen wir den Märchen unserer Kindheit lauschten.

Später erleben wir, dass das Leben seine Geschichte, in der ihm eigenen Sprache schreibt und dabei Liebe, Trennung, Burn-outs und andere Katastrophen ohne Punkt und Komma aneinanderreiht, während es uns die Notwendigkeit auferlegt, unsere Träume den von ihm diktierten Prioritäten unterzuordnen.

Es ist auch eher ungewöhnlich, dass nach einer erfolgreichen Karriere im 70. Lebensfrühling ein Kindergartenfreund auftaucht und alles Bisherige und Zukünftige in zwei knappe Sätze packt, wie: „Du siehst, alles findet sich, alles wird gut. Ich liebe dich." Die Realität ist meistens anders, aber wie in den Märchen, so gibt es auch im Leben Wunder, wenn man einen Seelenpartner erkennt und dessen Träume im verbindenden Zauber ihrer Substanz erlebt:

„Wenn ich allein träume, ist es nur ein Traum –
wenn wir zusammen träumen ist es der Anfang der
Wirklichkeit." [1]

Wo aber beginnt der Traum und wie wird man sich dessen bewusst? Sein Ursprung mag in einem Lächeln oder in einer Äußerung liegen, in etwas nachhaltig Motivierendem, das zu Veränderung drängt, nach neuen Horizonten, nach Weite und Freiheit. Etwas, das vielleicht schon immer latent in uns vorhanden war, ähnlich einer Blume, die in einer unauffällig neutralen Knospe schlummert, bevor sie sich zu ihrer vollen Pracht entfaltet.

Träume sind Schäume, sagt das Sprichwort. Sie können zu Wünschen werden, die man umzusetzen plant, wobei sie aber trotzdem so volatil bleiben wie ein Hauch Puderzucker auf dem Kuchen: Kleine Partikel einer zusätzlichen Süße, fragil und dem Risiko preisgegeben vom kleinsten Windhauch weggeweht zu werden. Also befolgt man pflichtbewusst die Tagesordnung der vorgegebenen Realität mit dem Risiko dabei eines Tages festzustellen, dass der Traum kein Irrlicht war und man sein Leuchten nicht vergessen kann.

„I have a dream", sagte Martin Luther King. Er bewegte damit eine ganze Nation und weit mehr.

Ähnlich handelt der Akteur in unserer Geschichte. Als sein Traum zum Wunsch wird, gibt er ihm einen Namen und hängt ihn an einen Wunschbaum, dem er zufällig begegnet. Er beschließt, seinen Traum zu verwirklichen und findet diese Herausforderung in einem Zitat von Mark Twain bestätigt, das er für sich und Sophie, seine Traumfrau, als passend erkennt:

---

[1] Helder Camara nachempfunden

„In zwanzig Jahren wirst du dich mehr ärgern über die Dinge, die du nicht getan hast, als über die, die du getan hast. Also wirf die Leinen und segle fort aus deinem sicheren Hafen. Fange den Wind in deinen Segeln. Forsche. Träume. Entdecke."

Unser Märchen beginnt: Es war einmal ein Junge und ein Mädchen. Sie besuchten zusammen den Kindergarten, wo sie in den kargen Nachkriegsjahren von der gestrengen Schwester Maria die Wichtigkeit des Händewaschens und die Köstlichkeit eines Apfels und einer Scheibe trockenen Brotes vermittelt bekamen.

Danach verlieren sie sich aus den Augen, über sechzig Jahre lang ….

... dann treffen sie sich in ihrer Heimatstadt zufällig wieder: der inzwischen 64-jährige, aus Berlin angereiste Gregory schmuggelt sich zu vorgerückter Stunde in die Jahrgängerfeier der 65er Gruppe, um dort mit seinen ehemaligen Klassenkameraden zu feiern. Sophie, inzwischen in der Schweiz lebend, findet den Abend ziemlich langweilig, weil die meisten in Grüppchen zusammensitzen und keiner auf die Idee kommt, mit ihr zu tanzen, was bedauerlich ist, denn als begeisterte Tänzerin wird sie von ihren Freunden „Dancing Queen" genannt. Aber allein tanzen möchte sie nicht.

Gerade als sie gehen will, kommt Gregory und mischt den langweiligen Abend sympathisch auf, denn, kaum angekommen, fordert er Sophie zum Tanzen auf. Sie scheinen sich nicht zu kennen, aber bald finden sie heraus, dass sie zur selben Zeit im selben Kindergarten waren. Sie erzählen, lachen, tanzen und freuen sich über diese zufällige Begegnung. Gregory entdeckt eine neue Sophie, die ihn mit 65 Jahren weit mehr interessiert als mit fünf. Visitenkarten werden ausgetauscht und ein vages Versprechen gegeben, dass man sich in Berlin treffen könnte, wo Sophie mehrmals im Jahr ihre Marketing- und PR-Aktivitäten für Schweizer Hotelmanagement Colleges wahrnimmt, für die sie seit 25 Jahren tätig ist.

Aber Sophie hat Verwandte und Freunde in Berlin, und Gregory steht nicht ganz oben auf ihrer Prioritätenliste, obgleich er in seinen stets pünktlich eintreffenden Weihnachts- und Neujahrsgrüßen nie vergisst, sie an das Wiedersehen zu erinnern. Als sie nicht darauf eingeht, drängt er: „Jetzt machen wir aber Nägel mit Köpfen, und wenn du nach Berlin kommst, meldest du dich rechtzeitig, damit wir etwas planen können." Sophie verspricht, es zu versuchen.

Dabei hilft der Zufall: easyJet hat den Mittagsflug von Genf nach Berlin gestrichen und sie muss den Flug um 7:15 Uhr nehmen. Dadurch hat sie bis nachmittags Zeit. Gregory ist begeistert diese auszufüllen, denn er ist zufällig an diesem Donnerstag auch in Berlin, obwohl er sonst jede Woche von Dienstag bis Donnerstagabend in Frankfurt tätig ist.

Sie verabreden sich zum Mittagessen. Sophie möchte ihm das Suchen eines Parkplatzes ersparen und schlägt vor, ab 11:45 Uhr vor dem Ritz Carlton auf ihn zu warten.
„Ich trage rote Jeans und einen schwarzen Mantel" gibt sie ihm als Erkennungszeichen.
Es ist ein stürmischer, regnerischer Tag, mit der entsprechenden Kälte des frühen März.
„Taxi, Madame?", fragt der Bell-Boy des Hotels, den sie seit Jahren kennt.
„Nein danke, ich werde abgeholt."
Seinen erstaunten Blick beantwortet sie mit dem Zusatz: „von einem Freund."

„Schön, dann sagen Sie mir doch bitte, was Ihr Freund für einen Wagen fährt, dann können Sie im Foyer warten und ich rufe Sie, sobald er kommt."

„Das kann ich Ihnen leider nicht sagen, denn wir haben uns jahrelang nicht gesehen. Ich erinnere mich auch gar nicht mehr so genau an ihn, denn er ist ein Kindergartenfreund."

„Ein Kindergartenfreund? Wie schön für Sie."

Er lacht mit weiß blitzenden Zähnen, die wie Lichter aus seinem dunklen Gesicht strahlen.

Offensichtlich freut er sich über Sophies Treffen mit einem Kindergartenfreund, an den sie sich nicht mehr richtig erinnert. Doch daran, dass es eine Freude war mit ihm zu tanzen, erinnert sie sich noch sehr gut und auch daran, dass sie ihn als humorvoll und charmant empfunden hatte.

Nun wartet sie auf ihn im stürmischen Berlin, was ihr nichts ausmacht, denn sie unterhält sich gerne mit dem Bell-Boy, der immer wieder vorschlägt, sie solle doch lieber im Foyer warten. Doch Sophie bleibt standhaft, obwohl Gregory sich etwas verspätet, was zur ITB (Internationale Tourismus Messe) nicht ungewöhnlich ist.

Als auf der gegenüberliegenden Straßenseite ein schnittiges Sportcoupé vorfährt und der Fahrer herüberwinkt, ruft der Bell Boy erfreut: „Super, er ist da! Kommen Sie …"

Er bietet ihr seinen Arm, um sie eilends über die Straße zu geleiten. Galant und schwungvoll öffnet er die Tür des eleganten Wagens, worauf Sophie sich ebenso schwungvoll auf dem Beifahrersitz niederlässt und flink ihre Mantelschöße einfängt, um dem freudig dienstbeflissenen Bell-Boy das rasche Schließen der Autotür zu erlauben. Dann erst wendet sie sich dem Fahrer zu, einem ihr völlig unbekannten, extrem gutaussehenden Herrn mittleren Alters, der sie erstaunt ansieht, während er ruhig und sehr höflich sagt: „Meine Dame, ich glaube nicht, dass wir verabredet sind".

Sie entschuldigt sich, steigt in Windeseile aus und geht lachend auf den völlig perplexen Bell-Boy zu, gefolgt vom Fahrer des Sportcoupés, der, offenbar Gast des Hauses, diesem die Autoschlüssel reicht und freundlich sagt: „Würden Sie bitte meinen Wagen parken?"

Auch er scheint die kleine Verwechslung inzwischen amüsant zu finden, denn bevor er im Foyer verschwindet, winkt er Sophie lächelnd und mit einem verschmitzten Augenzwinkern zu.

Die Szene wird noch grotesker, weil Gregory, der, um sie „korrekt" abzuholen, nun doch sein Auto geparkt hatte, forschen Schrittes um die Ecke kam, als sie in den Sportwagen stieg. Er befürchtete, sie gleich mit diesem Mann davonfahren zu sehen. Eine Vorstellung die ihn am Boden festmauerte.

Als Sophie zum Hotel zurückgeht, steht er immer noch unbeweglich da, aber sie sieht ihn nicht, sondern ist auf den Bell-Boy konzentriert, der, den Gast und seinen Irrtum erkennend, Mühe mit der Feststellung hat, dass ihm dieses Missgeschick passieren konnte. Er entschuldigt sich vielmals, doch Sophie findet das eher amüsant als tragisch und kann kaum aufhören zu lachen. Dann erst sieht sie Gregory, dessen Beine in Bewegung kommen, während er langsam auf sie zugeht. Nun erkennt sie ihn wieder, den charmanten Endsechziger, gutaussehend, gut gekleidet, korrekt vom Scheitel bis zur Sohle, der erstaunt fragt:

„Was war denn das? Ich fürchtete schon, du würdest mich hier eiskalt stehen lassen."

„Aber keinesfalls, das war nur ein kleines, lustiges Missverständnis mit einem charmanten Herrn, den ich nicht kannte."

„Du steigst zu fremden Herren ins Auto?" Er schaut Sophie mit hochgezogenen Augenbrauen an und erfährt wie es kam, dass sie, die eigentlich ihn erwartete, professionell eskortiert zu einem fremden Mann ins Auto stieg. Offensichtlich erleichtert freut er sich über das Auflösen seiner Schreckensmomente. Auch der Bell-Boy winkt ihnen fröhlich zu, als er würdigen Schrittes zu dem zum Parken bestimmten Sportwagen geht.

Dieses kurze Missverständnis ist das erste, aber bei weitem nicht das letzte Ereignis, bei dem es so aussieht. als ob alles schon zu Ende sei, bevor es beginnt. Aber noch hat gar nichts begonnen, oder vielleicht doch? Den Wunsch, Sophie näher kennenzulernen, hegt Gregory seit dem zufälligen Wiedersehen vor vier Jahren.

Nun sitzt sie ihm gegenüber in einem speziellen, traditionsreichen Restaurant, das er sorgfältig ausgewählt hatte, um ihr etwas zu bieten, das sie trotz ihrer vielen Geschäftsreisen nach Berlin noch nicht kennt.

Seine Wahl ist perfekt und Sophie begeistert. Die Doppelsinnigkeit des Namens „Zur letzten Instanz" dieses seit 1621 bestehenden und direkt hinter dem Gerichtsgebäude liegenden Hauses, wird beiden erst viel später bewusst. Neben dem gemütlichen Ambiente gefällt Sophie auch die Subtilität der Speisekarte, in der alle Gerichte nach juristischen Terminologien benannt sind, wie Beweismittel, Zeugenaussage, Kreuzverhör, Schuldbekenntnis, Urteilsbegründung und so weiter.

Bei Rotkohl, Ente und Bier tauschen sie Erlebnisse aus den getrennt verbrachten 65 Jahren aus und stellen dabei fest, dass sie oft fast gleichzeitig an geographisch naheliegenden Orten in den USA und Kanada gelebt hatten. Gregory will so viel wie möglich über Sophie erfahren, denn ihr Leben ist so anders als seins. Es ist gespickt mit

Erkenntnissen und Erfahrungen, die ihm, obwohl promoviert und jahrelang in Führungspositionen tätig, fremd sind. Das alles macht ihn neugierig.

Es ist wie ein Buch, das man des Titels wegen kauft und sich darauf freut, hinter das Geheimnis der Geschichte zu kommen. Aber insgeheim weiß er schon lange, dass es eigentlich Sophie selbst ist, hinter deren Geheimnis er kommen möchte, die er erfahren und fühlen will.

Er erzählt von seinen beiden Töchtern, den Enkeln, von seiner Freude am Golfen und an seinen beruflichen Aktivitäten, für die er jede Woche drei Tage in Frankfurt verbringt. Von einer Ehefrau ist nicht die Rede, und Sophie, die in so persönlichen Dingen gerne diskret ist, fragt auch nicht danach, denn es ist für sie nicht relevant.

Gregory will Sophie unbedingt wiedersehen. Aber wie soll er das arrangieren, nachdem sie seinen Wunsch nach einem Wiedersehen so lange ignoriert hatte? Er denkt an das Schützenfest in ihrer beider süddeutschen Heimatstadt, wo sie in diesem Jahr mit den Siebzigjährigen das Jahrgängerfest feiern könnten. Das scheint ihm ein willkommener Anlass, den er auch sofort anpeilt:

„Du kommst doch sicher zum Schützenfest?"

„Das habe ich eigentlich nicht geplant", antwortet sie ehrlich.

„Das solltest du aber, denn ich werde sicher dort sein und dann können wir wieder tanzen. Wir können auch das Schützentheater besuchen, und ich werde mir sicher noch ein paar nette Sachen für uns einfallen lassen."

„Also sollte ich vielleicht darüber nachdenken?"

„Auf alle Fälle!"

„Das hängt auch von meinem Sohn ab, der dann Hund und Haus hüten müsste."

„Sag ihm einfach, dass du deine 70 Jahre feiern und mit mir tanzen möchtest."

„Das ist ein überzeugendes Argument."

„Also wird es klappen?"

„Könnte sein, ich kann es noch nicht versprechen."

„Aber du kannst mir versprechen, es zu versuchen."

Seine Augen zwinkern fröhlich und Sophie, die fröhliche Augen mag, verspricht, es zu versuchen. Auch sein charmantes Insistieren findet sie nicht unsympathisch, sondern eher wie ein Spiel, seine Art zu pokern, um herausfinden mit welchen Trümpfen er sie für ihre Zusage motivieren kann. Er spielt die Karten der Entschlossenheit und liebevoller Hartnäckigkeit:

„Ich werde dich auch immer wieder daran erinnern."

„Ganz wie du möchtest."

Seine Gedanken kreisen immer mehr um Sophie. Etwas an ihr fasziniert ihn, scheint ihm vertraut. Es ist eine beruhigende, fröhliche Vertrautheit, die nichts mit der Zeit im Kindergarten zu tun hat, denn es ist die aktuelle Sophie, die sein lebhaftes Interesse weckt. Wenn er an sie denkt, wird ihm wohlig warm ums Herz und davon will er mehr...

Sein Wunsch drängt nach Verwirklichung und seine Mails treffen nun fast täglich ein. Damit nimmt er auch immer mehr an ihrem Leben teil, und erinnert in liebevoller Beharrlichkeit daran, dass er fest mit ihrer Zusage zum Schützenfest rechnet. Er lässt sie wissen, was er alles dafür plant und dass der Tanz auf dem Marktplatz am Sonntagabend ein absolutes MUST ist, weil er sich ganz besonders auf das Tanzen mit ihr freut.

Diese Vorstellung gefällt ihr, denn mit Gregory zu tanzen ist reines Vergnügen, und auch dass sie sich in seiner Gesellschaft wohl fühlt, passt perfekt dazu – und darauf kommt es letztendlich an.

Soll sie vielleicht doch zusagen? Seine Vorfreude scheint echt zu sein und damit freut auch sie sich, manchmal, wenn sie daran denkt.

Aber in diesen Frühlingswochen ist nicht alles Freude, denn inmitten der blühenden Vielfalt der Natur, die rasch erwachend ihre Schönheit entfaltet, zeichnet sich sorgenvoll das Lebensende von Sophies geliebter Appenzeller-Hündin Bollina ab, die seit 15 Jahren - und ganz besonders nach dem Tod ihres Mannes - einen festen Platz in ihrem Leben einnimmt. Sie sind zu einem eingespielten Team geworden und manchmal ist sie davon überzeugt, non verbal mit Bollina zu kommunizieren, wofür es erstaunliche Beispiele gibt.

Von einer unheilbaren Viruskrankheit geschwächt, haucht Bollina ihr Hundeleben mit tierärztlicher Hilfe und unter einem erlösenden Sonnenstrahl kurz vor Sophies 70. Geburtstag aus. Gregory fühlt mit, denn er hat wenige Jahre zuvor mit seiner Hündin eine ähnliche Erfahrung erlebt. Das bringt ihn vertrauensvoll näher. Als Sophie zwei Tage nichts von sich hören lässt weiß er, dass dieses Schweigen den Abschied von Bollina kennzeichnet.
„Ich teile deinen Schmerz in der Stille", ist sein Kommentar, und Sophie nimmt seine Feinfühligkeit dankbar auf.

In ihrem Schmerz glaubt sie die Anwesenheit ihrer Hündin zu spüren, glaubt, das Tapsen von Pfoten auf der Holztreppe zu vernehmen, und damit ist ihr klar, dass sie wieder einen Hund an ihrer Seite haben möchte. Sie fährt nach Lausanne ins Tierheim und adoptiert die fast einjährige Labradorhündin Cléa, was ihre Liebe zu Bollina in keiner Weise mindert. Dankbar für fast fünfzehn Jahre glückliches Zusammenleben, bleibt sie mit ihr verbunden.

Cléa ist ein 32 Kilogramm schweres Muskelpaket unter schwarz glänzendem Fell und verlangt, ebenso eigenwillig wie dynamisch, Sophie einige Kraftakte ab. Aber

Gregory hilft mit ermutigenden Ratschlägen. Sophie dankt: „Du verwöhnst mich mit deiner Aufmerksamkeit und ich genieße es."

Trotzdem verschwendet sie keinen Gedanken daran, dass man mit einem Kindergartenfreund auch anderes erleben könnte als ein freundschaftliches Treffen in der Heimatstadt. Sie ist zufrieden mit ihrem Leben, in das nach einigen Jahren mit schwierigen Situationen und oft unlösbar scheinenden Problemen etwas Ruhe eingekehrt ist. Zurückblickend waren diese Herausforderungen Lektionen des Lebens. Mit nun fast siebzig Jahren ist sie nach wie vor neugierig darauf, Menschen kennen zulernen und Neues zu erleben. Allerdings wünscht sie sich inzwischen, dabei nur noch positive Erfahrungen machen zu wollen, und Gregorys überraschender Anruf zu ihrem 70. Geburtstag gehört zweifelsohne zu dieser Kategorie von Erfahrungen.

Da er unbedingt der erste Gratulant sein möchte, muss er die frühe Morgenstunde wählen, was doch ein nicht geringes Wagnis ist, denn er kennt Sophies wirkliche Lebenssituation ebenso wenig wie sie seine. Doch er wagt den frühen Anruf, und so schwebt um 6.47 Uhr seine sanfte Morgenstimme wie ein neuer Klang in Sophies Leben. Dem Erstaunen folgte ihre Freude darüber, dass er an ihrem Geburtstag schon so früh an sie denkt, obwohl sie sich 60 Jahre lang gar nicht und seitdem nur zweimal gesehen haben. Sie wundert sich auch, dass er, den sie als diskret und eher höflich zurückhaltend einschätzt, sich erlaubt, sie so früh anzurufen, denn er konnte ja nicht wissen, ob sie an diesem besonderen Tag nicht in den Armen eines liebenden Mannes erwacht. Aber so ist es nicht und Gregorys Anruf strahlt wie ein überraschendes Geschenk durch ihren Tag und hinterlässt eine fröhliche Beschwingtheit.

Am Hotelmanagement College organisiert man für sie ein ebenso sympathisches wie genussvolles Geburtstagsessen, zu dem sie ein paar Freunde und Kollegen einlädt. Sie werden mit Champagner begrüßt und kulinarisch verwöhnt. Zum Abschluss der Köstlichkeiten schwebt, vom Küchenchef persönlich getragen, eine Schokoladentorte heran, auf der sieben Kerzen flackern, die Sophie mit einem Atemzug ausbläst, wunschlos glücklich!

Als sie Gregory ein Foto davon schickt reagiert er prompt: „Ich hoffe, dass dein Wunsch beim Ausblasen der Kerzen in Erfüllung geht und wünsche dir dazu nochmals einen guten Start in dein junges neues Lebensjahr."

Sie überlegt, was sie sich hätte wünschen können, denn sie ist mit ihrem Leben zufrieden. Aber sein Erinnern daran, dass man sich beim Ausblasen der Kerzen etwas wünschen darf, leuchtet wie ein Sonnenstrahl aus ihrer Kindheit in ihr siebzigjähriges Dasein. Abends dankt sie ihm: „Der Start ist supergut gelungen. Ich danke dir dafür, du warst das erste Glückserlebnis dieses Tages und so ging es wunderbar weiter."

Ähnlich wunderbar klappt auch ihre Verbindung, die oft mit einer erstaunlichen Synchronizität ihrer Gedanken überrascht, von der Gregory ableitet, bald keine Mails mehr für ihren Gedankenaustausch zu benötigen, und Sophie sich zunehmend freut, weil er sich oft genau dann meldet, wenn sie an ihn denkt.

Dieses „Phänomen" erklärt Gregory mit den Erkenntnissen des Neurobiologen und Hirnforschers Gerald Hüther als energetische Verbindung.

2. Kapitel: Das Rätsel um die energetische Verbindung, die Evolution der Liebe

Dazu sagt der Neurobiologe und Hirnforscher Gerald Hüther: „Was die zur Fusion der Teilchen führende Kraft ist, wissen wir nicht. Wir nennen sie Magnetismus, Gravitation, Anziehung. Es muss sich dabei um eine Kraft handeln, die aus der eigenen Bewegung dieser Teilchen, ihrer Schwingung, herrührt. Die Physiker nennen das Resonanz. Wann immer zwei schwingende Systeme, Teilchen, Zellen, aber auch Menschen, miteinander in Resonanz treten, kommt es zu einer Annäherung."

Sophie kennt die Regeln der Resonanz, aber fragt sich, was Gregory wohl mit Annäherung meint. Doch sie will nicht weiter darüber nachdenken, sondern sich einfach darüber freuen, dass sie beide so positiv miteinander harmonieren. Also sagt sie ihr Kommen zum Schützenfest zu. Gregory ist begeistert und sie verwirrt, denn er beginnt sofort mit dem Countdown der Wochen bis zu ihrem Wiedersehen, auf das er Sophie jeden Montagmorgen mit dem aktuellen Wochencountdown einstimmt. Dann beginnt der Tagescountdown und entwickelt sich umgekehrt proportional zu seiner Freude, die täglich zunimmt:

„Ab morgen sind es nur noch zehn Tage. Dabei geht es mir ähnlich wie meinen Kindern, die vor einem aufregenden, sehnlich erwarteten Ereignis immer zählten wie oft sie noch schlafen müssen."

Sophie überlegt, ob ihr Wiedersehen für ihn auch ein aufregendes, sehnlich erwartetes Ereignis ist und liest weiter: „Heute war ich den ganzen Tag unterwegs. Das lenkte mich ab. Jetzt kommt aber die Vorfreude zurück."

Also doch aufregend und sehnlich erwartet? Wie soll sie das verstehen? Richtig schlau wird sie daraus nicht, aber sie geht davon aus, dass er sich freundschaftlich korrekt verhalten wird. Denn ein Schürzenjäger ist Gregory mit Sicherheit nicht und seine Freude klingt ehrlich.

Als Sophie am Morgen ihres Reisetags mit ihrer Hündin am Rhône-Ufer entlang geht, ist die Luft von einer sanften Frische und munterem Vogelgezwitscher erfüllt, das sich aus den riesigen, das Ufer säumenden Bäumen löst und Heiterkeit über den ganzen Weg verströmt. Der Fluss hat sich von den vorwärtsdrängenden Wassern der Schneeschmelze erholt und fließt in seinem breiten Bett inzwischen wieder gemächlich dem Genfer See entgegen, um sich mit ihm zu vereinen. Auch die Sonnenstrahlen lassen sich Zeit beim Wegküssen der bereits etwas verwehten Nebelschleier, die der Fluss an diesem Morgen verhalten ausatmet. Von dieser friedlichen Morgenstimmung gänzlich unbeeindruckt, trottet Cléa von einem Duft zum anderen, denn damit ist das Umfeld des Spazierwegs reichlich gesegnet.

Dieser Freitag ist auch für Gregory ein Reisetag, denn er fährt von Berlin ins Allgäu, um mit seinen ehemaligen Klassenkameraden das 50-jährige Abitur-Jubiläum zu feiern. Seinen Tag beginnt er kurz nach Mitternacht mit einem SMS an Sophie: „Es sind jetzt nur noch eineinhalb Tage bis zu unserem Wiedersehen, ich freue mich".

Auch Sophie freut sich als sie vor ihrer Abreise noch einen Moment auf der Terrasse sitzt und beobachtet, wie der Wind mit den herzförmigen Blättern des Catalpa-Baums spielt, der ihm seine weißen, von stabilen Stängeln getragenen Blütenkerzen aufrecht entgegenhält. Darüber spannt sich ein strahlend blauer Himmel, und auch hier sind die Vögel eifrig am Zwitschern. Dazwischen grüßt Gregory per SMS und schlägt vor, während der Fahrt mit ihr in Verbindung zu bleiben, was ihr ein angenehmes Gefühl von Verbundenheit und Beschützt-sein gibt.

Sie dankt und lässt ihn an der Morgenstimmung teilhaben: „Es ist so schön friedlich hier, und mir scheint, als hätte ich noch nie so viele verschiedene Vogelstimmen auf einmal gehört wie in diesen Momenten vor meiner Abreise nach Biberach. Ich freue mich."

Mit der Überquerung des Bodensees beginnt für Sophie das Gefühl des Heimkommens. Die oberschwäbische Landschaft ist ihr so vertraut wie ein lieb gewordenes Bilderbuch, in das man immer wieder gerne schaut. Die Vertrautheit bringt Erinnerungen an Fahrten mit dem Fahrrad zum Bodensee und an viele Sonntage, die sie mit ihren Eltern und Brüdern an dessen Ufern verbracht hatte; meistens auf der Schweizer Seite, wo ihre Mutter sich mit Freunden aus ihrer Züricher Zeit traf. So war es auch am Sonntag, dem 13. August 1961, dem Tag des Berliner Mauerbaus, der das Leben so vieler Deutschen veränderte. Diese absolut unvorstellbare Tatsache löste weltweit heftige Debatten aus: Was würde passieren? Würde es einen neuen Krieg geben, würden die Alliierten eingreifen?

Doch die Mauer wuchs und nichts passierte, außer der Verhärtung des kalten Krieges. Zwei Jahre später reiste Kennedy nach Berlin und wurde zum populärsten Berliner. Sophie lebte zu dieser Zeit bei einer jüdischen Familie in Kanada, reiste viel und erlebte 1963 als interessantes Jahr, das auch ihr Leben nachhaltig veränderte. Aber wie ihren Eltern versprochen, war sie zum Weihnachtsfest wieder zurück in Deutschland.

Mit einer fast feierlichen Stille im Herzen besinnt sie sich darauf, wie sehr sich ihre Welt seit den Jahren der „Bodensee-Sonntage" verändert hat. Dankbarkeit und Freude sind die Begleiter dieser besinnlichen Momente:

Dankbarkeit für viele bereichernde, wenn auch nicht immer einfach zu bewältigende Lebensumstände, und Freude darüber, auf dem Weg in ihre Heimatstadt zu sein, um ihren siebzigsten Geburtstag mit den Jahrgängern zu feiern und einen Kindergartenfreund zu treffen, der sich ganz offensichtlich auf das Wiedersehen mit ihr freut.

Erinnerungen an ihre Kindheit streifen so lebhaft durch ihre Gedanken, dass sie sich fragt, ob uns das Älterwerden diese tatsächlich wieder näherbringt. Ein Hauch von Traurigkeit ist auch dabei, denn trotz der Freude in ihre Heimatstadt zurückzukehren und das Schützenfest zu feiern, denkt sie an ihre Eltern und ihren Lieblingsbruder, die dort begraben sind. Was Sophie weder wissen noch im Geringsten ahnen kann, sind Gregorys ähnliche Empfindungen bei seiner Fahrt am nächsten Tag. Auch er stellt sich diese Frage, erlebt Freude und Wehmut, denn auch seine Eltern und ein Bruder sind in Biberach begraben. Darüber, wie sehr ihre Gefühle dabei völlig unabhängig voneinander im Gleichklang schwangen, werden sie sich ein paar Tage später bewusst.

Zunächst freut sie sich darauf, mit ihrer Freundin Heide und deren Mann, bei denen sie zu Gast ist, das Schützenfest in einem Biergarten gemütlich angehen zu lassen. Sie ruft an und informiert, dass sie gleich ankommen wird.

„Carl hat den Tisch im Biergarten auch bereits reserviert", verkündet Heide und Sophie verspürt Schützenfreude. Diese schwingt im Einklang mit dem Schützenfestlied: „Rund um mich her ist alles Freude", das sie nun zur Einstimmung auf die vor ihr liegenden Tage aus voller Kehle singt, fast erstaunt darüber, noch alle drei Strophen auswendig zu kennen. Aber auch dabei sind ihr die Kindheit und der Liedertext ganz nah, was erkennen lässt, dass die Schützenfreude und das sprichwörtliche „Schützenfieber" die Jahre tatsächlich zeitlos überdauern. Ebenso zeitlos glänzt und erblüht Biberach zum Schützenfest in Festlichkeit.

So ist es auch in diesem Jahr, und im schleichenden, abendlichen Berufsverkehr kann sie den Blumenschmuck an den Häusern bewundern. Die Stadt ist reichlich beflaggt, und der oberschwäbische, als rau geltende Wind erfüllt auch an diesem Abend seine Aufgabe, die Fahnen in lebhafter Bewegung zu halten.

Sophie ist froh anzukommen. Die Wiedersehensfreude ist herzlich und der Tisch im Biergarten wartet. Natürlich nicht in irgendeinem Biergarten, sondern in einem ganz speziellen, alteingesessenen im Herzen der Altstadt, wo sich vornehmlich die Einheimischen treffen und ihrem schwäbischen Dialekt treu bleiben.
Die angenehme Frische des Sommerabends ist dem dichten Blattwerk zu verdanken, das zwei alte Bäume wie ein Dach über den Innenhof des Restaurants ausbreiten. An soliden Holztischen wird zu den traditionellen Speisen reichlich lokal gebrautes Bier getrunken, was den Geräuschpegel der Unterhaltungen erhöht und auch das Lachen der Gäste lauter werden lässt, während ein lauer Wind das Blattwerk der Bäume zu leisem Flüstern bewegt.

Der Bummel über den historischen Marktplatz weckt bei Heide und Sophie Erinnerungen an die gemeinsam erlebten Schützenfestumzüge, an die diversen Kostüme, die sie dabei getragen hatten und an die oft drückende Hitze bei den Ansprachen.

Davon lässt das festliche Ambiente dieser lauen Nacht jedoch nichts erahnen. Der Platz ruht zwischen den jahrhundertealten Häusern, deren hohe, spitze Giebel im Licht vieler kleiner Lämpchen erstrahlen. Sophie und ihre Gastgeber sind nicht die einzigen, die beim Bummeln die Schützenstimmung in sich aufnehmen, auf die Sophie nach zehn Jahren Schützenabstinenz mit unverminderter Intensität reagiert.

Gregory scheint es ähnlich zu ergehen. Er äußert seine Schützenfreude per SMS und Sophie antwortet mit Fotos des Marktplatzes, worauf sie unverzüglich erfährt, wie sehr er sich auf das Tanzen mit ihr am Sonntagabend freut. Damit scheint sich zur Schützenfreude auch bereits das sprichwörtliche „Schützenfieber" zu gesellen: alles Begleiterscheinungen dieses Festes.

Aber zum Schützenfest gehören auch noch andere Besonderheiten. So ist zum Beispiel die Rose als Königin der Blumen mit dem Schützenfest eng verbunden. „Eingebürgert" ist sie inzwischen zur „Schützenrose" avanciert, die jeder korrekte Biberacher am Jackett oder am Hemd trägt, und mit der die Biberacherinnen ihr Kleid, ihre Bluse oder - auf eine fantasievollere Weise - oft auch ihren Hut schmücken. Rosen blühen in allen Gärten, und es ist ein gefälliger Brauch, dass „Biber", die einen Garten ihr Eigen nennen, der mit Rosen gesegnet ist, diese mit den Nachbarn teilen, die nicht das Glück haben, einen solchen zu besitzen.

Neben der Schützenrose und dem Schützenfestlied haben die Biberacher auch ihren Wettergott, den sie liebevoll: „s'Herrgöttle von Biberach" nennen, und auf den sie sich meistens verlassen können, weil er sie zum Feiern dieses besonderen Festes mit strahlendem Wetter verwöhnt. Das ist nicht nur für die gute Schützenfestlaune der „Biber" wichtig, sondern vor allem für die Umzüge, in denen kostümierte Gruppen, Musikkapellen und 200 Pferde die historische Vergangenheit der Stadt zu neuem Leben erwecken.

Auch in diesem Jahr ist „s'Herrgöttle" den Biberachern wohlgesonnen und der Nachmittag des Schützensamstags sonnig und heiß, als Heide mit Sophie zum Friedhof geht, dem mit Gregory vage vereinbarten Treffpunkt. Jeden nicht Einheimischen mag dieser Ort des Wiedersehens erstaunen, doch das hat seinen Grund, denn dort gedenkt man vor Beginn der offiziellen Feierlichkeiten der verstorbenen Jahrgänger.

Gregory ist froh, dass er für Sophie noch einen „Schützenstrauß" besorgen konnte, einen Rosenstrauß mit einer blau-gelben Schleife, den Biberacher Stadtfarben. Er hält ihn hinter seinem Rücken versteckt als er die beiden auf der anderen Seite des Wegs kommen sieht. Auch er ist in Begleitung eines Freundes und erstaunt, dass sein Herz plötzlich aufgeregt zu klopfen beginnt und sein Mund sich ganz trocken anfühlt. Sophie und Heide sind so ins Gespräch vertieft, dass sie ihn fast übersehen. Aber er geht mit dem „Schützenstrauß" beherzt auf Sophie zu, und damit beginnt auch ihr Herz schneller zu schlagen, während er seine Angespanntheit hinter dem banalen Satz versteckt: „Ich glaube wir kennen uns?", was für Sophie nach einem verzweifelten Scherz klingt, den sie mit einem fröhlichen „Das könnte wohl so sein", bestätigt.

Sie freut sich über den „Schützenstrauß", den Gregory ihr überreicht und dann vorschlägt ihn bis zum Umzug in seinem Hotel aufzubewahren, aber sie möchte ihn behalten. Also sitzt sie später damit in der Stadtpfarrkirche, wo sich die Jahrgänger beider Konfessionen der eingeladenen Altersgruppen (von 40 bis 60 alle zehn, danach alle fünf Jahre und ab 90 alljährlich) zum ökumenischen Gottesdienst versammeln. Dieser wird von den Geistlichen beider Konfessionen gestaltet, denn, nachdem Biberach im 30jährigen Krieg Schauplatz der Kämpfe zwischen den evangelischen Soldaten des Schwedenkönigs

Karl Gustav und den katholischen „Kaiserlichen" war, dokumentiert man inzwischen Einigkeit beider Konfessionen, und das Gotteshaus dient als „Simultankirche" den Evangelischen ebenso wie den Katholiken für ihre Gottesdienste, Trauungen und andere Festlichkeiten.

Sophie erinnert sich noch gut daran, wie wenig die erhoffte Toleranz zwischen den Konfessionen im wahren Leben oft dem Prinzip dieses löblichen ökumenischen Gedankens gerecht wurde. Das hatte in ihrer Kindheit bereits vor dem Kirchenportal begonnen, wenn der katholische Geistliche die Zeit der sonntäglichen Messe überzog, während die pünktlich zum Beginn ihres Gottesdienstes eingetroffenen evangelischen Gläubigen draußen warten mussten. Das führte besonders in der kalten Jahreszeit zu missmutigen Äußerungen, denn Biberachs Frauen trugen damals noch keine Hosen zum Kirchgang, sondern Seiden- oder Nylonstrümpfe, weshalb manch Wartende den katholischen Priester für eine daraus resultierende und vermutlich zu erwartende Erkältung oder Unterkühlung gewisser Körperteile verantwortlich machte.

Viele Erinnerungen streifen durch Sophies Gedanken, während sie in der Kirche den Predigten beider Geistlichen folgt, wobei ihre Blicke sich immer wieder in den Deckengemälden verlieren, die sie als Kind jeden Sonntagmorgen für annähernd eine Stunde lang fasziniert betrachtet und mit ihren eigenen Phantasien ausgestattet hatte. Farblich aufgefrischt, aber ansonsten unverändert, blicken die Gestalten von der gewölbten Decke herab und werfen bei Sophie die Frage auf, wie viele Menschen in all den Jahren wohl trostsuchend zu ihnen aufgeschaut haben mochten?

Sie erinnert sich auch noch gut an die Stunden, die sie als Kind zwischen ihren Eltern auf der harten Kirchenbank stillsitzen musste, ein kleines Beutelchen aus dunkelblauem Leinen in ihren Händen haltend, in das ihre Mama vor jedem Kirchgang eine Brezel steckte, die beim Stillsitzen und Ruhigsein helfen sollte. Die damit verbundene Anweisung war unmissverständlich klar:
„Immer, wenn du aufstehen oder etwas sagen möchtest, isst du einfach ein Stückchen Brezel."
„Aber wenn ich's vergesse oder doch lieber etwas sagen oder aufstehen möchte."
„Dann musst du eben lernen, es nicht zu tun, dafür hast du ja die Brezel."

Zum Schützenfest gehört auch der traditionelle Umzug der Jahrgänger, die sich nach dem Kirchgang den Altersgruppen entsprechend aufstellen um, von Musikkapellen begleitet, durch Biberachs Innenstadt zu ziehen. Bei schönem Wetter sind die Straßen von mehreren tausend Zuschauern gesäumt, die ihren Spaß daran haben, die Jahrgänger mit lustigen Geschenken zu überraschen.

Auch Gregorys hat eine Überraschung für Sophie, denn in Berlin hat er ein großes Lebkuchenherz mit der Aufschrift „My Sweet Dancing Queen" für sie anfertigen lassen, das er ihr mit einem strategisch geplanten und gezielt auf ihren Mund platzierten Kuss um den Hals hängen möchte.

Aufgeregt wartet er auf das Passieren der Siebzigergruppe, wobei seine Ungeduld jede Minute ansteigt. Als er Sophie kommen sieht, stürmt er mit dem Lebkuchenherz auf sie zu, hängt es ihr um den Hals und küsst sie rasch auf den Mund. Doch sie ist so überrascht, dass sie diesen Kuss gar nicht wahrnimmt. Damit bleibt Gregorys Absicht, mit seinem raschen Kuss eine nachhaltige

Wirkung zu erzielen, unerfüllt, obgleich Sophie sich später vage an etwas zu erinnern glaubt, das sie kurz verwirrte, ohne sich klar abzuzeichnen.

Wie vereinbart kommt er zu vorgerückter Stunde zum Tanz und alles ist so, wie von ihm geplant: sie tanzen bis in die Morgenstunden. Beide haben Freude daran, und Sophie empfindet treu nach „My Fair Lady": I could have danced all night.

Aber das sehen die Musiker anders, und um 3-Uhr morgens packen sie ihre Instrumente ein. Die verbleibenden Jahrgänger rücken zusammen, Volkslieder werden ausgegraben mit Begeisterung und einigen Unstimmigkeiten musikalischer und textlicher Art, aus vollen Kehlen gesungen.

Erst als die kräftig frische Oberschwabenluft durch die geöffneten Fenster weht und sich der Himmel zusehends erhellt, brechen Gregory und Sophie auf. Dass er, als er sie in der frischen Morgenluft zu seinem Auto begleitet, nicht nur seine Jacke, sondern auch seinen Arm um ihre Schulter legt, empfindet sie als freundschaftliche Geste. Sie ist froh, dass er nicht versucht, ihrer Beziehung eine andere Orientierung zu geben, was ihr missfallen hätte, denn allein die Vernunft sagt ihr, dass sie mit Sicherheit in keinerlei Art Liebesbeziehung zu einem in Berlin lebenden Mann treten will. Hat sie vielleicht deshalb, vom Unterbewusstsein gesteuert, seinen strategisch geplanten Kuss beim Umzug nicht wahrgenommen?

Er verabschiedet sich mit einem Küsschen links und rechts auf die Wangen und sagt liebevoll:
„Schlaf schön und träum' was Süßes, ich hole dich um 13 Uhr wieder ab."
Alles ist im Lot, genauso wie sie es sich vorgestellt hat, was bestätigt, dass sie ihm vertrauen kann.

Doch dann bringt der Sonntagnachmittag eine ziemliche Verwirrung durch zwei Feststellungen, die konträrer kaum sein könnten. Denn nach dem Gefühl von Freude und Nähe, das den Beginn des Nachmittags beflügelt, sieht Sophie sich zu einer Entscheidung veranlasst, die sich für sie als unumgängliche Notwendigkeit herauskristallisiert.

Die erste Feststellung ist aus beidseitigen, ehrlichen Eingeständnissen geboren und lässt, wenn auch etwas verwirrend, eine ebenso erstaunliche wie stabile Ebene gleichen Empfindens erkennen. Worauf die zweite, die eigentlich nur die sachliche Erwähnung eines Tatbestandes ist, diese Unbekümmertheit zerstört.

Der Nachmittag beginnt mit Teenager Gefühlen und Schmetterlingen im Bauch:

Als Sophie darauf wartet, von Gregory zum Theaterbesuch abgeholt zu werden, kann sie sich einer gewissen Aufgeregtheit nicht erwehren. Sie geht mehrmals zur Haustür und schaut, ob er schon vorgefahren ist. Dabei ertappt sie sich immer wieder, dass sie im Vorbeigehen in den Spiegel schaut und hier und da noch etwas an ihren Haaren oder der Kleidung zupft. Sie ist so aufgeregt wie ein Teenager, der zur Tanzstunde abgeholt wird.

Er ist pünktlich und überrascht sie mit zwei CD: ABBA's „Dancing Queen" und Hits aus den 50er- Jahren. Auf diesen sitzen zwei Schlumpf-Figuren, ein Mädchen und ein Junge. Der Schlumpf-Kavalier versteckt sein Gesicht hinter einem riesigen Blumenstrauß und das Schlumpf-Mädchen ist mit geöffneten Armen und strahlendem Lächeln bereit, diesen entgegenzunehmen.

Sophie rätselt, warum er ihr Schlümpfe schenkt, eigentlich Spielfiguren für Kinder. Als sie ihn später darauf anspricht, erhält sie als Antwort ein nachsichtiges Lächeln, ähnlich jenem, das man Kindern schenkt, wenn sie endlich begreifen, was schon längst Sache ist.

Als sie im Auto sitzen, erwähnt sie belustigt ihre Teenager-Gefühle, und ist darauf vorbereitet, von dem eher rationell denkenden Gregory in die Schranken ihres Alters verwiesen zu werden. Doch das Gegenteil ist der Fall. Er schaut sie lächelnd an und sagt betont sanft: „Dann kann ich dir ja auch verraten, dass ich schon den ganzen Morgen Schmetterlinge in meinem Bauch fühle!"

Das Eingeständnis ihrer ähnlich empfundenen Emotionen gibt deren Zusammenspiel eine gewisse Existenzberechtigung, und Sophie freut sich darüber, diese Art verrückter Empfindungen mit ihm teilen zu können. Sie lachen beide und erinnern dabei an zwei glückliche Kinder, die gerade ein Rätsel richtig gelöst und damit einen Preis gewonnen haben, von dem sie noch nicht so richtig wissen, wie sie ihn umsetzen können. Es ist eine verbindende Fröhlichkeit, so schillernd wie eine Seifenblase. Aber wie schnell Seifenblasen zerplatzen, weiß man seit Kindertagen.

So ist es auch an diesem Nachmittag, als Sophie ganz zufällig im Gespräch Gregorys mit einem Freund von der Existenz einer Ehefrau erfährt, und er dessen Frage, wie es seiner Frau gehe, ziemlich lapidar beantwortet: „Gut, denke ich, aber wir wären ja, wie sie zu sagen pflegt, längst geschieden, wenn ich nicht so oft abwesend wäre."

Das klingt sachlich, nach einer eingebürgerten Allianz, einer Art Nebenschauplatz des Lebens, in dem die Enkel die Hauptrolle zu spielen scheinen. Trotzdem trifft diese Nachricht Sophie wie ein Blitz aus heiterem Himmel, denn er hat weder bei ihrem Treffen in Berlin noch in seinen Mails jemals eine Ehefrau erwähnt. Aus Diskretion hat sie nicht danach gefragt, weil es nicht relevant war und es sie auch jetzt nicht zu interessieren hat. Warum sollte ein Kindergartenfreund, den man Jahre lang nicht gesehen hat, keine Ehefrau haben? Die Erwähnung seiner beiden Töchter und der drei Enkel sind zwar wie ein Beweis dafür, aber nicht unbedingt als Garantie für den Fortbestand einer Ehe zu werten. Lediglich das Verschweigen seiner Frau hatte Sophie zur Annahme verleitet, er lebe allein. Irrtum!

Obgleich kurz verwirrt, hat sie sich rasch wieder im Griff. Sie will diesen wie nebensächlich ausgesprochenen Tatbestand genauso nebensächlich zur Kenntnis nehmen: so, als handele es sich dabei um einen Wetterbericht, der Regen ansagt, während man sich auf Sonne gefreut hat. Aber die Gewitterwolke am Sommerhimmel ist präsent, die imaginäre Seifenblase zerplatzt und kann auch von Gregorys sachlich nüchterner Antwort nicht mehr zum Schillern gebracht werden.

Für Sophie heißt das, die von Gregory zum Erwachen gebrachten Teenager-Gefühle rasch unter Kontrolle zu bringen und seine Schmetterlinge zu ignorieren, auch wenn diese bereits mit ihr zu kokettieren begannen, zumal es beim Schützenfest absolut normal ist einen „Schützenschatz" zum Flirten und Feiern zu haben. Aber einen verheirateten Schützenschatz möchte sie wirklich nicht. Diesem Vorsatz bleibt sie auch beim Tanz auf dem Marktplatz treu, den Gregory sich bereits im April so wünschte und den sie trotz ihres beschlossenen Rückzugs sympathisch findet.

Sie kennt aber auch Ehen, in denen das Zusammenleben im Alter hauptsächlich auf den Säulen der Erinnerungen basiert und vom Kitt der Vergangenheit zusammengehalten wird, während jeder seine eigenen Wege geht. Zwei befreundete Ehepaare haben sich friedlich ge-

trennt, treffen sich aber - selbst mit dem neuen Lebenspartner - zu Familienfesten und anderen Gelegenheiten.
Doch für Sophie gilt: verheiratet ist verheiratet, wie auch
immer.

Mit diesen Gedanken schläft sie ein und wacht damit
auch wieder auf. Die Töne ihres Telefons holen sie aus
dem Halbschlaf. Eine SMS Nachricht von Gregory:
„Guten Morgen Sweet Dancing Queen, hast du gut geschlafen?"
Ebenfalls per SMS bestätigt sie es dankend und verabschiedet sich. Doch unverzüglich kommt sein zweites
SMS: „Können wir uns vor deiner Abreise vielleicht
noch auf einen Kaffee treffen?"
Sie lehnt entschlossen ab und bedankt sich noch einmal
für die schönen Tage.

Doch Gregory gibt nicht auf, denn er hat dieses nochma-
lige Wiedersehen bereits strategisch mit einem Plan A,
B, und C gesichert. Da sie auf Plan A nicht eingeht,
kommt Plan B zum Einsatz. Er ruft an und erklärt, dass
er sie gerne vor der Abreise noch treffen möchte, um ihr
das Zitatenschatz Büchlein von Christoph Martin Wieland zu schenken, das er noch rasch für sie besorgen
könnte.

Sie erinnert sich, dass sie über den Zitatenschatz des Biberacher Dichters gesprochen haben, und dankt für die
nette Idee. Trotz ihres klopfenden Herzens bedauert sie,
wirklich keine Zeit für einen Kaffee zu haben und weist
darauf hin, dass er das Büchlein auch gerne mit der Post
schicken könne, denn sie führe lieber ohne Aufenthalt in
die Schweiz zurück, weil sie dort erwartet werde. Sie
holt tief Luft, das war geschafft! Sie ist sicher, mit der
Ablehnung dieses Wiedersehens die richtige Entscheidung getroffen zu haben. Beim Frühstück mit Heide und
deren Ehemann kann sie dann auch die seit ihrer Ankunft

im Raum stehende Frage beantworten: Ja, er ist verheiratet. Punkt Schluss!

Sophie glaubt, die Zügel wieder fest im Griff zu haben, hat dabei aber nicht mit Gregorys Reaktion auf ihre Weigerung gerechnet. Er ändert den Plan B kurzentschlossen so ab, dass sie diesen schon aus Gründen der Höflichkeit nicht würde ablehnen können. Er ruft an und schlägt vor, sie in Meersburg zu treffen, wo sie auf dem Weg zur Fähre genau an dem von ihm vorgesehenen Hotel vorbeifahren muss. Doch sie lehnt wieder ab. Damit hat er nicht gerechnet, und ihre Weigerung drängt ihn zu sofortigem Handeln.

Als sie startklar ist, kommt sein nächster Anruf, der alles durcheinanderbringt, denn er „erzwingt" dieses Treffen geradezu: „Bitte du musst noch einen Kaffee mit mir trinken, denn ich habe das Wieland-Büchlein für dich besorgt und bin bereits unterwegs zum Bodensee. Ich warte in Meersburg auf der Terrasse des Hotels ‚Zum Schiff' auf dich und freue mich, wenn wir dort noch schnell einen Kaffee trinken können."

Seine Entschlossenheit und der widerspruchresistente Ton seiner Stimme lassen ihr keine Wahl, zumal er bereits unterwegs ist, um sie zu erwarten! So sehr dieser erzwungene Aufenthalt ihren Plan auch durchkreuzt, so ist sie von der entschlossenen Hartnäckigkeit, mit der er darauf besteht sie noch einmal zu sehen, beeindruckt und auch etwas geschmeichelt. Denn er wollte erst nachmittags zum Bodensee fahren, um seine Enkel abzuholen, die dort mit seiner Tochter in Ferien sind. Nun hat er seine Pläne geändert, um ihr eine Freude mit dem Wieland-Buch zu bereiten. Aber sie weiß ganz genau, dass Gregory kein Mann für sie ist, obgleich sie sich gut verstehen, aber beschlossen ist beschlossen und ein verheirateter Mann ist das Letzte, was sie sich zur Komplikation ihres Lebens wünscht.

Aber sie sagt zu, nicht ahnend, dass sie ihm auch sonst nicht entkommen wäre, denn er hat auch einen Plan C. Dabei hätte er sie auf der Fähre nach Konstanz begleitet und wäre dann mit der nächsten Fähre wieder zurückgefahren. Das hätte seinen Tagesplan zwar ziemlich durcheinandergebracht, wäre aber ein absoluter Garant für ihr Wiedersehen gewesen. Doch nun hat sie eingewilligt, wenn auch offenbar gegen ihren Willen. Aber wie würde sie auf dieses erzwungene Treffen reagieren? Was für ihn zählt, ist zunächst nur, dass sie unterwegs zu ihm ist.

Auf der Fahrt zum Bodensee und als Rechtfertigung für ihre Zusage zu dieser weder in ihren Zeitplan noch in ihre Strategie passenden Kaffeepause, redet Sophie sich ein, dass es sich dabei nur um ein kurzes Treffen handelt, um den Wunsch eines Freundes, sie noch einmal zu sehen, um ihr ein Buch zu schenken. Weiter nichts!

Unterdessen sitzt Gregory voll innerer Spannung am vereinbarten Treffpunkt und wartet auf sie, die ihn offensichtlich nicht mehr sehen will. Er beschließt, eine Widmung in das ihm als Vorwand dienende Wieland-Büchlein zu schreiben, deren Worte er vorsichtig abwägt: sie sollen verbindend und hoffnungsvoll sein, ohne zu viel von seinen Gefühlen preiszugeben, denn dass Sophie ihm die kalte Schulter zeigt, ist ihm nicht entgangen und nachhaltig bewusst. Auch dass dieses Treffen gar nicht in ihre Pläne passt, hat sie mehrmals betont. Seine Widmung formuliert er entsprechend neutral: „Für Sophie zur Erinnerung an ein hoffentlich unvergessliches Jahrgänger- und Schützenfest. Gregory."

Das passt. Eigentlich ist er mit sich zufrieden, obwohl ihr ablehnendes Verhalten ihn nicht zu reiner Freude animiert und er sich einer gewissen Angespanntheit nicht erwehren kann. Aber er weiß, dass es so richtig ist und hofft noch ein paar angenehme Momente mit ihr verbringen zu können; darauf freut er sich. Aufgeregt und mit Schmetterlingen im Bauch trinkt er Espresso auf Espresso, schaut über den See, um sich zu beruhigen und blättert immer wieder gedankenverloren in dem Wieland-Büchlein.

Plötzlich hört er seinen Namen. Drei ihm fremde Radfahrer stehen vor ihm. Als die Dame ihren Fahrradhelm abnimmt, erkennt er in ihr eine seiner früheren Mitarbeiterinnen aus dem Frankfurter Team, die er sehr schätzte, sie ihn als Chef offenbar auch, denn beide freuen sich über das Wiedersehen. Frau Dr. Richter ist mit ihrem Mann und ihrem Enkel unterwegs, und das kurze Auffrischen von Erinnerungen ist für Gregory eine entspannende Abwechslung im Warten auf Sophie.

Jedenfalls hat er dadurch seine Nervosität verloren und ist in bester Laune, als er sie ankommen sieht. Er läuft ihr entgegen, denn er hat einen Parkplatz für sie freigehalten, worüber sie sich freut, was sie aber keinesfalls davon abhält unverzüglich darauf hinzuweisen, dass sie in Eile ist und wirklich nicht viel Zeit hat. Ganz auf Abstand ausgerichtet und zögerlich zurückhaltend nimmt sie am vorbereiteten Tisch Platz, worauf Gregory ihr, fast feierlich, das Wieland-Büchlein überreicht, in dem sie mit offensichtlicher Freude seine Widmung liest. Sie dankt ihm für diese nette Geste und auch das hat etwas Feierliches.

Er beobachtet sie aufmerksam. Sie wird sich dessen gewahr, schaut ihn erstaunt an und plötzlich lachen sie, fühlen, wie die beidseitige Spannung sich löst und jener

Fröhlichkeit Platz macht, die ihnen seit ihrem Wiedersehen in Berlin vertraut ist. Auf seine Frage, was er für sie bestellen darf, wünscht sie sich Schokoladeneis und ein Glas Wasser.

Es ist ein herrlicher Sommertag. Der Wind treibt die Wellen gegen die Hafenmole und unzählige Segelschiffe gleiten über den See, den die Fähren in geraden Linien durchkreuzen.
Sophie nimmt einen tiefen Atemzug und sagt: „Ich rieche den Bodensee."
Gregory schaut erstaunt, aber dann versteht er, was sie meint, zumal sie bekräftigt:
„Doch, doch, der Bodensee hat einen ganz besonderen Geruch. Er riecht anders als der Genfer See und jeder andere See, den ich kenne."

Die Bedienung bringt einen weiteren Espresso für Gregory und drei Kugeln Schokoladeneis und ein Glas Wasser für Sophie. Gregory beobachtet erfreut, wie sie, ganz im Gegensatz zu der angesagten Eile, langsam und genussvoll ihr Eis löffelt und ihn dabei hin und wieder entspannt und zufrieden ansieht. Aber das, was dabei passiert, wird weder ihm noch ihr bewusst, denn dafür, dass sie ihre Eile vergisst, sind weder die Bodenseeluft noch das Schokoladeneis noch das Wieland Buch verantwortlich.

Was dabei wirklich mit ihr geschieht, versteht Sophie erst viel später. In diesen Momenten wird ihr lediglich bewusst, dass ihr da jemand gegenübersitzt, der hartnäckig darauf bestanden hatte, sie zu sehen, und wie erfreulich auch sie dieses Wiedersehen nun empfindet. Das Erstaunliche dabei ist, dass sie sich in dieser Wirklichkeit gefällt, wie in einem Bild, in dem alles stimmt, alles passt und in dem ihr alles entspricht. Sie hat den Eindruck, als hätte sie schon längst darauf gewartet, genau in diesem Bild anzukommen, um sich darin wohl zu fühlen und für immer zu bleiben.

Sie realisiert, dass dieses Gefühl des Angekommenseins nichts mit ihrem geographischen Ziel zu tun hat, von dem sie noch fast 400 Kilometer entfernt ist. Es ist das Gefühl, bei einem Menschen angekommen zu sein, für den sie plötzlich ein seltsames Erkennen empfindet, das vielleicht nur ein Augenzwinkern ihres Unterbewusstseins ist, aber einen Moment lang wünscht sie sich, nie mehr von hier wegzugehen und wenn überhaupt, dann nur mit ihm.

Es sind nur kurze freudvolle Sekunden, bevor das Klingeln seines Telefons sie blitzschnell in die Realität zurückholt. Er entschuldigt sich, denn es ist seine Tochter. Sie möchte wissen, wann er die Enkel abholt. Für Sophie ist dieser Anruf das Startsignal zum Aufbruch. Die Wirklichkeit holt sie mit Vehemenz in ihr Tagesprogramm zurück: sie will ganz schnell weg, um diesem unerlaubten Glücksempfinden zu entfliehen, bevor der Rausch des Augenblicks zur Droge werden könnte.

Sie erinnert an ihre Eile und Gregory schaut nach der Bedienung, die außer Sichtweite ist, was ihm entgegenkommt. Sophie hofft, er möge nichts von ihrem Aufgewühltsein bemerken, von ihrem inneren Kampf, den sie lächelnd und darum bemüht, etwas Nettes zu sagen, zu banalisieren versucht. Das Groteske an dieser Situation liegt in der Erkenntnis, dass sie sich vehement gegen etwas wehrt, das ihr plötzlich und völlig unverhofft als zutiefst vertraut und wünschenswert erscheint, so wünschenswert wie der Fortbestand des Zaubers dieser Momente, die sie bewegen wie der Wind den Bodensee, mit dessen Wasser er spielt. Völlig unsichtbar und doch lebhaft präsent, lässt er Wellen entstehen und das Licht der Sonne darauf tanzen.

Ihr Glücksempfinden ist so fühlbar wie der Wind, der, offensichtlich vorhanden, von seiner Substanz her unsichtbar ist. Es ist ein Gefühl stummer Vertrautheit, das sie nicht zu analysieren vermag, aber sie kann es fühlen, es ist einfach da. Jedenfalls ordnet sie dieses Empfinden nicht der Liebe zu, sondern viel eher der vertrauten Umgebung, Gregorys Liebenswürdigkeit mit dem Wieland Buch und der letztendlich auch empfundenen Freude über dieses kurze Wiedersehen. Doch so wie das Licht der Sonne, das im Wind auf dem Wasser tanzt, trifft auch die Klarheit der Vernunft auf die vom Augenblick bewegten Wellen ihrer Emotionen. Sie drängt erneut zum Aufbruch und Gregory bedauert, dass die Zeit so schnell vergeht, während sie das Warten auf die Bedienung wie eine Ewigkeit empfindet. Eine Ewigkeit, in der sie Abschied nimmt vom Wohlbefinden dieses Wiedersehens, den kleinen stechenden Schmerz ihres unerfüllbaren Wunsches unterdrückend, wie schön es wäre, jetzt einfach mit ihm in diesen Tag hineinzugehen, mit ihm in diesem Bild zu bleiben und die Vertrautheit des Augenblicks darin zu verewigen. Doch die Bedienung kommt und damit auch der Aufbruch.

Als sie aufstehen, nimmt sie noch einmal ganz bewusst Abschied von diesen Momenten seltsamer Vertrautheit mit ihm. Sie weiß, dass sie diese Momente nicht festhalten kann. Nichts, was sie mit ihm verbindet, darf sie festhalten, nur das Wieland Büchlein, das sie wie einen rettenden Strohhalm umklammert, während er ihren Arm ergreift und sie zum Auto begleitet. Er versucht den Abschied hinauszuzögern, aber sie drängt darauf abzufahren, kämpft immer noch mit ihrem Dilemma zwischen dem Wunsch zu bleiben und jenem zu gehen. Der Verstand ermahnt, dass sie von hier wegkommen muss, bevor sie diesem Zauber gänzlich verfällt, so angenehm sie diesen auch empfinden mag. Genau darin liegt die Gefahr.

Beim Auto angekommen, ist sie traurig und erleichtert zugleich. Erleichtert, weil sie glaubt, mit ihrem Aufbruch dem verbotenen Terrain der mit Gregory gefühlten Zuneigung zu entkommen, bevor sie darin Wurzeln schlägt. Diese Erkenntnis ist wie ein schützendes Schild, das sie vor einer Gefahr bewahren soll, die noch keine ist, die es aber zu vermeiden gilt.

In ihrer Verwirrung bemerkt sie nicht, dass Gregory sie flüchtig küsst, „auf den Mund" wie er später behauptet. Aber sie nimmt nichts mehr wahr, sie will nur weg, um diesem Zustand so schnell wie möglich zu entkommen. Dieses Entkommen passiert so schnell, dass sie beim Rückwärtsfahren beinahe einen Kleinbus anrempelt, weil sie weder auf das Rufen einiger Passanten noch auf Gregorys laute Stimme hört, sondern erst reagiert, als sie sein heftiges Klopfen auf der Rückscheibe vernimmt. Er hat sich mutig hinter ihr Auto gestellt, um sie vor einem Zusammenstoß zu bewahren. Sie tritt mit aller Kraft auf die Bremse und erkennt, dass es allein seiner Geistesgegenwart zu verdanken ist, dass sie alle mit dem Schrecken davonkommen.

Sie schafft es, rasch zu wenden und fährt mit einem ungewollten Kavaliersstart los wie eine Flüchtende, mit einem Start ohne Kavalier, mit qualmenden Reifen und einer bleibenden Sehnsucht im Herzen.

Gregory, noch ganz unter dem Eindruck dieser Schreckensmomente, schaut ihr nach und wartet bis sie sich in die Autoschlange für die Fähre nach Konstanz eingereiht hat, bevor er zu seinem Auto geht. Er ist zufrieden mit sich und diesem Treffen, das ganz in seinem Sinne verlaufen ist, denn Sophie hat sich letztendlich doch über das gegen ihren Willen arrangierte Wiedersehen gefreut.

Darauf kam es ihm an. Er hat ihre Emotionen, wenn auch vermutlich nicht in vollem Umfang, bemerkt und stellt mit einer Art Triumphgefühl fest, wie dieses Treffen auf sie gewirkt hat. Doch es ist nicht das Triumphgefühl eines Siegers, dessen Taktik aufgegangen ist, es ist das Triumphgefühl eines, der seine verloren geglaubte Sophie zurückerobern konnte. Erst dabei wird ihm bewusst, dass er sich richtig verliebt hat.

Sophie ist im Ausnahmezustand und fragt sich, was geschehen ist. Irgendetwas hat sich verändert, ist rational nicht fassbar und entzieht sich ihrer Einflussnahme. Selbst ihr sonst so gut trainiertes System zur Kontrolle ihrer Gefühle scheint zu versagen. Sie reagiert mechanisch auf die Erfordernisse des Straßenverkehrs, fährt konzentriert und trotzdem, wie ferngesteuert, während sie sich einzureden versucht, dass sie sich mit jedem gefahrenen Kilometer nicht nur geografisch sondern auch emotional weiter von ihm entfernt, was ein klarer Trugschluss ist. Dafür sorgen nicht nur ihre am Bodensee schwelgenden Gedanken mit dem kleinen stechenden Erinnerungsschmerz, sondern auch seine CDs, die sie abspielt und dazu mitsingt, weil sie die Texte auswendig kennt. Auf dem Beifahrersitz, wie stellvertretend für ihn selbst, liegt sein großes Lebkuchenherz und proklamiert: „My Sweet Dancing Queen".

Ist sie wirklich seine Sweet Dancing Queen und was stellt er sich darunter vor? Sie jedenfalls kann sich in diesen Momenten kaum etwas Schöneres vorstellen, als mit ihm bis ans Ende der Welt zu tanzen. Dabei wird ihr bewusst, dass sie von Zuneigung ebenso erfüllt ist, wie von der Enttäuschung darüber, dass sie diesen lieben und liebenswerten Mann nicht öfters sehen kann, denn das ist ein zu akzeptierender Tatbestand, an dem es nichts zu rütteln gibt.

Zu Hause stellt sie den Schützenstrauß auf ihren Wohnzimmertisch und legt das „Dancing Queen" Herz daneben. Sie setzt sich dazu und versucht sich einzureden, dass das alles jetzt Vergangenheit sein müsse. Aber sie freut sich über all das Schöne, das sie in den wenigen Tagen mit ihm erlebte. Sie dankt dafür in einem Moment der Stille, den das Klingeln ihres Telefons melodisch beendet: Gregory möchte wissen, ob sie gut angekommen ist. Er dankt noch einmal für die trotz ihrer Eile akzeptierte kurze Kaffeepause und freut sich über ihre Zusicherung, dass ihr dieses Wiedersehen, das ja eigentlich gar nicht in ihr Programm passte, letztendlich doch gefallen hat.

„My sweet Dancing Queen", schreibt er nachts: „Schützen geht weiter, leider ohne dich. Jetzt kümmere ich mich um meine beiden Enkel, das fordert mich so, dass ich damit über das reale Vermissen eines mir lieb gewordenen Menschen leichter hinwegkomme. Heute Nachmittag führte ich die beiden an die Orte, die meine Kindheit prägten, morgen fahren wir an den Bodensee zurück. Jetzt habe ich sie endlich zum Schlafen gebracht ... dann kommst gleich du mir wieder in den Sinn. Wir sehen uns sicherlich bald wieder ..."

Dieses vage Versprechen ist wie ein Aufputschmittel für ihre Eindrücke und Emotionen dieses bewegten Tages, die sich nicht beruhigen lassen und bis zum Einschlafen durch ihren Kopf tanzen. Nun versteht sie auch, was Gregory ihr mit Professor Hüthers Erkenntnissen nahebringen wollte, denn seiner Theorie entsprechend, sind sie aktiv miteinander in Resonanz getreten. Allerdings ist die dabei von ihm vertretene Hypothese, dass es dadurch zu einer Annäherung kommt, äußerst unwahrscheinlich, weil die Voraussetzungen dafür nicht gegeben sind.

Aber ihre Verbindung bleibt aktiv. Mit seinen Mails sendet er Fotos vom Bodensee, immer mit Blumen: „Die Blumen sind für dich und ich fühle mich wohl bei dem Gedanken, dass sie dir gefallen. Ich schreibe dir gerne, und empfinde Freude, wenn du dich freust. Ich umarme dich in Gedanken (vielleicht merkst du es?).“

Sie merkt es und antwortet so ehrlich, wie sie es empfindet: „Wenn ich an dich denke, geht es mir gut, alles ist ruhig und harmonisch. Fast so, als ob du mich schützend umgibst. Danke, dass du in mein Leben getreten bist. Es ist schöner mit deiner Präsenz, auch wenn sie nur gedanklich ist, aber sie kommt vom Herzen, mit starken Energien.“

Was sie zu dieser Ehrlichkeit motiviert, ist sein Geständnis froh zu sein von seinen Enkeln gefordert zu werden, um leichter über das reale Vermissen eines ihm lieb gewordenen Menschen hinweg zu kommen. Mit ihrer Antwort öffnet sie ihm einen kleinen Spalt zu ihrer neuen Gefühlswelt, die er erschaffen hat. Ahnt er, dass auch sie ihn vermisst? Natürlich erwähnt sie das nicht, aber seine Worte sind Balsam für ihre Seele und die Aussage des „liebgewordenen Menschen“ leuchtet wie ein Juwel in ihrem Herzen.

Das gegenseitige Vermissen verschmilzt zu einem starken Glied der Kette ihrer Verbindung, in der die Sensoren ihrer Resonanz geöffnet, aktiviert und aufeinander eingestimmt sind. Damit können zaghafte Worte der Zuneigung ausgetauscht werden, um die Gefühle des anderen auszuloten. Auch das entspricht Professor Hüthers Erkenntnissen, wonach bei Annäherung Liebe als Ausdruck des universellen Prinzips gegenwärtig wird.

Aber noch wehrt sich Sophie dagegen, sich dieses Gefühl der Zuneigung als Liebe einzugestehen, auch wenn es ziemlich genau das ist, was sie seit dem Treffen in

Meersburg fühlt und was er, seine Empfindungen erwähnend, vorsichtig forschend herauszufinden versucht. Seine Zuneigung kommt „pünktchenweise" zum Einsatz, ähnlich wie bei Hänsel und Gretel, wo die Kinder für die Wegmarkierung Steinchen fallen lassen. Doch anstelle der Steinchen lässt Gregory Wörter fallen, um damit den Weg zu ihrem Herzen zu finden, insgeheim darauf hoffend, sie möge ihn erkennen.

Er lässt sie detailliert an seinen Erlebnissen mit den Enkeln teilhaben und sie berichtet über ihre Freunde, ihre Aktivitäten am College oder von den kreativen Arbeiten im Garten. Das Schreiben an ihn wird zu einem vertrauten Eintauchen in ihre Gefühle, die dabei einfach aus ihr herausfließen. Meistens liest sie ihre Mails auch gar nicht durch, vermutlich aus dem latenten Wunsch heraus, nichts davon wegnehmen zu müssen, was für ihn bestimmt ist. Oder ist es viel eher das rasche Umgehen ihres eventuell ermahnenden Verstandes?

Gregory ist berührt festzustellen, dass Sophie diese innige Verbindung genauso erlebt wie er, als etwas Besonderes: „Bislang war es rein emotional und so neu für mich, dass ich es gar nicht in Worte fassen konnte. Aber nun beschreibst du unsere virtuelle Verbundenheit genauso wie auch ich sie empfinde und genieße. Die gedankliche Nähe zu dir gibt mir ein Gefühl, das ich eigentlich nur vor wichtigen Meetings oder Präsentationen kenne: Schmetterlinge im Bauch, warm ums Herz, freudige Erregung, beschreiben diesen Zustand nur unvollkommen."

Er schreibt jeden Morgen und jeden Abend. Morgens meistens ganz früh, wenn die Enkel noch schlafen. Sophie freut sich über jede seiner Nachrichten, sie wecken sie auf und tragen sie in den Schlaf, was ihren geplanten Rückzug nicht einfach macht. Seine Zuneigung schwebt in ihr Leben wie ein zarter Duft, den sie genießt, obgleich sie weiß, dass sie ihn eigentlich gar nicht einatmen darf. Doch als Entschuldigung dafür, dass sie diesen Duft liebt, sagt sie sich, dass mit Gregorys Rückkehr nach Berlin ohnehin alles zu Ende sein würde, wobei sie sich allerdings nicht sicher ist, ob sie das auch wirklich möchte, oder ob sie insgeheim hofft, dass es nie eintreten möge.

Sie will nicht allzu viel darüber nachdenken, denn feststeht, dass sie sich beide an ihrer von Zuneigung und Erstaunen getragenen Verbindung erfreuen, auch wenn Sophies Verstand immer wieder dagegen appelliert und an die Notwendigkeit erinnert, ihr Leben aus dieser einerseits beflügelnden und andererseits betrüblichen Situation herauszukatapultieren. Also stellt sie sich auf seine Rückkehr nach Berlin und auf die Beendigung dieser virtuellen Romanze ein. Denn, dass diese nie anders als virtuell sein kann, ist ihr bewusst.

Er jedoch scheint es anders zu sehen, was sie überrascht: „Ich sende dir einen lieben Morgengruß zum Tag 368, das sind die noch verbleibenden Tage bis zum Schützenfest des nächsten Jahres: Leider ist Schützen nächstes Jahr eine Woche später, daher noch mehr als ein ganzes Jahr, bis wir uns dort wiedersehen können. Ich hoffe nur, es wird nicht so lange dauern."

Am letzten Urlaubstag setzt ein Zufallserlebnis, das ihn nachhaltig berührt und auf neue Horizonte seines Lebens einstimmt, einen bleibenden Akzent: der „Lass-deine-Träume-fliegen-Baum" auf der Insel Mainau. Dieser sogenannte Wunschbaum, lädt den Wind mit schmalen Papierstreifen zum Spiel ein und betraut ihn mit dem Auftrag, die ihm anvertrauten Wünsche an die Empfänger zu tragen. Als Gregory ihm begegnet hat er nur einen

Wunsch, diesem Baum seine Sehnsucht nach Sophie anzuvertrauen, was er ihr abends in geziemtem Wortlaut verrät:

„Natürlich schrieb auch ich einen Wunsch. Zu Hause muss ich das Foto genauer anschauen, ob man deinen Namen lesen kann. Ich habe mir nämlich gewünscht - das kann ich dir ja verraten - dass unsere Freundschaft ewig hält, was der schönste Moment des Nachmittags war."

Sophie freut sich, denn ewige Freundschaft klingt zuversichtlich. Sie freut sich auch über das Foto des Vollmonds, das er ihr kurz vor Mitternacht schickt: „Es ist unser Mond, der dir gute Nacht sagt. Wir sehen den gleichen Mond; er scheint für uns beide und wünscht dir schöne Träume."

Rund 400 Kilometer südlich betrachtet auch sie den Mond, den er als „unseren Mond" bezeichnet. Damit haben sie etwas, was ihnen beiden gehört, auch wenn es nur der Mond ist, unerreichbar und doch mit verbindendem Strahlen.

Es dauert nur ein paar Stunden und er meldet sich wieder: „Guten Morgen, my sweet Dancing Queen, mit Grieg's Morgenstimmung im Ohr will ich dich mit einem sanften Gutenmorgenkuss wecken. Mein Blick geht zur Schweizer Seite, wo Cléa dich mit ihrer feuchten Schnauze vielleicht gerade weckt. Heute geht es die rund 700 Kilometer zurück nach Berlin. Ich sende dir liebe Grüße von einem sehr schönen Urlaub am Bodensee, der einen noch schöneren Auftakt in Biberach hatte."

Seine Erwähnung von Griegs Morgenstimmung versetzt Sophie gedanklich fünfzig Jahre zurück: „Griegs Morgenstimmung hat mich, damals zwanzig Jahre jung, im Greyhound Bus über den Trans-Canada-Highway durch

Kanada begleitet, und ich habe mich jeden Morgen beim Aufgehen der Sonne daran erfreut."

Dann wünscht sie ihm gute Fahrt und nimmt sich vor, sich auf ewige Freundschaft einzustimmen. Nach seiner Ankunft schickt er ein Foto des Mondes, von schlichten Gutenachtwünschen begleitet – und damit passt alles zur ewigen Freundschaft.

Zwei Tage später kommt das versprochene Foto mit der Überschrift: „Unser ‚Lass-deine-Träume-fliegen'-Baum."

„Unser" liest Sophie und findet dieses Pronomen angenehm verbindend, zumal sie gar nicht dabei war. Aber Gregory hat dem Baum seinen Wunsch nach ewiger Freundschaft anvertraut und ihn damit zu „unserem" Baum erkoren:
„Liebe Sophie" schreibt er, „vorne steht Lennart, daneben Alexia und auf einem der Bänder steht mein Wunsch. Bei Vergrößerung erkennst du auf welchem. LG Gregory."
Sachlich knapp, keine hingehauchten Küsschen mehr, der Alltag hat ihn wieder.

Sie vergrößert das Bild auf dem Computer, sieht seine Enkel vor dem Wunschbaum stehen, an dem viele weiße Papierstreifen hängen: Alle sind auf der sichtbaren Seite unbeschriftet, bis auf einen, auf dem unverkennbar groß und deutlich „SOPHIE" steht und daneben ihre Initialen.
Ist das sein Wunsch nach ewiger Freundschaft?
Sophie erkennt, dass dieser Wunsch nur die halbe Wahrheit ist, denn da steht ganz deutlich, was er sich eigentlich und wirklich wünscht: SIE.
Er, der 1000 Kilometer entfernt wohnende und verheiratete Gregory wünscht sich Sophie! Wie kann er sich das erlauben - und wie stellt er sich das vor?

Wie richtig Sophies Vermutung ist, verrät er erst viel später, denn, wie auf all den in jungfräulichem Weiß strahlenden Streifen mit den auf der Rückseite vermerkten Wünschen, hat auch er seinen eigentlichen Wunsch auf die Rückseite geschrieben, wo ihr Name kein Platz mehr hatte, aber ihm hatte auch sehr daran gelegen, diesen für sie sichtbar anzubringen.

Sie reagiert mit Unverständnis, denn so sympathisch sie Gregory auch findet und so sehr sie beide sich ihrer harmonischen Verbindung auch erfreuen: er ist nicht frei und so steht es ihm nicht zu, einen solchen Wunsch zu äußern.

Nun weiß sie ganz sicher, dass sie sich zurückziehen muss, weil dieser Mann ein absolutes NO GO für sie ist. Aber sie weiß auch, dass das immens schwierig sein wird, weil es gnadenlos grotesk ist, sich gegen etwas zu wehren, was man als natürlich liebenswert und vertrauensvoll empfindet.

Sie beschließt es zu versuchen, will dabei auf ihre Willensstärke und die Logik ihres Verstandes vertrauen, der sich auf eine klare Aussage beschränkt: „Hände weg, dieser Mann ist ein NO GO!

3. Kapitel: Hände weg, dieser Mann ist ein NO GO

Für Sophie gibt ab sofort der Verstand die Handlungsweise vor: Freundschaft ja, aber nichts, was in andere Sphären führen könnte, denn Gregory ist ein NO GO, weil verheiratet, wenn vielleicht auch nicht mehr sehr intensiv „verheiratet". Auf jeden Fall ist er in einer ehelichen Beziehung gebunden und das heißt grundsätzlich: „Hände weg!"

Eigentlich trifft dieses „Hände weg!" gar nicht auf sie zu, denn nicht ihre Hände oder Körper kommunizieren, sondern die Schwingungen ihrer Herzen sind in Resonanz getreten und erstaunen sie beide mit dem Gefühl inneren Gleichklangs. Darin liegt ihre Freude an dieser Verbindung, die Gregory auch nach Rückkehr in sein Berliner Leben mit unverminderter Aufmerksamkeit pflegt, während Sophies Verstand beharrlich daran erinnert, den Anfängen zu wehren. Wenn es Anfänge gibt, wo liegen sie? Es gab keine Umarmungen, keine Küsse, nur den raschen Abschiedskuss am Bodensee, den sie ebenso wenig wahrgenommen hat wie Gregorys strategischen Kuss beim Jahrgänger-Umzug. Selbst ihre Hände haben sich außer beim Tanzen kaum berührt.

Aber ihre Herzen haben sich berührt und die Energien fließen ungehindert, was Sophie an ein Zitat von Blaise Pascal erinnert, wonach das Herz Beweggründe hat, die der Verstand nicht kennt. (Le coeur a des raisons que la raison ne connaît pas). Daraus erkennt sie ihr Dilemma zwischen Herz und Verstand, das sie in einer Art Quadratur des Kreises gefangen hält. Der Verstand fordert seinen Tribut und das Herz sagt: „Es ist doch gar nichts passiert", worauf dieser mit „noch nicht" antwortet.

Bis zu dem ungeplanten Treffen am Bodensee war für Sophie alles neutral, freundschaftlich und manchmal liebevoll neutral, außer den Teenager-Gefühlen am Sonntagnachmittag, die nur von kurzer Dauer waren. Verwirrend jedoch war der Zauber jener Stunde Bodenseeluft mit Schokoladeneis, dem sie zwar rasch entfloh, aber nicht entkam und nach wie vor nicht entkommt. Davon zurückgeblieben ist diese vertraute Sehnsucht, die sich oft wie ein neuer Bestandteil ihres Daseins anfühlt. Sind das die Anfänge, gegen die sie sich wehren muss?

Für Gregory stellt sich diese Frage nicht. Seit ihrem Wiedersehen nach 60 Jahren weiß er, dass er Sophie näher kennenlernen möchte. Er drängte auf ein Treffen in Berlin und dabei auch gleich auf das gemeinsame Schützenfest. Sobald sie zusagte, erstaunten ihn die durch seine Vorfreude flatternden „Schmetterlinge". Nach der durchtanzten Nacht fühlte er sie noch viel deutlicher und am Sonntagmittag schienen sie auch bei Sophie angekommen zu sein. Aber leider nur vorübergehend, wie er feststellte, denn später war sie nur noch freundlich reserviert. Der Schock kam mit ihrem kühlen Abschied nach dem Tanz auf dem Marktplatz. So konnte er sie unmöglich nach Hause fahren lassen, so nicht! Das konnte es doch nicht schon gewesen sein?! Enttäuscht und gekränkt wusste er, dass er sie unbedingt noch einmal sehen musste. Dabei drängte ihn die Hoffnung, seinen Abschiedsschmerz durch ein kurzes Wiedersehen mit ihr zu mindern, noch heftiger zum Erzwingen dieser Bodenseepause als seine gekränkte Eitelkeit.

Fest steht, dass diese Stunde Bodenseeluft das Leben zweier Menschen nachhaltig verändert und in Sophie ein Gefühl des Wiedererkennens hinterlassen hat, so vertraut, als hätte es schon immer in ihr geschlummert und nur darauf gewartet neu belebt zu werden. Damit muss sie nun zurechtkommen. Sie versucht sich davon zu befreien: im Garten, beim Schwimmen, im College und mit Freunden, aber Gregory torpediert ihr Bemühen mit Mails, die Zuneigung erkennen lassen und mit seinen Gutenachtküsschen, die er allabendlich kreiert, um seinen Tag mit Sophie zu beschließen, was ihm, wie er versichert, sehr am Herzen liegt.

Ganz entgegen den Vorgaben ihres Verstandes reagiert sie darauf mit ehrlich empfundener Freude, obgleich sie weiß, dass sie das gar nicht darf. Auch wenn sie sich nicht eingestehen will, was sich seit dem Bodenseetreffen für sie verändert hat, so fühlt sie doch die innere Kraft ihrer Freude, die diese Veränderung erkennbar macht. Sie leuchtet aus ihr heraus und ziert sie wie ein Schmuckstück, das man verehrt bekommt und strahlend trägt.

Auch Gregory freut sich: Er freut sich über die sommerlich farbenfrohen Fotos, die Sophie im Garten für ihn aufnimmt, und als sie befürchtet es könnten zu viele sein, widerspricht er: „Ich freue mich über jedes deiner Bilder und speichere sie alle ab. Also bitte keine Zurückhaltung. Ich habe mir heute ein neues Smartphone gekauft, weil die Batterie des alten schwach war. Du siehst, unsere Verbindung klappt also nicht nur jetzt, sondern auch in Zukunft. Ist das nicht schön?"

Staunen bei Sophie über das Wort „Zukunft". Was will er damit sagen und wie darf sie das verstehen?
„Gar nicht" mahnt der Verstand, und dabei ist ihr Wunsch sein Ermahnen zu ignorieren, etwas weniger intensiv, als jener, der das Glücksgefühl mit Gregory bewahren möchte, zumal sich dieses wie eine zweite Haut anfühlt, die auf seine Zuneigung wie auf sanfte Streicheleinheiten reagiert. Aber sie weiß, dass sie sich dagegen wehren muss, was einfacher wäre ohne ihre gefühlte

Verbindung und die Frage, warum sie sich gegen etwas wehren soll, das Wohlbefinden schafft?

An einem heißen Sommertag, zwei Wochen nach dem Treffen am Bodensee, will sie es wissen. Sie versucht dieser Unlogik mit einer Meditation auf die Spur zu kommen, meditiert unter dem Catalpa-Baum in ihrem Garten und hofft Antworten auf ihre Fragen zu finden. Aber sie empfindet nur friedliche Stille, fühlt sich dabei in Harmonie mit jedem Gedanken an Gregory und von sanft fließendem, goldenem Licht umgeben. Sie erkennt, dass nur er Klarheit in diese verworrene Situation bringen kann und schreibt:

„Lieber Gregory, nach drei Stunden Gartenarbeit mit sichtbaren Ergebnissen im Garten und auf meinem Körper, mit Erde auch in Gesicht und Haaren, lag ich meditierend unter dem Catalpa-Baum und dann lange in der Badewanne. Ich dachte über unsere doch sehr besondere Beziehung nach, die ich nicht genau zu deuten vermag. Aber ich erkannte, dass sie eine gewisse Intimität besitzt, die für uns beide durch unseren erstaunlichen Synchronismus und die energetische Verbindung ganz natürlich ist.

Deshalb möchte ich mit dir ganz direkt eine Frage erörtern, die mir immer wieder durch den Kopf geht, wenn ich an dich denke, was sehr oft der Fall ist: Wieso empfinde ich so viel Freude dabei, mein Leben auf diese Art mit dir zu teilen und zu wissen, dass auch du dich darüber freust?

Denn dass du ebenso empfindest, entnehme ich aus deinen Mails und daraus, dass du dich freust, wenn ich dir Fotos schicke und vieles mit dir teile, weil das für dich in Ordnung ist. Aber eigentlich - und aus der realen Welt betrachtet - ist unsere Beziehung ein absolutes "NO GO". Normalerweise schalten sich bei mir hundert rote

Warnlampen ein, wenn ich ähnlichen Versuchungen anheim zu fallen drohe und ich weiß, dass ich gut daran tue, diese geistigen Warnsignale zu respektieren.

Wenn ich es früher manchmal interessant fand, mich aus Neugier darüber hinwegzusetzen, um zu sehen was dann passiert, bin ich immer auf die Nase gefallen. Lernprozesse, nenne ich das und inzwischen habe ich auch gelernt, meine Erfahrungen daraus zu ziehen.

Doch nun kommst du völlig unvorhergesehen in mein Leben geschwebt und gibst ihm und mir einen ganz besonderen „touch of happiness", den ich als so natürlich und wohltuend empfinde, dass ich ihn mit einer Selbstverständlichkeit genieße, als hätte es immer so sein sollen, obwohl ich bei dir eigentlich tausend rote Lampen sehen müsste! Denn was mache ich am Genfersee lebend mit einem in Berlin verheirateten Mann??? Das ist ganz unmöglich, aber ich sehe statt der roten Lampen nur goldenes Licht, was mich doch sehr erstaunt.

Erstaunlich ist auch, dass mir meine innere Stimme gerade sagt, ich solle nicht versuchen, es zu verstehen, sondern es einfach als Geschenk annehmen und genießen. Was soll denn das nun wieder bedeuten? Bis vor ein paar Minuten hat mich die dir eben gestellte Frage noch vordergründig beschäftigt und bei meinem Versuch, sie zusammen mit dir zu erörtern, erhalte ich nun, ohne dein wissentliches oder willentliches Dazutun, diese Antwort. Also werde ich jetzt getrost meinen Campari genießen und danach Tomaten mit Mozzarella und Basilikum. Dann gibt es Spaghetti mit geröstetem Knoblauch und frischer Petersilie. Das hört sich schrecklich an, schmeckt aber supergut, und heute küsst mich ja keiner, außer eventuell Cléa, die genau weiß, dass sie das nicht darf und es mit affenartiger Geschwindigkeit immer dann tut, wenn ich versuche ganz streng und erzieherisch mit ihr zu sein. Virtuell küssen darf man natürlich immer. Letzteres tue ich jetzt auch und behalte dich dort, wo du bereits bist: In meinem Herzen."

Gregory mag nicht glauben, was er liest, denn das ist eine klar formulierte Negation ihrer Verbindung. Sie trifft ihn dort, wo es am meisten schmerzt: mitten ins Herz. Die Überlegung aufzugeben, liegt nahe, aber er will eine übereilte, von seinen verletzten Gefühlen diktierte Reaktion vermeiden, denn Sophie ist zu einem wichtigen Teil seines Lebens geworden, den er nicht verlieren möchte. Also schreibt er nachdenken zu müssen, bevor er antworten könne, was wiederum Sophie irritiert, die, ohne darauf einzugehen, nun ihrerseits an Rückzug denkt.

Von dieser Kontroverse völlig unbeeinflusst sind seine Mails so liebevoll, als obliege es ihnen jedwede Bedenken in Sanftheit zu ersticken, was darauf schließen lässt, dass ihre energetische Verbindung auch in Krisenzeiten besteht, weil sich die Sensoren so intensiv aufeinander eingestellt haben, dass sie auf Störungen mit entsprechenden Schutzmaßnahmen reagieren.

Trotzdem verdoppelt sich ihre Herzfrequenz bei jeder seiner Nachrichten, während die Tage wie in Zeitlupe und in einem Wechselbad der Gefühle aus Freude und Anspannung vergehen, wodurch ihre eigenen Überlegungen zum Abbruch mit jedem Tag des Wartens auf seine Antwort an Gewicht gewinnen. Sie erkennt das Kontroverse an der Situation und die Logik ihres Verstandes, wonach dieser virtuellen Romanze sowieso keine weiterführende Entwicklung beschieden sein kann, auch wenn sie sich das vermutlich sehnlicher wünscht, als sie es sich einzugestehen bereit ist.

Oft sitzt sie abends mit einem Glas Rosé auf der Terrasse und bereitet sich auf die Akzeptanz seiner Antwort vor, wie immer diese auch ausfallen möge. Dabei stellt sie sich immer wieder die Frage, ob er vielleicht den Abbruch schon beschlossen hat und es ihr nur noch nicht sagen will. Könnte das der Grund für das Hinausziehen seiner Antwort sein? Zum Glück hält diese Befürchtung nie lange an, denn sie reagiert darauf wie auf ein giftiges Insekt, das es zu verscheuchen gilt, bevor es seinen Stachel ins Fleisch bohren kann.

An diesen Abenden freut sie sich besonders auf sein Gutenachtmail, mit dem er seinen Tag mit ihr ausklingen lässt, oder ihr noch einen späten Gutenachtkuss schickt: „So sachte, dass du ihn, falls du schon schläfst, nur im Traum wahrnimmst."

Meistens trinkt Gregory zur gleichen Zeit Wein auf seinem Balkon und denkt über seine Antwort nach, die so einfach wäre, wenn er das schreiben dürfte, was er empfindet. Aber er weiß, dass er das nicht darf, weil er Sophie nicht sagen kann, dass er sie liebt und sich sehnlichst wünscht, mit ihr glücklich zu sein.

In den warmen Sommernächten trinkt er dann gerne auch ein zweites Glas Wein, was zwar nicht beim Antworten hilft, aber beim Träumen, was wäre, wenn …

Diese Vorstellung macht ihn glücklich, und eines Abends denkt er sich ein besonders liebevolles Gutenachtküsschen aus. Dann passiert das Erstaunliche, denn als er es abschickt, greift der Zufall ein und lässt den ABBA-Song „Dancing Queen" aus der Nachbarschaft herüber wehen. Das Lied für Sophie, seine Dancing Queen! Ein positives Zeichen für seine Liebe! Das will er ihr auch gleich mitteilen:
„Ist das nicht ein toller Zufall für uns beide? Ich war so freudig aufgeregt, dass ich mich lange kalt abduschen musste, um wieder in die Realität zurückzukommen."

Er kann lange nicht einschlafen und schaut immer wieder nach, ob sie geantwortet hat. Aber sie reagiert nicht, und auch am nächsten Morgen ist kein Mail von ihr da. Was ist passiert?

Sophie hat Unabhängigkeit geübt, um für den „Ernstfall" einer negativen Antwort gewappnet zu sein, und ist schlafen gegangen, ohne sein Gutenachtmail abzuwarten. Am nächsten Morgen ist sie von seinem Dancing-Queen-Erlebnis berührt, fragt sich aber auch, wie sie das Wegduschen seiner Emotionen wohl deuten solle. Es ist etwas verwirrend, jedoch ohne unangenehm zu sein. Möchte er ihr mit dieser intimen Vertrautheit womöglich zu verstehen geben, dass doch alles so bleiben darf wie es ist, weil es sich gut und richtig anfühlt?

Sie erinnert sich, in Biberach den Begriff Zeit mit ihm erörtert zu haben. Also erwähnt sie einen Artikel des französischen Physikers Etienne Klein über dessen Einschätzung der Zeit:
„Er vergleicht unser Leben mit einer Reise im Zug, die uns den Eindruck vermittelt, als flöge die Landschaft an uns vorbei, aber in Wirklichkeit ist es der Zug, der sich durch die Epochen der Zeit bewegt. Er geht davon aus, dass Vergangenheit, Gegenwart und Zukunft gleichzeitig stattfinden, obgleich wir sie nicht so erleben. Auch Einstein hat sich in diesem Sinn geäussert; aber mir gefällt vor allem sein Zitat, wonach das, was wir im Allgemeinen als Realität bezeichnen, nur eine Illusion ist, obwohl wir sie als real und beständig empfinden."

Keine Illusion dagegen ist Gregorys Liebe zu Sophie, die er so intensiv empfindet, dass er es ihr sagen möchte. Aber wie? Er könnte versuchen seine Gefühle in Themen unterzubringen, die sie interessieren. Also versteckt er sie wie sachliches Beiwerk in einem Mail, das sich an diese Betrachtung anschließt und mit seinem Dank für Sophies Gartenfotos beginnt:

„Ich bewundere deine gärtnerischen Fähigkeiten und deine Leidenschaft ebenso wie die Tatsache, dass du anspruchsvolle Literatur liest. Da komme ich mir fast wie ein Fachidiot vor; aber das Schöne an unserer Verbindung ist ja auch, dass du mich auf andere Gedanken zu bringen vermagst. Das liebe ich an dir und daher auch dich. Heute Abend will ich meine Meinung zu deinem „No-Go-Man-Mail" zu formulieren versuchen."

Also doch, er wird antworten. Aber Sophie, die normalerweise jedes Detail wahrnimmt, übersieht seine Liebeserklärung!!! Eine absolute Enttäuschung für Gregory, denn wie kann er danach noch eine positive Antwort auf ihre Überlegungen finden, wonach sie bei ihm tausend rote Warnlampen sehen müsste? Zumal sie ihn auch knallhart fragt, was sie, am Genfersee lebend, mit einem in Berlin verheirateten Mann anfangen solle?

Von dieser unerwarteten Nichtbeachtung seiner Gefühle entmutigt, verschiebt er seine Antwort weiterhin. Er will sich nicht in voreiligen Sätzen festlegen, sondern lieber noch etwas träumen. Dabei stellt er fest, wie lebhaft Sophie ihn an seine geliebte, leider verstorbene Schwiegermutter erinnert und wie sehr sie dieser in vielem ähnelt. Damit kann er sie vielleicht indirekt von seiner ernst gemeinten Liebe überzeugen. Aber vorsichtshalber nicht gleich, denn ihre Nichtbeachtung seines Geständnisses ist noch zu frisch. Also formuliert er seine Antwort entsprechend neutral:

„Liebe Sophie, dein Mail brachte mich ins Grübeln. Genauso wie du frage ich mich nämlich auch, woran liegt es, dass wir uns so gut verstehen. Was ist es, das dich für mich so attraktiv macht? Warum kommuniziere ich so gerne mit dir, wobei ich immer so ein wohliges Gefühl, eine Mischung von Schmetterlingen im Bauch, Anspannung und warm ums Herz, habe?

Anfänglich war es sicher mein Interesse, mit dir ein schönes Schützenfest zu feiern. Mit dir bis in den Morgen zu tanzen, dich als „Schützenschatz" zu hofieren. Aber inzwischen ist das Schützenfest vorbei und mein Kommunikationsinteresse mit dir ist eher gestiegen als weniger geworden. Deine Gedanken und besonders deine Lebenserfahrung, die dabei immer wieder durchdringt, faszinieren mich. Im privat-persönlichen Bereich hast du viel mehr erlebt als ich. Da bin ich, vielleicht aus Naivität heraus, viel argloser.

Es ist Realität, dass ich rund 1000 Kilometer von dir entfernt wohne, dass ich verheiratet bin und meine Familie, insbesondere meine Enkel, einen Großteil meiner Freizeit einnehmen, aber darin sehe ich keinen Widerspruch in meiner Zuneigung zu dir. Du bist für mich wie die Muse für einen Künstler. Du motivierst mich zu anderen Gedanken, du bringst mir durch deine Garten- und Landschaftsbilder Freude an der Natur, du lässt mich teilhaben an deinen Gefühlen und Stimmungen. Für mich ist unsere emotionale Beziehung keinesfalls ein "no go", nein, ich stehe zu ihr "100 Pro". Mit dieser ehrlichen Meinung und einem Gutenachtkuss wünsche ich dir schöne Träume."

Sophie überlegt, wie sie das verstehen soll, denn es ist keine klare Antwort, obgleich alles ehrlich klingt. Seine Gedanken lassen eigentlich alle Möglichkeiten offen. Dabei fällt ihr die Geschichte ihrer Freundin Carola ein, die mit 18 Jahren ein Jahr in Paris verbrachte, um ihre Französisch-Kenntnisse zu erweitern. Aus gutem Hause stammend, erklärte ihre Mama vor der Abreise, sie solle mit den französischen Männern vorsichtig sein, und wenn ihr einer zu nahekäme, solle sie einfach sagen, sie sei in Deutschland verlobt. Als sie das dann auch tat, entgegnete der Franzose charmant: „Das macht doch nichts, ich bin verheiratet und liebe meine Frau, aber deshalb können wir doch trotzdem „faire l'amour".

Aber sie sieht in Gregory keinen oberflächlichen Menschen und ordnet ihn auch nicht im Kreise jener Businessmänner ein, die sich neben ihren beruflichen Herausforderungen eine Geliebte leisten, um damit das fest etablierte bürgerliche Leben und eine vielleicht sexuell nicht mehr reizvolle Ehe am Laufen zu halten. Er leistet sich keine Geliebte, sondern nur eine Muse und das ist sie. Also muss sie sich damit auseinandersetzen.

Sie analysiert und hinterfragt: Ahnt er, dass auch Musen Gefühle haben? Haben Musen Platzansprüche? Und wenn ja, wie sehen diese aus? Oder sind Musen lediglich Dekoration in den Gedanken und der Gefühlswelt des anderen, während dessen Leben in der gesellschaftlich und familiär fixierten Existenz ganz normal weiterläuft? Zu seinen Emotionen steht er 100% pro, aber wie steht er zu ihren? Sophie denkt dabei an ein Zitat aus „Le Figaro", wonach es Antworten gibt, die man vor ihren Fragen schützen muss. Das passt zum gegenwärtigen Status quo und dabei will sie es belassen, denn sie ist verwirrt genug, ohne Dinge zu hinterfragen, die nicht relevant sind.

„Noch nicht relevant!" mahnt der Verstand, denn das betrifft sein Terrain, das Sophie im Moment nicht betreten möchte. Sie sieht in diesem Status quo ein neutrales Abwarten ohne Handlungsvorgabe; so neutral wie die Schweiz, die an diesem Tag, dem 1. August, ihren Nationalfeiertag feiert, was Gregory schon morgens um sieben Uhr dazu animiert, Sophie ein Foto von den Heckenrosen auf seinem Balkon zu senden:

„Mit einem lieben Morgenkuss sende ich dir Röschen, zum Wachwerden am Feiertag."

Eine Morgengabe an die Muse? Sie entscheidet, dass die Muse den Kuss nicht erwidert, selbst wenn dieser nur virtuell ist. Zunächst gilt es seine undefinierbare Stellungnahme zu entschlüsseln, die sie seltsam bedrückt.

Ähnlich bedrückend empfindet sie auch den Tag, der unwirtlich heiß ist, die Hitze steht still: im Haus, auf der Terrasse und im Garten. Auch die Zeit steht so still wie gelähmt. Sie lähmt Sophies Gedanken, macht sie leer und schwer. Sie geht im Haus auf und ab, durch den Garten und mit dem Hund, fühlt sich wie gefangen in diesem Tag. Aber dieses Gefangensein hat nichts mit dem Tag zu tun, es ist Gregorys Mail, in dem sie gefangen ist. Er hat sie mit den Tatsachen seines Lebens konfrontiert und darin festgenagelt; festgenagelt auch in ihrem Leben und in ihren Emotionen. Das passt nicht zu ihr, schon gar nicht an diesem Tag, an dem alle feiern. Ihr ist nicht zum Feiern zumute, sie fühlt eine dumpfe Traurigkeit und weiß, dass sie sich davon befreien muss. Sie weiß auch, dass ihr Befreien mit Gregory zusammenhängt, denn darin liegt des Schmerzes Kern. Sie glaubt, sich von seiner Zuneigung trennen zu müssen, die sie wie einen Teil ihrer selbst empfindet, wenn sie seine Gedanken wie ein Echo ihrer Seele wahrnimmt. Sich davon zu trennen, wird ihr schwerfallen.

Aber Gregorys Abendgruß zum Nationalfeiertag drückt Verbundenheit aus: „Heute ging mir Rossinis Galopp aus der Wilhelm Tell Ouvertüre nicht aus dem Sinn. Ich fühle mich mit dir, liebe Schweizerin, so eng verbunden, dass ich schon den Nationalfeiertag verinnerliche. Dazu spukt die Idee, mit dir ein Essay über die Entwicklung unserer so besonderen Beziehung zu schreiben, in meinem Kopf herum."

Über „die Entwicklung unserer so besonderen Beziehung" ist Sophie ebenso erstaunt wie über seine Bemerkung, aus ihrer Schilderung des Tages eine gewisse Wehmut herauszulesen, denn Wehmut ist Sophie eigentlich fremd. Aber dieses Wort trifft ihre Empfindungen dieses Tages, den sie lediglich als heiß und den mit Kollegen und Studenten im College verbrachten Abend als fröhlich beschrieben hatte. Gregorys Einfühlungsvermögen lässt Sophies Wehmut zu einer Art Phantomschmerz werden, ohne nachweisbare Existenzberechtigung, weil sie sich nicht an Vergangenem, sondern an Zukünftigem orientiert, an der Befürchtung eine Entscheidung treffen zu müssen, die weh tun und den Mut zum Schmerz erfordern würde.

Aber für Gregory hat sich nichts geändert. Er freut sich, von Sophie auf seine morgendlichen SMS rasch eine Antwort zu erhalten und liebt es, am Ende des Tages in Gedanken an sie einzuschlafen. Auch sie liebt es, ihren Tag mit ihm zu beschließen:
„Wenn ich beim Einschlafen an dich denke, geht es mir gut", schreibt sie und genauso ist es.
Aber sie denkt auch beim Aufwachen an ihn, nimmt ihn in Gedanken mit durch den Tag und abends auf die Terrasse. Dabei ist der Austausch ihrer Tageserlebnisse wie das Ausloten der Tiefe ihrer Beziehung, die nichts an Intensität verloren zu haben scheint.

Gregory notiert vieles, was sie beide betrifft, denn er möchte das Essay konkretisieren. Er ist begeistert von Sophies Idee, einzelne Geschichten zu schreiben, die dann als Mosaiksteinchen ein Gesamtbild ergeben: „So kann ich dich, falls du möchtest, stückchenweise an meinem Leben teilhaben lassen. Natürlich würde ich dir das lieber persönlich erzählen, aber ich denke kaum, dass ich mit dir 1001 Nächte verbringen und dir dabei Geschichten erzählen werde, um mein Leben zu retten."

Gregory kommt ins Schwärmen: „Ich finde diese Idee ganz wunderbar, weil es UNSERE Geschichte ist. Vielleicht können wir das eines Tages auch literarisch verknüpfen, was viel Arbeit und Zeit erfordert, aber die haben wir ja. Jetzt sind sie wieder da, die Schmetterlinge."

Schmetterlinge und die Perspektive, Zeit für ihre Geschichte einzuplanen! Offenbar hat die Infragestellung ihrer Beziehung nicht geschadet, sondern ihr eher eine neue Tiefe verliehen. Sophie und Gregory schwingen wieder synchron, wobei er seine Gefühle immer mehr durchblicken lässt. Es ist, als hätte es nie ein No-Go-Mail und nie eine Antwort darauf gegeben.

Sophie untermalt ihre Tagesabläufe weiterhin mit Fotos und er freut sich darüber: „Wenn du mir noch ein paar Fotos von deinem Garten schickst, kenne ich ihn so gut, als ob ich bereits darin herumgeschlendert wäre. Nur die einzelnen Pflanzen müsstest du mir noch erklären, denn in Biologie war ich nie besonders gut. Bei den Pilzen hatte ich eine glatte 5(*). So etwas vergisst man nicht. Nur der Fliegenpilz und eine Frage zu den Wurzelfäden retteten mich vor der 6. Aber wenn ich deine Fotos ansehe, könnte ich Gärtner aus Liebe werden."

(*)In der Notenskala in Deutschland gilt die 1 als beste und die 6 als schlechteste Note.

„Du hast recht, lieber Gregory, man wird Gärtner aus Liebe; aus Liebe zum Garten und zur Natur. Heute habe ich eine wunderschöne Blüte in meinem Gemüsegarten entdeckt. Ich habe sie als Suchbild für dich aufgenommen. Es ist kein Test, denn ich hätte es auch nicht gewusst, weil auch ich in Biologie kein besonderes Licht war. Das muss man für den Garten auch nicht sein, für den braucht man Liebe, das hast du richtig erkannt."

Das Suchbild ist eine Kartoffelblüte, und Gregory meint dazu, die Antwort gäbe ihm noch Rätsel auf. Als Sophie ein paar Tage später liest, seine Erkundigungen bei Experten hätten ergeben, dass es sich um eine Solanum oder Kartoffelblüte handelt, überlegt sie, ob er dazu möglicherweise seine Frau befragt haben könnte, was ihr missfallen hätte. Warum? Weil sie nicht möchte, dass er, um sie zu beeindrucken, seine Frau befragen muss. Später erfährt sie, dass er für die korrekte Antwort in ein Gartencenter gegangen ist!

Er erinnert daran, dass er fleißig Punkte für das gemeinsam zu schreibende Essay notiert:
„Es sind so viele, dass wir ein ganzes Wochenende damit füllen könnten. Ich gebe den Gedanken nicht auf, dass wir das in greifbarer Zukunft auch schaffen".

Punkte, um ein ganzes Wochenende auszufüllen? überlegt Sophie, und wann wird Zukunft greifbar? Bei dem Gedanken daran, wie lange sie sich nicht gesehen haben, scheint sich die Zeit wie ein endlos ferner Horizont vor ihr auszudehnen. Aber in Wirklichkeit ist noch nicht einmal ein Monat vergangen, seit sie mit ihrem Blitzstart am Bodensee der Welt des „Nicht-Sein-Dürfens" entflohen ist. Physisch ist sie seiner Präsenz zwar entkommen, aber die seelische Verbundenheit besteht, und darin ist sie inzwischen so stark verankert, dass sie nicht mehr dagegen angehen möchte. Aber sie will auch nicht abhängig sein von einer Beziehung, die keine Zukunft hat. Sie muss unbedingt wieder einen klaren Kopf bekommen, sich mit anderen Dingen und mit anderen Menschen beschäftigen, in einer anderen Stadt, mit Opernbesuchen und Kunstgalerien. Dafür bietet sich München an, wo ihre Freundin Heidi sich schon lange auf ihren Besuch freut.

Gregory ist begeistert als sie ihn darüber informiert und schlägt vor, Sophie dort zu treffen: „Damit würde einer meiner Wünsche, nämlich dass wir uns nicht erst im nächsten, sondern schon in diesem Jahr wiedersehen, in Erfüllung gehen. Auch falls wir in München nur wenig Zeit für uns haben, ich freue mich auf jede Minute, die wir miteinander verbringen können.

Wenn ich daran denke, werde ich aufgeregt und die Schmetterlinge flattern – was ist denn das? Mit dieser Frage an mich, aber auch an dich, hauche ich ein Küsschen nach Süd-Süd-West."

Ob München die Antwort auf diese Frage bringen kann, bleibt noch offen, aber Sophie freut sich über die Zusage für ihr Wiedersehen und empfindet dem Schützenfestlied entsprechend:
„Rund um mich her ist alles Freude" und ersetzt an diesem Abend das Glas Rosé durch Champagner. Dabei denkt sie an die vor einem Monat mit Gregory durchtanzte Nacht, ohne zu ahnen, dass auch er nicht schlafen kann und diese Erinnerung zum Anlass nimmt, den Himmel nach Sternschnuppen abzusuchen. Doch in Berlin ist alles dunstig und er fragt:
„Hast du heute einen klaren Nachthimmel? Wir haben die Nächte der Sternschnuppen, doch hier sind keine Sterne zu sehen, aber ich wünsche mir eine Ergänzung zum „Lass-deine-Träume-fliegen" -Wunschbaum. Also gebe ich nicht auf, und wenn es heute nicht klappt, so vertraue ich auf den Wetterbericht, der klare Sicht für die kommenden Nächte ankündigt. Dann suche ich weiter, denn mein Ergänzungswunsch soll ja in Erfüllung gehen. Mit dieser Hoffnung schließe ich dich liebevoll in meine Arme und wünsche dir die schönsten aller Träume."
„Wie gerne wäre ich in deinen Armen, um mit dir Sternschnuppen zu suchen. Der Himmel über mir ist mit Sternen übersät, doch du fehlst mir, um sie zu zählen".

Mit der Überlegung, was sein Ergänzungswunsch sein könnte, schläft sie ein und freut sich beim Aufwachen zu lesen: „Meine Erinnerung an unsere durchtanzte Nacht ließ mich nicht schlafen und ich suchte weiter nach Sternschnuppen. Als es klarer wurde, sah ich zwar ein paar Sterne aber keine Schnuppen. Heute Nacht schaue ich nochmals nach und berichte dir."

Sophie ist begeistert: Ein Mann, der sich an Daten erinnert und nach Sternschnuppen für die Erfüllung seiner Wünsche sucht! Ihr gefällt auch die Hartnäckigkeit, mit der er sein Ziel verfolgt und es auch tatsächlich schafft, einer eiligen Sternschnuppe seinen geheimen Wunsch anzuvertrauen. Sei es der Zauber der Sternschnuppen oder was auch immer ihn dazu ermutigt: In dieser Nacht formuliert er sein längst geplantes, ehrliches Bekenntnis für Sophie, das vieles verändert und die gegenwärtige Situation in ein anderes, hoffnungsfrohes Licht setzt.

Er beginnt mit der Erklärung, dass er sich gewahr wurde, was ihm an ihr so gefällt und warum er sich mit ihr so gerne verbunden fühlt:
„Es ist, liebe Sophie, deine Zuversicht auch in kritischen Situationen; deine Begabung, die Zusammenhänge aus den erlebten und gefühlten Situationen positiv zu kombinieren; deine optimistische und fröhliche Grundhaltung; oder viel einfacher ausgedrückt: deine Freude am Lachen, deine Freude am Tanzen, deine Freude an Musik, deine Freude an kreativer (Garten-) Arbeit, deine Freude an deiner Begleiterin Cléa, und jetzt ist mir auch bewusst, was seit unserem Wiedersehen in Berlin in meinem Unterbewusstsein verharrt: Du erinnerst mich so positiv an meine Schwiegermutter.
Doch das muss ich dir erklären, damit du es verstehst: Ich liebte meine Schwiegermutter über alles. Mit ihr konnte ich wunderbar tanzen, wir unternahmen viele Reisen und Ausflüge zusammen, und manchmal kam

mir in den Sinn, dass ich meine Frau auch wegen ihrer Mutter geheiratet haben könnte …"

Sophie ist wie verzaubert. Sie liest und liest, liest immer wieder dieselben Sätze, so als müsse sie sich jedes Wort seines Bekenntnisses teelöffelweise einverleiben, wie eine Arznei, von der man sich Genesung erhofft und weiß, dass sie ihre Wirkung nicht verfehlt. Es ist die Genesung von der Vorstellung des „Nicht-Sein-Dürfens", und diese lässt nicht lange auf sich warten. Dabei stellt sie sich immer wieder dieselbe, ihre kleine Welt bewegende Frage, die wie ein bunter Kreisel durch ihre Gedanken tanzt: Wenn sie ihn so positiv an seine über alles geliebte Schwiegermutter erinnert, würde er sie eines Tages womöglich genauso lieben können? War das eventuell bereits seine Absicht??

Gerne wüsste sie seine Antwort, aber natürlich fragt sie ihn nicht, sondern begnügt sich mit dem Ausdruck ihrer Freude und bedankt sich für dieses unverdiente Kompliment, das ihr Attribute zuschreibt, die sie mit einem Menschen vergleicht, den er geliebt und verehrt hat: „Auch mit den transzendentalen Vorgängen entdecken wir eine neue, gemeinsame Dimension, das hat mich schon immer beschäftigt. Das fing ganz früh an. Ich erinnere mich gut, dass ich als Kind oft mit dem Eindruck aufwachte, ich käme von ganz weit her in meinen Körper und in mein Bett zurück. Ich wusste Dinge, die ich nicht wissen konnte, die sich später jedoch als richtig herausstellten.
Als ich mich konkret an Einzelheiten aus früheren Leben erinnerte, war ich davon überzeugt, mit mir könne etwas nicht stimmen. 2001 kam ich durch Zufall zu einer Reinkarnations-Therapeutin in München. Ich hatte keine Ahnung, was mich dort erwarten würde, aber diese Stunde hat mein Leben nachhaltig verändert.

Mit deinem Geständnis bist du noch etwas mehr in meine und ich in deine Welt eingetaucht. Du hast viele Dinge aufgezählt, die dich an deine Schwiegermutter erinnern und die auch mir Freude machen. Aber etwas ganz Wichtiges hast du dabei vergessen, denn das bist DU, eine Freude in ihrem und in meinem Leben. Ich danke dir dafür, dass du Töne in mir anklingen lässt, die ich vergessen oder im Gedränge der Ereignisse verloren habe. Aber irgendwann finden wir sie wieder, die Töne unserer Seele, weil sie jemand in uns wieder lebendig werden lässt. Die Erklärung dafür ist einfach aus dem Begriff „*Per Sona*" abzuleiten, aus dem das Wort Person entstanden ist, der Körper für den Klang der Seele."

Gregorys und Sophies Verbindung hat einen neuen, volleren, „wertvolleren" Klang erhalten, und sich damit um eine Oktave an Gefühlstönen erweitert. Sie sind in einer neuen Dimension angelangt, in der des gemeinsamen ‚Sein-Dürfens', frei von Zweifeln und Verboten. Auf einmal fühlt sich alles richtig, gut und so natürlich an, als könne es gar nicht anders sein. Mit seiner Aufrichtigkeit lässt Gregory eine zuversichtlich vertrauensvolle Perspektive anklingen, die selbst Sophies Verstand zum Schweigen bringt: dieser verharrt nun stoisch in Erwartung weiterer Entwicklungen oder Klarstellungen.

Sophie hinterfragt nichts mehr, sondern vertraut und fühlt sich damit leicht und glücklich. Sie liebt Gregorys romantisch-poetische Empfindungen und seine fantasievolle Art, wie er zur Erfüllung seines Wunsches Verbündete sucht: den Wunschbaum, die Sternschnuppen und den Mond, dem er während des Sommerfests in seinem Berliner Club einen Wunsch aufgibt:
„Das Fest ist noch in vollem Gang, doch ich suche den Mond, unseren Mond. Noch kann ich ihn nicht finden, aber ich suche weiter, denn ich will ihm einen stillen

Wunsch zurufen, den er in dein Herz tragen soll und umarme dich dabei ganz lieb."

Sophie freut sich über Gregorys gedankliche Präsenz und seine Suche nach dem Mond: „Nun ist er da" liest sie wenig später, „es ist unser Mond; er nahm meinen Wunsch auf und lächelte mir dabei entgegen. Wenn ich denke, dass er auch dich liebevoll anstrahlt, wird mir warm ums Herz und ich gebe seinen Strahlen einen lieben Gutenachtkuss mit auf den Weg."
„Dein Wunsch ist angekommen, an einem warmen Platz in meinem Herzen, wo er sein Geheimnis wahrt".
„Ja, liebe Sophie, geheime Wünsche soll man nicht aussprechen. Wir können sie uns aber, wenn wir uns in die Augen sehen, auch ohne Worte zuflüstern."

Sich in die Augen sehen und Wünsche wortlos zuflüstern. Sophie gefällt diese Perspektive. Sie fühlt sich in Gregorys romantischer Gefühlswelt geborgen und erlebt das Erkennen ihrer gemeinsamen Empfindungen wie Streicheleinheiten für die Seele, beruhigend und sanft, mit der Prämisse „Alles wird gut."

Gregory, der Sophie seit Monaten an seinem Leben teilhaben lässt, räumt ihr nun einen Platz darin ein, festigt damit aber auch seinen Platz in ihrem Leben. Alles scheint sich wie von selbst zu fügen, ist letztendlich jedoch lediglich seiner hartnäckigen Eroberungsstrategie zu verdanken, mit der er Sophie an seine allmorgendlichen Grüße und seine Gutenachtküsschen gewöhnte, während sie immer wieder versuchte, diesen beglückenden Girlanden ihrer Tagesabläufe den bereits eingenommenen Platz in ihrem Leben abzusprechen. Aber Gregory, an Erfolge strategischen Vorgehens gewöhnt, verfolgte seine emotional motivierte Strategie mit liebevoller Zielstrebigkeit. Damit gelang es ihm, seine Präsenz so in Sophies Leben zu etablieren, dass sie den Zauber spürte, ohne seine Absicht zu erkennen. Zumal sie sich generell gegen Abhängigkeiten wehrt und sich gerne als emotionale Kopffrau sieht, mit dem Kopf in den Sternen und mit den Füßen fest im Boden verankert. Die Schreibweise kennzeichnet die Kopffrau als Substantiv, dem das Emotionale nur als Adjektiv vorangestellt ist.

Als der etwas trotzköpfige Stratege auf die Idee kommt, das Bollwerk der Kopffrau zielgerichtet zu unterminieren, sind ihm Zufälle willkommene Wegbereiter: sein Erlebnis mit dem Wunschbaum auf der Insel Mainau, die ARTE Sendung mit den Rosenblüten und der ABBA Dancing Queen Song in der Sommernacht. Alles geschieht ohne jegliche strategische Überlegung, was ihn in seinem Bemühen bestärkt. Dazu wählt er Verbündete, den Mond und die Sternschnuppen, was Sophie erstaunt und berührt.

Obgleich sie beide schon im Herbst des Lebens angekommen sind, ist Gregory davon überzeugt, dass es für ihn noch nicht zu spät ist, sich Sophie als Lebensbegleiterin zu wünschen. Er wünscht sich, sie zu lieben und mit ihr glücklich zu sein.

Sophie erkennt die Ehrlichkeit seiner Zuneigung, womit sich nicht nur der „NO GO MAN", sondern auch die Situation wandelt, die fortan keinem „Wehret den Anfangen' mehr unterworfen ist. Dafür ist es inzwischen auch schon zu spät, weil sie diese längst hinter sich gelassen haben und Gregory den gemeinsamen Weg auch seit langem vorgesehen hat. Obgleich sich dieser erst in kleinen Punkten abzeichnet, haben sie inzwischen beide das Leuchten der Liebe, der Freude und der Zuversicht erkannt. Es ist der Weg in eine neue Dimension, die es zu entdecken und zu erforschen gilt, gemeinsam. Damit wird für Sophie das Bestreben ihres Verstandes, dem

Glücksgefühl, das sie mit Gregory verbindet entgegen-zusteuern, obsolet, und die Quadratur des Kreises endet mit der Gewissheit, sich nicht mehr gegen etwas zur Wehr setzen zu müssen, das sie glücklich macht. Wie immer es auch weitergehen wird, sie weiß, dass es ab jetzt nur eine Wahl für sie gibt: Gregory zu vertrauen, dieses späte Glücksempfinden als ein unerwartetes Ge-schenk ihres Lebens zu akzeptieren und sich dran zu er-freuen.

4. Kapitel: Ein Zeichen, ein Zufall und fast ein Wunder - Viva la Vida

Das Zeichen setzt Gregory ganz klar mit seiner Entschlossenheit Sophie in München zu treffen, was eine neue Dynamik in ihre Emotionen bringt. Diese sprechen nun eine deutlichere Sprache: die des möglichen „Sein-Dürfens". Allerdings fehlen in diesem Vokabular noch die Wörter, die mögliche Folgen beschreiben, denn die stehen auf einer anderen Seite, auf einer, die sie noch nicht aufgeschlagen haben. Aber beide sind sie sich der Bedeutung dieses Wiedersehens bewusst und aufgeregt bei der Überlegung, ob die Realität dem virtuell Erlebten standhalten wird. Aber sie schwingen im Einklang und immer klarer schwingt dabei die Liebe mit.

Wie sehr seine Sensoren auf eine Neuorientierung ausgerichtet sind, erlebt Gregory zufällig im Gespräch mit einer Kollegin: „Sie hat sich vorgenommen ein Buch zu schreiben, das ihr Leben in einer anderen geographischen Umgebung darstellt. Das verschlug mir beinahe den Atem. Sie erzählte von einem Roman von Paulo Coelho, in dem ein Mann seinem Traum folgt und auf der Reise zu seinem Traumziel wunderbare Dinge erlebt. Durch die dabei empfundene Liebe wird er zu einem anderen Menschen. Das hat mich sehr beeindruckt, denn ich dachte dabei immer an dich und unser gemeinsames Vorhaben."

Für ihn ist dieser Zufall ebenso so richtungsweisend wie die Begegnung mit dem Wunschbaum, und für Sophie ist es interessant zu beobachten, wie manche Dinge sich aneinanderreihen, um uns den Weg erkennen zu lassen, den wir insgeheim suchen:

„Wie erstaunlich, dass deine Kollegin dich auf Paulo Coelho ansprach, von dem auch ich einige Bücher mit

Begeisterung gelesen, aber auch manche Details daraus wieder vergessen habe. Es gibt Bücher und Erlebnisse, die zu einem gewissen Zeitpunkt ein Samenkorn in uns pflanzen, das sich in uns entwickelt, auch wenn wir dessen Ursprung danach vergessen. Das ist wie beim Blumensäen: wenn die Saat in der Erde ist, braucht man die bunte Verpackung nicht mehr."

Doch Sophie braucht die Verpackung noch, die Verpackung zum Schutz ihrer Gefühle, obgleich Gregory sie, mit seiner geliebten Schwiegermutter vergleichend, dort berührt, wo der Verstand und das Gewissen ihre Zuneigung boykottierten. Sein Geständnis ist wie die Eintrittskarte in seine Welt, deren Zutritt nur mit einer höheren Schwingung zu erreichen ist, mit jener der Liebe. Seine eheliche Situation wird dadurch neutralisiert und erscheint ihr nun in einer veränderten Tonart, in einer völlig neuen Partitur, ohne Höhen und Tiefen: eher eintönig. Damit geht Sophies Verstand von seinen lärmenden Synkopen zum sanften Adagio über, ruft aber nach wie vor zur Vorsicht auf, was jedoch weder ihre Freude noch ihre Emotionen mindern kann.

Gregory teilt diese aufgeregte Wiedersehensvorfreude, die ein weiterer Zufall, eine ARTE Sendung über das Funktionieren des Unterbewusstseins, zusätzlich verstärkt und seine Handlungen beflügelt.

Sophie erinnert sich, mit ihm über die Kraft des Unterbewusstseins gesprochen zu haben. Daran anknüpfend empfiehlt sie ihm diese, wie sie annimmt, wissenschaftliche Dokumentation anzusehen und stellt dabei mit Schrecken fest, dass es sich dabei nur um Abläufe handelt, die im Unterbewusstsein in Aktion treten, wenn zwei Menschen sich ineinander verlieben.

Die Sendung beginnt mit blutrot über den Bildschirm wirbelnden Rosenblütenblättern, durch die plötzlich eine junge Frau tanzt; kurz darauf erscheint der männliche Akteur und man erkennt, dass er es ist, der diesen Blütenblätter-Regen über seine künftige Geliebte ausschüttet. Danach taucht die Story immer tiefer in das liebende Verhalten von Mann und Frau ein und dokumentiert, warum die beiden sich später in einer fröhlichen Kissenschlacht im Bett vergnügen.

Katastrophe für Sophie und Erkenntnisse für Gregory, der dabei nicht nur an den Hildegard Knef Song denkt, wonach es roten Rosen regnen soll, wenn er begeistert schreibt:
„Durch diese Sendung wird mir manches bewusster. Der Rosenblätter- und Kissenfeder-Regen auf das Liebespaar beflügeln meine Assoziationen. Die Rosenblätter sende ich dir virtuell."

Sophie ahnt nicht, wie bald dieser Rosenblätter-Regen verwirrend real werden wird. Aber sie dankt für die Rosenblätter und all die schönen Gefühle, die sich damit verbinden:
„Wenn ich daran denke, fühle ich mein Herz schneller schlagen und glaube ganz tief atmen zu müssen, damit ich Luft bekomme. Das Alter kann es nicht sein, denn das passiert mir nur, wenn ich an dich denke. Es ist auch gar nicht wichtig, wie viele Atemzüge das Leben uns schenkt, wichtig sind die Momente, die uns den Atem rauben".

Den Atem raubt ihr wenig später sein Geschenk, eine CD von David Garrett, die er ihr schickt, ohne die geringste Ahnung davon zu haben, dass dieses „Viva la Vida" ein Jahr zuvor ein Überlebensmotto für Sophie war, eine Art Rettungsring in stürmischer See, an den sie sich klammerte, ohne zu wissen, ob sie das andere Ufer erreichen würde oder nicht. Der Grund dafür war Brustkrebs, aber das verrät sie noch nicht, als sie sich bedankt:

„Deine CD ist ein Geschenk, das mir fast den Atem nimmt", antwortet sie ehrlich. „David Garrett verdanke ich sehr viel, denn er hat mich von Oktober letzten Jahres bis kurz vor unserem Wiedersehen in Berlin durch eine Krankheit begleitet, die immer noch viele Opfer fordert und die mich glücklicherweise nur streifte, als Lebenserfahrung sozusagen. Vielleicht werde ich sie dir irgendwann erzählen, diese wunderbar erstaunliche und eigentlich sehr positive Geschichte, die ich als Erfahrungswert nicht missen möchte, obwohl die Diagnose wie ein Erdbeben war."

Dieses Erdbeben traf sie eines sonnigen Nachmittags, als ihre Gynäkologin bei der jährlichen Kontrolluntersuchung einen Knoten in ihrer Brust feststellte und sehr vorsichtig als Brustkrebs diagnostizierte. Das Wort Krebs drang wie ein Projektil in Sophies Ohren und benötigte nur Bruchteile von Sekunden, um in ihrem Kopf zu explodieren, während die Ärztin mit gesenktem Kopf an ihrer Brust weitertastete, als wolle sie vor der Begegnung mit ihren Augen Zeit gewinnen. Als sie endlich aufschaute, erkannte Sophie an ihrem besorgten Blick, dass die vermutete Diagnose eher Gewissheit als Vermutung war. Ein Schock, so erschütternd wie ein Erdbeben, dessen Auslöser sie, wie sie nun zu wissen glaubte, in sich trug, in ihrem Körper, dem Haus ihrer selbst, das jederzeit einstürzen und sie darunter begraben konnte.

Sie erstarrte dort, wo sie stand, neben dem Untersuchungsstuhl, worauf Dr. Schnyder ebenso ruhig wie diplomatisch fachmännisch erklärte, dass nur eine Biopsie Aufschluss geben könne: „Die werde ich gleich für Sie vereinbaren, denn ich möchte vorsichtig sein und für einen eventuellen Ernstfall keine Zeit verlieren."
Ihre betont beruhigende Wortwahl konnte dabei jedoch weder über die Ernsthaftigkeit ihrer Entdeckung hin-

wegtäuschen noch dem wie ein Pestizid in der Luft hängenden Wort Krebs die ihm anhaftende Grausamkeit nehmen.

Sophie zwang sich zur Ruhe während sie das Telefongespräch zur Terminabsprache für ihre in Lausanne durchzuführende Biopsie verfolgte und sich vorkam wie in einem Theaterstück, in dem sie eine Rolle spielte, die sie gar nicht betraf.

Auf dem Weg zur Tür legte die Ärztin wie beschützend den Arm um Sophies Schulter, verabschiedete sie mit einem festen Händedruck und versicherte: „Machen Sie sich nicht allzu viele Sorgen, alles wird gut gehen.‟
Sophie fragte sich, ob Dr. Schnyder wohl ihren Herzschlag hören konnte, dessen Pochen sie bis in die Schläfen spürte, obwohl sie noch kurz zuvor befürchtet hatte, ihr stockendes Herz könnte gleich in einer definitiven, unwiderruflichen Stille versinken. Aber in ihr war plötzlich alles anders als zuvor, etwas war in ihr explodiert: Ihr Leben! In viele kleine Stücke zersprungen war es wie eine pulverisierte Existenz, deren Partikel sich vielleicht nie mehr zu einem Gesamtbild zusammenfügen würden. Zu einem Bild, das ihr entsprach, das ihr unbeschädigtes Wesen und Sein widerspiegelte, denn ab jetzt war nichts mehr wie zuvor. Selbst die gut gemeinten Ermutigungen ihrer Gynäkologin empfand sie nun fast wie eine Lüge, eine sorgfältig verpackte Lüge, aber sie sah das Unheil durch das Geschenkpapier schimmern.

Dieses „Machen Sie sich nicht allzu viele Sorgen‟ war leichter gesagt als getan. Sie ging wie schlafwandelnd zu ihrem Auto, durch eine Welt, die sich verändert hatte. Aber nicht die Welt hatte sich verändert, sondern nur ihre kleine Welt, denn um sie herum war alles wie zuvor: Sie fühlte die Wärme des sonnigen Herbstnachmittags, sah wie ihre geliebte Hündin sich schwanzwedelnd hinter den etwas geöffneten, abgedunkelten Scheiben ihres

Autos aufrichte, um sie mit der gewohnten Lebhaftigkeit zu begrüßen: es war ihr Hund, ihr Auto, ihr Leben. Ihr äußerlich unverändertes Leben.

Sie kam in ihre Wirklichkeit zurück, versuchte sich wie üblich darin zurechtzufinden und diesen hämmernden Krebsverdacht zu verdrängen. Sie erkannte, dass um sie herum alles wie immer war, lediglich ihre Wahrnehmung war anders geworden und beeinflusste ihre Betrachtungsweise: ihr Blick glitt wie durch einen Filter der Vergänglichkeit, reduzierte vieles zu Banalitäten und ließ bisher gültige Stellenwerte an Bedeutung verlieren. War die Vergänglichkeit ihres Lebens vielleicht auch schon vorgezeichnet? Vom Krebs vorgezeichnet? Sie sagte sich, dass dem Wort Krebs ohne den erbrachten Beweis noch die Daseinsberechtigung fehlt, stellte im Supermarkt, wo sie rasch noch ein paar Lebensmittel besorgte, jedoch fest, dass es ihren Blick auf die sie umgebenden Menschen bereits verfärbte. Sie schaute sie jetzt mit anderen Augen an, analysierte sie nach der Aussage ihrer Gynäkologin, wonach jede siebte Frau im Wallis an Brustkrebs erkrankt". Jede siebte! Sophie zählte: eins, zwei, drei ... vielleicht die Hübsche mit den dunklen Locken an der Kasse? Unsinn! Doch gewiss gab es in diesem Supermarkt-Umfeld nicht nur gesunde Menschen. Man sah es ihnen nur nicht an, so wie man auch ihr nicht ansah, dass sie einen Knoten, vermutlich Krebs, in sich trug.

Nur sie allein wusste es und fühlte sich dadurch verändert: ab jetzt war sie vermutlich eine von jenen sieben. Wie ging es den anderen dabei, wie war deren Leben ausgerichtet? Hatten sie eine Familie, einen Ehemann, Kinder, vielleicht sogar kleine Kinder? Eigentlich hatte sie Glück nur zwei erwachsene Söhne zu haben. Von dieser Feststellung unbehelligt spukte der Begriff Krebs weiterhin durch ihre Gedanken und schreckte sie auf.

Wer dieses Wort einmal auf sich selbst bezogen hörte, kennt diesen Schmerz, der Körper und Geist durchfährt. Ein Schock, der anhält und nachhallt, der wie ein Erdbeben immer wieder ausbrechen und jegliche Hoffnung unter sich begraben kann. Diese Vorstellung wurde zum Schwungrad ihrer Emotionen, eine wilde Berg- und Talfahrt begann, die keinen Hinweis darüber gab, wie lange die Fahrt dauern, wo und wie sie enden würde. Das Unheimliche dieser Krankheit ist das oft zu späte Erkennen ihres heimtückischen, stummen Ausbreitens. Sophie hatte gerade eine ihrer besten Freundinnen auf diesem Leidensweg zwischen Hoffen und Bangen begleitet, wobei der Krebs letztendlich doch gesiegt hatte. War auch ihr Weg bereits ähnlich vorgezeichnet?

Sie wollte nicht nach Hause, brauchte dringend Bewegung und Luft. Sie ging mit ihrer Hündin Bollina an der Rhône entlang und versuchte Dr. Schnyders Empfehlung zu beherzigen, dass sie sich nicht zu viele Sorgen machen sollte.

Dadurch wurde der Satz, der ihr eben noch wie eine profane Lüge erschien, plötzlich zum Strohhalm, an den sie sich klammerte. Sie begann zu analysieren: Was hatte sie zu verlieren: ihr Leben. Ein Leben, dessen Last ihr manchmal sowieso fast über den Kopf gewachsen war, das sie mit ihren fast siebzig Jahren aber immer noch mit viel Freude erlebte. Immer noch? Wie lange noch? Sie entschied sich für immer noch und beschloss, die Situation in positivem Licht zu sehen. Mit diesem guten Vorsatz fuhr sie nach Hause.

Aber als sie vor ihrem Haus aus dem Auto stieg, sah plötzlich alles wieder anders aus: fröhlich und gesund hatte sie es verlassen, aber nun schien es wie das Gefängnis einer Kranken und diese Kranke war sie selbst. Nun hatte sie einen neuen Körperzustand, mit dem zu identifizieren sie sich noch weigerte, ebenso wie sie sich noch weigerte ihr Haus zu betreten.

Also wanderte sie mit ihrer Hündin den kleinen Hügel hinauf, dem Wald entgegen, und atmete dabei bewusst ein und aus, so als könne sie den Knoten in ihrer Brust durch kräftiges Ausatmen vertreiben. Sie sagte sich, dass sie über das Entdecken dieses Knotens eigentlich dankbar sein müsste, denn so konnte man schneller reagieren. Vorerst hatte sich ihr Leben auch noch nicht wirklich verändert und würde sich äußerlich auch nicht verändern, solange dieser Knoten ihr Geheimnis blieb. Sollte er wirklich bösartig sein und sie zu einer Kranken stempeln, so war immer noch Zeit, sich damit auseinanderzusetzen.

Aber sie musste Valérie anrufen, eine frühere Kollegin, die sie lange nicht gesehen hatte und mit der sie ausgerechnet am Tag der Biopsie zum Mittagessen verabredet war. Insgeheim darauf hoffend, dass Valérie sie nach Lausanne begleiten würde, wollte sie aber nicht darum bitten, obgleich sie wusste, wie sehr es ihr helfen würde. Für diese Eventualität wollte sie gleich Blumen besorgen, auch wenn diese dann vielleicht für ihre eigene Tapferkeit zur Belohnung blieben. Sophie kennt die Floristin seit Jahren, und diese kennt Sophies Blumengeschmack. Also stellte sie einen großen, bunten Herbststrauß zusammen. Das erleichterte das Heimkommen und den Anruf an Valérie, die ebenso bestürzt wie prompt auf Sophies Information reagierte und sofort vorschlug:
„Ich habe die Zeit für unser Wiedersehen eingeplant, also hole ich dich ab und fahre dich nach Lausanne. Zusammen Mittagessen können wir ein andermal."
Diese spontane Zusage war ein Glücksmoment für Sophie, ein glücklicher Zufall, dem weitere folgten, aber das ahnte sie noch nicht als sie erleichtert sagte:

„Das, liebe Valérie, ist wie ein Geschenk des Himmels, und ich nehme es dankbar an".

Trotz dieser beruhigenden Gewissheit hatte sie Mühe, ihre Gedanken zu ordnen und sich in ihrer neuen Gefühlswelt zurechtzufinden. Ihre Emotionen projizierten laufend neue Bilder als mögliche Zukunftserwartungen, die sich so schnell veränderten wie bunte Glassplitter in einem Kaleidoskop. Ebenso farbenfroh leuchtete der Herbststrauß im Licht der Stehlampe und zauberte etwas Heiterkeit in Sophies sorgenvolle Gegenwart.

Die Nacht brachte wenig Schlaf. Sophie versuchte zu relativieren und ihren Körper als eine Art Verbündeten zu fühlen, mit dem sie ein Geheimnis teilte. Es war wie ein neuer Besitz, den sie hütete und beschützte. So sprach sie auch am nächsten Tag im College mit niemandem darüber und fühlte, dass es ihr gut dabei ging.

Doch am Morgen vor ihrem Termin in Lausanne war sie völlig durcheinander. Obwohl froh darüber von Valérie begleitet zu werden, war sie voll innerer Unruhe, lief wie ein ängstlich flatterndes Huhn durch das Haus, schaute immer wieder nervös auf ihre Uhr und fragte sich, ob Valérie, die noch geschäftliche Termine zu erledigen hatte, wohl pünktlich sein würde?

Valérie war pünktlich. Während der Fahrt nach Lausanne wurde Sophie immer ruhiger und auf alles gefasst, was auf sie zukommen würde. Dazu gehörte auch die an den Arzt mutig gestellte Frage nach einem eventuell bereits absehbaren Befund.

„Genaues kann ich erst nach Auswertung der Biopsie sagen. Aber ich werde das Ergebnis Dr. Schnyder sofort mitteilen, vielleicht schon morgen."

Damit brachte bereits der nächste Tag das unruhige Warten auf den Anruf der Gynäkologin. Sophie bemühte sich ruhig zu bleiben, aber die Stunden vergingen zunehmend langsamer, je länger dieses dauerte. Allmählich empfand sie diesen Freitag zäh und ungnädig. Die Zeit wurde zur Last, zur Qual. Obwohl sie mobil zu erreichen war und ihr Smartphone immer bei sich trug, wagte sie kaum das Haus zu verlassen. Sie schaute auch immer wieder nach, ob sie dessen Klingeln eventuell überhört hätte. Aber beide Telefone schwiegen, und je länger das Schweigen dauerte, umso aufgeregter reagierten Sophies Gedanken und Emotionen, von denen die Telefone jedoch völlig unberührt blieben, sie ruhten in sich, still und stumm.

Der Tag verging und Sophie glaubte zu wissen, was das bedeutete: Das Ergebnis war „positiv" und ihre Gynäkologin wollte ihr das Wochenende damit nicht verderben. Der Gedanke an die Möglichkeit, dass Dr. Schnyder den Befund noch nicht erhalten haben könnte, war ein lausiger Trost und wehrlos im Kampf gegen ihre Besorgnis, die fast das ganze Wochenende beherrschte. Allerdings nur bis zum Sonntagabend.

Dann schenkte ihr ein völlig unerwartetes Erlebnis Zuversicht und Vertrauen: während ihre Finger wahllos über die Fernbedienung des Fernsehers glitten und dabei weder etwas suchten noch zu finden hofften, hielt sie plötzlich inne, denn da spielte jemand wie in sich selbst versunken Violine, und der Titel hieß: „Viva la Vida", eine Hymne an das Leben, an ihr Leben. Sophie wusste sofort: das galt ihr, als Leitmotiv der Zuversicht. Es ergriff so intensiv von ihr Besitz, als wäre es dazu bestimmt, ab sofort die Verantwortung für ihr Leben zu übernehmen. Es war, als spiele David Garrett nur für sie, als schenke er ihr sein „Viva la Vida" als positive Vorgabe für alles, was sie in der Auseinandersetzung mit einer Krankheit, die sie vermutlich in sich trug, durchzustehen hatte.

Damit verlor ihre Hilflosigkeit des Wartens auf die Diagnose die Allmächtigkeit über ihre Emotionen. Ähnlich dem begnadeten Virtuosen, der in Hingabe und einem der Welt entrückten Gesichtsausdruck mit seiner Stradivarius und den kristallklaren Tönen, die er ihr entlockte, zu verschmelzen schien, empfand sie diese Musik transzendent: einerseits als Klänge voll Zuversicht und Hoffnung, andererseits aber auch wie eine Brücke zur Ewigkeit, über die sie die Unendlichkeit allen Seins erreichen konnte, falls diese Phase ihres Lebens doch anders als erhofft ausgehen sollte, was keinesfalls auszuschließen war.

Nun fühlte sie sich mutig genug, um dem Anruf ihrer Gynäkologin entgegenzusehen. Aber der Vormittag verging und nichts geschah. Gegen 15 Uhr machte sie der Qual des Wartens ein Ende und griff entschlossen zum Telefon. Dr. Schnyder bestätigte die Vermutung Krebs, was rasches Handeln erforderte. Sophie sollte am nächsten Tag um 8:00 Uhr in der Praxis sein.

Damit war es ausgesprochen und, obwohl darauf vorbereitet, war die Bestätigung der Diagnose Krebs für sie zunächst trotzdem wie ein Keulenschlag und schwierig zu bewältigen.

Wieder ergriff sie die Flucht, ging mit Bollina den Berg hinauf und über den Hügel, auf dem die Kirche wie eine aufmerksame Mutter über das Dorf wachte. Unten im Tal verrieten gräulich weiße Nebelschleier den Verlauf der Rhône, mit denen der breite Fluss ein letztes Ausatmen zu dokumentieren schien, bevor er seine lehmfarbenen Wasser mit jenen des Sees vermischte, um zehn Jahre später am anderen Ende wieder herauszufließen.

„Wo werde ich wohl in zehn Jahren sein?", überlegte sie, während sie sich gleichzeitig als Teil und als Betrachter dieses herbstlichen Schauspiels fühlte, mit ihm verschmolz und sich wieder von ihm distanzierte, wobei sie ihre Einheit mit dem Augenblick ebenso erkannte, wie dessen Vergänglichkeit.

Sie war sich der Gewissheit bewusst, ein Stück unvertrauten Weges gehen zu müssen, bevor die Elemente ihres Lebens wieder ein Gesamtbild ergeben konnten. Es war der Gang durch eine geschlossene Tür, den anzutreten sie bereit war, ohne zu wissen, was sie auf der anderen Seite erwartete: eine bunte Blumenwiese mit fröhlich flatternden Schmetterlingen oder ein Abgrund, bereit dazu, sie aufzunehmen.

Dieses Abgrundbild war in den letzten Tagen immer wieder durch ihre Gedanken gehuscht, ohne jedoch klar erkennbar zu sein, so als hätte es nur auf den Anruf mit der Diagnose gewartet, um seine reale Ausdruckskraft zu erreichen. Jetzt war es Teil des Wegweisers zu einem risikoreichen Abenteuer, das längst begonnen hatte: am Nachmittag jenes strahlenden Herbsttags, den sie fröhlich begonnen hatte.

„Viva la Vida" klang es in ihrem Kopf, und voll Zuversicht entschloss sie sich für die Blumenwiese, womit das „Viva la Vida" kraftvoll in ihr verankert blieb. Vermutlich wird es für immer ein Rätsel bleiben, ob es die daraus gewonnene Zuversicht oder ganz einfach Zufälle waren, die nach dem Erleben dieser Musik in Sophies Leben Regie führten. Jedenfalls entwickelte sich der weitere Verlauf in erstaunlich positiver Weise und, obwohl sich die dafür auf den Plan tretenden Akteure nicht alle kannten, fügten die Ereignisse sich wie Teile eines Puzzles zusammen, deren richtige Anordnung dazu bestimmt ist, ein Bild zu ergeben, ein positives Bild.

Diese Erinnerungen gleiten im Eiltempo durch Sophies Gedanken während sie auf dem Sofa sitzt und sich bewusst wird, dass Gregory mit der Idee, ihr diese CD zu schenken den Eindruck hinterlässt, als könne er durch ihre geschlossenen Augen in ihr Herz sehen. Was sie dabei zusätzlich erstaunt ist die Tatsache, dass sie diesen Blick in ihr Innerstes nicht als störend, sondern eher als verbindend empfindet, weil Gregory ihr dadurch noch vertrauter wird. Ein Vertrauter, der diese Erfahrung ihres Lebens - unerwartet einfühlsam - mit einer liebevollen Geste belohnt und auch damit mitten in ihr Herz trifft.

Erst am nächsten Tag entschließt sie sich, ihm den Zusammenhang zu erklären: „Diese Musik hat mich durch eine schwierige Zeit und eine bereichernde Erfahrung begleitet, was letztendlich nur eine winzige Narbe von einem kleinen Brustkrebs an mir hinterließ, nachdem dieser durch das Zusammenspiel erstaunlicher Ereignisse an der dafür besten Klinik der Schweiz entfernt wurde. Es war ein Erleben glücklicher Zufälle, die sich scheinbar zusammenhanglos zusammenfügten und mich wie auf Engelsflügeln durch diese Erfahrung trugen. Daraus erwuchs meine unendliche Dankbarkeit ans Universum, oder wie immer man diese Energien nennen mag, wenn wir durch Menschen und Erfahrungen neue Dimensionen erreichen. Ich bin dadurch ziemlich spirituell geworden, sonst hätte ich nicht mit so viel Freude im Herzen überleben können.“

5. Kapitel: München mit ein bisschen Sonne

An einem sonnigen Tag im September sitzt Sophie im Zug nach München. Es sind noch zwei Tage bis zum Wiedersehen mit Gregory, aber seit dem frühen Morgen sind sie miteinander in Verbindung. Wenn der SMS Kontakt manchmal kurz unterbricht, beruhigt er: „Kein Problem, wir versuchen alle Kommunikationsarten und die geistige klappt sowieso immer."

Das ist mehr als eine technische Information; das ist wie ein Taufspruch in der Kirche, den man dem Täufling mit auf seinen Lebensweg gibt. Für Sophie ist es die Bestätigung mit Gregory auf dem richtigen Weg zu sein, auch wenn sie davon nichts weiter kennt als eine erstaunliche Synchronizität ihrer Gedanken und Gefühle. Was ist virtuell und was ist Realität? Im Moment gibt es nur eine Realität für sie und darauf freut sie sich: auf die ihres Wiedersehens.

Sophie reist gerne mit dem Zug, zumal wenn die Züge, so wie an diesem Tag, wenig belegt sind. Sie versucht zu lesen, jedoch ohne sich wirklich darauf konzentrieren zu können, denn ihre Gedanken fliegen ihr voraus, während sie tagträumend den Blick über die an ihr vorbeifliegenden Wälder, Felder, Dörfer und Ortschaften gleiten lässt. Gregorys regelmäßig eintreffende SMS sind liebevolle Ergänzungen zu ihrer fröhlichen Aufgeregtheit und Quellen zusätzlicher Vorfreude. Als der Zug eine kurze Strecke am Bodensee entlang fährt, wird die Erinnerung an ihre von ihm erzwungene gemeinsame Stunde Bodenseeluft mit Schokoladeneis wieder freudig lebendig. Denn diese hat nicht nur ihr Leben verändert, sondern ist, genau genommen, auch der Grund dafür, dass sie jetzt in diesem Zug nach München sitzt.

Zwei Monate und zwei Tage sind seit dem Abschied am Bodensee vergangen. In zwei Tagen wird sie Gregory wiedersehen. Beide freuen sich, sind gespannt und aufgeregt. Gregory hat sein Programm fast minutengenau geplant, wobei, abgesehen vom vereinbarten Treffpunkt, alles eine Überraschung für Sophie sein soll. Doch auch sie hat eine Überraschung, eine, die sich ganz unerwartet ergab, und von der sie nicht weiß, ob er sie dazu begleiten möchte.

Wieder in München zu sein ist für Sophie wie Heimkommen, denn während ihrer Marketing-Tätigkeit hatte sie regelmäßig in der Bayernmetropole zu tun gehabt und war dabei immer Gast bei Heidi gewesen. Als Sophie ihrer Freundin auf dem Bahnsteig in die offenen Arme läuft, wird sie von ihr auch sofort daran erinnert:
„Herzlich willkommen. So langsam wurde es wirklich Zeit. Erst kommst du alle paar Monate und jetzt muss ich jahrelang auf dich warten."
„Aber wie ich sehe, hast du diese Jahre glänzend überstanden."
„Wenn du meinst? Du siehst aber auch nicht unglücklich aus."
„Sollte ich das? Als Strafe für mein langes Wegbleiben?"
„Quatsch", sagt Heidi und beide lachen.

Heidi, fesche Münchnerin vom Scheitel bis zur Sohle, hat sich keinen Deut verändert. Sie ist wie immer spontan und charmant, und auch nach wie vor sportlich elegant gekleidet. Nur ihr kinnlanges, kräftiges Blondhaar ist etwas silbrig geworden, was die schwarze Samtspange, mit der sie es aus der Stirn hält, elegant betont. Darunter strahlen ihre blau-grünen Augen.

Heidi und Sophie verbindet eine über vierzig Jahre währende Freundschaft und die Spontanität gemeinsamen

Lachens. Sophie lässt sich gerne von ihr im gemütlichen Ambiente der Schwabinger Wohnung verwöhnen, zumal Heidi gerne kocht und backt. Daran hat sich nichts geändert, denn schon von der Wohnungstür empfängt sie der Duft von frisch gebackenem Kuchen. Auch der Kaffeetisch ist bereits gedeckt. Denn Heidi will keine Zeit verlieren; sie ist neugierig darauf etwas mehr über den Kindergartenfreund zu erfahren, mit dem Sophie sich treffen möchte, und beim Erzählen soll es gemütlich sein.

Sophie erzählt, Heidi ist begeistert und eigentlich ist während Sophies jahrelanger Abwesenheit alles so wie bisher geblieben, und darüber freut sie sich:
„Du siehst, es hat sich nichts geändert, es ist, als ob wir uns gestern erst gesehen hätten."
„Aber in der Oper waren wir schon lange nicht mehr und das wird sich heute Abend ändern. Ich habe Karten für Cosi van Tutti."

Als sie über den Opernplatz gehen, deutet Heidi auf die Fassade des Opernhauses und sagt „Schau doch mal, was da vorne steht!"
Sophie liest laut die zwischen den Säulen in Großbuchstaben geschriebenen Wörter:

LIEBEN HEISST HANDELN.

„Das passt doch genau auf euch", freut sich Heidi, „denn er handelt und kommt."
„Also wir wollen ja nichts überstürzen, und ich weiß auch gar nicht, ob ich zu meinem Glück und um mein Leben zu komplizieren unbedingt einen verheirateten Mann in Berlin brauche."
Heidi schaut sie an und lacht: „Nun warte doch erst mal ab und freu' dich, dass er kommt."
„Das tu ich ja auch, das tun wir beide."
„Na, dann ist doch alles gut."

Damit sollte sie recht behalten, denn in ihrer Vorfreude auf das Wiedersehen mit Gregory strahlt Sophie beim Treffen mit ihren Alumni-Freunden am nächsten Abend so viel Freude aus, dass diese wissen wollen, woher dieses Strahlen und ganz besonders der Glanz in ihren Augen käme. Sie erzählt ehrlich, denn es gibt in dieser vertrauten Runde keinen Grund zu verbergen, warum ein Kindergartenfreund es schafft, 65 Jahre später noch Glanzlichter in ihre Augen zu zaubern. Sie ist sowieso erstaunt, dass so viele ihrer ehemaligen Studenten gekommen sind.

Es ist eine ebenso homogene wie diverse Gruppe von Freunden, die zwar alle dieselbe Alma Mater durchliefen, aber oft in verschiedenen Berufssparten arbeiten. Antonia verkauft Autos bei BMW, Sonja ist für das Marketing eines bekannten Lederwaren-Herstellers verantwortlich und Ronan für jenes einer internationalen Hotelgruppe, während Patrizia, Mutter von zwei Kindern, im Home-Office mit Hotelmarketing aktiv ist. Britta erzählt von ihrem Spa-Programm für schwangere Mütter, das sie gerade erfolgreich umsetzt und Josef wird beim Oktoberfest noch auf der Wies'n gebraucht, bevor er eine neue Herausforderung in einer Gastronomie-Gruppe in Australien übernimmt. Fabia und Rosemarie, die beiden jüngsten Absolventinnen, sind Konkurrenten in ihrem Tätigkeitsbereich der Hotellerie, aber trotzdem beste Freundinnen.

Alle sind von Sophies Romanze mit dem Kindergartenfreund begeistert. Auch Florian, der etwas später dazu kommt, weil er in München zwei Restaurants leitet, aber auch gleich einen konstruktiven Vorschlag unterbreitet: er möchte für sie und ihren Kindergartenfreund in seinem italienischen Gourmet-Restaurant mit Sterne-Koch am nächsten Abend den schönsten Tisch reservieren.

Da Sophie nichts, was sie beide an diesem besonderen Tag betrifft, ohne Gregory entscheiden möchte, schickt sie seinen Vorschlag nach Berlin. Sie strahlt als sie kurz darauf seine Zustimmung liest, und alle sind neugierig zu erfahren, was aus dem kleinen Smartphone an Verzauberung herauskommt. Worauf sie ganz entgegen ihrer sonst üblichen Diskretion, ihre Freunde an der soeben erhaltenen Nachricht teilhaben lässt:

„Jetzt habe ich gerade meine Sachen gepackt, werde gleich noch das Taxi zum Flughafen bestellen und dann schlafe ich ein paar Stunden. Schlaf auch du schön und träum' was Süßes. Meine Gutenachtküsschen bedecken dich wie Rosenblätter und wiegen dich in den Schlaf …"

Dann hält sie kurz inne und sagt dann: „Den Rest behalte ich für mich."

Ein Lächeln ist ihre Antwort auf die neugierig fragenden Blicke ihrer Freunde, die jedoch für ihre Weigerung, den Rest der Nachricht mit ihnen zu teilen, volles Verständnis haben.

Beim Einschlafen denkt sie an Rosenblätter und Gutenachtküsschen, ist aber viel zu aufgeregt, um zu schlafen. Sie wacht immer wieder auf und sieht auf die Uhr. Je näher der Morgen kommt, umso aufgeregter schlägt ihr Herz, das sie manchmal bis in den Hals spürt und sich fragt, ob sie es wohl bis in seine Arme schaffen wird. Denn genau da möchte sie hin und ganz einfach nur festgehalten werden. Von ihm.

Kurz nach sechs Uhr kommt seine Nachricht „Guten Morgen München, ich komme!!! Bin gerade beim Boarden. In ein paar Minuten geht's los, dann komme ich dir immer näher. Schlaf noch ein bisschen; ich werde es im Flugzeug versuchen, sofern die Vorfreude es zulässt. In fünf Stunden kann ich dich in meine Arme schließen."

Sophies Gedanken fliegen ihm entgegen: „Ich fragte mich die ganze Nacht, ob mein Herz wohl brav und tapfer weiterschlagen wird, bis ich in deinen Armen lande. Bis jetzt hat es alles ausgehalten, das gute Herz, das sich lange nicht mehr so jugendlich strapaziert anfühlte. So hoffe ich jetzt einfach, dass es in seiner neugewonnenen Teenager-Dynamik so freudig weiterschwingt, bis du mich auffängst."

„Ich bin gelandet", lässt er sie später wissen, „um 11 Uhr ist die Wartezeit zu Ende ..."
„Willkommen in München und in meinem Herzen, aber da sitzt du eh schon drin", ist ihre blitzschnelle, jedoch mit noch halb verschlafenen Fingern ins Smartphone getippte Antwort.

Heidi klopft an die Tür und ruft fröhlich: „Aufstehen, das Frühstück ist fertig", womit Sophie so früh noch nicht gerechnet hat, aber Heidi ist fast genauso aufgeregt wie sie selbst. Sie will nicht nur genau wissen, was Sophie anzuziehen plant, sondern prüft auch das Make-up und besteht darauf, dass das untere Augenlid unbedingt noch mit einem grünen Stift betont werden müsse, um Sophies grün-grau-blaue Augen besser zur Geltung zu bringen. Sophie ist gefügig, befolgt alles, auch Heidis Drängen zeitig aufzubrechen, um pünktlich zu sein. Aber den großen schwarzen Regenschirm, den die Freundin ihr noch in die Hand drücken will, lehnt sie ab:
„Nein danke, dafür ist er zuständig und ich bin sicher er hat einen Schirm dabei."
„Na dann viel Freude und einen wunderschönen Tag!" Heidi drückt sie noch einmal liebevoll an die Großzügigkeit ihrer Brust und ihres Herzens. Sie wirft ihr noch eine Kusshand zu, bevor sie die Wohnungstür schließt.

Bis zur U-Bahn Haltestelle am Bonner Platz sind es nur circa 200 Meter, aber Sophie hat den Wind unterschätzt, und auch der Sonnenstrahl, der gerade noch den Himmel erhellte, ist inzwischen verschwunden. Kräftigen Schrittes marschiert sie los, fühlt wie der Wind lebhaft durch ihre Haare fegt und sie im Zusammenspiel mit der feuchten Morgenluft richtig zerzaust.

Doch sonst klappt vorerst alles. Es klappt so problemlos, dass sie 15 Minuten zu früh am Marienplatz ankommt, wo sie auf viele Menschen unter Regenschirmen trifft, die erwartungsvoll nach dem 11-Uhr-Glockenspiel Ausschau halten. Nun bedauert sie doch, den Schirm nicht mitgenommen zu haben, denn als sie den über ihr Gesicht gleitenden Regen fühlt, fragt sie sich, wie das von Heidi so akribisch in Augenschein genommene Make-up jetzt wohl aussehen mag. Zum Glück ist sie zu früh, was perfekt ist, um ihr verwittertes Aussehen in Ordnung zu bringen. Außerdem will sie auch lieber schon sitzen, wenn er kommt.

Aber dafür ist es schon zu spät, denn Gregory plant Sophie romantisch zu empfangen und sie bei ihrer Ankunft mit Rosenblüten zu überschütten, was einer seiner Assoziationen aus der ARTE-Dokumentation entspricht und einer entsprechenden Vorbereitung bedarf. Also ist er schon da. Doch davon ahnt sie nichts, als sie an dem massiven Hugendubel Gebäude hochschaut und sich fragt, ob sie es wohl noch schafft, vor ihm anzukommen, im Café im 7. Stock, wo sie sich in zehn Minuten treffen wollen und was schon ein bisschen an den siebten Himmel erinnert.

Ihr Herz schlägt bis zum Hals, als sie zur Rolltreppe geht, um sich in den 7. Stock tragen zu lassen und dann entsetzt feststellt, dass es diesen gar nicht gibt, denn die Rolltreppe ist im 5. Stock zu Ende. Aber einen 6. Stock gibt es und dort ist auch das Café. Man erreicht es über eine breite, halbrunde Holztreppe. Sophie, aufgeregt und neugierig, will nur ganz vorsichtig schauen, und dann kurz für ihr dringend nötiges Zurechtmachen verschwinden.

Doch kaum hat sie die ersten Stufen genommen, sieht sie ihn; sieht, wie er mitten im Café an einem weißen, runden Tisch mit einem Plastikbeutel hantiert, aus dem er einen sich blutrot über Tisch und Boden ergießenden Rosenblütenregen herauswirbeln lässt. Sie stoppt, bleibt wie angewurzelt stehen, und dann passiert das Unvermeidliche, denn als sie ihn sieht, sieht er auch sie. Sie schauen sich an, festgezurrt in ihrem an Entsetzen grenzenden Erstaunen. Er, der sie so früh nicht erwartet hat, fühlt sich wie bei einem Streich ertappt und sie, die so hübsch wie nur irgend möglich aussehen wollte, ist so verwirrt wie ihre von Wind und Regen zerzausten Haare.

Nun gibt es kein Zurück mehr, es gibt nur noch die Flucht nach vorn. Entschlossen nimmt sie die letzten Treppenstufen und geht mutig auf ihn zu, während er die Rosenblüten weiterhin über den Tisch und dann auch gleich über sie regnen lässt, wobei sie nur den einen, stummen Wunsch empfindet: „Bitte halte mich fest, in diesen mich total überwältigenden Momenten."

Aber das tut er nicht, sondern drückt sie nur kurz an sich, haucht ihr flüchtige Küsschen auf die Wangen und hantiert aufgeregt an seinem Smartphone, das er nach ihrem Dafürhalten gar nicht mehr braucht, denn sie ist ja da, steht ebenso irritiert wie erwartungsfroh vor ihm. Doch er will dieses Wiedersehen perfekt. Also verfolgt er seine Planung so detailliert wie konzipiert, und diese sieht zur Begrüßung mit den Rosenblüten den Hildegard Knef Song „Für dich soll's rote Rosen regnen" vor. Hastig zaubert er das Lied auf sein Smartphone und presst es an Sophies Ohr, doch für sie ist Hildegard Knef in diesen Momenten Lichtjahre entfernt. Sie will nur ganz schnell in seinen Armen ankommen, um den Gleichklang ihrer Herzen zu spüren, den sie, in Worte gekleidet, so oft ausgetauscht hatten.

So verwirrt wie sie ist, setzt er sie an dem rosenblütenbedeckten Tisch auf einen Stuhl und sagt: „Ich glaube ich gehe erst mal Cappuccino holen", was wie eine Flucht klingt, was aber auch Sophie als rettende Idee empfindet. Zum Mittelpunkt des Interesses geworden, begegnet sie den ihr zugewandten, erstaunten Gesichtern mit einem Lächeln, das rasch einige davon zu glätten vermag und das Tuscheln an den Nebentischen reduziert.

Gregorys Anstehen am Tresen gibt ihr Zeit, um mit der eigentümlichen Realität ihres Wiedersehens zurecht zu kommen, das mit einem Rosenblätterregen, jedoch ohne das ersehnte Festhalten in seinen Armen begann. Beim Zügeln ihrer Emotionen kommt sie sich vor wie ein Rennpferd, das man kurz lossprinten lässt, um es dann mit „brrrrrrr" und einem starken Ruck an den Zügeln wieder zum langsamen Traben zu zwingen.

Auch er muss sich nach der Rosenblüten-Hektik beruhigen, denn für ihn ist die Enttäuschung über das Misslingen seiner so liebevoll ausgedachten, romantischen Begrüßung nicht so einfach wegzustecken, und das Warten an der Theke kommt ihm zugute.
Er versucht die zwei jungen Mädchen, die tuschelnd vor ihm in der Schlange stehen und sich belustigt nach ihm umdrehen, zu ignorieren; aber das verständnisvolle Lächeln, das ein älterer Herr ihm schenkt, erwidert er dankbar. Von ihm fühlt er sich als Romantiker verstanden, und das bringt Erleichterung in seinen strategisch geprägten Akademiker-Verstand, bei dem jede Planung hundertprozentig aufgehen muss.

Sophie, am blütenbedeckten Tisch auf ihn wartend, kommt sich vor wie in einem falschen Film, denn das

Drehbuch ihrer Vorfreude sah anders aus. Nun ist er da und doch nicht da, und solange sie nicht in seinen Armen geborgen ist, fühlt sie sich nicht bei ihm angekommen. Es ist, als hinge sie noch irgendwo in der Luft, obgleich sie wie festgemauert auf dem Stuhl sitzt, auf dem er sie deponiert hat.

Endlich kommt er zurück mit zwei Tassen Cappuccino und einem Lächeln. Sie lächelt zurück und bedankt sich für den Cappuccino, den er vor ihr auf den Tisch stellt. Aber die Verwirklichung des beiderseits lang gehegten Wunsches nach einer Umarmung, scheint in einem anderen Drehbuch zu stehen. Von einem undefinierbaren Lächeln begleitet, streut er weitere Rosenblütenblätter über den Tisch, fast in den Cappuccino und auch ein bisschen über Sophie, die darin seinen Versuch erkennt, die geplante Überraschung so korrekt wie möglich zu Ende zu führen, denn Misserfolge gehören nicht in seinen Bereich.

Diese Nachwehen seiner Enttäuschung findet Sophie so rührend, dass sie ihre Sehnsucht nach seiner Umarmung darüber fast vergisst und ihn amüsiert beobachtet. Ihr Lächeln versöhnt ihn mit den Schicksalsmomenten seiner verpatzten Überraschung. Er bricht den Rosenblütenregen ab, setzt sich ihr gegenüber und ergreift ihre Hand. Damit wird er endlich auch physisch fühlbar. Sie schauen sich an und erkennen angekommen zu sein, hier an dem mit Rosenblättern übersäten Tisch und in der gemeinsamen Freude der Erfüllung ihres Wiedersehenswunsches.

Ihre Hand mit seinen Händen umschlossen haltend, bringt er rechtfertigende Erklärungen vor, wie die Begrüßung eigentlich hätte sein sollen, wobei er seinen Blick so fest in ihrem verankert, als wolle er die Tiefe ihrer Seele ausloten:

„So ist es halt, wenn ein gut gedachtes Vorhaben danebengeht, aber auf eine verpatzte Generalprobe folgt meistens eine gute Premiere. Nur schade, dass du Hilde Knef nicht magst."

„Stimmt ja gar nicht. Ich mag Hildegard Knef und auch den Song mit den roten Rosen, aber ich war einfach verwirrt und wollte nur, dass du mich in die Arme nimmst und festhältst."

So einfach ist das und so naheliegend. Sein Lächeln beginnt in den Augen und strahlt über sein ganzes Gesicht, als er erleichtert und glücklich verspricht:

„Das holen wir gleich nach, wir haben ja noch einen ganzen, langen Tag vor uns."

Spontan neigt er sich über den Tisch und lässt zärtliche Küsse über Sophies Gesicht huschen, was ihrem Empfinden nach viel besser zu ihrem Wiedersehen passt als das Lied der roten Rosen, die es regnen soll, oder was immer für ein Lied es auch hätte sein mögen. Den anderen Café-Besuchern an den Nebentischen keinerlei Beachtung mehr schenkend, fühlt sie doch deren Blicke auf sich gerichtet, denn der zuerst Rosenblütenblätter und nun Küsse verteilende Gregory liefert damit eine gelungene Fortsetzung seiner zunächst ohne erkennbaren Ausgang einzuschätzende Aktion, die nun als Teil einer zärtlichen Romanze wohlwollend zur Kenntnis genommen wird.

„Ich danke dir für die zauberhafte Idee mit den Rosenblättern", sagt sie, während er diese liebevoll aus ihren Haaren zupft, worauf sie ihn vorsichtig daran erinnert, dass sie die auf dem Boden liegenden Blätter unbedingt einsammeln müssen, bevor sie das Café verlassen. Dann lachen sie beide, weil sie erkennen, dass diese Ermahnung so typisch ist für ihre ordnungsorientierte, schwäbische Erziehung, die sie beide prägte.

Das berühmte Glockenspiel am Rathaus erleben sie in Augenhöhe.

„Schau wie schön", freut sich Sophie, „es sieht aus als tanzen sie nur für uns."

„Tun sie das nicht?"

Als sie über den Marienplatz schlendern geht Sophies langgehegter Wunsch in Erfüllung: endlich hält er sie fest und ganz eng an sich gedrückt. Ab jetzt findet sie alles schön. Auch die ersten gemeinsamen Fotos, die er unbedingt aufnehmen will, lässt sie, ohne ihr Aussehen zuvor im Spiegel überprüft zu haben, protestlos über sich ergehen. Bei deren Betrachtung findet sie selbst die Wimperntusche-Spuren amüsant, die vom Abwischen der vom Wind aus ihren Augen gepressten Tränen rühren und quer über ihr Gesicht laufen. Sie ist einfach glücklich. Glücklich ihn neben sich und die schüchtern die Wolken durchdringenden Sonnenstrahlen auf ihrem Gesicht zu fühlen. Nun ist alles gut, und das anschließende Weißwurst Essen mit Brez'n und Bier total entspannt.

Sophie informiert Gregory vorsichtig über ihre Überraschung: einen Termin bei ihrer Freundin Else, einer Reinkarnationstherapeutin, die auch als Channeling-Medium arbeitet. Die beiden kennen sich seit vielen Jahren, und Elses Durchsagen haben Sophie oft geholfen, schwierige Situationen ihres Lebens zu meistern. Else gibt nie Anweisungen, sondern analysiert lediglich, um den eigenen Entscheidungen freien Raum zu lassen, wobei sich ihre Betrachtung der Gegebenheiten und Konstellationen vornehmlich auf Erfahrungen aus früheren Leben bezieht.

Für Sophie ist Elses Rat in dieser Verbindung mit Gregory enorm wichtig und er sofort bereit, sie zu begleiten. Elses Praxisräume sind in zentraler Lage. Das erlaubt ihnen zu Fuß zu gehen, obgleich das Wetter mit seinem inzwischen erneut einsetzenden Nieselregen nicht unbedingt dazu einlädt. Aber natürlich hat Gregory einen Schirm dabei.

„Darf ich dir meine Münchener Lieblingskirche zeigen?", fragt Sophie und deutet geradeaus, „die ist nämlich gleich da vorne."

„Aber gerne, wenn du möchtest."

„Ich möchte und denke, dass sie dir gefallen wird."

Sie freuen sich beide über den gemeinsamen Besuch dieser außergewöhnlich schlichten Kirche, deren Innenraum durch seine Helligkeit besticht und sich in bescheidenem Weiß wohltuend von den normalerweise etwas überladenen Barockkirchen unterscheidet. Gregory gefällt diese Einfachheit. Er zündet zwei Kerzen an: „Als Dankbarkeit für unser Wiedersehen."

Dieses gemeinsame Erleben sind berührende Momente, und als sie herauskommen scheint die Sonne zwischen den Regenwolken durch.

Vor Elses Praxisräumen ist ein kleiner Park mit Pflanzen und Büschen in herbstlichen Farben. Gregory, der immer noch Rosenblüten in der Plastiktüte mitträgt, möchte diese für Fotos verwenden und denkt sich verschiedene Szenen aus, über die sie beide lachen. Plötzlich hören sie jemand „Sophie" rufen. Es ist Else, die vom Balkon ihrer Praxis herüberwinkt, um die beiden zum Hereinkommen aufzufordern.

Sie freut sich über das Wiedersehen mit Sophie und heißt Gregory herzlich willkommen. Dabei drückt sie ihre Freude nicht nur mit Worten, sondern auch mit ihren lebhaften, dunklen Augen aus, die Sophie schon bei ihrer ersten Begegnung beeindruckten. Damals empfing Else noch in einem Hinterhof-Gebäude, ziemlich weit vom Stadtzentrum entfernt. Sophie erinnert sich noch genau an die Eindrücke, als sie bei ihrem ersten Besuch über eine knarrende Holztreppe in den 5. Stock hinaufging, darauf gefasst, an der Tür einer buckeligen Alten mit haarigen Warzen im Gesicht, einer Katze auf der Schulter und einer Glaskugel in der Hand zu begegnen. Doch es war ganz anders, denn die Tür öffnete eine sympathische Mittvierzigerin, die sie freundlich lächelnd und mit einem festen Händedruck willkommen hieß. Hinter der soliden, dunklen Wohnungstür tat sich eine helle Wohnlichkeit auf, und für Sophie eine neue Wirklichkeit, die ihr Leben durch die Darlegung verschiedener Konstellationen aus früheren Existenzen verständlicher machte. Alles um sie herum war freundlich hell und weit von dem entfernt, was sie sich zwischen dem 1. und 5. Stock an Groteskem vorgestellt hatte.

Auch die neuen Räume sind einladend hell, und im Praxisraum setzen kleine Teelichter in Alabasterschalen Wohlfühl-Akzente. Ein vertrauter Geruch, den Sophie nicht zu analysieren vermag, durchzieht angenehm diskret den Raum.

Else bittet die beiden in den Sesseln vor einem hellen Ledersofa Platz zu nehmen, auf dem sie sich im Schneidersitz niederlässt. Ruhig und freundlich, ihre dunklen Augen sanft auf Gregory gerichtet, erklärt sie ihm ihre Art der Beratung durch ihre Kontaktaufnahme mit einer höheren Bewusstseinsebene, wofür sie sich in Trance versetzt, um die gestellten Fragen durchzugeben. Alle Fragen und Antworten werden auf Tonband aufgenommen und dann auf eine CD zum Mitnehmen gebrannt. Gregory ist neugierig und interessiert, Sophie ruhig und gespannt zugleich, denn sie ist sich bewusst, dass eine negative Betrachtung ihrer Verbindung mit Gregory vermutlich deren Ende bedeuten würde. In den vielen Jahre, die sie Else kennt, hat sie ein immenses Vertrauen in die

Qualität ihrer Ausführungen gewonnen, die sich oft als wegweisend und richtig herausstellten.

Alles ist ruhig, während Else mehrmals tief ein- und ausatmet. Die Channeling-Sitzung beginnt mit dem Klick des Aufnahmegeräts. Zunächst beleuchtet Else die für beide so erstaunliche energetische Verbindung von der Seelenebene aus und bestärkt sie in ihrer Zuneigung. Sie erklärt, dass beide in früheren Leben, immer in getrennten Beziehungen lebend, viele Aufgaben gemeinsam erfüllten, häufig verantwortliche Aufgaben in Fürsorge für Kinder. Wenn es dabei Schwierigkeiten gab, baten sie für deren Lösung bei gemeinsamen Kirchenbesuchen um Rat. Sophie und Gregory sehen sich erstaunt an, denn Else weiß nichts von ihrem Besuch in der Theatiner Kirche, der sie beide sehr berührte.

„Das jetzt ist euer Leben, das ihr wie Kinder genießen und dabei im fortgeschrittenen Alter erleben dürft, in ehrlich empfundener Freude wieder Kind zu sein, mit reinen, offenen Herzen im Namen der Liebe", verheißt Else mit einem sanften, aber überzeugenden Unterton. Sie erwähnt, dass Gregory Sophie in sein Leben gerufen hat, um ihm Impulse zu seiner seelischen Weiterentwicklung zu geben, und daran soll sie ihn immer wieder erinnern.

Obgleich in Trance lacht Else leise als Sophie einräumt: „Aber ich will ihn doch nicht vergewaltigen!"
„Das kannst du gar nicht", ist ihr Antwort, während Gregory Sophies Hand in seine beiden Hände nimmt und, ihr dabei tief in die Augen blickend, mit ruhiger Stimme sagt:
"Denn wenn ich nicht bereit dazu wäre, wäre ich doch gar nicht hier."
Das überzeugt. Trotzdem versäumt Sophie nicht darauf hinzuweisen, dass Gregory nicht frei ist. Else antwortet:

„Die euch in diesem Leben anvertrauten Menschen werden mit Verständnis reagieren, denn dieses Abkommen wurde vor eurer Inkarnation getroffen."

Bestärkt im Bewusstsein, das Richtige zu tun und den gegenseitigen Empfindungen keine Eingrenzungen auferlegen zu müssen, erleben sie Gregorys nächsten Programmpunkt: eine Fahrrad-Rikscha-Fahrt in einer Art gepolsterter Parkbank auf Rädern mit einem kraftvoll in die Pedale tretenden Chauffeur. Der von Gregory kontaktierte, entschlossene junge Mann möchte die Fahrt trotz des wieder einsetzenden Regens durchführen. Gregorys Bedenken, ob es nicht zu frisch dafür sei, zerstreut er mit dem Hinweis, für seine Fahrgäste mit warmen Wolldecken ausgerüstet zu sein, was Gregory gefällt, denn damit wird die Rikschabank zur Kuschelbank.

Der hagere, aber offensichtlich sportliche junge Mann strampelt sie wacker durch den Englischen Garten, das Lehel, den Hofgarten und den Regen, gegen den er mit entsprechender Kleidung gewappnet ist, aber trotzdem hat Sophie fast Mitleid mit ihm, und hätte ihn im Englischen Garten gerne zum Tee im Japanischen Teehaus eigeladen. Aber das ist in Gregorys Programm nicht vorgesehen und wird auch nicht erwartet, denn der junge Mann hält dem Regen in professionellem Pflichtbewusstsein gutgelaunt seine feuchte Stirn entgegen, hält immer wieder an und erklärt, was er als erlebniswert empfindet.

Dazu gehört auch die vom Eisbach ausgehende Faszination, die dieser nicht nur auf viele Besucher des Englischen Gartens ausübt, sondern auch auf Surfer aus der ganzen Welt, die der Nebenarm der Isar zu jeder Jahreszeit in seine wilden Wasser lockt. Erschöpft aber strahlend kommen zwei junge Münchnerinnen aus dem dynamischen Nass und erklären, dass sie fast jeden Tag im

Eisbach surfen, weil es eine tolle Herausforderung ist und super gut zum Stressabbau.

„Auch eine Möglichkeit", sagt Gregory und erfährt von anderen begeisterten Surfern, meist internationaler Herkunft, dass sie so oft wie möglich nach München kommen, des Eisbachs und der Gemütlichkeit der Münchner wegen, wobei das Bier nicht zu vergessen sei.

Dass die Sonne immer wieder durch die Frische des Mid-September Nachmittags strahlt, sieht Gregory als symbolisch, während Sophie sich einfach die sofort spürbare Wärme genießt. Aber beide freuen sich über „ihren Tag" und auf die nächsten Programmpunkte, die Sophie sich wünschte: den Besuch der Gemäldesammlung im Lenbach Haus, das Sir Norman Forster bei der Erweiterung der Gemäldegalerie mit dem Restaurant „Ella's" bereicherte. Vom Star-Architekt in heller Schlichtheit konzipiert, wird das „Ella's" von Sophies Freund Florian als italienisches Spezialitäten Restaurant geführt, der damit mitten in München - kulinarisch gesehen - ein Stückchen Italien schafft.

Wie versprochen, hat er für sie den schönsten Tisch mit Blick zum Königin Platz reserviert. Sie werden mit Champagner empfangen, und Sophie freut sich, dass Florian, der an diesem Abend in einem anderen Restaurant eine Veranstaltung mit 400 Gästen zu bewerkstelligen hat, kurz vorbeikommt, um sie bei der Wahl der Speisen und Getränke zu beraten. Denn obwohl die Köstlichkeiten auf der Menükarte detailliert erklärt und fast poetisch beschrieben sind, besteht er darauf, die Kreativität seines Sternekochs persönlich auf die Vorlieben seiner beiden Gäste abzustimmen, was perfekter nicht hätte sein können.

Perfekt ist auch die schlichte Art, wie Gregory, Sophie dabei tief in die Augen sehend und ihre Hände mit seinen umschließend, inmitten des Dinners sanft und liebevoll sagt:

„Sophie, ich liebe dich."

Worauf sie, so, als gäbe es nichts Natürlicheres für sie auf dieser Welt und ohne auch nur den Bruchteil einer Sekunde zu überlegen, lächelnd antwortet:

„Ich dich auch."

Obgleich ihn das keineswegs zu erstaunen scheint, zaubert Sophies Gleichklang in Gregorys Augen ein glückliches Strahlen, denn damit hat sich ein weiterer Teil seines Wunschbaum-Wunsches erfüllt, zu dem er noch einige Ergänzungswünsche hat.

Die nächsten Stunden verschönt eine frische Zartheit, in der sich ihre Emotionen wie eine aufgehende Blume entfalten, darauf vertrauend, dass die Wurzeln tief und der Stiel kräftig genug sein werden, um deren Entwicklung zur vollkommenen Schönheit zu unterstützen.

Das Märchen beginnt, sanft und doch voll solider Zuversichtlichkeit, während sie erzählen, sich in die Augen sehen und ihre Hände halten. Gregorys will die Trennung so lange wie möglich hinausziehen, und so verlassen sie das Lokal erst weit nach Mitternacht, als letzte aller Gäste.

Später beschreibt Gregory den Heimweg und den Abschied als schön und doch nicht schön:

„Schön war die erste Hälfte des Weges, den wir zu Fuß durch die nächtlichen, erstaunlich ruhigen Straßen gingen, weniger schön war, dass sich unsere Wege schließlich trennten."

Für die letzte Entfernung bis zur Karl-Theodor-Straße nehmen sie ein Taxi, das wartet, während Gregory Sophie traurig schweigend zur Haustür begleitet und für sie die stumme Frage, wann sie sich wohl wiedersehen können, nach einer Antwort drängt. Aber sie will ihn nicht danach fragen, wohl ahnend, dass es für ihn vermutlich nicht einfach ist, ein Wiedersehen zu organisieren. Aber trotzdem würde sie gerne wissen, wie es denn nun weitergeht, jetzt, wo sie sich ihrer Liebe bewusst sind.

Doch sie schweigt und nimmt seine innige Umarmung als stumme Antwort auf die nicht gestellte Frage, während er ihre Gedanken zu lesen scheint und seiner Bestätigung, wie schön der Tag für ihn war, den Wunsch hinzufügt: „Auch wenn unser Tag nicht ganz so wie geplant begonnen hat, so wird auf diese etwas verpatzte Generalprobe sicher eine sehr schöne, nachhaltige Premiere folgen und deshalb wünsche ich mir für unsere Premiere ein nächstes Treffen in München, bei dem es keinen Abschied vor einer Haustüre mehr geben darf."

Sophie, freudig überrascht, bestätigt seinen Wunsch mit einem dankbaren Lächeln, bevor sie, die Abschiede hasst, durch diese unpersönliche, braune Haustüre rasch entschwindet. Die Tüte mit den restlichen Rosenblütenblättern, die Gregory ihr beim Abschied in die Hand drückte, hält sie wie einen Schatz an sich gedrückt, während die ausgetretene Holztreppe unter ihren Schritten knarrt und damit jedes Auftreten geräuschvoll erwidert. Sie geht langsam, tritt sachte auf, um das Zwiegespräch mit der ausgetretenen Treppe leiser zu gestalten, und schließt auch die Appartementtür so geräuschlos wie möglich auf, denn sie geht davon aus, dass Heidi bereits schläft, was sich als richtig erweist. Sie schläft im Schein der Nachttischlampe, die etwas nach unten gerutschte Brille noch auf der Nase. Als Sophie ihr diese vorsichtig abnimmt, dreht sie sich zur Seite und schläft weiter.

Die Küche erstrahlt im Schein des Mondes, was Sophie dazu animiert, die Rosenblütenblätter großzügig über die weiße Küchenzeile zu verstreuen, von deren blitzend sauberen Flächen sie dem Mond, fast wie dankbar für sein Strahlen, in lebhaftem Rot entgegen leuchten. Sie stellt sich vor, dass sich Heidi beim Betreten ihrer Küche darüber freut und genauso ist es dann auch. Denn als Sophie sich ein paar Stunden später mit Heidi an den liebevoll gedeckten Frühstückstisch setzt, ist dieser mit Rosenblütenblättern übersät.

Am frühen Nachmittag sitzt sie wieder im Zug, mit den restlichen Rosenblüten von Gregory und einer „Brotzeit" von Heidi im Gepäck.

Auch Gregory sitzt im Zug, doch ihre Züge fahren in entgegengesetzte Richtungen, was sie immer weiter voneinander entfernt. Aber das ist in diesen Momenten glücklicher Erinnerungen und Perspektiven ohne Bedeutung, denn ihre Herzen schlagen in lebhaftem Gleichklang, erwartungsfroh und verbunden in der Frage, wie lange es bis zum Einlösen ihres Versprechens zum Erleben der neuen Dimension ihrer Liebe wohl dauern wird. Beide sind sich dabei bewusst, dass sie sich nicht auf eine Affäre einlassen würden und dass ihre Liebe zukunftsorientiert ist. Darauf freuen sie sich, denn dieses Wiedersehen war so viel schöner und harmonischer als sie es sich je hätten vorstellen können. Das Bewusstsein seiner Liebe erfüllt Sophie mit einem in Gregory vertrauenden, soliden Glücksempfinden.

Draußen jagt der Wind Regentropfen über die Zugfenster; Wälder, Felder und Ortschaften fliegen an ihr vorbei, während sie ihre Eindrücke und Empfindungen Revue passieren lässt. Die kurze, am Bodensee vorbeiführende Strecke, weckt die Erinnerung an das Treffen im Juli, das Sophie nun in einem ganz anderen Licht sieht. Auch Erinnerungen an ihre Kindheit, die sie nach den gleichen traditionellen Richtlinien in derselben Stadt erlebt hatten, kommen zurück. Ihr Wiedersehen ist in vielem zum

Spiegelbild ihrer selbst geworden, weil es darin Werte gibt, die sie miteinander verbindet.

„Sonne, Rosenblüten, beruhigende Erkenntnisse und ganz viele Gemeinsamkeiten" schreibt Gregory: „Alles ruft in mir den starken Wunsch nach Fortsetzung wach. Als positiv denkender Mensch und den geheimen Wunsch am Wunschbaum im Herzen, wird dies in naher Zukunft möglich sein. Darauf freue ich mich bereits heute. Ich bin so glücklich, wenn du auch glücklich bist. In Erwartung, dass gestern der Auftakt für viele Wiederholungen war, werde ich jetzt mit einem Mosaiksteinchen „Sonnenstrahlen in München" beginnen, die nicht nur meteorologisch gemeint sind, sondern von Herz zu Herz strahlen. Sicher fällt mir dabei viel zum Schreiben ein."

Sophie fühlt die von Herz zu Herz gehenden Strahlen. Sie sitzt ganz ruhig, während sich ihre Augen schließen und öffnen und dabei, ihrer Müdigkeit entsprechend, oft auch längere Zeit geschlossen bleiben. Lesen will sie nicht, denn dafür sind ihre eigenen Gedanken viel zu schön. Draußen ist alles grau in grau, die Mitreisenden lesen oder unterhalten sich leise. Sie träumt wohlig entspannt vor sich hin.

Traum oder Wirklichkeit? schießt es durch ihren Kopf, als sie ihn vor sich sieht, den riesengroßen Regenbogen, der sich zum Greifen nahe und fast kerzengerade vor dem Zugfenster aufrichtet, als wüchse er aus dem Boden heraus. Dass er tatsächlich riesengroß ist, lässt sich von der Krümmung ableiten, die gar nicht zu sehen ist. Ein paar kostbare Augenblicke lang leuchten seine kräftigen Farben unverfälscht klar aus dem trüben Regenhimmel. Der schnellen Fahrt des Zuges trotzend, bleibt er standhaft präsent und erlaubt Sophie ihn eilig auf ihrem Smartphone einzufangen.

Als „Ein Regenbogen für dich", trifft er Sekunden später bei Gregory ein und Sophie freut sich über seine prompte Antwort: „Soll ich mich jetzt aufmachen, um den Goldschatz am Ende des Regenbogens zu finden? Nein, den brauche ich dort nicht mehr zu suchen, denn den habe ich bereits mit dir gefunden."

Der Regenbogen verschwindet, aber Gregorys Botschaft strahlt mit kraftvollem Leuchten und versichert Sophie mit dem ebenso aufregenden wie zuversichtlich beruhigenden Empfinden, dass sie sich irgendwann am Ende dieses Regenbogens wiederfinden werden, vielleicht sogar für immer.

6. Kapitel: Liebesvorspiel in Prosa

Wenige Tage nach ihrem Wiedersehen in München beginnt der Herbst: sonnig, warm und strahlend. Sophie und Gregory empfinden diese sanfte Laune der Natur wie eine Parallele zu ihrem Leben, denn beide sind sie sich dessen bewusst, dass im Licht der Herbstsonne nicht nur die welkenden Blätter der Bäume in goldenem Licht erstrahlen, sondern dass seit dem Eingestehen ihrer Liebe sich auch der Herbst ihres Lebens in freudigem Strahlen ankündigt.

„Es sind nicht die Sonnenstrahlen draußen", schreibt Gregory, „die natürlich auch, sondern viel mehr die gefühlten Strahlen aus deinem Herzen, die meine Glückshormone wachrütteln und in mir den Wunsch wecken, ganz nah und innig bei dir sein zu wollen. Wann können wir uns wiedersehen und fühlen? Ich stelle mir jetzt einfach vor, es wäre bald."

Auch Sophie erlebt den Wunsch nach physischer Nähe. In ihren Gedanken ist Gregory oft so nah, als sei er physisch präsent: „Dann bin ich so intensiv mit dir verbunden, dass ich die Energie unserer Liebe spüre und dabei zu erleben glaube, wie sie in deinem Herzen ihr Echo findet. Ich genieße das Zusammenspiel unserer Seelen, auch wenn ich noch nicht richtig verstehe, wie es zustande kommt und so intensiv sein kann."

Mit dieser gefühlten Präsenz passiert es oft, dass beide, obgleich 1000 Kilometer voneinander entfernt, ihre Tagesabläufe erstaunlich synchron erleben:
Gregory hat beim Golf den Eindruck, Sophie begleite ihn: „Du machtest dich über meine schlechten Schläge lustig und lobtest mich für die guten. Mein Flightpartner wunderte sich über meine Selbstgespräche beim Setup.

Aber ich sprach mit dir, wollte erfahren, wie du mir trotz der Entfernung gute Ratschläge gibst, mir Anerkennung und Kritik mitteilst, insbesondere vor dem schwierigsten Abschlag."

Sophie berichtet von der Yogastunde: „Als Julie, unsere Trainerin, uns am Ende bei der Entspannung zu vollkommener Hingabe aufforderte, traf sie mit ihren Worten über die Liebe und Dankbarkeit meine Empfindungen, denn mir wurde dabei wieder bewusst, das völlige Hingabe das Schönste an der Liebe ist, im Licht der Seele und des Herzens."

„Du berührst und ergänzt mich" erwidert Gregory. „Du sagst das, was ich nicht so schön in Worte kleiden kann, aber ich fühle genauso und wünsche mir nichts sehnlicher, als mein ganzes Liebesguthaben mit dir zu teilen, denn bei Liebenden wächst dieses Guthaben ins Unendliche. Wir können es nie aufzehren."

Er möchte das Wiedersehen noch im selben Jahr verwirklichen, wofür Sophie die Planung gänzlich ihm überlässt. „Ich möchte, dass der Wunsch von dir kommt und der Zeitpunkt dafür auch von dir festgelegt wird. Ich folge deinen Schritten, um unsere Freude als gemeinsame Entwicklung mit dir zusammen zu erleben."

Während ihre Freude im Einklang mit dem Albert Camus-Zitat schwingt, wonach im Herbst des Lebens jedes Blatt zur Blume wird, denkt Gregory eher an Rosenblätter und Bettfedern. Darauf möchte er Sophie liebevoll einstimmen, ohne zu direkt zu sein. Also bedient er sich seiner Gutenachtküsschen, die, personifiziert, immer mehr zu Boten seiner Liebe avancieren. Um seiner Fantasie einen respektablen Rahmen zu geben, lässt er sie mit Goethe, Schiller, Wilhelm Busch, Ovid, Shakespeare usw. daherkommen. Sophie interpretiert diese poetische Einstimmung auf die neue Dimension ihrer Liebe als „Liebesvorspiel in Prosa", bei dessen Lektüre sie oft über seine verspielte Kreativität schmunzelt, davon aber auch berührt ist.

Als Auftakt wählt er ein Zitat von Wilhelm Busch: „Das Schönste aber hier auf Erden ist lieben und geliebt zu werden."

„Das Motto fand ich gut und so habe ich dem heutigen Gutenachtküsschen aufgetragen herauszufinden, wie es mir helfen kann, dir den schönsten Abend auf Erden vorzubereiten. Es erzählt eine Geschichte von zwei reifen Seelen, die sich nach langer Zeit wieder treffen und nun im kindlichen Spiel all das erleben, was ihnen in früheren Leben nicht vergönnt war."

Diese Vorstellung findet bei Sophie ein emotionales Echo: „Ich danke dir, dass du mich so liebevoll näher zu dir und den schönsten Momenten unseres Lebens führst, um zu erleben, dass es nichts Schöneres gibt auf Erden, als lieben und geliebt zu werden."

Gregory schwingt im Gleichklang, empfindet Glücksgefühle beim Aufwachen und stellt dabei fest, dass Sophie in dem Moment als er seine Nachricht absendet, bereits darauf antwortet, was für ihn bedeutet: „Liebe erkennt Gedanken, bevor sie ausgesprochen werden."

Um diese Erkenntnis mit ihr zu teilen ist kein Moment zu früh, auch nicht der frühe Morgen:
„Du verwöhnst und forderst mich, und all die schönen Bilder, die du in mir hervorrufst, möchte ich gemeinsam mit dir erleben, denn du kennst ja meinen Traum, in dem ich mit dir die aufgehende und untergehende Sonne, die Sterne und den Mond betrachten möchte. Auch innige geistige Verbundenheit braucht manchmal visuelle Ergänzungen."

Die visuellen Ergänzungen sind für Sophie einfach herzustellen: Mit Fotos der strahlend hinter den Bergen aufgehenden und rotschimmernd im See versinkenden Sonne hat sie kein Problem; auch den Mond hat sie schon oft für Gregory aufgenommen, nur mit den Sternen hapert es. Also schickt sie ihm eine Fotomontage mit dem Vermerk, dass sie für das Hinzufügen der Sterne noch etwas Zeit benötige. Seine Antwort kommt prompt: „Die fehlenden Sterne hole ich dir, wenn wir zusammen sind, vom Himmel."

Er legt den Termin ihres Wiedersehens fest und freut sich: „Schon können wir die Tage zählen und mit dem heutigen Gutenachtküsschen von Rosenblütenblättern träumen, die vom siebten Himmel schweben und dazwischen ein paar kleine Federchen. Da uns noch vierzig Tage von unserem Wiedersehen trennen, trägt es die Nummer 40 a.M. (ante München).

Es hat Ovids „Ars Amandi" gelesen und glaubt nun, belehrt lieben zu können. Dafür hat es eine Flasche meines besten Weins mitgenommen, denn: „Wein erreget das Herz und macht es für die Liebe empfänglich", weiß Ovid, und die Geliebte für die Liebe empfänglich zu machen, ist das höchste seiner Ziele.
„In das Aug' ihr zu schauen mit Liebe bekennendem Auge", scheint ihm ein passender Anfang. Sein sanfter Blick wird ermutigend lächelnd erwidert und es erinnert sich weiterer Worte Ovids: „Um sie durch zärtliche Schmeichelei'n und Worte zu gewinnen, sag' ihr ins Ohr, dass sie erfreut sein werde durch deinen Besuch". Also flüstert er ihr etwas ins Ohr und ermuntert sie zu einem Schluck Wein, an dem sie Gefallen findet, was einen weiteren Satz des römischen Dichters bestätigt, der da lautet: „Da hat oft schon geraubt das Herz dem Jüngling das Mädchen; Venus war im Wein, Feuer im Feuer, versteckt.

Vom Feuer entflammt und von Venus im Wein beseelt, schenkt der Jüngling dem Mädchen sein Herz. Sie liebkosen sich innig, vergessen nicht nur Raum und Zeit, sondern auch Ovid, der gewirkt hat.

Damit wünscht dir dein dich liebender und sich wie Ovid fühlender Gregory eine gute Nacht und viele süße Träume."

Doch bevor Sophie träumt, lässt sie ihn wissen: „Jetzt ahnen wir beide, was Liebe kann, vor allem wenn Venus im Wein und Feuer im Feuer versteckt ist. Das darf so stehen bleiben, wie Ovid es fühlt, jahrhundertelang, dann kommt Schiller mit der Ode an die Freude dazu und es funken die Götter, aber Ovid hat die Tür zum Paradies schon einen kleinen Spalt geöffnet."

Götterfunken zu erzeugen ist Gregorys Idee für das nächste Gutenachtküsschen, frei nach dem Schiller Zitat: „O! zarte Sehnsucht, süßes Hoffen. Der ersten Liebe gold'ne Zeit."

Das Küsschen startet, denn „sein Auge sieht den Himmel offen, es schwelgt sein Herz in Seligkeit."

Es will „dass sie ewig grünen bliebe, die schöne Zeit der jungen Liebe" und denkt nur noch daran, wie süß es ist, die Geliebte zu beglücken mit unverhoffter Größe, Glanz und Schein.

„Was ist das Leben ohne Liebesglanz?", fragt es sich und streicht über das eine, dann über das andere Augenlid, über die Wangen zum Hals und als es langsam über das Kinn wieder höher wandert, fühlt es etwas Weiches mit einem schimmernden Glanz, der es total verzückt.

„Das muss er sein, der Liebesglanz", denkt es und hofft auf die Götterfunken. Doch die sind nirgends zu sehen, aber die glänzenden Lippen öffnen sich zu einem Lächeln und mit viel Zärtlichkeit schlüpft es hinein und jubelt Schiller konform:

„Glücklich! Glücklich! Dich hab ich gefunden, hab aus Millionen dich umwunden, und aus Millionen bist du mein."

Der Liebe heil'ger Götterstrahl, schlägt in die Seele, trifft und zündet. Das Küsschen singt leise und dann immer kräftiger: „Freude, schöner Götterfunken, Tochter aus Elysium, wir betreten feuertrunken, Himmlische, dein Heiligtum."

Zuletzt brüllt es geradezu vor Verzückung „Seid umschlungen Millionen in diesem Kuss der ganzen Welt" bis es, vom Glücksempfinden überwältigt, ermattet einschläft.

Der Protagonist freut sich, dass dies eines nicht mehr allzu fernen Tages auch für ihn möglich sein wird. Mit sprühenden Götterfunken wünscht er dir eine gute Nacht mit lauter sprühenden Liebesträumen."

Um Sophie in sein Spiel einzuladen, erfindet Gregory ein eingeschüchtertes Küsschen, das auch Götterfunken erleben möchte, aber nicht weiß, wie es solche erzeugen kann. Es hat auch sonst viele Fragen, die, wie Gregory glaubt, nur Sophie beantworten kann. Also spielt sie mit, und die Antworten erfreuen nicht nur das Küsschen, sondern auch ihn:

„Es hat gehört, dass wir beide immer synchron sind. Nun will es wissen, woher das kommt und warum es eine Nummer hat. Ich erkläre ihm, dass wir in Liebe verbunden und deshalb synchron sind, und dass der Meister sich die Nummern für die Tage ausgedacht hat, die uns noch von unserem Wiedersehen trennen.

Wieso wir uns wiedersehen wollen, will es wissen.

Weil das schön für uns ist und weil wir dann sehr glücklich sind.

Wieso wir glücklich sein wollen?

Weil wir uns freuen, wenn wir unsere Liebe miteinander teilen können und sie dann noch größer wird. Doch das versteht es nun gar nicht, weil es gelernt hat, dass alles kleiner oder weniger wird, wenn man es teilt.

Ich erkläre ihm, dass dieses Teilen nichts mit Rechnen zu tun hat, sondern mit Liebe. Das gefällt ihm und so will es jetzt wissen, wie das mit der Liebe geht, ich soll ihm zeigen wie es Freude und Liebe erfahren und weitergeben kann. Es sagt, das hast du ihm versprochen.

Also beginne ich, dein Versprechen einzulösen und mit dem Küsschen zu erleben, wie Freude und Liebe größer werden, wenn man sie teilt. So ist aus dem schüchternen Küsschen im Laufe der Nacht ein ganz stürmisches geworden. Das macht die Liebe."

Dass die Liebe stärker ist als alle Hindernisse, stellt Gregory am nächsten Morgen fest: „Mein SMS lässt sich nicht absenden, aber ich weiß, dass du aufgewacht bist und meine Gedanken an dich lesen kannst. Fühlen müsstest du sie sowieso, denn sie sind so stark, dass sie 1000 Kilometer Berge und Mauern spielend überwinden; auch mein Herz geht immer über, wenn ich an dich denke. Worte können hinterherhinken."

„Lustig, mein Liebster: dir fehlen die Worte, aber ich fühle deine Liebe."

„Ja, unsere gedankliche Verbundenheit steht. Sie funktioniert auch ohne Text. Bitte vergiss nie, dass ich gedanklich immer bei dir bin, auch wenn du keine Nachricht von mir hast, weil ich dich in meinem Herzen trage."

Aus seinem unerschöpflichen Fundus an Kreativität, erfindet er für seine Gutenachtküsschen Ideen zum Erfahren der Liebe. Dabei orientiert er sich auch gerne an den Liebeszitaten des Dichterfürsten.

Ein Küsschen möchte „Glücklich allein ist die Seele, die liebt" erfahren, weiß aber nicht, wie es das anstellen soll. Gregory hilft und erfindet einen Glücksgradmesser, um die Intensität seines Bemühens festzustellen. Es möchte lieben und dafür alles zum Einsatz bringen, was es aus Liebe fühlen und erfahren kann. Wie ihm das gelingt, will es nicht verraten, aber irgendwann gibt es keinen Halt mehr und das Gutenachtküsschen weiß gar nicht mehr wie ihm geschieht, lässt jedoch alles geschehen und gleitet mit seiner Geliebten in einem totalen Glückstaumel in die unendliche Weite der Liebe. Damit wird der Glücksgradmesser überflüssig, denn in liebenden Seelen vereint, sind Liebe und Glücksempfinden unermesslich und unendlich.

Mit dem damit empfundenen Gefühl unendlicher Liebe wünsche ich dir eine gute Nacht mit süßen, goldenen Träumen höchsten Glücksgrades."

Nach Ovid, Wilhelm Busch, Schiller und Goethe will ein Gutenachtküsschen mit Shakespeare punkten und seine Liebe mit „Shakespeare in Love" fühlbar machen. Es gründet seinen Herzenswunsch auf dessen Liebesmotto: „Der Liebe leichte Schwingen trugen mich; kein steinern Bollwerk kann der Liebe wehren und was irgend Liebe kann, das wagt sie auch." Von diesen Schwingen getragen und ohne dass ein steinern Bollwerk seinem Liebestatendrang wehren kann, kommt es durch die Wände direkt zum „geliebten Ziel". Ihm gefällt, dass man bei Shakespeare trotz der Elisabethanischen Etikette rasch zum Hauptthema Liebe kommt. Also wagt es mutig, was Liebe kann, und spielt mit ganzer Inbrunst und stürmischer Leidenschaft Romeo, bis Julia seufzt: „Meine Freigiebigkeit ist so grenzenlos wie das Meer und meine Liebe so tief. Je mehr ich dir gebe, je mehr habe ich, denn beide sind unendlich."

Sophie gefällt Gregorys Beschreibung dieser grenzenlosen Liebe. Sie freut sich darauf: „Dass wir uns bald wiedersehen und ich all diese schönen Emotionen, die für mich allein viel zu groß sind, grenzenlos an dich weitergeben kann."

Trotzdem sind für sie die poetischen Sehnsüchte und Perspektiven ihrer Liebe nicht ganz von der Frage befreit, was diese vertiefende Weiterentwicklung für sie beide bedeuten wird, weil damit seine Lebenskonstellation wieder mehr an Gewichtung gewinnt. Wie würde er ihre Liebe damit vereinbaren und wie würde sie gefühlsmäßig mit dieser Situation umgehen, in der Aufrichtigkeit und Respekt angesagt sind, wozu sie gerne bereit ist. Wie immer sich das von ihm als „sachlich neutral" bezeichnete eheliche Zusammenleben auch gestalten mochte, sie vertraut, dass er damit korrekt umzugehen weiß, zumal er bisher jeden seiner in die gemeinsame Richtung gehenden Wünsche mit Ernsthaftigkeit umgesetzt hat.

Die Bestätigung für seine Neuorientierung findet er in einem Mark Twain Zitat, das in diese Zeit richtungsweisender Perspektiven passt: „Heute las ich einen Satz von Mark Twain, den ich mit dir teilen möchte, weil er auf uns zutrifft: In zwanzig Jahren wirst du dich mehr ärgern über die Dinge, die du nicht getan hast, als über die, die du getan hast. Also wirf die Leinen und segle fort aus deinem sicheren Hafen. Fange den Wind in deinen Segeln. Forsche. Träume. Entdecke."

Sophie sieht darin einen vertrauensvollen Wegbereiter: „Das ist wie der Götterbote eines tieferen Wissens, auf dessen Spuren wir uns begeben, denn schon nach unserem Treffen in München schriebst du, dass jede Reise mit einem ersten Schritt beginnt, dass wir schon einige getan und dabei erkannt haben, dass es unser richtiger Weg ist, auf dem wir vorankommen. Bei dieser Zusicherung habe ich mich besonders über deinen Hinweis gefreut, dass dieser Satz nicht nur datentechnisch in deinem PC gespeichert, sondern auch mit Herzblut geschrieben im Zielespeicher deines Gedächtnisses verankert ist.

Seit unserem Treffen am Bodensee hat sich einiges in meinem Leben verändert. Vieles fließt und löst sich auf. Vermutlich ist das meine Art, die Leinen loszulassen, aber du bist der Anlass dazu, hast sanft an ihnen zu zerren begonnen, so sanft, dass ich es gar nicht bemerkte. Das ist etwas völlig Neues, das ich mit dir, mein Novum-Mann, gerne erlebe. Deshalb freue ich mich darauf, bald „ganzheitlich" in deinen Armen zu sein. Bei dieser Vorstellung fühle ich goldenes Licht, warm und sanft. Ich fühle mich bei dir geborgen und werde mir plötzlich bewusst, dass du es bist, der dieses Licht in mir entzündet hat und beständig am Leuchten erhält."

Gregorys Gutenachtküsschen werden sehnsuchtsvoller, flüstern von Zärtlichkeit, von liebenden Gefühlen, von leidenschaftlicher Liebe, vom siebten Himmel und von Götterfunken. Obwohl seine Fantasie unerschöpflich ist, freut er sich nach den über vierzig als Liebesboten vorausgeschickten Küsschen doch sehr, dass die damit überbrückte Wartezeit zu Ende geht.

Eine Woche vor dem Wiedersehen denkt er voll aufgeregter Freude daran, wie es wohl sein wird, wenn seine Gutenachtküsse keine Elektronik mehr benötigen, sondern direkt und innig ausgetauscht werden können: „Es wird Rosenblüten regnen, es flattern die Schmetterlinge, es klopft das Herz, es wird uns warm und kalt zugleich … es gibt noch viel mehr, die ARTE Sendung hat es uns gezeigt, und nun freuen wir uns darauf, dass in einer Woche der Himmel voller Geigen hängt, dass es Rosenblätter regnet und wir Federn schweben lassen: wir lieben uns."

Sophie ist gerührt von Gregorys sensiblem Vorfühlen, mit dem er seine erwartungsfrohen Gefühle beschreibt, von denen seine Gutenachtküsschen immer mehr verraten.

Eines verrät, dass „der Meister" in letzter Zeit oft in einem kleinen Buch liest, mit dem Titel: „München für Verliebte", und Gregory plant konkret:

„Ich fliege am Freitag früh morgens. Wie wäre es, wenn wir uns wieder bei Hugendubel treffen? Ich schlage 10:30 Uhr vor, dann können wir, sobald du dich aus meiner Umarmung befreit hast, vor dem Glockenspiel noch gemütlich einen Cappuccino trinken und unseren Tagesplan schmieden."

Doch dann wäre fast alles anders gekommen, denn während Sophie und Heidi bereits das vorweihnachtliche München genießen, wütet der Orkan Xaver und hält Norddeutschland 48 Stunden lang in Atem. Er tobt kaum minder heftig durch Sophies Emotionen, die Heidi mit ständig neuen Rundfunk- und Fernseh-Informationen am Zittern hält.

Beunruhigt und ängstlich aufgeregt mailt sie: „Heidi überbringt mir gerade die Schreckensnachricht, dass wegen der Unwetter in Norddeutschland voraussichtlich alle Flüge gestrichen werden. Der Hamburger Flughafen ist bereits geschlossen, Berlin könnte kurzfristig folgen, und der Zugverkehr wird für die kommenden zwei Tage wegen starker Schneeverwehungen und Windstärken bis zu 200 km/h vermutlich eingestellt. Ich hoffe, dass es nicht so sein wird, denn deine Reise soll Freude sein und keine Gefahr. Ich will auch gar nicht daran denken, dass es eventuell nicht klappen könnte."

Gregorys Antwort kommt prompt, denn er, der gerne vorgibt, in einem früheren Leben ein mallorquinischer Bergadler gewesen zu sein, lässt sich davon nicht beirren: „Bitte sei ganz beruhigt, ich werde kommen, denn mallorquinische Bergadlernachfahren finden ihren Weg auch durch Stürme. Ich bin noch ganz gelassen."

Gelassen ist er auch am nächsten Tag, obwohl die Unwettermeldungen unverändert kritisch sind und man Xaver für die Nacht von Donnerstag auf Freitag seinen Höhepunkt voraussagt. Aber Gregory bleibt zuversichtlich und schickt einen überzeugenden Spruch: „Gedanken ohne Tun sind nicht gedachte Taten!"

„Wir haben uns seit September auf dieses Wiedersehen gefreut, und nun schwelgen wir in Vorfreude, denn morgen folgt das Tun. Es sind „nur" noch 14 Stunden. Dann kann ich dich in meine Arme nehmen!"

Um 6:13 Uhr am nächsten Morgen kommt endlich die Erfolgsmeldung „Guten Morgen meine Liebe, der mallorquinische Bergadler wird gleich starten. Alles OK. Bis gleich."

Wie lange dauert gleich? Im Halbschlaf scheint Sophie, als löse sie sich ganz langsam in einem Meer von Glückseligkeit auf und ihre Finger tippen Freude in ihr Smartphone.

Der mallorquinische Bergadlernachfahre landet sicher und pünktlich. Die Vorfreude wird eine fröhliche, Herzklopfen-intensive und atemberaubende Realität:

Welcome to happiness.

7. Kapitel: Das Erleben einer neuen Dimension

„Die Erinnerung ist noch sehr stark" schreibt Gregory am Neujahrstag. „Nicht nur daran, dass wir uns innig liebten, sondern auch dass wir so viel glückliche Gemeinsamkeit miteinander erlebten. Allerdings bangte ich bis zum letzten Moment, ob Sophie ihr Versprechen einhalten würde, und wir uns nicht mehr vor einer unpersönlichen Haustüre gute Nacht sagen müssten.
Ich wollte auf alles vorbereitet sein und auch alles richtig machen, zumal ich genügend Zeit dafür hatte. Den kleinen Rosenstrauß mit dem weiß-blauen Band und die aufgeschütteten Rosenblütenblätter zu beschaffen war kein Problem, denn inzwischen kenne ich einen guten Blumenladen. Auch die Junior-Suite konnte ich schon bei meiner Ankunft im Hotel beziehen und entsprechend vorbereiten, wobei ich ebenso unruhig wie freudig aufgeregt war. Meine Nervosität legte sich erst als ich Sophie im Hugendubel Café ankommen sah und feststellen konnte, dass sie tatsächlich einen kleinen Koffer bei sich führte. Als ich ihr entgegen ging schlug mein Herz so heftig, dass ich sein Pochen bis in den Hals spürte. Es beruhigte sich erst, als wir eng aneinander gedrückt auf der Bank saßen, die ich für uns ausgewählt hatte, damit wir uns ganz nah sein konnten. Bei Tee und Cappuccino sahen wir uns immer wieder in die Augen und bestätigten uns wie glücklich wir sind, wieder zusammen sein zu können. Ich hielt sie so fest umarmt, als fürchtete ich sie könnte sich verflüchtigen wie ein Traum."

Doch weit gefehlt, denn Sophie hat nie daran gezweifelt, ihr Versprechen einzulösen. Nachdem sie in den vergangenen Tagen ebenso sehr befürchtete, er könne nicht reisen, wie er davon überzeugt war sicher zu landen, genießt sie nun dieses kuschelig warme Gefühl an seiner

Seite. Sie genießt auch den Winterzauber, den sie ganz unverhofft erleben, als es draußen schlagartig dunkel wird und sie das Rathaus hinter dicken, wild herumwirbelnden Schneeflocken verschwinden sehen.

„Schau mal, ein Wintermärchen", freut sie sich, und fühlt sich tatsächlich wie in einem Märchen, das im Bewusstsein seiner Nähe Wirklichkeit wird. In fast kindlichem Erstaunen erlebt sie den Schneesturm, der innerhalb weniger Minuten eine zauberhafte Kulisse entstehen lässt: ein Wintermärchen zum Nikolaustag! Sie schauen sich abwechselnd in die Augen und in die aus dem verdunkelten Himmel herunter wehende weiße Pracht.

Davon völlig unbehelligt beginnen die Figuren des Glockenspiels zu tanzen, während der Himmel sich zunehmend erhellt. Wenig später ist der Zauber vorbei; jener der tanzenden Flocken und jener der tanzenden Figuren am Rathaus.

„Vielleicht sollten wir erst mal deinen Koffer ins Hotel bringen", schlägt Gregory vor. Er freut sich darauf, mit Sophie möglichst schnell allein zu sein, im Zimmer, das er mit Liebe vorbereitet hat. Auch ein Geschenk wartet dort auf sie: Zwei sich umarmende Bären aus weißem Porzellan (Berlin und Bern, Gregory und Sophie), was er später als: „Ein königliches Versprechen, von mir und der Königlichen Porzellan-Manufaktur Berlin" erklärt.

Ein Taxi bringt sie durch die vorweihnachtlich geschmückte Innenstadt zum Hotel. Der kurze Schneesturm hat auf den Gehwegen eine wie hingehauchte Nuance Winterweiß hinterlassen, was die festliche Stimmung unterstreicht, obwohl der Schnee auf den Straßen inzwischen eher einem verschmutzen Braun gleicht.

Hand in Hand wie artige Kinder gehen sie über den Flur im 5. Stock zur Junior-Suite, die sich an dessen Ende befindet. Sophie spürt ihr Herz aufgeregt schlagen, obwohl sie sich vorgenommen hat, ganz ruhig und entspannt zu bleiben, so ruhig wie Gregory zu sein scheint, dessen Herz, wie er ihr später eingesteht, aber genauso heftig klopfte.

Als er die Tür aufschließt, atmen sie beide fast bedrückend schwer. Endlich sind sie allein. Allein ja, aber in einem beklemmenden Umfeld, denn auf beide wirkt die sterile Neutralität dieses unpersönlichen und korrekt sauberen Hotelzimmers befremdend. Doch zum Glück hat Gregory vorgesorgt, und sein Rosenarrangement mit dem weiß-blauen Bayernband gibt dem Zimmer eine persönliche Note. Auch die Rosenblütenblätter fehlen nicht, er hat sie großzügig im ganzen Raum verstreut.

„Wie schön, die Rosenblüten", stellt Sophie fest. Gregory lächelt erleichtert.

Eine erste Hürde ist genommen. Aber er fühlt, dass sie noch nicht ganz in dieser sich fremd anfühlenden Wirklichkeit angekommen ist, in einer Wirklichkeit, die, obwohl von beiden erträumt und erhofft, nun verbindlich wird. Verbindlich für zwei sich verbal und virtuell vertraute Menschen, deren Wunsch, die Vertrautheit ihrer Gefühle in einer neuen Dimension zu erleben, sich nun in dieser befremdend wirkenden Umgebung erfüllen soll. Dieses Hotelzimmer ist eine ungeplante Herausforderung, mit der sie nicht so richtig umzugehen wissen, und die so wenig zu der ihnen sonst so vertrauten Leichtigkeit des Seins passt.

Sophie vertraut auf ihre und Gregorys Gefühle, mit denen er sie auf dieses Wiedersehen eingestimmt hat, und versucht ihre gemeinsame Vorfreude auf diese fremde Wirklichkeit zu übertragen. Ihr ist, als warte sie auf ein Wunder, eine gute Fee mit dem Zauberstab. Plötzlich wird sie sich ihres kleinen Koffers gewahr, der wie eine Aufforderung zur Aktivität mitten im Raum steht. Sie löst sich sanft aus Gregorys Umarmung und geht auf ihr Köfferchen zu. Erst dabei stellt sie fest, dass die im Zimmer verteilten Rosenblütenblätter ins offen angrenzende Schlafzimmer führen und dort auch auf dem Bett verstreut sind …

Gregory sieht, dass sie es sieht und wird nervös. Er steht auf und geht umher, als wolle er sich und Sophie davon überzeugen, dass hier alles ihren Vorstellungen, Wünschen und Gefühlen gerecht wird. Befürchtet er, sie könne bei der kleinsten Disharmonie der Gegebenheiten entschwinden wie ein Stern, nach dem man greift und nur noch sieht, wie er in einem kurzen Aufleuchten am Himmel verglüht?

Darauf bedacht, dieser Angespanntheit mit Fröhlichkeit zu begegnen, packt sie ihr Köfferchen aus, während Gregory, seinerseits um Entspannung bemüht, das „München für Verliebte" Büchlein zur Hand nimmt und an die Tagesplanung erinnert. Er lässt die Seiten durch seine Finger gleiten, ohne sie eines Blicks zu würdigen, und beobachtet wie Sophie ihre Sachen zu seinen in den Schrank hängt. Seine Unsicherheit verfliegt mit einem Schlag, als er sie sagen hört: „Schön, unsere Kleidung nebeneinander im Schrank hängen zu sehen."

Ihm ist bewusst, dass sie seine Unsicherheit bemerkt, und ist erleichtert festzustellen, wie einfach sie diese zu überspielen weiß.

„Damit wurde alles ganz einfach", erinnert er sich: „Plötzlich ging alles wie von selbst. Aber nicht ganz, denn das gegenseitige Entledigen der textilen Hindernisse wurde durch ein paar Details erschwert. Wir sahen uns an und lachten, dann ging wirklich alles wie von selbst.

Dabei ließ mich die Leidenschaft vergessen, was ich mit meinen imaginären Gutenachtküsschen unter Beweis stellen wollte; ich übernahm selbst Regie, wobei Sophie, die Erfahrenere, immer wieder zum zärtlich forschenden Verweilen mahnte. Also nahmen wir uns Zeit, viel Zeit und alles fügte sich ganz harmonisch, genussvoll sanft und mit viel Gefühl. Aber etwas stimmte doch noch mit meinen Gutenachtküsschen überein, die von mir als Liebesboten und verbales Vorspiel erdacht und von Sophie auch so empfunden wurden, denn nun drangen wir zum ersten Mal gemeinsam in den siebten Himmel vor."

Damit ist sie da, die neue Dimension, in die sie sich zärtlich sanft und liebevoll sinken lassen, in sich selbst versinken, wieder auftauchen. Das physische Erleben ihrer seelischen Verbindung eröffnet eine neue Wirklichkeit, die sie bisher nur erahnen konnten, mit einer Harmonie, die weitaus größer ist als sie erhofft hatten. Sie ist erfrischend fröhlich und überall zugleich: in ihren Blicken, ihrem Lachen, im Lieben und gemeinsamen Empfinden ihrer neuen Seelentiefe. Sie ist in ihren Händen und Körpern, die sich zusammenfügen, als hätten sie in ihrem Zusammensein den für sie stimmigen Platz gefunden.

Dadurch kommt Gregorys Programm zwar ein bisschen durcheinander, aber es beginnt wie geplant: Frühstück mit Sophie im Bett. Dafür macht er sich um acht Uhr zur Küche auf, jedoch nicht ohne Sophie, die sich darüber wundert, die Notwendigkeit für seine matinale Handlung ins Ohr zu flüstern, die er als unmittelbare Fortsetzung seines Programms für wünschenswert hält. Belustigt über die Motivation ihres so enthusiastisch Liebenden, träumt sie glücklich vor sich hin, bis er mit einem reichhaltig bestückten Tablett und einer fast feierlich klingenden Erklärung vor ihr steht:
„Danke, dass du meine Träume wahr werden lässt und mir dabei so viele Wünsche erfüllst."
„Ich erfülle dir Wünsche?"

„Absolut, denn seit langem wünsche ich mir, eines Tages im Bett mit dir zu frühstücken."

Allerdings ist es danach fast Mittag, als sie auf dem Weihnachtsmarkt im Hof der Residenz ankommen, in dessen hintersten Ecke sie einen riesigen Weihnachtsbaum entdecken, der, bunt geschmückt, die vielen kleinen Häuschen der Aussteller würdevoll überragt.

„Das ist bestimmt ein Wunschbaum", vermutet Gregory und geht mit Sophie an der Hand darauf zu. Neben großen bunten Kugeln, laden transparente Glaskugeln zum Aufnehmen der Wünsche ein. Viele tragen bereits ein klein gefaltetes Papier. Natürlich will Gregory dem Weihnachtsbaum einen Wunsch anvertrauen, zumal sein auf der Insel Mainau hinterlassener Wunsch inzwischen in Erfüllung gegangen ist, wenigstens zum großen Teil.

Sie suchen eine Kugel aus und Gregory meint, sie sollten auch zusammen etwas wünschen, aber Sophie sieht das anders:

„Nein, das soll für deinen Wunsch sein und den musst du dann auch geheim halten."

„Ok, wenn du meinst – ?"

„Unbedingt."

„Aber dann musst du ein Foto machen, wenn ich die Kugel an den Baum hänge, damit der Wunsch dokumentiert ist."

„Kein Problem", verspricht Sophie und amüsiert sich über seine Idee.

Neben dem Weihnachtsbaum ist ein Häuschen mit Blättern zum Beschriften. Sophie sieht, wie er schreibt und bereitet ihr Smartphone für das Foto vor. Aber Gregory geht nicht zum Baum, sondern kommt mit der Kugel und dem Papier in der Hand zurück.

„Du musst das Blatt doch ganz klein zusammenfalten, damit es in die Öffnung passt."

„Ich will das Blatt aber nicht da hineinstecken, bevor du es gelesen hast."

„Aber ich will es doch gar nicht lesen!"

„Doch, du musst!", bittet er mit einem steinerweichenden Blick aus seinen blauen Augen.

Sophie schüttelt ablehnend den Kopf.

„Bitte, du musst", beharrt er, „denn es betrifft uns beide."

„Also, dann lese ich's halt."

Sie greift nach dem kleinen Blatt und freut sich über seinen in gradlinigen Druckbuchstaben groß und deutlich geschriebenen Wunsch: „Ewige Liebe für Sophie und Gregory."

Während er die Kugel an den Baum hängt, posiert er glücklich lächelnd für das Foto.

Beim Besuch der neuen Pinakothek verlangt Gregory Eintrittskarten für Rentner, was dem Mann an der Kasse suspekt vorkommt, weil er ihm nicht glaubt, dass er und seine etwas abseitsstehende, ebenso jugendlich wirkende Begleiterin Rentner seien. Gregory freut sich und ruft Sophie herbei, die, darüber amüsiert, ihrer beider Geburtsdaten verrät und hinzufügt: „Was wir natürlich anhand unserer Papiere beweisen können."

Der Kassierer schüttelt etwas ungläubig den Kopf und ruft seiner am anderen Kassenschalter sitzenden Kollegin zu: „Kannst du dir vorstellen, dass diese beiden hier Rentner sind?"

„Unmöglich!" sagt die Dame und auch sie schüttelt den Kopf, aber lacht dabei herzlich.

Gregory freut sich über dieses Missverständnis, denn er schummelt gerne etwas mit seinem Geburtsdatum, um sich als etwas jünger auszugeben. Eine riskante Anmaßung, was dem so glücklich strahlenden Gregory an diesem Tag jedoch jeder abgenommen hätte.

Einige Telefonanrufe bringen Unruhe in ihren Museumsbesuch. Sie kommen aus Berlin, wo man offenbar Mühe zu akzeptieren hat, dass Gregory an diesem Samstag nicht für seinen zehnjährigen Enkel zur Verfügung steht, dem seine Tochter versprochen hat, er dürfe beim Opi übernachten. Nun ist der Opi aber nicht da, was er zwar mitgeteilt hat, aber weder seine Tochter noch seine Frau scheinen sich daran zu erinnern, und beide haben für diesen Abend ein anderes Programm. Gregory versichert, am nächsten Morgen zurück zu sein, um mit seinem Enkel zu spielen und den Besuch eines Freundes vorzubereiten, der mit seinen Eltern aus Rostock erwartet wird. Dann stellt er das Telefon ab und das Thema scheint abgetan.

Auf dem Viktualienmarkt ist Weihnachtsstimmung. Unter die Gerüche von Bratwurst, Glühwein und gebrannten Mandeln mischt sich weihnachtliche Musik, die überall aus Lautsprechern schallt, aber auch live von Musikanten in bayrischer Tracht produziert wird. Sophie und Gregory genießen die bayerische Gemütlichkeit. Sie schlendern gemütlich durch das Getümmel, aus dem sich plötzlich eine circa 50-jährige Dame löst und geradewegs auf Gregory zugeht. Sie bleibt kurz vor ihm stehen, schaut ihn zunächst etwas ungläubig und dann freudig lächelnd an, bevor sie ihm spontan um den Hals fällt: „Na, wenn das kein Zufall ist? Das gibt es doch gar nicht, aber Sie sind es wirklich!", sagt sie zu dem überraschten Gregory, der in dieser Dame wieder seine langjährige Mitarbeiterin aus dem Frankfurter Team erkennt, die, wie sie erklärt, mit ihrem Mann zum Besuch der Münchener Weihnachtsmärkte angereist ist.

Gregory stellt Sophie als seine Freundin aus der Schweiz vor: „Auf die ich bei unserem ebenso zufälligen Treffen am Bodensee gewartet habe."

„Erst trifft man sich jahrelang gar nicht und dann zweimal hintereinander an ganz verschiedenen Orten", bekräftigt die Dame ihr Erstaunen. Sie begrüßt Sophie mit einem kräftigen Händedruck und ergänzt: „Was wir offenbar Ihnen verdanken."

„Nur indirekt, denn eigentlich ist es eher ein glücklicher Zufall."

„Zwei glückliche Zufälle, die wir beim Glühwein etwas ausdehnen sollten."

Auch wenn die Zeit dafür knapp ist, weil Sophie sich noch mit zwei Freundinnen treffen möchte, so belebt der Glühwein den Gedankenaustausch, bei dem Gregory interessiert Fragen zur Lebensumstellung seiner früheren Mitarbeiterin stellt. Sie hat inzwischen mit ihrem Mann den elterlichen Weinbau Betrieb im Rheinland übernommen und widmet sich dieser neuen Lebensaufgabe mit Begeisterung. Ebenso begeistert ist Gregory von der Neuorientierung im Seniorenalter.

Als er beim anschließenden Glühweintrinken mit Sophies Freundinnen zum Aufbruch mahnt und an den für den Abend vorgesehenen Theaterbesuch im Residenztheater erinnert, er denkt dabei aber nicht an das Schauspiel, sondern wünscht sich zuvor noch etwas Zärtlichkeit mit Sophie.

Doch sein Wunsch erfüllt sich nicht, obwohl sie rechtzeitig im Hotel sind, wo Gregory zum Aufwärmen der kalten Füße das gemeinsame Duschen vorschlägt. Als das Hoteltelefon unterdessen unerbittlich lange klingelt, hält er es für angebracht, zu antworten:

„Denn sonst haben wir keine Ruhe."

Während Sophie sich abtrocknet, hört sie eine kristallklare, sehr laute Stimme, der Gregory betont ruhig entgegenhält, dass es sich bei der Annahme, er komme heute zurück, offenbar um ein Missverständnis handelt, er aber morgen um neun Uhr in Berlin sein werde, um sich um alles zu kümmern.

Sophie erkennt, dass dieser Anruf seiner Frau zuzuordnen ist, die gegen seine Erklärungen resistent zu sein scheint. Sie zieht sich in den Schlafteil zurück und die Bettdecke über die Ohren. Obgleich von Wärme umgeben, kommt sich vor, wie mit Raureif überzogen.

„Bitte entschuldige, aber das musste ich jetzt klären", sagt Gregory als er zurückkommt. „Aber nun soll uns nichts mehr stören."
Offenbar hat seine Lust auf Zärtlichkeit unter diesem Ton, der für ihn nicht ungewohnt zu sein scheint, nicht gelitten, aber Sophie ist eingefroren, innerlich und äußerlich. Sie fühlt eine steife Kälte, die auch Gregory, der es kaum glauben mag, unter seinen Händen und an seinem Körper spürt.

Er streicht zärtlich über ihren Rücken, aber sie reagiert nicht, möchte auch gar nicht mehr reagieren, sondern nur ganz ruhig in seinen Armen liegen, ein paar liebevolle Momente lang, worauf Gregory seine Arme wie einen Schutzwall um sie herum legt, als könne er sie damit von allen äußeren Einflüssen bewahren.

Auch beim Theaterbesuch und dem nächtlichen Spaziergang durch die festlich beleuchtete Innenstadt, betont er seine Präsenz mit liebevoller Aufmerksamkeit, und Sophie gewinnt das Gefühl ihrer Geborgenheit bei ihm zurück.

Ewige Liebe ist sein dem UNESCO Weihnachtsbaum anvertrauter Wunsch, den er ihr kurz vor dem Einschlafen noch einmal zuflüstert, was sich anfühlt, als wolle er einen Bund für die Ewigkeit mit ihr schließen. Dass der Schlaf in dieser Nacht etwas zu kurz kommt, ist nicht nur Gregorys frühem Aufstehen zuzuschreiben, sondern auch seiner Liebe, die er so innig vermittelt, so als gälte es ihrer neuer Dimension den Stempel der Unvergänglichkeit aufzudrücken.

Aber wie alles, so ist auch diese Nacht vergänglich, und gehorsam folgt Gregory dem auf 4:00 Uhr gestellten Ruf des Weckers. Aber er steht nicht auf, denn er hat ihn ein bisschen früher gestellt, für liebevolles, ruhiges Abschiednehmen. Aber er meldet sich wieder, ruft zur Pflicht. Zu Gregorys Pflicht seinen familiären Vereinbarungen zu folgen, die zu respektieren für Sophie zur Basis ihrer Liebe mit Gregory gehört. Das Schmerzliche in diesen Momenten der bevorstehenden Trennung ist die Berührung der Grenzen zwischen Glücksgefühlen und der Traurigkeit, die das bereits erahnte Vermissen des geliebten Menschen heraufbeschwört.

Der Abschied fällt unendlich schwer. Sophie versteckt ihre Bettwärme unter dem Bademantel und begleitet Gregory zur Tür. Er, fest in seinen Wintermantel eingepackt, hält sie einen letzten Moment fest umschlungen, bevor er die Tür mit dem Ellbogen aufdrückt, ohne sich von ihr zu lösen. Ein inniger Kuss, Blicke in den Trennungsschmerz, die ineinander verschmelzen, dann endlich das Loslösen, eilige Schritte, ein Umdrehen, ein letztes Winken.

Sie schließt die Tür, den Tränen nahe, aber trotzdem glücklich und in Dankbarkeit mit allem verbunden, was in dieser gemeinsamen Zeit ihr Herz mit Freude und Liebe erfüllte. Sie holt das mit dem weißblauen Band zusammengehaltene Rosenarrangement und die beiden ineinander verschlungenen Porzellanbären vom Nebenraum und stellt sie auf den Nachttisch. Dann schlüpft sie rasch zurück ins Bett und verkriecht sich in der weichen, lauwarmen Vertiefung, in der die Körperwärme Gregorys, vermischt mit ihrer eigenen, noch deutlich zu spüren ist, denn selbst schlafend haben sie sich in kaum voneinander getrennt.

Ihre soeben noch greifbare glückliche Realität heißt nun Erinnerung, Erinnerung in Liebe. Diese Erkenntnis bringt Licht in ihre Gedanken und Sanftheit in ihre Emotionen, sie spricht durch die Weisheit des Herzens, die sich ihrer eigenen Sprache bedient, der Sprache der Liebenden, jenseits der Worte. Aber grenzenlos ist ihre Sehnsucht nach ihm, der unterdessen mutigen Schrittes und mit der gleichsam empfundenen Sehnsucht im Herzen durch den nebligen, frühen Wintermorgen zum angrenzenden Bahnhof eilt.

Um 6:43 Uhr kommt sein SMS vom Flughafen: „Guten Morgen, meine Liebste, gleich beginnt das Boarding. Gleich muss ich München verlassen. Es war so schön, dass eine Fortsetzung ganz schnell geplant werden muss. Dein dich immer liebender Gregory."
„Merci, mein Liebster, reise gut, danke für alles. Ja, es war wirklich wunderschön."
Aber das gegenseitige Vermissen ist immens. Um halb neun meldet er sich aus Berlin, wo er von leichtem Schneeregen empfangen wird.
„Mit dir in München war es schöner. Melde dich bitte, wenn du abreist und auch wenn du angekommen bist. Dein dich immer und immer mehr liebender Gregory."

Später trifft Sophie sich mit Heidi im Bahnhofsrestaurant zum Weißwurstessen. Das hilft etwas gegen den Trennungsschmerz.
Um 12:33 Uhr sitzt sie im Zug nach Zürich und prompt kommt Gregorys SMS:
„Meine liebe und geliebte Sophie, jetzt lässt auch du München hinter dir. Der Ort entfernt sich, die Erinnerung bleibt und meine Gedanken eilen nach XX3, dorthin wo wir uns für unser drittes Wiedersehen bald treffen

werden. Es wird immer schöner und intensiver mit uns. Daran denke ich jetzt, während du in den Zug steigst.

Dein dich begleitender und innig liebender Gregory, der einfach nicht anders kann, als an dich und unsere Liebe zu denken. Ich vermisse dich sehr."

Sein XX3 assimiliert Sophie mit riesengroßer Liebe, sie antwortet:

„Mit beglückenden Gefühlen und einer sanften Sehnsucht im Herzen sitze ich nun im Zug und versuche zu verstehen, was da gerade mit mir, mit uns passiert, seit wir unsere Verbundenheit nun auch in körperlicher Harmonie erleben. Unser ‚inneres Lied der Liebe‘, das du vor Monaten in mir angestimmt hast, damit es seinen Widerhall in deiner Seele finde, haben wir mit weiteren Tönen bereichert. Der Gleichklang unserer Gedanken und Emotionen hat Sensoren für neue Energien geöffnet, unseren Horizont für tiefere Erkenntnisse erweitert.

Während die Landschaften und Bäume an mir vorbeifliegen, denke ich daran, wie schön diese Stunden mit dir waren und wie sehr auch ich dich liebe."

8. Kapitel: La Sagesse du Cœur – die Weisheit des Herzens

„Es gibt nichts Schöneres auf Erden, als lieben und geliebt zu werden."

Aber was kommt danach oder dazwischen? Wie überbrückt man die Zwischenräume von einem Wiedersehen zum nächsten? Wie beruhigt man die pochende Sehnsucht im Herzen? Wohin mit den Erinnerungen an Stunden in Harmonie und frohem Entdecken, an Zärtlichkeit, Freude und Hingabe?

Das Vakuum füllt sich mit dem Play-back der erlebten Emotionen, dem Nachempfinden von Momenten, die es verdienen bleibende Erinnerungen zu werden. Momente, die eben noch fühlbare Wirklichkeit waren und nun einem Leben anzugehören scheinen, dem die gegenwärtige Realität den Zugang verwehrt. Momentaufnahmen beglückenden Seins, die man wie Erinnerungsfotos in ein Album klebt oder im Smartphone behält, um sie immer wieder anzusehen. Für Sophie füllt sich dieses Vakuum aber auch mit Zuversicht und Freude auf das nächste Wiedersehen.

Nach diesen knappen zwei Tagen projiziert die Liebe ein kraftvolles Wort in die Fülle ihrer Empfindungen, lebhaft pochend wie ein tiefrotes Smartphone-Herz: Sehnsucht. Sehnsucht als liebendes Verlangen nach dem Seelenpartner, der Gedanken liest, bevor man sie selbst erkennt, der mit seiner Präsenz die Lebensfreude steigert und dem Leben neue Lichtblicke schenkt, geboren aus dem Leuchten verbindender Seelentiefe.

Aber der Schmerz der Sehnsucht ist therapieresistent, trotz des Trostes, den er im Gleichklang mit der Liebe und der energetischen Verbindung des Partners erfährt.

Die Gewissheit, dass sie beide ihre Emotionen mit derselben Intensität erleben und Gregory sich nach einem baldigen Wiedersehen sehnt, stärkt Sophies Vertrauen in die Ehrlichkeit seiner Empfindungen und nuanciert ihre Sehnsucht mit Freude.

Am Abend seiner Rückkehr trägt seine Sehnsucht die Handschrift der Zuversicht. Er sagt seiner geliebten Sophie seinen tief empfundenen Dank für die wunderschönen gemeinsamen Stunden: „Sie haben die Sehnsucht nach vielen weiteren Stunden, Tagen, Monaten und Jahren geweckt. In dieser zuversichtlichen Gewissheit sind wir uns in unseren Träumen ganz nah, und unsere Verbundenheit wird uns sanft schlafen lassen."

Für Sophie ist damit alles gesagt: „Man kann die Freude, die sie erzeugen, fühlen. Du bist Freude für mich. Auch dafür liebe ich dich und noch für vieles mehr, das ich mir nie vorzustellen gewagt hätte. Doch du schaffst es immer wieder, mich auf liebenswerte Weise zu überraschen."
Mit diesen Gedanken schläft sie ein, schläft sanft, tief und fest. Kein Wunder nach der vorausgegangenen, viel zu kurzen und vorerst letzten gemeinsamen Nacht.

Doch beim Aufwachen ist das Vakuum wieder da. Als ebenso dubioser wie beharrlicher Weggenosse bleibt es präsent und erinnert sie ständig daran, dass nach der gelebten Symbiose mit ihrem Liebsten nun etwas ganz Elementares in ihrem Leben fehlt, das Leere demonstriert und nur einen einzigen Anspruch stellt, nämlich den, mit Gregorys Präsenz gefüllt zu werden. Nichts wünscht sie sich sehnlicher als ein baldiges Wiedersehen und das sanfte Hineingleiten in die Harmonie von Körper und Seele, was ihr jetzt, im physischen Getrenntsein, manchmal eher wie virtuell als wirklich erlebt vorkommt. War dieses Erkennen mit ihm Wirklichkeit oder ist es ein sich gerade wieder auflösender Traum?

Doch er steht zur Wirklichkeit und lässt ihr nicht die geringste Chance, daran zu zweifeln. Er fragt seine innig, zärtlich, sehnsuchts- und hoffnungsvoll geliebte Sophie, was sie mit ihm angestellt hat, weil ihn die Gedanken an die glückliche Zeit in München nicht mehr loslassen.

Unterdessen hätte Sophie gerne gewusst, wie sie besser mit diesem sehnsuchtsvollen Vakuum im Herzen umgehen könnte, das nur mit Liebe gefüllt werden kann. Sie erhält die Antwort ganz zufällig beim Yoga und möchte sie mit ihm teilen:

„Unsere Yoga-Trainerin Julie drückte mir einen von ihr bemalten Yogablock in die Hand, mit der Aufschrift: „La sagesse du coeur". Also werde ich der Weisheit des Herzens vertrauen, weil das Herz schon alles weiß. Es führt uns in Liebe und schenkt uns Vertrauen."

Trotz dieser positiven Grundtendenz gehen ihre Emotionen oft eine seltsame Allianz mit wechselnden Gewichtungen aus Freude, Traurigkeit und Zuversicht ein. Aber im Einklang mit seinem Wunsch „ewige Liebe für Sophie und Gregory", siegen Zuversicht und Freude.

„Ewige Liebe, das klingt nach Seelenliebe" schreibt sie „nach etwas, das größer ist als wir selbst, etwas das über uns hinausgeht und uns gleichzeitig damit verbindet. Von Else wissen wir, dass wir „alte Seelen" sind, und dass es für eine alte Seele nichts Schöneres gibt, als sich während ihres irdischen Daseins mit einer anderen alten Seele zu verbinden. Das erklärt auch unsere, uns immer wieder erstaunende, seelisch-geistige Verbundenheit".

In ihrer Assoziation Gregorys mit Schutz und Geborgenheit vertraut sie darauf, dass er sie auch in eventuell durchzustehenden Stürmen beschützen würde. Denn in München hat sie einen Gregory erlebt, der bei dem Anruf aus Berlin sachlich und darum bemüht ruhig zu bleiben, auf eine Stimme antwortete, deren befehlender Ton viel mehr ein besitzergreifendes als ein „eher neutrales" Zusammenleben vermuten lässt.

Damit muss sie nun umgehen, Antworten finden auf Fragen, die sie nicht stellen möchte, weil er in seinem ehelichen Konstrukt, in dem er zu funktionieren gewohnt ist, doch mehr als vermutet gefangen zu sein scheint. Gänzlich unbeschadet davon jedoch bleibt die Tatsache, dass sie beide sich innig und aufrichtig lieben, während der Anruf aus Berlin beim besten Willen nicht nach Liebe, sondern eher nach vorwurfsvoller Kontrolle geklungen hatte.

Falls sie es mit zwei Gregorys zu tun hat, hofft sie auf eine friedliche Co-Existenz mit beiden: Mit dem, der in Berlin seine familiären Verpflichtungen erfüllt und mit dem, der als jung gebliebener 70-Jähriger von einer gemeinsamen Zukunft träumt und versichert:
„Wenn ich allein träume, ist es nur ein Traum, wenn wir gemeinsam träumen, ist es der Anfang der Wirklichkeit. Wir träumen beide von den schönen Stunden in München und ich bin mir sicher, es war und ist der Anfang der Wirklichkeit."

Trotzdem stellt sich Sophie immer wieder die Frage, ob ihr Wochenende in München vielleicht doch zu früh war und wie es nun weitergehen wird.

Die Entscheidung fällt im Head-Office der Colleges, wo ihr angeboten wird, im März wieder das Ehemaligen-Treffen in Berlin auszurichten. Gregory kann es kaum fassen: „heißt das, dass wir uns Anfang März in Berlin treffen können? Das ist zwar noch lange hin, aber es ist ein erster Anhaltspunkt, auf den ich mich freuen kann, obgleich mir ein früheres Treffen natürlich viel lieber wäre. Doch auch wenn du physisch nicht bei mir bist, seelisch fühle ich dich immer ganz nah und innig mit mir verbunden."

Zeitgleich und völlig überraschend trifft Sophie die erschütternde Nachricht des bevorstehenden Lebensendes ihrer Freundin Roselind, mit der sie, in langjähriger Freundschaft verbunden, einige Höhen und Tiefen menschlichen Seins erlebt hatte.

Roselind und Bernard sind mit ihren drei Töchtern, deren Ehemännern und zehn Enkelkindern, Sophies zweite Familie, in der sie oft Geburtstage, Weihnachten, Silvester, Ostern, Sommer- und andere Feste feiert und dabei sicher sein darf, stets willkommen zu sein. Das gastfreundliche Haus in Genf-Cologny ist nicht nur Drehund Angelpunkt für die Familie, sondern auch für Freunde, denn Roselind sorgt dafür, dass es immer Feste zum Feiern gibt, besonders im Sommer, wo der Swimmingpool sich allgemeiner Beliebtheit erfreut. Sophie kann sich ihr Leben ohne Roselind kaum vorstellen und empfindet die Gewissheit, dass ihre Freundschaft bald nur noch Vergangenheit mit unvergesslichen Erinnerungen sein soll, als immens schmerzlich.

Zu den fröhlichen Erinnerungen zählt auch Sophies 70. Geburtstag, auf dessen Fotos eine sich scheinbar bester Gesundheit erfreuende Roselind strahlt. Vier Wochen später wurde sie mit einer vom Lungenkrebs durchlöcherten Aorta per Hubschrauber ins Klinikum geflogen, wo sie tagelang in höchster Lebensgefahr schwebte. Sie überlebte, wurde „stabilisiert" und mit monatelanger Chemotherapie für die Operation zur Entnahme der linken Lunge vorbereitet. Obgleich sich der Ernsthaftigkeit ihrer Situation bewusst, klagte sie nie, sondern fügte sich mit bewundernswert zuversichtlicher Ergebenheit in ihr Schicksal, das ihr neben vielen Untersuchungen bis zu 12 Stunden dauernde Chemotherapien auferlegte. Sie meisterte alles tapfer, sah ihrer Operation vertrauensvoll entgegen, überstand sie gut, und erfreute sich einer raschen Genesung.

Als Sophie ihre Freundin in der Rehabilitationsklinik besuchte, feierten sie fröhlich ihre „Krebs-Auferstehung". Aber dann wurden in Roselinds Gehirn Metastasen festgestellt und damit waren ihre Tage gezählt. Sie reagierte erstaunlich gefasst und begann, sich voll innerer Ruhe auf ihr Lebensende vorzubereiten. Dabei vergaß sie jedoch nie, sich mit Sophies über die Liebe mit Gregory zu freuen, dessen liebevolle Aufmerksamkeit sie als Herzensnahrung bezeichnete.

Sie wollte auch immer wissen, wie es Sophie damit gehe. So auch bei Sophies Besuch nach dem Wochenende in München, als sie flüsternd fragte: „Wie war's? Bist du jetzt sehr traurig?"
„Es war wunderschön und ich bin nicht traurig, denn wir sind trotz der Entfernung glücklich", flüstert sie ihrer nun im Rollstuhl sitzenden, völlig abgemagerten und kaum noch Haare tragenden Freundin ins Ohr.

Roselind lächelt glücklich aus ihrem eingefallenen Gesicht, das nur noch aus Haut und den Schädelknochen zu bestehen scheint. Doch dank ihres Lächelns wirkt es nicht befremdend, sondern erstrahlt unter dem sanften Leuchten ihrer riesengroß wirkenden Augen. Sophie nimmt dieses wundersam friedvolle Strahlen als Botschaft innerer Freude auf als Zeichen ihrer Bereitschaft für die Transition in eine andere Welt. Lediglich die zusammengefallene Gestalt wirkt meilenweit entfernt von ihrer früher so tatkräftigen Freundin, die Feste organisierte und dabei stressfrei und problemlos in ihrem Garten oft bis zu 30 Personen bewirtete, wobei es an helfenden Händen der Töchter und Schwiegersöhne ebenso wenig mangelte, wie an Gläsern, Tellern und Bestecken.

Ihren sportlichen Körper hatte sie durch Nordic Walking fit gehalten und dabei größten Wert auf die korrekte Körper- und Stockhaltung gelegt, was Sophie beim gemeinsamen „Walken" immer bewundert, aber nie ganz geschafft hatte.

Nun sitzt sie im Rollstuhl an ihrem Esszimmertisch und trinkt mit ihrem Mann und ihrer Tochter Tee. In zufriedener Akzeptanz ihres Körper- und Seelenzustands, kommentiert sie mit Justine, die in einer Zeitschrift blättert, die neue Wintermode. Als Sophie sich dazu setzt, unterhalten sie sich so unbekümmert wie gewohnt, während Roselind ganz gelassen der Hausangestellten zusieht, die nun in dem zuvor von ihr so perfekt geführten Haushalt das Zepter schwingt und Kaffee, Tee und Kuchen serviert.

Das alles scheint sie nun nicht mehr zu betreffen. Als es zu dämmern beginnt, erinnert sie Bernhard daran, sie rechtzeitig zum Nachtessen in die Klinik zu bringen, wo sie stationär ist, aber jede Woche für ein paar Stunden nach Hause darf.

Unvorstellbar, die frühere und jetzige Roselind miteinander zu assoziieren, denn Welten und Lichtjahre liegen dazwischen. Doch für sie scheint alles seine Richtigkeit zu haben, denn über diesen Diskrepanzen strahlt ihr Lächeln. Es strahlt aus dem schmal gewordenen Gesicht mit den leuchtenden Augen, die sanft um Verständnis für den zusehends verfallenden Körper und um das urteilsfreie Einverständnis mit dieser schmerzlichen Gegenwart zu bitten scheinen. Zweifelsohne hätte niemand dieser Bitte widerstehen können, denn alle wissen, dass es ihr stets ein Herzensbedürfnis ist, es allen gut gehen zu lassen. Das ist der Zauber, der zeitlebens von ihr ausgeht und viele Menschen mit ihr verbindet.

Unter dem Eindruck dieser strahlenden Würde, fährt Sophie nach Hause. Dunkel dehnt sich der See zwischen seinen Ufern aus, und nur ein kleiner Lichtstreifen am

Horizont verrät die versunkene Präsenz der Sonne, die sich kurz zuvor noch orangefarben in seinen Wassern spiegelte. Dieses Zeichen irdischer Vergänglichkeit tröstet mit dem Wissen um das Wiederkehren der Sonne, was Sophie mit den Gegebenheiten von Tod und Reinkarnation assoziiert und ihre Eindrücke dieses Nachmittags mit dem Glauben an eine verbindende Unendlichkeit abrundet. Für sie ist es beruhigend, Dinge, die sie bewegen, mit Gregory teilen zu können. Sie fühlt sich erleichtert, wenn er seine Gedanken und Emotionen auf sie einstellt und sie in seiner Liebe Geborgenheit findet.

Das gilt auch für die Erlebnisse dieses Nachmittags: „Es sind schmerzliche und gleichzeitig bereichernde Erfahrungen, auch wenn wir sie nicht gleich als solche erkennen. Wir sehen nur das Leiden und den Zerfall der geliebten, zu einem Häufchen Mensch zusammen geschrumpften Person und sind erstaunt, wenn sie auf die Frage wie es ihr geht, lächelnd antwortet: ‚Danke, mir geht es gut.' Das klingt tröstend, im Sinne von mir geht es gut und ich hoffe euch auch. Schlichte Freundlichkeit, die zeigt, wie vertrauensvoll und geduldig Roselind sich ihrem Schicksal ergibt, während sie sich auf einen Weg vorbereitet, den sie nicht kennt, aber erahnt. Es ist ein Erahnen, mit dem sie die Grenzen der Gegenwart überschreitet, weil sie bereits ihr spirituelles Reisekostüm trägt.

Es war berührend in ihren leuchtenden Augen den Wunsch zu lesen, alle an ihrer Erkenntnis teilhaben zu lassen, am Wissen, dass alles gut ist, so wie es ist und dass es so sein darf, weil sie es längst akzeptiert hat. Nun wünscht sie sich, die anderen mögen es ebenso akzeptieren, um sie in Freude auf diesem letzten Weg zu begleiten und dann einfach gehen zu lassen im Wissen, dass alles gut ist, so wie es ist und so wie es sein wird."

Gregorys Antwort ist sanftes Mitfühlen und Sophie fühlt sich geborgen: „Damit werde ich jetzt schlafen gehen und an dich denken, in Liebe und Dankbarkeit."

Inzwischen ist es Winter geworden. Sophie genießt den Zauber des ersten Schnees und freut sich über Cléa, die beim Spazierengehen wie eine aufgezogene Spielzeugmaus in Kreisen durch die weiße, pulverige Masse rennt und eine immense Freude daran hat, den Schnee mit ihrer Schnauze in die Luft zu pusten. Sophies Gedanken ergeht es ähnlich, auch sie drehen sich im Kreis, kreisen immer wieder um die Frage, wie ihr Leben nun weitergehen wird?

Diese Frage scheint sich auch Roselind zu stellen, denn sie erkundigt sich oft nach Gregory und danach, wie es der Liebe geht, über die sie sich offenbar freut und die sie auch immer mit guten Wünschen bedenkt.
„Wann seht ihr euch wieder?", fragt sie auch gerne, und als Sophie ihre Reise nach Berlin erwähnt, lächelt sie mit einem sanften, fast transzendenten Gesichtsausdruck und sagt: „Ich freue mich sehr für euch."

Obgleich das Wiedersehen noch in weiter Ferne liegt, plant Gregory so viel Zeit wie möglich mit Sophie zu verbringen: „Ich werde auch im kommenden Jahr regelmäßig in Berlin sein und bei deinem Besuch sowieso, denn wenn du da bist, werde ich auf jeden Fall da sein."
Sophie fragt sich, wie er das wohl einrichten kann in Berlin, seiner Stadt! Doch seine ungeteilte Präsenz ist eine wichtige Voraussetzung für den verlässlichen Fortbestand ihrer Liebe, eine Art Feuertaufe die er zu bestehen bereit ist.

Noch ist ihre Liebe ihr Geheimnis und das hat seine Richtigkeit. Sophie sieht darin keine Disharmonie, sondern eher einen Schutz, wie man ihn einem zarten Setzling angedeihen lässt, damit er kräftig und resistent werden kann, bevor man ihn in den Garten pflanzt. Auch wenn sie darüber nie gesprochen haben, so ist es für sie wie ein ungeschriebenes Gesetz, Gregory bei der Wahrung ihres Geheimnisses mit Diskretion und allen Vorsichtsmaßnahmen zu unterstützen. Trotzdem empfindet sie das gemeinsame Fühlen manchmal so intensiv und viel zu mächtig, um es allein tragen zu können und wünscht sich sehnlichst den Austausch mit dem Liebsten. Doch das Gebot der Stunde heißt Geduld und dem fügt sie sich.

In den Wochen vor Weihnachten veröffentlicht „Die Zeit" unter dem Titel „44½ Wahrheiten über die Liebe" Kommentare zu der vom Herausgeber an verschiedene Personen gestellten Frage: „Was ist Ihre Wahrheit über die Liebe?"

Einige davon, die das für Gregory schönste Gefühl der Welt beschreiben, übermittelt er Sophie jeden Abend in seinen Gutenachtmails und ergänzt sie mit seinen Empfindungen:

„Die Antworten sind so unterschiedlich und spannend wie die Liebe selbst", schreibt er:

„Ein Philosoph, ein Mönch, ein Psychiater, ein Scheidungsanwalt, altgediente Ehepaare, ein Barpianist, ein Tätowierer, Yoko Ono und andere Sachverständige beschreiben das größte Gefühl der Welt. Wir wissen, dass es viel mehr als nur 44 ½ Wahrheiten über die Liebe gibt. Auch wir können da noch einige hinzufügen und für jeden Tag unserer Wartezeit bis zu unserem Wiedersehen ein Zitat voranstellen."

Besonders gefällt ihm was Yoko Ono, die Witwe John Lennons, empfindet: „Liebe heißt, sich nicht verstellen müssen. Man fühlt sich wohl, ohne sich darum bemühen zu müssen. Wenn man sich verstellen oder bemühen muss, handelt es sich nicht um Liebe. Aber es ist sehr schwierig, jemanden zu finden, bei dem das zutrifft. Bei uns trifft es zu und bestätigt mich in unserer Liebe, Du und ich, wir haben uns gefunden; alles ist ganz natürlich und mein Herz pocht auf angenehme Weise, wenn ich an dich denke. Geht es dir genauso?"

Sophie bestätigt: „Liebe fängt in den Gedanken an, und wir erleben sie als natürliche Selbstverständlichkeit. Danke, dass du in mein Leben gekommen bist und unsere Liebe am Leuchten erhältst."

Das tut er mit Freude, schreibt morgens, manchmal mittags und sendet jeden Abend sein Gutenachtküsschen, das den Tagesablauf erzählt und oft zuversichtliche Zitate über die Liebe bringt. Sie sind Boten seiner Vorfreude auf das Wiedersehen im März: „Ich hoffe aber immer noch auf ein gemeinsames Erleben dazwischen, wobei ich gleich wieder an Rosenblätter und fliegende Federn denke, denn die Erinnerung an München ist noch ganz lebendig."

In ihren Erinnerungen wünscht sich Sophie sehnlichst in seine Arme zurück, zumal sie in dieser Zeit des Abschieds von Roselind ihre Sehnsucht nach seiner physischen Nähe und dem Geborgensein in seinen Armen noch viel intensiver erlebt. Im Wechselbad ihrer Emotionen aus Freude, Zuversicht und Trauer holt sie Rat bei ihrer Freundin Else und vertraut sich Gregory an: „Ich bin im Moment sehr aufgewühlt durch den Zerfall, den ich an Roselind erlebe und wünsche mir so sehr, in deinen Armen geborgen zu sein, was zurzeit leider nicht möglich ist. Deshalb habe ich Else um Rat gebeten, damit ich besser mit dieser Situation umgehen kann, denn seit ich die Endphase von Roselinds Erdendasein so berührend miterlebe, bin ich auch für den eigenen Schmerz empfindsamer geworden. Empfindsamer auch für das

Gefühl der Trennung von dir, die energetisch und gedanklich zwar nicht besteht, aber eine immense Sehnsucht nach Schutz und Geborgenheit im Zusammensein mit dir weckt.

Else sprach viel über Roselinds Abschied, der eigentlich gar keiner ist, jedoch im irdischen Erleben als eine schmerzvolle Trennung empfunden wird. Sie sprach mi Liebe und Zuversicht von uns und deiner Situation, in der du im Moment noch verankert bist, was weder unsere Liebe noch unsere Sehnsucht mindert. Das wissen wir beide, und ich weiß wohl, dass wir viel Geduld brauchen werden, auch wenn wir für unsere Liebe ‚Inseln auf physischer Ebene' schaffen, wie Else es nennt. Alles braucht Zeit, doch unsere Liebe und seelische Verbindung werden uns Kraft geben, die Zeit zu überbrücken. Ich will auch lernen, nicht traurig zu sein, wenn ich dich so sehr vermisse, wobei ich oft den Eindruck habe, mit dir auf einem bereits vorgezeichneten Weg zu gehen."

Dazu stellt Gregory fest: „Liebe hat viele unterschiedliche Formen. Sie allein aufs Emotionale zu reduzieren, würde ihr nicht gerecht werden. Unsere Liebe gründet sich auf viele emotionale Verbindungen und ist ganz real empfindbar, weil sie in unserer gedanklichen Verbundenheit fest verwoben ist. Selbst wenn sie momentan noch vornehmlich aus unserer Sehnsucht zueinander besteht, haben wir viele gemeinsame Pläne, denn unsere Liebe baut auf unsere Zukunft und ist nachhaltig schön."

Mit seinen Enkeln besucht er das Kindermusical ‚Die Hochzeit der Schneekönigin', und ist tief berührt: „In dem Musical, das sich am Märchen von H. C. Andersen orientiert, retten die Freundschaft und Treue der beiden Kinder, was auch mit Liebe beschrieben werden kann, den Jungen aus dem eisigen Reich der Schneekönigin.

Die Aufführung war nicht nur schmissig mit mitreißenden Songs, sondern auch emotional. An manchen Stellen konnte ich durchaus Parallelen zu uns finden. Das Festhalten an den Zielen trotz aller Widrigkeiten, der Mut, die Treue und die Wahrhaftigkeit, mit der das Mädchen ihren, im Reich der Eiskönigin gefangenen, aber treu auf sie wartenden Freund sucht, bewegt nicht nur Kinderherzen."

Sein Erkennen von Parallelen bewegt auch Sophie: „Diese Geschichte ist wie eine verschlüsselte Botschaft. Märchen gehen immer gut aus und davon träume ich jetzt, zumal auch wir, wenn wir zusammen sind, uns wie glückliche Kinder im Märchen fühlen."

Sie erzählt von ihrem Nachmittag mit Roselind, die inzwischen in die palliative Abteilung verlegt wurde und er ist gerührt zu lesen: „In der sanften Gelassenheit, die sie ausstrahlt, hatte dieser Besuch nichts Trauriges. Sie fragte auch nach dir und unserer Liebe, über die sie sich überaus zuversichtlich äußerte und mit uns hofft, dass wir lange damit glücklich sind."

Als Sophie am nächsten Tag mit Cléa über die Felder geht, ist der Himmel noch neblig trüb. Plötzlich fühlt sie die Wärme eines Sonnenstrahls, der zusehends kräftiger wird und dann ein Stück blauen Himmels freigibt. Sie schaut in das immer größer werdende Blau und dabei wird ihr klar, dass Gregory ihr im Erkennen dieser Parallele den Schlüssel zum Verstehen seiner Situation gibt. Vermutlich ist er sich seit München bewusst, dass er in seinem ehelichen Konstrukt mehr gefangen ist, als vermutet.

Dass er diese Erkenntnis verschlüsselt weitergibt, erinnert Sophie an die Kindergottesdienste und die biblischen Gleichnisse, die dazu dienten, den Kindern die Weisheiten der Heiligen Schrift verständlich zu machen.

146

Sicher vertraut er darauf von Sophie verstanden zu werden, ohne seine Lebensumstände, die ihm vermutlich selbst noch nicht völlig bewusst sind, konkret in Worte kleiden zu müssen. Sein Erwähnen der Parallele zum Musical ist ein weiterer Schritt in ihr gegenseitiges Vertrauen.

Sie versteht und vertraut auf den Mut, die Treue und die Wahrhaftigkeit, die ebenfalls zu dieser Parallele gehören, um für eventuelle Widrigkeiten gewappnet zu sein. Doch was könnten die eventuellen Widrigkeiten sein? Sie denkt an den Telefonanruf in München, an die klare, zurechtweisende Stimme und an die zwar bestimmt aber artig formulierten Antworten Gregorys, offenbar daran gewöhnt, mit diesem Ton umzugehen, während Sophie unter der warmen Bettdecke erstarrte. Ihr „Einfrieren" war echt und er – ebenso erstaunt wie Sophie – hatte die fühlbar existierende Kälte ihres Körpers hautnah miterlebt.

Sophies Vertrauen gilt für den in Berlin „gebundenen" Gregory, der zwar nicht im Eispalast der Schneekönigin gefangen sitzt, sondern den Auflagen seiner ehelichen Situation entsprechend zu funktionieren gewohnt ist, ebenso wie für den, der als 65-Jähriger Sophie als die Frau entdeckt, mit der er nun von einer gemeinsamen Zukunft träumt.

In seinen vorweihnachtlichen Gutenachtmails lässt er sie oft an den Texten der erhaltenen Weihnachtskarten teilhaben, die er für sie zutreffend findet: „Im heutigen Weihnachtsgruß habe ich das Wort ‚Hoffnung' durch ‚Liebe' ersetzt, weil er dann wunderbar auf uns passt: ‚Der Zauber der Liebe kennt unendlich viele Lichter, die sich nicht löschen lassen'. Im Text von Monika Minder geht es weiter: Hoffnungsfroh in die Zukunft zu sehen und dann beherzt neue Wege einzuschlagen, sind die ersten Schritte zum Erfolg.

Ich sehe hoffnungs- und sehnsuchtsvoll in die Zukunft auf unser nächstes Treffen. Auch wenn wir noch nicht genau wissen, wann es sein wird, wir wissen, dass es sein wird. Hoffentlich noch vor deinem Besuch in Berlin. Darauf wollen wir uns freuen, auch heute, einen Tag vor Heiligabend, den wir bei meiner Tochter zusammen mit den Eltern ihres verstorbenen Mannes feiern werden. Um Mitternacht gehen wir zum weihnachtlichen Gottesdienst, ich werde für uns und unsere Liebe beten."

Wie gerne wäre sie neben ihm gesessen beim weihnachtlichen Gottesdienst, denn in diesem Jahr vermisst sie die Weihnachtsfreude, nicht nur wegen Roselind, sie vermisst Gregory als Teil ihrer Freude am Heiligen Abend mit den Söhnen und der Enkelin. Sie denkt an die Weihnachten ihrer Kindheit und schreibt:

„Wie gerne würde ich mit dir in Biberach die Mitternachtsmesse besuchen. Es ist gut, wenn du für uns und unsere Liebe betest. Du sprichst davon, die Leinen zu lösen, um aus dem sicheren Hafen zu segeln. Dieses, wie du glaubst für uns zutreffende Zitat von Mark Twain, hängt neben meinem Bett an der Wand. Doch du hängst noch an so vielen „Leinen", und ich möchte keine davon durchtrennen. Das ist nicht meine Aufgabe, ich möchte dich auch nicht beeinflussen, aber ich habe ‚wunschgemäß' zu träumen und dich zu lieben begonnen. Bist du wirklich bereit, deine Leinen zu lösen und aus deinem sicheren Hafen zu segeln, um zu forschen, zu träumen und zu entdecken?

Dein Weihnachtsgruß, in dem du ‚Hoffnung' durch ‚Liebe' ersetzt, gibt mir Mut, denn wir wissen, dass sich die Lichter der Liebe nicht löschen lassen und unsere Liebe auch nicht; das wollen wir auch gar nicht. Aber manchmal geht es mir wie im Märchen der Schneekönigin, mir ist, als müsse ich das alles einfrieren, bis du kommst und es auftaust. Haben wir zu früh zu träumen begonnen? Du sagst, dass Träume sich erfüllen, wenn man fest daran glaubt. Also werde ich auch weiterhin deine Zuversicht und Hoffnung mit dir teilen und daran festhalten.

Aber ich möchte nichts trennen, eher dazu fügen, damit wir alle in dieser Situation glücklich sein können. Lass dies eine frohe Weihnachtsbotschaft sein, für das Fest der Liebe. Dafür bete bitte, mein Liebster, ich tue es auch und werde dabei ganz besonders an dich denken."

Sein Anruf kommt um Mitternacht, nach dem Gottesdienst. Seine Stimme klingt vertraut und irgendwie feierlich, aber vielleicht sind es auch die Kirchenglocken im Hintergrund:

„Alle Kirchgänger bekamen ein rotes Luftballonherz mit der Aufforderung, es aufzublasen, um festzustellen, wie viel Liebe in ein Herz passt und zu erkennen, dass Liebe im kleinsten Raum Platz hat und sich in einen unendlich großen Raum ausdehnen kann, wenn man sie verteilt. Ich habe meines ganz groß aufgeblasen und die Luft dann mit all meiner Liebe nach Süd/Süd-West geschickt. Aber ich werde dir auch das kleine Luftballonherz senden; es verbindet uns in unserer Liebe. Ich habe für unsere Liebe gebetet und vertraue darauf, dass alles gut wird und dass wir uns im neuen Jahr viel öfter sehen. Ich werde mir immer mehr bewusst, wie sehr ich dich liebe und vermisse."

Ein paar Tage später erhält sie das rote Luftballonherz, auf das mit schwarzem Filzstift ein Herz gezeichnet ist und darunter seine und Sophies Initialen und die Jahreszahl 2014. Obwohl ganz flach, fühlt es sich nicht leer, sondern irgendwie gefüllt an. Nicht mit Luft gefüllt, sondern mit etwas Resistentem, das aber beweglich ist und raschelt. Sie zieht den engen Luftballonhals etwas auseinander und entdeckt kleine Papierschnipselchen. Vorsichtig und mit viel Schütteln und Schieben manövriert sie einige davon heraus. Jedes von ihnen trägt ein mit dem Computer in verschiedenen Farben und Schriften gedrucktes Wort: Liebe, Glück, Gesundheit. Sie sind akkurat geschnitten, 0,5 - 1 cm hoch und 2 - 4 cm breit, und alle sind Vorboten von Gregorys Wünschen für sie beide im neuen Jahr. Es dauert lange, bis sie alle ausgebreitet hat, denn es sind nicht zehn, nicht zwanzig, nicht fünfzig, sechzig, siebzig oder achtzig, nein, es sind genau einhundert kleine Papierchen.

Wie lange er wohl mit dem Drucken und Ausschneiden beschäftigt gewesen sein mochte und besonders damit, all diese kleinen Papierchen durch den engen Hals in das Ballonherz zu manövrieren? Aber eigentlich ist es weder die Zeit noch das Geschick, das Sophie berührt, sondern die Motivation, die ihn dazu bewegte, ihr seine Wünsche einem roten Luftballonherz anzuvertrauen.

Dann kommt der letzte Tag des Jahres. In Berlin findet die große Silvesterparty vor dem Brandenburger Tor statt. Gregory wird das riesige Feuerwerk von der Terrasse des Hotels de Rome aus bewundern. Aber er würde lieber gemeinsam mit Sophie feiern:
„Eigentlich habe ich ohne dich gar keine richtige Lust. Wie schön wäre es, wenn wir Silvester gemeinsam erleben könnten. Nein, ich will mich besser ausdrücken: Wie schön wird es sein, wenn wir Silvester gemeinsam feiern werden, denn das möchte ich in absehbarer Zeit.
Heute Abend werde ich, wie eigentlich immer, aber heute Abend ganz besonders, viel an dich denken und dafür danken, dass dieses Jahr uns beiden ein wertvolles, liebevolles und liebenswertes Geschenk gebracht hat:

unsere Liebe mit der daraus entstandenen Verbindung, die weder du noch ich uns vor einem Jahr hätten vorstellen können. Einen Teil meiner Erwartungen an das neue Jahr kennst du, es ist die Realisierung meiner uns betreffenden Träume. Der andere Teil betrifft Gesundheit, den beruflichen Erfolg und Glück, wobei sich die beiden letzten Wünsche teilweise überdecken. Dein dich im alten wie im neuen Jahr innig liebender Gregory."

In Anbetracht von Roselinds bevorstehendem Lebensende verbringt Sophie Silvester in Ruhe zu Hause. Beim nachmittäglichen Spaziergang mit Cléa scheinen die schneebedeckten, in der Sonne leuchtenden Berge zum Greifen nah. Schönheit pur, anders als sonst. In einer fast feierlichen Stille denkt sie an Roselind, die sie am nächsten Tag besuchen möchte und natürlich auch an Gregory. Sie teilt ihre Eindrücke mit ihm: „Du sagtest, dass der Anblick der Berge die Sehnsucht nach mir weckt; meine Sehnsucht nach dir ist ein Teil von mir geworden und dein Wunsch, die Jahre gemeinsam aus- und anklingen zu lassen, eine tröstliche Perspektive. Aber noch sind wir an verschiedenen Orten und wollen das Beste daraus machen. In diesem Sinne wünsche ich dir einen harmonischen Abend und einen guten Start in dieses neue Jahr, das uns mehr gemeinsame Zeit bescheren soll. Mit diesen Gedanken werde ich das Jahr beginnen."

Sein Anruf kurz nach Mitternacht ist nur ein kurzer Glücksmoment, ein kleiner Funke Glück, aus Worten der Liebe und guten Wünschen, die Sophie kaum versteht aber richtig erahnt, denn seine Stimme geht im Lärm des riesigen Feuerwerks am Brandenburger Tor und dem „Oh" und „Ah" der Zuschauer unter.

Klar und deutlich ist jedoch die Nachricht, die Sophie einige Stunden später von Roselinds Tochter Justine erhält: „Seit einer Stunde gibt es einen Engel mehr und der heißt Roselind."

Roselinds Trauerfeier ist zehn Tage später. Es sind ergreifende Momente in der schlichten Kapelle von Cologny, wo sie manchmal beim Ostergottesdienst waren und wo an einem sonnigen Septembertag vor Jahren auch Simone, eine der Töchter, getraut wurde.

An diesem kalten Januarnachmittag ist alles anders, selbst die Kapelle scheint nicht mehr dieselbe zu sein und sich den Emotionen anzupassen. Man spricht gedämpft, die Trauergemeinde ist dunkel gekleidet, alles ist trüb, was für die elektrische Beleuchtung ebenso zutrifft wie für die im Altarraum verteilten Kerzen, die nur wenig zum Aufhellen der Atmosphäre beitragen. Fröhlich bunt und mit viel Rot dagegen ist der Blumenschmuck auf dem Sarg, den man darunter kaum sieht.

Voll Liebe und Warmherzigkeit, berührend und verbindend, sind die von den Töchtern, Schwiegersöhnen und Enkeln oft unter Tränen vorgetragenen Erinnerungen und Erlebnisse. Zum Abschluss liest einer der Schwiegersöhne ein tröstendes Gedicht, das den Schmerz dieses endgültigen Abschieds von Roselind zu mindern versucht und erklärt, dass der Tod nicht wirklich existiert, weil die Energien des geliebten Menschen in Liebe mit uns verbunden bleiben und nie weit von uns entfernt sind.

Nach den Emotionen dieser Abschiedsstunde möchte Sophie mit Roselind auf ihre vertraute Art verbunden bleiben. Obgleich sie diese Verbindung so oft in der Herzlichkeit der ganzen Familie wahrgenommen hatte, bittet sie um Verständnis für ihren Wunsch, nicht an dem anschließenden Zusammensein teilzunehmen. Sie geht mit der im Auto wartenden Cléa über die Spazierwege hinter Cologny, in Gedanken mit Roselind verbunden, mit der sie so oft hier gegangen war und erlebt dabei die zuversichtlich tröstende Gewissheit, dass die Liebe größer ist als der Tod.

Gregory ist in dieser Zeit besonders präsent. Er lässt Sophie wissen und fühlen, an ihrer Seite zu sein, was Sanftheit in das Erleben ihrer doch unmissverständlich fühlbaren Trauer bringt. Sie schreibt: „Ich danke dir, dass du das Licht der Liebe auch in dieser schwierigen Zeit am Leuchten erhältst."

9. Kapitel: Was wäre das Leben ohne Liebesglanz …

… überlegt Gregory in Vorfreude auf Sophies Besuch und orientiert sich dabei an Schillers Wallenstein: „Auch wenn Thekla das in einem traurigen Zusammenhang sagt, so sind diese Worte für uns zeitlos schön, denn was wäre unser Leben ohne Liebesglanz? Ich kann es mir nicht vorstellen, will es mir auch gar nicht vorstellen, und so hoffe ich immer noch, ein früheres Wiedersehen realisieren zu können."

Während er seine Hoffnung in Gutenachtküsschen und seine Sehnsucht im Zählen der noch verbleibenden Tage bis zu ihrem Wiedersehen ausdrückt, versucht Sophie vernünftig zu sein: „Wir freuen uns, wenn sich eine Tür dafür auftut und wenn nicht, dann freuen wir uns umso mehr auf unsere gemeinsame Zeit in Berlin."

„Was unsere Sehnsucht jedoch in keinster Weise mindert", versichert Gregory. „Deinen Aufenthalt in Berlin werde ich auf jeden Fall so planen, dass uns keine deiner freien Stunden verloren geht, dann können wir zusammen fühlen, empfinden und das schönste Glück auf Erden erleben. Dieses weitere auf uns passende Zitat stammt von Carl Spitteler, einem Schweizer Literatur-Nobelpreisträger, der sagt: ‚Menschen zu finden, die mit uns fühlen und empfinden, ist wohl das schönste Glück auf Erden.' Da ich mit dir fühle und empfinde, habe ich mit dir das schönste Glück gefunden. Wenn ich es mit dir teile, weil geteiltes Glück doppeltes Glück ist, dann ist es das allerschönste. Wie gerne würde ich dir das nicht nur durch Worte, sondern schon jetzt mit Herz, Seele und Körper direkt vermitteln."

Zur Verkürzung der Trennungszeit wünscht er sich beliebig manipulierbare Zeitabläufe, die das Warten verkürzen und die gemeinsame Zeit endlos auszudehnen erlauben sollen:

„Ich muss nochmals das Martin Suter-Buch über die Zeit lesen, vielleicht finde ich dort Hinweise. Schiller sagt dazu: „Zögernd kommt die Zukunft hergezogen, pfeilschnell ist das Jetzt entflogen, ewig still steht die Vergangenheit."

Sophie stimmt dem schwäbischen Dichter zu, obgleich auch sie sich wünscht, die Zeit des Wartens möge schneller vergehen. Unterdessen sucht Gregory nach Zitaten und Themen, um die Wartezeit wenigstens gedanklich zu verkürzen:

„Mediziner und Psychologen fanden heraus, dass der Austausch von Zärtlichkeit im Gehirn das Ausschütten des Bindungshormons Oxytocin auslöst, was eine beruhigende Wirkung hat und gleichzeitig unsere Gesundheit stärkt. Anspannung und Stress werden abgebaut, der Blutdruck gesenkt und unser Abwehrsystem gestärkt. Das sagen die Mediziner, wir aber wissen, dass die Liebe auch im Winter Schmetterlinge zum Flattern bringen, Götterfunken erzeugen und den Weg zum siebten Himmel öffnen kann. Diese Gedanken stimmen uns auf unseren baldigen, realen Austausch von Zärtlichkeit ein, wobei wir dann all das erleben dürfen, was Mediziner, Psychologen und wir damit verbinden können."

Bei den Zitaten bleibt er gerne Schiller treu, lässt aber auch Goethe nicht zu kurz kommen. Von dessen Zitat beflügelt, wonach Lust und Liebe die Fittiche zu großen Taten sind, würde er sich am liebsten sofort auf Adlerschwingen aufmachen, um mit Sophie in Lust und Liebe große Taten zu vollbringen. Aber da er vorerst nur davon träumen kann und die Wirklichkeit noch auf sich warten lässt, projiziert er sie in die Gegenwart und ist am Valentinstag in Form eines Bildbands an ihrem Frühstückstisch vertreten.

Sophie strahlt, als sie das kleine Buch in der Hand hält, dessen Titelseite ein großes rotes Herz ausfüllt, in dem „Für meine große Liebe" geschrieben steht. Sie schlägt auf und liest: „Zum Valentinstag für meine große Liebe, die den Beginn einer großen Zukunft erahnen lässt ..."

Zwanzig Doppelseiten zeigen Bilddrucke und Zeichnungen moderner Maler, Fotografien und lustige Grafiken mit jeweils passenden Zitaten, um Sophie die noch zu überstehende Zeit bis zum Wiedersehen in Berlin zu verschönern. Dass dabei die Anzahl der Tage genau mit der Anzahl der Seiten übereinstimmt, ist kein Zufall und bringt Sophie ihrer Vorfreude auf die Wirklichkeit jeden Morgen mit einer neuen Doppelseite näher.

Aber bis zum letzten Augenblick mischt sich in ihre Freude auch das Bangen, ob wirklich alles wie geplant ablaufen würde, oder ob im letzten Moment vielleicht doch noch etwas schiefgehen könnte. Dabei denkt sie an Banales, wie den Flug zu verpassen ebenso wie daran, dass etwas Unvorhergesehenes ihn davon abhalten könnte, diese Zeit mit ihr zu verbringen.

Doch alles klappt und die Wirklichkeit beginnt mit ihrer Ankunft am Flughafen, wo Gregory sie hinter der ständig auf- und zu fliegenden Glastür erwartet und ihr mit ausgebreiteten Armen entgegeneilt. Damit ist der Auftakt zu Lust und Liebe fühlbare Wirklichkeit, für den er keine Adlerschwingen benötigt, denn seine Arme reichen völlig aus, um Sophie kraftvoll zu umschließen. Auch den kleinen Rosenstrauß mit Margeriten hält er hinter ihrem Rücken fest, ohne in ihrer zeitlosen Umarmung von den an ihnen vorbeieilenden Passanten Notiz zu nehmen. In seinen Armen erlebt Sophie nun das Szenario, das sie, früher, regelmäßig auf verschiedenen Flughäfen ankommend, oft beobachtet und sich manchmal gewünscht hatte: „Von einem liebenden Mann freudig erwartet zu werden, der sie in seine Arme nehmen und hinausgeleiten würde in eine liebevolle Zweisamkeit.

Sie sagt es ihm. „Aber deshalb bin ich doch jetzt da", ist seine Antwort.

So einfach ist das, wenn man sich liebt. Beide sind freudig erregt, sind sprachlos vor Glück und im Innern ebenso beredt wie in stummer Dankbarkeit verbunden. Alles hat geklappt, sie ist angekommen und er ist da.

Berlin by night! Sophie genießt jede Sekunde dieser vor kurzem noch völlig unrealisierbar scheinenden Vorstellung, Berlin mit Gregory zu erleben. Nun ist sie Realität und ihr beider Traum erfüllt sich wunschgerecht zu fühlbarer Wirklichkeit, die kaum schöner hätte beginnen können als mit dieser Fahrt durch das nächtliche Berlin. Durch die Stadt, die sie seit über fünfzig Jahren liebt; seit sie als Vierzehnjährige mit ihrer Freundin Heide bei deren Opi für die Sommerferien zu Gast war. Neugierig hatte sie damals die Eindrücke der Großstadt und die spritzige Lebensart der Berliner in sich aufgesogen, zutiefst beindruckt von der Vielfältigkeit der sich im Wiederaufbau befindenden Stadt, die ihren Trümmern entwachsend, rasch in neuem Glanz erstrahlte.

Sie erzählt vom „Opi", der sein Berlin liebte und eine immense Freude daran hatte, den Mädels diese Liebe so erlebnisreich wie möglich zu vermitteln und für jeden Tag etwas zu organisieren. Sie besuchten Museen und Ausstellungen, den Zoo, verschiedene Theater und sogar eine Revue im Friedrichsstadtpalast. Ab und an ließ Opi sich auch zum Ansehen von nicht jugendfreien Filmen überreden, die Heide und Sophie unbedingt sehen wollten, obgleich sie diese meistens nur halb verstanden.

„Ach Kinnerchen ihr bringt mir noch ins Jefängnis, wenn ick euch det erlaube", war dann immer sein Einwand bevor er, lebensfroher Witwer und stolzer Opi, zustimmte.

Als Marlon Brando, einer der großen Stars der Epoche, sich für ein paar Tage in Berlin aufhielt, gab Opi dem Bitten seiner Enkelin nach und ließ sich darauf ein, mit den beiden zum Hotel zu fahren, in dem Brando residierte. Heide wollte ihren Lieblingsschauspieler unbedingt zu Gesicht bekommen und glaubte, dafür einfach lange genug vor dem Hotel auf und ab gehen zu müssen. Auf einmal sahen sie ihn, er kam ans offene Fenster und, auch wenn es nur ein paar Sekunden waren, so waren sie sich sicher, dass er es war. Sie schwelgten im totalen Teenager-Glück, bis Opi am nächsten Morgen in der Zeitung las, dass Brando bereits am Tag zuvor abgereist war.

Berlin hatte Sophie als Vierzehnjährige nicht nur beeindruckt, sondern auch geformt, stand es doch in ebenso krassem wie interessantem Gegensatz zu ihrem behüteten Leben in der oberschwäbischen Kleinstadt, wo sie nach Rückkehr in die Welt ihrer strengen protestantischen Erziehung noch lange am vielbesungenen „Heimweh nach Berlin" litt. Nach einem Berlin, das, damals noch im Wiederaufbau, die Zerstörungen des Krieges mit Humor und dem frechen Witz der „Insulaner" von sich abschüttelte, um in neuer Lebensfreude aufzublühen.

Dagegen war das Leben bei den umtriebigen Schwaben eher von frommer Ernsthaftigkeit geprägt. In den ländlichen Gegenden trugen die Frauen, vor allem aber die Mütter der im Krieg gefallenen Soldaten, jahrelang

Trauerkleidung. Auch Sophie hatte ihre geliebte Groß-
mama, die acht Söhne im Krieg verloren hatte, nie anders als in schwarz gekleidet erlebt.

Als Kind hatte sie erstaunt auf die mit schwarzen Bändern umflorten Fotos reagiert, die in vielen oberschwäbischen Stuben unter dem Kreuz im „Herrgottswinkel"
hingen oder auf der Kommode standen. Auf ihre Frage,
wieso das so war, bekam sie von ihrer Mama die Antwort: „Das ist zur Erinnerung an die Männer und Söhne,
die im Krieg gefallen sind".

Sophie, die als Kind das Wort „gefallen" in diesem Zusammenhang nicht einordnen konnte, verstand, dass im
Gegensatz zu ihr und ihren Freunden, die fielen und wieder aufstanden, die im Krieg „gefallenen" Männer nie
mehr zurückkamen.

In Berlin hatte sie den Unterschied in der Bewältigung
der schwierigen Nachkriegsjahre erlebt und gesehen,
wie die Berliner sich mit dem ihnen eigenen unerschütterlichen Humor in ihrer zerstörten Stadt zu neuem Leben aufrappelten, wo sie doch auch gefallene Männer
und Väter zu betrauern hatten und dazu noch eine total
zerbombte Stadt. Ganz bewusst fühlte sie sich mit den
Berlinern und deren Lebensfreude mehr verbunden als
mit ihren oberschwäbischen Wurzeln. In der Konfrontation dieser beiden Welten lag ihr Heimweh nach Berlin
verankert und das Vermissen dieser Leichtigkeit des
Seins, das sie nach ihrer Rückkehr in ihre oberschwäbische Heimat so intensiv empfand.

Nun erlebt sie Berlin mit Gregory. Er fährt langsam und
lässt ihr den Genuss des Wiederentdeckens, während sie
von „Opi" erzählt, der ihr vor mehr als fünfzig Jahren
„sein Berlin" liebevoll vermittelt hatte. Ihre Erlebnisse
aus der Vergangenheit mischen sich so lebendig in die

Gegenwart, als hätte das dazwischenliegende halbe Jahrhundert gar nicht stattgefunden. Hautnah erlebt sie mit Gregory dabei ihre sich in Wirklichkeit auflösende Sehnsucht, wobei er, das Lenkrad in der einen und ihre Hand in der anderen haltend, sich über jede rote Ampel freut, die ihm das Küssen erlaubt.

Als sie über den Kurfürstendamm fahren, erzählt sie von Opis Gepflogenheit, jeden Sonntagnachmittag, elegant in Anzug und Krawatte, über den „Ku-Damm" zu promenieren:

„Am späten Nachmittag erwartete ihn dann seine Cousine, die wir Tante Grete nannten, in der Bleibtreustraße zum Tee. Aber zuvor lud Opi uns im Café Kranzler zu Kakao und Apfelkuchen ein, wo wir die feinen Damen beobachteten, die kleine Hütchen und Netzhandschuhe trugen und sich in vornehmer Zurückhaltung mit der Kuchengabel winzige Tortenstückchen unter dem ins Gesicht gezogenen Hutschleier in den Mund schoben. Wenn wir danach am Hotel Kempinski vorbeigingen, dessen Eingang damals noch zum Kurfürstendamm ging, blieb er jedes Mal davorstehen und erklärte:

„Dat, Kinnerchen, ist das wahre Berliner Hotel, diese modernen amerikanischen Schlafstätten wollen die Berliner jar nicht."

Sie erzählt wie fasziniert sie damals von den ein- und ausgehenden, elegant gekleideten Gästen war: „Ich wäre zu gerne eine dieser „feinen", auf hohen Stöckelschuhen schreitenden Damen gewesen, hätte mir aber nie vorstellen können, dort auch nur ein einziges Mal zu übernachten, was später ganz normal für mich war. Dieser längst vergessene Teenager-Wunsch fiel mir eines Morgens beim Schwimmen im Kempinski Pool wieder ein. Ich rief Heide an und wir plauderten lange über dieses Berlin, das wir zu einer Zeit erlebten, da noch niemand an eine Mauer dachte, oder den Bau dieser Mauer überhaupt für möglich gehalten hätte. Doch vier Jahre später zog man sie als grausame Realität mitten durch die Stadt."

Sophie hat Berlin vor der Mauer, mit der Mauer und ohne sie erlebt. Die Stadt gehörte über zwanzig Jahre zu ihren Marketing-Aktivitäten. Viele der von ihr angeworbenen Studenten sind nach Berlin zurückgekehrt; einige sind Freunde geworden, die sie bei ihren Vorträgen unterstützten und gerne mit ihr im nächtlichen Berlin unterwegs waren. Meistens endeten diese Abende in einem der Hotels, in denen sie tätig waren, gerne in der Marlene Bar des Interconti, im Curtain Club des Ritz Carlton oder im Hard-Rock-Café.

Aber das Berlin dieser wenigen Stunden ist anders als alles Vorherige und Sophie kann kaum glauben, dass sie tatsächlich neben Gregory in seinem Auto sitzt und gemeinsam mit ihm ins Hotel fährt.

Es ist das 25hours Bikini Hotel, das seinen sexy Namen der Bauweise des Gebäudes verdankt, in dem es soeben eröffnet wurde: oben und unten ein paar Stockwerke und dazwischen nichts, erinnert es an die Bikini-Bademode.

Gregory ist vom Firmenmotto der 25hours Hotels angetan, das „eine Stunde mehr zum Leben" verspricht, was er sofort in „eine Stunde mehr zum Lieben" umwandelt und sich vornimmt, diese geschenkte Stunde mit Sophie nach Herzenslust zu genießen. Allerdings spielt Zeit bei der physischen Umwandlung ihrer Sehnsucht in das Erleben körperlicher Nähe keine Rolle mehr.

Auch die Details der etwas gewöhnungsbedürftigen Ausstattung ihres Zimmers verlieren dabei an Interesse, obgleich sie sich bereits bei ihrer Ankunft über die Hängematte wundern, die unweit der Rezeption zum Entspannen einlädt. Aber das Entspannen genießen sie lieber beim Duschen, wo sie mit abwechselnd farbigen Lichteffekten verwöhnt werden. Sie stellen fest, dass die als Tisch fungierende alte Nähmaschine eher fantasievoll als praktisch ist und das an der Wand hängende Fahrrad wegen mangelnder Verkehrstüchtigkeit nicht für die Erkundung Berlins vorgesehen sein dürfte.

Gregory findet dieses neue Hotelkonzept amüsant und überlegt beim Schlummertrunk in der „Monkey Bar" wie dieser Name in das Konzept passt, denn nichts lässt auf Affen schließen.

Die Antwort entdeckt er am nächsten Morgen, als er und Sophie darauf warten, dass sich das Gedränge der sich zwischen dem Frühstücksbuffet und den Kaffeemaschinen bewegenden ITB-Messebesucher etwas lichtet. Sophie möchte gerne an der Glasfront sitzen, und als sie auf einen der frei gewordenen Tische zugehen, entdeckt Gregory die lebendigen Namensgeber der „Monkey Bar":
„Schau doch mal da runter", sagt er und deutet auf das unmittelbar zu ihren Füßen liegende Affengehege des Zoos, wo Spezies dieser Gattung munter hintereinander herrennen oder durch die Äste der Bäume hüpfen.

Gregory will diesen ersten Jahrestag ihres Wiedersehens zu einem besonderen Erlebnis werden lassen, und beide freuen sich auf die gegenseitigen Überraschungen. Bei Sophie ist es ihr Geschenk zu seinem 70. Geburtstag, das sie nur andeutungsweise verraten hatte:
„Für den 7. März habe ich mir nachträglich zu deinem Geburtstag ein etwas ausgefallenes Geschenk zum gemeinsamen Erleben ausgedacht, denn ich will dir nichts schenken, was du schon hast oder gar nicht brauchst.

Also wirst du etwas bekommen, was du dir nicht vorstellen kannst und was nur uns beide betrifft. Jedenfalls ist es das Schönste, was mir für deinen Geburtstag einfällt."

Darauf ist er nun sehr gespannt, und auf dem Weg zum Ritz Carlton, wo abends der Empfang mit den Alumni, den ehemaligen Studenten, stattfindet, fühlt Sophie schon ein bisschen vor:

„Hättest du dir vor zehn Jahren vorstellen können, dass dir jemand zum Geburtstag eine Liebesnacht in einem Luxus Hotel schenkt? Und was hättest du dazu gesagt?"

„Wie, was, wo, wer, wo ist sie? hätte ich sofort gefragt!",
antwortet er breit grinsend, worauf Sophie, von seiner spontanen Begeisterung überrascht, wissen möchte:

„Hättest du dir das wirklich gewünscht?"

„Wenn du es gewesen wärst, auf jeden Fall!"

„Aber das hättest du doch gar nicht gewusst."

„Aber vielleicht ahne ich es jetzt", sagt er mit einem verschmitzten Seitenblick. "Und wenn ich damit deine Überraschung erraten habe, freue ich mich ganz besonders darauf!"

„Kunststück! Aber jetzt musst du mir auch deine verraten."

„Nachher, bei unserem Stadtbummel, aber ich kann dir jetzt schon sagen, dass sie perfekt zu deiner passt."

Als sie am Ritz Carlton vorfahren, erinnert er an das, wie er dachte, verpatzte Treffen vor einem Jahr: „Ich denke immer noch mit Schrecken daran, wie entsetzt ich war, als du genau in dem Moment als ich kam, in ein anderes Auto einstiegst. Zum Glück dauerte dieser Irrtum nicht lange, aber ich erlebte einen richtigen Schock und der saß tief."

„Relax, mein Liebster. Damals kannten wir uns kaum, aber heute wissen wir, dass wir uns nicht mehr verfehlen, schau, wir kommen gemeinsam an."

Darüber freut sich auch der Bell-Boy, der Sophie sehr herzlich und Gregory mit professioneller Freundlichkeit begrüßt. Sie überlegt, ob er sich wohl noch an den Irrtum vor einem Jahr erinnert, oder ob der etwas fragende Blick sich lediglich auf Gregory als ihren Begleiter bezieht, weil sie bisher immer allein reiste. Doch das ist rasch erklärt:

„Damit er sicher ist, dass ich nicht wieder in ein fremdes Auto einsteige, habe ich ihn heute gleich mitgebracht."

„Das ist gut so", bestätigt er lachend, „denn sicher ist sicher. Ich wünsche Ihnen beiden einen schönen Aufenthalt."

Es gibt Tage, an denen die Sonne das Wetter mit einem Lächeln verzaubert, wenn sie durch einen grauen Wolkenhimmel strahlt. So bleibt auch der Himmel am nächsten Morgen nicht lange bedeckt, denn die Sonne verwöhnt bald mit kräftigen Strahlen. Sophie und Gregory schlendern durch Berlin-Mitte und kommen dabei, ganz zufällig, am Durchgang zum Admiralspalast vorbei, an dessen Wänden Plakate von Veranstaltungen kleben.

„Fällt dir an diesen Plakaten etwas auf?", fragt Gregory mit Unschuldsmiene.

Sophie vergleicht die Plakate eines nach dem anderen, orientiert sich an der Verschiedenheit der Veranstaltungen und sucht nach eventuellen Schwerpunkten in der Themenauswahl, jedoch ohne genau zu wissen, was ihr dabei auffallen soll.

„Gibt es etwas Spezielles wonach ich suchen soll?"

„Schau dir einfach mal die Daten an und schau was passen könnte."

„Also heute ist der 7. März" überlegt sie, findet das Datum und liest auf einem Plakat: ‚Romeo & Juliett – ein Rock-Pop-Klassik Ballett'.

„Und da gehen wir heute Abend hin!", verkündet Gregory triumphierend, und Sophie freut sich riesig, wobei beide darüber erstaunt sind, wie zufällig und trotzdem perfekt sie ihre Überraschungen aufeinander abgestimmt haben. Denn was hätte besser zur Liebesnacht passen können als die berühmteste Liebesgeschichte aller Zeiten, die an diesem Abend als Rock Ballett „Romeo & Juliett" in Kombination mit klassischer Musik und Hits von Lady Gaga, Police und anderen Rock Legenden in Berlin aufgeführt wird.

Natürlich hat Gregory auch den Tisch im Restaurant „Zur letzten Instanz" schon lange reserviert, um sicher zu sein, denselben Tisch zu bekommen, an dem sie sich ein Jahr zuvor bei Gänsebraten, Rotkohl und Bier etwas näher kennenlernten.

„Dabei ist meine Zuneigung zu dir und der Wunsch diese umzusetzen, entstanden", erklärt er, als sie dort beim frisch gezapften Bier sitzen und auf den Gänsebraten mit Rotkohl warten.

Sophie liest ihm wieder einige Gerichte aus der Speisekarte vor, in der „Sühne Versuche" und „Einstweilige Verfügungen" angeboten werden, laut der man „Zeugen Aussagen" und „Kreuzverhöre" essen und „Verhandlungspausen" ebenso genießen kann wie einen „Justiz Irrtum", der aus einer 1000 Gramm schweren Côte de Boeuf besteht. Auch dass die Fischstäbchen auf der Speisekarte „Gerichtsschreiber-Stäbchen" heißen, passt zum kreativen Einfallsreichtum der Wirtsleute, die daneben aber auch die traditionellen Gerichte wie die echten Berliner Buletten oder Eisbein mit Sauerkraut und Erbsenpüree mit den bekannten Bezeichnungen auflisten.

„Zur letzten Instanz" gilt als das älteste Restaurant Berlins. Im 2. Weltkrieg zerstört, wurde es originalgetreu wieder aufgebaut. Das Bier vom Fass fließt aus einem Majolika-Keramik-Zapfhahn und an dem alten Kachelofen soll sich auch Napoleon schon gewärmt haben.

Tradition bei Sophies Berlin Besuchen ist es, mit ihrer Freundin Connie im „Schokoladenhaus" Rausch und Fassbender dicke heiße Schokolade zu trinken. So auch heute. Dabei finden sich Connie und Gregory auf Anhieb sympathisch, was auch nicht anders zu erwarten war, denn die Endfünfzigerin strahlt Lebensfreude aus und ist von einer heiteren Spontanität. Groß und schlank, trägt sie ihr kupferfarbenes Haar schulterlang, was wunderbar zu ihr passt, weil es ihr fröhliches Gesicht etwas eigenwillig umfliegt. Damit unterstreicht es ihre frische Unbekümmertheit, mit der sie als 18-Jährige allen Warnungen zum Trotz, einem nur drei Jahre älteren, jungen Mann das Ja-Wort gab. Inzwischen ist sie seit nahezu vierzig Jahren mit ihm glücklich verheiratet und führt ein aktives Leben, in dem sie mit Charme und Effizienz in einem vielschichtigen gesellschaftlichen Umfeld innerhalb und außerhalb Berlins agiert.

Als sie sich nach ihrer Plauderstunde voneinander verabschieden, flüstert Connie in Sophies Ohr: „Ihr seid wirklich ein harmonisches Paar", was sie später schriftlich ergänzt:
„Ich freue mich zu sehen, dass es dir gesundheitlich wieder gut und psychisch offensichtlich ganz ausgezeichnet geht. Du siehst jung, vergnügt und sehr entspannt aus. Das ist aber sicher nicht nur eine Folge deiner sehr positiven Lebenseinstellung und Selbstdisziplin, sondern natürlich auch der schönen, romantischen Liebesgeschichte mit einem wirklich reizenden und, wie ich finde, zu dir ausgesprochen gut passenden Mann zuzuschreiben, der dich offensichtlich anbetet! Ich wünsche dir mit ihm ganz viel Glück."

Abends im Admirals Palast ist Gregory von dieser choreographisch und musikalisch außergewöhnlichen Romeo und Julia Inszenierung so begeistert, dass seine Beine laufend in Bewegung sind. Beim Hinausgehen verspürt er Muskelkater. Was er sich zu dessen Linderung vorstellt, flüstert er Sophie ins Ohr. Aber sie hat zunächst andere Pläne:

„Champagner gerne, das passt immer, doch die Badewanne bitte etwas später, denn ich habe ein paar Dankeschön-Gedanken zu unserem heutigen Jahrestag für dich notiert."

„Du hast Dankeschön-Gedanken für mich? Und ich habe auch welche für dich!"

Im Hotel angekommen, hat er es eilig, den Champagner einzuschenken und für die richtige Beleuchtung neben der Couch zu sorgen, denn Sophie soll es beim Vorlesen gemütlich haben, und davon hat er eine ganz präzise Vorstellung:

„Das machen wir jetzt genauso, wie ich es mir oft wünschte."

„Was hast du dir gewünscht?"

„Dir stundenlang zuzuhören, wenn du mir Geschichten aus deinem Leben erzählst. Dabei stellte ich mir immer vor, dass du ganz entspannt auf der Coach liegst, den Kopf auf meinem Schoß und ich dein Gesicht streichle ..."

„Stundenlang vielleicht nicht, sonst wird der Champagner warm, aber den Rest könnten wir passend machen!"

Seinen Regievorschlägen entsprechend installiert, beginnt sie zu lesen: Vom ersten Treffen in Berlin und seinem Anruf an ihrem Geburtstag; sie dankt für seine Anteilnahme am Lebensende ihrer Hündin und seine ermutigende Unterstützung bei der Herausforderung mit Clea. Sie erwähnt ihr Erstaunen, wie beiläufig von der Ehefrau zu erfahren und ihren Entschluss, sich rasch zurückzuziehen, worauf als noch größeres Erstaunen ihre unerwartete Reaktion auf das Treffen am Bodensee folgte, das ihr Leben völlig veränderte: „Neben dem Wiederent-

decken des besonderen, mir seit meiner Kindheit vertrauten Geruchs des Bodensees, schmeckte das Schokoladeneis wie kein anderes zuvor. Dabei erlebte ich mit
dir das Erahnen gleicher Empfindungen wie ein Wieder-
erkennen zweier Seelen. Alles war natürlich, leicht und
schön, so selbstverständlich vertraut, dass ich am liebsten bei dir geblieben wäre, in dieser Harmonie von Geruch, Geschmack und Gefühl. Ich fuhr total verwirrt zurück, versuchte das Geheimnis dieser halben Stunde zu
ergründen und dabei zu ignorieren, dass deine Gefühle
bereits ihr Echo in meinem Herzen fanden. Mit konstan-
ter Aufmerksamkeit und Präsenz bist du Teil meines Lebens geworden, so dass ich diese Gefühle irgendwann
einfach zuließ, weil sie sich gut und richtig anfühlten.
Waren es die gemeinsamen Wurzeln, dieselben Gedanken und Empfindungen, unsere harmonischen Tanz-
schritte, unser Lachen im gleichen Moment? Ich weiß es
nicht, aber ich weiß, dass es uns verbindet."

Sophie liest was sie seitdem bewegt und manchmal auch
belastet. Als Quintessenz erwähnt sie ihre Dankbarkeit
dafür, die Frau zu sein, die diese Gefühle mit ihm erleben
darf.

Gregory, der eigentlich seine Notizen zu diesem ersten
Jahrestag mit ihr teilen wollte, findet seinen Text nun
viel weniger schön, so dass er ihn nicht mehr vorlesen
möchte.
„Aber ich habe etwas anderes für dich."
Aus seinem Laptop zaubert er die Songs aus dem Musical „Die Hochzeit der Schneekönigin" Sophie, die inzwischen alle Texte auswendig kennt, weil Gregory ihr die
CD geschenkt hatte, freut sich, diese mit ihm zu singen.
Sie singen auch in der Badewanne und als sie, eigentlich
todmüde, ins Ritz Carlton Luxusbett fallen, sorgt Gregory liebevoll dafür, dass auch sein Wunsch, Sophies

Geburtstagsgeschenk zu einer Nacht voll Liebe werden zu lassen, sich für beide erfüllt.

Mit Liedern des Musicals in ihren Gedanken, wacht sie am nächsten Morgen auf und kuschelt sich vorsichtig an Gregory, der noch zu schlafen scheint, wie seine entspannten Gesichtszüge verraten. Sanft beginnt sie den, wie sie denkt, noch tief schlafenden Gregory wach zu küssen und ihm dabei ihren Lieblingssong: „Du schönster der Planeten, wir werden dich vertreten, wir sorgen für dein Gleichgewicht und überschreiten gibt es nicht", leise ins Ohr zu singen. Er stellt sich lange schlafend und Sophie fährt erschrocken zusammen, als er sie plötzlich fest umarmt und ruft: „Ja, das stimmt, du bist meine Sonne und ich der Planet, der dich umkreist."

Die Songs des Musicals sind auch ihre Begleiter dieses letzten Tags, an dem sie das Deutsche Historische Museum besuchen. In dessen Eingangshalle „erschaudert" Sophie vor der Riesengestalt eines weißen Marmorengels, der den ganzen Vorraum zu beherrschen scheint. Ehrfurchtsvoll betrachtet sie ihn von allen Seiten, während Gregory die Eintrittskarten besorgt. Sie ist von einem sexy wirkenden Detail des in Marmor ausgeführten Gewands fasziniert, das in krassem Gegensatz zu dieser Ehrfurcht einflößenden, mächtigen Engelsgestalt steht: Der Rock ist den ganzen Oberschenkel entlang über dem vorgestellten Bein und dem leicht angewinkelten Knie geschlitzt und mit den in Marmor geformten Knöpfen nur so knapp zusammengehalten, dass großzügige Öffnungen viel des weißen Marmorschenkels entblößen.

Das hätte sie Gregory gerne gezeigt, denkt aber, dass ihn dieser modische Teil kaum interessieren dürfte, zumal er mit einer Aufsichtsdame zurückkommt, der er sein Smartphone in die Hand drückt und bittet, sie beide vor dem eindrucksvollen Engel zu fotografieren.

Als sie nach dem Besuch des Museums dem Ausgang zustreben und Sophie dem Engel einen, wie sie denkt, letzten Blick zuwirft, nimmt Gregory sie bei der Hand, führt sie ganz nah an die Engelsgestalt heran und zeigt auf den so knapp zusammengehaltenen Rock:

„Hast du dieses sexy geschlitzte Kleid des Engels gesehen?"

„Das wollte ich dir eigentlich vorher schon zeigen, dachte aber, dass dich dieses weibliche Detail nicht interessiert."

„Hmm, so kann man sich täuschen", sagt er schmunzelnd, denn mit dir und an dir interessieren mich alle weiblichen Details."

Damit wird diese ehrwürdige Gestalt für ihn zum Knopfkleidengel.

Die Vorstellung ihrer Trennung lastet drückend auf den letzten Stunden ihres Zusammenseins. Beim Bummeln und Kaffee-Trinken wird Sophie unruhig. Sie mahnt mehrmals zum Aufbruch, aber Gregory bleibt ganz gelassen. Er will die Abfahrt zum Flughafen so lange wie möglich hinausschieben. Als sie endlich im Auto sitzen besteht er darauf, noch an einem Zoogeschäft vorbeizufahren, um für Cléa „Leckerlis" zu besorgen.

Mit jedem Kilometer, der sie dem Abschied näherbringt, werden sie stiller und trauriger. Vor der Sicherheitskontrolle können sie sich kaum trennen. Gregory folgt Sophie bei jedem Schritt in der Schlange, wobei er das Küssen nicht lassen kann, bis der diensthabende Beamte mit seiner brummig spitzen Bemerkung: „Wir sind hier im Flughafen und nicht in einer Kussbar", sein Temperament zum Abschmelzen bringt.

Dann wird die Trennung Wirklichkeit; aber in Gedanken und in ihren Herzen bleiben sie verbunden. Lebhaft prä-

sent bleiben auch die ihre Eindrücke und Gefühle wider-
spiegelnden Erinnerungen. Mit Glücksgefühlen, die
Worte nicht erfassen können, weil sie zu groß dafür sind,
reist Sophie in die Schweiz zurück, während Gregory am
nächsten Tag seinen Seelenschmerz mit kräftigen Golf-
schlägen zu mindern sucht und danach über Rücken-
probleme klagt: „Mein Rücken ist total verspannt, ich
brauche eine Massage, wo bist du? Ich glaube man sieht
mir auch an, wie sehr du mir fehlst."

10. Kapitel: Von Geburtstag zu Geburtstag

Für Gregory hat sich in den mit Sophie in Berlin verbrachten Tagen sein Wunsch vom „Lass- deine-Träume-
fliegen-Baum" auf der Insel Mainau weiter gefestigt. Die
in physischer Nähe und liebevoller Vertrautheit erlebten
72 Stunden, fasst er, kaum dass sie sich am Flughafen
aus den Augen verloren, in einem Zitat von Wilhelm
Busch zusammen:
„Die Summe des Lebens sind die Stunden, in denen wir
liebten. Wir werden noch viel Zeit haben und uns diese
auch nehmen, um die Summe des Lebens wesentlich zu
erhöhen."

Schöner hätte man es kaum ausdrücken können empfindet Sophie mit einem Gefühl der Dankbarkeit für eine
Liebe, deren Zeit gekommen ist.

Sie ist glücklich darüber, dass Gregory sein Versprechen, die ganze Zeit in Berlin mit ihr zu verbringen, gehalten hat, was nicht ohne Risiko für ihn war und damit
auch eine Art „Probelauf" als Indikator für das Vertrauen
in eine gemeinsame Zukunft. Manchmal hatte sie sich
diese Reise wie riskantes Schlittschuhlaufen über einen
gefrorenen See vorgestellt und sich gefragt, ob sie das
andere Ufer wohl erreichen würde. Doch mit Gregorys
Gegenwart bei ihrer Ankunft wurde das erhoffte Ufer
sichtbar und das Eis tragbar. Damit wich das Bild einer
gefährlichen Schlittschuhfahrt der Perspektive einer grünen Wiese, mit dem zuversichtlichen Wissen, dass in der
Erde schon die Samen für die Sommerblumen keimen.

Gregory ist fest entschlossen, in diesem Jahr die Summe
ihres Lebens durch viele in Liebe erlebten Stunden konstruktiv zu erhöhen: „Um unsere Liebe ins Endlose
wachsen zu lassen."

Seine Gutenachtküsschen tragen wieder Nummern, und er freut sich über jeden Tag, der die Wartezeit verkürzt: „Heute steht bereits die 4 vor den Tagen, die uns noch trennen, und das 49. ante Schweiz Küsschen überbringt dir meine Ansicht über unsere Liebe, die ich mit dem Schweizer Schriftsteller Benjamin Lebert teile: „Die Liebe ist nur gegenwärtig, wenn unser Sensorium darauf ausgerichtet ist. Unsere Augen müssen lernen, sie zu sehen, unsere Hände, sie zu berühren. Eine Aufgabe, die immer wieder neu bewältigt werden will, die es aber, verdammt noch eins, wert ist." Wir wissen und fühlen es, denn unser Sensorium ist darauf ausgerichtet unsere Liebe immer wieder neu aufzuspüren, unsere Gedanken sind darauf ausgerichtet, sie zu pflegen und unsere Wünsche streben danach, sie zu vermehren. Aber fehlt da nicht noch etwas zum Glück? Ja, es fehlt unseren Augen das reale Sehen und unseren Händen das reale Begreifen. In sieben Wochen wird das Glück vollständig! Mit diesem Glücksgefühl wünsche ich dir goldene Träume, in denen wir uns im siebten Himmel treffen."

Er erwähnt auch gerne, dass Professor Hüthers Theorie „Evolution der Liebe", die er ihr nahezubringen versucht hatte, nun auf sie beide zutrifft: „Weil wir schon längst in Resonanz getreten sind und dabei festgestellt haben, dass unsere Liebe Ausdruck des universellen Prinzips ist. Ich nannte dich meine Muse, weil Musen Resonanzkörper sind. Sie nehmen die Schwingungen eines Körpers auf, verstärken sie und bringen beide Körper in eine Annäherung. In unserer Liebe haben wir seit langem den Punkt erreicht, wo wir im Einklang schwingen. Das ist das schöne, das wohltuende Gefühl, wenn ich an dich denke, das ist das, was die Schmetterlinge zum Flattern bringt, das ist Liebe."

Inzwischen ist es Mai geworden und Sophies Garten steht in voller Blüte, sieht aus als rüste er sich für Gregorys Besuch mit Farbenpracht. Die Pfingstrosen haben die Tulpen abgelöst und atmen ihr Parfum mit Großzügigkeit in die Frühlingsluft. Dazwischen halten ein paar welkende Tulpen ihren Stiel wie Mahnmale der Vergänglichkeit in die Luft, während ihre Blätter weiter verblassen und damit das Signal zum Ausreißen geben.

Sophies Freude auf Gregorys Kommen ist immens und trotzdem, oder gerade deshalb, nicht ohne Bangen, ob tatsächlich alles wie geplant klappen wird. Er entkräftet ihre Bedenken, ist absolut zuversichtlich, dass ihn nichts von seinem Besuch abhalten wird und überbrückt die Trennungszeit mit liebevollen Gutenachtmails, die er wieder mit Gedanken aus der Literatur oder mit Erkenntnissen von bekannten Zeitgenossen anreichert. Darin stellt Jeanne Moreau fest, dass Alter nicht vor Liebe schützt, aber Liebe zu einem gewissen Grad vor Alter. Das findet er für sie beide absolut zutreffend.

Auch eine Erkenntnis Shakespeares berührt ihn: „Es sind Gedanken aus einem Sonett von Shakespeare, die uns heute die Wartezeit bis zu unserem Wiedersehen verkürzen sollen, in der ich dir meine Liebe nur schreibend mitteilen kann. Er sagt: Mit den Augen hören heißt verfeinert lieben. Wir hören uns mit den Augen, wir lieben uns verfeinert. Ist das von Shakespeare nicht schön für uns vorausgesagt?"

Er überlegt, wie er Sophie zu ihrem Geburtstag verwöhnen kann, denn ihre Überraschung zu seinem Geburtstag, die Liebesnacht im Ritz Carlton, fordert ihn heraus. Also will auch er sie mit einem Genuss für sie beide überraschen und denkt über ein kleines, selbst zubereitetes Festmenü nach. Ein kleines Geschenk hat er bereits besorgt: Badezusätze in Form von britischen „Cones", einzeln verpackt und mit kleinen Papierblumen verziert. Seit München weiß er, dass Sophie ein gemütliches Bad einer Dusche vorzieht, wobei er entdeckte, wie sehr es ihm gefällt, die Badefreuden mit ihr zu genießen. Da er diese „falschen Cones" stilgerecht und täuschend echt schenken möchte, hat er eine Porzellan-Etagère gekauft und stellt sich Sophies Gesicht beim Auspacken vor, weil sie sich, außer aus dunkler Schokolade, aus Süßigkeiten nichts macht.

Die Trennungstage werden weniger und die freudige Aufregung größer. Gregory zählt und zählt, zuerst vorwärts, dann rückwärts:
„Die Zeit unserer Trennung kommt mir sehr, sehr lange vor. Doch jetzt ist es „nur" noch eine Woche bis zu deinem Geburtstag, und ich freue mich, dass wir eine höhere Frequenz für unsere Wiedersehen gefunden haben. Damit sind wir wieder beim Phänomen der sich erhöhenden Frequenz, wenn zwei schwingende Körper zusammenkommen. Bei uns ist es das Phänomen unserer Liebe und die ist ein besonderes Phänomen, dessen Entwicklung noch lange nicht abgeschlossen ist und uns noch viele schöne Minuten, Stunden, Tage, Wochen, Monate und Jahre bringen wird. Wenn der Zug pünktlich ist, können wir heute in sieben Tagen um 13:39 Uhr wieder damit beginnen. Darauf freuen wir uns beide, und damit ist es eine doppelte Freude, weil jeder die Freude des anderen mitempfindet."

Sophie ist in Festtagsstimmung: „Es ist fast zu schön, um wahr zu sein. Aber ich weiß, es ist wahr! Das macht mich glücklich und stimmt mich auch ein bisschen feierlich, nicht wegen meines Geburtstags, dem ich deinen Besuch verdanke, sondern deinetwegen, unseretwegen. Wir können unsere Nähe spüren, dürfen uns lieben. Sicher werde ich vor Freude ganz aufgeregt sein und du wirst mich beruhigen müssen. Doch dazu brauchst du mich nur in deine Arme nehmen und meine flatternden Herzschläge kraftvoll umschließen, denn sobald ich die Kraft deiner Energie ganz nah bei mir spüre, fühle ich mich geborgen. Du bist mein Fels in der Brandung, in der Brandung des Lebens und unserer Liebe."

Endlich kommt der Morgen, an dem er schreibt: „Heute stehe ich so gerne auf wie schon lange nicht mehr", und er um 6:24 Uhr im Zug von Frankfurt nach Basel sitzt. Damit haben sie die 66 Trennungstage seit ihrem Abschied in Berlin überstanden, auch wenn es Gregory dabei manchmal vorkam, als ob die Zeit die ihr bestimmte Vergänglichkeit vergäße, um sich beliebig auszudehnen.

Auch Sophie ist längst wach und freut sich als sie liest: „Jetzt sind es nur noch siebeneinhalb Stunden, bis unsere Herzfrequenzen wieder miteinander kommunizieren können."

Während sie die frohe Botschaft in sich aufnimmt, kommen Sonnenstrahlen durch die Fensterläden und Cléa durch die angelehnte Schlafzimmertür. Sie hebt schnuppernd die Schnauze, als wolle sie Teil dieser Freude sein, die in der Luft zu liegen scheint, und die Sophie in Worte fasst:
„Ich bin glücklich mir vorzustellen, dass du mit jeder Minute näherkommst. Der Garten ist voll blühender Blumen, was zu unserem Lied: ‚Bald wird es wieder Frühling sein, bunt wird es sein um unser Haus', aus dem Musical passt, denn es ist bunt um unser Haus, weil im Garten alles blüht. Am schönsten aber blüht unsere Liebe und darüber freue ich mich."

Die Farben des Frühlings erfreuen Gregory bereits auf der Fahrt, wo Ortschaften mit bunten Gärten und blühenden Bäumen die Landschaften von Wiesen, Feldern und Wäldern ablösen. Er ist sich bewusst, sich mit dieser Reise einen lang gehegten Wunsch zu erfüllen, denn oft hat er sich auf seinen Fahrten von Berlin nach Frankfurt gewünscht, einfach weiterzufahren. Heute ist es so weit. Er lehnt er sich entspannt zurück und hört Musik, die er sich per Knopf ins Ohr stöpselt. Den manchmal etwas erstaunten Blicken der ihm gegenübersitzenden jungen Dame, die sich vermutlich wundert, dass der Opi immer wieder mit den Füßen tippt, begegnet er mit einem Lächeln. An diesem glücklichen Tag kann ihn nichts aus der Ruhe bringen.

Der Zug ist pünktlich und Gregorys Umarmung für Sophie so vertraut, als hätte es nie eine Trennung gegeben. Nur Cléa hat etwas Mühe mit dem Ankömmling und reagiert zunächst völlig unbestechlich auf die Wiener Würstchen, die Gregory dem knurrenden, bellenden und hochspringenden Hund mutig vor die Schnauze hält. Ihre schwarz glänzende Hundeschönheit, die nur aus Muskeln zu bestehen scheint, ist beeindruckend, und das besonders, wenn sie knurrt und an der Leine zieht, an der Sophie ihre aufgeregte Hündin in Körpernähe hält und vorschlägt:
„Lass uns einen kurzen Spaziergang an der Uferpromenade machen, damit Cléa sich an dich gewöhnen kann."

Das dauert auch nicht lange, denn Cléa geht artig an der Leine und Gregory darf sogar seinen Arm um Sophie legen. Trotzdem bekommt Cléa den „Schnauzenschutz" angelegt, bevor sie auf den Rücksitz des Autos hüpft. Aber wenig später ist ein „schnauzenschutzloser" Hundekopf ganz nah an Gregorys Ohr und schnuppert. Ob diese erstaunlich moderate Geste den Leckerlis zu verdanken ist, die er regelmäßig für sie schickte und auch während des kurzen Spaziergangs immer wieder wie zufällig fallen ließ, oder ob sie seinen Geruch inzwischen als vertrauenerweckend empfindet, sei dahingestellt. Nicht zu übersehen ist jedoch ihr schlechtes Gewissen,

denn sie weiß genau, mit dem Abstreifen des Schnau-
zenschutzes etwas Verbotenes getan zu haben, was ihrer
friedfertigen Akzeptanz vermutlich ebenfalls zuträglich
ist. Jedenfalls gibt es danach keine Probleme mehr, und
Gregory darf auch problemlos mit ins Haus, wobei nun
sein nach Hundeleckerli riechendes Gepäck in den Fokus ihres Interesses tritt.

Gregory gefällt das aus einer alten Scheune entstandene
Haus, von der vieles noch erhalten ist. So auch die soliden Dachbalken, die das Obergeschoss überspannen. Sie
verleihen dem Wohnzimmer mit dem Kamin, der Ess-
ecke und der offenen Küche viel Freiraum und ein gemütliches Ambiente rustikalen Charakters.

Als sie durch den Wintergarten auf die Terrasse kommen
sagt er begeistert: „Obwohl ich diesen Blick bereits von
Fotos her kenne, stelle ich fest, dass die Wirklichkeit unvergleichbar schöner ist."
„Eine mit den Fotos unvergleichbar schönere Wirklichkeit wirst du morgen auch im Lavaux feststellen, denn
wir sind bei Marie-Ange zum Couscous-Essen eingeladen."
„Dann klappt es aber nicht mit meiner Geburtstagsüberraschung für dich."
„Eine Geburtstagsüberraschung?"
„Absolut, denn ich wollte dich mit meinen Kochkünsten
verwöhnen!"
„Aber nun verwöhnt uns Marie-Ange mit ihren Kochkünsten und dem Couscous-Rezept ihrer Großmutter.
Dein Festessen holen wir beim nächsten Geburtstag
nach."
„Aber damit ist meine Überraschung für dich verpatzt",
bedauert er, denn er hat sich in den Kopf gesetzt für Sophie zu kochen. Dafür hat er sich ein kleines Festmenü

ausgedacht, wobei er besonders seine kreative Spargelvariante rühmt, die er als Vorspeise plante, weil das so
schön in die Jahreszeit und zu Sophies Geburtstag passt.

Scherzhaft erinnert er an seine bei Sophie nie geglückten
Überraschungen, den ganz anders geplanten Rosenblütenregen bei Hugendubel, der vom Lied der roten Rosen
begleitet sein sollte, oder seinen Überraschungskuss
beim Jahrgänger-Umzug, den sie gar nicht wahrgenommen hatte. Aber Sophie sieht das anders und entscheidet:
„Also das halte ich jetzt für rührende Überflüssigkeit,
denn ich mag den Song der roten Rosen und das Küssen
haben wir inzwischen nachgeholt. Und so machen wir es
auch mit dem Geburtstagsessen."
„Küssen kann man nie genug nachholen", findet er, wogegen Sophie keinerlei Einwände hat, zumal das wunderbar zur Wiedersehensfreude passt.

Für seine so gepriesene Spargelvariante schlägt sie diese
als Abendessen vor. Dafür spricht neben der Qualität des
Walliser Spargels, den Gregory mit Butter, Zitrone und
einer Vanilleschote in Aluminiumfolie gepackt im Backofen zu garen plant, auch jene des Weins. Damit stellen
sie später zufrieden fest, dass diese Zubereitung für den
Spargel zur absoluten Krönung wird, und in Verbindung
mit reichlich Fendant für Sophie und Gregory zum reinen Genuss. Dass die untergehende Sonne dabei die
Berge mit rötlich goldenen Strahlen überzieht, ist eine
zusätzliche Großzügigkeit der Natur, die sie bis zum
sanften Erlöschen bewundern.

Als sie später auf der Terrasse sitzen und das Auftauchen
und leuchtender Werden der Sterne betrachten, denkt
Gregory angestrengt darüber nach, wie er seine eigentliche Geburtstagsüberraschung realisieren kann. Dafür
gilt es nicht nur die Zeit bis Mitternacht zu überbrücken,
sondern er muss sich auch sicher sein, dass Sophie, die

zufrieden an seiner Schulter kuschelt, nichts von seinen Vorbereitungen bemerkt. Die zunehmende Frische des Abends hilft ihm dabei, und so schlägt er ein gemeinsames Bad vor, dem Sophie gerne zustimmt.

Dann läuft alles wie erhofft: Im warmen Wasser wird Sophie müde und möchte schlafen gehen. Er ist erleichtert und froh darüber, durch sein vor dem Schlafengehen übliches Rasieren Zeit zu gewinnen. Denn er rasiert sich nicht einfach elektrisch, sondern nass, weil Sophie einmal schalkhaft angedeutet hatte, dass man einen liebevollen Mann daran erkennt, dass er sich vor dem Schlafengehen nass rasiert, um im Gesicht so zart wie ein Kinderpopo zu sein.

Das nimmt er sich seitdem zu Herzen, und Sophie weiß es auch an diesem Abend zu schätzen. Als er vor dem Spiegel steht, küsst sie im Vorbeigehen seine vom warmen Wasser rosigen Po-Backen und verspricht, das Bett anzuwärmen. Übermütig hält der mit Rasierschaum eingeseifte Gregory sie mit einer Hand zurück und protestiert: „Halt, so einfach kommst du mir nicht davon!", worauf Sophie lachend und mit einem Schaumkrönchen auf jeder Brust ins Schlafzimmer verschwindet.

Es sind noch zwanzig Minuten bis Mitternacht, und Gregory wird aktiv: Aus dem Keller holt er den für seine Überraschung in einem Stoffbeutel mitgebrachten und in Plastik verpackten Rosenstrauß, der dort in einer Vase auf seine Bestimmung wartet. Er holt die kleinen Gebäck-Herzen und Teelichter aus seinem Gepäck und richtet sie auf einem Tablett an, um sie mit Champagner um Mitternacht ins Schlafzimmer zu tragen. Allerdings darf Sophie ihn bei den Vorbereitungen nicht überraschen, denn es soll ja nicht wieder ein Fiasko wie in München geben, wo er sich, als er sie viel zu früh auftauchen sah, wie bei einem Streich ertappt fühlte. Doch dafür besteht an diesem Abend keine Gefahr, denn kaum ist Sophie im Bett, schläft sie auch schon tief und fest. Sie wacht auch nicht auf, als er den Rosenstrauß auf den Nachttisch stellt, fährt dann aber erschrocken hoch, als er pünktlich um Mitternacht „Happy birthday, liebe Sophie ..." singt und das Tablett mit zwei Gläsern Champagner, den flackernden Teelichtern und den Gebäckherzen zum Nachttisch balanciert.

Traum oder Wirklichkeit? blitzt es durch ihren Kopf, aber nein es ist kein Traum, sondern pure Wirklichkeit: Es ist ihr Liebster, der ihr wie vor einem Jahr als Erster zum Geburtstag gratulieren möchte, aber nicht morgens um 6:47 Uhr, sondern in den ersten Minuten ihres neuen Lebensjahres. Er ist da, ist physisch gegenwärtig, mit Armen, die sie aufnehmen und festhalten im Glückserleben ihrer Verwirrung, die zur Geburtstagsfreude wird.

„Das Wetter ist ideal für unser Frühstück auf der Terrasse", freut Gregory sich am nächsten Morgen, als er die Fensterläden öffnet und entscheidet:
„Ich stehe jetzt auf und du bleibst liegen."
„Und warum das?"
„Damit ich deinen Geburtstagstisch vorbereiten kann."
„Meinen Geburtstagstisch?"
„Überraschung!", sagt er fröhlich und zieht das Wort lang wie ein Gummiband, wobei er ihr erstauntes Gesicht bereits als ersten Erfolg des gelungenen Geburtstags für sich verbucht.
„Und wann bitte darf ich aufstehen?"
„Sobald ich dich rufe, oder dich hier abhole."
„Falls ich inzwischen nicht verhungert bin."
Er setzt sich auf die Bettkante und flüstert ihr etwas ins Ohr, was sie, laut lachend und kopfschüttelnd, erwidert. Ihr Lachen lockt Cléa an, die schwanzwedelnd angeschlichen kommt, kurz in die Luft und dann interessiert am Tablett mit den Gebäckherzen schnuppert, sich aber

von ihrer besten Seite zeigt. Denn sie gehorcht, als Sophie auf ihren herzerweichenden Hundeblick mit einem strengen „Nein" antwortet, das auch für Gregory gilt, der dann anstelle des Gebäckherzens, nach dem er greifen wollte, um es Cléa zu geben, das ganze Tablett an sich nimmt und erklärt:

„Das nehme ich jetzt mit, dann hat die Versuchung ein Ende."

Doch das sieht Cléa anders, denn sie folgt ihm auf den Fersen, und was die beiden dann aus der Situation machen, möchte Sophie lieber gar nicht wissen, sie kuschelt sich glücklich in die Bettwärme und findet alles wunderschön.

Ein paar Minuten später sind sie wieder da, weil der Rosenstrauß auf den Geburtstagstisch gehört und Gregory der Meinung ist, dass er Sophie nicht einfach ungeküsst im Bett zurücklassen kann. Nach einem raschen, zärtlichen Kuss auf ihre Nasenspitze verschwinden beide wieder, er mit den Rosen und Cléa mit wedelndem Schwanz.

Gregory genießt den frischen, Frühlingsmorgen auf der Terrasse. Mit Freude widmet er sich der kreativen Vorbereitung von Sophies Geburtstagstisch. Während er die Porzellan-Gebäck-Etagère zusammenbaut und sie mit seinen, den echten verblüffend ähnlich sehenden „Cones" bestückt, schaut er immer wieder zu den Bergen und über den See. Er stellt den Rosenstrauß in die Mitte, verteilt viele Teelichter über den Tisch, die er auch gleich anzündet, denn auf diesen besteht er; sie gehören für ihn zur Festlichkeit des Tages. So hat er es geplant und so soll es sein. Auch die Rosenblütenblätter, die er großzügig über den Tisch streut, gehören dazu.

In der Küche ist Sophie mit der Vorbereitung des Frühstücks beschäftigt. Mit dem Hinweis, sie solle bitte nicht auf die Terrasse gehen und dem Versprechen: „Ich bin sofort wieder da," verschwindet er, um kurz darauf mit

einer brennenden Kerze in der Hand und einem Geburtstagslied auf den Lippen, singend zurückzukommen:
„Wie schön, dass du geboren bist und hast Geburtstag heut."

Er geleitet sie auf die Terrasse und freut sich über seine geglückte Überraschung, denn sie hat weder Teelichter noch Rosenblütenblätter erwartet. Sie dankt dem so kreativ liebenden Gregory, aber staunt etwas über die Etagère mit den Cones, und fragt vorsichtig: „Süßigkeiten für mich?"

„Nein, keine Süßigkeiten, aber Badefreuden für dich!"

„Du meinst ich esse Cones in der Badewanne?"

„Nein, aber wenn sie sich auflösen, kannst du darin baden, denn es sind Badesalze!"

Das Appartement von Marie-Ange liegt unweit des Seeufers und unmittelbar neben den berühmten, in Terrassenform angelegten Weinbergen des Lavaux, die sich über einen Großteil der Schweizer Riviera ausdehnen. Marie-Ange und ihr Lebenspartner Jean-François haben ihre Reise in ihr südfranzösisches Feriendomizil verschoben, um mit Sophie Geburtstag zu feiern und dabei auch endlich Gregory kennenzulernen, zumal es mit der Liebe der beiden erstaunliche Parallelen zu ihnen gibt. Auch sie kennen sich seit ihrer Kindheit. Sie sind zusammen in Algerien aufgewachsen, das sie 1962 als französische Staatsbürger verlassen mussten. Danach trennten sich ihre Wege, jedoch im Gegensatz zu Sophie und Gregory, sahen sie sich immer wieder bei den Treffen mit ihren französischen Jugendfreunden, jeder mit dem entsprechenden Ehepartner.

Jean-François hatte schon immer ein Faible für Marie-Ange und beobachtete aufmerksam ihre Lebensabschnitte. Als sie beide nach der ersten Ehe wieder frei waren, liebäugelte er mit einer Chance bei ihr, aber die

Zeit dafür war noch nicht gekommen, denn beim nächsten Wiedersehen war sie in einer neuen Beziehung. Er wartete weitere zehn Jahre, bis sie diese beendete. Nun wollte er keine Zeit mehr verlieren. Aber Marie-Ange reagierte auf sein liebevolles Bemühen ähnlich zurückhaltend wie Sophie bei Gregory, denn auch sie wollte sich erst von der Aufrichtigkeit seiner Gefühle überzeugen. Als Beweis dafür trennte er sich von seiner damaligen Lebenspartnerin, denn er konnte sich nichts Schöneres vorstellen, als Marie-Ange mit seiner Liebe zu verwöhnen. Er verkaufte sein Haus in Bordeaux und zog zu ihr in die Schweiz. Seitdem sind sie ein glückliches und für diese späte Liebe sehr dankbares Paar.

Obgleich Gregory und Sophie noch weit von der Erfüllung ihres Traums entfernt sind, fühlen sich die vier durch ihre ähnlichen Lebensumstände auf eine vertrauensvolle Art verbunden, was die herzliche Begrüßung und die Umarmungen beim Kennenlernen bestätigen. Es ist, als träfen sich alte Freunde wieder, die sich längere Zeit aus den Augen verloren haben und nun wieder zufrieden in ihre Vertrautheit zurückkehren.

Zweifelsohne gehört Jean-François zu jenen Menschen, die durch ihre ruhige Freundlichkeit Wohlbefinden verströmen, was durch seine sanften wasserblauen Augen betont wird. Als Marie-Ange Sophie ein erstes Foto von ihr und Jean-François schickte, stellte Sophie spontan fest: „Das ist eine Schulter zum Anlehnen", worauf Marie-Ange bestätigte, genau dieses Gefühl bei ihm zu haben, und hinzufügte: „aber wenn du möchtest, gebe ich dir eine halbe Schulter von ihm ab, muss ihn natürlich erst fragen."

Jean-François war einverstanden, und als sie sich kennenlernten, stellte er sich als Sophies halbe Schulter zum Anlehnen vor. Dabei ist es geblieben und Sophie ist dankbar für die Gewissheit, dass beide immer für sie da sind.

Jean-François entschuldigt sich, er hat in der Küche zu tun. Marie-Ange begleitet ihre Gäste auf den Balkon, wo der Tisch mit Blumen geschmückt und für den Aperitif vorbereitet ist.

Gregory schaut fasziniert über den zum Greifen nahen und sich nach beiden Seiten ausdehnenden See. Im Osten erkennt er das Château de Chillon und etwas weiter entfernt die sieben, majestätisch weiß beeindruckenden Zacken der ‚Dents du Midi'. Auch die Gipfel der gegenüberliegenden französischen Alpen heben sich schneebedeckt strahlend vom blauen Himmel ab.

Jean-François kommt mit dem Champagner, füllt die Gläser und verbindet seine Glückwünsche an Sophie mit einem Toast auf die Liebe und die Freundschaft, die sie miteinander verbindet. Gregory ist begeistert, denn alles stimmt, das Wetter, die Landschaft und die Herzlichkeit der Gastgeber. Aber berührender als alles andere ist seine Freude darüber, mit Sophie und ihren Freunden ihre Schweizer Welt zu entdecken.

Kunstgerecht und mit viel Zeitaufwand haben Jean-François und Marie-Ange Couscous nach dem Rezept ihrer Großmutter vorbereitet, was Sophie ganz besonders zu schätzen weiß, weil die Zubereitung der getrennt zu kochenden diversen Fleischsorten und der Saucen immens zeitaufwändig ist, und ihre Freundin sich nur für ganz besondere Anlässe in diese Mühen schickt. Die Köstlichkeiten werden im traditionellen Tajine Service aufgetragen, was das Festessen optisch unterstreicht. Mit dem von Jean-François sorgfältig ausgewählten Wein und der passenden Musik ist das Glück perfekt. Selbst Cléa sitzt feierlich aufrecht neben Gregory und so dicht an seinen Stuhl gedrückt, als wolle sie bezeugen, dass dieser Neue, den sie mitgebracht hat, auch ihr Freund ist.

Sie bleibt auch beim Spaziergang durch die Weinberge brav an seiner Seite und schaut ihn dabei immer wieder mit treuen Hundeaugen an, um sicher zu sein, dass er sich dieser Gunst auch bewusst ist.

Die terrassenförmig angelegten und von der UNESCO als Weltkulturerbe klassifizierten Weinberge des Lavaux zählen zu den schönsten Gegenden der Schweiz. Mit den sich kilometerweit ausdehnenden und mit Mauern aus Natursteinen befestigten Rebenhängen, lädt es über die schmalen betonierten Wege zu langen Spaziergängen ein. Jede Stelle auf diesem Weg bietet einen traumhaften Blick über den See.

Oft haben die beiden Freundinnen Freude und Lachen, aber auch Sorgen und Traurigkeit über diese Wege getragen. Dabei haben sie immer wieder festgestellt, dass dieses Fleckchen Erde mit einer ganz besonderen Energie gesegnet und von einer beruhigend sanften Unendlichkeit erfüllt ist, die man wie eine sich über alles hinwegsetzende Verbindung zwischen Himmel und Erde empfinden kann.

Seit langem wünscht sich Gregory mit Sophie über diese Wege zu gehen und das langsame Verschwinden der Sonne mit ihrem Farbenspiel am Himmel und den Spiegelungen auf dem See zu erleben. Sophies Geburtstag erfüllt ihm diesen Wunsch, wobei die Realität seine Vorfreude bei weitem übertrifft, weil das Zusammenspiel der emotionalen Ereignisse dieser beiden Tage mit einer glücklichen Sophie an seiner Seite ihn in diesem Erleben unerwartet tief berührt. Beide sind sich der Bedeutung dieser Erfahrung bewusst und nehmen die Eindrücke des sanften Frühlingsabends dankbar in sich auf.

Zu Hause lassen sie den Tag gemütlich auf der Terrasse ausklingen. Sie fühlen sich dem Himmel ganz nah, er ist klar und mit Sternen übersät. Sie lassen sich in Themen wie die Unendlichkeit des Seins hineingleiten, die Gregory in einem Satz zusammenfasst:
„Die Unendlichkeit des Seins ist wie die Unendlichkeit unserer Liebe, denn sie ist ewig."

Den zärtlichsten Geburtstagsausklang jedoch erlebt Sophie in Gregorys Armen, in denen sie todmüde, selig und überaus glücklich einschläft, von vielen Gutenachtküsschen begleitet, die, wie Gregory so gerne sagt, alle bis zum Morgen bleiben dürfen.

Der nächste Tag bringt den Abschied. Beiden bleibt als Trost das nächste Wiedersehen in acht Wochen, für das Gregory auch sofort mit dem Zählen der Tage beginnt, aber zunächst mit geänderten Vorzeichen, denn nun nummeriert er sie als p.CH. (post Schweiz), um damit die Tage zu kennzeichnen, die sie als Trennung bereits überstanden haben.

11. Kapitel: Der neu erlebte Geruch des Bodensees - Das Schützenfest

Es ist Juli und eigentlich Sommer, aber dieser findet in diesem Jahr vornehmlich im Kalender statt, denn der Juli zeichnet sich durch Rekordniederschläge aus. Er bringt für Sophie und Gregory aber auch ein Wiedersehen mit Sonnenschein zum neuen Erleben des Bodensees und des Schützenfests.

Dafür hat Gregory das Zählen der p.CH-Trennungstage aufgegeben, weil diese die Vergangenheit als Basis nehmen, er sich aber lieber an der Zukunft und den sich verringernden Tagen orientiert.

Er hat die erste Nacht in Konstanz geplant und möchte mit Sophie auch die Insel Mainau besuchen, wo er dem „Lass-deine-Träume-fliegen-Baum" vor einem Jahr seinen Wunsch anvertraute. Nachdem sich dieser inzwischen zum Teil erfüllte, möchte er seinen Traum mit ihr weiterträumen. Dazu gehört auch der Geruch des Bodensees, der Sophie in Meersburg mit einer besonderen Vertrautheit überraschte, was sie wie die Begegnung mit einem alten Bekannten empfand, an den man sich erinnert, aber erst bei einem Wiedersehen feststellt wie vertraut man sich eigentlich ist.

Nun freuen sie sich auf das „Schwäbische Meer", wie die Schwaben „ihren" Bodensee in liebevoller Übertreibung nennen, was schon rein geografisch nicht zu vertreten ist, weil Konstanz nicht an der schwäbischen, sondern an der badischen Seeseite liegt. Obwohl das alles inzwischen zu Baden-Württemberg geworden ist, haben die Badener ihren Stolz, zumal viele mit diesem 1949 erfolgten Zusammenschluss nicht einverstanden waren und sich von den Schwaben übervorteilt fühlten, weil das als Landeshauptstadt festgelegte Stuttgart im Schwabenland liegt. Doch immerhin beherbergt Karlsruhe den Bundesgerichtshof und das Bundesverfassungsgericht.

Sophie bekam diese Ressentiments deutlich zu spüren, als sie 1964 zu ihrem künftigen Ehemann nach Karlsruhe zog, wo man ihr zu verstehen gab, dass man die „Schwoba" hier nicht brauche. Für sie, die in Kanada und den USA gelebt und diese Länder in Greyhound-Bussen bereist hatte, war eine derartige Geisteshaltung schlichtweg unvorstellbar, zumal sie in krassem Widerspruch zu der dort erlebten Gastfreundschaft und Sympathie stand. Aber zum Glück war diese Voreingenommenheit nicht von langer Dauer, worauf sie glückliche zwanzig Jahre lang bei und mit den Badenern lebte.

Nun kehrt sie nach Baden zurück, wenigstens für eine Nacht. Gregory, der gerne analysiert, überlegt, was sich seit dem Abschied am Bodensee vor einem Jahr für sie beide verändert hat:

„Beim Nachforschen welche Gefühle ich für dich vor einem Jahr empfand, beim Nachlesen unserer Mails, beim Nachdenken, wie sich unsere Beziehung seitdem verändert hat und wie auch wir uns in unserer Beziehung verändert haben, kann ich es kaum erwarten, am Bodensee wieder ein Stück Wirklichkeit meines Wunschtraums mit dir zu erleben."

Die Wirklichkeit beginnt an einem heißen Sommertag im Juli: Zwei Monate nach Gregorys Besuch in der Schweiz kommt der Tag X und er mit dem Auto nach Winterthur, wo er seine Sophie abholen möchte. Dafür hat er seine Abfahrtszeit in Berlin so ausgerechnet, dass er sie, die mit der Bahn reist, bei ihrer Ankunft in Winterthur pünktlich um 13:56 Uhr in Empfang nehmen kann. Sophie wundert sich, warum Winterthur, denn sie kann problemlos mit dem Zug bis Konstanz fahren. Als sie es ihm vorschlägt, lehnt der geliebte schwäbische Trotzkopf sehr überzeugend ab: „Ich hole dich viel lieber in Winterthur ab, denn jeder Moment, den ich dich früher in meinen Armen halten kann, macht mich glücklich."

Diese Vorstellung macht auch Sophie glücklich. Jedoch gar nicht vorstellen möchte sie sich die alleinige Rückreise über den Bodensee, von Abschiedsschmerz und glücklichen Erinnerungen begleitet. Doch das scheint bei Gregorys Planung noch eine Ewigkeit entfernt und stellt sich bald als rührend überflüssig heraus, weil es für ihn von vornherein klar war, seine Sophie wieder dorthin zurückzubringen, wo er sie abgeholt hat.

„Das würdest du wirklich tun?", fragt sie erstaunt, als er es am Telefon erwähnt, denn sie weiß, dass er seine Rückreise vom Schützenfest mit seiner Tätigkeit in Frankfurt verbindet.

„Das würde ich nicht nur tun, sondern das werde ich tun."

Sprachlose Dankbarkeit verzögert ihre Antwort: „Das hat mir jetzt fast wieder den Atem genommen und mein Herz klopft bis in den Hals. Denn seit Wochen wünsche ich mir, du würdest mich über den Bodensee begleiten, aber ich wagte nicht es dir vorzuschlagen, weil ich mit dir immer das erleben möchte, was du dir auch wünschst. Wenn das jedoch so schön zusammenpasst wie mein Wunsch und deine bereits getroffene Entscheidung, dann bin ich glücklich. Denn das dokumentiert unsere Verbundenheit, weil du gar nicht wissen konntest, wie sehr ich mir das wünschte."

Sophie fühlt sich wohl in der Gewissheit gleichen Empfindens. Das untermauert ihr Vertrauen in ihre Liebe, und obgleich diese intensiver und selbstverständlicher wird, bleibt bei beiden die sehnsuchtsvolle Aufregung vor jedem Wiedersehen:

„Der Countdown läuft sich heiß, jetzt können wir die Stunden zählen", kommentiert Gregory am Vorabend seiner Reise, und bei der ersten Kaffeepause: „Jetzt sind es noch sieben Stunden, die halte ich noch durch, denn sieben steht für den siebten Himmel, in den wir dann zusammen schweben können."

Er ist zuversichtlich und klar in seinen Ansagen, aber Sophie bangt dennoch jedes Mal, ob auch alles wie geplant klappt, damit sich ihre Besorgnis in seinen Armen in Freude auflösen kann. An diesem Tag hat er fast 1000 Kilometer Autofahrt zurückzulegen, wobei die Tatsache, dass er morgens um sechs Uhr in Berlin abgefahren ist, um sie um 13:56 Uhr in Winterthur in seine Arme zu nehmen, alles noch aufregender macht, auch wenn Gregory ihr bei jeder Pause per SMS mitteilt, wo er sich gerade befindet.

„Hurra, ich habe es geschafft!", liest sie kurz bevor ihr Zug in Winterthur einfährt. „Ich bin pünktlich am Bahnhof angekommen. Nur die Suche, nach einem Parkplatz trennt uns noch. Wir treffen uns gleich im Restaurant."

Sophie wagt es kaum zu glauben. Er ist da, hat es auf die Minute geschafft! Sie steigt aus, atmet tief und versucht ruhig zu sein. Sie geht ganz langsam, weil sie möchte, dass er vor ihr im Restaurant ist. Doch als sie dort ankommt, ist er nicht da. Also geht sie durch den fast leeren Raum auf den geteerten Vorplatz hinaus, der offensichtlich dazugehört, was sie von den Sonnenschirmen ableitet, die sich schattenspendend über die auf Holzbänken an langen Tischen sitzenden Gästen spannen.

Aber auch da ist er nicht. Niemand winkt ihr zu, niemand nimmt überhaupt Notiz von ihr. Sie geht zur letzten Bank, die unmittelbar an der Straße steht und leer ist. Sie will ganz ruhig sein, wohlwissend, dass er ganz in ihrer Nähe sein muss. Aber trotzdem schnüren ihr diese letzten Momente des Wartens die Kehle zu. Sie fühlt ihr Herz bis in den Hals klopfen, während ihre Blicke, in der Hoffnung ihn zu erspähen, wie Scheibenwischer von links nach rechts eilen.

Sie sitzt und wartet, doch er ist nirgends zu sehen, obgleich seit ihrer Ankunft bereits zehn gnadenlose Minuten vergangen sind! Weit weg kann er nicht sein, aber wo bleibt er bloß?

Doch Gregory hat seine Sophie längst entdeckt. Er sieht, wie sie ihre Blicke nach ihm suchend in alle Richtungen schickt und beschließt, durch das Restaurant zu gehen, um sie zu überraschen. Seine Idee mit aufgeregter Vorfreude auskostend, tritt er leise von hinten an sie heran, legt seine Hände auf ihre Augen, haucht einen zärtlichen Kuss auf ihren Hals und flüstert: „Hier bin ich."

Außer einem erschrockenen „Uff " kann sie nichts sagen, weil er sie umarmt und mit seinem Kuss sprachlos macht. Ihr Bangen ist Vergangenheit, ausgelöscht durch ihre Freude, und auch für Gregory, der froh ist endlich angekommen zu sein, zählt nur noch die Gegenwart und die heißt Sophie. Er hält sie fest in seinen Armen, in denen sie wie eine Ertrinkende versinkt und dabei fühlt, was sie seit langem weiß: ihr schönster Platz auf dieser Erde ist genau da, wo sie jetzt wieder sein darf, ganz nah an seinem Herzen.

Ihre neu geschenkte Nähe genießen sie auf den von Gregory zusammengeschobenen Hockern an der Theke. Sie trinken Cappuccino, reden wenig, sehen sich immer wieder an und sind einfach glücklich, strahlen in sprachloser Freude. Oft schaut Gregory Sophie so intensiv in die Augen, als wolle er nicht nur ihre Liebe darin erkennen, sondern auch dem Widerhall seiner und ihrer Empfindungen lauschen. Vermutlich denkt er dabei aber nicht an Shakespeare, obgleich er von ihm weiß: „Mit den Augen hören heißt verfeinert lieben."

Ihm ist viel eher danach, seine liebenden Gefühle so schnell wie möglich direkt zu vermitteln. Er flüstert sie Sophie ins Ohr. Sie nickt lächelnd und er drängt: „Dann sollten wir jetzt gehen, damit ich dir beweisen kann, dass das alles noch stimmt."

Durch den inzwischen sonnigen Julinachmittag fahren sie dem Bodensee entgegen, dem Sophie ein Jahr zuvor so blitzartig und mit dieser seltsamen Sehnsucht im Herzen entfloh; mit einer Sehnsucht, die sie weder erklären noch verstehen konnte. Nie hätte sie zu ahnen gewagt, Gregory könnte ähnlich empfinden. Jetzt erlebt sie die Fahrt wie einen Traum, in dem ihr Märchenprinz sie in eine neu gewonnene Gemeinsamkeit entführt, in die erfüllende Wirklichkeit ihres Seins. Rund um sie her ist alles Freude. Durch die geöffneten Fenster strömt der Fahrtwind und irgendwann sagt sie: „Wie schön, dass du mich heute zum Hotel und nicht zum Flughafen fährst, wie im März. Ich erinnere mich noch gut daran, wie wir dabei immer stiller wurden und in einer wortlosen Traurigkeit versanken, aber jetzt ist alles Freude."

Er bestätigt seine Freude mit einem sanften Druck ihrer Hand, die er fast ununterbrochen hält, und ersetzt, wenn immer der Straßenverkehr es erlaubt, das virtuelle Küssen mit dem, was er gerne als „Küsschen-Natural-Ausschüttung" bezeichnet.

Das Hotel liegt direkt am Wasser mit einem herrlichen Blick über den See, den sie nur kurz genießen und dabei den ihnen vertrauten Geruch des Bodensees wiederfinden. Sie freuen sich auf das gemeinsame Duschen und danach sind ihre Augen und Emotionen nur noch aufeinander ausgerichtet, denn seit Wochen haben sie sich nach der zärtlichen Intimität ihrer Liebe gesehnt, und nun gibt es nichts Schöneres zu erleben als die Erfüllung dieses Wunsches.

Konstanz feiert in diesem Sommer den Beginn des Konzils vor 600 Jahren. Gregory freut sich, Sophie die Ergebnisse seiner Internetrecherchen vorzuführen, aber die Zeit reicht nur für ein paar seiner ausgearbeiteten Programmpunkte.

Dazu gehört die imposante, monumental die Hafeneinfahrt beherrschende Statue Imperia, eine Kreation des Bildhauers Peter Lenk, die, zwei kümmerliche Papstfiguren auf ihren ausgestreckten Händen tragend, an die weniger ruhmreichen Begleiterscheinungen des Konzils erinnert. Aber die frivole Dame beeindruckt nicht nur durch diese meisterhaft dargestellte geschichtliche Posse, sondern besonders durch die erotische Freizügigkeit, mit der ihre ausladende Oberweite aus dem Kleid quillt und durch dessen fast bis zum Anschlag geschlitzten Rock, der mehr freigibt als verdeckt. Die sich majestätisch erhebende Erscheinung ist weit über die Hafeneinfahrt hinaus bekannt. Gregory und Sophie betrachten sie von allen möglichen Seiten, genauer gesagt, von den Seiten, die eine Betrachtung erlauben.

Als sie sich Eis essend vor dem historischen Rathaus auf einer Bank erholen, die Passanten beobachten, erzählen und lachen, kommt ein junger Mann südländischen Aussehens mit einer Auswahl langstieliger roter Rosen auf sie zu. Das Lachen der beiden hat ihn angelockt. Gregory freut sich über die willkommene Gelegenheit, seiner Herzallerliebsten zur Feier des Tages eine Rose zu schenken.

Der junge Mann taxiert Sophie und sagt dann ausgeklügelt überzeugend zu Gregory:

„Ich bin sicher, Sie möchten Ihrer Frau meine schönste Rose schenken, denn Sie haben eine reiche Frau, sie trägt eine Rado Uhr."

Sophie lacht und Gregory kauft die schönste Rose, während Sophie den jungen Mann fragt, woher er käme.

„Aus Equador", antwortet er stolz und offenbar erfreut, dass man sich für ihn interessiert. Er bedankt sich bei Gregory und geht dann langsam weiter, wobei er sich mehrmals umdreht und den beiden fröhlich zuwinkt.

„Offensichtlich haben Straßenverkäufer einen guten Blick für potenzielle Kunden", stellt Gregory fest, „denn sonst wären sie nicht lange im Geschäft."

„Trotzdem hat er sich getäuscht, als er mich anhand meiner Uhr als reiche Frau kategorisierte. Aber natürlich kann er nicht wissen, dass diese Uhr das Geschenk meiner verstorbenen Freundin Monique ist und deshalb für mich einen weitaus wertvolleren sentimentalen als kommerziellen Wert hat. Aber während dich sein Kennerblick für die Uhr beeindruckte, haben mich seine Augen fasziniert, die fröhlich schauten, obwohl sein Leben nicht einfach sein dürfte."

„Vermutlich hat er sich darüber gefreut, dass ich ihm seine schönste Rose abgekauft habe."

„Oder ganz einfach darüber, zwei ältere Menschen zu sehen, die auf einer Bank sitzen, Eis essen, lachen und einfach miteinander glücklich sind."

Abends beim Schlummertrunk auf der Hotelterrasse denken sie noch einmal an den Rosenverkäufer und fragen sich, wie sein Leben wohl aussehen mochte. Hat er eine Familie hier, oder ist er allein und an verschiedenen Orten unterwegs, um Rosen zum Überleben zu verkaufen?

Gregory hat den Platz so gewählt, dass sie den Sonnenuntergang beobachten können. Das Farbspiel am Himmel und auf dem See, wo das helle Gelb zu tiefem Orange wechselt, überdauert zwei Cocktail-Längen. Als es sich zu einem roten Streifen am Horizont zusammenzieht, ziehen auch sie sich auf ihr Zimmer zurück, wo sie das gemeinsame Duschen ebenso erfrischt wie der Nachtwind, der mit den Gardinen der geöffneten Fenster spielt und sanft über ihre erhitzten Körper streicht, die in Liebe ineinander verschmelzen.

Vor dem Einschlafen flüstert Gregory der zufrieden in seinen Armen geborgenen Sophie ins Ohr, dass die Gutenachtküsschen heute wieder bis zum Morgen bleiben dürfen. Jedoch mehr als seine Küsschen-Prognose zählt für Sophie die Gewissheit, dass sie, im Gegensatz zu dem verwirrenden Abschied vor einem Jahr, nun mit ihm zusammenbleiben und den Bodensee gemeinsam mit ihm genießen darf.

Neue Träume ersetzen den verschwundenen „Lassteure-Träume-fliegen-Baum".

Tiefblauer Himmel und strahlende Sonne sind perfekte Voraussetzungen für den Besuch der Insel Mainau. Die sanfte Bodenseebrise gibt dem Sommertag einen erfrischenden Hauch von Leichtigkeit; sie ist wie ein Augenzwinkern der Natur, die ihnen diesen angenehmen Wegbegleiter schenkt. Von der Dame Imperia, von deren Kleidung - besonders von dem, was diese offen lässt - Gregory angetan ist, können sie vom Schiff aus nun auch die weniger attraktive Rückseite betrachten.

Auf der Insel sind nicht nur die fantasievoll angelegten Blumenbeete bunt, sondern auch die sommerliche Kleidung der Besucher, die zahlreich durch die Anlagen strömen. Gregory sucht den „Lasst-eure-Träume-fliegen-Baum", dem er seinen Wunsch anvertraut hatte. Als er den Baum findet ist er enttäuscht, denn das Häuschen mit den Bändern ist abgebaut, und nichts unterscheidet diesen für ihn so besonderen Baum mehr von den anderen Bäumen.

„Aber ich will mich nicht beklagen, denn auch wenn er jetzt nicht mehr da ist, so hat er doch eine besondere Bedeutung in unserem Leben, denn ich weiß noch genau, was ich damals empfand, weil mein Interesse an dir nach dem Schützenfest von Tag zu Tag zunahm, während deines sich abzukühlen schien. Die Entdeckung des Wunschbaums war ein glücklicher Zufall, der mich dazu ermutigte, meine stark gewachsene Sehnsucht zu formulieren, denn im Unterbewusstsein spürte ich bereits, dass ich dich liebe."

Er überlegt und spricht dann so langsam, als läge die Antwort bereits zwischen den Fragen: „Was hat uns eigentlich dazu verführt, uns so sehr zu lieben? Haben wir uns gegenseitig verführt? Haben wir uns verführen lassen? Ist die Bezeichnung Verführung in unserer liebenden Beziehung überhaupt angebracht?"

„Was immer es auch war, ich danke dir, dass du an diese Liebe geglaubt hast, sonst wären wir jetzt nicht hier."

„Aber ich weiß noch ganz genau, wie mich dein No-Go-Mail traf und mir bewusst machte, dass ich etwas sehr Wichtiges und mein zukünftiges Leben entscheidend Beeinflussendes verlieren würde, wenn alles hätte vorbei sein müssen."

„Musste es aber nicht, denn du hast nichts verloren, sondern etwas gewonnen, nämlich mich, was gar nicht so einfach ist."

„Deshalb habe ich ja auch so hartnäckig um dich gekämpft ..."

„... und mich total durcheinandergebracht, vermutlich auch mit diesem flüchtigen Kuss beim Abschied, den ich in meinem eiligen Aufbruch gar nicht mehr wahrnahm.

Aber irgendetwas Nachhaltiges musst du ja in mir hinterlassen haben, um dich so dauerhaft in meinem Herzen einzurichten. Oder war es einfach der Geruch des Bodensees, der uns verzauberte?"

„Das sollten wir schnellstens überprüfen, und ich weiß auch schon wie. Auf unserer Fahrt nach Biberach stellen wir uns in Meersburg an dieselbe Stelle und geben uns einen intensiven Jubiläumskuss, dann sehen wir, was dich mehr verzaubert, der Bodensee oder ich."

„Super Idee, dann lass uns rasch zurückfahren."

Es ist spät, als sie von Konstanz aufbrechen, weshalb sie den Jubiläumskuss auf die Rückreise verschieben. Dass Sophie bei ihrer Rückreise ein paar Tage später wegen dieses Kusses in Winterthur fast den Zug verpassen würde, konnten sie zu diesem Zeitpunkt noch nicht ahnen. Zum Glück hielt der Schaffner, mit der Pfeife zur Abfahrt bereits an den Lippen, die Luft an, als er die mit ihrem Köfferchen zum Zug rennende Sophie sah. Er sah auch großzügig über den schwarzen Mercedes mit Berliner Kennzeichen weg, der in die verbotene Einfahrt zu Gleis 1 fuhr und mit laufendem Motor wartete, ob seine Begleiterin den Zug noch erreichen würde oder nicht. Zum Glück klappte alles. Doch auch für ein mögliches Verpassen des Zuges hatte er bereits einen Plan B, denn er hätte seine Sophie keinesfalls auf dem Bahnsteig in Winterthur zurückgelassen.

Aber dieser Abschied scheint noch eine Ewigkeit entfernt, als sie nach ihrem Besuch der Insel Mainau spätabends zum Schützenfest nach Biberach fahren und sich bereits im Auto mit dem Schützenfestlied darauf einstimmen.

„Rund um mich her ist alles Freude", proklamiert das Lied in drei Strophen, und beim Singen stellt Sophie erstaunt fest, dass ihr Liebster Mühe hat, den Text korrekt auf die Reihe zu bringen. Aber das tut ihrer Freude darauf, das Schützenfest von der ersten bis zur letzten Minute mit ihm gemeinsam zu erleben, keinen Abbruch.

Rund um mich her ist alles Freude: Das Schützenfest

In Biberach wird das Jahr in zwei Hälften geteilt: vor Schützen" und „nach Schützen". Dazwischen liegt die Vorfreude auf das nächste Fest. Diese Schützenfreude hat die Jahrhunderte und viele Generationen überdauert. „Schützen" wird seit 1668, zwanzig Jahre nach Ende des Dreißigjährigen Krieges gefeiert, weil Biberach jahrelang Schauplatz intensiver Kämpfe zwischen den katholischen Kaiserlichen und den evangelischen schwedischen Truppen war. Im Gedenken daran wurde das Schützenfest zu einem historischen Heimatfest und vor allem zu einem Fest der Freude.

Abgesehen von einigen prägnanten Besonderheiten, die vornehmlich die historische Entwicklung der Stadt widerspiegeln, unterscheidet es sich kaum von anderen Volks- oder Heimatfesten. Wie überall gibt es einen Festplatz, in Biberach den Gigelberg, mit einem riesigen Bierzelt, in dem man sich verabredet, zufällig trifft oder sich einfach vom Besuch der diversen Veranstaltungen und Attraktionen erholt. Zu „Schützen" wird der Gigelberg zum Vergnügungspark mit einem vielfältigen Angebot an Attraktionen, darunter jene, die den Adrenalinspiegel „boosten", ebenso wie die Buden für zielgerichtetes Schießen von Teddybären, Schützenrosen oder sonstigen Überflüssigkeiten, die niemand braucht, die aber an diesen Tagen Freudenjubel auslösen können.

Am Schützensamstag gibt es das Treffen der Jahrgänger mit einem Umzug durch die Stadt sowie weitere Umzüge am Sonntag und am Montag. Am Schützendienstag und an „Bauernschützen", dem letzten der neun Festtage, erfreuen sich diese Umzüge mit über 3000 Teilnehmern, über 200 Reitpferden und Gespannen, großer Beliebtheit. In zeitgenössischer Ausstattung dokumentieren sie die geschichtlichen Ereignisse der Stadt, wobei die Epoche des Dreißigjährigen Kriegs besonders aufwändig nachempfunden wird. Dazu gehört auch das Lagerleben der königlichen Schweden-Soldaten und der „schwarzen" Kaiserlichen auf dem Gigelberg, die dort nach den Umzügen bei Spanferkel und Bier ganz entspannt miteinander feiern, was natürlich nicht den historischen Tatsachen entspricht, jedoch eine Attraktion für viele Schützenfest-Besucher ist.

Seit 1802 haben die Biberacher auch ein Schützenfestlied, das in drei berührenden Strophen Freude, Lob und Dank ausdrückt. Es wird „an Schütze" bei allen Veranstaltungen, ebenso wie in den Gasthäusern und im Festzelt, mit Inbrunst und Begeisterung gesungen.

„Rund um mich her ist alles Freude", lernen die Kinder schon in der Grundschule, und mit der Freude kommt auch die Verbundenheit. Diese beiden Schützengefühle lassen beim Singen oder beim Hören des Schützenfestliedes auch Jahre später noch manches Biberherz höherschlagen und manche Träne der Rührung dabei über die Wangen der Biberacher rinnen. Das besonders dann, wenn sie nach langer Abwesenheit wieder vom „Schützenfieber" gepackt werden. Dabei erleben manche erstaunt die Zeitlosigkeit ihrer Emotionen, die sie in ihrer Kindheit verankert und in ihrer Vergangenheit begraben glaubten.

Im Jahr 1819 gegründeten Schützentheater, dem ältesten Kinder- und Jugendtheater Deutschlands, wird alljährlich ein Märchenspiel aufgeführt, wobei alle Akteure auf der Bühne ebenso wie im Orchester ausschließlich Kinder und Jugendliche sind.

Es gibt den „Tanz durch die Jahrhunderte" mit bäuerlichen und bürgerlichen Tänzen aus verschiedenen Epochen.

Ein Höhepunkt des Schützenfests ist der „Tanzabend für Jung und Alt", der in der Nacht des Schützensonntags über zehntausend Tanzlustige aller Generationen auf den festlich beleuchteten, historischen Marktplatz lockt. Dabei sorgen mehrere Live-Bands dafür, dass alle Altersgruppen sich nach ihren speziellen Musikvorlieben die Körper verrenken können.

Seit wann es das „Herrgöttle von Biberach" gibt, kann niemand genau sagen, aber es scheint schon immer dagewesen zu sein. Es ist den Biberachern treu verbunden, indem es das Schützenfest seit „Schützengedenken" mit schönem Wetter segnet, egal ob die Festwoche zu Beginn des Julis oder eine Woche später stattfindet, wie 2006 vom Ministerium für Bildung und Forschung beschlossen wurde, um die Abiturprüfungen im Land aufeinander abzustimmen, was den Biberachern gar nicht gefiel. Denn erstens mögen die Bürger der freien Reichsstadt keinesfalls, dass man sich in ihre Gepflogenheiten einmischt und zweitens gab es dabei ja auch s'Herrgöttle von Biberach zu berücksichtigen, das die Schützenwoche fast immer mit schönem Wetter segnete. Doch mit der Terminänderung scheint's Herrgöttle kein Problem zu haben, denn es zeigt sich großmütig und flexibel. Es verzeiht jenen, die diesen Beschluss gefasst haben ebenso wie jenen, die ihn anprangern, und lässt die Sonne für die Biberacher und ihr Schützenfest auch eine Woche später strahlen.

„Schützen" ist eine Zeit des Feierns, mit allem, was dazu gehört und was die Herzen der Biberacher vom Beginn des Heimatfestes am Samstag bis zum Ende am Sonntagabend der darauffolgenden Woche mit der ganz speziellen Schützenfreude erfüllt. Auch ein Feuerwerk darf nicht fehlen, um die Festlichkeiten abzurunden.

In seiner Schützenvorfreude ist Gregory vor allem über die Perspektive glücklich, beim Verlassen des Tanzabends für Jung und Alt von Sophie nicht wie im Vorjahr auf Distanz gesetzt zu werden, sondern sich auf eine Nacht in liebender Nähe mit ihr freuen zu können.

Er schenkt ihr das von einem Kindergartenfreund verfasste Buch mit dem markanten Titel: „Biberach lacht und schafft". Natürlich versäumt er nicht, es mit einer Widmung zu versehen, in der er seine Wünsche mit Sophie lebendig werden lässt. Sie füllen die erste Seite des Buches mit seinen geradlinigen Buchstaben und ihr Herz mit Freude:

„Zur Einstimmung auf unser gemeinsames Schützenfest: Möge rund um uns her immer alles Freude sein. Dazu wünsche ich mir, dass du mich neben anderen wichtigen Dingen auch alle drei Strophen des Schützenfestliedes lehrst. Dein dich liebender und lernfähiger Gregory."

12. Kapitel: Sonne, Mond und Sterne am Genfersee

Das gemeinsame Erleben des Bodensees und des Schützenfestes sind der Auftakt zu einem Wunschtraumsommer, der alle Wünsche erfüllt, die Gregory auf hundert Papierschnipsel dem Luftballonherz des Heiligabends anvertraute, und auch schöner als Sophie es sich vorzustellen gewagt hätte.

Durch die Liebe zum Romantiker geworden, möchte Gregory mit Sophie so oft wie möglich Sonne, Mond und Sterne am Genfer See erleben. Er plant und realisiert, schafft Beständigkeit. Zu seiner Romantik gehören nach wie vor das Morgenküsschen und, so unzertrennlich mit dem Abend verbunden wie das Amen mit dem Gottesdienst, seine liebevoll kreativen Gutenachtküsschen. Sie reflektieren nicht nur seinen Tag, sondern sind vor allem Boten seiner Liebe, um die Trennungszeiten zu überbrücken:

„Glücklicherweise ist wieder ein Tag der Wartezeit vergangen. Damit wird jeder Tag ein Gewinn, mancher, der uns besonders lang vorkommt, ein doppelter Gewinn. Ich versuche uns die Zeit durch Gutenachtküsschen zu erleichtern, mit denen ich unsere gemeinsam erlebten Stunden und Gefühle aufgreife und freue mich, wenn es mir gelingt."

Damit hat das Jahr für Sophie nicht nur 364 oder 365 Tage, sondern ebenso viele Gutenachtküsschen, die sich aus virtuellen und reellen zusammensetzen; letztere dann, wenn sie, wie Gregory es gerne nennt, bis zum Morgen bleiben dürfen.

„Rund um mich her ist alles Freude" sagt das Schützenfestlied, und in Erinnerung daran empfindet Gregory die

Zeit der Trennung nach dem Schützenfest als besonders lang:

„Obwohl erst sieben Tage vergangen sind, seit du am Bahnhof von Winterthur davon stürmtest, kommt es mir wie eine Ewigkeit vor. Ich kann mich nur mit Arbeit ablenken, um zu vergessen, wie sehr du mir fehlst. Liebe ist, was man daraus macht, und wir haben etwas ganz Wunderbares daraus gemacht, weil sich unsere Liebe jedes Mal vergrößert, wenn wir sie miteinander teilen. Kann Liebe ins Unendliche wachsen? Das möchte ich mit dir ergründen, erproben und erfühlen. Zuerst bei meinem Besuch im August, dann im September in Berlin und dann ganz viele Male und immer öfters, immer aufs Neue spannend und bereichernd."

Sophie ist überzeugt davon, dass eine Seelenliebe ins Unendliche wachsen kann, weil die Seele unsterblich ist: „Wir erleben sie als bedingungslose Liebe, in der es keine Zwänge, sondern nur Wünsche gibt; eine Liebe, in die man sich „hineinliebt", daran wächst und die Seele sich erweitert. Man kann es nicht beschreiben, man kann es nur erleben mit einem Gefühl der Dankbarkeit."

Ein feuchter, oft sehr warmer und dann wieder viel zu kalter Juli geht zu Ende. Am 1. August, dem Schweizer Nationalfeiertag, zeigt die Sonne sich großzügig und der leichte Wind bläst stark genug, um die Vielzahl von Fahnen an den Häusern, in den Gärten, den Straßen und auf Plätzen mit lebhafter Festtagsfreude flattern zu lassen.

Schon am frühen Morgen verrät Gregory Sophie seinen Wunsch, den 1. August künftig mit ihr in der Schweiz feiern zu wollen: „Mit Rossinis Ouvertüre zu Wilhelm Tell im Kopf, stelle ich mir vor, wie wir den Tag, den Tanz am See und danach das Feuerwerk gemeinsam genießen. Sobald sich der Himmel danach beruhigt, können wir nach Sternschnuppen suchen, bei deren Aufleuchten wir unsere Wünsche flüstern dürfen, von denen wir wissen, dass sie in Erfüllung gehen, wenn wir fest daran glauben und daran arbeiten.

Noch ist es leider nicht so weit und so kann ich heute nur davon träumen, mit dir in den siebten Himmel zu tanzen. Aber ich träume nicht nur davon, sondern arbeite auch fest daran, die Erfüllung dieses Wunsches in weniger als vier Wochen mit dir zu erleben. Es wird dann zwar nicht mehr der Schweizer Nationalfeiertag sein, doch werden wir unser Zusammensein zu unseren ganz persönlichen Feiertagen machen."

Als „Gebrauchsanweisung" und dafür, dass ihnen das immer gelingen möge, schenkt Gregory seiner Sophie ein kleines Buch des Philosophen und Autors Wilhelm Schmid mit dem Titel: ‚Liebe, warum sie so schwierig ist und wie sie dennoch gelingt‘. Seinen Wunsch, den er damit verbindet, verrät die Widmung: „Meiner Liebe mit viel Liebe geschenkt. Damit sie auch immer und immer mehr gelingt."

Wie so oft, kommt der analytisch denkende Gregory dabei wieder auf die Frage zurück, warum sich ihre Liebe so positiv entwickeln konnte: „Warum war meine Vorfreude auf unser Treffen zum Schützenfest so groß? Warum kam ich mir beim Abholen zum Theater vor wie damals zur Tanzstundenzeit? Warum wollte ich dich unbedingt nochmals sehen? Ich erinnere mich ganz genau daran, dass ich bereits nach dem Schützenfest wusste, was du für mich bedeutest und dass ich dich liebe ..."

„ ...während ich mich mit ähnlichen Fragen im Kreis drehte und herausfinden wollte, was du von mir willst, wieso wir so gut miteinander harmonieren und warum ich nicht einfach von dir loskomme, obgleich ich wusste, dass das gar nicht sein darf. Ab München wussten wir, dass es Liebe ist, und so ist es geblieben."

So ist es auch zu Gregorys Besuch, an dem der August sich von seiner besten Seite zeigt, als wolle er mit drückender Hitze darüber hinwegtäuschen, dass dieser Sommer mit all den Niederschlägen und den immensen Temperaturunterschieden eigentlich gar keiner war. Aber trotz der heißen Tage bringt die merklich frühere Dämmerung auch die nächtliche Frische früher von den Bergen herab, und der Abendwind vermischt sich mit den rasch sinkenden Temperaturen. Aber das hält Gregory nicht davon ab, jeden Abend auf der Terrasse nach Sternschnuppen Ausschau zu halten: „Denn wenn viele Wünsche in Erfüllung gegangen sind, darf man sich immer neue ausdenken, weil diese sich dann auch erfüllen."

Nach den gemeinsamen Tagen fällt die Trennung wieder unendlich schwer, obwohl das nächste Wiedersehen bereits geplant und nur drei Wochen entfernt ist. Bei seiner Lieblingsbeschäftigung, die Zeit der Trennung mit kreativen Gutenachtmails zu füllen, findet Gregory ein Gedicht, das seine Erkenntnis über ihre Liebe so beschreibt, wie er sie empfindet. Dabei stellt er fest, dass man sie eigentlich gar nicht in Worte fassen kann, weil Worte viel zu unbedeutend dafür sind:

- Seelenverwandt, Verbindung erkannt,
- das Gegenstück, unendliches Glück,
- Vertrauen lernen, sich fallen lassen,
- unsere Hände werden sich immer fassen,
- sich gegenseitig animieren,
- anspornen treiben, inspirieren,
- du bist in mir, was immer ich denke,
- Augenblicke als Himmelsgeschenke,
- verbunden sind und bleiben wir:
- in Liebe, welch kleines Wort dafür.

13. Kapitel: Berlin im September und echt verliebt in Rheinsberg

Eigentlich sollte es München sein, im gleichen Restaurant und am gleichen Tisch, wo sie den „Jahrestag" des Eingestehens ihrer Liebe feiern wollten. Doch dann kommt Gregory auf die Idee, mit Sophie als „Wölfchen und Claire" auf Tucholskys Spuren, um das Schloss Rheinsberg wandern zu wollen und, von Max Moors Roman „Was wir nicht haben, brauchen Sie nicht" inspiriert, auch Hirschfelde zu besuchen.

Sophie gefällt die Idee, denn sie hat das Buch gelesen und festgestellt, dass sie vieles daraus nachvollziehen kann, jedoch mit umgekehrten Vorzeichen. Denn sie ist nicht von der Schweiz nach Deutschland, sondern von dort in die Schweiz gezogen, wo man auf ihre fröhliche Aufgeschlossenheit oft etwas kritisch reagierte, weil sie damit nicht in das Schema der zurückhaltend prüfenden Vorsicht passt, welches viele Schweizer bevorzugen. Sie fühlt sich dem Autor verbunden und freut sich auf den Besuch von Hirschfelde, das Moor in seinem Roman Amerika nennt.

Besonders freut sie sich aber darüber, dass Gregory für die Woche ihres Wiedersehens alle Termine in Frankfurt absagt. Sie plant am Spätnachmittag anzukommen, doch wieder gibt es nur einen Vormittagsflug. Sie schlägt ihm vor, den Tag mit einer ihrer Berliner Freundinnen zu verbringen, doch er sieht es anders: „Falls ich noch nicht klar und deutlich geantwortet haben sollte:
1. Ich liebe dich …
2. ...Ich vermisse dich und …
3. ...jeder Tag, der unsere Trennung verlängert, ist ein verlorener Tag

4. ...habe ich in „unserer Woche" keine Besprechungen in Frankfurt eingeplant

Also noch einmal: Ich liebe ich dich, vermisse ich dich, wie oben beschrieben, also bitte fixiere deine Reisepläne."

Sie bucht, er plant und schickt sein Programm: „Zusätzlich zu Rheinsberg und Hirschfelde möchte ich mit dir nach wie vor gerne das Pergamonaltar Rundbild besuchen und einen Theater-, Konzert-, Ballett- oder sonstigen kulturellen Abend (hast du einen Wunsch?) einplanen. Mehr wollen wir uns nicht vornehmen, schließlich wollen wir ja auch etwas Zeit für uns haben, zumal meine Gutenachtküsschen dann wieder bis zum Morgen bleiben dürfen. Dabei können sie dann ihre echt empfundene Wirklichkeit erfahren, während ich die echt empfundene Liebe in die Wirklichkeit umsetzen kann."

Diese beginnt an einem sonnigen Septembermorgen am Flughafen, wo Gregory seine Sophie mit Rosen und offenen Armen empfängt. Im 25hours Bikini Hotel werden sie mit einem Cocktail begrüßt, den sie auf der Dachterrasse mit dem Blick auf Berlin genießen und dabei feststellen, dass rund um sie her wirklich alles Freude ist. Sie freuen sich auch auf ihr Zimmer, wo es wieder Erstaunliches zu entdecken gibt. Doch zuerst wollen sie sich selbst entdecken, und dazu lädt auch die mitten im Raum stehende Badewanne ein.

Auf dem Balkon ihrer Freundin Connie lässt die Septembersonne die Blumenpracht in lebhaften Farben leuchten, während sie bei Kaffee und Kuchen die ersten Seiten des Buches besprechen, das Sophie und Gregory gemeinsam über ihre Liebe schreiben wollen. Connie, spontan wie immer, bringt ein paar gute Ideen dazu ein, und Sophie ist freudig erstaunt darüber, dass Connie gefällt, was sie ihr vorliest. Mit Connies Ermutigung zum

Weiterschreiben, erhält ihr lang gehegter Wunsch, ein Buch über eine romantische Liebe zu schreiben, eine zuversichtliche Perspektive, wobei die Tatsache, dass dessen Erfüllung noch in weiter Ferne liegt, ihre Freude in keiner Weise mindert.

Die Septembersonne strahlt auch am nächsten Tag auf dem Weg durch die Brandenburgische Schweiz zum Schloss Rheinsberg. Aber zuvor besuchen sie Hirschfelde, wo ein imposanter Hirsch dem Namen der Ortschaft alle Ehre macht, auch wenn er nicht im Feld, sondern mit seinen bronzenen Beinen in einem bescheiden kleinen Rasenareal steht.

Das von Max Moor in „Was wir nicht haben, brauchen Sie nicht" beschriebene Anwesen, ist leicht zu finden. Als Gregory am Gartentor liest, dass man dort Büffelfleisch kaufen kann, sagt er scherzhaft:
„Vielleicht gibt es hier etwas, was wir nicht haben, aber für heute zum Abendessen brauchen könnten, denn das Fleisch würde man im Hotel sicher für uns zubereiten."

Sophie ist begeistert. Aber daraus wird leider nichts, weil er sich nicht der am Gartentor angegebenen Mobil-Telefon Nummer bedient, sondern, da er die Dame des Hauses im Garten mit den Wasserbüffeln beschäftigt sieht, sich direkt auf das Anwesen wagt, wo er in befehlendem Ton lautstark vom Grundstück verwiesen wird. Damit hat der eigentlich immer rücksichtsvoll freundliche Gregory nicht gerechnet, zumal er lediglich seinen Wunsch Büffelfleisch zu kaufen, höflich und direkt an die Frau bringen wollte.

Er ist zutiefst enttäuscht und Sophie tröstet: „Natürlich ist diese Reaktion verständlich, wenn man immer wieder von Neugierigen belästigt wird, die Wasserbüffel gucken wollen."

Aber Gregory ist frustriert und der Meinung, dass dieses Interesse durch die Schilderungen in Max Moors Buch geweckt wird, was zu berücksichtigen wäre.

„Und was man mit einer sichtbar angebrachten Bitte zur Rücksichtnahme auf die Privatsphäre ganz einfach vermeiden könnte", meint Sophie und glaubt, damit das Thema abgeschlossen zu haben. Aber Gregory muss als Ironie zum Buch, das ihnen wirklich gut gefallen hat, unbedingt noch feststellen, dass er in Hirschfelde gerade das Gegenteil zu dessen Titel erlebte, weil er etwas kaufen wollte, was man dort hat und dann dem Buchtitel getreu feststellt, dass er das letztendlich gar nicht braucht.

Nach dieser Enttäuschung freut er sich umso mehr auf Schloss Rheinsberg, das er kurz nach der „Wende" mit seiner Schwiegermutter besucht hatte. Er erinnert sich noch genau daran, wie zerfallen das Anwesen damals war. Aber nach der aufwändigen Renovierung empfängt sie das Schloss des jungen „Alten Fritz" in neuem Glanz und mit hell in der Sonne strahlenden Fassaden. Windstill unbewegt dehnt sich davor ein kleiner See zwischen seinen Ufern aus, in dessen Wasser sich das Blau des fast wolkenlosen Himmels spiegelt.

Sie gehen langsam um das Schloss herum, genießen die warme Spätsommersonne und die Freude an ihrem Zusammensein, was Gregory zum Küssen animiert. Aber Sophie hat es eilig das Schloss zu besichtigen, weil der Spätnachmittag nicht mehr allzu viel Zeit dafür lässt. Gregory findet, dass zum Küssen immer Zeit sein sollte, aber beschränkt sich auf einen flinken Kuss auf ihre Nase, bevor auch er dem Schloss die Priorität einräumt.

Wie von Tucholsky beschrieben, steigen sie die kleine Treppe in einem Seitenflügel hinauf und kommen dann, was es zu Tucholskys Zeiten natürlich noch nicht gab, in sein Museum. Sie werden von einem freundlichen Archivar begrüßt, der sie aus seinem rundlichen Gesicht unter beeindruckend roten Bäckchen anlächelt und sich darüber zu freuen scheint, so spät noch Gäste zu empfangen. Dabei erklärt er ihnen auch sofort, dass er kein Eintrittsentgelt mehr nehmen möchte, denn es sei schon kurz vor der Schließung, und die Räume aus der friderizianischen Epoche seien in der knappen Zeit sowieso nicht mehr eingehend zu besichtigen.

„Aber Sie dürfen gerne durchgehen, zwanzig Minuten bleiben Ihnen dafür noch", sagt er einladend. Diese Aufforderung unterstreicht seine ausgestrahlte Freundlichkeit, die zusammen mit seinen wie aufgemalt wirkenden, roten Bäckchen und seiner etwas fülligen Gestalt das Bild seiner Persönlichkeit mit einer heiteren Gemütlichkeit abrunden.

Gregory schenkt seiner Sophie das Büchlein, das Rheinsberg bei literarisch Interessierten und Verliebten berühmt gemacht hat. Der liebenswerte Brandenburger hat es nicht eilig zu schließen, sondern informiert sie noch gerne über das schriftstellerische und private Leben Tucholskys. Gregory erzählt von seinem Besuch vor zwanzig Jahren und Sophie blättert ein bisschen in dem kleinen Buch. Danach stellt sie fest:
„Bei Tucholsky besteht die Kunst in Andeutungen und im Weglassen, abgesehen von einer Stelle, als Wolfgang und Claire im Gras liegend sinnieren:
‚Wölfchen, du hast doch niemals eine andere geliebt, vor mir?', worauf er im Buch mit ‚Nie!' antwortet, was Sophie ganz klar als Lüge bezeichnet, zumal Tucholsky erwähnt, dass sie beide nicht unerfahren waren.

Gregory findet, dass Wolfis Küsse wohl eher dem Ziel dienten, die schwatzhafte Claire zum Schweigen zu bringen, als seine Verliebtheit auszudrücken. Aber er will

Tucholsky nicht Unrecht tun und alles später genauer lesen, denn dafür sind die Momente jetzt zu kostbar.

Also schlendern sie, das Schloss und Tucholsky hinter sich lassend, Hand in Hand durch den Park mit seinen vielen Nischen, in denen sich Verliebte, damals wie heute, auf das Schönste zum Schweigen bringen können. Ihr Ziel ist der auf der anderen Seeseite gelegene Obelisk. Sophie mahnt zur Eile, denn die Sonne gleitet langsam tiefer, während Gregory für weitere Nischenkuss-Erlebnisse plädiert. Aber sie setzt sich durch, und wenig später bewundern sie das den Helden des Siebenjährigen Kriegs gewidmete Relief. Gregory hat sich für diesen Abstecher in die deutsche Geschichte entsprechend informiert und macht sich eine Freude daraus, Sophie einige Details dieser Epoche in Erinnerung zu bringen.

Auf dem Rückweg kommt er auf die Idee, jeden Baum der Allee mit einem Kuss zu bedenken. Dabei soll Sophie die Küsse stellvertretend entgegennehmen und zählen, während er die Bäume zählen wird, und dann soll das Ergebnis verglichen werden. Aber bald vergessen sie die Anzahl der Küsse ebenso wie die der Bäume, weil das Zählen beim Küssen an Bedeutung verliert, wie sie sich lachend eingestehen.

Auf einer Parkbank sitzt ein Paar etwa gleichen Alters. Es scheint sich durch die lebhafte Diskussion und das Lachen der beiden gestört zu fühlen. Jedenfalls schauen sie ziemlich unwirsch drein, worauf Sophie Gregory ermahnt, leiser zu sein, was ihn unverzüglich dazu motiviert, ihr mit einem raschen Kuss ins Wort zu fallen.

Dann passiert das Erstaunliche, denn der offenbar von Gregorys Geste berührte Mann legt seinen Arm um die Frau, die ihn etwas erstaunt ansieht, bevor sie ihn anlächelt. Danach schenken ihnen beide ein verbindendes Lächeln aus freundlichen Gesichtern.

„Erstaunlich, wie sehr ein Lächeln Menschen und Situationen verändern kann", stellt Sophie fest. Sie freuen sich über diese unerwartete Reaktion und wünschen dem Paar im Vorbeigehen einen schönen Abend, was beide freundlich erwidern.

Inzwischen hat sich das Bild ihres Umfelds komplett verändert, denn nun spiegelt sich das von der Abendsonne beleuchtete Schloss in der glatten Oberfläche des Sees, und hebt sich in lebhaftem Orange von dem blasser werdenden Himmel ab, während das dunkle Grün der Bäume und das hellere der gepflegten Rasenflächen mit den bunten Blumenrosetten allmählich ihre farbenfrohe Ausdruckskraft verlieren.

Als sie beim Schloss ankommen leuchtet die Sonne glutrot hinter dem Hügel auf der anderen Seeseite. Gregory findet diese Abendstimmung zu schön, um jetzt einfach zu gehen. In einer Art lausbubenhaftem Übermut schlägt er vor, Claire und Wolfi zu spielen: „Denn sicher haben wir jetzt in einer Stunde mehr geküsst als Wolfgang und Claire in drei Tagen."

Sie setzen sich auf die breite Eingangstreppe des Schlosses und er sagt mit verstellter Stimme:
„Clairchen, du hast das Wichtigste vergessen."
„Habe ich?", fragt sie erstaunt, denn seit einer Stunde schien er nur ans Küssen zu denken.
„Aber wenn du meinst", fügt sie säuselnd hinzu „dann sag's mir doch bitte, mein Wolfi."
„Nur wenn du mich vorher küsst ..."
„Warum sollte ich das tun, denn vielleicht will ich's ja gar nicht wissen."
„Doch du willst und Küssen macht uns Freude."
„Dann ist es dein Problem, wenn du dich nicht durchsetzen kannst", worauf er, viel schneller als sie es absehen kann, sich durchsetzt und sich einen Kuss raubt.

„Das ist unfair!"

„Nein, das war ein notwendiges Friedensangebot."

„Also musst du es mir jetzt sagen – "

„Du siehst, du willst es doch wissen!"

„Vielleicht? - Aber jetzt *musst* du es mir verraten, weil du dir den Kuss geraubt hast."

„Aber du musst mir dabei in die Augen sehen", verlangt er.

„Sonst noch was -?"

„Ja, da fiele mir vielleicht noch etwas dazu ein, aber dann ..."

„Davon träumen darf man immer", fällt ihm Sophie ins Wort, „aber jetzt sag es mir schnell, denn falls du nicht willst, dass ich vor Hunger sterbe, dann sollten wir rasch ein Restaurant aufsuchen."

„Ok, einverstanden."

Auf den intensiven Augenkontakt bestehend, drückt er seine Sophie ganz fest an sich als er fast feierlich sagt: „Bei Tucholsky war es nur flüchtige Liebe, bei uns ist es eine dauerhafte."

Auf der Rückfahrt stellen sie fest, wie gut es ihnen geht, weil es ihnen vergönnt ist, ihre Liebe vier Tage lang ganz bewusst und hautnah zu erleben. Sie haben es sich auch zu einer lieben Gewohnheit gemacht, jeden Abend vor dem Einschlafen den Tag Revue passieren zu lassen und für die glückliche, gemeinsam verbrachte Zeit zu danken. Über die Erlebnisse in und um Schloss Rheinsberg, schreibt Gregory ein „Mosaiksteinchen", das er *„Echt verliebt in Rheinsberg"* nennt, und das Teil dieses Kapitels ist.

Alles passt in sein Programm wie geplant. Nur das Pergamonaltar Rundbild ist immer noch nicht fertig, was ihm gar nicht gefällt, denn das hatte er schon im März auf seinem Programm mit Sophie: „Das tut mir jetzt aber wirklich leid", bedauert er.

„Das macht doch nichts, ist mir sogar ein bisschen recht", meint Sophie, „dann können wir vielleicht noch meine Freundin Marlene treffen, die heute Nachmittag in Charlie's Beach am Checkpoint Charlie entspannt".

Gregory ist einverstanden und Sophie freut sich, denn sie hat kaum damit gerechnet, Zeit für Marlene zu haben, die zwar in Berlin verheiratet, aber beruflich in einer Management Position eines Schweizer Hotellerie Unternehmens in der Nähe von Zürich engagiert ist.

„Wir haben es bisher nie geschafft uns in der Schweiz zu treffen, also ist es umso schöner, dass Marlene gerade in Berlin ist."

Sophies Begeisterung teilt wenig später auch Gregory, der über den Charme von Marlene seine Enttäuschung über das immer noch nicht besuchsfähige Altar Rundbild vergisst.

Für den Abend hat er eine Theateraufführung in der Komödie am Kurfürstendamm vorgesehen. Auf dem Rückweg möchte Sophie gerne ihren langjährigen Freund Javier im Hotel Kempinski Bristol besuchen, denn das „Kempi" liegt auf dem Weg, und die ihr so vertraute Gobelin-Halle ist das ideale Umfeld für einen Schlummertrunk. Sie ruft Javier an, um sicher zu sein, dass er an diesem Abend im Hotel ist. Er hat Nachtdienst und freut sich.

Javier und Sophie kennen sich seit Jahren. Bei Sophies Aufenthalten im Kempinski kamen sie öfters ins Gespräch und freundeten sich an. Dabei erfuhr sie von seiner Frau und der kleinen Tochter, mit denen er offenbar nur wenig Zeit verbringen konnte, da seine Lebensader an der Rezeption des „Kempi" zu schlagen schien, aus der er kaum wegzudenken war. Wenn Sophie ihn dort auch spätabends noch antraf, dachte sie oft daran wie wenig seine Frau und seine Tochter ihn wohl zu Gesicht bekamen. Aus Sympathie für die beiden und auch ein bisschen als Trost für Javiers häusliche Abwesenheit, brachte sie immer Schweizer Schokolade mit. Frau und Töchterchen freuten sich, Javier dankte in deren Namen, woraus sich ein unbekanntes, freundliches Miteinander ergab, jahrelang.

Über all die Jahre hinweg hat das „Kempi" für Sophie seine Vertrautheit behalten, mit seinem speziellen Geruch, besonders in den langen Fluren des älteren Teils. Es ist der Geruch der Vergangenheit ehrwürdiger Hotels, der auch dem Savoy Hotel in London, dem Grand-Hotel in Paris anhaftet und sicher noch einigen Hotels mehr, die sie nicht kennt.

Als sie nach der Theateraufführung ins Kempinski kommen, sieht es aus, als sei die Zeit hier stehen geblieben. Alles scheint genauso wie eh und je, mit dem Blumenarrangement auf dem kleinen Tisch in der Mitte der Lobby und ganz besonders mit Javier, der sie von der Rezeption aus mit der Warmherzigkeit seines Lächelns empfängt, bevor er Sophie mit einer Umarmung und Gregory mit einem festen Händedruck begrüßt.

Beim Schlummertrunk in der Gobelin-Halle kommt er immer wieder kurz vorbei, sofern es die Ruhe der späten Stunde erlaubt, wobei er die Rezeption natürlich immer im Blick hat. Dazwischen erzählt Sophie Gregory einige ihrer „Kempi"-Erinnerungen, und warum sie ihre Aufenthalte hier immer wie Heimkommen empfand und die Gobelin-Halle über Jahre für sie wie ein zweites Wohnzimmer war. Denn oft saß sie dort mit ehemaligen Studenten am Kamin oder trank ganz allein vor dem Schlafengehen noch einen „Granny's Garden" Tee.

Sophie lässt sich Zeit mir ihren Erzählungen. Sie genießt ihren Drink und die gespürte Neugier Gregorys, dem sie eine interessante Geschichte mit Marlene versprach, die ihn am Nachmittag in „Charlie's Beach" als interessante Business Frau begeisterte, während Sophie sich darüber freute, beim Wiedersehen mit ihrer Freundin auch „Charlie's Beach" zu entdecken, den Sandstrand mitten in Berlin, wo 1800 Quadratmeter sandbedeckte Fläche mit Liegestühlen und kleinen Restaurants ein Ferien-Ambiente zaubern.

Gregory fragt immer wieder nach der Geschichte mit Marlene, worauf Sophie an die Tugend der Geduld erinnert und zunächst nicht auf sein Drängen eingeht, sondern dessen ungeachtet von ihrer Freude berichtet, eines Tages eine Einladung zur Besichtigung des sich kurz vor der Fertigstellung befindenden Ritz Carlton Hotels am Potsdamer Platz zu erhalten, was sie, wie sie Gregory erklärt, ihrem persönlichen Kontakt zum Direktor des Berliner Ritz Carlton Schlosshotels zu verdanken glaubte.

„Jedoch die Einladung erhielt ich über die Public Relations Direktorin der Ritz Carlton Hotels Europa, mit der ich mich verabredete", präzisiert Sophie und Gregory übt sich in Geduld.

„Das Hotel war noch in einem sehr baustellenartigen Zustand, aber Frau Schürmann, eine klassisch schöne, sehr gepflegte Dame, begrüßte mich sehr freundlich. Ich schätzte sie auf Ende dreißig, aber eigentlich war sie ohne Alter und alles an ihr war schlichte Eleganz: ihre schlanke Gestalt, die Zurückhaltung in der Farbgebung ihrer Kleidung, die durch unauffälliges Beige bestach, ebenso wie ihr Make-up, das mit fast farbloser Perfektion punktete."

Gregory schaut interessiert und Sophie erzählt weiter: „Wir waren uns sofort sympathisch, aber wenig später verstand ich die Welt nicht mehr, denn Frau Schürmann sagte, und das klang unbedingt ehrlich, wie sehr sie sich freue, mich nun endlich persönlich kennenzulernen, nicht nur, um mir das Hotel zu zeigen, sondern auch um sich für die viele Schweizer Schokolade zu bedanken, die ich ihr seit Jahren mitbringe."

Gregorys interessierter Blick wird zu fragendem Erstaunen, er drängt: „Mach's doch nicht so spannend, denn ich möchte doch endlich die Geschichte mit Marlene hören."

„Musst halt noch ein bisschen warten, denn noch sind wir bei Frau Schürmann. Jedenfalls hatte ich keine Ahnung wovon sie sprach, denn ich war mir hundertprozentig sicher, dass ich diese Dame weder kannte, noch jemals gesehen hatte und ihr mit Sicherheit auch nie Schokolade aus der Schweiz gebracht hatte. Außer der Einladung zur Besichtigung des Hotels hatte es keinen Kontakt gegeben. Zudem war es mir superpeinlich, hier absolut keinen Zusammenhang finden zu können. An meinem verdutzten Gesichtsausdruck muss sie erkannt haben, dass ich keine Ahnung davon hatte, wer sie war. Nun war es an ihr überrascht zu sein, und sie schaute mich ungläubig an, als sie fragte, ob ich wirklich nicht wisse, dass sie Javiers Frau ist."

„Du meinst, diese Frau, die du mit ihrer kleinen Tochter zu Hause wähntest ist die Marlene, die wir heute getroffen haben? Und das hast du über all die Jahre nicht herausgefunden?", wundert sich Gregory.

„Absolut nicht, und ich konnte es auch kaum glauben, dass diese attraktive Dame, die für ihre Public Relations Aktivitäten ständig um den halben Erdball reist, identisch sein sollte mit der brav zu Hause auf ihren Mann wartenden Frau, für die ich Javiers Ehefrau über all die Jahre gehalten hatte."

„Aber du musst es doch an ihrem Namen erkannt haben?"

„Eben nicht, weil Marlene sich nicht mit Javiers sehr schwierigem spanischen Familiennamen ausweist, sondern ihre Karriere auf ihren Mädchennamen Schürmann aufgebaut hat."

Das überzeugt auch Gregory. Sophie freut sich, dass ihm diese Geschichte gefallen hat und er den Zusammenhang mit Marlene auch nicht erkannte.

„Damit hast du wieder etwas mehr über mich und meine Freunde erfahren, denn nachdem diese Details geklärt waren, lachten wir und umarmten uns spontan.
So begann unsere Freundschaft, und natürlich lud sie mich zur Eröffnung des Hotels ein."

„Jetzt weißt du, warum ich mir so gerne vorstelle, dir beim Geschichtenerzählen zuzuhören", sagt Gregory.

„Davon gibt es noch viele, auch mit unseren „Ehemaligen" rund um die Welt. Für mehr ist es jetzt aber schon zu spät und dafür brauche ich ja auch immer den entsprechenden Anlass."

„Anlässe dafür finden wir bestimmt genug, aber ab jetzt gibt es nur noch uns."

Dagegen hat auch Sophie keinerlei Einwände, nur noch die kleine Bitte, gemütlich mit ihm über den Ku-Damm zu schlendern, der so viele Erinnerungen für sie bereithält.

Bei jedem ihrer Berlin-Aufenthalte stellt Sophie fest, wie sehr sie sich in dieser Stadt zuhause fühlt. Inzwischen aber ist Berlin zu Gregorys Stadt geworden und damit ist auch immer der Gedanke verbunden, dass sie jederzeit jemand aus seiner Familie oder Freunden begegnen könnten. Deshalb ist sie erstaunt wie unbekümmert er mit ihr durch die Straßen, die Berliner Mall und andere Kaufhäuser schlendert.

Als er bei einem Spaziergang im Zentrum fast scherzhaft erwähnt, dass sie hier jederzeit auf seine Tochter Viktoria treffen könnten, fragt sie ziemlich erschrocken:
„Das ist jetzt aber nicht dein Ernst?!"
„Doch, denn die Immobilienfirma ihrer Schwiegereltern, in der sie seit dem Tod ihres Mannes arbeitet, ist ganz hier in der Nähe."
„Aber dann sollten wir diese Ecke doch besser meiden, zumal du heute am Mittwoch noch offiziell in Frankfurt bist."
Ihrem etwas ungläubigen und fast entsetzten Blick begegnet er gelassen und beantwortet ihn erstaunlich ruhig:
„Aber keinesfalls, denn falls wir Viktoria jetzt tatsächlich treffen, dann ist es halt jetzt der Moment dafür".
Aber zum Glück war es noch nicht der Moment.

Unvermeidlich jedoch kommt der Moment des Abschieds, der sie viel schneller einholt, als sie es wahrhaben wollen, denn ihre Vorfreude, vier Tage und drei Nächte zusammen erleben zu dürfen, hatte wie eine glückliche Ewigkeit am Horizont ihrer Wünsche geleuchtet, die sich alle erfüllt haben. Aber nun verblasst die Freude an ihrer physischen Nähe, und die Sicherheitskontrolle am Flughafen konfrontiert sie mit der Unausweichlichkeit ihrer Trennung.

Dieser Augenblick trifft sie beide mit der vollen Härte unumgänglicher Realität und reiht die Tage der Freude, die sie so unbekümmert wie zwei glückliche Kinder erlebten, in die Kategorie liebenswerter Erinnerungen ein. Sie begleiten Sophie auf ihrer Reise durch die Nacht mit lebhaft schönen Bildern und Eindrücken glücklicher Momente. Aber noch überwiegt die Traurigkeit der Trennung, die das versprochene Wiedersehen in sechs Wochen zwar mit einem kleinen Hoffnungsschimmer erhellt, den sie in dieser Nacht aber nur als schwachen

Trost empfindet, obwohl dieses Datum seit langem besiegelt ist. Denn Gregorys Wunsch, bei einem speziellen Ereignis mit Sophie zu tanzen, existiert seit November des Vorjahres, als er „einsam liebend" in Berlin vor seinem PC saß, während sie in Lausanne tanzte. Nun besteht er darauf, sein Versprechen pünktlich in sechs Wochen einzulösen.

Doch an diesem Abend kämpft auch er mit Traurigkeit und beschließt, sich davon nicht beeinflussen zu lassen, denn ihm ist wichtig, die Trennung weniger zu bewerten als die Zukunft. Mit dieser aufmunternden Zuversicht wiegt er seine Sophie ein paar Stunden später virtuell in den Schlaf:

„Nicht zurückblickend, obwohl der Rückblick nur schöne Gefühle mit einem über alles geliebten Menschen reflektiert, aber dennoch nicht zurückblickend, sondern auf meinen kommenden Besuch vorausschauend, danke ich dir für die liebevollen, spannenden und erlebnisreichen Tage. Vielen Dank für die Liebe, die wir dabei erlebten. Mein Dank verbindet sich mit dem Wunsch und der Erwartung, dass unser nächstes Wiedersehen noch schöner wird, obwohl Steigerungen nur schwer vorstellbar sind."

Sophie erkennt: „Es ist immer wieder erstaunlich festzustellen, wie sehr wir uns ergänzen und ähnlich empfinden. Unsere Fotos reflektieren zwar den Zauber der vergangenen Tage, zeigen aber nur spärlich wie schön es ist, glücklich und froh mit dir durch die Sommertage zu schlendern. Das ist so normal für uns, dass es fehlt, wenn wir getrennt sind. Dann sind unsere Fotos wie Bilder aus einer anderen Welt, die auftaucht und wieder verschwindet. Doch du hast absolut recht, wenn du sagst, dass wir nicht zurückblicken, sondern in die Zukunft blicken sollen, wo das nächste Treffen ein weiterer Pflasterstein unseres gemeinsamen Weges wird."

14. Kapitel: Campari in Ouchy und Tanz in den Morgen

Es ist kurz vor Mitternacht als Cléa ihren gemütlich auf Sophies Füßen ruhenden Kopf hebt, in die Luft schnuppert, aufsteht und aufmerksam horcht, wozu sie eines ihrer sonst weich herabhängenden Labradorohren horizontal stellt, was lustig aussieht. Sie schaut ihr Frauchen schwanzwedelnd und mit leuchtenden, Freude verheißenden Hundeaugen erwartungsfroh an. Auch Sophie lauscht, denn auch sie hat den Wagen vorfahren gehört. Und tatsächlich: Er ist es. Wieder kommt Gregory so pünktlich wie versprochen: „Ich freue mich auf dich und du wirst sehen, dass ich es schaffe, dich noch vor Mitternacht in meine Arme zu schließen."

Diese Freude hat er seinem Gutenachtküsschen am Vorabend aufgetragen: „Das Letzte vor unserem Wiedersehen hat immer einen besonderen Status. Es kündigt den Wechsel vom virtuellen zum realen Küssen an, den Wechsel von großer Entfernung zu großartiger Nähe, den Wechsel von getrennter Wartezeit zur gemeinsamen schönen Zeit und vom getrennten Träumen zum gemeinsamen Erleben. Das heutige Gutenachtküsschen ist sich dieser Bedeutung bewusst, es kommt ganz stolz angeflogen; nicht stolz im Sinne von aufgeblasen, sondern stolz im Sinne von bedeutungsvoll".

Bedeutungsvoll ist auch, dass Gregory, obwohl er für diesen Besuch nur 36 Stunden zur Verfügung hat, sein vor einem Jahr gegebenes Versprechen einlöst, um beim „Pink Event", einer Veranstaltung zur Brustkrebs-Aufklärung, im Hotel Beau Rivage Palace in Lausanne, mit ihr zu tanzen, was Sophie kaum zu glauben wagte.

Aber er ist da; hält sie so fest umschlungen, dass sie nicht nur ihre Herzschläge spürt, sondern auch seine als eine Art aufgeregte Kommunikation ihrer Herzen in Momenten glücklichen Schweigens.

„Du hast doch hoffentlich nicht daran gezweifelt, dass ich komme?", fragt er, nachdem sich der Dialog ihrer Herzen beruhigt hat.

„Nicht wirklich - nur ein bisschen, denn eigentlich habe ich immer gewusst, dass du kommst, wenn du es versprichst."

„Ich komme immer – und das solltest du auch immer wissen."

Außer mit Sophie zu tanzen hat Gregory noch einen Wunsch: er möchte auf einer Terrasse in Lausanne-Ouchy mit ihr Campari trinken. Darauf hat er sie schon lange eingestimmt:

„Als ich mit 18 Jahren in Lausanne einen Französisch Kurs besuchte, gönnten wir uns dort oft einen Campari als Highlight des Tages."

„Kein Problem, denn das Beau Rivage liegt direkt an der Uferpromenade in Ouchy."

„Perfekt. Jedenfalls möchte ich keinen Moment der kurzen Zeit mit dir verlieren, denn jede Minute ist kostbar, und dabei sollst du mir immer so nah wie möglich sein."

Gregorys Wusch erfüllt sich die ganze Nacht und auch am nächsten Tag. Überhaupt fügt sich während seines Besuchs alles so perfekt ineinander, als ob jemand das Drehbuch für dieses kurze, mit Präzision geplante Wiedersehen geschrieben und den Ablauf exakt chronometriert hätte. Alles läuft ab wie in einem Film, in dem sie beide die Hauptrollen spielen.

Nur auf der Autobahn nach Lausanne gerät die Zeit etwas aus dem Ruder, weil Gregory unbedingt fahren, aber auch die Gegend genießen möchte. Deshalb vernachlässigt er dabei ab und zu das Gaspedal, wofür Sophie zwar volles Verständnis hat, dabei allerdings ein bisschen um den Campari in der Sonne fürchtet.

Zweifelsohne verdient der Blick über den See mit den in herbstlichem Gold leuchtenden Laubbäumen und den Weinbergen des Lavaux auf der Schweizer Seite und den reinweiß strahlenden Gipfeln der französischen Alpen auf der anderen, seine Begeisterung.

Danach allerdings trinken sie den Campari, den er sich auf einer sonnigen Terrasse vorstellte, im Schatten. Denn nach der Nord-Süd-Durchquerung Lausannes, finden sie auf den Terrassen der Restaurants in Ouchy nur noch leere Tische und Stühle vor, die in der herbstlichen Frische ihr vereinsamtes Schattendasein fristen. Es sind zwar noch Passanten unterwegs, deren meist eilige, zielgerichtete Schritte jedoch nicht darauf ausgerichtet sind, hier zu verweilen.

Ein Ober, damit beschäftigt, einige Stühle mit flinken Bewegungen zusammenzufalten und andere an die Tische zu lehnen, sieht die beiden ziemlich ungläubig an, als Gregory zwei bereits schräg gestellte Stühle wieder aufrichtet und vorsichtig fragt, ob sie bitte noch zwei Campari bekommen könnten. Obwohl der Ober dies freundlich bestätigt, verrät sein nachsichtiger Blick, dass er die beiden als Touristen einschätzt, zumal sie deutsch sprechen.

„Schade, dass es jetzt so spät geworden ist", bedauert Gregory, „ich dachte nicht, dass die Sonne so schnell untergehen könnte, nachdem sie gerade noch so präsent war."
„Das war oben auf der Autobahn, die viel höher liegt, aber hier unten am See wird es zu dieser Jahreszeit rasch kühl."

Eng aneinandergedrückt und trotzdem fröstelnd, versuchen sie den Campari zu genießen, was ihnen jedoch nicht so richtig gelingt, weil sie die abendliche Frische dadurch noch intensiver empfinden. Gregory, der Sophie in seiner Umarmung zu wärmen hofft, ist enttäuscht. Damit, dass sein Wunsch sich so fröstelnd erfüllen könnte, hatte er nicht gerechnet:

„Das tut mir jetzt aber wirklich leid, denn eigentlich wollte ich den Campari mit dir auf einer sonnigen Terrasse trinken", entschuldigt er sich, fügt als kleine Aufmunterung aber auch gleich dazu: „Das holen wir nächsten Sommer nach!"

„Inzwischen könnten wir ja schon mal das Hotel genießen, denn dort ist es warm ", schlägt Sophie als Alternative zu seinem Bedauern vor, und so freuen sie sich wenig später darüber, dass die Badewanne im Beau Rivage Hotel groß genug für sie beide ist.

Nur mit dem Tanz in den Morgen gilt es noch zu warten, denn an diesem, dem Brustkrebs gewidmeten Abend, gibt es in dem festlich erleuchteten Ballsaal zunächst einen Vortrag zu diesem Thema. Gastredner ist der Professor, der zwei Jahre zuvor den ersten Skalpell-Schnitt in Sophies Brust setzte. Als sie ihm zuhört, fällt ihr auf wie sehr seine eher zierliche Gestalt in umgekehrtem Verhältnis zu seinem Ruf und seiner Expertise steht, die vielen „großen" Männern, anders als in Zentimetern gemessen, eigen ist.

Sie freut sich, ihn nach seinem Vortrag kurz sprechen und ihm sagen zu können, wie sehr sie ihre Brustkrebs-Erfahrung als positiv für ihr Leben wertet, und dass sie diese letztendlich trotz allem, was damit an Schwierigem zusammenhing, nicht hätte missen wollen. Auf den etwas ungläubigen Blick seiner lebhaften Augen antwortet sie ehrlich: „Ich bin auch sehr dankbar dafür, dass alles so gut verlaufen ist. Dabei hatte ich wirklich viel Glück, was ich auch ganz besonders Ihnen verdanke."

„Das klingt so überzeugend, dass ich mir gerne Ihre Telefonnummer notieren würde, falls ich einmal auf diese positive Äußerung zurückkommen möchte", sagt der Professor und schaut dabei aber immer noch etwas ungläubig, was aussieht, als sei seine Aufforderung eine Art Prüfstein, um Sophies positiver Aussage Glauben schenken zu können.

Selbstverständlich kommt sie seinem Wunsch gerne nach, sucht nach einer Visitenkarte und stellt fest, dass sie diese in ihrer Abendtasche nicht vorgesehen hat. Der Professor zückt rasch einen kleinen Block aus seiner Jacke und notiert die Telefonnummer, für die er sich herzlich bedankt. Dann verabschiedet er sich mit einem kräftigen Händedruck.

Gregory und Sophie genießen den Abend in Freude, Liebe und mit glücklichem Strahlen. Dieses scheint so offensichtlich zu sein, dass sie immer wieder darauf angesprochen und oft fotografiert werden. Auf Sophies Wunsch brechen sie den Tanz in den Morgen aber kurz nach Mitternacht ab, obwohl sie liebend gerne mit Gregory tanzt. Aber sie ist sich bewusst, dass er an dem inzwischen bereits angebrochenen Tag seine Rückfahrt nach Berlin zu bewältigen hat.

Außerdem erwartet sie ein gemütliches Hotelzimmer zum Erleben weiterer Glücksmomente. Damit gehen für Gregory wieder alle Wünsche in Erfüllung, auch wenn das Campari-Trinken ohne Sonne stattfand.
„Ich versuche zu ergründen, wieso wir es immer wieder schaffen, dass jedes Wiedersehen noch schöner wird als das vorausgegangene", stellt er beim Abschied fest und

verspricht, so zu planen, dass er in diesem, eben begonnenen November noch einmal in die Schweiz zurückkommt.

Während der zehnstündigen Fahrt nach Berlin hat er alle Mühe, sich auf die Straßen zu konzentrieren, nicht nur wegen der Nacht mit wenig Schlaf, sondern vor allem, weil seine Gedanken ständig mit Sophie verbunden sind. Doch das wird auch so bleiben, wie er kurz vor Berlin versichert: „In zwei bis drei Stunden bin ich voraussichtlich in Berlin, aber ich bleibe auch dort in Liebe mit dir verbunden, denn diese 36 Stunden sind ein weiterer Basisstein unserer Liebe."

15. Kapitel: Berlin, ein Geschenk des Himmels, die Überraschung

An den Tagen rund um die Feierlichkeiten des Gedenkens zum 25-jährigen Jubiläum des Berliner Mauerfalls schlägt Sophies deutsche Herzhälfte im Doppeltakt. Es fühlt sich an wie ein fernes Heimweh, beflügelt von Erinnerungen, die bis in ihre Teenager Zeit zurückgehen, zu den Ferien mit ihrer Freundin Heide bei deren Opi. Seitdem ist sie mit dieser Stadt verbunden und von ihr geprägt, schon lange bevor Gregory ihrem geliebten Berlin durch seine Liebe einen neuen Stempel aufdrückte.

Er lässt sie an diesen Jubiläums-Tagen teilhaben, sendet Fotos von seinen Besuchen an der Mauer und vermittelt ihr damit eine ihrer deutschen Seele wohltuende Zugehörigkeit. Während sie die Feierlichkeiten und das Geschehen im Fernsehen verfolgt, wird ihr bewusst, wie gerne sie wieder ein bisschen Berlin mit Gregory erleben würde. Mit einem Herzen voll Sehnsucht beobachtet sie das Erlöschen der auf dem Verlauf der früheren Mauer angebrachten weißen Ballonlichter, die symbolisch das Verschwinden der Mauer dokumentieren.

Sie wünscht sich ihre Emotionen dieses Abends mit Gregory teilen zu können, wünscht ihn neben sich in die Gemütlichkeit ihres Wohnzimmers, wo sie sinnierend die Lebendigkeit des Kaminfeuers beobachtet, während der Regen sein Lied auf die Dachfenster trommelt, der Wind an den Fensterläden rüttelt und die vom Catalpa-Baum gezerrten Blätter im Garten verweht. Damit lebt der November seine Kapriolen aus und beweist, dass die Natur sich ungeachtet der Gegebenheiten oder geschichtlichen Ereignisse behauptet und die Jahreszeiten vorgibt, egal wie man damit und den eigenen Wünschen umzugehen vermag. Damit scheint alles, so wie es ist, seine Richtigkeit zu haben.

In unbewusstem Mitfühlen von Sophies Sehnsucht erlebt auch Gregory das Verschwinden der Ballons. Aber er erlebt es im Bad der Menge und stellt sich in der feuchten Novembernacht einen Abend mit Sophie am Kaminfeuer vor. Er hat es eilig nach Hause zu kommen, um seine Emotionen mit ihr zu teilen, was ihm mit einem „vom Mauerfall beseelten Gutenachtküsschen" gelingt.

Es trägt die Nr. 17aCH, was aussagt, dass ihn noch 17 Tage von seinem nächsten Besuch in der Schweiz trennen, den er seinen Vorstellungen entsprechend schildert: „Ich male mir aus, wie wir uns gemütlich auf der Couch räkeln, dem Kaminfeuer zusehen, uns liebe Worte in die Ohren flüstern und herzhaft gähnen. Gähnen, nicht aus Langeweile, die haben wir nie miteinander, sondern weil wir zusammen so richtig wohlig entspannen können. Allmählich erwachen die Schmetterlinge zu ihrem Nachtflug und wir entscheiden, ob wir Holz nachlegen oder das Kaminfeuer ausgehen lassen und dafür ein ebenfalls wärmendes Feuer an anderer Stelle entfachen wollen."

Mit der Harmonie ihrer Empfindungen und der Bestätigung seines Besuchs hat alles wieder seine Richtigkeit; lediglich ein bisschen Sehnsucht nach Berlin bleibt bestehen und verliert sich später in Sophies Träumen.

Dafür, dass diese ganz unerwartet in Erfüllung gehen, kommt ein paar Tage später der Zufall zu Hilfe. Es ist ihr arbeitsfreier Tag und ein Anruf aus dem Büro erstaunlich. Ihr Erstaunen wird zur freudigen Aufregung, denn ihr Chef fragt an, ob sie am nächsten Tag nach Berlin fliegen könnte, um die Colleges bei einer Studienmesse zu vertreten, die sie über viele Jahre betreute. „Morgen?"

„Tut mir leid, dass es so kurzfristig ist."

Sie erfährt die Gründe, warum man so dringend hofft, dass sie einspringen kann, was wie eine vielversprechende Prophezeiung klingt, zu deren Erfüllung es aber einige Hürden zu nehmen gibt. Dafür ist zunächst Cléas Betreuung zu regeln, was so kurzfristig ein Problem sein könnte.

Sie glaubt ihre Stimme zittern zu fühlen, als sie erklärt, so spontan nicht zusagen zu können und ist auf eine bedauernde Antwort als Absage vorbereitet. Aber nein, man kommt ihr entgegen: „Eigentlich reicht es auch, wenn Sie am Freitagmorgen fliegen." Sie bittet um eine halbe Stunde Zeit, die man ihr gerne gewährt, und kurz darauf sagt sie zu.

An diesem Morgen ist Gregorys SMS verspätet und er klagt: „Diese trüben Novembertage machen mich allmählich zum herbstlichen Langschläfer, was mir aber lieber ist, als ein seniler Bettflüchter zu werden". Diese Bezeichnung benützt er gerne für die älteren Herren, die er im Sommer oft beim frühen Schwimmen im Club trifft.

„Senile Bettflucht?", erstaunt sich Sophie. „Dagegen wüsste ich ein Heilmittel: Zärtliches Erwachen mit Sophie. Mit dieser Vorstellung wünsche ich dir einen schönen Tag".

Mehr will sie noch nicht verraten, denn sie möchte erst ihren Flug buchen, um ganz sicher zu sein. Aber ihm gefällt ihr Vorschlag und seine Antwort kommt prompt: „An dieses Heilmittel könnte ich mich gewöhnen. Macht es süchtig? Ich glaube ja."

„Das können wir vielleicht schneller testen, als du denkst, denn wie es aussieht, komme ich übermorgen nach Berlin", antwortet sie, was er natürlich für einen

Scherz hält, und Sophie vertröstet ihn damit, sich später nochmals zu melden.

Kurz darauf ist alles geregelt, der Flug gebucht und Gregory kann es kaum glauben:
„Ich freue mich, ich freue mich, ich freue mich riesig. Du bringst Licht in meinen grauen Novembertag. Solche Überraschungen liebe ich, die sollten wir mehrfach wiederholen. Dass ich dich am Flughafen abhole, ist selbstverständlich, und natürlich will ich ein Maximum an gemeinsamer Zeit mit dir einplanen."

Sie stimmen ab und planen, aber das Wichtigste fehlt noch, denn Sophie hat noch keine Ahnung, wo sie übernachten wird, weil zu dieser Zeit der Messen und Kongresse alle Hotels ausgebucht sind. Doch dank des Netzwerks ihrer „Ehemaligen" kommt sie für eine Nacht im 25hours-Hotel und für die zweite bei Steigenberger unter. Auch der Versuch, am Donnerstag für den Freitagabend im 25hours-Restaurant „Neni" einen Tisch zu bekommen, wo sie sich gerne mit einigen ihrer ehemaligen Studenten zum Essen treffen möchte, ist ziemlich aussichtslos, denn auch dort ist alles ausgebucht. Das jedenfalls versichert ihr der Wirtschaftsdirektor bei ihrem Anruf, fragt dabei aber auch gleich:
„Wie viele Plätze brauchst du?"
„Sechs bis acht."
„Das bekommen wir irgendwie hin. Verlass dich darauf. Ich freue mich, dich zu sehen."
„Super, ich danke dir und freue mich auch."

Bei der Landung in Schönefeld strahlt die Sonne schüchtern durch die graue Wolkendecke, die sie auch immer wieder durchbricht, als Gregory Sophie zum Hotel und dann zum Messegelände am Funkturm fährt. Im Gegensatz zur Sonne, strahlt Sophie aus vollem Herzen, kann es kaum glauben, dass sie neben ihrem Liebsten im Auto sitzt, und er sogar an die Rosen gedacht hat. Es ist wie ein Traum, der sich mit dem glücklichen Bewusstsein erfüllt, dass alles, was sie vor ein paar Tagen noch so sehnsuchtsvoll vermisste, nun Wirklichkeit ist, mit einem Maximum an Zeit mit Gregory, obwohl das gar nicht vorgesehen war. Das jedenfalls empfinden sie beide als unerwartetes Geschenk des Himmels.

Sophies Präsenz bei der Studenten-Messe bringt sie in die Welt ihrer Tätigkeit zurück, die sie jahrelang begeisterte. Jungen Menschen ihren Begabungen und Vorstellungen entsprechend Wege für die Zukunft aufzuzeigen, war für sie immer wie das Auswählen des richtigen Bodens für Pflanzen, damit sie darin gedeihen können. Mit vielen der Studenten ist sie in Kontakt geblieben und aus der Freude, wenn sich diese Wege in erfolgreichen Karrieren konkretisieren, wuchsen bleibende Verbindungen, oft auch Freundschaften.

Für den Sonntag hat Gregory den Besuch einer Theateraufführung mit seinen Enkeln geplant, und Sophie beschließt den Gottesdienst in der nahe gelegenen Gedächtniskirche zu besuchen. Sie erinnert sich dabei lebhaft an die bewegenden Momente, die sie dort zusammen mit Gregory während ihres Besuchs im September erlebte. Auch zuvor war sie jedes Mal berührt von der beruhigenden, spirituellen Atmosphäre, die dieses außergewöhnliche Gotteshaus durch die lichtdurchfluteten, blauen Glassteine erfüllt.

Dieser gemeinsame Besuch mit Gregory im September war ein ganz besonderes Erlebnis für sie, weil es dabei ein berührendes Detail gab, von dem sie nichts ahnte, als er sagte:
„Ich würde gerne mit dir in die Gedächtniskirche gehen, wenn du möchtest."
„Aber gerne, da gehe ich oft hin, wenn ich in Berlin bin."

„Dann lass uns zusammen hingehen, denn das passt prima in unser Programm, weil wir sowieso ganz in der Nähe sind."

„Schön, denn ich war lange nicht mehr dort."

„Ich auch nicht, aber da habe ich geheiratet."

Der Satz hing wie ein Rauchfähnchen in der Luft, von dem man noch nicht so richtig weiß, in welche Richtung es fliegen möchte. Darauf war sie nicht vorbereitet. Sie lenkte auch sofort ein: „Aber dann müssen wir da jetzt nicht unbedingt hingehen."

„Natürlich gehen wir da hin, es gibt keinen Grund, warum wir das nicht tun sollten."

Er legte den Arm um ihre Schulter und sagte:

„Alles kein Problem, denn ich weiß doch, wie gerne du Kirchen besuchst."

Wenig später saßen sie in der Gedächtniskirche, ganz vorne und ganz dicht beim Christus. Wie immer, aber in diesen Momenten ganz besonders, beeindruckte sie der riesige goldene Christus und das sonnendurchdrungene Blau der Glasbausteine. Beim Gedanken daran, von wie vielen Ehegelübden der Christus wohl stummer Zeuge gewesen sein mochte, dachte sie auch an Gregorys Versprechen vor 45 Jahren. Aber sie sah ihn dabei nicht an. Im selben Moment fühlte sie den sanften Druck seiner Hand, wie eine beruhigende Geste für ihre Gedanken, eine Geste der Verbundenheit, mit der sie sich behütet fühlte.

Seit diesem sonnigen September Nachmittag sind zwar erst zwei Monate vergangen, aber die Welt ist eine andere geworden. Denn nun ist das Wetter neblig trüb und sie sitzt an diesem tristen Totensonntag allein auf der Kirchenbank. Aber sie ist nicht traurig, sondern eher glücklich und dankbar für all die Zeit, die sie und Gregory miteinander verbringen konnten, und er sich auch am ersten Abend schon unerwartet früh zu der kleinen Runde im „Neni" gesellte.

Sie überlegt was der Pfarrer an so einem trüben Sonntag, an dem man der Toten gedenkt, wohl Positives sagen könnte. So allein in diesem geschichtsträchtigen Gotteshaus sitzend, fühlt sie sich dem Pfarrer und seiner möglichen Auslegung des totensonntäglichen Bibeltextes geradezu ausgeliefert. Fast so, als würde sie das Jüngste Gericht erwarten, bereitet sie sich darauf vor, vom Pfarrer an die zehn Gebote und deren Einhaltung erinnert zu werden, um sich nach dem Tod das ewige Leben zu sichern. Natürlich denkt sie dabei auch daran, dass sie und Gregory nicht im Einklang mit dem Sechsten leben. Zu ihrer Rechtfertigung fällt ihr aber auch gleich ein, wie sehr sie dabei im Einklang mit ihrer Liebe leben, die sie beide als so natürlich empfinden, als dürfe jetzt endlich das sein, wonach sie sich ganz unbewusst schon lange sehnten. Eine weitere Erklärung will sie im Moment nicht finden.

Die Antwort erhält sie in der Predigt. Es ist eine ganz einfache Antwort, die sich auf Liebe gründet, auf die Liebe Gottes, die, wie der Pfarrer ausdrücklich betont, nichts mit dem Jüngsten Gericht zu tun hat, wo die Gerechten auf der einen und die Verdammten auf der anderen Seite stehen. Sophie, die an diesem Totensonntag auf alles Mögliche gefasst ist, horcht auf, sie hört aufmerksam auf jedes Wort und erlebt diese Predigt dabei als göttlich liebende Antwort auf ihr Abweichen vom sechsten Gebot. Als der Pfarrer dann an ein Berliner Lied der Zwanzigerjahre erinnert, das Sophie seit ihrer Kindheit auswendig kennt, kommt Freude auf, zumal er das Lied dann noch mit vollen Tönen anstimmt und von der Kanzel herunter kräftig singt:
„Bei mir bist du schön", was in perfektem Berliner Dialekt als „bei mir biste scheen..." klingt.

Sie ist so erleichtert, dass sie am liebsten Beifall klatschen würde; besonders als der Pfarrer betont, dass die Botschaft dieses traurigen Sonntags, des Totensonntags, eine frohe Botschaft ist, eine Botschaft der Liebe, die alle Schreckensbilder vom Bibeltext des Jüngsten Gerichts aufhebt. Er jedenfalls glaube nicht, dass Gott verdamme, sondern dass er genau nach dem Sinn dieses Liedes auch den Mörder liebe, denn in Gottes Liebe sei selbst der Mörder schön, weil die Liebe im Endeffekt größer und stärker ist als das Verbrechen.

Mit einer so klaren Botschaft hat sie an diesem Totensonntag nicht gerechnet, sie fühlt sich leicht und fröhlich. Deshalb ist sie erstaunt über ihre vor Rührung belegte Stimme, als der Pfarrer sich nach dem Gottesdienst am Kirchenportal von seinen Gläubigen verabschiedet und sie, als er ihr die Hand reicht, nur ein ziemlich schwaches „Dankeschön für diese wunderbare Predigt" murmeln kann. Als Antwort schenkt er ihr ein verständnisinniges Lächeln und einen intensiven Händedruck, was im Zusammenspiel mit seinen Augen ausdrucksstärker ist als tausend Worte. Für Sophie ist dieser Moment wie eine stumme Vereinbarung, die zwei Komplizen wortlos miteinander verbindet. Sie fühlt sich verstanden und geliebt - von der irdischen und der göttlichen Liebe.

Beseelt von dieser wunderlichen Erfahrung geht sie fröhlich durch den Nieselregen zum Blumengeschäft im Bahnhof Zoo, um Blumen für ihre beiden Freundinnen zu besorgen, die sie besuchen möchte. Das Gebäude wirkt düster und die meist dunkel gekleideten, eilenden Passanten tragen wenig zu dessen Aufhellung bei. Doch zusammen mit dem kalten Wind, der die Bahnhofshalle forsch durchzieht, passt alles perfekt zur unwirtlichen Atmosphäre dieses trüben Totensonntags.

Sie hofft, dass es das Blumengeschäft am Ende der Bahnhofshalle noch gibt und freut sich beim Näherkommen vor dem Laden Pflanzen in farbenfroher Vielfalt leuchten zu sehen. Sie geht auf diese bunte Fröhlichkeit zu und in den schlauchartigen Laden.

„Guten Morgen", ruft sie der aus der Tiefe ihres Geschäfts auftauchenden Floristin zu.

„Was für eine wunderschöne Blumenauswahl Sie hier haben!"

„Guten Morgen", erwidert diese freundlich und kommt näher

„Wie schön, dass Sie heute an diesem trüben Tag so viel Power und positive Energie in meinen Laden bringen!"

„Woran merken Sie das?", fragt Sophie lachend.

„Daran, dass Sie so fröhlich sind und so viel Positives ausstrahlen."

Sie geht mit der Floristin durch den „Schlauch" und bewundert die geschmackvollen Arrangements, die auf dem Boden und auf kleinen, an der Wand entlang stehenden Tischen verteilt sind. Sie wählt zwei Arrangements, plaudert noch eine Weile mit der freundlichen Mittvierzigerin und freut sich über die leuchtend gelbe Rose, die diese zusätzlich einpackt: „Ein kleines Geschenk für Sie, für Ihre Fröhlichkeit."

Sophie ist gerührt und freut sich darüber, an diesem eigentlich traurigen Sonntag so viel Schönes zu erleben, obwohl sie Gregory letztendlich doch sehr vermisst, zumal sie in der Predigt eine weitere Bestätigung dafür sieht, dass sie mit ihm auf dem richtigen Weg ist. Sie vertraut, fühlt sich liebevoll beschützt und innig geliebt, von Gott und von ihm, denn vor Gott sind sie beide „scheen", wie der Pfarrer so überzeugend von der Kanzel herunter gesungen hat. Gott, dem Pfarrer und Gregory fühlt sie sich ganz nah und dankbar verbunden.

Dem Motto des Tages verbunden bleibt auch der Nieselregen, der die Straßen feucht und ziemlich menschenleer hält. Ähnlich verlassen wirkt das kleine Restaurant in der Goethestraße beim Mittagessen mit ihrer Freundin Kirsten, in dem die leer herumstehenden Tische und unbesetzten Stühle mit der davon ausgehenden Ungemütlichkeit das Bedauern um die fehlenden Gäste auszudrücken scheinen. Auch das passt zu diesem Tag mit dem traurigen Leitgedanken und dem trüben Wetter, an dem man offenbar am liebsten zu Hause bleibt und so sieht es auch Kirsten, als sie sagt: „Komm, lass uns hier nur rasch eine Suppe essen und dann gehen wir zu mir."

Kirstens Wohnung ist geräumig und beherbergt immer noch ihr Schneideratelier, in dem sie früher von ihr entworfene Kostüme für Opern und Filme fertigen ließ, bis sich ihr Leben total veränderte, weil sie plötzlich hellsichtig wurde, was ohne ihr Dazutun geschah und so gar nicht in ihre ganz anders ausgerichtete, kreative Welt passte. Aber die Präsenz dieser „Begabung" war so evident, dass sie vom Modell und der erfolgreichen Modeschöpferin zum spirituellen Coach wurde. Ihr Schwerpunkt dabei liegt in der psychologischen Betreuung bei der Verarbeitung von Todesfällen, besonders nach einem Unglück oder einer Katastrophe.

Sophie und Kirsten hatten sich vor fast 25 Jahren kennengelernt, als Kirsten ihren damaligen Lebenspartner zum Studienbeginn in die Schweiz begleitete. Sie war Sophie durch ihre aparte Erscheinung aufgefallen: 180 cm groß, schlank mit langem, kräftigem Blondhaar und einer kreativen Art sich zu kleiden, die ebenso klassisch wie sexy-elegant war.

Daran hat sich auch nichts geändert, als sie sich zehn Jahre später in Berlin wiedersahen, aber Kirsten war durch ihre neue Lebensaufgabe zu einer anderen Persönlichkeit geworden, und was Sophie damals an Kirsten besonders auffiel, war das Leuchten ihrer Augen und deren sanfte Ausdruckskraft. Es war die Zeit, in der sie vornehmlich Eltern betreute, deren Kinder beim Einsturz des Dachs der Eislaufhalle in Bad Reichenhall ums Leben gekommen waren.

Unter strikter Wahrung der Anonymität der Personen, teilte Kirsten mit Sophie einige ihrer Erlebnisse, von denen Sophie eine Geschichte besonders berührte: Die Mutter von zwei bei diesem Unglück ums Leben gekommenen 7- und 14-jährigen Mädchen hatte Mühe sich vorzustellen, dass sie mit ihren Kindern in Kontakt treten könne, was der Vater mit der älteren Tochter bereits praktizierte.

Als die äußerst kritische Mutter für einige Tage nach Berlin kam, um zu erfahren, ob und wie das möglich sei, besuchten sie einen Kinderspielplatz, wo Kirsten die kleine Tochter in einem hellblauen mit Margriten übersäten Kleid am Sandkasten sitzen sah. Sie machte die Mutter darauf aufmerksam, die diese Erscheinung jedoch nicht sah, aber wissen wollte, wie das Mädchen angezogen sei. Kirsten beschrieb das Kleid und die Mutter bestätigte, dass sie dieses, das Lieblingskleid ihrer kleinen Tochter, vor der Abreise noch einmal in die Hand genommen hatte.

Kirstens Leben veränderte sich nicht nur durch ihre spirituelle Tätigkeit, sondern auch dadurch, dass ihr langjähriger Lebenspartner, inzwischen Yogalehrer in Los Angeles, mit einem Mann zusammenlebte. Trotzdem blieben sie beide in ihrer Liebe auch ohne körperliche Leidenschaft in einer tiefen Zuneigung miteinander verbunden. Bruno lud Kirsten immer wieder in die USA ein. Als sein Lebenspartner und er sich auf einer griechischen

Insel, dem Zweitwohnsitz des Paares, paxten, war sie Trauzeugin. Auch mit der Mutter ist sie nach wie vor eng verbunden, und wo immer Bruno mit Kirsten auftritt, stellt er sie als die Frau seines Lebens vor, was in gewisser Weise absolut stimmt, obwohl sie schon lange kein Paar mehr sind und er sich auch nicht mehr für Frauen interessiert.

Es ist ein Tag der Wiedersehen und der Abschiede. Aber Gregory bleibt präsent, während der Gespräche mit Kirsten ebenso wie später bei der Kaffeestunde mit Britta, einer früheren Studentin, in deren gemütlicher Wohnung neben dem Charlottenburger Schloss. Mit seinen SMS versichert er Sophie, dass er sie genauso vermisst wie sie ihn, und das noch weitere zehn Tage lang, bis zu ihrem nächsten Wiedersehen in der Schweiz. Er bedauert, dass er sie wegen seines Theaterbesuchs mit den Enkeln nicht zum Flughafen begleiten kann, doch Sophie findet, dass das alles so wie es ist, seine Richtigkeit hat. Sie ist dankbar für die vielen gemeinsamen Stunden. Auch sein Gutenachtmail ist voll Dankbarkeit und Freude über diesen Überraschungsbesuch mit all den unerwartet schönen Erlebnissen:

„Das darfst du beliebig oft wiederholen. Als du ankamst, schien die Sonne immer wieder durch die Wolken und schaute freudig nach uns. Seit deiner Abreise weint der Himmel mit kleinen Nieselregentränen. Die Tränen sind sicherlich nur deshalb so klein weil wir uns in zehn Tagen wieder in die Arme schließen können."

Und wieder beginnt die Zeit des Wartens, von Gutenachtküsschen mit Nummern gesegnet.

16. Kapitel: München im Advent

Schweizer Züge haben den guten Ruf pünktlich zu sein, auch wenn sie über ausländische Schienen fahren. Deshalb ist Gregory nervös als er im Zug aus Frankfurt sitzt, denn der ist verspätet, während Sophie in einem Zug aus Zürich reist, der sicher pünktlich am Münchener Hauptbahnhof eintreffen wird. Das bringt seinen Plan durcheinander, denn käme sein Zug fahrplanmäßig an, könnte er das kleine Rosenarrangement für Sophie in aller Ruhe besorgen, damit am Bahnsteig stehen und das freudige Herzklopfen seiner Ungeduld spüren, während er den Zug einfahren sieht, der ihm Sophie mit jedem Meter näherbringt. Denn in diesem Jahr soll alles perfekt sein und dafür hat er auch seine Rückreise so geplant, dass es keine frühmorgendliche Flucht aus der körperwarmen Kuschelmulde gibt, um mit nüchternem Magen durch den feuchten Nebel zum Bahnhof zu eilen.

Aber nun hat der Zug Verspätung und als er endlich im Bahnhof einläuft, scheint es Gregory eine Ewigkeit zu dauern bis er steht, die Türen sich öffnen und er lossprinten kann, um wenigstens noch eine Rose zum Empfang seiner Liebsten zu besorgen. 15 Minuten trennen ihn noch von ihrer Ankunft, was reichen sollte um zum Blumenladen am Haupteingang, ganz am Ende der Bahnhofshalle, zu spurten. Aber seine eiligen Schritte können die fehlende Zeit nicht aufholen, zumal vor ihm schon einige Kunden darauf warten, bedient zu werden. In Bayern nimmt man es gemütlich und man nimmt sich Zeit.

Das scheint die allein im Laden anwesende Floristin genauso zu sehen, denn sie schenkt ihr zeitlos scheinendes Maß an Aufmerksamkeit einem Blumenarrangement, das sie kunstvoll zusammensteckt. Mit ihrem kräftigen

Körperbau und der unter einer Strickjacke und einer grünen Schürze versteckten ausladenden Oberweite, hätte sie auch perfekt in einem Festzelt auf der Wies'n Bierkrüge stemmen können. Das jedenfalls ist Gregorys Eindruck, als er sich überlegt, wie er es anstellen könnte, bevorzugt rasch bedient zu werden. Obwohl die Bayerin schwierig einzuschätzen ist, wagt er den Versuch, aber seine höfliche Bitte vorgelassen zu werden, weil er nur eine Rose kaufen wolle, scheitert bereits an den erstaunten Blicken der geduldig Wartenden, worauf die Floristin kurz von ihrem Blumenarrangement aufschaut, und mit erzieherischer Strenge sagt: „Bei mir wartet jeder, bis er dran kommt."

Aber er kann und will nicht warten und so erklärt er betont höflich und mit dem Charme des perfekten Gentlemans: „Entschuldigen Sie bitte, aber mit der Rose möchte ich meine Freundin empfangen, die gleich aus Zürich ankommt und mein Zug aus Frankfurt hatte Verspätung."

Damit werden die Blicke freundlicher und der Weg zum Tisch der Floristin breiter. Diese schaut kurz auf, und als sie das Verständnis ihrer Kunden sieht, sagt sie nachgiebig: „Ja, dann kommen's halt schnell vor und bringen's Ihre Rose aus der Bodenvase da drüben gleich mit."

Gregory dankt und beobachtet erstaunt, wie der gerade noch frostig strenge Gesichtsausdruck zu einem verständnisvollen Lächeln schmilzt. Die Wahl der Rose ist schnell getroffen. Mit ihr und fünf Euro in der Hand kommt er zum Ladentisch und schlägt kooperativ vor: „Sie brauchen die Rose auch nicht einzuwickeln …"
Aber die Floristin sieht das anders und schüttelt energisch den Kopf, während sie bereits kraftvoll an einer großen Rolle hellgrünen Einwickelpapiers zieht, davon

geräuschvoll ein langes Stück abreißt und belehrend sagt:

„Ja, das denken's Ihnen so, aber so geht das hier nicht und die Rose kommt ja gleich in die Kälte, also wird sie eingepackt!"

Vom Professionalismus der Floristin ebenso angetan wie von ihrer Besorgnis um das Wohlergehen seiner Rose, die dreifach umwickelt in einer Hülle grünen Papiers verschwindet, sagt er froh und erleichtert: „Herzlichen Dank, das ist wirklich sehr freundlich von Ihnen".

„Ja, so ist das halt bei uns in München", antwortet sie mit einem Lächeln und überreicht ihm die Rose. Nie hätte er hinter dieser massiven, streng wirkenden Fassade so viel Herz und Verständnis zu finden gewagt. Von diesem unvermuteten Münchener Charme angenehm überrascht, bedankt er sich noch einmal bei ihr und im Hinauseilen auch bei den anderen Kunden, die darauf ebenfalls freundlich lächelnd reagieren.

München, die Stadt mit Herz, schießt es ihm durch den Kopf, während er zu dem bereits angekommenen Zug aus Zürich eilt. Zwischen den an ihm vorbeiströmenden Passanten kommt Sophie langsam auf ihn zu. Sie genießt den Augenblick des gegenseitigen Erkennens und des Ankommens in seinen Armen, wobei er die Rose, die gerade noch im Fokus seiner ganzen Aufmerksamkeit stand, gänzlich zu vergessen scheint und diese, wie nur zufällig vorhanden, in seiner Umarmung hinter Sophies Rücken hält. „Die Rose in diesem Papier hat eine Geschichte", erklärt er und erzählt von seinem Erlebnis im Blumenladen und vom handfesten bayerischen Charme der Floristin.

Als sie beim Verlassen des Bahnhofs an dem nun fast leeren Blumengeschäft vorbeikommen, bleibt Gregory stehen, winkt der Floristin zu und deutet auf Sophie, die er mit ihrer so perfekt eingepackten Rose im Arm hält. Die Floristin reagiert prompt, lächelt freundlich und zeigt zustimmend zwei nach oben gerichtete Daumen.

Nach diesem gelungenen Auftakt ihres Wiedersehens genießen sie die Stadt mit Herz nach Herzenslust, zwei Tage und zwei Nächte lang.

Das vorweihnachtliche München zeigt sich strahlend, vom Wetter her und in festlichem Lichterglanz. Sie treffen sich mit Sophies Freundinnen auf den Weihnachtsmärkten, unterhalten sich mit dem Freiherrn aus Thüringen, der mit seiner Gans auf dem Opernplatz unterwegs ist und die Passanten erstaunt. Sie amüsieren sich mit dem netten, etwas dicklichen Herrn in der Sauna, bei dem, wenn er lacht, der Bauch und alles, was damit verbunden ist, wackelt. Beim Dinieren im Ella's ist es Ehrensache, sie am selben Tisch zu bedienen, an dem Gregory seiner Sophie 15 Monate zuvor seine Liebe gestand und sie, so spontan und ohne überhaupt nur eine Sekunde zu überlegen, wahrheitsgetreu darauf antwortete.

Zwischen all diesen Erlebnissen erfreuen sie sich am gepflegten Luxus des Hotels und auch ganz einfach an ihrer Liebe, ihrem Lachen, ihrer Freude und Harmonie. Aber wieder geht die Zeit viel zu schnell vorbei, und als Gregory seine Sophie am letzten Abend nach dem gemeinsamen Duschen vor dem Spiegel umarmt, lächeln sie vergnügt ihrem Spiegelbild zu und er sagt sanft: „Es wäre schön, wenn du jetzt dein Handtuch fallen ließest."
„Mein Handtuch? Warum – ?"
„Weil ich dir etwas zeigen möchte – und etwas sagen."
„Jetzt, hier?"
„Jetzt hier, aber das geht nur ohne Badetuch …"

Erwartungsvoll lächelnd schaut er sie an, sie lächelt zurück. Dann wenden sie sich beide wieder ihrem Spiegelbild zu, worauf Sophie, weiterhin lächelnd, seinen Wunsch Zentimeter um Zentimeter zu erfüllen beginnt, bis das Badetuch am Boden liegt.

„Und jetzt?"

„Jetzt halte ich dich ganz fest."

„Und dann?"

„Das erfährst du gleich."

Immer noch in ihr gemeinsames Spiegelbild schauend sagt er vergnügt: „Genau dieses Bild wollte ich dir zeigen. Denn schau uns doch mal an, sind wir nicht wie zwei alte, sehr verliebte Socken, die einfach glücklich darüber sind, ein Paar zu sein."

Am nächsten Morgen, kurz nachdem er im Bad verschwunden war, steht er geduscht und rasiert vor der wohlig im Bett kuschelnden Sophie und erklärt:

„Ich muss jetzt ganz schnell ins Internet."

„Jetzt ins Internet, wieso denn das?"

„Weil ich eine geniale Idee als Überraschung für uns beide habe. Denn vielleicht gibt es ja noch einen späteren Zug, mit dem ich trotzdem pünktlich zur Einladung bei meinem früheren Chef komme, denn wenn ich kurz vor 19 Uhr in Berlin bin, würde das noch reichen."

„Ich denke du hast deine Fahrkarte und alles schon gebucht."

„Habe ich auch, aber das kann ich noch ändern, dann haben wir noch zwei Stunden mehr für uns."

Dem gibt es nichts hinzuzufügen, und kaum hat er den Fahrplan konsultiert, ist er auch schon wieder an dem warmen Ort, den er vor einer halben Stunde verlassen hat, wobei er mit nach Bewunderung heischendem Unterton verkündet:

„Ist das nicht ein schönes Geschenk, zwei Stunden mehr, nur für uns?!"

Sophie ist begeistert, denkt aber auch sofort praktisch und schlägt vor:

„Super, dann können wir jetzt noch zusammen Schwimmen gehen und danach ganz gemütlich frühstücken."

Sein Blick ist fragend und die Zustimmung ungläubig gedehnt:

„Wenn du meinst …"

„Ich meine", sagt sie fröhlich und überaus glücklich über die so unerwartet geschenkte Zeit, die dem Abschied ein ausgiebiges bayerisches Frühstück entgegensetzt, eine Perspektive, die inzwischen auch ihn motiviert: „Also schwimmen ist OK, aber ich habe auch Hunger."

Sie schaffen beides, wobei das urgemütliche bayerische Frühstück mit Weißwurst und sonstigen Münchener Spezialitäten, eine solide und wohlschmeckende Grundlage für den bevorstehenden Abschiedsschmerz sind, den Sophie zum Abschluss des Frühstücks schon vorsorglich mit Champagner zu mindern vorschlägt.

Als es dann tatsächlich ernst wird mit seiner Abreise, wünscht er sich mit einem ziemlich bestimmt klingenden Unterton:

„Du begleitest mich aber bitte zum Bahnhof, denn der ist ja gleich um die Ecke."

„Aber gerne, wenn du das möchtest", antwortet sie etwas gedehnt, aber widerspruchslos.

Er möchte. Und so geht sie, die Abschiede an Bahnhöfen hasst, brav und traurig neben ihm her, bis zum Zug, der schon fast abfahrtsbereit ist.

Trotzdem will er noch nicht einsteigen, sondern nur rasch seinen kleinen Koffer verstauen. Er ermahnt Sophie: „Nicht weggehen, ich bin gleich wieder da!"

Und so ist es. Dann hält er sie eng umschlungen, was die freundliche Schaffnerin mit der roten Kelle in der Hand im Vorbeigehen sanft lächelnd zur Kenntnis nimmt.

Als diese kurz darauf eiligen Schrittes zurückkommt und die beiden immer noch so homogen aneinandergefügt stehen sieht, sagt sie energisch:

„Jetzt aber husch, husch hinein in den Zug, sonst fährt er noch ohne Sie ab."

„Auch eine Möglichkeit", antwortet Gregory trocken, aber wohlwissend, dass diese gar nicht gegeben ist.

Er gehorcht und steigt ein, jedoch nur physisch, denn sein Herz und seine Sehnsucht blieben dort, wo sie fest verankert sind: bei Sophie, mit der er seine Liebe und Empfindungen über diese Liebe teilt, was er bereits nach wenigen Momenten der Trennung in Worte fasst:

„Das Schöne an unserer Liebe ist, dass wir uns immer noch Steigerungen vorstellen können, weil es immer noch schöner und intensiver wird. Es wird bestimmt nie langweilig, denn wir haben noch viel vor, wir werden immer entdeckungsfreudig sein, und ich bin auch noch lange lernfähig und übungswillig. Unsere Falten sind Lachfalten. Es ist also in der Tat notwendig, unser nächstes Treffen rasch zu planen, am liebsten schon zum Jahresende."

Sophie bleibt noch zwei gemütliche Tage bei ihrer Freundin Heidi in München und fährt dann mit glücklichen Erinnerungen an dieses Kaleidoskop vorweihnachtlicher Erlebnisse in die Schweiz zurück, glücklich über die Liebe, die sie mit Gregory verbindet. Dafür, dass diese erhalten bleibt, sorgt er mehrmals täglich mit seiner Aufmerksamkeit.

Am nächsten Morgen stellt er fest: „Ich bin gerade mit einer Frage aufgewacht, der wichtigsten Frage vor meinem frühen Espresso: Habe ich dir heute schon gesagt, dass ich dich liebe? Ich fürchte nein: Ich liebe dich Sophie. Und das nicht nur jetzt und morgen, sondern auch übermorgen und bis in die Ewigkeit."

Kapitel 17: Das Ende der Märchenstunde

An diesem Sonntag, dem kürzesten Tag des Jahres, ist es bereits acht Uhr als die Sonne den Horizont in zarte Orangetöne taucht, bevor ihre Strahlen hinter den zackigen Bergspitzen aufleuchten, um die scherenschnittartige Silhouette der Bergkette langsam in ein strahlend weißes Bergmassiv zu verwandeln, das sich majestätisch vor dem zunehmend blauer werdenden Himmel aufbaut.

Gregorys SMS kommt der Sonne knapp zuvor. Es spricht von Liebe, von Sehnsucht und dem Wunsch, Sophie bald wieder in seinen Armen halten zu können. Sie nimmt die aufgehende Sonne für ihn auf, und er antwortet prompt: „Die Sonnenstrahlen kann ich gut gebrauchen. Hier ist es trüb, genauso wie ich mich ohne dich fühle, ich vermisse dich."

Beim Spaziergang mit Cléa legt sich die fühlbar wärmende Sonne sanft auf Sophies Gesicht und lässt auf dem Schnee, der noch unbefleckt die Felder bedeckt, kleine Kristalle leuchten. Wie gerne hätte sie diesen strahlenden Morgen in seiner natürlichen Heiterkeit empfunden, aber dazu fehlt ihr Gregory, den sie zunehmend vermisst.

Unterdessen rast Cléa wie eine aufgezogene Spielzeugmaus über den frischen Schnee und bleibt, als sie an der Rhône entlang gehen, immer wieder mit einem Stöckchen in der Schnauze und erwartungsvollem Blick vor Sophie stehen. Stöckchen werfen war Gregorys Spezialität, der dabei immer ebenso viel Freude wie die Hündin zu empfinden schien. Sophie übernimmt das Spiel zusammen mit ihrer Erinnerung an Gregorys Freude. Dabei wünscht sie sich nichts sehnlicher als seine Nähe, wünscht sich, wieder in seinen Armen zu sein, aus denen er sie vor einer Woche gar nicht mehr freigeben wollte, bis die Dame mit der roten Kelle ihn mit ihrem energischen: „Jetzt aber husch, rein in den Zug", zum Einsteigen drängte.

Für Gregory wie für Sophie scheint an diesem Morgen eine Ewigkeit seitdem vergangen.

Zwischen dem tiefblauen Himmel über ihr und dem über Nacht gefallenen Schnee unter ihren Füßen ist der Raum für ihre Sehnsucht grenzenlos. Sie pocht durch die Emotionen dieses sonnigen Morgens und, wie ein mentaler Fremdkörper ihrer Gefühle, behauptet nun auch der Verstand wieder seinen Platz. Mit der ihm eigenen Logik analysiert er den Ursprung ihrer Sehnsucht und ihr Ausgeliefertsein an eine Situation, die sie beide gegen ihren Willen voneinander trennt.

Hatte sie sich so sehr in der Annahme geirrt, in der Liebe mit Gregory über diese Art Gefühle erhaben und mit der erforderlichen Geduld ausgestattet zu sein? Wie kommt es, dass sie nun genau das erlebt, wovon sie glaubte, dafür gäbe es in einer Seelenliebe keinen Platz? Sie, die sich in Geduld üben, weder fordern noch klagen wollte, kämpft an diesem Morgen mit Gedanken der Revolte, fühlt sich amputiert und vermisst nicht nur ihn, sondern alles, was mit ihm zusammenhängt, ihr Lachen, ihre Lebensfreude, ihre Harmonie.

Lieben heißt handeln! Stand groß über den Eingangstüren der Münchener Staatsoper, was sie beide nicht nur als Zufall, sondern auch als Leitmotiv für ihre Liebe empfinden. Wird er in seiner Liebe so handeln können, wie sie beide es sich wünschen, mit einem Wiedersehen zum Jahresende, das an diesem Morgen noch eine Ewigkeit entfernt scheint. Sophie fühlt sich gefangen in ihrer Sehnsucht und ausgeliefert an die Endlosigkeit der Zeit, die sich vor ihr ausdehnt und eine Kalenderwoche in eine

Ewigkeit verwandelt. Wie lang dauert eine Ewigkeit und wie lange dauert „absehbare Zeit?"

Absehbare Zeit, genau diese Formulierung wählte Gregory im Vorjahr, als er schrieb, wie schön es wäre, wenn sie Silvester zusammen feiern könnten, und sich dann verbesserte, um festzustellen: „Wie schön wird es sein, wenn wir Silvester gemeinsam feiern, denn das möchte ich in absehbarer Zeit."

Gregory hat seinen Wunsch nicht vergessen, aber er weiß, dass dieser an einem seidenen Faden hängt, denn es gibt Probleme; nicht nur weil ihm der Folgeauftrag für seine Tätigkeit in Frankfurt noch fehlt, der sonst immer vor Jahresende unterzeichnet war, sondern auch weil in gnadenlosem Überfluss dazu das Finanzamt eine beträchtliche Steuernachzahlung fordert, die er im Moment nicht erfüllen kann.

Davon allerdings weiß Sophie nichts. Für sie ist das erhoffte gemeinsame Jahresende an diesem Morgen nicht nur zehn Tage, sondern auch viele Fragen entfernt. Es sind Fragen, die sie nicht stellen und mit deren Antworten Gregory sie nicht belasten möchte. Aber sie vermisst seine sonst vor jedem Besuch präsente Vorfreude mit dem Zählen der verbleibenden Trennungstage. Reduziert seine diesbezügliche Zurückhaltung das erhoffte Wiedersehen zu einem unerfüllbaren Wunsch? Fehlt ihm die Kraft zur Verwirklichung? Gibt es Gründe dafür, die sie nicht kennt? Waren das alles vielleicht doch nur schöne Märchenstunden, deren Umwandlung in die Realität an der Einhaltung seiner Versprechen scheitert?

Auch im Lavaux, beim Mittagessen mit Marie-Ange und Jean-François, zeigt sich der Winteranfang in frühlingshaftem Charme. Die Sonne hat dem vor ein paar Tagen gefallenen Schnee nicht die geringste Überlebenschance gelassen. Sie ist so warm, dass sie beim Aperitif auf dem

Balkon sogar ein paar Segelboote auf dem See entdecken, während in Montreux ein Menschenstrom mit Kind und Kegel den Weihnachtsmarkt bevölkert. Den Geruch von Glühwein, Bratwurst und gebrannten Mandeln einatmend, lassen sich die Besucher mit Weihnachtsmusik beschallen und von einem Häuschen zum anderen schieben.

Obgleich physisch nicht anwesend, ist Gregory in den Gesprächen präsent. Sophie erzählt von München, von dem erhofften gemeinsamen Jahresende und von ihren Empfindungen.

Jean-François tröstet mit Zuversicht: „Alles wird gut, mein Mädchen, aber es braucht Zeit. Wichtig dabei ist, ehrlich und aufrichtig miteinander umzugehen." Dabei schauen seine wasserblauen Augen so mitfühlend drein, als sei es ihnen bestimmt, Sophies ganze Seelennot darin aufzunehmen.

Marie-Ange sieht die Dinge pragmatischer: „Dort, wo ihr inzwischen angekommen seid, ist Aufrichtigkeit und Transparenz notwendig. Worte sind schön und gut, aber irgendwann reicht das nicht mehr und dann sind Liebesbeweise wichtiger als Liebesworte."

Jean-François schaut immer noch sanft und sagt voll Zuversicht: „Geduld, liebe Sophie, gut Ding braucht Weile und Gregory ist ein korrekter, fürsorglicher Mann, der alles auf seine Art richtig und gut machen möchte, aber natürlich gehören zur Liebe auch Taten."
„Erinnerst du dich daran, was ich dir voraussagte?", fragt Marie-Ange.
„Zum Beispiel?"
„Dass die Sehnsucht immer größer und das Vermissen immer schmerzhafter wird, je tiefer ihr das Glücksgefühl eurer Gemeinsamkeit empfindet."

„Ohne Sehnsucht geht es in der Liebe leider nicht", weiß auch Jean-François, „aber das wird nicht immer so bleiben, er wird kommen, mein Mädchen, diese schwierige Zeit müsst ihr jetzt halt noch durchstehen.

Beim Abschied erinnert Marie-Ange daran, dass Liebe in dieser Dimension sich viel mehr durch Taten als durch Worte ausdrücken sollte, und Jean-François rät Sophie, ihre Emotionen mit Gregory zu teilen: „Denn er vermisst dich ebenso und denkt sicher schon lange darüber nach, wie er euren Wunsch zu Silvester verwirklichen kann."

Auf dem Heimweg ist von der Sonne nichts mehr übrig, weder ihr Strahlen noch ihre Wärme. Damit passt der Tag des Winterbeginns mit der frühen Dämmerung perfekt zum Weihnachtsmarkt, dessen ebenfalls heimkehrende Besucher inzwischen nicht nur die Straßen, sondern auch deren Umleitungen verstopfen, weshalb Sophie nur im Schritttempo vorankommt.

Zu Hause drängen Gefühle und Gedanken aus ihr heraus, die Wörter fließen wie mechanisch in ihre Finger und über die Tasten in ein Mail. Sie schreibt, was sie empfindet und wieso, achtet darauf nicht fordernd oder undankbar zu sein, denn dieses Jahr hat ihnen viel gemeinsames Erleben geschenkt. Trotzdem wagt sie die Frage wie es sein kann, dass ihn seine eheliche Situation inzwischen so gefangen hält, dass er nicht mehr seinen Wünschen entsprechend reagieren kann.

Sie bittet: „Deine Antwort auf diese Frage ist mir wichtig und deshalb bitte ich dich um Hilfe für deren besseres Verständnis." Dann schickt sie es so schnell ab, als fürchte sie, ein genaueres Überlesen könnte ihr den Mut dazu nehmen.

Gregory beurteilt seine Situation als mehrfach kompliziert: „Einer der Hauptgründe meines Zögerns liegt da-

rin, dass mir für meine Tätigkeit in Frankfurt der Folgeauftrag fehlt und mir eine nachträgliche Steuerforderung
des Finanzamts finanziell die Luft abschneidet. Da ich
dadurch im Moment nicht bewegungsfähig bin, bin ich
auch nicht frei in meiner Entscheidung, Silvester zu dir
zu kommen, aber vielleicht hilft dir diese ehrliche Beschreibung meiner Situation dabei, diese besser zu verstehen."

Tätig zu sein ist für ihn lebenswichtig, nicht nur finanziell, sondern auch als Bestätigung für sich selbst, für sein
Ego: „Es macht mir Spaß zu arbeiten, Arbeitsstress zu
empfinden und Erfolg zu haben. Zudem erlaubt mir die
Projekttätigkeit an einem anderen Ort zu arbeiten. Den
Abstand von Berlin und der häuslichen Umgebung brauche ich, um mich frei zu fühlen, denn meine eheliche Situation empfinde ich oft als sehr belastend und indirekt
leidest auch du darunter, was ich nicht möchte. Aber
über allem steht mein Optimismus, dass nach dem derzeitigen Tief wieder ein Hoch kommt. Du sagst immer,
dass im Leben nichts ohne Grund geschieht und diese so
unerwartet schwierige Situation hat sicherlich auch einen Grund und wird etwas verändern. Vielleicht hast du
eine Idee, denn du kannst das alles aus der Ferne sicher
besser analysieren."

Sophie analysiert, rät aufrichtig und zuversichtlich zu
sein, weil immer wieder Türen aufgehen und oft Positives passiert, wenn man nicht damit rechnet, sondern darauf vertraut, dass alles gut wird: „Das Vertrauen darauf,
dass Träume Wirklichkeit werden, wenn man daran
glaubt, hast du in mein Herz gepflanzt und stets dafür
gesorgt, dass wir daran glauben können. Bist du noch der
Suchende, der sich an Mark Twain zum Leinen Lösen
orientiert, der sich mit einem mallorquinischen Bergadler
vergleicht und fliegen möchte?

Du und ich haben in unserem aktiven Leben großzügig für das Wohlergehen unserer Familien gesorgt, was uns auch weiterhin am Herzen liegt, obwohl sich die Vorzeichen für unsere Verantwortung geändert haben, weil unsere Kinder nun erwachsen sind und für ihr eigenes Leben und das ihrer Kinder sorgen. Wir werden mit ihnen emotional verbunden bleiben und jederzeit einspringen, wenn sie uns brauchen, aber die Verantwortung für ihr Leben und ihre Familie liegt nicht mehr bei uns.

Vielleicht können dir das Mark Twain Zitat und deine Assoziation mit dem mallorquinischen Bergadler helfen, diese Frage zu beantworten. Du hast beides für dich ausgewählt, aber fliegen musst du selbst. Es könnte sein, dass du dafür erst in die Tiefe sehen und dich mit deiner Angst konfrontieren musst, um sie im Vertrauen darauf, dass deine Flügel dich tragen, zu überwinden. Dass sie dich tragen, weißt du längst, denn du hast mich nicht ohne Absicht in dein Leben geholt, aber landen kann man nur, wenn man geflogen ist. Mein Zuspruch und meine offenen Arme stehen dir zur Verfügung, aber fliegen musst du selbst, denn laut Else gebe ich dir lediglich die Anregungen, die du brauchst, um dich selbst zu erkennen und zu finden."

Gregory ist zuversichtlich: „Deine Gedanken helfen mir und oft denke ich an das Licht, das am Ende des Tunnels wieder scheint. Auch wenn ich mich emotional noch im Tunnel fühle, rational sehe ich das Licht, weiß nur noch nicht, wann und wie ich es erreiche. Aber ich arbeite daran und deine Worte und dein gedanklicher Beistand helfen mir dabei."

Es wird Weihnachten. Sie feiern in ihren jeweiligen Familien. Gregory ruft an und verspricht, beim traditionellen Kirchgang wieder für ihre Liebe zu beten. Sophie bittet ihn, auch dafür zu beten das Richtige zu tun, und er

bestätigt: „Ich fühle mich mit dir verbunden, habe für uns gebetet und vertraue darauf, dass alles gut wird."
Bei seinen Anrufen verspricht er alles zu tun, um den gemeinsamen Silvesterwunsch zu realisieren.

Inzwischen versinkt die Schweiz im Schnee und Gregory im Sessel und in der Lektüre eines Romans, den er zu Weihachten bekam.
„Ich sitze im Sessel, die Füße in eine Decke gehüllt und denke an dich. Was machst du gerade?"
Sophie hat es sich vor dem Kamin gemütlich gemacht und antwortet: „Ich sah gerade einen Film mit sehr viel Liebe und einem Spruch, der an mir hängen blieb: ‚Liebe braucht Mut, wenn sie gelingen soll.' Du hast diesen Mut schon oft und immer zu meiner Bewunderung bewiesen. Dafür danke ich dir."

Allerdings erinnert die Vorstellung des in eine Decke gehüllt im Sessel sitzenden Liebsten eher an einen alten Opi mit eingeschlafenen Füßen, von dem man wohl kaum Beweglichkeit zu Silvester erwarten darf. Also fragt sie sich, fragt sie ihn:
„Wo ist mein bezaubernder Liebster geblieben, dem man mich vor zwei Wochen am Bahnhof in München fast entreißen musste? Ist das noch derselbe, der mich in Winterthur am Bahnhof mit einem Küsschen auf den Nacken erschreckte und mich rettend umfing, damit ich nicht von der Bank rutschte, der „echt verliebt" im Park von Rheinsberg Küsschen-Spiele ersann, der für 36 Stunden in die Schweiz kam, um mit mir, wie versprochen, in Lausanne zu tanzen, der mit mir im Vierjahreszeiten Hotel in München in der Sauna lachte, auf dem Opernplatz von der Gans des Freiherrn umworben wurde, und mit mir und meinen Freundinnen auf den Weihnachtsmärkten Glühwein trank? Bist du plötzlich zum alten Opi geworden oder wirst du morgen wieder der sein, den ich gerade beschrieben habe?"

Er reagiert blitzschnell: „Keine Sorge, ich habe mich nicht verändert. Ich las den ganzen Abend ein Buch das mich so gefangen hielt, dass ich es auslesen musste und erst dann merkte, wie spät es ist. Zehn Extra-Gutenacht-küsschen sende ich dir als Kompensation und als Freude für uns beide, denn wir haben ja beide etwas vom Küssen. Ich spüre es, ich spüre dich."

Am nächsten Morgen hat der Winter auch Berlin voll im Griff, und alles wie in Watte gepackt. Gregory lässt sich auf dem Teufelsberg „durchpusten" und trainiert im Fitness-Studio. Abends meldet er sich als: „durchgepustet, Fitness aufgetankt, sehnsuchtsvoll an dich denkend, dich liebend. Das sind alles Eigenschaften und Gefühle, die ich heute erfahre. Du weißt ja, einen mallorquinischen Bergadler kann weder Sturm noch Schnee erschrecken. Leider ist mein Finanzamt- und damit mein Kontenproblem immer noch nicht geklärt. Ich hoffe, es gibt morgen eine Bewegung. Es ist furchtbar, auf diese Weise angekettet zu sein. Da wird auch ein normalerweise unerschütterlicher Bergadler flügellahm und das soll doch verhindert werden."

Sophie versteht, dass der mallorquinische Bergadler fliegen will, wagt es kaum zu glauben, aber seine Worte sind klar: „Du weißt und spürst, wie sehr es mich nach Süd-Süd-West zieht. Es besteht aber immer noch eine 10-prozentige Unsicherheit. Ich würde das Auto nehmen, um flexibel zu sein, auch wenn es anstrengender ist. Morgen muss ich nochmals zu dem „unnetten" Herrn beim Finanzamt und hoffe, dass mir das mit einer vorläufigen Stundung der Forderung weiterhilft."

Aber es hilft nicht. Deshalb geht er auch am nächsten Tag wieder zu dem „unnetten" Herrn: „Er sagt, dass man auf eine Entscheidung noch warten müsse. Das klingt zwei Tage vor Jahresende nicht sehr ermunternd, doch mit konstruktiven Bildern stelle ich mir vor, dass es noch klappen könnte, denn in Gedanken bin ich schon bei dir, sitze neben dir, schaue ins Kaminfeuer und werfe Cléa den mit Leckerli gefüllten Ball zu. Träume ich oder ist das der Beginn unserer neuen Realität?"

Die neue Realität beginnt am nächsten Tag mit einem fröhlichen: „Guten Morgen, meine Herzallerliebste, ich mache jetzt Kaffee und bereite meine Abfahrt vor. Ich muss aber noch einiges erledigen und melde mich, sobald ich fertig bin."

Sophie kann es kaum glauben, freut sich riesig und schlägt vor: „Wir werden in meinem Appartement in Montreux feiern, damit wird auch der Weg für dich kürzer."
„Was immer du vorschlägst, mir wird es gefallen. Dann also bis gleich!"
„Bis gleich, mein Liebster. Gute Fahrt und bitte pass auf, es ist extrem schlechtes Wetter."
„Aber du weißt doch, dass weder Sturm noch Schnee einen mallorquinischen Bergadler davon abhalten können, zu dir zu reisen."
„Dann reise gut und komm gut an. Ich wünsche dir viel Glück und eine gute Fahrt."
„Das Glück werde ich mit dir haben und darauf freue ich mich."

Das Wetter mit Schneeregen und Graupelschauer ist nicht unbedingt reisefreundlich für elf Stunden Fahrt auf überfüllten Autobahnen. Aber Montreux empfängt ihn in weihnachtlichem Lichterglanz, als er eine knappe Stunde vor Jahresende auf Sophies Appartement zusteuert. Mit dem Aufzug im 8. Stock angekommen, eilt er Sophie mit einer Rose quer im Mund, mit Riesenschritten und ausgebreiteten Armen entgegen, um sie rasch darin zu verstauen.

„Wie schön, dass du tatsächlich da bist! Ich hab's bis zum letzten Moment kaum geglaubt."

„Wie schön, dass ich da sein darf und dich endlich wieder in meine Arme nehmen kann. "

„Du musst todmüde sein, denn die Fahrt war sicher sehr anstrengend."

„Nicht anstrengend genug, um mich davon abzuhalten, mit dir ins neue Jahr zu tanzen."

„Dann komm schnell rein!"

„Wow, ist das gemütlich hier!", sagt er beim Betreten der weihnachtlich geschmückten Wohnung, und Sophie freut sich, denn genau so hat sie es sich vorgestellt.

„Noch gemütlicher wird es gleich mit einem Glas Champagner."

„Darf ich vorher duschen?"

„Nein, aber du darfst die Champagnerflasche entkorken."

„Ohne zu duschen?"

„Ohne zu duschen!", bestätigt sie in sein fragendes Gesicht mit den hochgezogenen Augenbrauen.

„Also dann gib sie her, die Flasche!"

„Sofort, denn ich muss sie erst aus dem Kühlschrank holen. Aber Champagner zur Begrüßung muss jetzt einfach sein!"

„Auch das muss jetzt einfach sein", bestimmt Gregory und hält sie küssend zurück. „Denn ab jetzt lasse ich dich so einfach nicht mehr weggehen, nicht einmal zehn Meter!"

Sie genießen den Champagner auf dem überdachten Balkon zusammen mit dem Blick auf das festlich beleuchtete Montreux und die sich im See spiegelnden Lichter der Uferpromenade.

„Darf ich jetzt duschen?", fragt er irgendwann.

„Du darfst."

Wenig später steht er wieder vor ihr: elegant im dunklen Anzug strahlt er glücklich aus dem weißen Hemd, an dem die oberen Knöpfe lässig offen sind. Er reicht Sophie den Arm und führt sie zu dem vor der Fensterfront gedeckten Tisch, was ihnen auch während des Essens den Blick über die Lichter von Montreux und jene der französischen Seeseite freigibt.

Den Champagner und ihre Gemeinsamkeit genießend, feiern sie die letzten Momente des zu Ende gehenden Jahres, das ihnen so viel gemeinsame Zeit schenkte, wie sie dankbar feststellen. Dabei kommt Gregory plötzlich auf die Idee ‚selfies‘ aufnehmen zu wollen, weil er damit, wie er der amüsiert den Kopf schüttelnden Sophie erklärt, zwei glückliche Menschen, die sich lieben, verewigen möchte.

„Und das muss nun unbedingt in den letzten Minuten dieses Jahres sein?", will Sophie wissen, bevor sie artig mit ihm in sein Smartphone lächelt und sich über seine Antwort freut:

„Ja, es muss, weil ich in diesem Jahr noch dokumentieren möchte, dass ich alle meine Versprechen wahr gemacht und auch dieses zu Silvester eingehalten habe."
Sophie ist gerührt und hat nur eine Antwort darauf, die sie wortlos direkt vermittelt. Im selben Moment beginnen die Glocken der benachbarten Kirche mit vollem Klang das neue Jahr einzuläuten, in das sie glücklich tanzen, denn er ist allen Widerständen zum Trotz gekommen. Damit beginnt eine neue Wirklichkeit, in der sich beider sehnsuchtsvolles Bangen und Hoffen der letzten Tage im Erleben ihrer Liebe auflöst.

Zu ihrer neuen Realität gehört lachen, lieben, einkaufen, kochen und noch vieles mehr. Sie erleben alles in Freude, selbst so Alltägliches wie Saubermachen, denn damit wollen sie ihre „Alltagstauglichkeit" üben, die sie täglich mit sichtbarem Erfolg unter Beweis stellen.

Die weiße, sonnige Winterlandschaft animiert zu ausgiebigen Spaziergängen mit Cléa, wobei ihr Weg durch die Weinberge des Lavaux mit den beeindruckenden Sonnenuntergängen nicht fehlen darf. Das Schöne beim Ausklingen der Tage vor dem Kamin ist die Gewissheit, dass es keine Trennung gibt, wobei Gregory nie vergisst, liebevoll daran zu erinnern, dass seine Gutenachtküsschen dieser Tage nicht virtuell, sondern Wirklichkeit sind und bis zum Morgen bleiben dürfen.

Was immer sie in diesen Tagen des neuen Jahres zusammen erleben, es geschieht in Dankbarkeit und im Bewusstsein, dass dieses Erleben kostbar ist. Darauf wollen sie aufbauen, wollen in Ehrlichkeit miteinander verbunden sein.

Gregory ist sich bewusst, dass sein Leben im Umbruch ist, dass weder Sophie noch er weiterhin mit Scheinwelten umgehen wollen, sondern dass der Moment dafür gekommen ist, auch in seiner Familie Raum für die Wahrheit zu schaffen. Dafür vertraut er voller Überzeugung auf die Verlängerung seines seit Jahren laufenden Frankfurter Projektvertrags, der bisher immer im Dezember besprochen und unterzeichnet wurde, was nun aber für Januar vorgesehen ist. Für ein entsprechendes Vorgespräch konnte er kurzfristig noch einen Termin auf der Rückreise nach Berlin einplanen.

Der Januarmorgen ihres Abschieds ist eisig kalt. Gregory plant um 8 Uhr aufzubrechen, um pünktlich für seinen Geschäftstermin in Frankfurt zu sein.
Er enteist sein Auto, ist kurz vor acht reisefertig, und Sophie ist für einen raschen Abschied bereit.
„Wie spät ist es?" fragt er, der meistens ohne Uhr unterwegs ist.

„Viertel vor acht, das gibt dir etwas mehr Zeit um pünktlich zu sein, falls die Straßenverhältnisse etwas schwieriger sind."

Gregory lacht: „Nein, das gibt uns noch eine Viertelstunde mehr zusammen und mir vielleicht noch einen kleinen Espresso."

Es ist ein kurzer Abschied für eine kurze Zeit der Trennung, denn in weniger als einem Monat wollen sie in Berlin Gregorys 71. Geburtstag zusammen feiern.

Doch dann kommt alles anders ...

18. Kapitel: Die Verschwörung

Der Januar beginnt grau in grau, mit Tagen, an denen es gar kein Wetter zu geben scheint: Keine Sonne, keinen Regen, keinen Schnee, alles ist schlichte, langweilige Farblosigkeit. Doch nur, sofern es das Wetter betrifft, denn eine eigenwillige Dynamik braut sich unter Berlins grauem Himmel zusammen, wo man herausfinden möchte, was Gregory dazu bewegte, zum Jahresende in die Schweiz zu fahren.

Das gelingt an einem strahlenden Sonntag, an dem man sich über die Sonne freut, die ins Freie lockt, was ideal ist für Gregorys geplantes Programm. Denn er freut sich nicht nur über die Sonne, sondern auch über das am Nachmittag vorgesehene Treffen mit seiner Schwester, die mit ihrem Mann ein paar Tage bei der in Berlin verheirateten Tochter zu Besuch ist. In Anbetracht des sonnigen Wetters, wollen sie sich mit den Enkeln auf einem Spielplatz treffen; sie mit ihren beiden und er mit Lennart und Alexia, den 11- und 8-jährigen Kindern seiner Tochter Annabelle. Nach deren Scheidung ist er für die beiden eine zusätzliche Bezugsperson zum Vater geworden, der nur wenig Zeit für sie hat, während Gregory sich gerne mit ihnen beschäftigt und darin nicht nur eine ihm lieb gewordene Erfüllung seines Lebens, sondern auch seiner Wochenenden findet.

Beide kommen gleich nach dem Aufwachen zum Opi ins Zimmer gestürmt und können es kaum erwarten, bis es endlich Zeit für den Spielplatz ist. Damit beginnt ein fröhlicher Tag, und freudig sind auch Gregorys SMS, die er über den Vormittag verteilt nach Süd-Süd-West sendet, und welche Sophie ebenso fröhlich beantwortet.

Doch ganz unabhängig voneinander erleben sie an diesem Tag eine Überraschung, die sich für beide völlig unterschiedlich präsentiert, jedoch den gleichen Ursprung hat: Gregorys i-Pad. Von diesem erhält Sophie nachmittags ein unverständliches Mail, das sie immer wieder ebenso erstaunt wie beunruhigt liest:

„Liebe Sophie, ich bitte dich, keine Mails mehr zu senden. Gruß Gregory."

Wieso soll sie keine Mails mehr senden? Und wieso schreibt er so formell? Ist sie nicht mehr seine Herzallerliebste? Dieser ebenso absurde wie beängstigende Satz bringt totale Verwirrung, denn er ist von seinem i-Pad unter seiner E-Mail-Adresse versandt.

Allerdings ist das Mail gänzlich ohne sein Wissen entstanden, denn während es geschrieben wird, freut er sich mit seiner Schwester und seinem Schwager auf dem Spielplatz über das fröhliche Herumtollen der Enkel, die sich fantastisch verstehen und Spaß miteinander haben.

Er ahnt nichts von Sophies Verwirrung, aber freut sich darauf, ihr vom Treffen mit seiner Schwester zu berichten. Doch dazu kommt es nicht, denn zu Hause läuft er direkt in die ihn erwartende Katastrophe: Seiner Frau ist es im Laufe des Nachmittags gelungen, seinem i-Pad die Beweise der Liebe und Zärtlichkeit zu entlocken, die er mit Sophie teilt, und die sie nie auf diese Weise mit ihm erlebt hatte. Ihre Empörung ist grenzenlos und ihre Reaktion, die sie unverzüglich mit ihren Töchtern teilt, nachvollziehbar.

Beide sind sofort zur Stelle und bereit, Gregory entsprechend zu empfangen. Besonders aufgebracht ist Viktoria, die ältere der beiden, die seit dem frühen Tod ihres Mannes ihrer Einstellung zur „heilen" Familie einen etwas übersteigerten Stellenwert in ihrem Leben einräumt. Auch wenn sie inzwischen mit ihrem 10-jährigen Sohn

Tassilo oft mehr als ihr lieb ist von den Schwiegereltern eingenommen wird, so ist ihre ursprüngliche Familie und die Beziehung zum Vater heilig. Das ist die familiäre Komfortzone, und diese zu verteidigen liegt ihr, ebenso wir ihrer Schwester und der Mutter, sehr am Herzen.

Bei der heftigen Auseinandersetzung mit den in ihrer Empörung vereinten Frauen, bricht vieles für Gregory zusammen, vor allem aber die Hoffnung, bei seinen Töchtern Verständnis für die geplante Neuorientierung seines Lebens zu finden. Denn nun sieht man in ihm, dem Patriarchen der Familie, den Verräter, der diese wegen seiner Liebe zu einer anderen Frau zu zerstören bereit ist.

Aber von dieser Katastrophe weiß Sophie nichts, und Gregory hat auch keine Kenntnis von dem in seinem Namen gesandten Mail, wird sich im Laufe des Abends aber zunehmend bewusst, dass sie auf sein Gutnachtmail wartet, zumal er versprach, ihr vom Treffen mit seiner Schwester zu berichten. Jedoch inzwischen ist der Nachmittag aus dem Fokus seiner Gedanken gerückt.

In sein Zimmer zurückgezogen ist er mit dem Aussortieren des Scherbenhaufens seiner bislang so konstruktiv geplanten Existenz beschäftigt. Er versucht zu analysieren, was sich seit ein paar Stunden alles für ihn verändert hat und welche Konsequenzen sich daraus ergeben. Dabei ist er sich jedoch ganz sicher, dass er Sophie nicht aufgeben, sondern alles dafür tun wird, um sie in diesem vermutlich folgeschweren Konflikt nicht zu verlieren. Mit dem Vorsatz, sie so behutsam wie möglich zu informieren, beschließt er, sich erst am nächsten Tag bei ihr zu melden, denn ihm liegt daran, erst seinen eigenen Seelenfrieden wieder zu finden.

Unterdessen wird das Warten für Sophie zum Alptraum, mit dem sie spätabends zum ersten Mal seit achtzehn Monaten ohne sein Gutenachtmail schlafen geht. Auch wenn diese Tatsache im Dilemma dieser Stunden nur ein kleines Detail sein mag, so entwickelt es mit der Frage, warum er sich nach diesem unverständlichen Mail nicht mehr meldet, eine bedrückende Eigendynamik. Damit, und mit verschiedenen ausgedachten Szenarien was wohl geschehen sein könnte, kämpft sie sich durch eine schlaflose Nacht, sich immer wieder fragend, ob Gregory wohl seinen Schlaf findet, was auch für ihn in dieser Nacht illusorisch bleibt.

Mit einer befremdend dunkel klingenden Stimme entschuldigt Gregory sich am nächsten Morgen für sein Schweigen des Vorabends. Auf Sophies spontane Frage, warum er ihr dieses schreckliche Mail geschickt und sich danach nicht mehr gemeldet hat, antwortet er betont ruhig:

„Ich habe dir kein schreckliches Mail geschickt, und warum ich mich gestern nach dem Treffen mit meiner Schwester nicht mehr gemeldet habe, wollte ich dir gerade erklären."

Aber Sophie beharrt auf dem erhaltenen Mail und wiederholt jedes Wort davon, worauf Gregory noch einmal bestätigt, kein Mail geschickt zu haben.

„Aber es kam von deinem iPad und mit deinem Namen."

„Das werde ich überprüfen."

Er hat Mühe weiterzusprechen, um zu erklären, dass ihre Mails gelesen wurden und es darauf eine heftige Auseinandersetzung gab, wobei ihn die Enttäuschung darüber, dass das von seinen Töchtern erwartete Verständnis ausblieb, besonders hart traf:

„Annabelle riet zur Eheberatung und Viktoria erinnerte an unsere Absprache, wonach sie zur kurzfristigen Überbrückung des aktuellen finanziellen Engpasses meiner

Firma mit Kapital aus ihrem Unternehmen aushelfen wollte, was nun jedoch neu festgelegt werden muss. Ich habe heute Nachmittag einen Termin mit ihr."

Sophie hat größte Mühe, ihre Empörung über den Eingriff in seine und damit auch in ihre Intimsphäre im Zaum zu halten. Sie zwingt sich, ihm so ruhig wie möglich zuzuhören, denn jeglicher Protest wäre wie ein Windstoß auf die in ihm noch glimmende Glut seines eigenen Aufbegehrens, das die schlaflose Nacht nicht besänftigen konnte. Er bittet sie ruhig zu bleiben, bis er alles geklärt hat.

„Nach dem Treffen Viktoria berichte ich dir wieder. Doch wird sich an unserer Beziehung und unserer Liebe nichts ändern."

Dieses zuversichtliche Versprechen ist für Sophie nur ein vager Trost zum Gegengewicht ihrer Entrüstung und Enttäuschung über diese Art der Information an seine Familie, die sie sich nach ihren Erfahrungen im Freundeskreis ganz anders vorstellte. Damit ist die erhoffte Co-Existenz aller Beteiligten zu einer Fata-Morgana geworden, und sie hängt in einer misslichen Lage fest, ohne sich gegen die Verletzung ihrer Intimsphäre wehren zu können. Obwohl sie sich bewusst ist, dass ihr aufbegehrender Groll nichts nützt, sondern ihr und auch ihrer Einstellung zu Gregorys Familie eher schadet, hat sie Mühe ihre Gefühle unter Kontrolle zu bringen.

In einem gesteigerten Bedürfnis an Bewegung in frischer Luft, unternimmt sie nach diesem Gespräch lange Spaziergänge mit Cléa, die ihre Freude an Frauchens erhöhtem Schritttempo mit eifrigem Schwanzwedeln kundtut. Als sie nachmittags zur Kirche hinaufgehen, wundert sich Sophie über die bereits dicht über der Rhône liegenden Nebel, während im Dorf noch die Sonne scheint. Ist das ein Gleichnis der Natur mit dem Rat, die Dinge bei

Gregory und seiner Familie zu lassen, so wie auch die Nebel der Rhône im Tal bleiben ohne Einfluss auf die Sonnenstrahlen zu nehmen?

Jedenfalls passt diese Vorstellung perfekt zu seinem Mail nach dem Gespräch mit Viktoria:

„Es gibt ziemlich viel Ärger. Meine beiden Töchter haben sich erstaunlicherweise auf die Seite ihrer Mutter geschlagen, was ich nicht erwartet habe. Nachdem ich gestern erklärte, dass ich mit dir leben möchte, „bearbeiten" sie mich. Mit Viktoria sprach ich über die gesamte familiäre Situation, habe sie aber bisher nicht überzeugen können. Man sieht mein Verhalten als Verrat und Bruch der gesamten Familienbande.

Da unsere Mails nicht mehr gesichert sind, können wir uns vorerst nur telefonisch austauschen. Aber ich werde rasch eine WLAN-sichere Verbindung herstellen. In der Zwischenzeit werden wir öfter miteinander telefonieren und unsere Verbundenheit durch Gedanken übertragen, denn wenn ich intensiv an dich denke, fühle ich dich ganz nah und es geht mir gut. An unserer Beziehung und Liebe wird sich nichts ändern. Also bitte vertraue, bis ich alles geklärt habe. Dazu melde ich mich bald. Dein dich innig und ewig liebender Gregory."

Offenbar sieht er sich gezwungen, dem Druck der Familie nachzugeben, ist jedoch überzeugt, dass sich das bald ändern wird. Die Eheberatung jedoch lehnt er ab, was Sophie bei seinem nächsten Anruf zu der Frage veranlasst, wie seine Frau, die er nie erwähnt, sich dazu äußert, und darauf antwortet er mit einer gewissen Leichtigkeit:
„Sie wollte bei unserer Auseinandersetzung hauptsächlich wissen, ob ich noch Sex hätte."
„Und was hast du gesagt?"
„Die Wahrheit natürlich, was sie aber vermutlich nicht geglaubt hat!"

„Damit bist du für deine Familie leicht zu kategorisieren, obwohl du etwas aus dem Schema der älteren Herren fällst, die sich durch meist weitaus jüngere Damen die Hormone verwirren lassen. Denn a-typisch bei uns ist, dass wir fast im gleichen Alter sind, wobei ich sogar ein paar Monate Vorsprung habe."

„Ja, es könnte wohl sein, dass man das so sieht. Das hilft vermutlich beim Einschätzen der Situation, indem man davon ausgeht, dass bei mir gerade die Hormone verrücktspielen, und dass es sich dabei aber nur um ein kurzes, temporäres Fehlverhalten handeln kann, bevor ich wieder normal werde. Bitte sei ganz ruhig, denn das wird alles rasch geklärt sein. Dazu muss zunächst meine Auftragssituation wieder in Ordnung sein, was gut aussieht, denn der Folgeauftrag in Frankfurt ist so gut wie sicher und weitere Projekte sind in Vorbereitung. Du siehst, alles wird gut, es braucht nur etwas mehr Zeit."

Als ein paar Tage später in der Mittagszeit sein Smartphone klingelt, ist sie erstaunt, denn es ist Freitag und Gregory weiß, dass sie freitags mit ihrer Enkelin isst, die nur wenig Zeit dafür hat, weil sie mit dem Zug zur Schule fährt. Sophie freut sich und sagt fröhlich:
„Wie schön, deine Stimme zu hören."
„Nein", kommt es entschieden klar vom anderen Ende: „Es ist nicht er, ich bin es, seine Frau."
Sophie erschrickt, sie erkennt die Stimme, die sie bei dem Anruf in München unter der warmen Bettdecke fast einfrieren ließ. Doch im Weitersprechen wird die Stimme sanft wie ein lauer Frühlingswind: „Ja, ich rufe Sie an, weil ich Sie so sympathisch finde. Deshalb denke ich, wir sollten ein Gespräch unter Frauen führen."
Ebenso überrascht wie erleichtert sagt Sophie: „Aber gerne."

Doch es kommt ganz anders, und mit zunehmend bestimmtem Ton und klar artikuliert, erfährt sie, dass Gregory seit 45 Jahren das Eigentum seiner Frau sei und das auch so bleiben wird, weil er nur sie liebt und Sophie fürchterlich hintergeht, was sie offenbar gar nicht merkt. „Außerdem hat er mir geschworen, dass Ihre Verbindung nur platonisch ist und das kann ja auch gar nicht anders sein, weil er wirklich nur mich liebt!"

In einem Wortschwall ohne Pause fliegen die Wörter auf Sophie zu, wobei sie erfährt, warum Gregory seine Frau so liebt, und es deshalb auch gar nicht möglich ist, dass er dazu auch noch sie lieben kann. Als die Stimme immer energischer wird, sagt Sophie mitten in diesen Wortschwall hinein, und so spontan bestimmt, dass sie sich über die Freizügigkeit dieser Aussage selbst wundert: „Und deshalb sagt er zu mir, dass er gar nicht wusste, wie schön Liebe sein kann?"

Als sie sich später über ihren spontanen Mut wundert, kommt ihr die Szene mit dem Gürtel Siegfrieds aus der Nibelungensage in den Sinn, mit dem Kriemhild Brünhild auf den Stufen des Wormser Doms offenbart, dass es nicht Gunther, sondern Siegfried war der sie besiegt hatte.

Doch zunächst sagt sie: „Ich denke, damit sollten wir das Gespräch beenden und falls er mir etwas zu sagen hat, dann soll er das bitte selbst tun."

Darauf kommt keine Reaktion mehr. Das Gespräch ist abrupt zu Ende, und Sophie sagt sich, dass es ja auch nichts mehr hinzufügen gegeben hätte. Allerdings ist der Grund dafür ein ganz anderer, denn Gregory, der sich nach den wöchentlichen drei Tagen Frankfurt zur Entspannung am Wochenende gerne Zeit für seine Enkel nimmt, kommt zur Tür herein. Er hat, als er die Wohnung verließ, um Lennart von der Schule abzuholen, das

Smartphone zu Hause auf der Ladestation vergessen, wo er es auch wiederfindet. Alles ist so wie er es verlassen hat und deshalb weiß er auch von diesem Anruf nichts. Allerdings hat Sophie dadurch einen Einblick in seine Ehe bekommen, auf den sie gerne verzichtet hätte. Wie soll und wie kann sie darauf reagieren? Ein Rückruf ist ausgeschlossen und damit auch ein Mail, das auf seinem Smartphone ersichtlich wäre. Im Moment kann sie nichts anderes tun als abwarten. Damit wird der Nachmittag zur Geduldsprobe.

Endlich kommt sein Anruf, bei dem er erstaunlich gelassen darauf reagiert, dass seine Frau sein Smartphone für einen Anruf an Sophie benützte, und erklärt, dass man das nicht ernst nehmen dürfe, denn sie riefe immer überall an.
„Ich hoffe, du hast diesen Unsinn nicht geglaubt!"
„Natürlich nicht, aber herumgewirbelt hat es mich schon, denn so etwas darf es doch gar nicht geben, und wie kann man sich das alles überhaupt ausdenken?"
Doch darauf geht er nicht weiter ein. Er hält das Thema für abgeschlossen. Aber Sophie drängt es zu erwähnen, bei diesem Gespräch seine Äußerung über das Erleben ihrer Liebe preisgegeben zu haben. Sie ist erstaunt, dass er lacht und das durchaus in Ordnung findet.

Doch für Sophie ist es, als hätte sich der Vorhang zu einem Theaterstück aufgetan, zu dem sie keine Eintrittskarte erworben hat. Sie weiß auch nicht, ob sie dieses überhaupt sehen möchte, da es nicht den Anschein eines friedlichen Schauspiels erweckt.

Von nun an klappt nichts mehr, weder privat noch geschäftlich. Alles, was sich an Silvester bei ihrem Tanz in ein neues, von ihnen als glücklich erhofftes Jahr so gut und richtig anfühlte, passt nun nicht mehr in diese kontroverse Realität. Gregory steht unter enormen Belastungen, zum einen durch die familiäre Situation mit der Enttäuschung über die Reaktion seiner Töchter und zum anderen durch den finanziellen Engpass, den er, bisher nur an Erfolge gewöhnt, nicht vorausgesehen hat und auch jetzt als rasch vorübergehend einschätzt.

Sophie hat Mühe, Verständnis für seine plötzlich so komplizierte Situation aufzubringen: Verständnis für seine Fehleinschätzung der Reaktion seiner Familie und für seine finanziellen Probleme, die durch entsprechende Vorsorge zu vermeiden gewesen wären.

Auch ihre Empörung über das Vorgehen seiner Frau im Zaum zu halten, ist nicht einfach, denn es hat einen direkten Einfluss auf ihr Leben, schon allein wegen der Unterbrechung des Mailkontakts, die sie beide hart trifft, denn für Gregory ist es enorm wichtig zu wissen, dass sie zu ihm hält.

Das verspricht sie ihm am Telefon und er verspricht, rasch eine gesicherte, nicht einzusehende E-Mail Adresse einzurichten, damit sie wieder korrespondieren können. Darin sieht er den ersten Schritt in ihre Normalität, obwohl sich die Lage noch nicht beruhigt hat.

Zwei Tage später ist es soweit: „Heute endet die Mailunterbrechung. Ich habe jetzt einen neuen „Account" eingerichtet damit ich dich über die momentan so schlimme Situation hinwegtrösten kann. Ab sofort sind alle Mails, die auf diese Adresse gehen, vor fremden Einblicken geschützt. Ich muss dabei jedoch beim Abspeichern vorsichtig umgehen."

So sehr Sophie sich darüber freut, wieder frei mit Gregory kommunizieren zu können, so ist sie sich aber auch bewusst, dass damit zwar eine erste Hürde genommen, die Krise aber noch nicht ausgestanden ist. Doch sie will weiterhin vertrauen, denn Gregory ist aktiv, bewirbt sich intensiv um Projekte. Aber es bewegt sich nichts und die Einkünfte fehlen.

Auch der Vertrag aus Frankfurt zur Weiterführung seiner seit Jahren bestehenden Tätigkeit lässt weiterhin auf sich warten, obgleich er als sicher gilt und die Unterzeichnung nur noch eine Formsache zu sein scheint. Also steht Viktoria zu ihrem Wort, finanziell auszuhelfen, doch dafür gibt es eine Bedingung, und die hat einen Namen. Es ist derselbe, den Gregory achtzehn Monate zuvor dem Wunschbaum auf der Insel Mainau anvertraute: Sophie. Man verlangt von ihm, den Kontakt mit ihr abzubrechen.

Er erkennt, dass ihm im Moment nichts anderes übrigbleibt, ist dabei aber absolut überzeugt, dass sich das rasch ändern wird, denn bereits der Frankfurter Vertragsabschluss garantiert seine finanzielle Unabhängigkeit. Damit wird sich diese Situation ändern, in die er sich vorerst schweren Herzens fügen muss, weil er ohne finanziellen Rückhalt keine andere Wahl hat.

Er bittet Sophie um Geduld. Geduld ist ein Basiselement ihrer Liebe und in deren Perspektive auf Verwirklichung fest verankert, obgleich das vergangene Jahr viel erlebnisreicher als erhofft war, weil Gregory jedes Wiedersehen genau wie vorgesehen verwirklichen konnte. Seiner Prämisse, dass auch in Zukunft alles so wie geplant zutreffen würde, scheint nichts zu widersprechen, was Sophie erleichtert zur Kenntnis nimmt:
„Damit kommt auch meine Welt wieder in Ordnung, obgleich ich diesen Einbruch in deine und meine Privatsphäre als gravierende Verletzung des persönlichen Respekts empfinde. Doch wenn man so wie du immer für alle da ist, wird man leicht vereinnahmt. Deine Disponibilität wurde zur Gewohnheit und diese zur Verpflichtung. Aber nun bringt deine Absicht, dein Leben

zu ändern, Unruhe in die Komfortzone aller Beteiligten. Da ich gerne Positives im Negativen sehe, wird das Lesen unserer Mails vielleicht auch zum besseren Verständnis für den Vater beitragen, der mit 70 Jahren eine neue Liebe entdeckt und einen anderen Lebensweg einzuschlagen wünscht."

Sie ist froh, dass sie sich über die neue Mail-Adresse wieder täglich austauschen können, was für beide extrem wichtig ist. Es sind vor allem Lichtblicke für Gregory, in dessen neuer Lebenssituation nichts mehr zusammenpasst:

„Abgesehen davon, dass ich mit meinen Töchtern zu kämpfen habe, die mich mit starken Vorwürfen konfrontieren, werden alle Projekte, für die ich mich bewerbe, mit einer Absage beantwortet. Ohne Aufträge fühle ich mich unfrei und amputiert. Aber in unserer Beziehung hat sich nichts geändert und wird sich auch nichts ändern, selbst wenn ein Sturm über uns hinwegfegen sollte. Du weißt ja, den mallorquinischen Bergadler kann nichts erschüttern."

Unterdessen bemüht sich Sophie um Verständnis für die plötzlich so komplizierte Situation. Sie will der Familie gegenüber so gut es geht neutral bleiben und ihre ursprüngliche Empörung über das Vorgehen seiner Frau neutralisieren. Sie fragt sich, wie sie gehandelt hätte. Hätte sie der Versuchung widerstanden, sich seines i-Pads zu bedienen, um das zu erfahren, was sie glaubte, wissen zu müssen, nachdem Gregory Silvester in der Schweiz verbrachte?

Sie räumt ein, dass sie diese Frage nicht unbedingt mit einem klaren NEIN beantworten kann. In ihrem Leben passierte manchmal auch genau das, was sie nie zu erleben oder zu tun geglaubt hätte. Lektionen des Lebens.

Diese Erfahrungen helfen dabei, die Lage nicht überzubewerten und darauf zu vertrauen, dass sich mit Gregorys finanzieller Unabhängigkeit alles zum Guten wenden wird. Sie versteht, wie wichtig es für ihn ist, dass sie zu ihm hält, selbst wenn ihr der geliebte „mallorquinische Bergadler" in dieser Situation nicht nur flügellahm, sondern manchmal eher wie ein Knetteigmännchen vorkommt. Aber sie will auch das Knetteigmännchen lieben, das ihre Liebe im Moment sicher mehr benötigt als der Adler.

Dabei kommt ihr Gregorys Vergleich mit dem Märchen der Schneekönigin in den Sinn, die Kai in ihrem Eispalast gefangen hält; das letztendlich aber positiv ausgeht, weil der eingefrorene Kai von seiner Freundin Gerda befreit wird, die dafür jedoch einige Gefahren überstehen muss.

Um in seiner Situation etwas klarer zu sehen, trifft er sich mit Sophies Freundin Kirsten, die auch als Coach arbeitet. Aus Gründen der beruflichen Diskretion erwähnt sie lediglich, dass er grundsätzlich davon überzeugt ist, dass alles ruhig über die Bühne geht, sobald er wieder Geld verdient: „Also kann ich dir nur raten: Wende dich schönen Dingen zu, feiere dein schönes Leben und Sein und wisse, dass auch im Eis die Sonne lacht und alles wirklich gut wird."

Aber vorerst findet Sophie gar nichts mehr gut, denn sie erkennt, wie verletzlich sie in dieser Situation geworden ist, in der Menschen, die ihr nicht wohl gesonnen sind, in ihr Leben eingreifen, ohne dass sie sich dagegen wehren kann. Hat sie im Vertrauen in Gregory und in seine Liebe ihre Verletzlichkeit unterschätzt? Hätte sie diese Situation voraussehen und vermeiden können? Hätte sie seinem Werben für Liebe und Zukunft widerstehen müssen, obgleich er stets zuverlässig war und die Zeit für seine Neuorientierung für gekommen hielt?

Inzwischen ist die von beiden gehegte Hoffnung auf ein friedliches Miteinander in weite Ferne gerückt. Trotzdem bestätigt Gregory immer wieder seinen Glauben daran, dass alles gut wird, es jetzt einfach mehr Zeit als ursprünglich vorgesehen benötigt. Sophie fühlt sich in eine andere Welt versetzt, weiß aber auch, dass sie ihn jetzt nicht im Stich lassen darf.

Er mailt jeden Morgen und jeden Abend, und auch der Telefonkontakt funktioniert. Beides sind für Sophie zuversichtliche Beweise dafür, dass er sich nicht davon abhalten lässt, den mit ihr beschrittenen Weg weiterhin zu gehen. Sie erkennt: „Du bist meine Welt geworden, in der ich gerne mit dir bleiben möchte, denn sie ist viel schöner, wenn du mein Zenit bleibst und wir unsere Harmonie auch in den jetzt so schwierigen Zeiten erleben."

„Wege zur Gelassenheit" heißt das von Peter Lauster verfasste Buch, in dem sie jetzt oft liest. Dabei findet sie den Abschnitt wieder, den sie, als ihre Liebe mit Gregory begann, gelb untermalte und sich wünschte, es möge ihnen gelingen, ihre Liebe so miteinander zu erleben: „Wenn sich zwei Menschen wirklich lieben und mitteilen, fühlen sie sich in Verbindung zueinander, sie nähern und nähren sich gegenseitig: sie geben sich einen Teil von sich, jeder dem anderen und sie fühlen sich dabei sehr wohl und geborgen, denn es wird eine Brücke geschlagen und jeder empfindet den Beitrag des anderen als eine Steigerung der eigenen Lebensfreude."

Sie stellt fest, dass sich dieser Wunsch mit vielem deckt, was sie beide zusammen erleben und auch der von Gregory so gerne zitierten Erkenntnis Wilhelm Buschs sehr nahe kommt, wonach die Summe unseres Lebens die

Stunden sind, in denen wir lieben. Das stärkt ihre Zuversicht in den Glauben an die Steigerung ihrer Lebensfreude, wenngleich in ihrer Wunschvorstellung die derzeitigen Schwierigkeiten weder vorgesehen noch vorstellbar waren. Aber nun sind sie da und damit gilt es, sie gemeinsam zu meistern und gut zu überstehen.

Sophie vertraut sich ihrer Medium-Freundin Else an, um mögliche Hinweise zur Lösung dieser Probleme zu bekommen, durch die sich alles ganz anders als von ihr vorausgesagt entwickelt.

„Damals war von Verständnis der uns anvertrauten Menschen die Rede", mailt sie, „wogegen es jetzt Machtkämpfe, Streit und sehr viel Unschönes gibt. Haben wir etwas übersehen? Haben wir etwas falsch gemacht, dass jetzt plötzlich alles so unschön ist, mit Lügen und Erpressung?"

Ihr ist ein bisschen mulmig zumute, als sie Elses CD zum Anhören einlegt, aber bereits als sie die ersten Sätze hört, atmet sie erleichtert auf und fühlt sich geborgen:

„Wir möchten euch gleich zu Beginn unserer Betrachtungen versichern, dass ihr nichts falsch gemacht habt und dass eure Liebe auf der Ebene eurer Seelen geführt und geschützt ist. Natürlich gibt es Unterschiede, wenn wir die Seelen von der multidimensionalen Ebene aus betrachten, wo sie viel mehr Weisheit und Übersicht haben und sie dann im irdischen Kontext erleben.

Wenn wir früher sagten, dass alle Beteiligten auf der Seelenebene einverstanden sind, so teilen wir diese Sichtweise nach wie vor. Doch das bedeutet nicht, dass die agierenden Personen, in eurem Fall Gregorys Familie, sich ohne Machtkämpfe einverstanden erklären und dass die gekränkten Eitelkeiten und diversen Gefühle, die ein solches Geschehen nach sich zieht, sich nicht auch auf unschöne Art und Weise ausdrücken können.

Davon dürft ihr euch nicht verwirren lassen. Für euch geht es darum, besinnlich für eure Liebe zu kämpfen, wobei es für Gregory wichtig ist zu wissen, dass er sich frei fühlen und dafür alles einsetzen darf, was ihm an innerem Wissen und innerer Kraft zur Verfügung steht, um für seine Liebe zu kämpfen. Auch soll er Gespräche nicht außer Acht lassen, sofern sie möglich wären, aber zurzeit sind die Fronten verhärtet. Wir sehen aber, dass er immer wieder sein Möglichstes tut, um sich klar zu offenbaren und sich dabei bemüht, andere nicht zu verletzen.

Aber enttäuschte Gefühle bei seiner Familie und die Machtkämpfe sind allzu menschlich und verständlich. Seid versichert, dass die Führung da ist und euch auch die Liebe führt. Mit seiner Kreativität und der Weisheit seiner Seele wird Gregory meistern, was allen Beteiligten die Möglichkeit des Wachstums gibt. Für ihn ist es wichtig, sehr klar zu seinem eigenen Weg zu stehen, damit die Töchter verstehen, die Sache der Eltern bei den Eltern zu lassen und damit auch dem Vater den nötigen Respekt entgegenbringen.

Es ist auch wichtig, Respekt vor sich selbst und seinem Weg zu haben und sich nicht in die Schuldenfalle drängen, sich klein machen oder unter Druck setzen zu lassen, sondern zu wissen, dass keine Seele eine andere besitzen oder zwingen kann. Er darf dich von ganzem Herzen lieben und dafür wünschen wir ihm Ruhe, Kraft und das Einsetzen all seiner Ideen. Du beflügelst ihn, seine Liebe zu dir beflügelt ihn und hilft ihm über diese missliche Situation hinauszuwachsen."

Damit ist Sophie darauf vorbereitet, ihm weiterhin zu vertrauen und ihn im Glauben zu stärken, dass er es meistern wird, die Situation für alle positiv zu lösen. Sie schreibt:

„Bitte, sei zuversichtlich, hab' liebende Gedanken im Herzen, auch für die, die dich verletzen. Lebe in unserer Liebe und in unserer Zuversicht, dass alles gut wird; das wird dir Kraft geben.

19. Kapitel: Berlin wie nie zuvor

Dieses Jahr ist nicht nur holperig, sondern wie verhext. Nichts bewegt sich, weder im Januar noch im Februar, und für Gregory wird das Warten auf den so sehr erhofften, rettenden Auftrag mit jedem Tag zermürbender. Bei seinen Nachfragen wird er vertröstet: alles sei positiv aber noch in der Warteschleife für den endgültigen Beschluss. Kein gutes Zeichen, aber er hofft, denn acht Jahre lang war diese Zusammenarbeit ein Win-Win-Geschäft. Trotzdem bemüht er sich täglich um Projekt-Akquisitionen. Aber auch da gibt es vorerst nur Absagen oder die Nachricht, das Projekt sei verschoben worden, oder man habe sich für eine interne Lösung entschieden.

Er bietet seine Qualifikationen und Erfahrungen unermüdlich weiter an, telefoniert, agiert, aber ohne Erfolg, was für ihn, den bisher erfolgreichen Manager, nicht nur unerklärlich, sondern zunehmend tragisch ist, vor allem in der gegenwärtigen finanziellen Situation. Es ist ein Kelch voll Bitterkeit, den das Leben ihm fast täglich kredenzt.

Davon unbeeinflusst schickt er seine Gutenachtmails mit der ihnen eigenen Romantik, auch wenn die Nachrichten, die sie überbringen, selten positiv sind. Aber immer sind es Botschaften seiner Liebe. Auch Elses Erklärungen berühren ihn: „Das motiviert mich und baut mich auf. Es ist ein kraftvoller Wegweiser für unsere Liebe, von dem ich mich darin bestätigt fühle, dass alles gut wird. Auch wenn jetzt alles anders abläuft als geplant, so wollen wir beide dennoch optimistisch in die Zukunft schauen. Alles richtet sich, alles findet sich, alles wird gut, denn ich liebe dich. Das soll mein Wahlspruch sein."

Zu Beginn des Februars fällt in der Schweiz reichlich Schnee, der, in der anhaltenden Kälte erstarrt, unbefleckt weiß die Felder überzieht und am Waldrand die Äste der Nadelbäume herunterbiegt. Sophie geht gerne mit Cléa über einen dieser Wege, und so ist es auch am Morgen des Valentinstags, an dem Gregorys geplanter Besuch ein unerfüllter Wunsch bleibt. Voll Bedauern tippt er seine Liebeserklärungen, die er hoffte, persönlich überbringen zu können, in Herzform in den Computer und schickt sie so früh, dass Sophie sie gleich beim Aufwachen findet und sich darüber freut.

Aber es ist nicht die einzige Liebesbotschaft dieses Valentinstags, denn ein anonymes, eiskaltes und ziemlich ausgefallenes Liebesgeschenk erwartet sie im Wald, wo in ihrer Augenhöhe, festgefroren im Schnee eines Astes, ein transparentes, silberfarbenes Säckchen hängt, durch das ein zusammengefaltetes Stück Papier schimmert. Sie bleibt stehen, dreht das kleine, schon etwas festgefrorene Säckchen vorsichtig nach allen Seiten und fragt sich, ob es wohl für jemand bestimmt sei. Letztendlich traut sie sich es herunterzunehmen, denn sie sagt sich wenigstens sehen zu wollen, ob etwas auf dem Papier vermerkt ist und falls es eine für jemand bestimmte spezielle Nachricht ist, dann kann sie es ja wieder hinhängen.

Um sie herum ist keine Menschenseele, es ist eine fast feierliche Stille, wie geschaffen für den Moment vorsichtiger Neugier, mit der sie das Papier auseinanderfaltet. Sie schaut fasziniert auf die silberfarbene Schrift, liest einmal, zweimal und kann es kaum glauben, denn drei Wörter kennzeichnen das kleine, leicht kartonierte Stückchen Papier als: „Eternal Love Certificate". Damit scheint dieses Säckchen eines anonymen Spenders für sie bestimmt, ein Liebesgeschenk zum Valentinstag. Was für ein Zufall, dieses Zeugnis ewiger Liebe ganz unverhofft in einem Säckchen am Valentinstag zu finden, an einem Tag, an dem sie Gregory besonders vermisst. Ein himmlischer Gruß zum Valentinstag? Sie nimmt den Gruß als symbolische und das kleine Säckchen als fühlbare Bestätigung dafür, dass sie und Gregory mit ihrer Liebe auf dem richtigen Weg sind, auch wenn es zurzeit nur Probleme gibt, und sie an diesem verschneiten Valentinstag ganz allein mit ihrer Cléa durch das weiße Winterwunderland stapft.

Doch sie ist voll Zuversicht, denn ihr nächstes Wiedersehen ist bestätigt und ihr Flug nach Berlin gebucht, als Einladung zum traditionellen Ehemaligen Empfang im Ritz Carlton Hotel. Als ihr Geburtstagsgeschenk für Gregory - und in Abstimmung mit ihm - wollen sie danach für zwei Tage nach Dresden reisen. Auch das ist seit langem gebucht, und ist ein Lichtblick, für dessen Strahlen die Unterzeichnung des Frankfurter Vertrags eine perfekte Voraussetzung wäre. Aber diese Reise wird bereits im Vorfeld gestrichen, weil Gregorys Familie letztendlich zwar für ein Wiedersehen in Berlin Verständnis zeigt, jedoch keinesfalls für den Besuch in Dresden, wofür es eine in gewisser Weise nachzuvollziehende Begründung gibt: Da Gregory derzeit keinen Umsatz für seine Consulting erwirtschaftet, kann er sich solche Sperenzchen nicht leisten. Aber auch das könnte der Frankfurter Vertrag noch ändern und Sophies Groll dagegen lindern, dass die Familie etwas verbieten kann, was, wie man aus den gelesenen Mails weiß, ihr Geburtstagsgeschenk ist. Trotzdem bucht sie mit immensem Bedauern ihren bereits für Sonntagabend gebuchten Rückflug auf Freitagabend um, um eine zusätzliche Belastung der gegenwärtigen Situation zu vermeiden.

Diese Einschränkung vergegenwärtigt Gregory die dringende Notwendigkeit, so schnell wie möglich Geld zu verdienen, was nicht nur für sein seelisches Gleichgewicht, sondern auch für sein Ego enorm wichtig ist. Im Zenit seines Hoffens steht die Unterzeichnung des Frankfurter Vertrags, in dem er die Lösung all seiner Probleme sieht. Deshalb fiebert er dem Endgespräch zur Unterzeichnung so erwartungsvoll entgegen, als hinge die Rettung seines Seelenheils davon ab, was genau genommen auch stimmt.

Aber wieder kommt alles anders als geplant, denn es ist genau dieser Vertrag, der Sophies Berlinaufenthalt kompliziert: Drei Tage vor ihrer Reise trifft die Einladung nach Frankfurt ein. Ebenso verzweifelt wie froh darüber, hofft Gregory auf ihr Verständnis:

„Soeben erhielt ich die Nachricht, auf die ich schon so lange warte. Sie ist teils positiv, leider aber auch teilweise negativ ...“

„Das heißt im Klartext?“, fragt sie gespannt.

„Das heißt, dass ich zur Besprechung nach Frankfurt eingeladen bin, um den Leistungsumfang und die Meilensteine des Projektes abzustimmen.“

„Ich befürchte Schlimmes.“

„Damit hast du leider recht, denn mein Gesprächspartner und Auftraggeber möchte die Besprechung am Donnerstag oder Freitag mit mir führen und da bist du hier. Ich habe mich dazu noch nicht geäußert, will aber auf jeden Fall versuchen den Termin für Donnerstag zu vereinbaren. Dann bin ich spätabends zurück und wir haben Zeit bis Freitagabend.“

„Kein Problem, denn am Donnerstag bin ich sowieso mit den Ehemaligen beschäftigt, und du kommst dann später dazu als Belohnung für den überstandenen Kummer der letzten Wochen.“

„Das klingt gut, also werde ich schauen, dass es so klappt. Die Vertragsunterzeichnung ist es dann allerdings noch nicht, aber es ist die letzte und wichtigste Besprechung mit dem Verantwortlichen, der Rest ist dann reine Formsache. Ich wäre natürlich sehr froh, wenn ich so bald wie möglich in Frankfurt starten könnte."

So kommt es, dass Gregory an dem Tag, an dem Sophie nach Berlin fliegt, morgens im Zug nach Frankfurt sitzt und inständig hofft, nachts zurück zu sein.

Sophie kommt mit gemischten Gefühlen in Berlin an, wo an diesem Tag kein Gregory mit Rosen auf sie wartet, sondern „ihr" Berliner Taxifahrer, der am Flughafen neben seinem Taxi steht und sich freut, sie nach zwei Jahren Pause wiederzusehen.

Aber das ist eine andere Geschichte, und gehört zu jenen, die Sophie den Eindruck vermitteln, als sammele sie Menschen, so wie andere Schmuck, Uhren, Bilder, Autos oder Briefmarken sammeln. Aus diesen meist zufälligen Begegnungen entwickeln sich oft erstaunliche Erlebnisse mit außergewöhnlichen Menschen, die in ihrem Herz Spuren hinterlassen, und Demeter gehört dazu. Ihre erste Begegnung liegt über zehn Jahre zurück, und er fährt sie immer gerne, sofern sie es vorher anmeldet, damit er es in seine Planung aufnehmen kann, um mit den Kollegen keine Schwierigkeiten zu bekommen.

Demeter kam im Alter von 17 Jahren aus Kurdistan nach Deutschland: zu Fuß über 7000 Kilometer. Er ist mit einer Bayerin verheiratet und lebt seit über dreißig Jahren in Berlin, wo er als Taxifahrer arbeitet, obwohl er eigentlich Musiker ist. Es gelingt ihm, beides perfekt miteinander zu verbinden. Schon allein diese Konstellation ist bemerkenswert. Seine Frau unterrichtet als Dozentin an einer Universität und ihre gemeinsame Tochter ist Studentin. Als er und Sophie sich etwas näher kannten, zeigte er ihr stolz die Fotos seiner Damen, beide bildschön.

Sophie wird den Abend ihres Kennenlernens nie vergessen. Auf dem Weg nach Marienfelde, wo sie zum Abendessen erwartet wurde, wählte er eine Strecke, die nicht ganz den von Sophies Gastgebern erhaltenen Anleitung, für die schwierig zu findende Adresse entsprach, die auch in den meisten Navigationssystemen nicht existierte. Als Demeter feststellte, dass er sich etwas verfahren hatte, stellte er den Zähler einfach ab, und als sie das Haus erreichten und Sophie bezahlen wollte, entschlossen sagte:

„Nein, nein, auf gar keinen Fall, denn ich hole Sie hier auch wieder ab."

„Das geht nicht, denn ich bin zum Abendessen eingeladen und kann Ihnen nicht sagen, wie lange es dauern wird."

„Das macht nichts, Sie können mich ja gerne eine halbe Stunde vorher anrufen, aber am einfachsten ist es, wenn ich hier, sagen wir ab 22 Uhr, auf Sie warte."

„Aber vielleicht dauert es etwas länger und dann verlieren Sie andere Fahrten, die Sie in dieser Zeit hätten ausführen können."

„Ja, dann mache ich halt hier eine Pause und esse mein Vesperbrot, denn ich habe Dienst bis morgen Früh um 2 Uhr."

„Also wenn Sie das wirklich so machen möchten -?"
Sein bestimmtes „Unbedingt!" zerstreute ihr Zögern.

„Aber bitte sagen Sie mir, was ich Ihnen für diese Fahrt schuldig bin?"

„Gar nichts."

„Aber Sie haben mich doch hierhergefahren."

„Ja, aber ich mache Ihnen jetzt keine Rechnung und Sie zahlen alles zusammen, wenn ich Sie wieder in Ihrem Hotel abgeliefert habe."

„Das geht nicht, denn das eine hat mit dem anderen nichts zu tun."

„Doch, das hat es wohl, denn ich fahre Sie nicht nur hin, sondern auch wieder zurück!"

Dann stieg er aus, öffnete Sophie die Tür und sagte freundlich: „So, jetzt wünsche ich Ihnen einen schönen Abend und ab 22 Uhr bin ich wieder da und warte auf Sie."

„Und Sie sind sicher, dass das in Ordnung für Sie ist?"

Im Licht der Straßenbeleuchtung lächelte er in ihr erstauntes Gesicht und sagte überzeugend:

„Ich bin mir absolut sicher, denn erstens möchte ich diese schwierig zu findende Adresse keinem Kollegen zumuten und zweitens, was viel wichtiger ist, warte ich hier lieber auf Sie, als dass ich so einen jungen Schnösel mit seinem Aktenköfferchen durch die Stadt fahre." Dann lachten sie beide und Sophie willigte ein. Alles klappte wie besprochen, und als ihre Gastgeber zur vereinbarten Zeit nachsahen, ob er da war, stand sein Taxi vor dem Haus.

Demeter fuhr sie nicht nur ins Hotel zurück, sondern zwei Tage später auch zum Flughafen und immer wieder gerne bei künftigen Aufenthalten, wie seine Frau ihr per Mail eines Tages freundlich bestätigte. Sie und Sophie hatten miteinander Verbindung aufgenommen, weil die Universität, an der Frau Dr. Albrecht unterrichtete, internationale Partner für das Tourismus Programm suchte und Sophie darin eine Möglichkeit zur Zusammenarbeit sah. Obwohl diese letztendlich nicht zustande kam, blieb der freundliche Kontakt erhalten.

Sobald Sophie weiß, dass Gregory bei ihrer Ankunft in Berlin nicht präsent sein kann, ruft sie Demeter an, der auch nach der Unterbrechung, in der Gregory zur Stelle war, sie gerne abholt. Ein Lichtblick für Sophie in dieser misslichen Situation. Sie freut sich auf das Wiedersehen mit Demeter und ganz besonders darüber, dass sie am Flughafen von einem Mann erwartet wird, wenn auch nicht mit Rosen und liebenden Armen, aber mit einem Taxi.

Gregorys Überlegung befolgend, wonach es vorsichtiger wäre für ihre gemeinsame Nacht nicht das Ritz Carlton, sondern ein anderes Hotel zu wählen, hat sie ihre Reservierung geändert und in einem gerade eröffneten Hotel gleicher Kategorie gebucht. Es ist ein elegantes Business Hotel, in dem sie niemand kennt und sie deshalb auch nicht mit der Ritz-Carlton-Herzlichkeit, sondern in zurückhaltend freundlicher Professionalität begrüßt wird. Zurückhaltung drückt sich auch bei der Farbgebung in der Lobby aus, wo sich das elegante Schwarz des Rezeption-Tresens kaum merklich vom Anthrazit des Hintergrunds abhebt. Unter den sanften Spots, die sich auf dessen glänzender Oberfläche spiegeln, stellt sie sich zur Belebung dieser Farbabstinenz ein in kräftigem Rot leuchtendes Blumenarrangement vor, zumal an diesem Regentag selbst die bis zum Boden reichende Glasfront wenig zur Aufhellung der Lobby beiträgt. Sicher würden ein paar Sonnenstrahlen alles in lichte Heiterkeit tauchen, aber auch die Sonne ist an diesem Tag zurückhaltend, und so hat das Wetter, außer regnerischer Trübheit nichts zu bieten.

Der in dezentem Schwarz seinem Umfeld perfekt angepasste junge Mann, dem sie das unterschriebene Anmeldeformular zurückreicht, schenkt ihr ein Lächeln. Sie lächelt zurück in seine beeindruckend blau-grünen Augen, die sie erwartungsvoll ansehen, als er sagt:

„Wenn ich jetzt bitte noch Ihre Kreditkarte haben dürfte?"

„Aber selbstverständlich."

Sie hat die Karte längst bereit und schiebt sie über den Tresen. Als er sie zurückgibt fragt er, ob sie Hilfe mit ihrem Gepäck benötige. Sie lehnt dankend ab, wofür sie einen weiteren Blick seiner schönen Augen und ein freundliches Lächeln bekommt.

„Den Aufzug finden Sie dort drüben", erklärt er.

Sophies Blick folgt seiner Armbewegung, die seinen Hinweis richtungsweisend unterstützt.

Alles riecht neu, der Aufzug, der lange Flur und ihr Zimmer, das die Gemütlichkeit vermissen lässt, die sie, meistens allein reisend, an Hotels schätzt. Hier gilt schlichte Zweckmäßigkeit, was diesem modernen Hotelkonzept entspricht und absolut zeitgemäß ist.

Auch in ihrem Zimmer reicht die Fensterfront bis zum Boden, was einen Blick über die fremd auf sie wirkende Umgebung erlaubt. Dabei wundert sie sich über die Springbrunnen, die ihre Wasser auf dem nass glänzenden Bahnhofsplatz durch den Regen in die Luft schießen. Wie so vieles, was sich gerade in ihrem Leben ereignet, kommen ihr auch Springbrunnen, die ihre Wasser durch den Regen versprühen, unlogisch und widersprüchlich vor.

Jedes Jahr zu Beginn des Monats März verwandelt die Internationale Tourismus Börse (ITB), der Welt größter Tourismus Kongress, Berlin in einen Schauplatz der Welt. Die rund 10.000 Aussteller aus 180 Ländern und deren internationale Besucher drücken der Stadt ihren Stempel auf, und viele Diplomanden der Colleges sind zu diesem Zweck in der Metropole, wo Sophie seit über zwanzig Jahren den jährlichen Empfang organisiert.

Bevor sie sich mit ein paar ihrer Alumni im Ritz Carlton trifft, nimmt sie eine rasche Dusche. Sie denkt dabei an Gregory, der immer erst die Dusche anwärmt, bevor er sie zu sich ruft, weil sie nicht gerne mit nackten Füßen auf einen kalten Duschboden tritt. Ihre Vorfreude darauf, die nächste Dusche mit ihm zu nehmen, tröstet sie über sein Vermissen hinweg.

Seine SMS kommen regelmäßig, und so weiß sie, dass er mit dem frühen Zug pünktlich in Frankfurt angekommen ist und die Vorgespräche positiv verlaufen. Das klingt gut und fundiert ihre Hoffnung, dass er vor Mitternacht eintreffen wird. Jedoch während sie entspannt mit der kleinen Runde Freunde zusammensitzt, läuft es bei Gregory gar nicht mehr gut: „Zurzeit stagniert alles, weil man zur endgültigen Entscheidung auf den wichtigsten Gesprächspartner wartet, der aus Nürnberg anreist und angeblich durch eine Autopanne verspätet ist."

Gregorys SMS kommen stündlich, während die Zeit vergeht und er zunehmend besorgt und zusammen mit den anderen Teilnehmern des Wartens müde wird. Sophie ahnt Schlimmes, als sie gegen 18 Uhr liest: „Die Sonne geht gerade unter. Der Tagungsraum ist warm, aber alle sind nervös und wollen nach Hause. Doch da er bei der Entscheidung dieses Projekts der Wichtigste ist, wagt keiner den Absprung. Ich melde mich gleich wieder."

Doch dazu kommt es erst später, denn der Entscheidungsbevollmächtigte trifft ein und die Verhandlungen dauern bis 21 Uhr, ohne zu einer Entscheidung zu führen. Sie werden auf den nächsten Vormittag vertagt.

Davon allerdings weiß Sophie noch nichts, als sie nach dem Empfang mit den „Ehemaligen" vor dem Ritz Carlton auf die Taxis wartet, um zum Essen ins Steigenberger Hotel am Los-Angeles-Platz zu fahren. Sie ist unruhig, denn von Gregory gibt es keine weitere Nachricht, und das ist kein gutes Zeichen.

Die Nacht ist mondhell und kalt. Für Sophie ist diese Frische das Zusammentreffen mit einem von innen heraus verspürten Frösteln, das zunächst auch der gemütlichen Atmosphäre in den Berliner Stuben widersteht, wo der auf weißem Damast eingedeckte Tisch an ein familiäres Festmahl erinnert.

Während der Champagner in den Gläsern perlt, kommt Gregorys Mail: „Meine Herzallerliebste, inzwischen haben wir das Meeting beendet und uns für morgen früh um 8.30 Uhr verabredet. Ich habe in meinem Stammhotel eingecheckt und trinke gleich Rotwein im Vapiano, damit ich den zum Schluss recht frustrierenden Tag wenigstens etwas vergessen kann, und um darin die Enttäuschung darüber zu ertränken, dass wir diese Nacht und den morgigen Tag nicht zusammen verbringen. Nur ein positives Abschlussgespräch kann das für mich akzeptabel machen, für dich sicherlich nicht. So etwas darf und soll es nur einmal geben. Morgen Vormittag weiß ich, wann ich in Berlin ankomme und dich endlich in die Arme schließen kann, aber vorher melde ich mich natürlich noch."

Sophie ist froh, von Freunden umgeben und in Gesprächen gefordert zu sein, was ihre Enttäuschung, die sie sich nicht anmerken lässt, jedoch nur peripher mindert. Das Zusammensein in der Piano Bar dauert bis weit nach Mitternacht, was ihre Konfrontation mit der enttäuschenden Realität hinauszögert, die aber später in dem so steril wirkenden Hotelzimmer erdrückend präsent ist. Durch die gläserne Fensterfront schaut sie auf ein ihr fremdes Berlin, das, in sich selbst versinkend, der Nacht noch einige Lichter entgegenhält, während der wolkenlose Himmel dem vollen Mond sein blasses Leuchten erlaubt.

Unterdessen fliegen die Mails zum gemeinsamen Verarbeiten ihrer beider Enttäuschung hin und her: „Draußen scheint der Mond, unser Mond, rund und groß. Ich vermisse dich und komme mir vor, wie in einem falschen Film, in dem du als Hauptdarsteller fehlst, denn eigentlich wollten wir heute nach Dresden fahren, wo ich alles gebucht hatte, weil es mein Geburtstagsgeschenk für dich war. Wir hätten uns in Freude und Liebe erholt, aber man hat anders für uns entschieden. Also habe ich meinen Rückflug geändert. Somit bin ich heute Abend wieder zu Hause und damit sind der Traum und der Alptraum unseres Wiedersehens in Berlin zu Ende."

Gregory tröstet: „Doch vorher schließen wir uns in die Arme, denn das schaffe ich auf jeden Fall. Aber jetzt schließe ich die Augen, um die traurigen Gefühle mit lieben Gedanken an dich zu überspielen".

Sie nimmt die gemeinsam empfundene Traurigkeit, zusammen mit einer halben Schlaftablette in den erhofften Schlaf. Aber sie fürchtet sich vor dem nächsten Tag, für den sie nun kein Programm hat, weil alle Zeit zusammen mit Gregory geplant war, und sie deshalb weder eine ihrer Freundinnen noch ihren Schwager kontaktiert hatte. Aber schon der nächste Morgen bringt eine Überraschung, womit sich Sophies Tag zum Guten wendet, und ihre Überzeugung bestätigt, dass in allem Negativen etwas Positives steckt.

Durch die ungewohnte Einnahme des Schlafmittels noch ziemlich benommen, dämmert sie im Halbschlaf, als das Smartphone klingelt und sie die sanfte Stimme Hazels hört, die hofft, sie mit diesem Anruf nicht geweckt zu haben. Hazel ist eine frühere Studentin aus Malaysia und führt seit Jahren in Berlin eine therapeutische Praxis.

Sophie ist mit ihr immer gerne in Verbindung geblieben, und der überraschende Anruf am Morgen dieses unausgefüllten Tages ist für sie ein Geschenk des Himmels.
Die feinfühlige Hazel war am Vorabend nur kurz beim Empfang und ist mit Eindruck nach Hause gegangen, dass etwas an Sophie anders war als sonst. Deshalb ruft sie an:
„Ich wollte fragen, ob du Zeit hast, heute Vormittag für eine Massage-Behandlung zu mir zu kommen, als Dank für alles, was du für mich getan hast."

Sophie ist perplex, denn sie hat nie etwas anderes für Hazel getan, als mit ihr in Verbindung zu bleiben und sie ab und an in Berlin zu treffen.

„Genau das ist es. Deshalb wäre es schön, wenn du kommen könntest. Meine Praxis ist nicht weit von deinem Hotel entfernt."

Auf Sophies Zögern fragt sie rasch: „Oder möchtest du lieber, dass ich zu dir komme?"

„Das wäre super, dann kannst du mit mir frühstücken, denn ich habe für zwei Personen gebucht und bin allein."

Hazel ist begeistert und pünktlich. Sophie freut sich sehr über das unerwartete Wiedersehen an einem für sie so schwierigen Tag. Sie schätzt Hazel sehr und bewundert die liebevolle Art ihrer schlichten Sanftheit, mit der sie sich um das Wohl anderer Menschen kümmert. Ihre Absicht an diesem Morgen ist es, sich um Sophie zu kümmern.

Beim Frühstück erkundigt sie sich vorsichtig, ob Sophie zurzeit besonderen Stress-Situationen ausgesetzt sei und eventuell mit ihr darüber sprechen möchte, denn als Therapeutin arbeitet sie auch als psychologischer Coach, und zudem mit einer speziellen, japanischen Massagetechnik."

Für Sophie passt beides wunderbar in diesen Tag und in ihren Seelenzustand. Bei ihrer Beratung betont Hazel die Wichtigkeit, das Leben ab einem gewissen Alter „gedeihen" zu lassen und ohne Stress zu genießen. Sie wünscht Sophie, dass ihr das auch mit Gregory gelingen möge. Sie bleibt so lange, bis die Rezeption das Eintreffen von Sophies Schwager meldet, der sich trotz des überraschenden Anrufs gerne Zeit für einen Stadtbummel mit ihr nimmt. Nun ist er da, um sie abzuholen. Wenig später meldet Gregory, dass er im Zug sitzt und rechtzeitig ankommen wird, um sie zum Flughafen zu fahren.

Obwohl sie seiner Ankunft entgegenfiebert, genießt sie es, mit ihrem historisch versierten Schwager durch die Stadt zu bummeln, gemütlich Mittag zu essen, und bei Deichmann im „grünen Ambiente" des Cafés einen Cappuccino zu trinken. Aber plötzlich hat sie es eilig zum Hotel zurückzukehren, und wenig später kommt sie dort auch endlich wieder in Gregorys Armen an. Sie stellt fest, dass ihr Schwager und Gregory sich eigentlich kennen sollten, denn sie haben beide am selben Gymnasium ihr Abitur abgelegt. Doch sie glauben nicht, sich früher begegnet zu sein, erst als Horst darauf hinweist, Redakteur der Schülerzeitschrift „Funzel" gewesen zu sein, die Gregory begeistert gelesen hatte, erinnert er sich.

Der Freitagnachmittagsverkehr ist heftig und die Fahrt zum Flughafen dauert fast eine Stunde. Eine Stunde Gemeinsamkeit, während der wenigstens ihre Hände zueinander finden.

„Ich habe übrigens eine Überraschung für dich", sagt Gregory plötzlich.

Sophie schaut ihn neugierig an und fragt „Und die wäre?"

„Ich habe unser nächstes Wiedersehen schon geplant und gebucht."

„Meinst du das jetzt wirklich?"

„Aber sicher doch, denn das ist viel zu schön, um darüber zu scherzen."

„Also, dann sag schnell, denn davon weiß ich ja noch gar nichts."

„Es soll ja eine Überraschung für dich zum Abschied sein, als Trostpflaster für diesen verpatzten Berlin Besuch."

„Mach's doch bitte nicht so spannend", drängt sie, „und wann und wo bitte soll das sein?"

„Am 21. April in Walldorf, zu meiner üblichen, halb-
jährlichen Tagung. Ich habe meine Präsenz bereits bestätigt und das Zimmer für uns beide reserviert. Du
siehst, wir können schon wieder die Tage zählen."
Sophie ist begeistert: „Was für ein Lichtblick, auch wenn
es noch mehr als sechs Wochen sind."
Dann überlegt sie kurz und will wissen: „Und was passiert, wenn die Tagung vorbei ist?"
„Dann fahren wir zusammen nach Karlsruhe."
„Nach Karlsruhe?", fragt sie ungläubig, „das ist meine
Stadt, da habe ich über zwanzig Jahre gelebt."
„Das weiß ich doch", sagt er ruhig, „und da Karlsruhe
auch viel näher bei der Schweiz ist, als Berlin oder Mün-
chen, bin ich gerade dabei, dort einen Kunden zu akqui-
rieren."
„Das ist ja ungeheuerlich, und das konntest du mir so
ganz einfach verschweigen?"
„Natürlich, sonst wär's ja keine Überraschung, und das
wollte ich dir lieber persönlich sagen, damit wir uns ge-
meinsam darauf freuen können."
„Das tu ich jetzt auch sofort. Doch wie geht es dann wei-
ter, dann fährst du wieder nach Berlin und ich in die
Schweiz?"
„Nein, dann fahre ich ein paar Tage mit dir in die
Schweiz, sofern ich nicht dringende andere Akquisiti-
ons-Verpflichtungen habe."
„Und wann weißt du das?", erkundigt sie sich vorsichtig.
„Das hängt natürlich jetzt zum einen von dem Auftrag in
Frankfurt ab, aber auch wenn ich den bekomme, was da-
nach aussieht, werde ich mich um weitere Aufträge be-
mühen."
„Das verstehe ich, also bleiben wir wie immer flexibel."
„Genau so ist es", bestätigt Gregory mit einem tiefen
Seufzer und drückt den Knopf, um die Karte zum Öffnen
der Parkplatzschranke zu entnehmen.

Danach ist alles Routine, das Warten in der Schlange zur Kontrolle, wo Gregory ganz dicht neben ihr bleibt, bis sie durch die Sicherheitstüre geht und seinen Blicken entschwindet, was er dabei empfindet, beschreibt er später:

„Meine Seele schmerzt, weil ich dich nur zum Verabschieden sehen und fühlen konnte. Deshalb waren auch meine Gefühle, als du durch die Kontrolle gingst und meinen Augen entschwandest, ähnlich wie es unser Dichterfürst J. W. Goethe empfunden haben mag, als er schrieb:

„Du gingst, ich stund und sah zur Erden,
und sah dir nach mit nassem Blick,
Und doch, welch Glück geliebt zu werden,
und lieben, Götter, welch ein Glück!"

Jetzt will ich aber nicht mehr traurig sein. Die Vorfreude auf den 21. April soll ab jetzt überwiegen. Mit ihr sende ich dir heute ein ganz besonders zärtliches Gutenachtküsschen. Es soll die ganze Nacht bei dir bleiben und uns gemeinsam ins Land der goldenen Träume begleiten. Auch wenn diese Vorstellung nur ein kleiner gedanklicher Ersatz von mir für deinen Berlinbesuch ist, der für uns gar kein Besuch, sondern nur ein Abschiednehmen war, so soll sie meine Liebe verkörpern, die immer und ewig bei dir ist."

Sophie resümiert: „Als ich im Flieger saß, stellte ich dankbar fest, dass dieses kurze Berlin Intermezzo mit dir reine Liebe und Zuversicht war. Die Zuversicht war zwar nie verloren, aber gelähmt, doch sie ist gerade jetzt ganz besonders wichtig. Unsere gemeinsame Stunde hat mir gezeigt, wie schön auch kurze und selbst etwas traurige Momente sein können, wenn wir sie zusammen in Liebe erleben. Niemand kann uns trennen, wenn wir es nicht zulassen."

20. Kapitel: Ein Frühlingslied zum Frühlingstraum und Rosen zum Geburtstag

„Bald wird es wieder Frühling sein, bunt wird es sein um unser Haus", beginnt das Lied aus dem Musical „Die Hochzeit der Schneekönigin", das so schön zum Frühling in Sophies Garten passt, den sie zusammen genießen wollen. Nach dem Abschied in Berlin zählt Gregory bis dahin noch 41 Trennungstage, in denen er sich unermüdlich um Projektaufträge bewirbt und hofft, dass seinen beruflichen Aktivitäten ein ähnliches Aufleben wie der Natur beschieden sein möge.

Aber auf sein unermüdliches Bewerben erhält er weiterhin nur Absagen. Damit geht die Zitterpartie weiter, gegen die sich seine unerschütterliche Hoffnung auf ein nahes Ende resistent behauptet, was auch für den als sicher eingeschätzten Auftrag aus Frankfurt gilt. Doch im Warten darauf wird seine finanzielle Situation zunehmend schwieriger und katapultiert ihn in eine nie gekannte Notlage.

In einem häufig wiederkehrenden Traum erlebt er sich als Ertrinkender, der das Rettungsboot kommen sieht und auch die Zurufe der Mannschaft hört, die verspricht bald da zu sein, aber noch einen kleinen Umweg fahren müsse. Er fühlt seine Kräfte schwinden und glaubt nicht mehr durchhalten zu können. Diese Vorstellung behauptet sich auch zunehmend in der Realität, denn selbst auf persönliche Gespräche erhält er nur Absagen. Dabei kann er sich oft des Eindrucks nicht erwehren, dass die Firmen gar keinen Manager, sondern eher einen preiswerten Mitarbeiter suchen und sich bei ihm nur Informationen einholen wollen.

„Sicher verstehst du, wenn ich dir sage, dass mir das Wasser an der Oberkante Unterlippe steht.", schreibt er. „Aber ich gebe nicht auf, sondern bewerbe mich täglich weiter. So sitze ich auch jetzt vor meinem PC und tröste mich mit der Gewissheit, dass wir uns lieben und die Liebe kann auch trösten und geduldig machen."

Gegen das Wasser an der Oberkante Unterlippe weiß Sophie Rat: „Mund fest zudrücken und lächeln. Lächeln und vertrauen, dass alles gut wird. Dazu gehört auch der Respekt vor dir selbst, der gerade ziemlich am Boden liegt, weil du glaubst, dafür erst wieder Geld verdienen und beruflich erfolgreich sein zu müssen. Das würde zwar dein Ego aufwerten, weil Erfolg sich gut anfühlt, aber Respekt darf nicht vom Einkommen abhängig sein, zumal du viele andere Werte hast, die deine Familie sicher auch kennt und schätzt. Hab Vertrauen in deine Kraft und hoffe auf ein friedliches Miteinander. Doch das geht nur mit Transparenz und Aufrichtigkeit, was beides bei dir im Moment nicht möglich zu sein scheint."

Zu seinem Problem der fehlenden Aufträge beklagt Gregory auch das Problem der Trennung: „Aber ich lasse den Kopf nicht hängen, sondern werde ihn auch weiterhin aus dem steigenden Wasser heraushalten. Dabei denke ich an dich und an all die Stunden, die wir in gemeinsam empfundenem Glück erleben konnten und noch erleben werden. Ich denke auch daran, dass es sich lohnt, geduldig daran zu arbeiten, damit diese glücklichen Zeiten sich immer öfter und sehr bald wiederholen."

Aber es bewegt sich nichts. Sophie erinnert daran, dass man an Geduldsprüfungen auch wachsen kann und Hindernisse generell dazu da sind, um gemeistert zu werden. Sie hofft, ihn mit der Gewissheit zu ermutigen. dass man neue Erkenntnisse oft nur durch Schwierigkeiten erreichen kann und dass manch genialer Erfindung katastrophale Niederlagen vorausgingen.

Das verspricht er sich zu Herzen zu nehmen und darauf zu vertrauen, dass sie beide die momentane Durststrecke, die ihn manchmal zum Verzweifeln bringt, bald als eine Zeit der Wahrnehmungs- und Erfahrungserweiterung sehen können: „Das bestärkt mich in meiner Liebe und meiner Zielrichtung zu dir. Du schickst mir immer wieder tröstende Worte und aufmunternde Bilder. Heute haben mich deine Karte mit dem Kuss der Liebenden von Chagall und deine Stimme am Telefon wieder aufgebaut. Das stärkt meine Zuversicht."

Doch zur Zuversicht kommt der Schock: Die Absage aus Frankfurt! Verzweifelt wälzt er sich durch eine schlaflose Nacht. Auch Sophie findet wenig Schlaf, aber ist davon überzeugt, dass es für alles, was im Leben passiert, einen Grund gibt, auch wenn man diesen nicht immer gleich versteht!

Für Gregory allerdings ist der Schock nicht so einfach zu überwinden und diese Feststellung nur ein schwacher Trost. Er liegt niedergeschlagen sinnierend im Bett und fragt sich immer wieder, warum das als sicher geltende Projekt nicht zum Tragen kam. Hätte er mehr dafür kämpfen müssen?

Sophies mitternächtliches Mail bringt etwas Entspannung und in der Frühe seine Antwort:
„Du hast positive Gedanken und das baut mich auf, auch wenn ich im Moment nur den Berg von Rückschlägen, Problemen und Enttäuschungen sehe. Aber ich freue mich auf den 21. April. Dann können wir meine Probleme gemeinsam besprechen und danach werde ich wieder freundlicher in die Zukunft blicken. Gemeinsam geht es besser und gemeinsam mit dir geht es viel besser. Das

sagt dir nach einem bösen Mittwoch, einer schlaflosen Nacht und einem etwas freundlicheren Donnerstagmorgen, dein dich innig und ewig Liebender."

Sophie ist froh einen Garten zu haben, in dem es im Frühling viel zu tun gibt, denn trotz Gregorys proklamierter Zuversicht fühlt sie seinen Frust. Gartenarbeit befreit und hilft auch beim Analysieren. Sie hofft ihm damit Denkanstöße zu geben und gesteht:

„Ich gebe zu, ich fühle Frust, aber nicht deshalb, weil die Dinge nicht so laufen, wie du es gerne hättest, sondern weil du den daraus gezogenen Schlüssen Prioritäten einräumst, die sie in deinem Leben nicht einnehmen sollten. Also, wenn ich dir raten darf: Akzeptiere, dass es nun so gekommen ist und versuche, etwas Positives darin zu sehen, auch wenn das jetzt noch nicht zu erkennen ist. Ich jedenfalls bin mit diesem unerschütterlichen Vertrauen, das ich den Geschichten aus dem Kindergottesdienst in Biberach verdanke, immer gut gefahren und habe es bei Schicksalsschlägen in mein Leben integriert. Solange du dich gegen diese Lernprozesse des Lebens sträubst, wird es genauso weitergehen.

Also bitte sag deinem Ego und deinem gescheiten Kopf, sie sollen aufhören, dich mit Schuldzuweisungen zu belasten. Auch den Rat, bei Schwierigkeiten auf dein Herz zu hören, solltest du nicht übersehen. Vielleicht kannst du dich auch mit kleinen Meditationen anfreunden."

Gregory handelt auf seine Art. Das mit der Meditation passt noch nicht so richtig in sein Leben, er bleibt lieber aktiv. Aktiv in der Recherche und im Schreiben von Angeboten, aber auch körperlich mit Golf und Workouts: „Danach spüre ich die Muskeln ganz intensiv, was gut ist, denn das lenkt vom seelischen Befinden etwas ab und meine Gedanken an dich versöhnen mich mit Körper und Geist. Versöhnende Gedanken helfen mir meine Enttäuschung über die Absage aus Frankfurt zu überwinden und positiv auf deine Aufmunterungen zu reagieren. Ich beschäftige mich gedanklich wieder mit den zukünftigen Dingen, denn der rückblickende Zorn bringt ja nichts. Daher will ich schnell wieder vorwärtsschauen: Es sind jetzt noch eine Woche und drei Tage, dann können wir wieder das Pochen unserer Herzen fühlen und dann wird alles gut. Jetzt fange ich wirklich an, mich zu freuen!"

Auch Sophie freut sich als sie liest: „Mein Meeting wird voraussichtlich um 16.00 Uhr zu Ende sein und ich werde dann gleich mit einem Kollegen zu unserem Hotel kommen. Es ist ein moderner Landgasthof mit sehr guter Küche und einem Wellness-Bereich, für den wir vermutlich kaum Zeit haben werden, denn ich habe für den nächsten Tag den Termin in Karlsruhe-Durlach bestätigt bekommen. Ich habe auch noch ein weiteres „heißes" Projekt in der Nähe von Coburg in Aussicht. Dazu kenne ich aber die Entscheidung des Kunden noch nicht, denn das geht über einen Headhunter, aber ich warte stündlich auf die Rückmeldung. Falls beide Projekte zur gleichen Zeit zum Auftrag kommen, entscheide ich mich natürlich für Karlsruhe, dann haben wir einen schönen Frühling und Sommer miteinander."

Aber wieder kommt es anders, denn der Headhunter vereinbart den 23. April für Coburg, und am 22. wollte er Sophie in die Schweiz begleiten. Diese Nachricht erhält er am Tag vor Sophies Reise. Er schiebt seinen Anruf an sie den ganzen Nachmittag vor sich her, denn er möchte in Ruhe die richtigen Worte für seine Hiobsbotschaft finden. Noch ist er zu sehr auf die Themen des Arbeitskreises konzentriert und danach folgt das gemeinsame Essen.

Deshalb ist es bereits 21 Uhr als er sie endlich anruft und diese für ihn so wichtige Programmänderung ganz behutsam zu erklären versucht:

„Jetzt kommt doch noch ein Wehmutstropfen in unsere glücklichen Gefühle, denn ich habe für Donnerstag die Zusage zum Gespräch in Coburg erhalten und da ich in der engeren Wahl stehe, werde ich am Mittwochabend von Stuttgart nach Berlin fliegen müssen. Unser Wiedersehen wird daher nur etwas mehr als 24 Stunden dauern können, aber diese Zeit wollen wir gemeinsam genießen."

„Moment", sagt Sophie und schluckt. „Das darf jetzt aber wirklich nicht dein Ernst sein! Denn dann weiß ich nicht, ob ich fahre."

Damit hat er nicht gerechnet, denn er hat den Wortlaut seiner Information gut bedacht, um bei Sophie Verständnis für diese kurzfristige Programmänderung zu finden, ohne ihre Emotionen allzu sehr aus dem Gleichgewicht zu bringen. Er bedauert und verspricht:

„Es tut mir leid, dass nun wieder genau in der Woche, in der wir uns sehen, Projektbesprechungen stattfinden, was mich an das März-Fiasko erinnert, das sich nicht mehr wiederholen sollte. Aber die jetzt verlorene Zeit werden wir zu deinem Geburtstag nachholen."

Sophie mag nicht antworten und überlegt. Es ist ein kurzer Moment des Schweigens, den Gregory mit sanfter Stimme füllt: „Darauf, dass wir uns morgen wiedersehen, freut sich das heutige Gutenachtküsschen und beneidet das morgige, das die ganze Nacht bleiben darf, denn morgen träumen wir gemeinsam!"

„Das weiß ich noch nicht", sagt sie etwas kleinlaut. „Denn ich muss jetzt wirklich erst nachdenken, ob ich tatsächlich fahre."

„Bitte komm", sagt er sanft und sie verspricht, ihm später Bescheid zu geben.

Als hoffe sie, seine Hiobsbotschaft durch die auditive Wahrnehmung besser verstehen zu können, sagt sie laut: „Das darf ja wohl nicht wahr sein."

Sie fragt sich, wie Gregory wohl so sicher sein könne, dass sie fahren würde. Sie wehrt sich gegen diese erneute Einschränkung und will sich mit dieser kurzfristigen Änderung nicht abfinden. Soll sie ihre erste Reaktion befolgen, die zu einer Absage tendiert?

Aber ihre innere Stimme rät zu Bedachtsamkeit und zum Abwägen der Situation, was bedeutet, dass sie sich damit auseinandersetzen muss.

Ihre Emotionen aus Enttäuschung und der eben noch empfundenen Freude fliegen wie Jonglier-Bälle durcheinander, zu viele auf einmal für eine korrekte Handhabung, zumal jene der Enttäuschung der letzten Monate an Gewicht zugenommen haben. Diese Herausforderung in emotionaler Akrobatik steht in krassem Gegensatz zu Gregorys früherer Zuverlässigkeit. Trotzdem will sie versuchen, keine vorschnelle Entscheidung zu treffen, auch wenn ihre Verletzlichkeit diese bereits vorschreibt.

Sie sitzt wie erschlagen da und überlegt. Um sie herum ist alles ruhig und irgendwie verändert. Es ist, als hätte jemand die Zeit angehalten, um ihr Leben zum Stillstand zu bringen. Lediglich das Pendel der Wanduhr bewegt sich im Takt der Präzision des gleichmäßig tickenden Uhrwerks, das die Zeit in Stücke zu hacken scheint, um diese Momente der Enttäuschung zu zerkleinern und damit genießbarer und verdaulicher zu machen. Sie will mit den Emotionen ihrer Enttäuschung nicht allein bleiben, sondern sie mit ihm, dem sie die schönen ebenso wie die unschönen Gefühle verdankt, teilen.

Also lässt sie ihre Gedanken durch die Finger in den Computer gleiten, und schreibt, was sie empfindet, schreibt von Liebe als eine kostbare Sache, die man nicht einfach so „herumschubsen" kann. Sie erwähnt Werte wie menschliche Würde und den Respekt für die Gefühle

des anderen. Sie vergisst auch nicht, an ihre bisher un-
eingeschränkte Bereitschaft zum Verständnis zu erinnern, seinem Familienfrieden und seinen Projekten zuliebe:

„Soll ich wirklich noch einmal einsichtig sein, obgleich
mein Verstand und meine Gefühle das nicht mehr akzeptieren wollen? Soll ich noch einmal meine Emotionen
und meinen Verstand mit deinen Bedürfnissen und Be-
findlichkeiten in Einklang bringen, so wie das Leben
mich manchmal zu tun gelehrt hat, einem Menschen o-
der einer Sache zuliebe, die es wert waren? Du setzt eine
Priorität und stellst mich damit vor die Entscheidung,
entweder meiner Sehnsucht und Freude auf das Ankommen in deinen Armen zu folgen, das ich so sehr vermisse, oder meiner Enttäuschung darüber nachzugeben,
dass du unser Wiedersehen nun auf ein paar Momente
zwischen zwei Meetings reduzierst, und mich entscheiden, nicht zu fahren? Wie oft kann man mit Enttäuschungen umgehen, ohne Schaden zu nehmen? Soll ich meiner
Liebe noch einmal Flügel verleihen, damit sie sich über
alle Enttäuschungen erhebt und dich in deiner Hoffnung
auf Erfolg unterstützt, obwohl ich dein dickköpfiges Bemühen um Projekte etwas anders sehe? Wie ernst
nimmst du es noch mit deinen Versprechen, wenn du so
trotzköpfig entschlossen auf Projektjagd gehst? Vielleicht sollte ich dich lieber jagen lassen und mich zurückziehen, bis du bereit bist, diese wunderbare Liebe zu
schützen und sie nicht im Jagen zu verlieren."

Sie hätte ihn gerne davon überzeugt, dass Gelassenheit
im Umgang mit Kunden viel eher zum Erfolg führt als
das sofortige Aufspringen auf Terminvorschläge und das
atemlose Hetzen von einem Gespräch zum anderen, was
absolute Verfügbarkeit signalisiert und nicht als positiv

bewertet wird. Aber sie versteht auch, dass er jede Möglichkeit wahrnimmt, um seine Situation schnellstmöglich zu verbessern.

Sie überlegt und schreibt: „Also werde ich vielleicht doch fahren? Dafür spricht natürlich auch die mögliche Verwirklichung des Karlsruher Projekts, das uns einen schönen Frühling und Sommer verspricht, womit wir die jetzt verlorene Zeit nachholen."

Im Bedürfnis nach frischer Luft geht sie zum Fenster und lässt den frechen Nachtwind herein, der nicht nur energisch an den Gardinen rüttelt, sondern auch mit einem kraftvollen Stoß nach den Papieren auf ihrem Schreibtisch greift und wild herumwirbelt, was sie unwillkürlich zum Lachen bringt. Sie empfindet diesen kräftigen Wind als angenehm erfrischend, und ist plötzlich froh über ihre insgeheim bereits getroffene Entscheidung. Sie schließt das Fenster, geht zum Computer und schreibt ihrem Liebsten, dass sie sich auf ihr Wiedersehen freue.

Er antwortet erleichtert, und Sophie fährt am nächsten Morgen glücklich durch einen warmen Frühlingstag über nahezu staufreie Autobahnen, was ihr eine Kaffeepause bei ihren Freunden in Karlsruhe erlaubt, bei denen sie nach dem Abschied von Gregory am nächsten Tag übernachten wird.

Sie trifft pünktlich im Landgasthof ein, und während sie in dem frühlingshaft dekorierten Restaurant auf ihren Liebsten wartet, blättert sie in dem kleinen Buch von Peter Lauster mit dem für sie in dieser Zeit so gut passenden Titel „Wege zur Gelassenheit", in dem sie oft liest. Er beschreibt die Gefühle eines Schafhirten, der über die Liebe sinniert, was perfekt in diese Momente glücklichen Wartens passt:
„Ich empfinde Liebe und das ist natürlich, wenn man so viel Liebe durch Sensitivität empfängt. Die Liebe fließt

durch Seele und Geist hindurch und tritt seelisch transformiert wieder heraus. Alles ist in Fülle vorhanden, du musst nichts suchen, denn die Antwort strömt in dich hinein. Schlummere voll Vertrauen im Heu, atme den Wald, erschnüffle den Sommer, fliege über die Täler und erspüre den Wind in den Händen."

Das klingt wie maßgeschneidert für ihn, der sich so gerne als mallorquinischer Bergadler sieht, der jedem Sturm trotzend seine Flügel spannt und fliegt. Sie denkt auch an das Mark Twain Zitat vom Leinenlösen, Segelsetzen und Verlassen des sicheren Hafens, vom Träumen, Forschen und Entdecken. Dabei drängt sich die Frage auf, wie viel er in dieser Zeit der schlaffen Segel in einem nicht mehr sicheren Hafen davon umzusetzen noch bereit ist.

Mitten in ihre Überlegung hinein kommt ein strahlender Gregory mit offenen Armen und einem kleinen Rosenarrangement auf sie zu, und seine stumme Umarmung beantwortet jede Frage mit einer durch nichts zu übertreffenden Antwort, die das Klopfen ihrer Herzen freudig betont. Damit ist sie hundertprozentig davon überzeugt, sich richtig entschieden zu haben, denn dieser erste Augenblick ihres Wiedersehens ist über jeden Zweifel erhaben und ein glücklicher Garant dafür, dass auch in diesem kurzen Zusammensein jeder Moment zu einem kostbaren Erlebnis für sie beide wird.

Es ist, als hätte es nie eine Trennung gegeben und die erste Hälfte der 24 Stunden scheint dehnbar, scheint mehr an Erzählen, Freude, Lachen und Lieben aufnehmen zu können, als es normalerweise der Fall ist. Sie beginnen mit einem Spaziergang durch die Weinberge, der erst beim Sonnenuntergang an die frühlingshafte Kälte erinnert, die durch das gemeinsame Duschen aber schnell behoben wird. Das Spargelessen ist köstlich und passt perfekt zur Gegend und zur Jahreszeit. Die Nacht bringt sie in die Zärtlichkeit ihrer Liebe zurück.

Als Sophie Gregory am nächsten Morgen beim „Anwärmen" der Dusche lauthals singen hört: „Für eine Nacht voller Seligkeit, da gäb ich alles hin", hätte sie glücklicher kaum sein können.

Er bekommt den Termin in Karlsruhe-Durlach wunschgemäß zum späten Vormittag bestätigt, allerdings mit einer Einladung zum Mittagessen, was Sophie einerseits bedauert, weil sie dadurch gemeinsame Zeit verlieren, aber andererseits freut sie sich, weil es ihr die in der zeitlichen Kürze nicht erwartete Gelegenheit gibt, ihre an Leukämie erkrankte Freundin Heike zu besuchen. Sophie ist mit Heike seit über vierzig Jahren befreundet, und bei jedem Wiedersehen ist es, als hätten sie sich nie getrennt. Seit Heikes Krankheit freut Sophie sich bei jedem Anruf Heikes Stimme zu hören, zumal sie nach Einschätzung ihres Onkologen schon längst nicht mehr leben sollte. Aber trotz Schmerzen und Medikamenten erlebt sie jeden Tag als Geschenk, sieht dem bevorstehenden Lebensende gelassen entgegen und trinkt täglich ihren Champagner. Jedes Gespräch und jedes Wiedersehen mit ihr sind pure Freude.

Weniger erfreulich ist die Tatsache, dass die Deutsche Bundesbahn wieder einmal streikt und nur wenige Züge von Karlsruhe nach Stuttgart fahren. Gregorys Flug ist für 20 Uhr gebucht und über Internet erfährt er, dass der 17 Uhr Zug nicht vom Streik betroffen ist. Doch Fahrkarten und genaue Auskünfte gibt es nur am Bahnhof, wo nur zwei Schalter besetzt sind und die langen Warteschlangen die Geduld manches Reisenden strapazieren. Sophie will es gelassen nehmen und probiert zur Ablenkung Hüte und Sonnenbrillen in den Bahnhof Boutiquen, aber sie ist aufgewühlt und traurig, weil sie den

Abschied als ungerecht und schmerzlich empfindet.

Als Gregory endlich seine Fahrkarte und die Zusage bekommt, mit dem 17 Uhr Zug pünktlich am Flughafen zu sein, haben sie noch über eine Stunde Zeit. Sophie schlägt vor, diese mit ihren Gastgebern Suse und Rudi zu verbringen. In deren Garten blüht ein riesiger Magnolienbaum, unter dem bei schönem Wetter zu dieser Tageszeit meistens der Kaffeetisch gedeckt ist.

So ist es auch an diesem Nachmittag, und Sophies spontane Idee befolgend, erfreuen sie sich dort wenig später an der gegenseitigen Sympathie und am frühlingshaften Gartenambiente. Die Sympathie beginnt bereits als sie am Kaffeetisch Platz nehmen, wo Rudi den geöffnet neben seiner Tasse liegenden Bildband zuschlägt und erklärt:

„Den habe ich aus alten Fotos meines Vaters zusammengestellt, der als junger Mann drei Jahre in Spitzbergen gearbeitet hat."

„In Spitzbergen?" fragt Gregory.

Rudi bestätigt und schon haben die beiden ein interessantes Gesprächsthema, denn Gregory hat dort vor Jahren ein Projekt betreut. Rudi freut sich über sein Interesse und Sophie über das entspannte Zusammensein, das die bedrückende Gewissheit der bevorstehenden Trennung etwas mindert, ähnlich einem als Prophylaxe verabreichten Medikament zur Linderung von eventuell zu erwartenden Schmerzzuständen. Sie ist auch froh darüber, nach dem Abschied von Gregory wieder in diese Gemütlichkeit zurückkehren zu können und nach den emotionalen Herausforderungen dieses Tages nicht in die Schweiz zurückfahren zu müssen.

Am Bahnhof stellen sie zufrieden fest, dass die Abfahrt des Zuges für 17.00 Uhr ausgewiesen und der Zug auch eingefahren ist. Sophie, die Abschiede an Bahnhöfen gerne vermeidet, bleibt trotzdem in Gregorys Umarmung auf der Bahnsteigbank sitzen. Der immer näherkommende Abschied verbindet sie in einer traurigen Schweigsamkeit, während sie auf ein Zeichen für die Abfahrt des Zuges warten. Doch es tut sich nichts. Immer mehr Fahrgäste steigen in den Zug, der offensichtlich nicht pünktlich abfährt, denn vermutlich will man mit diesem Feierabendzug so viele Passagiere wie möglich transportieren. Damit dehnt sich die Zeit des Wartens in Endlosigkeit aus, was für Gregory, der sich zunächst erstaunlich ruhig verhält, später zum Dilemma wird. Denn kurz nach der sehr verspäteten Abfahrt stellt er fest, dass dieser Zug - in Widerspruch zu der erhaltenen Auskunft - kein Eilzug, sondern ein Bummelzug ist. „Ich werde meinen Flug nicht erreichen und umbuchen müssen", textet er. „Denn dieser Zug hält an jedem Bahnhof und an Orten, die ich noch nie in meinem Leben gehört habe. Laut Flugplan gibt es noch eine spätere Maschine und ich werde gleich versuchen, dort einen Platz zu buchen, denn morgen früh fahre ich nach Coburg."

Obgleich Sophies aufgewühlte Emotionen in der gemütlichen Gastlichkeit ihrer Freunde bei Wein und Kaminfeuer eine gewisse Beruhigung finden, schaut sie immer wieder auf ihr Smartphone, das sich erstaunlich ruhig verhält, denn Gregory ist im Stress. Als er endlich im Flugzeug sitzt, ist er ebenso erschöpft wie die Batterie seines Smartphones.

Es ist weit nach Mitternacht, als er Sophie für die schönsten 30 Stunden seit Anfang Januar dankt und sie seiner Liebe und der Gewissheit versichert, dass diesen Stunden bald genauso schöne und noch schönere folgen werden. Mit dem Zählen der Tage bis zum Geburtstag will er jedoch erst am nächsten Morgen beginnen. Sophie dagegen zählt gleich. Sie zählt aber nicht die Tage, sondern die Stunden, die er mit 30 beziffert, obwohl es nur 24 waren. Wünschte er sich nicht immer wieder, die Zeit ihres Zusammenseins beliebig ausdehnen zu können? Sollte es ihm inzwischen geglückt sein, sein Zeitgefühl so zu verändern, dass er die Dauer ihres Wiedersehens nicht wie 24, sondern wie 30 Stunden empfindet?

Ihr gefällt diese Vorstellung, die sie vor dem Einschlafen noch mit ihm teilt: „Diese wenigen Stunden haben mir wieder gezeigt, wie schön es ist, unsere Lebensfreude und unsere Liebe in dieser Intensität zu erleben. Eigentlich waren es nur 24 Stunden, die allerdings so intensiv waren, dass du sie in deiner Erinnerung auf 30 ausdehnst, um die Intensität unserer Gefühle darin unterzubringen. So freue ich mich jetzt schon auf jeden weiteren schönen Moment mit dir, was wichtig für uns ist, wenn wir glücklich sein und jung bleiben wollen."

Am nächsten Morgen fährt sie zurück, begleitet von seiner Ermahnung: „Bitte fahr' vorsichtig, denn ich brauche dich noch lange, gesund und fröhlich, weil ich dich innig und ewig liebe".

Begleitet ist sie aber auch von einer undefinierbaren Gefühlsmischung aus Freude und Traurigkeit, die sie in die Struktur ihres Verständnisses für Gregory einzuordnen versucht, was sie jedoch nicht darüber hinwegtrösten kann, dass er nun doch nicht bei ihr ist.

Mit der Bestätigung, dass sie gut zurückgekommen ist, erwähnt sie auch ihre einerseits traurigen und andererseits glücklichen Gefühle: „Die mich daran erinnern, wie sehr du mir als meine geliebte und liebende Hälfte fehlst. Aber ich freue mich jetzt einfach darauf, dass wir uns in weniger als vier Wochen wiedersehen und alles Versäumte nachholen."

Später, als sie durch ihren blühenden Garten geht wird ihr bewusst, dass die Lösung aus dem Dilemma ihrer Emotionen allein in ihrer Akzeptanz seiner Situation liegt, die er auf seine Weise lösen will und dabei hoffnungsfroh bereits die Tage bis zu ihrem Geburtstag zählt: „Zum Glück muss die Fortsetzung unserer Liebe diesmal nicht so lange warten, denn wir haben nur noch 20 Trennungstage zu überstehen."

Aber es gibt auch andere, die zählen und rechnen: das Finanzamt errechnet aus der vom Steuerberater erstellten Steuererklärung eine weitere Nachzahlung, und Annabelle und ihre Kinder zählen nicht nur generell auf ihn, sondern rechnen auch mit ihm beim Feiern ihres Abschieds aus Berlin, das sich über das ganze Wochenende ausdehnen soll, bevor sie nach England umziehen.

Zu ihrem Umzug nach England hat sich Annabelle ziemlich kurzfristig entschlossen, nachdem ihr zuvor in Berlin lebender Partner Ingo eine interessante Herausforderung in Londons Finanzwelt angeboten bekam und feststellte, dass er seine Anwesenheit in der Londoner Zentrale auf 2 - 3 Tage in der Woche beschränken kann.

Dadurch, dass er viel von zu Hause ausarbeiten kann, möchte er in Sussex ein Haus mieten und schlägt Annabelle vor, mit Lennart und Alexia zu ihm zu ziehen. Als er mit Annabelle das Objekt seiner Vorliebe besichtigt, ist sie begeistert und beide sind entschlossen dort zusammen einzuziehen, obwohl sie in Berlin trotz ihrer Beziehung in getrennten Wohnungen lebten.

Alles klappt. Auch der Vater der Kinder ist einverstanden, macht aber zur Bedingung, dass die beiden regelmäßig nach Berlin kommen, damit sie den Kontakt nicht verlieren. Das ist auch Gregorys Wunsch, denn die Vorstellung der Trennung von seinen Enkeln schmerzt. Eine „Relocation Agency" hilft bei der Wahl der richtigen Schulen, und Lennart findet das alles ziemlich cool, während die 8-jährige Alexia sich nicht von ihren Freundinnen trennen mag, aber dem Versprechen ihrer Mama vertraut, wonach sie in England sicher rasch neue Freundinnen finden wird.

Unterdessen gibt es bei Gregory endlich eine Ausnahme in der Regelmäßigkeit der Absagen. Er erhält einen Auftrag für ein IT-Sicherheits-Assessment, über den er sich freut, und den er als winzigen Lichtblick bezeichnet, was unschwer erkennen lässt, wie frustriert und bescheiden der bisher erfolgreiche Manager geworden ist:

„Ich muss offenbar ganz, ganz klein anfangen. Mein Leben ist eine Mischung aus Frust und winzigen Lichtblicken, während der große Lichtblick 1000 Kilometer entfernt ist, aber ab morgen sind die Tage bis zu deinem Geburtstag wieder einstellig."

Doch zum großen Lichtblick kommt es nicht. Denn die Enkel sollen in ihren künftigen Schulen mindestens vier Wochen vor den Ferien am Unterricht teilnehmen, um die Anpassung an die Klassen und die sprachlichen Engpässe abzustimmen. Deshalb wird Annabelles Umzug vorgezogen, was die Abschiedsfeiern mit den Freunden, den Großeltern und Tanten auf Mitte Mai vorverlegt, und das ist das Wochenende von Sophies Geburtstag. Damit bewahrheitet sich, was Sophie längst bewusst war, nämlich dass sich sein Besuch zu ihrem Geburtstag ohne einen immensen Auftrags-Lichtblick nicht realisieren wird.

Dazu trifft ihn unerbittlich und mit voller Macht der „Schwarze Montag", wie er ihn nennt, denn auf Veranlassung des Finanzamts verlangt die Bank nun den sofortigen Ausgleich des Firmenkontos, um eine Insolvenz zu vermeiden. Dieses Wort trifft wie eine Bombe in die Rechtschaffenheit seines bisherigen Lebens und darf sich keinesfalls zur Realität entwickeln. Er muss beweisen, dass seine Bemühungen um Projekte und deren Aussichten auf Erfolg die Annahme erlaubten, mit den erwarteten Umsätzen die laufenden Kosten abzudecken und dass diese Projekte keine Luftschlösser waren. Dafür gibt man ihm vier Wochen Zeit. Seine Schilderungen an Sophie fasst er in einem Satz zusammen: „Das Finanzamt setzt mir wirklich die Pistole auf die Brust."

Aber es gibt auch einen glücklichen Zufall. So jedenfalls nennt er eine Begegnung, über die er sich freut: „Per Zufall kam ich im Schreibwarengeschäft ins Gespräch mit einer Dame, die mir erzählte, ein autobiografisches Buch zu schreiben. Ich auch, sagte ich und berichtete von unserem Buchvorhaben. Das fand sie interessant, denn sie hat gerade ein solches Buch mit dem Titel ‚Warte auf mich' gelesen. Es wurde von einem Mann und einer Frau, die sich kennen und lieben lernten, gemeinsam geschrieben; er ist verheiratet, sie nicht. Es hat also auch damit durchaus Ähnlichkeiten mit uns und unserem Baby." So nennt er liebevoll das mit Sophie gemeinsam zu schreibende Buch.

Sophie freut sich, dass er die gemeinsame Kreativität trotz all der Widrigkeiten nicht vergisst, was sie an ein Fernsehinterview mit Elke Heidenreich erinnert, die mit ihrem Partner glücklich in einer gemeinsamen Kreativität lebt und auf Schloss Rheinsberg die Aufführung einer gemeinsam kreierten Oper über die Liebe vorbereitet. Auf die Frage des Talkmasters, was man denn in Liebe noch neu herausbringen könne, antwortete sie: „Eine neue Art Liebe, eine die anders ist und viel sanfter als die übliche Tragik von Eifersucht, Manipulation und anderen Störfaktoren."

„Das ist eine Liebe wie unsere", resümiert Sophie ihre Schilderung an Gregory: „Eine Liebe, die in unsere Zeit und in unseren Lebensabschnitt passt; eine Liebe, die sanft sein darf und trotzdem gegen alle Gefahren gewappnet sein soll. Auch wenn bei uns zurzeit alles ziemlich dramatisch ist, weil uns das Leben einen Cocktail aus vielen Widrigkeiten präsentiert, wissen wir, dass wir das zusammen durchstehen werden. Wir stärken uns gegenseitig und darauf kommt es an."

Darauf kommt es Gregory auch bei seiner in dieser Situation unausweichlichen Absage zu ihrem Geburtstag an, bei der er gleichzeitig tröstet:

„Aber ich will nicht daran verzagen, sondern weiterkämpfen."

Auch Sophie möchte nicht verzagen. Sie ist froh, dass Marie-Ange und Jean-François den Aufbruch in ihr südfranzösisches Feriendomizil verschieben, um mit ihrer Präsenz die emotionale Leere ihres Geburtstags auszufüllen. Es ist ein Trostpflaster aus Freude, über den Schmerz der Enttäuschung geklebt.

Tatsache aber bleibt, dass sie ihren Liebsten vermisst und fragt: „Wie lange darf es dauern, bis wir wieder zusammen Freude empfinden, so wie letztes Jahr, als ich am Tag vor meinem Geburtstag so glücklich aufgeregt am Bahnhof auf dich wartete? Alles war so einfach, so natürlich und so selbstverständlich, aber inzwischen sind wir boykottiert im Erleben unserer Lebensfreude. Wie darf es das im Leben von zwei 70-jährigen Menschen überhaupt geben, nachdem wir beide unser Leben gut gemeistert und dabei auch immer für unsere Familien gesorgt haben? Es darf es nicht! Deshalb habe ich im Moment viele Fragen, warum und wieso."

Gregory stimmt zu: „Eigentlich hätten wir heute in deinen Geburtstag hineingetanzt und eigentlich dürfte die Situation auch gar nicht so sein, wie sie ist, eigentlich, eigentlich …Aber wir werden deinen Geburtstag nachholen und noch viele schöne Abende vor künftigen Geburtstagen gemeinsam feiern."

Seine tröstenden Gedanken tragen sie durch die Nacht. Doch nicht er und seine Zärtlichkeit verwöhnen sie am nächsten Morgen, sondern ein warmer Sonnenstrahl, der sich sanft auf ihr Gesicht legt, als sie die Fensterläden öffnet.

Es ist ein wolkenlos strahlender Tag und Sophie beschließt fröhlich zu sein und sich über alles Schöne zu freuen: Sie freut sich über seinen und viele weitere Anrufe; aber ganz besonders freut sie sich über die blutroten Baccara-Rosen, die Fleurop in seinem Auftrag überbringt. Es sind sieben an der Zahl und das hat seinen Grund, wie die beigefügte Karte verrät:
„Eine Rose für jedes Jahr unseres Wiederfindens. In diesem Jahr ungeplant mit einem Gruß aus der Ferne, doch viele weitere werden folgen, dann aber persönlich ausgesucht und überreicht von deinem dich innig und ewig liebenden Gregory."

Aber es gibt auch dabei einen kleinen Wehmutstropfen, denn in einem als dringend gekennzeichneten Mail nennt Gregory zwei Telefonnummern, mit der Bitte nicht zu antworten, falls die eine oder andere auf dem Display ihres Smartphones erscheint. Es ist die Nummer seiner Wohnung und die des Mobiltelefons seiner Frau:
„Der Blumenversand hat die Auftragsbestätigung für deine Geburtstagsrosen hierhergeschickt und meine Frau hat diese prompt gelesen. Sie versucht nun mir die Hölle dafür heiß zu machen, dass ich dir Rosen schicke und hier immer sage, kein Geld für Extras zu haben. Sie will nun unbedingt bei dir anrufen."

Sophie ist heilfroh, diese Nachricht rechtzeitig erhalten zu haben, denn wenig später ziehen sich beide Nummern in ziemlich regelmäßigen Abständen durch den Tag und den Abend.

21. Kapitel: Ein Unglück kommt selten allein

Geduld bringt Rosen, sagt das Sprichwort. Sophie hat Geduld mit seinen Geburtstags-Rosen, die, symbolisch gesehen, seine Präsenz verkörpern. Selbst als deren Blütenblätter sich langsam von Blutrot zu Dunkelrot färben, ihren samtigen Aspekt verlieren und auf den soliden Stielen erstarren, möchte sie sich nicht von ihnen trennen. Die Standhaftigkeit der Rosen ist wie eine stumme Verpflichtung, die diese mit ihrem Spender verbindet und der sie nun, egal in welcher Form, treu zu bleiben gedenken, denn Geduld ist auch weiterhin angesagt.

Unterdessen ist Gregory intensiv damit beschäftigt, die Forderung des Finanzamts nach Beweisen seiner Bewerbungen und Gesprächsterminen zu erfüllen und, überzeugt davon, dass bereits ein oder zwei Projektaufträge seine Lage verändern würden, sich nach wie vor unermüdlich aktiv auf Projektausschreibungen zu bewerben.

Entspannung empfindet er abends bei seiner Gutenachtmail: „Denn ohne diese beruhigenden Momente würde ich vollkommen verkrampft und nervös schlafen gehen. Aber dabei freue ich mich über unsere Liebe, in der wir gemeinsam denken und fühlen. Gemeinsam sind wir stark. Stärke brauche ich im Moment besonders, um meine Firma über Wasser zu halten und Stärke brauchen auch wir beide, um die Wartezeit bis zu unserem Wiedersehen zu überstehen. Der Gedanke daran baut mich auf, auch wenn das genaue Datum noch nicht feststeht. Ich könnte ja schon mal einen fiktiven Tag festlegen und mit dem Zählen beginnen."

Das aneinander Denken ist auch für Sophie wie das gegenseitige Echo ihrer Seelen. Sie räumt aber auch ein, manchmal etwas am Verzweifeln zu sein: „Weil wir uns so lange nicht gesehen haben und weil alles, was wir gemeinsam planen, aus irgendwelchen unvorhersehbaren Gründen nicht klappt. Obwohl ich weiß, dass wir diese Geduldsproben durchstehen müssen, so sind sie doch ein Verlust an Lebensfreude und an der Freude an unserer Liebe, die uns jung und gesund erhält."

Gregory bleibt zuversichtlich: „Nächste Woche erwarte ich die Ergebnisse meiner letzten Bewerbungen. Trotz der bisherigen Enttäuschungen lasse ich nichts unversucht. Das muss jetzt einfach klappen, weil meine Juniplanung als Wichtigstes meine Reise in die Schweiz vorsieht. Dafür plane ich fiktiv schon die Tage ab dem 22. Juni für uns ein, denn ich freue mich sehr auf meinen Besuch. Aber noch sitze ich hier im Wechselbad der Bewerbungsgefühle, inständig darauf hoffend, dass sich bald ein Auftragslichtlein blicken lässt. Vielleicht sollte ich eine Annonce schalten: ‚Rüstiger Rentner will noch arbeiten' und hinzufügen ‚auch Gartenarbeit', das aber erst nachdem ich bei dir geübt habe. Jetzt übe ich mich weiter in Geduld und warte auf das Auftragslichtlein."

Jedoch lassen sich die Auftragslichtlein immer nur als Hoffnungsschimmer in seinem Wunschdenken blicken, den er in jedem neuen Angebot sieht, der aber nach jeder Absage erlöscht.

Bei Sophies Einschätzung seiner Pechsträhne denkt sie an die Voraussage ihrer Freundin Else, die schon im Januar ein „holperiges Jahr" angekündigt hatte, was sich vor allem auf seine finanzielle Situation bezog. Für eine generelle Verbesserung seiner Lage nannte sie seine Aufrichtigkeit in Sachen Liebe als notwendige Voraussetzung. Doch dafür bietet die derzeitige Situation noch keine positive Aussicht, weder familiär noch finanziell, wo der Druck durch die fehlenden Einnahmen täglich steigt, was die Großzügigkeit des bisherigen Lebensstils drastisch reduziert, weil die Rente nur das Notwendigste deckt. Sophie hofft, ihm den Umgang mit dieser Stress-Situation durch ihre Erfahrungen aus einer ähnlichen Zwicklage etwas erleichtern zu können:

„Auch ich hatte vor Jahren eine schlimme Zeit mit unvorhersehbaren privaten und beruflichen Schwierigkeiten. Daraus ergaben sich finanzielle Probleme, die mich an scheinbar unüberwindliche Grenzen führten. Beim Versuch über diese hinauszugehen, las ich viel über die Kraft des Unterbewusstseins und das Vertrauen darauf, dass alles gut werden kann, auch wenn es noch so konträr ist und nichts mehr wie geplant zusammenpasst.

Jeder Stern entsteht aus einem Chaos lehrt uns Nietzsche, und aus Negativem kann Positives hervorgehen. Dieses Vertrauen lässt Negativerfahrungen zu Herausforderungen werden und hilft schwierige Situationen zu meistern, ohne daran zu zerbrechen. Dabei ist Umdenken angesagt, aber dagegen sträubst du dich weil du glaubst, deine Pläne müssten sich so wie von deinem Verstand vorgegeben verwirklichen. Aber Erfolg lässt sich nicht erzwingen und aus Fehlschlägen kann man lernen.

Ich begann, den gewünschten Erfolg in meinen Gedanken zu manifestieren, daran zu glauben und zu vertrauen, auch wenn zunächst alles schwierig und fast aussichtslos war. Aber mein Fokus blieb auf Erfolg ausgerichtet, wenngleich ich noch keine Vorstellung hatte, wie ich ihn erreichen könnte. Als er sich einstellte wurde ich mir dessen gar nicht gleich bewusst, weil er sich aus meiner Freude daran ergab, Interessenten zu empfangen und zu informieren. Damit öffnete sich die Tür zu einer neuen Karriere, in der ich zwanzig Jahre lang erfolgreich war. Vertrauen ist auch die Basis für unsere zurzeit getrennt gelebte Liebe. Dabei versuche ich unsere Verbindung mehr auf die Ebene der Seelenliebe zu projizieren, die über unsere Probleme erhaben ist und über allem leuchtet. Auch wenn das nicht immer gelingt, weil wir als liebende Menschen mit unserer Sehnsucht im Vordergrund stehen, so hilft es, mit dem Herzen zu entscheiden, nachdem man auf den Verstand gehört hat. Also, wenn ich dir raten darf: öffne dein Herz und vertraue, dass es eine höhere Macht gibt, die es gut mit dir meint."

Damit scheint es ihm zunächst besser zu gehen, ein weiterer Mini-Beratungsauftrag in Berlin trifft ein, und er legt den Tag seines Kommens fest. Er kauft seine Fahrkarte für den 22. Juni und schickt Sophie die Kopie.

Aber es kommt wieder ganz anders, denn am nächsten Tag erhält er Post vom Finanzamt, das wegen der geforderten Steuernachzahlung und dem seit Monaten fehlenden Einkommen bei Gericht einen Insolvenzantrag gegen seine Firma gestellt hat. Der Schock motiviert zur Dynamik. Nun muss er rasch nach einem mit Insolvenzrecht vertrauten Anwalt suchen, was ihm gelingt, denn den Termin hat er bereits am nächsten Tag. Dafür muss er eine Menge Unterlagen heraussuchen und kopieren, wofür er bis weit nach Mitternacht in seinem Büro sitzt, aber auch diesen denkwürdigen Tag, wie jeden anderen, mit seinem Gutenachtmail beschließt, und dabei versichert: „Jetzt will ich nicht mehr an die notleidende Firma denken, sondern nur noch an dich, dann geht es mir wieder gut."

Die folgenden Ereignisse sind wie Bilder aus Schwarz und Weiß: Licht und Schatten, Hoffnung und Grenzwertiges, oft in rascher Folge. Nun geht es vor allem darum, die Richterin, die den Antrag des Finanzamts bearbeitet, zu überzeugen, dass keine Insolvenzverschleppung vorliegt. Aber auch dabei bleibt er zuversichtlich:
„Für das Gespräch mit der Richterin habe ich auf Montag gedrängt; erstens will ich wissen, was weiter zu tun

ist und zweitens will ich zu dir fahren. Zum Glück lässt sich die Fahrkarte umbuchen, denn nun ist wieder alles ganz anders als geplant. Am liebsten würde ich die Zeit zurückdrehen und mit dir an Silvester und am Jahresbeginn anknüpfen. Ich überlege, was ich aus den Erfahrungen seit Silvester besser machen, wie ich unsere Liebe weiterentwickeln kann und wie ich es schaffe, dass wir beide wieder glücklich werden."

Er hofft auch immer noch, seine Bahnfahrt in der kommenden Woche antreten zu können. Aber der Schicksalsschlag ist unausweichlich und der Montag bringt das befürchtete Ergebnis: Die Richterin entscheidet, dass er den Insolvenzantrag unverzüglich einreichen muss, da jeder Tag einer Verzögerung zu seinen Lasten ginge. Das trifft ihn hart, und er schreibt verzweifelt: „Deshalb kann ich morgen nicht fahren, denn vieles muss rasch bereinigt werden. Ich hätte mir nie vorstellen können, jemals in eine solche Situation zu kommen. Also ein richtiger Absturz, oder ist es der Startpunkt für einen Neubeginn?"

Diese Frage bleibt vorläufig offen, aber Tatsache ist, dass an diesem so sehr erhofften 22. Juni, an dem ihre Sehnsucht sich in Zärtlichkeit auflösen sollte, sich seine Firma in der Insolvenz auflöst. Kurz vor Mitternacht kommt sein Gutenachtküsschen „vom traurigen Meister", der sich fühlt wie eine Mutter, die ihr Baby verloren hat.

„Aber trotz der Turbulenzen und meiner nervösen Niedergeschlagenheit führe ich dich ruhig und sanft in das Land der goldenen Träume, wo ich dich liebevoll in meine Traumarme nehme. Morgen ist ein neuer Tag, an dem ich neuen Mut und neue Pläne fassen will."

Das ist für Sophie der Moment, ihm von einer Talkshow Sandra Maischbergers zu berichten:

„Dort stellte ein Teilnehmer, der ebenfalls durch eine Privatinsolvenz ging, fest: ‚Du wirst erst unabhängig und frei, wenn du den Zugang zu dir selbst findest'. Als ich das sah, fragte ich mich, ob du dir dessen bewusst bist?

Ein anderer Teilnehmer, inzwischen Bestsellerautor, erwähnte, dass seine Frau während seiner Insolvenz zu ihm sagte: ‚Endlich hast du Zeit zum Schreiben!'
Vielleicht ist das auch für dich ein Gedankenanstoß für die Zukunft, wobei mir gerade einfällt, dass ich dich vielleicht öfters in diese Richtung aufmuntern sollte?"

Gregory ist immer empfänglich für ihre Aufmunterungen, die sie zu seinem Lichtblick, seinem Trost und anderen erfreulichen Attributen seiner gebeutelten Existenz werden lassen, was sie auch für sich selbst als aufmunternd empfindet und immer wieder liest. Das Empfinden seiner Worte erinnert sie an den bunten Metallkreisel ihrer Kindheit, ein damals beliebtes Spielzeug, den sie immer wieder drehte, um ihm die Musik zu entlocken, die anzuhören sie nicht müde wurde. Nun sind es seine Worte, die in ihr klingen und an das Lied erinnern, das sie beide im Herzen tragen und das sie es eines Tages auch wieder zusammen singen werden: „Rund um mich her ist alles Freude".

Aber zunächst dämpft der Anwalt die Hoffnung, dass sich das Verfahren rasch abwickeln ließe, denn dafür gibt es noch viele Fragen zu klären, weitere Unterlagen zusammenzustellen und dann auf einen Gerichtstermin für die Entscheidung zu warten, für den er zur Verfügung stehen muss. So schwer es ihm auch fällt: er muss sich in Geduld üben und sich weiterhin mit Dingen beschäftigen, die man nur ungern angeht, wie das Heraussuchen von Dokumenten, die es nachzureichen gilt, während es eigentlich jetzt im Juni hätte ganz anders sein sollen:

„Eigentlich wäre ich jetzt bei dir, eigentlich! Seit unserem gemeinsamen Jahresbeginn erlebten wir außer der kleinen Ausnahme im April nur Enttäuschungen. Wann hört das endlich auf?"

Obwohl diese Frage seit Monaten im Raum hängt, erlischt ihr Anspruch auf Beantwortung in der Dringlichkeit der von der Insolvenz diktierten Aktivitäten, mochten diese auch noch so banal sein, wie das Heraussuchen und Kopieren von Unterlagen.

Weniger banal ist der nächste Schlag: die Leasingfirma fordert das Auto zurück, womit er einen Großteil seiner Mobilität verliert und sein Leben fast unvorstellbar anders wird, aber er bleibt positiv: „Sicher wird die widerliche, mit Pechsträhnen überdeckte und enttäuschende Zeit irgendwann, hoffentlich bald, vorbei sein. Das ist mein weiterhin am Horizont leuchtender Hoffnungsschimmer, auf den ich sehnsuchtsvoll blicke."

Ein Hoffnungsschimmer für Sophie ist eine bereits im Frühjahr für den 1. August angekündigte Überraschung: die Hochzeit von zwei früheren Studenten, die in der Nähe des Bodensees gefeiert wird, und für die sie beide, was sie Gregory nur als Überraschung verrät, seit April auf der Gästeliste stehen.

Die Perspektive, ihre Liebe dann vielleicht doch wieder in fühlbarer Wirklichkeit zu erleben, ist für sie wie ein Leuchtturm in den stürmischen Wogen dieser Monate, gegen die er meistens mit erstaunlicher Zuversicht kämpft, während sie dabei oft an Elses Worte denkt, die diese, an eine große Liebe gestellten Herausforderungen, als Entwicklungsschritte auf der seelischen Ebene sieht, an denen beide Seelen wachsen. Aber auch wenn diese Zuversicht in gewisser Weise hilft, so ändert sie nichts an Sophies sanfter Sehnsucht, bald wieder an dem für sie schönsten Platz auf der Erde anzukommen: In seinen Armen.

Doch dafür braucht er mindestens einen größeren Auftrag und kämpft mit frenetischem Angebotseifer: „Ich weiß ja, dass du mit mir leidest, wenn ich immer noch ein Fünkchen Hoffnung auf einen, meine Finanzen sanierenden Auftrag hege und diesem Hoffnungsschimmer wie verrückt nachrase, indem ich weiterhin trotzig zu akquirieren versuche, Angebote schreibe und Absagen empfange. Davon bekam ich heute leider schon wieder zwei, aber ich gebe nicht auf, denn irgendwann muss es doch klappen. Ich möchte die Reise zu dir mit einem Gesprächstermin verbinden, am liebsten mit einem, der in deine Richtung geht." Er fügt dazu, sich auch vermehrt, um Projekte in der Schweiz zu bewerben, worüber Sophie sich besonders freut.

Mit dem Sommerbeginn kommen seine Enkel aus England zurück. Sie sind für Gregory eine willkommene Abwechslung in der mühsamen Abwicklung der Insolvenz mit all den Bank-, Steuerberater- und Anwaltsterminen. Er lässt Sophie an seinen Tagesabläufen teilhaben und schickt sein Gutenmorgenmail meistens bevor die Enkel aufwachen: „Alle schlafen noch. Lennart wälzt sich im Bett und schnarcht. Er hat mir heute Nacht mehrmals so stark ins Kreuz getreten, dass ich aufstand. Wir hatten gestern einen aktiven Tag mit Fossilien ausgraben, Wisente und Rotwild beobachten, Dinosaurier anschauen und eine Fotoserie anfertigen (Lennart), danach die leckerste Pizza von Berlin genießen und dann bis in die Nacht Stadt-Land-Fluss spielen. Heute Nachmittag werde ich die Kinder zu ihrem Vater bringen und mich dann wieder der Papierarbeit widmen. Doch auch dabei bin ich in Gedanken bei dir und begleite dich durch den Tag."

Das mit der gedanklichen Verbindung klappt, aber an der Auftragslage ändert sich nichts, denn er erhält nach wie vor nur Absagen und hört Sophie in seinen Gedanken auch bereits sagen, dass dann halt irgendwann Schluss sein müsse. Wobei er allerdings der Überzeugung ist, dass das dann von ihm und nicht von anderen bestimmt werden soll.

Sie schlägt scherzhaft vor, er solle stattdessen vielleicht lieber ein Buch schreiben mit dem Titel: ‚Erfahrungen eines erfolgreich gescheiterten Managers'.

„Keine schlechte Idee", räumt er ein, will zunächst aber auch weiterhin Projekte akquirieren, zumal es ihm geglückt ist, den Termin auf dem Weg in die Schweiz bestätigt zu bekommen. Er möchte Sophies Überraschung unbedingt mit ihr erleben, während sie ihre Vorfreude in die Schranken angemessener Wachsamkeit zwingt, deren Lockerung so unwahrscheinlich scheint wie das Auftauchen einer Fee, die das Ende der auftragslosen Zeit herbeizaubert und dieser Reise ein glückliches Gelingen beschert. Da die Aussichten darauf eher unwahrscheinlich sind, bereitet sie sich bereits darauf vor, eventuell allein an den Bodensee zu reisen.

Wie zur Bestätigung erhält sie von Hazel in diesen Tagen eine Nachricht, die ihre Liebe mit Gregory so treffend schildert, dass sie diese Erkenntnis mit ihm teilt:
„Hazel schreibt, dass unsere Liebe durch die intensive seelische Verbindung eine Dimension erfährt, in der die Entfernung und die physische Nähe eine untergeordnete Rolle spielen und dass für uns beide ein Neubeginn unmittelbar bevorstehe."

Gregory gefällt diese tröstende Feststellung, die so gut in diese Zeit vermisster Wiedersehensfreuden passt; er beschließt sie als Leitmotiv zu wählen. Dass diese Worte später für eine Wirklichkeit Pate stehen, die weder er noch Sophie sich gewünscht hätten, lässt sich zu diesem Zeitpunkt nicht erahnen, zumal nichts auf die Dauer der physischen Abstinenz hinweist. Unwillkürlich denkt Sophie dabei an eine in Elses Durchsagen nie verstandene Erwähnung, wonach in ihrer und Gregorys Liebe der Faktor Zeit keine Rolle spielt, weil es eben so lange dauern wird, wie es dauert.

Die letzten Juli Tage sind extrem heiß, die Nächte sternenklar und so erfrischend angenehm, dass Sophie, fest in ihr Daunenbett eingehüllt, gerne bis zur frühmorgendlichen Kühle auf der Terrasse schläft. Häufig fragt sie sich dabei, ob sie diese feierlich stille Verbindung mit dem Sternenhimmel vielleicht tatsächlich bald wieder mit Gregory erleben wird.

Doch dazu kommt es nicht, weil Gregory nicht wie vorgesehen am Freitagmorgen mit dem 6-Uhr-Zug nach Frankfurt zu seinem Termin reist, sondern seit dem Vortag mit Fieber im Bett liegt, das er glaubt mit Medikamenten bekämpfen zu können, was ihm jedoch nicht gelingt. Damit bewahrheitet sich Sophies Befürchtung: die auftragslose Zeit fordert ihren Tribut, und was der Arzt am nächsten Morgen als Angina diagnostiziert, hat tiefere Wurzeln. Gregorys Zusage zu ihrer Überraschung war lange vor der Insolvenz, deren Folgen sich nun zu einer Wirklichkeit herauskristallisieren, die alle zuvor getroffenen Abmachungen außer Kraft setzt. Das ist die schmerzliche Wahrheit hinter der Krankheit, auch wenn diese vermutlich tatsächlich existiert.

Flucht in die Krankheit? fragt sich Sophie und Marie-Ange hat eine fachmännische Erklärung: „bei psychosomatischen Krankheitsfällen sucht der Körper sich die schwächste Stelle aus, und wenn es einen Erklärungsbedarf gibt, der nicht erfolgt, dann ist es der Hals."

Obwohl nicht wirklich überrascht, die Hochzeit nun ohne ihn zu feiern, hatte sie sich dieses Fest als Belohnung für das Durchhalten durch dieses holperige Jahr gewünscht, um dessen Widrigkeiten in der Leichtigkeit ihres realen Seins gemeinsam aufzulösen.

Aber nun schaut sie sich das Feuerwerk am Vorabend des 1. August allein an und bleibt danach noch lange auf ihrer Terrasse sitzen. Sie schaut in den sich von den Farbexplosionen erholenden Himmel, an dem allmählich wieder Sterne zu sehen sind. Sie fühlt sich schwer und wie auf dem Stuhl festgewachsen. Es ist eine Mischung aus Erschöpfung, Enttäuschung und Traurigkeit. Aber daraus muss sie sich lösen, denn sie möchte den morgigen Freudentag auch in Freude erleben. Allerdings hat diese Entscheidung keinen Einfluss darauf, dass an diesem Abend weder Hazels weise Worte noch irgendeine andere Weisheit der Welt die geringste Chance hätten ihren Schmerz zu lindern, den Gregorys fehlende Präsenz in ihr auslöst.

Nach einer an Schlaf zu kurz gekommenen Nacht voll aufgewühlter Emotionen ist die Fahrt etwas mühsam. Sophie fährt konzentriert und auf der Landstraße kurz nach der Autobahn auch etwas zu schnell, was ein deutsches Blitzlicht nicht übersieht. Aber das hat an diesem Tag keine Bedeutung, denn dieser soll von Hochzeitsfreude erfüllt sein und darauf will sie sich einstellen, was ihr ganz gut gelingt, auch wenn dieser Vorsatz in seiner Gewichtung mit dem Vermissen Gregorys nicht immer die Oberhand behält, das sich als kleiner, stechender Schmerz immer wieder durch ihre Hochzeitsfreude bohrt.

Das Anwesen der Eltern des Bräutigams liegt außerhalb eines kleinen Dorfes, dessen Name weder ihr noch dem

Leitsystem ihres Autos bekannt ist. Aber die mit den Informationen zur Hochzeit erhaltene Beschreibung führt sie zu einer schmalen Straße, die in ein parkähnliches Grundstück mündet, aus dem Musik, Lachen und Stimmen zu hören sind. Davor sind schon viele Autos geparkt. Als Sophie näherkommt, sieht sie ein großzügig angelegtes Haus, das an ein Märchenschloss erinnert und den Eindruck erweckt nur darauf zu warten, seine verborgene Existenz, und die herzliche Gastfreundschaft seiner Bewohner zu besonderen Anlässen mit lieben Menschen zu teilen.

Im Vorgarten des Hauses ist für alles gesorgt, was man zur geschmacklichen Einstimmung und als gute Grundlage für ein fröhliches Fest zu schätzen weiß. Auf Bänken an langen Holztischen sitzend, genießen die Gäste die Freude des Zusammenseins bei Weißwurst, Hamburger, Pizza, Bier, Wein und einiges mehr.

Sophies Wiedersehensfreude mit einigen ihrer Studenten ist spontan und herzlich, aber am meisten freut sie sich Mandy und Dario als Brautpaar und auch deren Eltern wiederzusehen. Die beiden, die sie in getrennten Städten angeworben hatte, waren bereits kurz nach Studienbeginn unzertrennlich. Seitdem sind sie jeden Schritt ihrer erfolgreichen Karriere gemeinsam bis zum Weiterstudium zum Doktorat in Manchester gegangen, wo sie inzwischen leben und an der Universität unterrichten. Erfolgreiche Karrieren ihrer angeworbenen Studenten sind für Sophie immer eine ganz besondere Freude.

Alles ist Freude an diesem Tag und das besonders bei der sehr persönlich gestalteten Trauung in der kleinen Dorfkirche, wobei Sophie Gregory besonders vermisst. Wie gerne hätte sie den Gleichklang ihrer Stimmen beim Singen der ihnen vertrauten Lieder gehört, deren Texte sie alle noch auswendig kennt. Wie schön wäre es, ihre

Stimme dabei von seiner kräftigen Männerstimme tragen zu lassen, wie beim gemeinsamen Singen des Schützenfestlieds, als rund um sie her noch alles Freude war. Zu dieser Freude und ganz besonders zu diesem Tag passt auch die von Wilhelm Busch empfundene und von Gregory als ein Leitmotiv für ihre Liebe gewählte Erkenntnis, dass es nichts Schöneres gibt auf Erden, als lieben und geliebt zu werden.

Das gilt auch für Dario und Mandy. In seiner Hochzeitsansprache gibt der Pastor eine logische Erklärung für deren Entschluss zur Ehe, denn nachdem sie in Kuala Lumpur sechs Monate lang glücklich auf 10,5 Quadratmetern gelebt hatten, wussten sie, dass sie jede Situation des Lebens zusammen meistern würden.

Dazu führt er sehr liebevoll aus, dass das, was bei beiden vor zehn Jahren als Liebe auf den ersten Blick begann und sie durch die Jahre des Studiums in der Schweiz, den gemeinsamen Karrierebeginn in Asien und während des Studiums in England so innig verbindet, wirkliche Liebe ist: „Und wenn es Liebe ist, dann ist es auch Gottes Wille. Deshalb schätze ich mich heute, an diesem strahlenden Augusttag, glücklich, diese Liebe vor Gott und all den hier versammelten Familienmitgliedern und Freunden für immer zu besiegeln".

Es ist eine fröhlich belebte Hochzeitszeremonie; ein glückliches Zusammenspiel von heiter entspannten und feierlich ergreifenden Momenten. Während Sophie jedes Wort in sich aufnimmt und auch ihren Blicken nichts entgehen lässt, entdeckt sie wie der Wind und die Sonne diese feierlichen Momente in stummer Präsenz mitgestalten, indem die Sonne das Spiel des Windes mit den Blättern der Bäume durch die bleiverglasten Fenster auf den Kirchenboden zaubert. Ein Spiel von Licht und

Schatten, das Sophie seltsam berührt, weil es ihrem Gemütszustand entspricht.

Doch die Freude klingt unverkennbar aus ihr heraus, als sie voll Überzeugung und aus tiefem Herzen empfunden „Nun danket alle Gott" singt, mit dem die Feierstunde einen verbindenden Abschluss findet, bevor man sich zum Gratulieren unter den schattenspendenden Bäumen des Kirchhofs versammelt. Fröhliche Stimmen, Lachen und das Klingen von Champagnergläsern begleiten das Küssen und Umarmen bei den Glückwunschbezeugungen, während der Fotograf so viel wie möglich von diesen glücklichen Momenten in seiner Kamera festhält.

Auch in dem gepflegten Landgasthof, wo die Hochzeitsgesellschaft mit Erfrischungsgetränken, Kaffee und Kuchen empfangen wird, ist er eifrig damit beschäftigt die frisch Vermählten bei den verschiedenen Spielen und Herausforderungen zu fotografieren, die sich die Hochzeitsplaner für sie ausgedacht haben. Mit Bravour und unter lebhaftem Beifall meistern die beiden alles.

Ganz unverhofft kommt Miss Paris, eine attraktive junge Frau, auf Sophie zu und fragt in fließendem Französisch, ob sie die Dame aus der Schweiz sei. Sie bejaht und schaut etwas erstaunt in dieses herzlich lächelnde Gesicht, dem niemand gerne widersprochen hätte. Dazu gibt es auch keine Gelegenheit, denn die charmante Dame stellt sich vor:
„Ich bin Miss Paris, die Sängerin der Band und bin für Sie da, falls Sie irgendetwas brauchen. Mir wurde gesagt, dass Sie Französisch sprechen, und so freue ich mich, dass ich Sie betreuen darf und dabei auch wieder etwas meine Muttersprache praktizieren kann. Ich komme nämlich aus Paris, lebe aber schon lange hier und trete mit meiner Band meistens in Stuttgart auf. Wir spielen heute Abend beim Essen und zum Tanzen."

Ein fester Händedruck besiegelt das Kennenlernen und Miss Paris erklärt fröhlich, dass sie sich darauf freue, den Hochzeitsabend mit ihrer Band mitzugestalten. Sie erkundigt sich auch gleich, ob es eventuell bestimmte Musiktitel gäbe, die Sophie gerne hören würde. Sophie nennt spontan ein paar „Evergreens", worauf Miss Paris erfreut versichert, dass sie das sowieso als „Standards" in ihrem Repertoire hätten und noch einiges mehr, was Sophie sicher auch gefallen wird. Ihr jedenfalls gefällt es so sehr, Französisch zu sprechen, dass sie später erstaunt feststellt, dass Sophie, ebenso wie sie selbst, auch fließend Deutsch spricht. Aber natürlich will Miss Paris lieber in ihrer Muttersprache konversieren und dabei auch gerne etwas mehr über Sophies Verbindung zum Brautpaar erfahren, was Sophie kurz erklärt und Miss Paris begeistert aufnimmt, bevor sie fragt:

„Also ist es Ihnen zu verdanken, dass die beiden sich kennenlernten."

„So würde ich das nicht sagen, auch wenn es stimmt, dass ich beide getroffen habe, bevor sie sich kennenlernten: den Bräutigam und seine Eltern in einem meiner Vorträge in Stuttgart und die Braut mit ihren Eltern in Berlin, wo sie aus Rostock angereist kamen, was mich beeindruckte."

„Also doch!", beharrt Miss Paris.

„Nicht wirklich, denn die Entscheidung zum Studium in die Schweiz zu kommen, haben sie völlig unabhängig voneinander getroffen und dafür, dass sie sich sofort ineinander verliebten und schon kurz nach Studienbeginn unzertrennlich waren, bin ich auch nicht verantwortlich."

Miss Paris lacht: „Aber Sie haben den Grundstein dafür gelegt."

„In gewisser Weise kann man das wohl so sagen, aber es ist keine Seltenheit, dass Studenten sich während des Studiums verlieben und später heiraten."

„Dann sind Sie sicher oft zu Hochzeiten eingeladen –"

„Das kommt vor, meistens von Studenten, die ich angeworben habe."

„Was dann ja doch eine Bestätigung ist!"

„Wenn Sie das so sehen wollen …"

„Natürlich - und zu wie vielen Hochzeiten waren Sie schon eingeladen?"

„Eingeladen war ich zu vielen."

„Alle in Deutschland?"

„Nein, nein, denn unsere Studenten sind international und kommen aus der ganzen Welt. Aber Sie haben Recht, die meisten Einladungen kamen aus Deutschland und der Schweiz, aber auch aus dem Libanon, aus Afrika und Indien."

„Und Sie waren bei allen?"

„Nein, das war leider nicht möglich, auch der großen Entfernungen wegen. Ich war oft bei Hochzeiten in der Schweiz und in Deutschland, aber auch in Barcelona und Madrid, in Moskau und in Neu-Delhi, was die farbenfrohste Hochzeit war. Sie dauerte fünf Tage und jeden Tag gab es ein anderes Programm und ein anders gestaltetes Fest."

„Das klingt super interessant", sagt Miss Paris begeistert und fügt scherzhaft hinzu:

„Also falls ich dann mal heirate, müssen Sie auch zu meiner Hochzeit kommen, aber jetzt muss ich mich erst mal um meine Band und den Sound-Check kümmern."

„Tun Sie das – und vielen Dank, dass Sie mich so nett empfangen haben."

„Gern geschehen und wenn Sie mich brauchen, wissen Sie, wo Sie mich finden."

„Das klingt gut, vielen herzlichen Dank."

Sophie ist gerührt über diese Aufmerksamkeit, die sie an diesem für sie etwas schwierigen Tag als besonders angenehm empfindet. Sie freut sich sehr darüber, bei diesem Hochzeitsfest dabei sein zu dürfen und so herzlich empfangen und umsorgt zu werden. Es gelingt ihr auch immer mehr, ihren Entschluss umzusetzen und dieses Fest fröhlich mitzuerleben, auch wenn die kleinen Pfeile der Enttäuschung ohne Gregory zu feiern, immer wieder präsent sind. Besonders als sie seinen Namen auf dem Tischplan neben ihrem liest und an diesem Tisch dann nicht wie an allen anderen acht, sondern nur sieben Gäste sitzen. Doch auch dabei hat sie Glück und sehr angenehme Gesprächspartner. Die Großeltern des Bräutigams und andere Familienmitglieder waren früher in der Zirkuswelt aktiv und aus der daraus bestehenden Verbindung zu einer bekannten Schweizer Zirkusfamilie verdankt sie interessante Gespräche und einen sehr angenehmen Abend.

Mit sanfter Musik begleitet die Band das Hochzeitsessen. Erst sehr viel später, nachdem das Brautpaar den Tanz mit gekonnten Links- und Rechtsdrehungen im Walzertakt eröffnet und die Band danach zu klassischen Tänzen aufspielt, kommt Miss Paris dazu, um mit ihrer kraftvollen und mit samtigem Timbre modulierbaren Stimme zu begeistern. Man lacht, singt, tanzt zu zweit, allein und in Gruppen, ein perfekt gelungenes Hochzeitsfest, das Sophie glücklich erlebt; glücklich auch ganz einfach darüber, dabei sein zu dürfen. Sie tanzt bis nach Mitternacht, vergisst dabei aber nicht, in den Pausen immer wieder nach Gregorys Mails zu sehen, die regelmäßig eintreffen.

Aber als sie dann weit nach Mitternacht allein in ihrem Hotelzimmer ankommt, bricht die Diskrepanz zu der glücklichen Welt, die sie eben noch so fröhlich erlebte, und der Leere dieses Hotelzimmers gnadenlos über sie herein.

In ihrer Enttäuschung fragt sie ihre mediale Freundin Kirsten um Rat, will wissen, ob und wie sie denn überhaupt noch mit dieser so schwierigen Liebe umgehen kann. Sie schickt die Frage per Mail, und trotz der nächtlichen Stunde kommt Kirstens Antwort sofort. Sie ist schlicht und einfach:

„Bleib, wenn es dir möglich ist, im Wunder des Dankes, der Liebe und der Offenheit. Denn immer ist Liebe zwischen Euch."

Fast zeitgleich trifft Gregorys Gutenachtmail ein. Traurig und erschöpft stellt Sophie fest, dass das alles doch ganz wunderbar zusammenpasst, weiß aber auch, dass sie so auf keinen Fall weitermachen möchte. Denn diese dreißig unvergesslichen Stunden zählen zu den schönsten dieses holperigen Jahres und die hätte sie so gerne mit ihm erlebt. Er bedauert, will alles wieder gut machen und alles nachholen, selbst die versäumten Tänze, aber beide wissen, dass man das, was vergangen ist, nicht zurückbringen kann.

Am nächsten Tag, beim Brunch in Darios Elternhaus, ist das weiträumige, zum gemütlichen Verweilen einladende Haus von Sonnenlicht durchflutet, die Atmosphäre heiter und entspannt. Familie und Freunde sitzen auf der Terrasse, in der Küche, im Wohnzimmer und genießen die Reste der kulinarischen Köstlichkeiten dieses in allen Details so perfekt und liebevoll organisierten Hochzeitsfests.

Sophie ist begeistert von den Erzählungen einiger Familienmitglieder und erfährt dabei viel über die Zirkuswelt. Voll Bewunderung erlebt sie das fühlbar vorhandene Vertrauen der inzwischen pensionierten Akteure. Das Vertrauen des Raubtierdompteurs in seine Tiere und in seine Fähigkeit, sie zum Gehorchen zu erziehen, beeindruckt sie besonders.

Sie hätte noch stundenlang in diesem gemütlichen Zusammensein verweilen mögen, der in dieser Familie gepflegten Herzlichkeit zuliebe. Sie wird auch dazu aufgefordert, aber sie weiß, dass sie wegen der längeren Autofahrt und ihrem Wunsch, vor Einbruch der Dunkelheit zu Hause zu sein, den Abschied nicht länger hinausschieben darf. Aber es fällt ihr schwer, diese so herzlich untereinander vertrauten Menschen zu verlassen, die ihr in der kurzen Zeit der Begegnung ein Gefühl von liebevoller Zugehörigkeit schenkten, das sie mit dankbarer Freude erfüllt und als bleibende Verbundenheit mit auf den Heimweg nimmt.

22. Kapitel: Überraschungen im Herbst

„Bleib', wenn es dir möglich ist, im Wunder des Dankes, der Liebe und der Offenheit. Denn immer ist Liebe zwischen Euch."

Dieser Rat Kirstens wird für Sophie zum Glaubenssatz für eine Liebe im Ausnahmezustand, was ihr hilft, den Glauben und das Vertrauen in dieses uneingeschränkt präsente Gefühl nicht zu verlieren. Auch die Dankbarkeit ist immer gegenwärtig, doch für die Offenheit ist Gregory zuständig, der nach wie vor unter Druck steht. Unter dem Druck seiner Situation, sowohl finanziell als auch familiär, ebenso wie unter dem Erkennen seiner beruflichen Stagnation, was für ihn nach seiner erfolgreichen Managerkarriere unbegreiflich ist.

Immer noch darauf hoffend, dass die eine oder andere seiner Projektbewerbungen zum Tragen kommt, kämpft er sich tapfer durch den „Rattenschwanz der Insolvenz", wie er die Termine mit dem Anwalt, der Steuerberaterin, dem Finanzamt und der Bank nennt. Doch die finanzielle Situation bleibt unverändert, was Elses Aussage des holperigen Jahrs bestätigt. Allerdings ging sie davon aus, dass Gregory mit Mut und Offenheit alles meistern würde. Erstaunlich dabei ist, dass Else und Kirsten, ohne sich zu kennen, von Offenheit sprechen. Beider Weisungen sind ausgesprochen sanft und liebevoll. Else rät: "Ihr braucht Geduld und Zartheit, Sanftheit und tiefes Vertrauen in die Richtigkeit eures gemeinsamen Weges. Dazu auch Kraft zum Durchhalten und um euch zu wehren gegen die Machtkämpfe im Außen."

Sie erwähnt aber auch, dass Gregory das Licht der Liebe, das er in sich trägt, schützend verborgen halten möchte, aus Angst, es könnte verletzt werden. Das ist für ihn einer der Gründe dafür, der Offenheit aus dem Weg zu gehen, solange er für deren Konfrontation in materieller Hinsicht noch nicht gewappnet ist.

Für Sophie ist es eine Unterstützung im Kampf gegen die oft naheliegende Absicht, sich aus seinem Leben auszuklinken, denn sicher hätte sie jeden anderen Mann in einer solchen Situation längst aufgegeben. Aber irgendetwas ist mit Gregory anders, gibt Kraft zum Durchhalten und bringt Zuversicht in die gegenwärtige Problematik, die trotzdem Vergangenes und Zukünftiges verbindet.

Sie erinnert ihn an das von ihm als berührend empfundene Gespräch mit einer Kollegin über den Roman von Paul Coelho, in dem ein Mann durch die auf der Reise zu seinem Traumziel empfundene Liebe zu einem anderen Menschen wird, worin er Parallelen zu ihm und Sophie erkannte.

Seine Antwort ist klar: „Ich erinnere mich noch ganz genau daran und glaube auch, dass ich zur richtigen Lösung der Probleme geführt werde. Doch noch ist meinen Augen die klare Sicht verwehrt, noch halte ich an meinem eingeschlagenen Weg fest: Bewerbungen für Projektaufträge, die Lösung der finanziellen Probleme und eine sanfte Abwicklung der Insolvenz."

Dafür ist es wert, geduldig zu sein, wozu ihr auch Kirsten immer wieder aufmunternd rät: „Bitte lache, feiere und liebe (ihn weiter). Ihr seid pures Leben in neuem Strickmuster. Dabei bleibt dir nur übrig, alles gelassen zu nehmen und die Chance der Entwicklung in allem, eben auch in diesem (!) zu sehen."

Sommer, Sonne, Heiterkeit, könnte das Motto dieser Jahreszeit sein. Aber Sophie vermisst Gregory, auch wenn sie ihre Tage mit Freunden, mit Schwimmen und im Garten ausfüllt, wo die Rosen besondere Pflege verlangen, die mit dem regelmäßigen Abschneiden der verblühten Köpfe, der gelb gewordenen Blätter und der Nebentriebe weit über das tägliche Gießen hinaus geht. Aber es gibt auch Regentage, die zwar das Gießen ersparen, jedoch das Unkraut dazu animieren, sich in wuchernder Eile auszubreiten, was oft viel schneller geschieht, als Sophies flinke Hände ihm zu Leibe rücken können.

Endlich kommt der Tag, an dem Gregory, der längst allabendlich informiert, dass die Wartezeit spürbar kürzer wird, bestätigt: „Jetzt habe ich vorerst alles abgewickelt und kann meinen Flug zu dir buchen. Dann werde ich alles hier für ein paar Tage vergessen können, um gemeinsam mit dir nur noch die positiven Seiten zu sehen und das Leben nach der Firma zu besprechen."

Sophie kann es kaum fassen, dass sie sich nun endlich wiedersehen werden: „Meine Freude ist riesengroß. Du wirst sehen, dass dann bald alles leichter wird und viele Knoten sich lösen, außer dem, der uns zusammenhält."

Aber als er seinen Flug buchen will, ist seine Kreditkarte gesperrt. Auf seine Anfrage bei der Bank erfährt er, dass dies auf Veranlassung des Finanzamts zur Sicherung der Steuerforderung geschah. Er sieht sich nach einem Finanzrechtsanwalt um und verspricht zuversichtlich: „Auch wenn es im Moment so aussieht, als ob der mallorquinische Bergadler flügellahm sei, ich werde zu dir kommen, daran halte ich fest und daran sollen auch alle widrigen Umstände nicht rütteln können!"

Um keine Zeit für das erhoffte Wiedersehen zu verlieren, schlägt Kirstin vor, den Flug über ihre Kreditkarte zu buchen. Sophie ist begeistert und Gregory dankbar. Sie treffen sich, er bezahlt und sie bucht. Er bittet, seine Buchungsbestätigung auch an Sophie zu senden, die dabei erstaunt feststellt, dass sie diese über eine seiner offiziellen E-Mail-Adressen erhält, die er für ihre Mails nicht benützt, da sie über WLAN einsehbar sind. Er sieht darin jedoch keine Gefahr, weil er davon ausgeht, dass niemand mehr annimmt, dass sie noch in Kontakt sind.

Über ihre geschützte Mail bestätigt er: „Du weißt es ja schon: Kirsten hat für mich den easyJet Flug am 1. Oktober abends gebucht. Diesen Flug kennst du und weißt, wann ich in Montreux ankomme. Damit fühle ich mich bei all meinen Sorgen und Nöten endlich erleichtert. Das Ziel vor Augen macht alles besser und das Ziel ist nicht der Weg oder der Flug, das Ziel bist du. Denn deine Zuversicht, dass wir es gemeinsam schaffen, baut mich immer wieder auf und lässt mich in Liebe auf eine bessere Zukunft hoffen."

Die bessere Zukunft beginnt für Sophie bereits in Gedanken an seinen Besuch, für den der Wetterbericht sonniges Herbstwetter voraussagt. Sie schmiedet Pläne, wie sie die kurze Zeit mit ihm so erholsam wie möglich gestalten kann und freut sich, als er bestätigt:
„Ich habe alles erledigt und kann mit gutem Gewissen zu dir kommen, zumal mein Anwalt annimmt, dass die Insolvenz wegen Geringfügigkeit beigelegt werden kann, weil sie sich aus unvorhersehbaren Umständen ergab und keine Betrugs- oder Vertuschungsabsichten erkennen lässt. Doch noch hänge ich in der Warteschleife des Gerichtsurteils, aber inzwischen wollen wir uns etwas Zeit füreinander nehmen, denn ich vertraue darauf, dass ich die Ruhe, das Selbstvertrauen und damit auch das richtige Handeln bei dir finde. Ich danke Gott, dass es dich gibt, dass wir uns gefunden haben, uns lieben und uns ab morgen wieder in die Arme nehmen können."

Seine Tochter Viktoria ist auf Geschäftsreise und hat ihm für diese Tage ihr Auto überlassen. Am Abend vor seiner Reise holt er sie um 23 Uhr am Flughafen ab und informiert:

„Also wird es heute spät werden, und deshalb kommt das Gutenachtküsschen früher, damit ich sicher bin, dass du entspannt und zufrieden ins Land der goldenen Träume entschweben kannst. Dein dich innig und ewig liebender Gregory schwebt dann ein paar Stunden hinterher in der Hoffnung, dich einzuholen."

Doch aus seinem Wunsch, Sophie möge entspannt und zufrieden in das Land der goldenen Träume entschweben, wird nichts. Diese werden zu Alpträumen, denn kurz vor Mitternacht ruft eine sehr aufgeregte Kirsten an: „Ich habe dir gerade ein Mail geschickt, das von Gregorys i-Pad stammt, aber sicher „fake" ist. Bitte schau es sofort an, denn das hat vermutlich jemand unter seinem Namen geschrieben."

Sophie schaut in ihr Smartphone und liest: „Sehr geehrte Frau Rossleitner, bitte stornieren Sie meinen Flug nach Genf. Mit freundlichen Grüßen Dr. Gregory Meinrad."
Sie liest mit Entsetzen. Davon, dass er das nicht geschrieben haben kann, sondern dass jemand versucht, seine Reise zu verhindern, ist sie ebenso überzeugt wie ihre Freundin Kirsten, die dafür eine Erklärung hat: „Jemand muss von dieser Buchung wissen und nimmt an, dass ich in einem Reisebüro arbeite und den Flug für ihn gebucht habe, denn mein Name stand auf dem Mail mit der Buchungsbestätigung.

„Was die Anrede mit deinem Familiennamen erklärt", folgert Sophie. „Aber wenn er den Flug hätte stornieren wollen, dann hätte er es direkt getan. Doch wieso sollte er das tun, nach all den Mühen mit der Buchung und der Freude darauf, dass es nun endlich klappt? Außerdem ist er längst eingecheckt. Das hat er gleich nach der Buchung erledigt."

„Rufe ihn sofort an, denn hier wird etwas gespielt, wovon er nichts weiß. Vielleicht hat man auch bereits versucht, seinen Flug zu stornieren und das darf auf keinen Fall passieren."

Aber Sophie kann Gregory, der vermutlich noch mit seiner Tochter unterwegs ist, auf keinen Fall anrufen. Sie verspricht, ihn über die gesicherte Mail-Adresse zu kontaktieren, über die sie jeden Morgen und jeden Abend miteinander korrespondieren.

Kerstin wünscht ihr Glück, und Sophie informiert ihn über das Mail, das mit Sicherheit nicht von ihm geschrieben wurde; aber von wem sonst? Diese Frage begleitet Sophie durch eine ziemlich schlaflose Nacht, in der Entsetzen und noch undefinierbare Befürchtungen dafür sorgen, dass diese nicht von goldenen Träumen, sondern von aufgebrachten Emotionen durchzogen ist. Dieser Annullierungsversuch seines Flugs ist wie ein Zündstoff, der ihre Emotionen bei Berührung mit dem wahren Sachverhalt jederzeit zum Explodieren bringen könnte.

Erleichterung bringt Gregorys fröhliche Stimme am Morgen. Er nimmt dieses Mail zunächst nicht ernst und versichert: „Das kann doch gar nicht sein, denn ich bin bereits eingecheckt und niemand kann meinen Flug stornieren."
„Es wurde aber versucht …"
„Das kann ich mir wirklich nicht vorstellen! Aber halt", überlegt er, „vielleicht hast du recht, denn ich habe tatsächlich von easyJet ein seltsames Mail wegen einer Stornierung erhalten, das ich aber sofort löschte, weil ich meine Bordkarte bereits ausgedruckt habe und mich das gar nicht betreffen konnte. Also sei beruhigt, heute Abend bin ich bei dir."

Zuversichtliche Worte, freudige Worte. Aber Sophie ist davon überzeugt, dass etwas nicht stimmen kann, denn dieses Mail an Frau Rossleitner existiert und es wurde von seinem i-Pad unter seinem Namen versandt, obgleich es darauf, wie er überprüfte, nicht mehr ersichtlich ist. Sie bemüht sich ruhig zu sein und seiner Zusicherung zu vertrauen, dass er wie geplant kommt, was er auch bei einem späteren Anruf noch einmal bestätigt, weil er es kaum erwarten kann, sie noch am selben Abend endlich wieder in seinen Armen zu halten.

Doch dazu kommt es nicht, obwohl zunächst alles ganz normal verläuft und Gregory davon überzeugt ist, dass niemand von seiner Reise weiß, weil das vermutlich einen Skandal gegeben hätte.

An diesem letzten Tag des Septembers ist das sonnige Herbstwetter eine fast unnötig überschwängliche Zugabe zu Gregorys Glücksgefühl, mit dem er alles verdrängt, was seine Freude über das Wiedersehen mit Sophie hätte schmälern können und kaum erwarten kann, bis rund um sie her wieder alles Freude ist.

Aber dann kommt alles anders, denn kurz bevor er die Wohnung verlassen will, kommt Viktoria ganz zufällig auf eine Tasse Kaffee vorbei, und wenig später entpuppt sich diese Zufälligkeit als leibhaftige Erinnerung an die zu respektierenden finanziellen und familiären Verpflichtungen, die nicht den geringsten Spielraum für einen Besuch in der Schweiz erlauben.

Dagegen gibt es kein überzeugendes Argument, nur ein paar weitere Erklärungen zur Situation, und etwas, das in seinem Kopf explodiert, oder ist es das Herz, das zu zerspringen scheint, dabei aber wie von einer rettenden Hand so fest umschlossen wird, dass er glaubt keine Luft mehr zu bekommen? Doch das alles sind nur Eindrücke seiner aufgebrachten Emotionen im Erleben dieser Situation, die ihn wie in einer Zwangsjacke gefangen hält, und auf die sein Körper mit brennenden Augen und Kopfschmerzen reagiert.

Aber schlimmer als alles, plagt ihn die Vorstellung von Sophies Reaktion auf diese Realität, die anstelle des erhofften Wiedersehens nach sieben schwierigen Monaten in einer riesengroßen Enttäuschung ausufert, entstanden aus Ursachen, für die sie nicht verantwortlich ist. Wie kann er ihr das erklären? Er weiß es nicht; in diesen Momenten weiß er nur, dass er diese so lang ersehnte und letztendlich so schwierig zu organisierende Reise nicht antreten kann.

Aber davon ahnt Sophie nichts, als sie sich im Laufe des Nachmittags darüber wundert, dass Gregory, der sonst auf dem Weg zum Flughafen immer anruft, nichts von sich hören lässt und sich bei ihren Anrufen auch nicht meldet. Er musste doch wissen, wie dringend sie auf diese Bestätigung wartet. Und genau das ist sein Problem, das ihn zum Verzweifeln bringt, weil er nicht weiß, wie er ihr diese Situation erklären kann, ohne sie zu verlieren.

Als die Zeit des Abflugs bedrohlich näher rückt, diktiert sein verbittertes Unwohlsein die Argumente, die wie Fremdkörper in sein Mail kriechen, das Sophie mehrmals liest, um sich des grausamen Tatbestands bewusst zu werden, dass ihr Liebster, statt im Flugzeug zu sitzen, zu Hause in seinem abgedunkelten Zimmer liegt!

Sophie zerbröckelt diese unglaublich harte Nachricht wie ausgetrocknetes Brot, das man einweicht, um das Kauen zu erleichtern. Doch das ändert nichts an der Tatsache, dass sie völlig verständnislos auf ihre neue Wirklichkeit reagiert, in die dieses Mail sie hinein katapultiert: In einen luftleeren Raum, in dem ihr die entzogene Freude das Atmen erschwert, und in dem das einzig Greifbare und doch Unfassbare seine Sätze sind:

Bitte verzeih .... ich kann nicht reisen

- Ich liege im Dunkeln, meine Augen brennen.
- Im Moment weiß ich keinen Rat, weiß nur, dass auch das alles wieder gut wird.
- Bitte versuche ruhig zu bleiben. Morgen Vormittag rufe ich dich an. Es wird auch wieder gut. Das verspricht dir dein dich immer noch und weiterhin liebender Gregory."

Unverständnis, Verzweiflung, aber auch Besorgnis und eine Art Wut diktieren ihre Antwort:
„Deine Augen brennen? Das ist psychosomatisch: Sie brennen, weil du nicht sehen willst, was wirklich um dich herum passiert. Du weißt keinen Rat? Den hätten wir gemeinsam gefunden, auch mit geschlossenen Augen. Einen Rat weiß ich im Moment auch nicht, aber ich weiß, dass ich so nicht weitermachen kann. Du drehst dich im Kreis, wirst zum Gefangenen deiner Situation und opferst dabei dich und mich. Aber ich möchte nicht das Opfer unserer Liebe sein und frage mich, ob ich mich vor dem Mann, mit dem ich in Liebe verbunden bin, schützen muss, weil er gerade dabei ist, sie zu zerstören. Jeder Tag ohne unsere Liebe ist ein Verlust.
John Lennon wusste um die Kostbarkeit der Liebe, als er sagte, wenn wir nicht lieben, geht das Leben an uns vorbei, während wir mit anderen Dingen beschäftigt sind. Du bist, sicher zu Recht, mit vielen Dingen beschäftigt, die als Prioritäten zu erledigen sind, das ist kein Problem. Doch dass du dabei Opfer deiner Situation wirst, das ist für mich nicht länger akzeptabel. Bitte kämpfe und werde wieder du selbst."

Für Sophie gilt es nun, die vor ihr liegenden Tage durchzustehen. Marie-Ange und Jean-François sind spontan bereit, einen Teil dieser schmerzlichen Leere auszufüllen, die sich im Vermissen Gregorys ins Endlose auszudehnen scheint. Denn, obgleich dankbar für diese Erleichterung, weiß sie, dass niemand ersetzen kann, was sie so sehr vermisst: in seinen Armen wieder Vertrauen zu finden. Aber nun hängt die Zuversicht darauf, dass alles gut wird, wie ein Trugbild in den Trümmern ihrer freudigen Erwartung. Rund um uns her soll alles Freude sein, war sein Wunsch, doch die Freude scheint inzwischen Lichtjahre entfernt.

Gebrochen leise klingt seine Stimme beim Anruf am nächsten Morgen. Sophie ist und bleibt wortkarg, selbst nachdem sie den wahren Grund seines verpatzten Flugs kennt, denn sie ist überzeugt, dass er sich hätte durchsetzen müssen. Zutiefst enttäuscht stellt sie fest, dass ihr geliebter „mallorquinischer Bergadler" nicht nur flügellahm ist, sondern auch in Ketten liegt.

Sie schlägt vor, er solle sich mit Kirsten treffen, die, obgleich ebenfalls schockiert, trotzdem fröhlich tröstet: „Kopf hoch, nächstes Jahr lächelst du erleichtert über die jetzige Zeit!!"

Ein gut gemeinter, aber wie Lichtjahre entfernter Trost. Denn sie mag sich kaum noch vorstellen, wie es weitergehen könnte, auch wenn Gregory zuversichtlich versichert, dass er genau weiß, wie er sein Leben gestalten möchte und sie bittet, ihm die Zeit zu geben, die er dafür braucht, sie wieder in Augenhöhe lieben zu können. Sie wünscht sich von ihm den Mut, zu seiner Liebe zu stehen, um ihr den Raum zu geben, den sie verdient:
„Dann wärst du wieder mein Held, den ich achte und liebe; mein Held, mit dem ich an den Fortbestand unserer Liebe und an die Zukunft glauben kann, die wir uns wünschen."

Else betont in ihrer Antwort auf Sophies Frage, ob und wie es wohl weitergehen kann:

„Er müht sich auf der strukturellen und finanziellen Ebene so sehr ab, dass er übersieht, dass er seiner Liebe folgen darf und sich das Äußere seiner inneren Entscheidung gemäß richten wird. Es ist sein Entwicklungsweg und ihr werdet ihn gemeinsam meistern, denn es ist so viel Liebe da, zwischen euch und in eurem Vertrauen, dass ihr es schafft. Also lasst euch eure Lebensfreude und die Freude an eurer Liebe durch die widrigen Umstände nicht nehmen; auch nicht den Glauben an euch. Euer tiefes Vertrauen zu euch und in euch wird euch helfen, ebenso wie die Kraft eurer Liebesenergie, in die ihr eingebettet seid."

Diese Zuversicht findet Sophie durch Gregorys Zuverlässigkeit seiner Gutenachtmails und allmorgendlichen SMS bestätigt. Aber sie bleibt zurückhaltend und vermeidet das Drängen auf ein Wiedersehen, das er jedoch in Verbindung mit dem nächsten Treffen seiner Arbeitsgruppe bereits anpeilt. Aber, vorsichtig geworden, reagiert sie mit gedämpften Gefühlen, obgleich er versichert, sich Stück für Stück durch den Wust von Problemen durchzubeißen und dabei immer wieder die Hoffnung und Zuversicht zu spüren, dass sie beide eines Tages entspannt und locker auf dieses Katastrophenjahr zurückblicken können: „Wir wissen inzwischen, dass in jeder Katastrophe auch eine Chance liegt und ich weiß, dass ich diese Chance nutzen muss."

Hoffnung und Zuversicht wünscht sich auch Sophie, und erinnert an ein anderes griechisches Wort, den Enthusiasmus: „Denn da ist Gott mit drin und den brauchen wir besonders in dieser Zeit dringender als alles andere."

Das will er sich zu Herzen nehmen: „Daran arbeite ich jetzt und danke dir für deine Worte, deine Hinweise und deine Liebe, die mich im Glauben bestärken, dass es wieder bessere Tage geben wird. Denn auch wenn du an mir, mit Recht, oftmals verzweifelst, so weiß ich, dass jedes Problem lösbar ist, es braucht nur länger. Aber ich behalte meinen Optimismus, dass wir die schlimme Zeit bald überwunden haben. Unser Wiedersehen kommt und darauf freue ich mich schon heute."

Während des Hoffens auf bessere Zeiten, befolgt Sophie weiterhin den Rat, sich mit anderen Dingen zu beschäftigen. Sie besucht ihre Freundin Hedy in einem kleinen Walliser Bergdorf, in dem noch einige der Holzhäuser Jahreszahlen aus dem 15. Jahrhundert tragen.

Dort betreut ihre Freundin Hedy zusammen mit ihrem Pflegepersonal, in dem speziell dafür eingerichteten Haus „Hedys Welt", sieben Pensionäre, die dort ihren Lebensabend verbringen. Die meisten wissen, dass sie nur noch kurze Zeit zu leben haben, und manche sind bei ihrem Eintreffen bereits pflegebedürftig. Deshalb sind Worte wie: „Hier gefällt es mir, hier bleibe ich und hier sterbe ich" beim ersten Besuch keine Seltenheit. Bei Hedy stirbt niemand allein, sondern die meisten in ihren Armen und soweit es sich einrichten lässt auch im Kreis der Angehörigen. Es kommt auch vor, dass Sophie einen Besuch ankündigt und Hedy antwortet:
„Musst noch ein paar Tage warten, hier ist gerade wieder jemand am Sterben." Oft nennt sie dazu den Namen, weil Sophie die meisten Pfleglinge kennt. Es gibt Jahre mit zehn bis zwölf Neuzugängen, nachdem die Betten auf natürliche Weise frei geworden sind. Hedy hat ständig Anfragen, aber die persönliche Betreuung ist ihr wichtig, also beschränkt sie ihre Aufnahmen.

Das Zusammenleben in Herzlichkeit, das Hedy und ihr Pflegepersonal mit diesen meistens an Alzheimer erkrankten Menschen praktiziert, ist für Sophie immer ein besonderes Erlebnis.

Die Tage bei und mit Hedy öffnen Augen und Herz für eine ganz andere Seite des Lebens, was Sophie in der schwierigen Zeit mit Gregory als einen Wegweiser für Geduld und Zufriedenheit empfindet. Sie lernt, mit diesen Menschen, für die so wenig noch wichtig ist, eine gewisse Ruhe zu teilen und mit ihnen die Freude an kleinen Dingen zu erleben. In diese bringt Hedy mit Strenge und gegenseitigem Respekt, trotz der Gebrechen und häufigen Klagen ihrer Zöglinge, auch Lachen und Fröhlichkeit in die Runde. Nur wenn jemand stirbt und die anderen auch ihren Abschied nahen fühlen, wird es ruhig im Haus.

Dabei spielt der Kater „Meck-Meck", der Hedy von einer Pensionärin geblieben ist, eine besondere Rolle. Meck-Meck ist ein gleichzeitig geliebter und gefürchteter Zeitgenosse, der seinen Namen dem Umstand verdankt, dass er wie eine Ziege meckert, was er lautstark tut, sobald er sich als Wächter des Hauses bemerkbar machen will. Das geschieht meistens nachts, wenn einer der Pensionäre ein Problem hat. Dann sieht Meck-Meck seine Aufgabe darin, bei Hedy auf die Bettdecke zu hüpfen und sie dann in dem vierstöckigen Haus genau dahin zu geleiten, wo sie gebraucht wird.

Die Pensionäre begegnen Meck-Meck mit Respekt, denn er hat die besondere Angewohnheit, ein nahendes Lebensende vier bis fünf Tage vorher zu fühlen. Seine stets zutreffende Vorahnung kündigt er dadurch an, dass er, der für seine Streicheleinheiten gerne von einem Bewohner zum anderen strolcht, das Zimmer der betreffenden Person plötzlich meidet, was als totsicheres Zeichen für deren nahendes Ableben gilt. Sobald dieses unmittelbar bevorsteht, kommt er zurück, um der oder dem Sterbenden nahe zu sein, wofür er sich entweder unter das Bett oder auf die Bettdecke legt und dort bis zum letzten Atemzug ausharrt.

Am dritten Tag von Sophies Besuch beginnt Meck-Meck das Zimmer von Olga zu meiden, die er besonders liebt, weil sie oft im Garten arbeitet wo der Kater ihr gerne Gesellschaft leistet. Hedy nimmt seine Ankündigung ernst und Sophie beschließt abzureisen.

Als sie Gregory davon berichtet, reagiert er mit einem stummen Gutenachtküsschen:

„Es sagt nichts. Es kommt mit Respekt und gleicht sich dem Umfeld des Empfängers an, dem es so zart und leise in die Ohren flüstert, dass kein Laut nach außen dringt. Es träumt ohne Worte und liebt lautlos. Aber es bleibt standhaft in seiner Liebe und gibt die Hoffnung nicht auf."

Auch Sophie will die Hoffnung nicht aufgeben, obgleich in diesem holperigen Jahr nichts mehr zusammenpasst. Das Fehlen beruflicher Aktivitäten lässt Gregory keinerlei Spielraum, weder finanziell noch privat. Für Sophie ist diese Tatsache seit seinem verhinderten Flug ebenso zur Gewissheit, wie zu einer nicht zu unterschätzenden Ungewissheit geworden, weil sich sein derzeitiger Mangel an Entscheidungsfreiheit nicht einschätzen läßt.

Vieles hat sich in diesem Jahr verändert. Dazu gehört auch ihr gemeinsames Lied, von dem sie nicht weiß, ob sie es in der inzwischen von der Familie neu geschriebenen Partitur überhaupt noch mit ihm singen möchte.

Was ist aus seinem feinfühligen Erspüren ihrer Seele geworden, das für sie wie das Anklingen eines neuen Tones war, nichtahnend, dass er für dessen erhofften Widerhall bereits einen Platz in seinem Herzen geschaffen hatte? Es waren Töne, die seine Zuneigung ausdrückten, sich in ihren Empfindungen erkannten, um sich zu dem Gleichklang zusammenzufügen, den sie als Harmonie in Liebe erlebten. Diese Harmonie ihrer Seelen war wie das Eintauchen in einen Zustand, in dem es keine Fragen mehr gibt, sondern nur Vertrauen und Dankbarkeit.

Auch wenn die aktuelle Situation seinen Wunsch nach Freude noch reflektiert, so scheint er nicht mehr fähig zu sein, diesen zu realisieren.

Flügel würde er sich wachsen lassen, wenn er Gregory wäre und wüsste, dass eine Frau wie Sophie tausend Kilometer entfernt auf ihn wartet, sagte Jean-François, als er und Marie-Ange nach Gregorys verhindertem Flug den Sonntag mit ihr verbrachten. Jedoch er, der sich so gerne als mallorquinischen Bergadler sieht, hätte sich die Flügel gar nicht wachsen lassen müssen, denn von soliden Metallflügeln getragen, war sein Platz für den Flug zu seiner Herzallerliebsten reserviert gewesen.
Aber der stählerne Vogel ist ohne ihn geflogen, während er mit brennenden Augen im abgedunkelten Raum lag. Ein mallorquinischer Bergadler sieht eine Maus aus 2000 Metern Höhe, aber Gregory scheint nichts mehr zu sehen.

Sie überlegt ernsthaft, ob es vielleicht nun wirklich an der Zeit sei, sich zurückzuziehen, aber wieder kommt Kirsten zu Hilfe:
„Dein Liebster ist ein Gefangener in seinem eigenen Leben, wird sich dessen aber im Moment noch nicht bewusst. Doch das wird sich ändern müssen, bevor alles gut werden kann, und auch wirklich gut werden wird. Du darfst ihn jetzt nicht im Stich lassen, denn das wäre eine Strafe, die er nicht verdient. Allerdings wird es, solange er in dieser Situation gefangen ist, so weitergehen. Er wird Entscheidungen treffen müssen, denn der Dreh- und Angelpunkt in seinem Leben bist du, drehe dich mit ihm und das nicht nur beim Walzer, sondern generell und für ihn selbst.“

Kirsten empfiehlt zu meditieren und sich dem Bewusstsein des Lebens im Jetzt zu öffnen. Else rät, Sophie solle

sich vermehrt anders orientieren, einen neuen Freundeskreis aufbauen und neue Erlebnisarten entdecken, um die
Zeit des Wartens auf Gregory besser auszufüllen.

Das Meditieren klappt, das mit dem neuen Freundeskreis
auch, allerdings mit dem Leben im Jetzt hat Sophie Probleme. Sie findet nicht den richtigen Zugang zu dieser Le-
bensweise, denn Tatsache ist, dass sie Gregory nach wie
vor vermisst, und die Tage ohne ihn nicht jene sind, die
sie sich im Jetzt zu leben wünscht.

Er ist nicht nur in ihren Emotionen, sondern auch in ihren Zellen verankert, wo aber auch die Enttäuschungen
der letzten Monate so präsent sind, dass sie nachts
manchmal an Alpträumen aufwacht, in denen er durch
irgendeinen Grund an seinem Kommen gehindert wird.
Dafür malt ihre Traumfantasie die verschiedensten Szenarien aus, die bis zu seinem Ableben reichen, aber auf
jeden Fall eine Verhinderung seines Kommens dokumentieren, was ein Autounfall auf dem Weg zum Flughafen, ein Herzinfarkt beim Warten in der Kontroll-
schlange oder auch „nur" ein gebrochener Fuß beim Hin-
untereilen einer Treppe sein kann, die er - was sie in ihren Träumen immer in allen Details sieht - mit zwei Stufen auf einmal nimmt, um schneller bei ihr zu sein. Zum
Glück sind es nur Träume, aber mit einem unmissver-
ständlichen Realitätsbezug.

Der Herbst verwirklicht sich zunehmend in den sich verändernden Farben der Natur und der Wind, der auf seinem Weg zur Rhône über die abgeernteten Korn- und
Maisfelder streicht, passt sich der herbstlichen Frische
an, um mit den Nebelschleiern zu spielen, unter denen
der breite Fluss sich zu dieser Jahreszeit häufig versteckt.

Gregorys täglicher Gefühls- und Gedankenaustausch mit
Sophie ist unverändert liebevoll, und sie freut sich nach

wie vor über jede seiner Nachrichten. Er erwähnt, dass der ursprünglich für Ende Oktober geplante Termin seiner Arbeitsgruppe nun auf Mitte November verlegt ist. Sophie erkennt, wie wichtig seine physische Präsenz für sie beide ist. Sie erinnert daran:

„Die derzeit angesagte Maxime Geduld kann nur dann positiv für uns sein, wenn wir uns dabei physisch nicht ganz aus den Augen und unseren Armen verlieren, denn mit jeder Enttäuschung bricht ein Stückchen Liebe weg, und das kannst nur du wieder aufbauen und auch nur mit deiner physischen Präsenz."

Er reagiert unverzüglich: „Ich beeile mich, meinen Problemberg so schnell wie möglich zu überwinden, denn ich kann und will dich nicht ewig warten lassen. Aber es ist immer noch viel abzuarbeiten. Doch, bitte glaube mir, ich arbeite täglich vehement daran."

Kurz darauf folgt die Nachricht, dass der Termin nun auf den 19. und 20. November festgelegt sei und er wieder im Landgasthof übernachte. Weitere Details dazu gibt er nicht, sondern nur einen für Sophie absolut nicht akzeptablen Vorschlag: „Ab dem 20. könnte ich dann ein Treffen mit meiner Herzallerliebsten in Karlsruhe dazwischenschieben. Was meinst du dazu?"

Sie wehrt sich, will nicht „dazwischengeschoben" werden: „Dafür ist unsere Liebe zu groß und zu kostbar. Sie hat einen besseren Platz verdient und ein paar Tage unseres liebevollen aneinander Erfreuens wären sicher eine wohlverdiente Belohnung nach den Schrecken dieses Jahres. So viel Mut muss sein, mein Liebster, sonst klappt es nie mit uns beiden, denn ohne Mut zur Aufrichtigkeit ist unsere Liebe so flach wie ein Fahrradreifen ohne Luft, auf dem du gerade trotzdem zu fahren versuchst, ohne zu bemerken, dass er dabei kaputt geht.

Irgendwann wirst du sagen müssen, jetzt reicht's, das ist mein Leben und meine Liebe, denn du gehörst dir selbst und das hängt nicht von irgendwelchen Zugeständnissen oder Forderungen ab, sondern von Menschenwürde und Achtung. Dafür lohnt es sich zu kämpfen.

Das alles wünsche ich uns und bei unserem nächsten Wiedersehen möchte ich dich gerne wieder als den mutigen Mann treffen, der nichts „dazwischenschiebt", sondern für seine Liebe einsteht und Rückgrat zeigt."

Gregorys Mutprobe lässt nicht lange auf sich warten: „Also das mit dem Landgasthof ist ernst und das mit Karlsruhe ebenfalls. Dann hoffe ich natürlich auch, dass du nicht nein sagen würdest, wenn ich mich danach für ein paar Tage selbst in die Schweiz einladen würde. Momentan habe ich meine Zugfahrt für Mittwoch, den 18. November gebucht. Bei den zwei Nächten, die ich im Landgasthof reservieren ließ, ist auch dein Platz reserviert. Das Meeting wird am 20. gegen 15 Uhr zu Ende sein. Wir könnten danach gleich in die Schweiz fahren und am Spätnachmittag in Karlsruhe einen Besuch bei Heike einplanen, denn ich möchte sie endlich kennenlernen. Ich würde dich beim Fahren nicht nur unterhalten, sondern auch ablösen. Die Rückfahrt habe ich noch offengelassen, bin also flexibel."

Also doch!! Endlich scheint er den Mut aufzubringen, sich zu bekennen. Auch wenn er sich als Sprungbrett, um von Berlin weg zu kommen, seiner beruflich geplanten Abwesenheit bedienen muss. Sophie freut sich: „Das ist die allerschönste Nachricht seit langem und damit geht einer unserer gemeinsamen Wünsche in Erfüllung."

Damit wendet sich das Blatt und es kommt so, wie von Else vorausgesagt.

23. Kapitel: Eine ereignisreiche Rückkehr

Der erste Tag ihres neuen Lebensabschnitts präsentiert sich neblig trüb, was für Sophie an diesem Morgen keinerlei Bedeutung hat, denn durch ihre Gedanken strahlt die absolute Gewissheit, dass sie ihren Liebsten nach sieben Monaten Trennung nun endlich und tatsächlich wiedersehen wird. Denn Gregory hat Berlin am Tag zuvor hinter sich gelassen und ihr zuversichtlich aus dem Zug geschrieben, wie sehr er sich „auf morgen" freue.

Inzwischen ist das Morgen zum Heute geworden und Sophie ist glücklich festzustellen, dass ihre freudige Aufregung, die sie vor jedem ihrer Wiedersehen stets so intensiv erlebt, trotz der praktizierten Vorsicht nichts an Intensität verloren hat. Damit überstrahlt ihre Freude auch die naheliegende Frage, ob Gregory tatsächlich den Mut aufbringen würde, seiner selbst ausgesprochenen Einladung in die Schweiz zu folgen und ihren gemeinsamen Wunsch nach ein paar Tagen physischer Präsenz zu verwirklichen. Jedenfalls kommt sein Morgenmail voll freudiger Erwartung und mit dem Hinweis: „Bitte, fahr vorsichtig, denn es ist windig und regnerisch. Wir haben Zeit und sprechen uns im Laufe des Tages sicher noch ein paarmal."

Aber für Sophie scheint die Sonne, bleibt ihr auf der Fahrt bis Basel treu und macht dann dem von Gregory vorausgesagten trüben Wetter Platz. Es wird windig und regnerisch. Mit der frühen Dämmerung, den Berufsverkehr- und Baustellenstaus wird die Fahrt anstrengender, aber sie kommt sicher zum Hotel, wo auf dem voll belegten Parkplatz, den sie suchend umkreist, direkt vor dem Hoteleingang ein Auto wegfährt, was perfekter nicht hätte sein können.

Froh, angekommen zu sein, ruft sie Gregory an und überzeugt ihn davon, dass sie nicht mehr auf die Straße zurückkehren möchte und lieber im Hotel auf ihn warte, als ihn beim Cocktail mit den Kollegen zu treffen.

Sein „Schade" klingt enttäuscht, aber er versichert: „Kein Problem, außer dass es dann wieder etwas länger dauert, bis wir uns endlich in die Arme nehmen können."

„Vorfreude, mein Liebster, dafür wird es nachher umso schöner."

„Dagegen gibt es nichts einzuwenden – und schon bin ich unterwegs."

Im Restaurant sind die Tische für das Abendessen gedeckt. Sophie erinnert sich an den gemütlichen Empfangsraum mit Sesseln, dem ein kleiner Bartresen angeschlossen ist. Dort sitzen ein paar Männer beim Bier und genießen ihren Feierabend. Erschöpft und heilfroh, den Staus und dem nächtlichen Straßenverkehr entkommen zu sein, macht sie es sich in einem der Sessel bequem. Sie bestellt ein Wasser, das die Bedienung so lautlos serviert, dass sie es gar nicht bemerkt. Als sie es auf dem kleinen Tisch neben dem Sessel entdeckt, realisiert sie, dass sie in der wohligen Wärme für einen kurzen Moment eingeschlafen sein muss. Die Vorstellung, dass die Männer an der Theke ihren Moment der Schwäche bemerkt haben könnten, ist ihr unangenehm. Sie nimmt eine Zeitschrift und versteckt sich lesend dahinter, natürlich ohne dabei den breiten, offenen Türrahmen aus den Augen zu verlieren, in dem Gregory auch plötzlich auftaucht. Ein kleines Rosenarrangement in der Hand haltend, geht er strahlend und mit ausgebreiteten Armen auf sie zu, worauf sie in Sekundenschnelle an dem für sie schönsten Platz landet und in seinen Armen Zeit und Raum verschwinden fühlt. Wie aus der Ferne hört sie sich sagen: „Bitte halt mich einfach fest" aber das tut er sowieso.

Irgendwann kommt sie in die Wirklichkeit zurück und sieht die Blicke der verständnisvoll lächelnden Männer an der Theke. Gregorys Umarmung ist vermutlich die schönste Antwort auf die in der Männerrunde vermutlich aufgetauchte Frage, warum sie so lange wartend im Sessel ausgeharrt hat. Mit einer einladenden Handbewegung deutet einer von ihnen auf die noch freien Plätze an der Theke, aber Sophie schüttelt energisch den Kopf und Gregory winkt dankend ab, denn dieser Abend gehört nur ihnen.

Sie finden sich in allem, was sie verbindet, wieder, und das monatelange Vermissen wird zur Wiedersehensfreude, die sich in jeder ihrer Zellen ausdrückt.

Vereinbarungsgemäß holt Sophie Gregory am nächsten Tag um 15.00 Uhr in der Firmenzentrale ab. Er unterhält sich mit einem Teamkollegen, von dem er sich rasch verabschiedet, als er sie vorfahren sieht.

„Möchtest du fahren, oder soll ich?", fragt er.

„Ich fahre gerne, solange es hell ist, also bis zu Heike, dann darfst du gerne übernehmen."

„Ok, perfekt. Weiß Heike, dass wir kommen?"

„Ja, aber sie meinte, sie wisse nicht, ob sie dich empfangen kann, weil es ihr heute nicht so gut geht und sie ihre Haare nicht waschen und sich entsprechend zurechtmachen konnte."

„Das ist jetzt nicht dein Ernst?"

„Meiner nicht, nur Heikes! Aber das stemmen wir gemeinsam. Ich habe ihr gesagt, auf jeden Fall bei ihr vorbeizukommen, und so werden wir es auch machen. Dabei bereite ich sie auf dich vor und du kommst dann nach. Aus lauter Freude wird sie dann die nicht in Form geföhnten Haare vergessen."

Genauso ist es dann auch. Da Heike das Haus nicht mehr verlassen kann und ihre Lebensmittel geliefert bekommt, besorgen sie noch rasch Gemüse, Eier, Fleisch, Brot und Blumen. Wie üblich ruft Sophie kurz vor ihrem Kommen an, damit sie über die Terrasse direkt ins Wohnzimmer gehen kann, und Heike damit den für sie inzwischen sehr beschwerlichen Weg zur Haustüre erspart.

„Bist du tatsächlich schon da?"

„Fast schon vor deiner Haustür und wenn du mir die Balkontüre öffnest, bin ich auch gleich in deinem Wohnzimmer."

„Super, das mache ich doch sofort", sagt Heike, und Sophie, die ihre Freundin nicht überrumpeln möchte, bittet Gregory:

„Bleib bitte einfach noch etwas im Hintergrund, damit ich Heike ohne Stress begrüßen kann."

„Kein Problem, ich halte mich zurück und werde so unsichtbar sein wie Siegfried mit der Tarnkappe."

„Aber bitte trotzdem mit entsprechendem Abstand."

„Versprochen."

Sophie geht über die Terrasse und durch die geöffnete Balkontür auf die im Sessel sitzende Heike zu und nimmt sie in die Arme.

„So, jetzt bin ich allein hier, aber ich habe dir trotzdem noch jemand mitgebracht."

„Ha jaaa", bestätigt Heike mit lang gezogenem „a", das sich in ihrem leicht badischen Akzent fast wie ein „o" anhört und lacht:

„Ich habe ihn doch schon gesehen und natürlich soll er reinkommen."

„Wo hast du ihn gesehen?"

„Na dort, hinter dem Fenster – aber jetzt ist er weg."

„Weit kann er wohl nicht sein", sagt Sophie und geht zur Terrasse. Gregory, der ihr in angemessener Entfernung folgte, befand sich plötzlich hinter der breiten Fensterfront, wo Heike ihn kurz sah, bevor er gleich wieder zurücktrat.

Sophie lacht, als sie ihn jetzt so artig abwartend mit dem Blumenstrauß und den Einkäufen an der Hausecke stehen sieht. Er folgt ihr ins Wohnzimmer und geht ganz entspannt auf Heike zu, die vor Glück strahlt, ihn mit einem: „Herzlich willkommen", begrüßt und hinzufügt: „Jetzt freue ich mich wirklich, dass wir uns endlich kennenlernen, nachdem wir schon mehrmals am Telefon miteinander gesprochen haben!"

So herzlich wie die Begrüßung ist auch die Stunde, die sie gemeinsam verbringen. Heike ist überglücklich und während sie und Sophie Champagner genießen, trinkt Gregory Espresso, denn er ist der Chauffeur für die restliche Fahrt. Als sie aufbrechen ist es neblig und schon ziemlich dunkel. Wieder ist die Autobahn mit Lastwagen und dem Berufsverkehr überfüllt, aber das alles stört Sophie an diesem Abend nicht, denn nun trägt Gregory die Verantwortung, und sie fahren beide zusammen in die richtige Richtung, also tatsächlich in die Schweiz.

„Ich denke daran, wie oft du mir morgens aus dem Zug zwischen Berlin und Frankfurt geschrieben hast, dass der Zug in die richtige Richtung fährt, aber leider nicht weit genug. Doch heute ist alles anders."

„Das habe ich dir doch versprochen."

„Ja, aber das Versprechen allein hat ja nicht immer gereicht."

„Aber du wusstest, dass ich es wahrmache, sobald es möglich ist."

„Darüber freue ich mich ja auch. Auch Heike hat sich sehr gefreut, denn sie hat sich schon lange gewünscht, dich kennenzulernen."

„Das war auch mein Wunsch und nun hat es geklappt. Ihre Freude und Herzlichkeit haben mich sehr berührt."

„Mich auch, denn ich habe sie selten so strahlen sehen und es ist, als leuchte ihre Freude in uns weiter."

„Ganz gewiss. Aber ab jetzt ist sowieso alles nur noch Freude."

„Da fällt mir ein, dass ich zu Hause anrufen könnte, um zu hören, ob alles in Ordnung ist", überlegt Sophie. Und so ist es auch.

„Alles OK und Grüße an dich", bestätigt sie, rundum glücklich und nicht ahnend, dass sich in Berlin ein schweres Gewitter zusammenbraut und in dicken Wolken bereits unterwegs ist. Der Blitzschlag trifft sie beide, trifft mit voller Wucht mitten in ihre Freude. Er kommt in Form eines Anrufs mit der Absicht, Gregory zur Vernunft zu bringen und Sophie über eine Situation aufzuklären, deren Rechtmäßigkeit sie zu ignorieren scheint.

Ihr Smartphone noch in der Hand haltend, antwortet sie sofort als es klingelt und noch bevor Gregory, der die Nummer auf dem Display am Armaturenbrett erkennt, warnt:

„Bitte nimm nicht ab, das ist meine Tochter."

Aber Sophie hat sich bereits gemeldet, und so hören sie beide eine sehr streng klingende Stimme, die sich korrekt vorstellt und dringend verlangt, den Vater zu sprechen, von dem man vermutet, dass er mit ihr unterwegs ist und von dem man erwartet, dass er sofort nach Berlin zurückkommt.

Sophie schaut Gregory erstaunt an, wundert sich, wie gefasst er reagiert, als er betont ruhig und sehr deutlich sagt:

„Darüber müssen wir jetzt nicht sprechen. Ich rufe dich morgen an."

Dann schaltet er das über Bluetooth übertragene Gespräch am Lenkrad ab.

„Was war denn das?", fragt Sophie.

„Das habe ich fast befürchtet und deshalb mein Telefon längst abgestellt, was du jetzt bitte auch tun solltest."

„Ok. Aber wieso kann deine Tochter so mit dir sprechen und woher hat sie meine Telefonnummer?"

„Die Nummer hat sie vermutlich von ihrer Mutter, die ihr im Nacken sitzt und mich sicher schon mehrmals angerufen hat. Ich denke, sie hat Viktoria sofort herbei beordert, nachdem sie mich nicht erreichen konnte und vermutet, dass ich nicht im Zug nach Berlin sitze. Aber dadurch werden wir uns unsere gute Laune jetzt nicht verderben lassen."

Als Sophie in ihrer Wohnung in Montreux ihr Smartphone wieder einschaltet, um ihrem Sohn zu sagen, dass sie gut angekommen sind, zeigt das Display mehrere Anrufe mit Berliner Vorwahl und solche mit verdeckter Nummer, die Gregory seiner Frau zuordnet. Sophie hatte diese Nummer im Zusammenhang mit den Rosen zu ihrem Geburtstag gesperrt, also kommen die Anrufe nun anonym.

Aber es gibt auch ein SMS, aus dem sie erfährt, dass sie mit einem völlig mittellosen Mann unterwegs ist, der sich Reisen in die Schweiz nicht erlauben kann, wobei es jedoch nicht um Geld geht, sondern um die Unehrlichkeit seiner Familie gegenüber. Gregory bleibt erstaunlich ruhig und sagt: „Das werde ich alles morgen klären."

Patrick freut sich über die Nachricht, dass sie gut angekommen sind, aber beklagt sich überlaufende Anrufe mit deutscher Vorwahl oder verdeckter Nummer, auf die er nicht antwortet. Auch darüber scheint Gregory nicht erstaunt. Er erinnert an den von Sophie im Kühlschrank kaltgestellten, und auf der Fahrt erwähnten Champagner.
„Wie schön, dass du an Champagner denkst, daran muss ich dich doch sonst immer erinnern."
„Da siehst du, wie perfekt wir uns ergänzen."
Gregory möchte den Champagner auf dem Balkon trinken, denn für feierliche Momente hat er immer gern die entsprechende Kulisse, und so richtig feierlich klingt seine Stimme als er sagt: „Danke, dass ich hier sein darf,

dass wir dieses schwierige und wirklich holperige Jahr trotz allen Widernissen so gut überstanden haben und jetzt mit dem Klang der Champagnergläser neue glückliche Erlebnisse für uns einläuten können."

Sophie möchte auch etwas sagen, möchte ihm für den Mut seines Hierseins danken, aber er lässt sie nicht zu Wort kommen, denn trotz der siebenmonatigen Abstinenz hat er nicht vergessen, wie gerne er sie auf seine ganz besondere Art zum Schweigen bringt.

Aber kühler Champagner in einer unwirtlichen Novembernacht und in der luftigen Höhe des 8. Stockwerks genossen, bleibt ein kurzes Vergnügen, das der Blick auf den nachtschwarzen See nicht angenehmer macht. Also schauen sie nur wenige Momente auf die Lichter des französischen Ufers und auf jene von Montreux, die ihnen zu Füßen liegen, bevor sie, gemeinsam fröstelnd, zu den gemütlichen Lichtern des Appartements zurückkehren.

Zum Glück beschert ihnen die Nacht schönere Erlebnisse als der Zwischenfall aus Berlin, den Gregory mit Liebe und Zärtlichkeit zu überdecken versucht, was ihm ziemlich gut gelingt. Trotzdem denkt Sophie immer wieder daran, denn auf die an sie persönlich gerichtete SMS würde sie gerne antworten. Gregory ist einverstanden, und so antwortet sie, ebenfalls per SMS, zum besseren Verständnis betonen zu wollen, dass Gregory sie gebeten habe ihn in Deutschland abzuholen und dass er in der Schweiz ihr Gast ist, um sich zu erholen.

Als sie nach Hause kommen erfahren sie von Patrick, dass die Telefonanrufe mit verdeckter Nummer den ganzen Abend und die halbe Nacht angedauert hatten, bis er gegen zwei Uhr den Telefonstecker aus der Wand zog.

24. Kapitel: Harmonie im Advent

Gregory freut sich nicht nur darüber endlich wieder „zu Hause" zu sein, wie er es nennt, sondern auch über das Geschenk des Himmels, das ihn am nächsten Morgen überrascht: der erste Schnee. Über Nacht hat er eine weiße Wunderwelt geschaffen, hat sich, als Gleichnis betrachtet, wie ein Deckmantel aus unbeflecktem Weiß über Haus und Garten gelegt, um alles zuzudecken, was Gregorys und Sophies neu geschenkte Zweisamkeit hätte stören können.

Mit der Präsenz ihres Liebsten wird für Sophie auch der Begriff des bewussten Erlebens im Jetzt wieder kostbar, obgleich sie weiß, dass dieses glückliche Jetzt ebenso vergänglich ist wie der Zauber des Schnees, und dass sie lernen muss, ihr Leben im Jetzt auch ohne ihn als ebenso kostbar zu erleben.

Diese Notwendigkeit schiebt sie an diesem Morgen allerdings weit von sich. Sie freut sich über Gregorys Begeisterung am Schnee, die er offensichtlich mit Cléa teilt, deren Hundeschnauze in freudiger Erwartung schon neben ihm vibrierte, bevor er die Haustüre öffnen konnte, um mit ihr durch die weiße Pracht zu toben, die kurz darauf von ihren Pfoten ebenso durchfurcht ist, wie von seinen Schuhabdrücken.

Beide haben riesigen Spaß an ihrem Spiel, Cléa, wenn sie seine Schneebälle aufschnappt und Gregory während er sieht, wie sie sich schüttelt, wenn sie diese zerkaut und ihn, sobald sie die Reste davon ausgespuckt hat, wieder mit ihren großen Hundeaugen erwartungsvoll anschaut ... und das Spiel geht weiter.

Es ist ein Morgen voll Sonne, Freude und Lachen, an dem sich der November über alles, was man sonst an

Trübsal und schlechtem Wetter mit ihm zu teilen gewohnt ist, hinwegsetzt, und die Sonne der Rhone nicht den geringsten Hauch ihrer Nebelschleier lässt, unter denen sie sich zu dieser Jahreszeit gerne versteckt. Alles ist anders an diesem strahlenden Morgen, eine Bilderbuchidylle. Der noch unberührt auf dem massiven Steintisch in der Sonne glitzernde Schnee passt perfekt in dieses Bild, das, kitschigen Weihnachtskarten nicht unähnlich, sich durch das Privileg unterscheidet, echt und damit greifbare Wirklichkeit zu sein. So greifbar, dass Gregory einen Schneemann bauen und mitten auf diesen Tisch setzen möchte:

„Damit er alles überblicken kann."

Aus Nüssen als Augen blickt kurz darauf tatsächlich ein imposanter Schneemann über den Garten und lächelt mit seinem Mund aus roten Glasherzen unter einer langen Karottennase. In der Garderobe trifft Sophie auf eine knallrote Schlägermütze, die nur darauf zu warten scheint, diese gelungene Kreation mit farbenfroher Dynamik zu krönen und mit dem Schnee um die Wette zu leuchten. Gregory bewundert sein Werk und bittet Sophie ihn mit dem Schneemann für seine Enkel zu fotografieren.

Am nächsten Morgen erinnert sie ihn daran, dass in diese Zeit der Freude auch das Üben in „Alltagstauglichkeit" gehört und Gregory schlägt pragmatisch vor:

„Dazu müssen wir zunächst definieren, was unsere Alltagstauglichkeit alles umfasst".

Sein verschmitztes Lausbubenlächeln, das sie so sehr an ihm liebt, verrät, dass er dabei nicht nur an Arbeit denkt, und schon ergänzt er augenzwinkernd:

„Ich hätte da ein paar gute Ideen."

Sophie schüttelt den Kopf und stellt den Tatbestand klar:

„Es geht hier nicht um Vergnügen, sondern um Alltagstauglichkeit."

„Gehört das nicht zusammen?"

„Natürlich, aber das, was du meinst, stimmt ja bereits und muss jetzt ergänzt werden mit Hausarbeit, Einkaufen und ähnlichen Alltagsaktivitäten."

Stolz und von sich selbst begeistert verkündet er:

„In Hausarbeit bin ich richtig gut, ich kann alles."

„Perfekt, dann sollten wir jetzt herausfinden, was jeder gerne macht."

„Also ich kann supergut staubsaugen!"

„Staubsaugen?", fragt Sophie ungläubig.

Er nickt überzeugend und sie wundert sich:

„Das kann ja fast nicht wahr sein, denn ich hasse Staubsaugen, mache aber alles gerne was mit Wasser zu tun hat, Küche, Bad, WC und so weiter."

„Also, dann machen wir jetzt eine „To-do-Liste' und du definierst, was zu tun ist."

„Ok – ich denke nach."

Während sie überlegt, besorgt er Papier und Bleistift. Einsatzbereit setzt er sich an den Tisch und schaut Sophie erwartungsvoll an. Sie enttäuscht ihn nicht, sagt alles, was ihr einfällt, und macht sich einen Spaß daraus, ihm Dinge vorzuschlagen, die so außergewöhnlich sind, wie das Reinigen des rustikalen Gebälks, das den Wohnbereich und die Küche überspannt. Doch er notiert eifrig, stellt fachkundige Fragen dazu und als er ihr die in säuberlicher Druckschrift angefertigte Liste zeigt, weist er auf den letzten Posten hin und erklärt mit ernster Miene:

„Das Letzte ist das Wichtigste."

Sophie lacht, als sie liest: „Küsschen geben nicht vergessen."

„Das vergisst du doch nie."

„Ja, aber das musste ich jetzt einfach dazuschreiben, weil es die schönste der zu erledigenden Aufgaben für mich ist und natürlich auch eine Art Belohnung, denn wenn wir uns dabei ganz fest umschlungen halten, können wir unsere Herzschläge hören."

Bei seiner kommentarlosen Akzeptanz des Umfangs der Liste wundert sich Sophie wie viel Zeit er für seinen Besuch wohl einplant, aber sie fragt nicht danach. Sein Rückflug sei noch offen hatte er geschrieben und sie möchte den glücklichen Zustand seiner Präsenz auf keinen Fall durch die Frage nach seinem Abreisetag begrenzt wissen, zumal er diesen selbst noch zu ignorieren scheint.

Die Entscheidung kommt am nächsten Tag per Mail. Es ist eine Nachricht aus Berlin, über die sich beide freuen: Von einer staatlichen Institution, bei der er sich zum Coaching für Start-ups und andere Firmen beworben hatte, wird er für den 1. Dezember zum Gespräch eingeladen.

„Das bedeutet natürlich auch, dass ich am 30. November abreisen muss."

„Kein Problem, mein Liebster, das ist für eine wichtige Sache und dieses Mal habe ich ein gutes Gefühl, dass es klappt.

„Das habe ich auch - und das gibt uns jetzt trotzdem noch fast eine ganze Woche."

„Superschön und supergut für unsere Alltagstauglichkeit", freut sich Sophie, denn noch nie haben sie zehn Tage am Stück zusammen erlebt. Zehn Tage an denen, wie er es gerne nennt, seine Gutenachtküsschen bis zum Morgen bleiben dürfen.

Sophie ist glücklich, denn dass er so lange bleibt, hätte sie kaum zu hoffen gewagt, und Gregory sagt: „Damit kann ich dann auch Viktoria Bescheid geben, die fast täglich fragt, wann ich zurückkomme. Aber das will ich jetzt nicht gleich tun, das reicht auch noch morgen."

Am nächsten Tag fahren sie zum regionalen Baumarkt und besorgen alles, was er für seine Basteleien im Haus benötigt. Als sie damit fertig sind sagt er entschlossen:

„Ich glaube, jetzt sollte ich Viktoria anrufen."

„Prima, dann bleibe ich noch hier und schaue nach winterfesten Pflanzen für die Terrasse."

Gregory ist einverstanden und geht zum Ausgang des Baumarkts, um zu telefonieren.

Es wird ein langes Gespräch und übertrifft die von Sophie dafür angenommene Zeit, denn sie hat sich mit ihrem Einkauf beeilt, um Gregory nicht warten zu lassen. Sie verstaut ihre Pflanzen im Kofferraum und setzt sich ins Auto. Dabei sieht sie Gregory mit großen, energischen Schritten auf und ab gehen und seine Ausführungen gestikulierend unterstreichen, als müsse er sie damit verständlicher machen.

„Tut mir leid, dass es so lange gedauert hat", sagt er, als er wieder neben ihr sitzt: „deshalb bekommst du jetzt ein besonders zärtliches Küsschen als Entschuldigung."

„War es so schlimm-?", fragt sie vorsichtig.

„Wie man's nimmt."

„Wenn du's mir nicht sagen willst, ist das Ok für mich."

„Nein, nein – das ist es nicht. Es war nur schwierig Viktoria klarzumachen, dass ich am ersten Advent, also nächsten Sonntag, nicht zu Hause sein werde. Dagegen hatte sie viele Argumente und schlug vor, mich mit dem Auto abzuholen."

„Im Ernst -?"

„Ja, sie vermutete auch du würdest neben mir stehen damit ich nichts Falsches sage."

„Das darf jetzt aber wirklich nicht wahr sein, denn wenn du mit mir Advent feiern möchtest, ist es für mich wichtig, dass du es möchtest und nicht, dass ich dich dazu beeinflussen muss, was ich sowieso nicht tun würde."

„Das weiß ich doch, aber meine Tochter bestand darauf, dass Advent ein Familienfest ist und ich deshalb zu Hause sein müsse."

„Und was hast du gesagt?"

„Dass ich trotzdem mit dir Advent feiern möchte."

„Hast du das wirklich gesagt?"

„Natürlich, und damit können wir uns jetzt auch gleich überlegen, wie wir unseren Adventskranz basteln und was wir sonst noch alles für unseren ersten Advent brauchen."

„Hefezopf ", sagt Sophie begeistert, „aber selbst gemachten!"

„Das klingt gut - und was brauchen wir dafür? Mehl, Hefe, Milch, Butter, Eier, Zucker?"

„Gut geraten, aber das müssen wir jetzt nicht gleich besorgen, mir ist nämlich kalt."

„Dagegen weiß ich ein gutes Mittel", verspricht er augenzwinkernd, aber Sophie möchte das Aufwärmen zunächst mit Tee und Kaminfeuer beginnen.

Die Perspektive mit Gregory den ersten Advent zu feiern, bringt für sie lebhafte Erinnerungen an ihre Kindheit: an das gemeinsame Singen von Adventsliedern, an die festliche Stimmung mit Kerzen und an den Geruch von Hefezopf, der ab dem Vorabend des ersten Advents jeden Samstag durch ihr Elternhaus zog. Sonntagabends gab es immer eine kleine Adventsfeier, die stets mit dem Lied „Macht hoch die Tür, das Tor macht weit" begann, wobei jeweils eine weitere Kerze am Adventskranz angezündet wurde.

Dieses Einstimmen auf Weihnachten mit ihren Eltern und den Brüdern zählt zu den schönsten Erlebnissen ihrer Kindheit. Deshalb ist die Vorstellung mit Gregory den ersten Advent zu feiern eine ganz besondere Freude, eine Art glückliche Rückkehr in ihre Welt, in eine Welt der gleichen Traditionen, in der das Singen von Adventsliedern so selbstverständlich ist wie der Verzicht auf das Gesangbuch für deren Texte.

Gregory freut sich auf das Basteln des Adventskranzes und über die große Tanne in Sophies Garten: „Wie praktisch, dass der Adventskranz bei dir im Garten wächst." Beim Auswählen der Zweige kommt er auf die Idee eines Adventskranz-Wettbewerbs:
„Wir machen beide einen Adventskranz und dann entscheiden wir, welcher der Schönste ist."
Sophie ist einverstanden, will aber wissen, ob und wenn ja, was man dabei gewinnen kann.
„Das darf der Gewinner bestimmen", entscheidet er und strahlt dabei über das ganze Gesicht, sich offenbar schon als Sieger wähnend.

Sophie holt den Karton mit den Dekorationen aus dem Keller, aus dem jeder sich bedienen darf. Sie beobachtet glücklich, wie Gregory, ähnlich einem in seinen Spielsachen kramenden Jungen, in dem Karton stöbert und die Dekorationen über den ganzen Tisch verteilt. Sie überlässt ihm den größeren Strohring zum Befestigen der Zweige. Da ihrer kleiner ist, hat sie weniger zu binden und kommt schneller voran, was aber keinesfalls ihre Absicht war, aber Gregory protestiert: „Das ist unfair, denn nun bist du fast fertig und ich bin noch mittendrin."

Sie erinnert daran, dass sie kein Zeitlimit vereinbart haben, was für ihn kein Trost ist, denn er möchte verdient gewinnen und unter gleichen Voraussetzungen. Aber er freut sich, dass sie ihm den schöneren Schmuck für seinen Kranz überlässt, der dann auch wirklich der Schönste ist, womit Gregory als Gewinner hervorgeht. Mit dieser offensichtlich korrekten Entscheidung ist er zufrieden und möchte, dass Sophie ihn mit dem Adventskranz fotografiert. Aber zuvor flüstert er ihr die Idee für seinen Gewinn ins Ohr und freut sich, dass sie schmunzelt.

Sie feiern den Gewinner mit Tee und Gebäck, denn Gemütlichkeit liegt Sophie am Herzen, zumal die gemeinsam erlebte Freude und Harmonie nicht darüber hinwegtäuschen, wie sehr Gregory sich verändert hat. Seine Sorgen und Niederlagen haben ihn nicht nur psychisch in die Knie gezwungen, sondern drücken sich auch in seiner Körperhaltung aus. Er geht etwas gebeugt, und die Leichtigkeit seiner dynamisch federnden Gangart gehört der Vergangenheit an. Die enttäuschende Realität der letzten Monate hat dem „mallorquinischen Bergadler" die Flügel gestutzt.

Da er seine erschwerte Gangart seiner linken Hüfte zuschreibt, besorgt Sophie Massageöl, mit dem sie diese jeden Abend vor dem Einschlafen massiert. Er dankt, lobt und gibt vor, eine Besserung zu verspüren, wobei sie die Frage offenlässt, ob das Massageöl die Linderung der Schmerzen bewirkt, oder ob er es einfach genießt, von ihren Händen verwöhnt zu werden. Tatsache ist, dass er sich jeden Abend darauf freut und versichert, wie gut es ihm tut.

Das Backen des Hefezopfes ist Sophies Spezialität, aber auch das soll ein Wettbewerb sein und dafür gibt es eine korrekte Arbeitsteilung: Sie mischt alles für den Teig, den Gregory dann so lange durchschlägt, bis dessen Oberfläche glatt ist. Nachdem er aufgegangen ist, wird er geteilt und beide flechten einen Zopf. Als die Zöpfe nebeneinander auf dem Blech liegen, stellen sie einen kleinen, aber unschwer zu erkennenden Unterschied fest, denn im Gegensatz zu Sophies akkurat geflochtenem Zopf ist Gregorys etwas unförmig, weil unten wesentlich breiter.

„Das wird sich beim Backen ausgleichen" vermutet er. Aber als sie das Blech später aus dem Backofen nehmen, lachen sie beide, denn die unten viel breitere Seite seines

Zopfes hat sich wie Zuflucht suchend an Sophies Zopf geschmiegt und fügt beide zusammen.

„Ist das nicht wieder ein schöner Zufall, zu sehen wie ich mich an dich schmiege und mich mit dir verbinde?", fragt Gregory und nimmt seine Sophie liebevoll in die Arme.

Ganz offensichtlich ist ihr Zopf der Schönere und macht sie zur Gewinnerin, aber in dieser, im wahrsten Sinne des Wortes „berührenden" Geste seiner Unvollkommenheit, spricht Gregorys Zopf mehr als tausend Worte und berührt sie beide.

Jeder Tag bringt eine kleine Besonderheit, während ihre sich zunehmend als alltagstauglich herausstellende Gemeinsamkeit zu einer Zeit der Freude in Liebe und Harmonie, mit Lachen und Singen wird. Sie leben in der Zuversicht, dass alles gut wird. Dabei hofft Gregory, dass ihm seine neue Aktivität erlauben wird, seine Finanzen auszugleichen, wofür er zwei Jahre ansetzt, in denen er damit auch ein lebenswertes Gleichgewicht zwischen Berlin und der Schweiz zu verwirklichen hofft.

Sophie hofft mit ihm und vertraut dabei auch ihrer medialen Freundin Else und deren Aussage, dass sich das Blatt wenden wird, sobald er sich zu seiner Liebe bekennt. Dieses Vertrauen ist so präsent, dass sie die nach wie vor aus Berlin eintreffenden Anrufe zwar als störend, aber nicht mehr als destruktiv empfinden, obgleich sie Besitzansprüche dokumentieren, die keine sein können, weil niemand einen anderen Menschen besitzen kann.

Wie erschöpft Gregory tatsächlich ist, stellt Sophie immer wieder daran fest, dass er, wo auch immer er sich einen Moment niederlässt, in einem Sessel oder selbst auf einem Stuhl, sofort einschläft. Abends beim Fernsehen findet sie das allerdings lustig, weil auch ihr dabei immer wieder die Augen zufallen, was er gerne als Gelegenheit nimmt, sie sanft küssend in die Gegenwart zurückzuholen, denn sie schlafen nicht gleichzeitig, sondern abwechselnd. Das ist eine amüsante Besonderheit, die insofern praktisch ist, weil sie sich dann die jeweils verschlafenen Passagen erzählen und über das Zusammenspiel ihrer komplementären Schlafphasen lachen können.

Etwas anders ist es mit Sophies Nachtschlaf, denn die Alpträume aus der Zeit, in der sie sich auf ihn freute und er im letzten Moment doch nicht kam, sind noch präsent. So kommt es vor, dass er sie mitten in der Nacht in die Arme nimmt, weil sie, noch halb schlafend, aufrecht im Bett sitzt und erst wirklich zu sich kommt, nachdem er ihr beruhigend versichert:
„Du brauchst keine Alpträume mehr zu haben, ich bin doch jetzt da."

Beide lieben die Dämmerstunde, wenn die Flammen des Kaminfeuers mit dem Holz spielen und es in leuchtendes Flackern und Wärme verwandeln, während sie sich über Vergangenes und Zukünftiges austauschen, wobei Sophie grundsätzlich davon ausgeht, dass nichts im Leben ohne Grund geschieht. Dazu zählt sie auch seine Insolvenz, denn:
„Vielleicht musste das alles jetzt einfach so kommen, weil man mit dem Älter werden, ja auch etwas umdenken sollte."
Das mit dem „Älter werden" gefällt ihm gar nicht, und er entscheidet:
„Dafür haben wir noch lange Zeit."
Also berichtigt sie ihre Aussage: „Dann bezeichne ich das „Älter werden" jetzt einfach als Jahre der Reife. So hat Hermann Hesse es auch formuliert, davon ausgehend, dass man sich mit den Jahren der Reife wieder

mehr mit der Seele beschäftigen sollte, woran ich während deines Bangens vor der Insolvenz oft gedacht habe. Denn laut Herrmann Hesse treten materieller Besitz und dessen Pflege dadurch etwas in den Hintergrund. Aber ich kann dir gerne vorlesen, wie er es geschrieben hat."

„Wenn du möchtest?"

„Ja ich möchte", sagt sie fast feierlich, geht in den Wintergarten und kommt mit Peter Lausters Buch „Wege zur Gelassenheit" zurück, der diese Erkenntnis von Hermann Hesse darin erwähnt. In Gregorys Armen verstaut beginnt sie zu lesen:

„Alle Kinder, solange sie noch im Geheimnis stehen, sind ohne Unterlass in der Seele mit dem einzig Wichtigen beschäftigt, mit sich selbst und mit dem rätselhaften Zusammenhang ihrer eigenen Person mit der Welt ringsumher. Sucher und Weise kehren mit den Jahren der Reife zu diesen Beschäftigungen zurück. Die meisten Menschen aber vergessen und verlassen diese innere Welt des wahrhaft Wichtigen schon früh für immer und irren lebenslang in den bunten Irrsalen von Sorgen, Wünschen und Zielen umher, deren keines in ihrem Innersten wohnt, deren keines sie wieder zu ihrem Innersten und nach Hause führt.

Vielleicht sollten wir daran viel öfters denken", überlegt sie und schaut ihn dabei forschend an, aber er reagiert nicht … er ist eingeschlafen.

Sie blättert weiter, und als er die Augen öffnet, behauptet er mit einem Anflug verschmitzten Lächelns, gar nicht geschlafen, sondern nur aufmerksam zugehört zu haben, räumt dabei aber auch ein, dass sie es zur Sicherheit noch einmal lesen könnte und verspricht:

„Dann höre ich auch ganz konzentriert zu."

Aber sie möchte gerne noch eine andere Erkenntnis mit ihm austauschen, wobei sie sicher ist, dass diese sein Interesse weckt: „Es ist eine Definition von Sex und Liebe."

„Jetzt machst du mich aber neugierig!"

„Schön, dass mir das nach zehn Tagen unzertrennlichen Zusammenseins noch gelingt. Vielleicht sollte ich deine Neugier noch etwas strapazieren und dich warten lassen, zumal es dabei um eine Art von Sex und Liebe geht, die unserer nicht unähnlich ist."

„Jetzt werde ich aber wirklich neugierig!"

„Diese Erkenntnis basiert darauf, dass im 19. und zu Beginn des 20. Jahrhunderts der Körper verdrängt wurde, was heute aber eher mit der Seele geschieht. Dabei versucht man oft, mit dem Bemühen über Sexualität eine Liebe zu retten, obgleich man weiß, dass Sex nicht zwangsläufig auf den Pfad der Liebe führt. Wogegen, wie er hier so poetisch schreibt: „die Liebe ihr Lied leicht und unkompliziert auf den Körper überspringen lässt". Dieser Satz gefällt mir besonders, denn das erinnert mich an deine poetischen Mails, mit denen du mich auf unsere körperliche Erfahrung einstimmtest, bevor wir diesen Schritt wagten."

„Was mir ja offensichtlich ganz gut gelungen ist", unterbricht er stolz und sie liest:

„Sex kann man mit technischen Hinweisen erlernen und anwenden. Aber es gibt keine Technik, um Liebe zu erlernen, sie ist ein seelischer Vorgang und erst Liebe krönt die Sexualität, hebt sie aus einer rein körperlichen Funktion heraus und erzeugt ein Gefühl der Glückseligkeit. Öffne deine Sinne, erfasse mit Augen, Ohren, Geruchs- und Geschmackssinn, was geschieht, wenn du selbst dabei in den Hintergrund trittst und das gemeinsame Erleben im Vordergrund steht. Sich angstfrei zu öffnen, hingebungsvoll, demütig, ja naiv zu sein im Erleben dessen, was sich ereignet, sich hineinfallen lassen, auch mit geschlossenen Augen und mit den Ohren staunend sehen, dann entfaltet sich die Gegenwart ohne Einfluss von Vergangenheit und einer gedachten Zukunft."

Gregory ist gerührt, erkennt manche seiner Gedanken darin wieder. Er findet den Abend fortgeschritten genug, um diese Erkenntnis im gemeinsamen Erleben aufs Neue zu überprüfen.

Am nächsten Morgen möchte Sophie mit ihm den Sonnenaufgang erleben, und so beobachten sie die Umwandlung der sich zunächst dunkel von dem langsam heller werdenden Horizont abzeichnenden Bergkette in strahlendes Weiß, wobei die Sonnenstrahlen auch alles um sie herum verändern. Wenig später umschmeicheln sie die Frühstückseier und den Hefezopf auf dem runden Tisch im Wintergarten, und dann stellen beide fest, wie gut „Macht hoch die Tür, das Tor macht weit" auch morgens zum Frühstück passt.

Allerdings ist auf dem kleinen Tisch nicht genug Platz, um Gregorys Adventskranz darauf unterzubringen. Also beschließen sie in gegenseitigem Einvernehmen das Anzünden der ersten Kerze, auch der inzwischen hellstrahlenden Sonne zuliebe, auf die Dämmerstunde zu verschieben.

Das Vertrauen in ihre Liebe begleitet sie auch durch die letzte Nacht vor seiner Abreise und schenkt ihnen Momente zeitloser Ewigkeit, die weiter leuchten, obgleich sie verfliegen. Was davon zurückbleibt ist eine tiefe, gleichsam empfundene Dankbarkeit und die Vorfreude auf ihr nächstes Wiedersehen, das er am liebsten zum Jahresende realisieren möchte, auf jeden Fall aber im Januar.

Für seine Rückkehr nach Berlin überlegen sie, ob es dem besseren Verständnis eventuell dienlich sein könnte, seiner Familie das noch etwas rudimentäre, im Vorjahr gemeinsam verfasste erste Kapitel ihres Buchprojekts über eine Liebe im Herbst zu senden, in dem nach Albert Camus' Empfinden jedes Blatt zur Blume wird.

Aber die Wirklichkeit straft jeden poetischen Gedanken Lügen und die Aufregung ist dementsprechend. Man geht davon aus, dass es sich bei dieser Geschichte doch wohl eher um wunschvolles Denken als um Realität handeln könne.

Sophie fragt nicht nach seiner Reaktion, sondern vertraut auf sein Bekenntnis zu ihrer Liebe und darauf, dass er auch weiterhin dazu stehen und seine Zeit wie vorgesehen zwischen der Schweiz und Berlin aufteilen wird.
„Schon hat mich der graue Alltag wieder", bekennt er.
„Es kommen unruhige Zeiten auf mich zu. Aber Dank deines Zuspruchs sehe ich allem gelassen entgegen, und bleibe dabei in Liebe mit dir verbunden."

25. Kapitel: Jahre der Freude

Es ist der letzte Tag des Jahres. In Berlin sind die Kontrollen strikt für alle, die zur Silvesterparty zum Brandenburger Tor streben. Gregory und sein Studienfreund sind mitten in der vorwärtsdrängenden Menschenmenge, in der man die Kälte kaum am Körper spürt, aber unschwer am Atem, der oft nicht ganz alkoholfreien Vergnügungslustigen erkennt. Als die beiden eine knappe Stunde vor Mitternacht noch nicht einmal bis zu einer der Kontrollstellen vorgedrungen sind, geben sie auf, und setzen sich in ein kleines Lokal, wo sie das alte Jahr gemütlich ausgehen und das neue ruhig angehen lassen.

Dass Gregory Silvester nicht mit Sophie feiert, hat einen positiven Grund: Seine Bewerbung für die Coaching-Tätigkeit ist erfolgreich, und Anfang Januar sollen die Arbeitspläne mit den zu betreuenden Firmen festgelegt werden. Er ist glücklich, endlich wieder beratend tätig sein zu können, was nicht nur seiner finanziellen Talsohle, sondern auch seinem Selbstwertgefühl zuträglich ist. Diese neue Herausforderung unterstellt seine Besuche bei Sophie dem Rhythmus seiner Coaching-Termine. Dass seine dabei eingehaltene Regelmäßigkeit den familiären Druck intensiviert, ist bedauerlich, hindert ihn jedoch nicht daran, seine Reisen so entschlossen zu planen, wie sein Umfeld diese zu verhindern sucht. Deshalb warnt er am Tag vor seinem Besuch zum Valentinstag:
„Man wollte mich unbedingt von der Reise zu dir abhalten, es kann also sein, dass Viktoria oder ihre Mutter bei dir anrufen; geh einfach nicht ran. Ich jedenfalls lasse mich davon nicht beirren, denn ich liebe dich. Wenn alles pünktlich klappt, landet der große Adler mit dem kleinen Adler um 7:55 Uhr in Genf. Wenn das Gepäck

schnell kommt, schaffe ich es auf den 8:51 Uhr Zug und bin kurz nach 10 Uhr in Montreux."

Für die romantische Gestaltung des Valentinstags hat er Herzchen, rosarote Teelichter und poppig pinkfarbene Schleifchen-Rosetten mitgebracht. Als Sophie mit Cléa kurz im Garten ist, verteilt er alles dekorativ über den Frühstückstisch, und legt André Comte-Sponville's „Kleine Philosophie über die Liebe" auf ihren Platz. Von seiner Dekoration begeistert, bemerkt er nicht, dass Sophie ihn ebenso gerührt wie amüsiert dabei beobachtet, wie er den von ihm so liebevoll dekorierten Tisch aus verschiedenen Perspektiven in seinem Smartphone festhält.

Marie-Ange und Jean-François laden zur Feier des ersten gemeinsamen Valentinstags zum Mittagessen ein, wofür sie sich wieder den Mühen der Zubereitung des traditionellen Couscous-Essens unterziehen. Sie freuen sich sehr darauf, Gregory nach so langer Zeit wiederzusehen, zumal die Parallelen in ihrem Leben ebenso erstaunlich wie verbindend sind. Auch sie, „Les amoureux", wie Marie-Ange sich zusammen mit ihrem Liebsten gerne bezeichnet, erleben ihre Liebe sehr bewusst und als etwas Besonderes, als ein unerwartet kostbares Geschenk im Herbst ihres Lebens. In seinem Toast beim Champagner findet Jean-François berührenden Worte der Dankbarkeit für die Liebe im Herbst des Lebens.

Zum Glück ahnt niemand an diesem glücklichen Nachmittag, welch tragische Einzigartigkeit diesen Tag später kennzeichnen wird, am allerwenigsten Marie-Ange, die abends schreibt:
„Es war traumhaft schön für uns vier Verliebte, diesen Valentinstag gemeinsam zu feiern. Es wird sicher nicht

der Letzte für uns sein. Genießt eure gemeinsamen Stunden in der Fülle und Harmonie eurer Liebe. Seid herzlich umarmt von ‚Les amoureux' der anderen Seeseite.

Glücklich über diesen besonderen Tag, sendet Gregory ein Gutenachtküsschen an Sophie, mit der Aufforderung: „Gib mir morgen bitte Bescheid, ob dir der Valentinstag und die Valentinsnacht gefallen haben und wir die Fortsetzungen planen können."

Am nächsten Morgen findet er neben seiner Kaffeetasse eine kleine Nachricht: „Versuch geglückt, Fortsetzungen können folgen." Er schmunzelt zufrieden, dann zieht er stirnrunzelnd die Augenbrauen hoch und fragt:
„Heißt das, wir können die Fortsetzung planen –, auch gleich?"
„Sieht fast so aus. Aber lass uns bitte erst frühstücken!"
Damit ist er einverstanden. Pläne schmiedend unterhält er Sophie bei der Zubereitung des Frühstücks, um letztendlich zu beschließen, am liebsten gar nichts planen, sondern den Tag einfach ganz in Ruhe mit ihr genießen zu wollen.

Am Spätnachmittag schickt er ein Mail in übermütiger Küsschen-Romantik, aus dem nicht nur sein entspannter Gemütszustand spricht, sondern dessen verspielte Wortwahl auch die zurückgewonnene Leichtigkeit seiner Gedanken verrät:
„Heute kommt ein Vor-Gutenachtküsschen, das nicht weit fliegen muss, denn es ist ganz nah. Das macht es glücklich. Es muss auch nicht in die kalte Februar Nacht hinaus, denn es wartet nur eine Etage tiefer. Das macht es überglücklich. Es freut sich auch sehr darauf, bis zum Morgen bleiben zu dürfen, was es überglücklich und liebevoll aufgeregt macht.

Nur eine Bitte hätte ich dabei an dich: Würdest du mir dazwischen das beigefügte Dokument ausdrucken?

Dann können Extra-Küsschen in unzähliger Menge folgen. Das verspricht dir dein dich innig und ewig liebender Gregory." Das auszudruckende Dokument ist die Bordkarte für seinen Rückflug am nächsten Tag. Sie besiegelt die Trennung, die dank Sophies alljährlicher Berlinreise zur ITB nur drei Wochen dauern wird, und Gregory tröstet beim Abschied: „Jetzt blicke ich auf den März, freue mich, dass es dich gibt und wir uns lieben dürfen."

Am Morgen nach seiner Rückkehr stellt er fest: „Heute scheint hier so schön die Sonne, wie gestern bei dir. Habe ich sie vielleicht mitgenommen? Wenn ja, dann sende ich dir hiermit einen Sonnenstrahl aus meinem Herzen. Du weißt ja, dass man die Sonnenstrahlen aus dem Herzen nicht direkt sieht, aber man spürt sie, denn es sind Strahlen der Liebe, die uns sagen: Wenn zwei sich lieben geht alles leichter."

Wie tragisch sich ein Leben verändern kann, wenn sich diese Maxime ändert, erlebt Marie-Ange wenige Monate später, als sie am Morgen ihrer Urlaubsreise nach Thailand mit ihrem glücklich aufgeregten Jean-François in ihrer südfranzösischen Wohnung frühstückt. Ohne die geringste Vorwarnung spielt sich dort innerhalb von wenigen Minuten die schlimmste Tragödie ihres Lebens ab, die dieses für immer verändert. Es ist kurz nach 8 Uhr. Die gepackten Koffer stehen im Flur und das Taxi ist auf 9 Uhr bestellt; alles ist für sechs Wochen Thailand vorbereitet.

Glücklich aufgeregt tritt Jean-François mit dem Victory-Zeichen und den Worten: „Liebling heute beginnt unser neues Leben" ins Zimmer. Doch kaum hat er am Tisch Platz genommen, erleidet er, wie vom Blitz getroffen, einen extrem intensiven Herzinfarkt, der ihn innerhalb weniger Minuten aus dem Leben reißt, worauf der unverzüglich eintreffende Notarzt nur noch den Tod feststellen kann. Marie-Ange und ihre Welt brechen für Monate und Jahre zusammen.

BERLIN im März

Als der easyJet Stahlvogel sich im Landeanflug dem Flughafen entgegen senkt, ist alles grau in grau und die Wetterinformation kündigt Nieselregen und Temperaturen um 5 Grad an. Doch das kann Sophies Freude darauf, Berlin wieder so zu erleben, wie sie es in vielen Jahren kennen und lieben gelernt hat, nicht mindern. Aber noch schöner als die Erinnerung an frühere Besuche ist die Tatsache, dass da unten jemand auf sie wartet, den sie über alles liebt, dessen Herz in freudiger Erwartung ebenso aufgeregt schlägt wie ihr eigenes, und der beschlossen hat: „Bei diesem Berlin-Aufenthalt wollen wir alles nachholen, was wir im letzten Jahr versäumt haben.“

Gregory hat sie darauf vorbereitet, dass dieses Mal verschiedenes anders sein wird als sonst: „Meine Freude, dich morgen am Flughafen in die Arme nehmen zu können ist dieselbe: Sie ist riesig. Aber nachdem es den Mercedes nicht mehr gibt, komme ich mit einem Mini von BMW DriveNow. So sind wir trotzdem flexibel und können planen, wie es uns passt.“

„Ich bin so freudig aufgeregt, wie schon lange nicht mehr“, mailt Sophie vor ihrem Abflug: „Das ist die Vorfreude darauf, drei glückliche Tage zusammen mit dir leben und erleben zu dürfen. Wir sind seelisch und gedanklich so sehr miteinander verbunden, dass ich es fast unlogisch finde, erst tausend Kilometer fliegen zu müssen, um wirklich bei dir anzukommen, damit wir uns wieder in die Augen sehen, uns lieben und zusammen lachen können. Nach der Trennung ist dann alles wieder wie ein Traum, den wir zusammen träumten. Aber wir sind uns trotzdem so nah, weil du mit deinen Gedanken und Gefühlen in mir lebst."

Sehnsuchtsvoll und freudig aufgeregt hat Gregory die Tage gezählt und festgestellt: „Auch wenn ich mich für meine neue Aktivität gerade viel mit Sicherheit im Internet und mit kryptografischen Verfahren beschäftige, mit denen man sich vor Identitätsklau oder Passwortdiebstahl schützen kann, so gönne ich mir dabei immer wieder Pausen, um an dich zu denken. Dabei stelle ich mit Freuden fest, dass mein Herz bereits bei den Gedanken an dich schneller schlägt."

Nun schlagen beide Herzen schneller, und Sophie kommt die Wartezeit an der Gepäckausgabe gnadenlos lang vor, denn die mitgereisten Passagiere werden immer weniger, während sie mit zunehmender Ungeduld darauf wartet ihren Koffer ankommen zu sehen. Endlich kann sie ihn vom Band ziehen, schwer und ziemlich voluminös. Doch das hat seinen guten Grund, denn bei ihrer Besuchsplanung erwähnte Gregory, ihr unbedingt die kleine „Einraumwohnung", wie er sie nennt, zeigen zu wollen, die ab nächsten Monat sein Domizil sein wird.
„Ist sie schon ein bisschen eingerichtet?", fragte sie, als er sie darüber informierte.
„Außer einem Sofa, einem kleinen Tisch und zwei Stühlen ist nichts drin."
„Könnte man da eventuell noch etwas hinzufügen?"
„Später schon, aber im Moment noch nicht."
„Schade, denn wenn dort etwas zum Übernachten wäre, hätten wir sie einweihen können."
Gregory gefiel diese Vorstellung und er bestätigte, dass das Besorgen einer „Schlafunterlage" für ihn kein Problem sei, worauf Sophie anbot, eine Daunendecke, Bettwäsche, Handtücher und so weiter mitzubringen.

Damit war der Deal besiegelt und der Koffer ist entsprechend voluminös. Sophie ist gespannt auf die abenteuerliche, etwas spartanische Übernachtung in der Einraumwohnung und verzichtet dafür gerne auf eine der in ihrem Lieblingshotel gebuchten Nächte. Aber vorher kommt ihr offizieller Teil, und der beginnt mit dem Besuch der ITB, gefolgt vom Empfang mit den „Ehemaligen", den Alumni, dieses Jahr im Mövenpick Hotel.

Sie ist überglücklich, als sie ihren Koffer endlich durch die Glasschiebetüre ziehen kann und ihren Liebsten mit einer Rose auf sie zukommen sieht, die trotz der neuen Gegebenheiten nicht fehlen darf. Die intelligente DriveNow-Fahrmobilität mit flexibler Benützung gefällt ihr: Reservierung über Internet, Auto finden, benützen und wieder abstellen. Kaum hat Gregory den Mini vor dem Hotel geparkt, ist er auch schon wieder weg. Ebenso rasch lässt sich ein neues Auto finden, um Sophie zur ITB zu fahren und es dann schnell wieder abzustellen, bevor er seinen Coaching-Termin wahrnimmt, der perfekt ins Programm passt.

Auch Gregory passt beim offiziellen Empfang perfekt ins Programm und wird freundlich aufgenommen, obwohl er eigentlich gar nicht dazugehört, aber einige der Gäste kennen ihn bereits. Das trifft auch auf Hazel zu, die abends nicht dabei war, ihn aber bereits kennt, was Sophie ihm gegenüber aber nicht erwähnt, und was er erstaunt feststellt, als sie am nächsten Morgen zusammen frühstücken.

Sophie schätzt den Gedankenaustausch mit ihrer sanften, malaysischen Freundin, die sich ein Jahr zuvor, als Gregory in Frankfurt festgehalten war, so liebevoll um sie kümmerte und damit dem letzten Morgen des enttäuschenden Berlin-Aufenthalts die Trostlosigkeit nahm. Was vor einem Jahr mit dem gemeinsamen Frühstück

begann, möchte Sophie nun als „Berlin-Klassiker" bei-
behalten: Frühstück mit Hazel am Morgen nach dem
Alumni-Empfang.

„Du weißt, dass wir mit meiner Freundin Hazel frühstücken", erinnert sie Gregory, der es nicht nur liebt mit ihr
ohne Eile und mit Zärtlichkeit aufzuwachen, sondern
sich danach auch gerne noch viel Zeit im Badezimmer
gönnt.

„Ja, ich weiß, aber ich lasse euch beide erst ein bisschen
allein und komme etwas später dazu."

„Gute Idee!", lobt Sophie und gibt ihrem in der Badewanne duschenden Liebsten im Vorbeigehen einen
flüchtigen Kuss auf den frisch geduschten Po, worauf er
meint, das reiche nicht aus und darauf besteht, dass man
sich richtig küssen müsse, bevor man sich für mindestens zehn Minuten aus den Augen verliere.

Hazel ist, wie nicht anders zu erwarten, pünktlich, und
als Gregory sich zu ihnen setzt, hat sie Sophie bereits
darauf eingestimmt, seiner Familie mit Liebe und Verständnis zu begegnen:

„Das ist ganz wichtig, denn damit kannst du in deinen
Gedanken und Emotionen eine friedliche Entwicklung
eurer schwierigen Situation fördern". Sophie verspricht,
es zu versuchen.

Hazel und Gregory freuen sich über dieses unerwartete
Wiedersehen, denn sie haben sich ein Jahr zuvor im britischen Club kennengelernt, wo sie einen Vortrag über
die von ihr praktizierte japanische Massagetechnik hielt,
den er so interessant fand, dass er sich danach mit ihr
darüber unterhielt. Natürlich ahnte er damals nicht, dass
Hazel eine Freundin Sophies ist, und er eines Tages mit
ihr frühstücken würde. Nun freut er sich darüber.

Weniger erfreulich ist das Wetter, als Gregory später den
voluminösen Koffer aus dem DriveNow Mini hebt und

damit unter dem regnerisch grauen Himmel einem ebenfalls grauen Wohnblock zusteuert, dessen gelb gestrichene Balkone die graue Eintönigkeit jedoch mit einer Nuance Fröhlichkeit aufhellen. Gelb ist auch das Innenleben des Hauses, wo Sophie im 4. Stock freudig feststellt, dass über dem Klingelknopf an der Wohnungstür bereits ein kleines Schild mit Gregorys Namen darauf hinweist, dass dies seine künftige Wohnstätte sein wird. Die Aufteilung der 36 Quadratmeter-Wohnung gefällt ihr: Ein heller Wohnraum mit einem winzigen Balkon, einer kleinen, weißen Küche und als Luxus im Bad gibt es eine freistehende Badewanne. Vom Wohnzimmer und von der Küche aus blickt man direkt ins Grüne, zunächst auf Schrebergärten mit vielen Birken und dahinter auf einen Mischwald.

Mit der von Gregory besorgten Schlafunterlage und der Daunendecke, aus der Sophie Gläser, Tassen, Frühstücksteller und Bestecke wickelt, ist die Wohnung rasch funktionell. Was fehlt, wollen sie noch schnell besorgen, wofür Gregory auch sofort eine Liste schreibt.

In dem kleinen Vorstadtladen, in dem es auf geringstem Platz fast alles an Allernötigstem gibt, kommen sie sich vor wie Studenten, die sich preiswert einrichten wollen. Gregory stellt fest, dass sie für diese Nacht außer Champagner und Kerzen nichts brauchen. Sophie stimmt zu, besteht aber darauf, zur Einrichtung etwas beitragen zu wollen, was für ihn später nützlich ist.

Sie sehen sich in der Haushaltwarenecke um und einigen sich auf einen Wasserkocher. Davon stehen mehrere in einem Regal und sehen dabei alle gleich langweilig aus. „Lass uns diesen nehmen, der ist korrekt und preiswert", sagt Gregory und hält einen banalen, weißen Plastik-Wasserkocher hoch, ohne Sophie dafür begeistern zu können. Hinten im Regal leuchtet es rot und weiß ge-punktet aus der kleinen Öffnung eines schwarz glänzen-den Kartons, auf dem ein weiß gepunkteter, roter Was-serkocher in Form einer Teekanne abgebildet ist.

„Das wäre doch was!", sagt sie, geht entschlossen auf den Karton zu, packt den Keramik Kocher aus und fragt: „Gefällt er dir? So ein Fliegenpilz wäre doch lustig in deiner weißen Küche."

„Aber der ist doch viel zu kostbar!"

„Das ist mein Einzugsgeschenk für dich und dabei ist mir nur wichtig, dass er dir gefällt, den Rest entscheide ich, also nehmen wir den Fliegenpilz."

Wieder in der Wohnung, hätte Sophie es sich gerne auf der „Blumencouch", dem Schmuckstück der Einraum-wohnung, gemütlich gemacht, aber sie sind bei Ex-Stu-denten zum Abendessen in Friedrichshain eingeladen. Außerdem möchte Gregory den Mini so schnell wie möglich wieder loswerden, weil jede Minute kostet, ob gefahren oder abgestellt. Er parkt ihn in der Nähe einer Bushaltestelle und danach wird alles etwas umständlich. Der Bus, in dem sie weiterfahren, ist voll besetzt und das letzte Stück, das sie zu Fuß gehen, ist nasskalt und unge-mütlich. Alles ist ungewohnt, aber nicht uninteressant.

Ebenso ist später auch der Weg „nach Hause", der im mitternächtlichen Berlin endlos scheint, zumal sie drei-mal umsteigen und immer lange auf die nächste Verbin-dung warten müssen. Nach den letzten 100 Metern zu Fuß, kommen sie endlich dort an, wo sie es sich so rich-tig gemütlich machen wollen. Zum Glück ist die Woh-nung warm, und obwohl Sophie eher nach einer heißen Suppe zumute ist, freut sie sich als Gregory den Cham-pagner in die mitgebrachten Gläser füllt. Zur gemütli-chen Einweihungsstunde hat er auch Teelichter strate-gisch im Raum verteilt, aber als er sie anzünden will, steht eine Frage groß mitten im Raum: Wo sind Streichhölzer oder ein Feuerzeug? Als Nichtraucher haben sie nicht an diese zum Anzünden der Kerzen unerlässlichen Utensilien gedacht, von denen jetzt der ganze Einweihungszauber abzuhängen scheint.

Gregory überlegt und hat eine Idee: er steckt das kleine Nachtlicht im Badezimmer ein, dessen sanfter Schein dem kargen, weiß gefliesten Raum einen Hauch von Gemütlichkeit schenkt, und sie sich darüber freuen, dass die Badewanne groß genug für beide ist, und das Badewasser wohltuend warm. Dazu perlt der Champagner in den Gläsern, die man klirrend aneinanderstoßen kann, worüber Sophie, die auf diese kleinen Details auch in einer freistehenden Badewanne Wert legt, sich besonders freut.

„Bei uns ist wirklich immer alles anders als geplant", stellt sie fest „aber deshalb ist es auch unvergesslich und für eine Wohnungseinweihung doch ziemlich originell." „Aber im Endeffekt hat doch alles ganz gut geklappt", resümiert Gregory „auch wenn es uns ganz schön geschafft hat." Sie sind todmüde und freuen sich auf die bescheidene Schlafstelle in der Nische auf dem Boden, denn inzwischen haben sie nur noch den einen Wunsch, ganz schnell zu schlafen.

Doch dann gibt es eine kleine Katastrophe, die diesem Abend eine weitere unvergessliche Note verleiht, denn beim Ablaufen des Wassers verteilt sich dieses mit leisem Glucksen ebenso rasch wie großzügig bis in den letzten Winkel des gekachelten Fußbodens. Nun stehen sie mit ihren frisch abgetrockneten Füßen im Wasser und in den sich vollsaugenden Frotteeschläppchen, die Sophie für ihre Bequemlichkeit vom Hotel mitgenommen hat.

„Ich glaube, ich weiß, was es ist", sagt Gregory, der das Problem des Abflusses erkennt. Aber bevor er es sich ansieht, schauen sie sich an und lachen, denn es ist ein Bild für Götter wie sie, jeder elegant in ein Handtuch gehüllt in ihren Frotteeschläppchen im Badewasser stehen, das unbekümmert weiter aus der Badewanne gluckst.

Gregory kann das Problem tatsächlich rasch beheben, aber das Aufwischen bleibt ihnen nicht erspart. Zum Glück hat Sophie viele Frotteetücher mitgebracht, die alles rasch aufsaugen aber auch laufend ausgewrungen werden müssen. Diesen Kraftakt übernimmt Gregory und Sophie reicht ihm die durchnässten Handtücher. „Sind wir nicht ein perfektes Team?", fragt sie als alles aufgewischt ist und sie sich so, wie Gott sie erschaffen hat, in den aufgeweichten Hotelschläppchen zwischen den nassen, auf dem Boden verteilten Frotteetüchern, gegenüberstehen. Sie schauen sich an und lachen. Gregory nimmt seine Sophie in die Arme und erklärt, dass diese Arbeit mit Küssen zu belohnen sei und dass das heutige Gutenachtküsschen sich bereits darauf freut, bis zum Morgen bleiben zu dürfen. Dann schaut er sich um und stellt zufrieden fest, dass der Boden vermutlich noch nie so sauber war wie jetzt.

Sie fallen todmüde auf die Schaumstoffmatratze, wo sie diesen etwas ungewöhnlichen Tag als überraschend ereignisreich und glücklich zusammenfassen, während Sophie den für sie schönsten Platz auf der Welt wieder in seinen Armen findet.

Am nächsten Morgen stellen sie fest, dass es auch in der kargen Umgebung einer kleinen Einraumwohnung nichts Schöneres gibt auf Erden, als lieben und geliebt zu werden.

„Und das in unserem Alter...", erstaunt sich Gregory, und Sophie antwortet schlicht:

„Das, mein Liebster, hat nichts mit dem Alter zu tun, sondern nur mit Liebe."

In Sophies Lieblingshotel werden sie wie Freunde empfangen und mit der Aufmerksamkeit perfekter Gästebetreuung verwöhnt. Als sie dort am nächsten Morgen aufwachen, wissen sie, dass dieser Tag ihren Abschied bringt, und dieser fällt ihnen wie immer unendlich schwer.

Später trösten sie sich in der ungemütlichen Aufbruch-Atmosphäre eines der Flughafen-Bistros mit der Gewissheit, dass bis zu Gregorys Osterbesuch nur drei Wochen Trennung liegen, und sie sich trotz der tausend Kilometer Entfernung immer nah sind. Durch die Nacht und diese rund tausend Kilometer trägt der silberne Stahlvogel mit dem orangefarbenen Namen Sophie wenig später wieder in ihre Welt zurück.

Am nächsten Morgen stellt Gregory fest: „Das Aufwachen heute war enttäuschend langweilig. Ich schreibe an dich mit großer Sehnsucht und mit noch viel größerer Liebe. Diese Liebe verbindet uns über den Tag und darüber hinaus. Das macht mich froh und zuversichtlich, denn jetzt beginnt wieder eine Woche ohne dich, eine Woche ohne dich neben mir zu fühlen, aber geistig und seelisch bin ich immer mit dir verbunden. Damit fällt es mir leichter, die 18 Tage bis zu unserem Wiedersehen zu überstehen."

Aus den 18 Tagen werden zwanzig, weil Gregory seinen Auszugstermin zuvor genau festlegen will, um anschließend mehr Freiraum zu haben: „Irgendwie bin ich traurig, aber auch erleichtert. Traurig, weil durch die notwendige Klärung mit der Hausverwaltung für uns Tage verloren gehen, die wir natürlich nachholen, aber auch erleichtert, weil du Verständnis dafür hast, dass ich die

Wohnungssituation klären muss, bevor ich mit dir Ostern feiern kann. Deshalb habe ich meinen Flug auf Samstag umgebucht; auf die erste Maschine zu nachtschlafender Zeit. Früher geht es leider nicht. Wir haben dann die ganzen Osterfeiertage und hoffentlich auch die Woche danach für uns. Den Rückflug habe ich daher noch offengelassen."

Aber wieder kommt es anders. Es gibt zwei Überraschungen, die so gegensätzlich zu Gregorys Gewohnheiten sind, dass Gregory und Sophie sich beim späteren Analysieren tatsächlich die Frage stellen, ob eine „Fremdeinwirkung" möglicherweise nicht auszuschließen war. Sollte es so gewesen sein, so war es perfekt eingefädelt, denn bereits am Karfreitag schreibt er erstaunt: „Heute ist es so ruhig, dass ich zwar wie üblich gegen 6:30 Uhr aufwachte, aber sofort wieder einschlief und später auch ganz lange brauchte, bis ich wach wurde und aufstehen konnte, was für mich völlig ungewohnt ist."

Obgleich erstaunt, nimmt er diese Tatsache lediglich als für ihn ungewohnt zur Kenntnis, ohne weiter darüber nachzudenken, denn außer den Nachmittag mit seinem Enkel Tassilo, dem Sohn Viktorias zu verbringen, hat er an diesem Tag kein Programm. Abends bestätigt er: „Nun habe ich alles für den frühen, wirklich frühen Abflug fertig gemacht, was bedeutet, dass wir uns in kurzer Zeit sehen, in die Arme nehmen und lieben können. Darauf freue ich mich."

Auch Sophie freut sich und wacht intuitiv um 6 Uhr auf, weil sie denkt, dass er jetzt auf dem Weg zum Flughafen ist, aber sein SMS um 6:02 Uhr lautet völlig anders: „Hilfe, große Sch... ich habe verschlafen, muss umbuchen, melde mich später."

Obwohl ihr Herz bis in den Hals schlägt, als sie das liest, versucht Sophie nicht gleich in Panik zu verfallen, sondern ruhig zu bleiben und verweist auf den 17-Uhr-Flug: „Dann bist du um 18:45 Uhr in Genf und darfst mich gegen halb neun in Montreux in die Arme nehmen. Das klingt doch auch gut, aber dass du verschläfst, ist wirklich erstaunlich und ist dir vermutlich in deinem ganzen Leben noch nie passiert."

Aber was dann passiert, ist noch viel erstaunlicher, denn anstatt seinen Flug zu buchen, schläft er einfach weiter, stundenlang. Es ist fast Mittag als er anruft, erstaunt bis jetzt geschlafen zu haben, aber glücklich darüber, dass er trotzdem den 17-Uhr-Flug noch buchen konnte.

Nach unruhigen Stunden, die sich für Sophie ins Uferlose zu dehnen scheinen, kommt um 16:45 Uhr endlich die erlösende Nachricht: „Meine Herzallerliebste, jetzt sitze ich im Flugzeug. Der Zeitpunkt, an dem wir uns in die Arme nehmen können, rückt näher."

Mindestens genauso erstaunlich und für Gregory fast unglaublich tragisch ist die zweite Überraschung, denn sie trifft ihn an der empfindlichsten Stelle des Mannes: An seiner physischen Disposition zur Liebe, die dem klassischen Satz „Rien ne va plus" des Roulettes entspricht. Erstaunen bei beiden, am meisten jedoch bei Gregory, der seine Welt nicht mehr versteht.

„Das ist doch kein Drama und hängt sicher mit dem Stress der letzten Wochen zusammen", versucht Sophie zu relativieren, was für ihn jedoch keinesfalls plausibel ist.

„Stress ja, aber das ist doch kein Grund **dafür**!", protestiert er gegen diese Vereinfachung: „Denn Stress hatte ich schon oft, auch als wir uns letztes Jahr im Frühjahr und im Herbst sahen, aber **das** klappte immer."

„Dann lass uns jetzt doch einfach davon ausgehen, dass es eine temporäre Begleiterscheinung aufgrund der psychischen Belastung der gegenwärtigen Situation ist."
Doch das ist zu einfach für Gregory, für den seine Liebesfähigkeit sich auch in Stress-Situationen als zuverlässig zu beweisen hat. Darauf besteht er mit einem fast trotzigen Gesichtsausdruck, und ist erstaunt als er Sophie lachend sagen hört:
„Du siehst mich an, als würdest du am liebsten mit den Füßen auf den Boden stampfen. Das kannst du natürlich gerne tun, wenn du dich dann besser fühlst. Doch dazu müsstest du aufstehen, denn im Bett geht das eher schlecht."
Sie lächelt in sein erstauntes Gesicht, wobei sie in seinen Augen eine gewisse Ähnlichkeit mit Cléas Hundeblick zu erkennen glaubt, die genauso schaut, wenn sie vermutet, nicht ganz den Erwartungen ihres Frauchens entsprochen zu haben.
Aber er fasst sich schnell, überlegt und hat eine Idee:
„Jetzt weiß ich, was wir machen!"
„Darf ich raten, oder lässt du es mich gleich wissen?"
„Ich lass es dich wissen, aber kann es dir nur ins Ohr flüstern."
„Ins linke oder ins rechte?"
„In beide, denn zwischendrin kann man küssen."

Wie vielen seiner Ideen stimmt Sophie auch dieser zu. Sie lässt sich zufrieden in seinen Armen nieder, um zu erleben, was er ihr nur im Flüstern verraten konnte: Liebevolles Osterkuscheln, denn, obwohl noch mitten in der Nacht, ist es inzwischen Ostern geworden. Es ist ihr erstes gemeinsames Osterfest, das sie in Liebe feiern wollen, und als Sophie die Augen öffnet, weiß sie auch sofort, was für sie zum frohen Osterbeginn gehört: Kaffee,

Ostereier und Hefezopf, zumal dieser, seit dem Vorabend für das österliche Frühstück bereit, das Haus mit Genuss verheißendem Duft erfüllt.

Ostern wird zu einem Fest der Freude, obgleich Gregory sich nicht damit abfinden will, dass ihn seine Manneskraft nach wie vor hängen lässt, aber dieser erstaunliche Zustand ist keinesfalls dazu angetan, ihre Freude aneinander einzuschränken und Sophie tröstet zuversichtlich:

„Das ist doch kein Problem, mein Liebster, bis zum nächsten Osterfest wird alles wieder gut."

„Na so lange wird es wohl nicht dauern!", protestiert er und ihm ist dabei wirklich nicht zum Scherzen zumute.

Sophie erinnert sich an eine Begebenheit, die ihr ein Freund erzählte und damit möchte sie ihn aufheitern:

„Mir fällt gerade eine Geschichte ein, die dich interessieren könnte ..."

Er schaut mit hochgezogenen Augenbrauen und sie startet ihren Versuch:

„Also, stell dir jetzt einfach mal vor, dass ein Mann in seiner Ehe auch im Alter immer noch Lust auf Sex mit seiner Frau hat."

„Das soll es geben", räumt er lapidar ein.

„Gibt es, denn ich kenne solche Paare", bestätigt sie wahrheitsgetreu.

„Aber in dieser Geschichte sind der Frau die sexuellen Kontakte mit ihrem Mann eher lästig. Also zieht sie ihren Apotheker ins Vertrauen, dem sie erklärt, dass ihr Mann sexuell immer noch aktiv sein möchte, sie aber lieber ihre Ruhe hätte und ob es vielleicht ein Mittel gäbe, um seinen Sexualtrieb etwas einzuschränken."

Gregory schaut interessiert und Sophie ergänzt:

„Das kann natürlich auch verlockend sein, wenn der Mann eine Liebesbeziehung mit einer anderen Frau hat."

„Du meinst ...?"

„Ich meine gar nichts, denn nur du kannst wissen, ob und was davon zutreffen könnte. Mir hat diese Geschichte ein Freund erzählt und nun habe ich sie etwas ausgeweitet, wobei sie natürlich keinen Anspruch auf jeglichen, noch so geringen Wahrheitsgehalt erhebt. Allerdings wäre die Vorstellung einer gewissen Fremdeinwirkung eine Erklärung und auch ein kleiner Trost für dich. Ein leichtes Sedativum im abendlichen Tee würde dein Langschlafen am Karfreitag ebenso erklären wie das Verschlafen und das völlig unverständliche sofortige Weiterschlafen am Samstagmorgen, zumal beides absolut nicht deinen Gewohnheiten entspricht. Es gibt einiges, um einen erhöhten Schlafbedarf zu bewirken, ohne dass man es geschmacklich feststellen kann, und ebenso diskret lässt sich auch das sexuelle Bedürfnis reduzieren."

„Vielleicht sollte ich das tatsächlich näher ergründen", überlegt Gregory, aber Sophie meint:

„Wir sollten dieses Thema jetzt nicht weiter ausführen, sondern es einfach dabei belassen, dass ich die Erweiterung dieser wahrheitsgetreuen Geschichte nur erfunden habe, um dich über den Verlust deiner Manneskraft zu trösten."

„Halt, halt! So weit sind wir noch lange nicht und den kompletten Verlust würde ich so einfach auch nicht unterschreiben."

Er überlegt kurz und lächelt verschmitzt, als er vorschlägt:

„Aber vielleicht sollten wir es gleich noch einmal probieren, um festzustellen …"

„Super!", freut sich Sophie, „es hat geklappt!"

„Was hat geklappt?"

„Dass du wieder positiv reagierst."

„Muss ich ja, bei so einer Unterstellung!", verteidigt er sich und stoppt Sophies Lachen durch die für ihn schönste Art.

Natürlich behält sie recht mit ihrer scherzhaften Ankündigung, dass es bis zum nächsten Osterfest wieder klappen wird. Genauso recht behält aber auch er mit seiner Ansage, dass es sicher nicht so lange dauern würde, und darüber, dass sie sich davon bereits bei seinem Besuch zu ihrem Geburtstag überzeugen können, freuen sie sich beide.

Ein Wohnungswechsel

Auch in diesem Jahr lässt der Frühling nicht nur sein blaues Band durch die Lüfte flattern, sondern auch die Pollen. Von einer derartigen Idee blieb Eduard Mörikes Frühlingsgedicht zwar verschont, aber Gregory machen die Pollen jedes Jahr mächtig zu schaffen und das ganz besonders, seit er in seinem von Weiden und Birken umgebenen „kleinen Domizil im Grünen" wohnt, wie er die kleine Einraumwohnung gerne nennt. Durch den Wohnungswechsel wird einiges für ihn schwieriger, manches aber auch einfacher, wie sein Kommunizieren mit Sophie, wofür er nach über einem Jahr nun wieder seine offizielle Mail-Adresse benützen kann. Dagegen bringen die größere Entfernung zur Innenstadt und seine Abhängigkeit von den öffentlichen Verkehrsmitteln eine erhebliche Einschränkung seiner Mobilität. Das ist für die pünktliche Einhaltung seiner Coaching-Termine sehr zeitaufwändig und erfordert ein genaues Berechnen der Verbindungen, doch darin ist er gut.

Im neuen Domizil wird auch Hausarbeit fällig, denn eine Haushaltshilfe gibt es hier nicht. Also muss er seine Wäsche selbst waschen, was er nicht ganz ohne Eigenlob erwähnt:
„Aber natürlich weiß ich wie Wäschewaschen geht, das habe ich im Studentenwohnheim wöchentlich geübt. Hier in dem großen Waschzimmer, das ich dir gezeigt habe, ist alles ganz einfach. Ich werde dir beweisen, dass

ich waschen, trocknen und sogar bügeln kann, wenn du mich lässt."

Sophie beglückwünscht ihn zu seinem Geschick, die neue Wohnungssituation zu meistern und lobt seine Fähigkeit zum autonomen Hausmann. Aber ganz so einfach scheint das alles doch nicht zu sein, denn seine Tage finden meistens ein müdes Ende:

„Abends falle ich ziemlich erschöpft auf die Blumencoach, strecke die Beine aus und genieße einen Tee aus Minze (aufgebrüht mit Wasser aus deinem/unserem Fliegenpilz-Kocher). Beim Ansehen der Nachrichten schlafe ich oft ein und bin danach so verspannt, dass ich ein heißes Bad nehme, um meine Muskeln wieder zu lockern. Natürlich denke ich dabei an dich und an unser gemeinsames Bad bei der Wohnungseinweihung.

Nun weißt du, wie meine Tagesabläufe sich hier normalerweise gestalten, sofern nicht plötzlich andere Aktivitäten höhere Prioritäten setzen. Du weißt aber: Die höchste Priorität bei mir hast immer du. Das sagt dir mit einem ‚Ich liebe dich' dein Gregory."

Dieser Priorität seines Herzens folgend, organisiert er seine Besuche, die sich völlig konträr zu seinem Großstadt-Stress gestalten, zumal er dabei eine neue Liebe entdeckt: die zum Garten. Diese scheint vom Himmel gesegnet, denn bei seinen Besuchen zeigt sich das Wetter stets von seiner besten Seite, und Sophie freut sich über seine Begeisterung, mit der er mit ihr im Garten werkelt, pflanzt und sät. Über sich selbst erstaunt, bekennt er „Ich glaube, ich entwickle mich allmählich tatsächlich zum Gärtner aus Liebe, aus Liebe zu dir und zum Garten."

Beim Säen spezialisiert er sich auf Karotten. Nachdem er die Platten für die Begrenzung des Gemüsegartens neu gelegt hat, bereitet er den Boden mit dem aus Küchenabfällen generierten Humus vor. Sophie, mit Unkrautjäten beschäftigt, schaut immer wieder bewundernd zu, wie er kerzengerade die Reihen für den Samen zieht, ihn sorgfältig bedeckt und begießt. Sein Werk bewundernd, legt er ihr das regelmäßige Gießen für die Zeit seiner Berlin-Aufenthalte ans Herz.

„Ehrensache", verspricht Sophie und handelt danach. Doch außer flink sprießendem Unkraut tut sich lange nichts unter der so fruchtbar aussehenden Erde. Das inspiriert ihn dazu, drei große, gekaufte Karotten zur Motivation auf das Beet zu legen und es zu „besprechen", indem er den Samen liebevoll zum Keimen anspornt. Doch als dieser sich nach Wochen immer noch nicht rührt, wird sein Besprechen drängender, was letztendlich so weit geht, dass er alles umzugraben droht: „Falls ihr jetzt nicht sofort wachsen wollt!"

Parallel dazu überlegen sie bei den Spaziergängen mit Cléa immer wieder, wozu wohl die ca. 20 cm hohen Erdwalle angelegt sind, die sich gradlinig über endlos scheinende Felder ziehen und an den Anbau von Spargel erinnern, was dieser Bodenqualität aber nicht entsprechen würde.

Auch auf dem Foto, das Sophie Gregory später kommentarlos schickt, lässt sich das zaghaft aus den Erdanhäufungen keimende Grün noch nicht genau definieren. Aber als er später davorsteht, traut er seinen Augen nicht, denn die inzwischen kräftig aus den Erdwallen sprießenden Pflanzen lassen keinen Zweifel daran, dass hier hunderte und aber-hunderte Karotten heranwachsen. Was für eine Enttäuschung! Er hadert mit der Natur, die sich anderweitig so großzügig zeigt, jedoch seinen gärtnerischen Einsatz nicht entsprechend honoriert.

Also lässt er sich von Sophie lieber in die Geheimnisse der Rosen- und Tomatenpflege einweihen, allerdings ohne dabei sein Karottenbeet zu vernachlässigen. Hocherfreut stellt er eines Tages fest, dass die Erde die ihr angediehene Aufmerksamkeit und Pflege tatsächlich mit zwei satten Karotten belohnt. Als er sie erntet und Sophie bittet, dieses Ereignis fotografisch festzuhalten, hockt er sich mit seinen wirklich prächtigen Exemplaren mitten ins Karottenbeet.

Weitaus mehr Erfolg hat er mit Tomaten, die ihn reichlich für die enttäuschende Karottenernte entschädigen und ihn den ganzen Sommer über in Begeisterung versetzen, weil er darin den Geschmack der Tomaten seiner Kindheit wiederzufinden glaubt. Auch Sophie ist seit Jahren davon überzeugt, dass die Tomaten aus dem eigenen Anbau viel würziger schmecken als die gekauften, und freut sich über Gregorys regelmäßige Besuche, die ihnen oft die Gelegenheit dazu schenken, diese besonders abends auf der Terrasse gemeinsam zu genießen.

Der „Omelettjunge" …

… heißt eigentlich Christopher und ihr Kennenlernen verdanken er und Sophie einem weichgekochten Frühstücksei.

Als Sophie und Gregory zu Christophers Hochzeit an den Gardasee fahren, sind seit dieser ersten Begegnung fast zehn Jahre vergangen, in deren Verlauf es Christopher immer wieder gelang, Sophie in Erstaunen zu versetzen.

Das geschah zum ersten Mal an einem strahlenden Oktobersonntag im Restaurant des Hotels Gravenbruch Kempinski, am Morgen nach der Hochzeitsfeier eines von Sophies vor Jahren angeworbenen Studenten, inzwischen Wirtschaftsdirektor des Burj-Al-Arab Hotels in Dubai. Sie feierten bis in die Morgenstunden und Sophie, die nach der durchtanzten Nacht ein paar Runden schwimmen wollte, kam etwas spät zum Frühstück.

Als sie am Buffet nach einem weichgekochten Ei suchte und nicht fündig wurde, wandte sie sich an den blassen jungen Mann, der an seinem Omelett-Stand gerade nichts zu tun hatte und sie unter seiner hohen Kochmütze freundlich anlächelte. Sein Bedauern, ihren Wunsch nicht erfüllen zu können, war ehrlich und sein Vorschlag kundenorientiert:

„Ich kann Ihnen aber gerne ein Omelett machen."

„Das ist sehr freundlich von Ihnen, aber, falls es noch möglich ist, hätte ich doch lieber ein weichgekochtes Ei."

„Kein Problem, das bestelle ich Ihnen sofort", sagte er dienstbeflissen „aber das wird etwas dauern, doch falls Sie inzwischen vielleicht doch ein Omelett möchten, dann mache ich es Ihnen gerne, das geht auch ganz schnell."

„Nein danke, lieber nicht, sonst kann ich mein Frühstücksei nicht mehr genießen."

Verschmitzt lächelnd und mit leicht schräg gestelltem Kopf, schlug er vor:

„Ich kann Ihnen auch ein ganz kleines Omelett machen, denn Omeletts kann ich supergut, in jeder Form und egal mit welchen Zutaten".

Die Servicebereitschaft dieses charmanten jungen Mannes gefiel ihr, besonders seine kundenorientierte Beharrlichkeit und die Effizienz, mit der er sich um ihr Frühstücksei kümmerte, denn er winkte einen Kollegen aus dem Service herbei und trug ihm ihren Wunsch auf:

„Du kannst das Ei dann bitte gleich an den Tisch der Dame bringen", und an Sophie gewandt:

„Falls Sie uns verraten, wo Sie sitzen?"

„Eigentlich noch nirgends, aber sicher gleich dort drüben."

Sie deutete zum Tisch, an dem Roland, der Bräutigam, mit einigen seiner Kommilitonen saß:

„Aber ich unterhalte mich auch gerne ein bisschen mit Ihnen".

Für Sophie verkörperte dieser junge Mann ganz offensichtlich das, worauf sie bei der Beratung von künftigen Studenten größten Wert legte: Die Liebe zum Beruf und die Aufmerksamkeit für das Wohl des Gastes, was der Hotelpionier Cäsar Ritz als Freude am Dienen ohne unterwürfig zu sein, bezeichnet hatte.

„Dann gehören Sie zu den Hochzeitsgästen?", mutmaßte der junge Mann.

„So ist es, denn der Bräutigam hat bei uns studiert."

„Also arbeiten Sie an der Hotelmanagement Schule in der Schweiz?"

„Auch das stimmt", bestätigte sie und fragte:

„Und wie sieht es mit Ihnen aus, sind Sie hier in der Ausbildung?"

„Nein, ich mache hier nur ein kurzes Praktikum während der Herbstferien, denn ich gehe noch zur Schule und schreibe nächstes Frühjahr mein Abitur."

„Und wie geht es dann weiter?"

„Das weiß ich noch nicht genau, aber es wird sicher die Hotellerie sein."

„Denken Sie dabei an eine Ausbildung oder an ein Studium?"

„Das ist im Moment noch die Frage, aber studieren möchte ich auf jeden Fall."

„Wissen Sie auch schon wo?"

„Am liebsten in der Schweiz."

Damit war Sophie in ihrem Element und Christopher ein Jahr später Hotelmanagement Student im Bachelorprogramm, obwohl es dafür einige Hürden zu überwinden gab. Die Realisierung seines Studienwunsches war fast aussichtslos, weil das Budget dafür fehlte und dann auch noch ein schwerer Unfall dazu kam. In den Weihnachtsferien arbeitete er in einer Pizzeria und wurde nachts auf dem Heimweg von einem Taxi angefahren.

Mit gebrochenen Rippen, einem schwierigen Beinbruch und einem zweimal gebrochenen Unterkiefer wurde er ins Krankenhaus eingeliefert, was sein Abitur infrage stellte. Doch er erstaunte alle, denn obgleich er wegen des mit Platin fixierten Unterkiefers seine Nahrung nur in flüssiger Form mit dem Strohhalm zu sich nehmen konnte und mit dem genagelten Oberschenkel und den gebrochenen Rippen lange Zeit im Krankenhaus lag, schaffte er sein Abitur mit Auszeichnung. Von seiner Willensstärke beeindruckt und um das finanzielle Problem zu erleichtern, arbeitete Sophie einen Plan für ihn aus, bei dem er einen Teil des Studiums durch Arbeit am College verdienen konnte. Christopher war begeistert und seine Eltern einverstanden.

Als er im Sommer sein Studium begann, hatte er noch Platin im Kiefer und Nägel im Bein. Er studierte und arbeitete so intensiv, dass niemand ahnte, was er durchgemacht hatte, zumal auch die Narben im Gesicht verheilt waren. Die Platinteile ließ er sich in mehreren ambulanten Behandlungen entfernen, stets darauf bedacht, weder im Studium noch beim Arbeiten Zeit zu verlieren. In einer perfekten Balance zwischen beiden belegte er in jedem Semester mehr Kurse als vorgesehen, was seinen Nachtschlaf ebenso wie sein Studium erheblich verkürzte. Den Schlaf holte er nie mehr nach, aber das Studium schloss er mit Summa cum laude ab!

Auch während seines Studiums zum ‚Master in Finance‘ an der ‚London Business School‘, kam der Schlaf zu kurz, weil Christopher dieses durch harte Arbeit selbst finanzierte, dabei aber immer die Perspektive vor Augen hatte, sich eines Tages in London maßgeschneiderte Anzüge und handgenähte Schuhe fertigen zu lassen.

Ein Düsseldorfer Investment Unternehmen war seine erste Herausforderung, aber auch dort arbeitete er täglich 16 bis 20 Stunden und wurde bald „Managing Partner". Trotz des wenigen Schlafs nahm er sich aber jeden Morgen Zeit für eine kurze Meditation, um sich auf den Tag einzustimmen. Zu seinem 27. Geburtstag erfüllte er sich seinen Traum der maßgeschneiderten Anzüge und handgearbeiteten Schuhe.

Über all die Jahre blieb er mit Sophie in Verbindung, wobei er jede Nachricht mit „Dein Omelettjunge" unterzeichnete. Auf die Liebe bezogen war er jahrelang davon überzeugt, dafür noch keine Zeit zu haben. Doch das änderte sich schlagartig, als er Olga traf, die einzige Frau, die er je in einem Gespräch mit Sophie erwähnte, worauf sie spontan sagte:
„Vielleicht ist das die Frau, die du heiraten solltest."
„Das habe ich mir auch schon überlegt", sagte er ziemlich entschlossen, aber sicher ohne zu ahnen, dass Olga selbst ihn wenig später mit dieser Idee überraschen würde.
Jedenfalls ist seine Antwort der Grund dafür, dass Sophie und Gregory an einem strahlenden Sommertag des darauffolgenden Jahres an den Gardasee fahren.

Nach dem stressvollen Nah-Auffahren der Italiener, die auf den überfüllten Autobahnen an römische Gladiatoren auf ihren Streitwagen erinnern und in Geschwindigkeitsbegrenzungen ebenso Herausforderungen sehen wie in den vielen Überholverboten, sind sie froh anzukommen.

Beim gemeinsamen Abendessen stellt Sophie fest, wie „handverlesen" klein die Hochzeitsgesellschaft ist, zu der lediglich Christophers Eltern, sein Bruder, einige Familienangehörige der Braut und ein paar Freunde von beiden gehören. Sie erkennt das Privileg, mit Gregory dabei sein zu dürfen, und freut sich sehr darüber. Da sie die einzigen „Fremden" unter den Gästen sind, möchte man gerne wissen, in welcher Beziehung sie zu Christopher stehen. Sophie erzählt von ihrem Kennenlernen, wobei er zu ihrem „Omelettjungen" wurde und als solcher über all die Jahre mit ihr in Verbindung blieb. Die Geschichte amüsiert und berührt, verbindet mit einer spontanen Herzlichkeit und beide werden freundlich aufgenommen.

Sophie freut sich vor allem darauf zu erleben, wie glücklich ihr „Omelettjunge" mit seiner Olga am nächsten Tag vor dem Traualtar steht um ihren Herzenswunsch zu erfüllen, den sie während eines Kurzurlaubs in Oman geäußert hatte, als sie beim Frühstück plötzlich sagte: „Heirate mich", worauf er, bevor er zustimmte, mit einem Kuss antwortete und dafür vom Restaurant Manager unverzüglich gerügt wurde, weil Küssen in Oman selbst in internationalen Hotels nicht erlaubt ist.

Entsprechend kussfreudig ist dafür die Hochzeit, und das ganz besonders nach der ebenso festlichen wie fröhlichen Zeremonie im Rathaus von Gargnano, wo der Bürgermeister, mit Schärpe und Orden dekoriert, würdevoll seines Amtes waltet und die Trauung in italienischer Sprache vollzieht. Beim Anhören der deutschen Übersetzung gefällt Gregory besonders, dass das italienische Ehegesetz den Mann zur Mitarbeit im Haushalt verpflichtet.

Auf drei Motorboote verteilt, durchkreuzt die Hochzeitsgesellschaft danach den Gardasee, genießt den großzügig fließenden Champagner und freut sich mit den beiden, die im erfrischenden Wind am Kiel des Schiffes des Küssens nicht müde werden.

Das Hotel Villa Giulia ist der ideale Rahmen für den Hochzeitsabend, für den die Tische auf dem bis zum Seeufer reichenden Rasen in festlichem Weiß eingedeckt sind. Als die Gäste dort Platz nehmen, schimmert der Damast sanft unter den Strahlen der sich langsam in den See senkenden Sonne. In der fortschreitenden Dämmerung übernehmen, die in silbernen Kerzenhaltern über die Tische verteilten, weißen Kerzen das Strahlen, unterstützt von einem fast vollen Mond, der an einem sternklaren Himmel leuchtet.

Er leuchtet auch über der Tanzfläche, wo die Band bis Mitternacht spielt, dann, der Nachtruhe wegen, aber ihre Instrumente einpackt. Doch damit ist das Fest für die Tanzlustigen noch lange nicht zu Ende, denn auf sie wartet ein Bus, der sie zu einer Diskothek am See fährt, wo sie - bis 3:00 Uhr unter freiem Himmel tanzend - die Hochzeit ausklingen lassen. Gregory und Sophie sind die einzigen Tanzlustigen fortgeschrittenen Alters, wobei Sophie das Tanzen ebenso genießt wie die Qualität des Wodkas und heilfroh ist, dass Gregory sich für die Rückfahrt am nächsten Tag zur Verfügung stellt. Nur den Nufenenpass möchte sie, die Kurven liebt, selbst fahren.

In „Hedys Welt" werden sie zum Abendessen erwartet, wo sich für Gregory eine ganz neue Seite des Lebens auftut und tief beeindruckt. Denn lebensnah berührender hätte der Gegensatz an zwei aufeinanderfolgenden Tagen kaum sein können: Ein junges Paar, das sich für einen glücklichen Lebensabschnitt verbindet, „bis dass der Tod Euch scheidet" und hier eine Handvoll Menschen, die ohne den einst geliebten Partner, von dem der Tod oder auch der Richter sie längst geschieden hat, nun in dieser Bergwelt in ihren Erinnerungen lebend, kein anderes Ziel mehr vor Augen haben, als auf diesen Tod, der sie von ihrem Umfeld scheidet, zu warten.

Sophie und Gregory erleben beides bewusst und sind dankbar für jeden Moment ihrer Gemeinsamkeit. Auf der Heimfahrt noch ziemlich in ihre Gedanken vertieft, erleben sie zu Hause die milde Nacht und die Terrasse als idealen Platz zum Gedankenaustausch über die Erlebnisse dieser drei Tage. Dabei versäumt Gregory nicht daran zu erinnern, dass dabei wieder rund um sie her alles Freude war.

Eine Woche später trifft Gregory seine Vorbereitungen zur Rückkehr nach Berlin. Er überprüft seine „To-do-Liste", um darauf nicht Erledigtes für seinen nächsten Besuch zu notieren. Auch Zwiebel zu schneiden, gehört zu seinen Abschiedsvorbereitungen, weil das beim Kochen in sein Aufgabenbereich fällt, und er nicht möchte, dass Sophie während seiner Abwesenheit von diesen zu Tränen gerührt wird. Also schneidet er sie auf Vorrat und füllt sie in ein Glas. Wie immer erinnert er daran, dass sie trotz der Entfernung in Liebe verbunden bleiben und verspricht: „Ich komme ganz schnell wieder." Doch das gefällt nicht allen.

Es sind Sommerferien und Gregory verbringt viel Zeit mit seinen beiden Enkeln, die aus England kommend bei ihrem Vater in Berlin zu Besuch sind. Ab und an übernachten sie bei ihrem Opi in dessen grünem Domizil. Dabei entdecken sie beim Herumspielen an seinem Smartphone Fotos von ihm und Sophie. Es gibt Fragen und Antworten, und danach an Sophie ein Mail aus Berlin, wo man der Ansicht ist, dass diese „Liebesbeziehung" nun zu Ende sein müsse. Dazu räumt Gregory ein, dass seine Familie nach wie vor die Absicht verfolgt, sie beide zu trennen: „Ich habe ihnen aber gesagt, dass sie das nicht schaffen werden!"

Sophie ist sich bewusst, dass es für sie in diesem Dilemma zwei Möglichkeiten gibt, entweder an Gregorys Seite zu bleiben, ihm weiterhin zu vertrauen und auf eine friedliche Co-Existenz beider Welten zu hoffen, oder sich zurückzuziehen. Für das Vertrauen ist die Regelmäßigkeit seiner Besuche ein über jegliche Zweifel erhabener Beweis, und nachdem sie die auferlegte, monatelange Trennung trotz aller Hindernisse überstanden haben, ist die Idee des Rückzugs unvorstellbar, auch wenn sie sich das Ende dieses familiären Zwiespalts noch so sehr wünscht.

Kirsten weiß Rat: „Lass dich nicht von den derzeitigen Konflikten und Gegebenheiten beirren. Bleibe im Wunder der Liebe und im gegenseitigen Vertrauen mit Gregory verbunden, alles andere sind Begleiterscheinungen des Lebens, aber die Liebe hat andere Richtlinien."

Also plädiert ihr Herz für Vertrauen und fühlt den Einklang mit der Stimme seines Herzens, die sie von Anfang an von der Ehrlichkeit seiner Liebe überzeugte. Die Sprache des Körpers kam erst später dazu, als Zweitstimme, ähnlich wie beim Singen ihrer Lieder, die der Wind bei ihren Spaziergängen mit Cléa über die Felder trägt. Der Refrain im Lied ihrer Liebe ist seine sich täglich wiederholende Aufmerksamkeit, mit der er jeden Tag beginnt und abends mit seinem nach wie vor liebevollen Gutenachtküsschen beschließt. Doch das allein reicht nicht aus, um die Balanceakte zwischen seinen Aufenthalten in Berlin und der Schweiz zu einem gangbaren Weg werden lassen, ohne dass es dabei immer wieder Stress-Situationen gibt.

Jeglichen Stress zu vermeiden ist Sophies Wunsch für das Geschenk, das sich Hedy zu ihrem Geburtstag für sie und Gregory zum gemeinsamen Erleben ausgedacht hat. Es heißt „Sugar" und kommt bereits im Mai als Fotokopie per Post pünktlich zum Geburtstag: Zwei Eintrittskarten für diese Aufführung auf der Bühne der Seefestspiele in Thun. Die Übernachtung in einem Hotel in unmittelbarer Nähe der Seebühne gehört ebenso zu Hedys Geschenk wie ihr Wunsch, diese Tage gemeinsam mit den beiden zu erleben.

Dafür wollen sie sich am 17. August nachmittags in Thun für die Abendvorstellung treffen. Aber am 16. ist Gregory immer noch in Berlin und Sophie besorgt als sie liest: „Es gibt schon wieder Stress! Bitte geh' nicht ans Telefon, denn meine Frau will die Reise zu dir verhindern und dich anrufen."

Sophie fühlt seinen Stress, fühlt ihn zusammen mit dem eigenen, der nicht nur unter die Haut, sondern auch in die Zellen geht, wo er abwartend sitzt und bei jedem Anruf und jeder Nachricht zittert. Die Entwarnung kommt abends, denn die Situation hat sich inzwischen beruhigt. Sein Gutenachtküsschen schickt er als „das Letzte, das nicht bis zum Morgen bleiben darf", was für Sophie dennoch den Beigeschmack des Risikos trägt.

Erleichtert ist sie erst am nächsten Morgen als sie liest: „Ich habe das grüne Appartement verlassen und freue mich darauf, den Tag zusammen mit dir ausklingen zu lassen."
Damit kommt auch bei Sophie vorsichtige Freude auf. Wirklich beruhigt ist sie erst als sie liest:
„Jetzt bin ich sogar früher als nötig am Abfluggate und muss warten. Warten, bis ich dich in die Arme nehmen kann. Das fällt zwar schwer, aber das werde ich jetzt auch noch überstehen, denn bei meiner momentanen Herzfrequenz sind es „nur" noch etwas mehr als 16.000

Herzschläge. Dein dich innig und ewig liebender Gregory freut sich auf dich …"
Er übersteht es und ist damit Garant für das glückliche Ausklingen des Tages und das freudige Einstimmen auf die Reise an den Thuner See.

Das Schauspiel „Sugar" ist dem Kino-Klassiker „Manche mögen's heiß" nachempfunden, den Gregory als einen seiner Lieblingsfilme schon mehrmals sah. Auch einige der Dialoge hat er noch parat und bringt Hedy und Sophie auf dem Weg zur Seebühne damit zum Lachen. Obwohl sie zeitig da sind, sitzen viele der knapp 3000 Zuschauer bereits auf ihren Plätzen und manche auch bereits in die weißen „Plastik-Frischhalte-Beutel" mit Kapuze gehüllt, die jeder Besucher beim Einlass bekommt, obwohl der Himmel nur leicht bewölkt ist. Aber die Wetterprognose kündigt mögliche Gewitter an, was sich nach einer knappen Stunde auch bewahrheitet. Doch das nimmt niemand so richtig zur Kenntnis, weil es sich als überraschendes Naturschauspiel so perfekt in die Aufführung mischt, als gehöre es dazu. Denn plötzlich, nachdem die gegenüberliegende Seeseite schon fast in der Dämmerung versunken war, erstrahlt sie so intensiv in goldgelbem Licht, dass es zunächst ein Wunderwerk der Technik vermuten lässt und offensichtliches Erstaunen bei den Zuschauern auslöst. Dann geht alles sehr schnell. Unter drohendem Donnergrollen erlöschen die für dieses unwirkliche Schauspiel verantwortlichen Sonnenstrahlen und, wie einer Regieanweisung folgend, erlischt ihr Leuchten in der fortschreitenden Abenddämmerung.

Fast gleichzeitig kommt die Aufforderung, die Tribünen wegen des zu erwartenden Unwetters zu verlassen, was erstaunlich ruhig und diszipliniert geschieht. Nach knapp 15 Minuten sind alle Plätze geräumt, ebenso wie die beweglichen Teile der Bühnenausstattung. Das in den nun sehr nützlichen Plastikumhängen ganz in Weiß uniformierte Publikum strebt den überdachten Flächen im Rücken der Seebühne zu und erlebt dort ganz unverhofft die Fortsetzung des meteorologischen Schauspiels, während der Regen freie Bahn hat, sich über die Sitzplätze und die Seebühne zu ergießen.

Getränke und Snacks halten die Besucher bei Laune, die dabei eines weiteren Farbspiels gewahr werden, das sich am Himmel über Bern abzeichnet und den Eindruck erweckt, als hätte sich eine Drehbühne in Bewegung gesetzt. Ein Licht, so intensiv wie es eben noch das Seeufer bestrahlte, leuchtet nun unter dem Grauschwarz der dichten Wolkendecke hervor und mutiert zu einem hellen, fast giftigen Gelb, während das Unwetter sich über der Hauptstadt entlädt. Dabei lässt es sich so viel Zeit, dass es wiederum aussieht, als gehöre diese außergewöhnlich farbintensive Himmelsbeleuchtung als zusätzliche Attraktion zum Abendprogramm.

Nach einer halben Stunde ist alles vorbei. Froh darüber, dass das Unwetter die Hauptstadt vorzog und sich über Thun nur mit Regen und einigen Blitzen bemerkbar machte, kehren die Besucher auf ihre Plätze zurück. Das Musical wird fortgesetzt und trotz der noch sichtbar vorhandenen, im Licht der Scheinwerfer glänzenden Nässe, gehen die Tanzeinlagen präzise und unfallfrei über die Bühne. Die Darsteller, vor allem aber die Marilyn Monroe unverkennbar nachgestaltete Hauptdarstellerin Sugar, werden mit tosendem Beifall belohnt. Obgleich das Stück mit der Aussage „Nobody is perfect" endet und nun alle wissen, was das bedeuten kann, so war diese mit Bravour beendete Darbietung mehr als perfekt.

Ein Abschied

Zur Freude dieses Sommers gesellt sich ein Todesfall: Heike.

Kaum ist Gregory abgereist, erhält Sophie die Nachricht, dass ihre Freundin im Endstadium ihrer Leukämie ins Krankenhaus eingeliefert wurde, und obwohl sie zum Erstaunen des behandelnden Onkologen die Krankheit länger als von ihm prognostiziert überlebt, fordert diese nun ihren Tribut. Sophie und Heike telefonieren und Sophie versteht, dass sie sofort reisen muss, um ihre Freundin noch einmal lebend in die Arme nehmen zu können.

Sie fährt, begleitet von Gregorys „Gutereiseküsschen" und seiner Bitte, vorsichtig zu fahren: „Damit ich dich nächste Woche wieder gesund, frisch und fröhlich in meine Arme nehmen kann." Diese Perspektive bringt eine gewisse Erleichterung. Sie ist auch froh, bei ihren Freunden Suse und Rudi wohnen zu können, was die Besuche bei Heike in die Geborgenheit einer ebenfalls langjährigen Freundschaft einbettet und wie Balsam für die Seele ist.

Aber auch diese letzten Stunden mit Heike sind nicht traurig. Als sie sich voneinander verabschieden, sagt sie: „Ich werde auf euch beide aufpassen, von dort oben!"
„Danke, das können wir gut gebrauchen."
Sophie ist dankbar für das gut gemeinte Versprechen, das dem Schmerz dieses endgültigen Abschiedsmoments seine Schwere nimmt.

Drei Tage später entschwebt Heikes Seele dieser Welt, aber ihre Abschiedsworte sind für Sophie ein Geschenk aus Zuversicht und Freude.

Das Leben geht weiter

Gregory ist tatsächlich in wenigen Tagen zurück und Sophie erstaunt, denn seine Enkel sind in Berlin. Er erklärt seine Präsenz mit einem, wie er es nennt: „Ganz einfachen und trotzdem besonderen Grund, nämlich den, dass ich dich innig und ewig liebe. Deshalb bin ich jetzt da und komme auch immer wieder."

Gregory, der Gärtner aus Liebe, ist dabei immer wieder vom Wandel der Natur im Garten begeistert, wo nun die Rosen Sophies Pflege und Aufmerksamkeit mit dem Entfalten ihrer ganzen Schönheit belohnen. Gregory ist von dem weiß blühenden, großblättrigen und Schatten spendenden Catalpa-Baum beeindruckt, der im Juli und August seine Blüten stolz wie Kerzen trägt. Ab Oktober weht der Wind seine meist noch grünen Blätter durch den Garten, bevor der imposante Baum von den Novemberstürmen total zerzaust und seiner Würde beraubt wird.

Wenn Gregory da ist, bleiben diese nie lange auf dem Rasen liegen, denn er nimmt sofort den Rechen zur Hand, um sie in Haufen zu vereinen, worauf Sophie mit den großen Säcken kommt, die er aufhält, während sie die Blätter mit flinken Handgriffen darin verstaut. Eine Art Paarlauf, in dem alle Bewegungen aufeinander abgestimmt sind, was dem normalen, harmonischen Zusammenspiel der beiden Akteure entspricht, das sie bei allem, was sie gemeinsam erledigen und erleben, immer wieder erstaunt.

Der späte Herbst bringt Ruhe in den Garten und die damit verbundenen Aktivitäten, die nun anderer Art sind: Gregory säubert die Gartenwerkzeuge, reinigt und ölt die Gartenscheren und nimmt die Batterien aus den Solarlampen. Als sie alles im Keller versorgen, machen sie eine erstaunliche Entdeckung: Angeknabberte Kartoffeln, angefressene Teigwaren und andere Vorräte. Dazu als erstaunlichstes Meisterstück der Kellerbewohner eine transparente und oben noch versiegelte Plastiktüte, die kerzengerade und leer aus einem Karton herausragt, aber ursprünglich mit 2 Kilo Reis gefüllt war, von dem nun nicht ein einziges Körnchen zurückgeblieben ist: Fleißige Mäuse!!!

Sie kaufen Fallen, aber nicht solche mit einem brutalen Schnappverschluss, sondern kleine Käfige, in denen Gregory Käsestückchen platziert. Der Erfolg bleibt nicht aus, denn den Tieren schmecken seine vorbereiteten Mahlzeiten, und da er die so lieblich aussehenden kleinen Feldmäuse in der Falle ins Freie trägt und in Nachbars Garten aussetzt, kommen entweder dieselben oder auch neue zu den immer gefüllten Nahrungsfallen. Zur Beendigung dieses Perpetuum mobile gilt es herauszufinden, wo sie hereinkommen: Durch eine ins Freie führende Lüftungsöffnung, die man vom Keller aus nicht sieht und die an der Rückwand des Hauses hinter Pflanzen verborgen ist. Aber Gregory findet sie und damit auch die von den Mäusen durchgefressene Plastikabdeckung. So stolz, als handele es sich dabei um eine Jagdtrophäe, verehrt er Sophie den Plastikring mit dem von den scharfen Mäusezähnchen verschonten Teil des Plastikgitters. Sie kaufen eine Gitterabdeckung aus Metall und damit kehrt im Keller wieder Ruhe ein.

Weihnachtsfreuden

Im Dezember wollen sie in München ihren dritten Jahrestag feiern und sich mit Olga und Christopher treffen, die zwar am Gardasee geheiratet haben, aber in München leben. Gregory plant, ein paar Tage zuvor in die Schweiz zu kommen, um mit Sophie zu reisen. Aber er ist in Berlin aufgehalten und sie unschlüssig, ob sie fahren oder alles absagen soll.

Auf Christophers Drängen und seine Erinnerung daran, dass sie doch sonst immer alles allein aufstellte, fährt sie, zumal Gregory vorschlägt mit dem Zug nach München zu kommen. München im Advent, auch wenn es nur ein Tag ist, Sophie freut sich darauf, die Stadt mit Herz im vorweihnachtlichen Zauber wieder mit Gregory zu erleben. Aber auch dafür ist die Zeit zu kurz und Gregory bucht den Flug nach Genf für den frühen Samstagmorgen.

Als Ersatz für Gregory springt die inzwischen von Berlin an den Chiemsee gezogene Kirsten ein und freut sich über dieses spontane Wiedersehen. Sophie erwartet sie am frühen Abend, weshalb sie beim Klingeln des Hoteltelefons die Rezeption vermutet, aber als sie sich mit ihrem Namen meldet, ist die Antwort nur ein leises Knacken in der Leitung.

Sophie ist am nächsten Abend wieder zu Hause und froh, dass Gregorys Stimme einige Anrufe mit verdeckter Nummer unterbricht: „Endlich eine gute Nachricht, wirst du sagen. Ich bin gerade im Hotel angekommen und will dir nur schnell mitteilen, dass alles in Ordnung ist und dass ich diesen frühen Flug morgen bestimmt nicht verpassen werde, denn er bringt mich jede Minute näher zu dir. Ich stelle jetzt mein Telefon ab, denn man sucht mich bereits."

Am nächsten Morgen ist er da und bleibt bis ins neue Jahr, obwohl der Monat Dezember erst begonnen hat. Er möchte wieder den schönsten Adventskranz basteln und zusammen mit Sophie nicht nur Hefezöpfe, sondern auch Weihnachtsgebäck backen. Aber vielleicht ist es auch seine Art, sich vor dem Druck aus Berlin zu schützen, denn natürlich gibt es Anrufe, die auf seine Rückkehr drängen. Doch er bleibt standhaft, verspricht aber rechtzeitig zurück zu sein, um noch Zeit für seine Enkel zu haben, die aus England anreisen.

Mitten in die gemütliche Vorweihnachtszeit, in der sich der Geruch des Kaminfeuers abends mit Glühwein- und tagsüber mit Backdüften mischt, schlägt die Nachricht über das Attentat auf den Berliner Weihnachtsmarkt am Breitscheidtplatz ein. Gregory bleibt erstaunlich ruhig, aber sie nehmen beide an dem Entsetzen teil, das die ganze Nation erschüttert. In den Medien überschlagen sich Informationen, Fragen und Erklärungen, aber den von diesem Akt der Grausamkeit direkt betroffenen Menschen geben weder Analysen des Geschehens noch Erklärungen oder Versprechen Trost, für sie gibt es nur ihren Schmerz, den man nicht in Worten ausdrücken kann, weil sich in der Sprache dafür keine Worte finden lassen.

In einer stummen Art Verbundenheit mit allen von diesem Anschlag Betroffenen, wünscht sich Sophie, dieses erste Weihnachtsfest mit Gregory ganz in Ruhe und besinnlich zu verbringen.

Für den frühen Heiligabend-Gottesdienst wählt sie die kleine, bescheidene Kapelle, die, an ihren Turm geschmiegt, im oberen Ortsteil von Veytaux seit Jahrhunderten in sich zu ruhen scheint. Der rudimentäre, nicht sehr hohe Turm erhebt sich würdevoll aus dem verwitterten Gemäuer und schaut aus viereckigen Öffnungen auf das etwas weiter unten im See schlummernde, weltberühmte Château de Chillon hinab, das meistbesuchte Wahrzeichen der Schweiz.

Obgleich mehrfach renoviert, hat das kleine Gotteshaus seine Schlichtheit behalten, die sich vor allem durch die roh belassenen, aber sandstrahl gereinigten, hellen Steinwände des Innenraums ausdrückt, die großzügig verteilte Wandleuchten in warmes Licht tauchen. Damit empfängt die kleine Kirche die Besucher mit einladender Gemütlichkeit, die an dem kühlen Dezemberabend angenehm überrascht.

Heimelig ist das Wort ihrer Kindheit, an das Sophie beim Betreten der Kapelle denkt, nachdem sie vom Pfarrer am Portal willkommen geheißen wurden. Gregory bleibt stehen und lässt seine Blicke durch den hellen Raum wandern, offenbar angetan von der warmen Freundlichkeit, mit der die außen so unauffällig grau wirkende kleine Kirche sie aufnimmt. Sophie beobachtet ihn glücklich schweigend, denn so hat sie sich den Beginn ihres Weihnachtsfestes vorgestellt und gewünscht.

Gregory möchte ganz vorne sitzen, und Sophie lässt sich von ihm zu den ersten Reihen der hellen Holzbänke führen, ganz nah bei dem imposanten, mit vielen Kerzen und großen, bunten Glaskugeln geschmückten Tannenbaum. Dieser füllt den Altarraum mit Würde und der Bedeutung, die ihm in dieser Zeit zukommt; aber er erfüllt ihn auch mit seinem Duft und die Herzen der Besucher mit weihnachtlicher Freude.

„Schön ist es hier und richtig gemütlich", flüstert Gregory, nachdem sie Platz genommen haben.

„Schön, dass es dir gefällt", flüstert sie zurück und er antwortet wortlos, wobei sein Blick sanft, der Druck seiner Hand kräftig und sein auf die Wange gehauchter Kuss zart ist. Harmonischer hätte die Erfüllung des Wunsches, Weihnachten gemeinsam zu feiern, kaum beginnen können.

Sophie ist sicher, dass Gregory auch die Predigt gefallen wird, denn der Pfarrer untermalt seine Ausführungen gerne philosophisch und spricht ein klares, leicht zu verstehendes Französisch, was Gregory zufrieden bestätigt. Erstaunt ist er allerdings darüber, dass der Pfarrer zur frohen Weihnachtsbotschaft auch die frohe Botschaft der Bürgermeisterin verkündet, die anschließend zu Weihnachtsgebäck und Glühwein in den Gemeindekeller einlädt.

Für den schmalen, etwas steilen Weg dorthin erhält jeder Besucher am Ausgang eine Kerze, die an der Kerze der vorausgehenden Person angezündet wird und danach etwas Geschick verlangt, um vom Wind nicht ausgeblasen zu werden. Stimmen, Lachen, Fröhlichkeit sind die Begleiter zu dem ebenfalls jahrhundertealten Gebäude. Der Pfarrer steht am Eingang zu dem für diese Gegend typischen Keller mit den weiß gekalkten Deckenwölbungen, um auch hier seine Schäfchen mit Wärme und Herzlichkeit zu empfangen.

Dieser Abend ist ein freudiger Auftakt zum Erleben ihres ersten gemeinsamen Weihnachtsfests, für das sie sich außer dem familiären Heiligabend mit Sophies Söhnen und ihrer Enkelin nichts vorgenommen haben. Somit gehören die Weihnachtstage und Silvester ihnen allein. Nur beim Tanz ins neue Jahr ist Cléa mittendrin und macht ihren Anspruch dazu zu gehören mit permanentem Hochspringen geltend.

Als Neujahrswunsch nimmt Gregory sich vor, die Tage seiner Berlin-Aufenthalte auf den, wie er es nennt, zweistelligen Bereich zu beschränken. Überraschungen scheint er dabei allerdings nicht eingeplant zu haben, aber sie lassen sich nicht vermeiden. Doch dazu gibt es immer wieder glückliche Zufälle und manchmal auch kleine Wunder, die Dank verdienen.

Eine Überraschung, einen Zufall und ein Wunder ...

... gibt es bereits bei Sophies Reise zur ITB. Sie würde gerne wieder eine Nacht mit Gregory in seiner Einraumwohnung verbringen, was aber nicht möglich ist, und dafür gibt es einen Grund:

„Mit dem Argument, dass ich viel zu oft in der Schweiz bin, möchte meine Frau nun meine Wohnung übernehmen. Deshalb brauche ich dringend eine Unterkunft, am liebsten ein möbliertes Zimmer. Bitte höre dich bei deinen Freunden um. Ich habe auch meine Coaching-Termine so geplant, dass ich zunächst mit dir in die Schweiz reisen kann. Und bitte bring einen großen Koffer mit, denn es wird einiges mitzunehmen geben."

Sophie aktiviert ihre Kontakte und dabei hilft der Zufall. Kaum in Berlin angekommen, erfährt sie von einer gerade frei gewordenen Wohnung, die sie kurzfristig besichtigen können. In einem dreistöckigen Wohnhaus inmitten eines großen Gartens, werden sie von einer sympathischen jungen Frau empfangen. Sie erklärt, dass sie noch nicht wissen, ob sie die Wohnung weiterhin vermieten oder eher verkaufen wollen, so dass Gregory gerne eines der drei Zimmer für eine gewisse Zeit mieten könnte. Die Wohnung ist weiträumig und auch ein paar Möbel sind noch vorhanden, so dass er nach seiner Rückkehr gleich dort übernachten könnte. Er trifft seine Wahl, sagt zu und Sophie ist erstaunt, wie ruhig und sachlich er alles handhabt.

Selbst als sie in der Einraumwohnung sind, die zufällig im gleichen Stadtbezirk wie das soeben besichtigte Wohnhaus liegt, scheint Gregory ganz ruhig zu sein. Er füllt alles, was er mitnehmen möchte in den großen Koffer und damit fahren sie dann wieder in die Stadt.
Es ist Samstag. Die Straßen sind belebt und die Busse zum Bersten voll. Mit dem Koffer kommen sie sich vor wie Touristen, und das besonders am Bahnhof, wo sie diesen in einem Schließfach einlagern, weil Gregory noch einiges in der Stadt zu besorgen hat, und sie sich auch auf entspannende Momente mit Connie im Schokoladenhaus freuen.

Dabei ist Connie mit ihrem herzerfrischenden Charme wie immer zuversichtlich, dass Gregory auch den letzten Programmpunkt dieses ereignisreichen Tages noch auf die Reihe bringt, denn das Allerwichtigste fehlt noch: Sein Platz in einem Verkehrsmittel, das ihn am nächsten Abend in die Schweiz bringen soll. Der einzige Direktflug nach Genf ist ausgebucht und auch in den Zügen gibt es keinen Platz mehr, was am Sonntag nach der ITB kein Wunder ist.

Als sie ins Hotel zurückkommen, gleicht die Lobby einem Treffen der Nationen, denn viele der ITB-Aussteller warten darauf, dass sich die schweren Samtvorhänge des Curtain Clubs mit dem üblichen Zeremoniell öffnen und den Einlass in das lichtgedämpfte Ambiente erlauben. Sophie und Gregory versuchen sich in der Gemütlichkeit des Kaminfeuers von den Ereignissen des Tages zu erholen, aber bevor sie richtig entspannen können, möchte Gregory sein Transportproblem lösen, was sich jedoch weiterhin als vergeblich erweist. Also entschließt er sich für einen Versuch mit dem Flixbus, aber die Buchung klappt nicht, was erstaunlich ist, denn er gibt alles korrekt ein und darin ist er perfekt. Auch die Kreditkarte ist gültig, aber die Reservierung für den Sonntagabend 22-Uhr-Bus wird nicht bestätigt.

Sie sind ratlos, erschöpft und hungrig, wollen nicht mehr weit gehen, nur noch rasch etwas essen, um sich dadurch vielleicht schon ein bisschen besser zu fühlen. Das Vapiano neben dem Hotel ist total überfüllt, und nach langem Anstehen Gregorys und geduldigen Wartens Sophies auf einem ungemütlichen Sitzplatz, ist ihnen der Appetit fast vergangen, als er mit den Spaghetti zurückkommt. Doch daran ist vermutlich eher Gregorys immer noch fehlender Platz für seine Reise als die Qualität des Essens schuld.

Selbst in der gemütlichen Atmosphäre ihres Hotelzimmers behält diese Sorge die Oberhand, denn Gregorys Aussicht auf den nächsten Abend ohne Reisemöglichkeit ist besorgniserregend. Kurz nach Mitternacht sagt Sophie spontan:
„Vielleicht solltest du es doch noch einmal bei easyJet versuchen."
Er versucht es und da geschieht das Wunder: in dem bislang noch ausgebuchten Flug ist inzwischen ein Platz frei geworden: Es ist die Nr. F3 und Sophie reist auf F2.

Drei Wochen Frühling am Genfer See sind eine willkommene Belohnung für viele Strapazen und eine wohlverdiente Erholung für Gregory. Dafür gibt es neben der Freude am Garten und langen Spaziergängen mit Cléa kaum etwas Schöneres, als sich in den Armen zu halten, die Energien von Herz zu Herz fließen zu spüren.

Als Gregory zu Ostern kommt, einige Tage früher und ohne den Flug zu verpassen, hat der Frühling vom Garten gänzlich Besitz ergriffen. Die Natur verwöhnt mit einer Vielzahl bunter Blumen, deren Farbenpracht ein kleiner Pfirsich- und ein Aprikosenbaum, beide in voller Blüte, die Zartheit ihrer Pastelltöne entgegenhalten. Sie stehen bereits an den für sie vorgesehenen Plätzen und warten darauf, dass Gregory Löcher für sie gräbt, damit sie der Enge ihrer Plastiktöpfe entkommen und ihre Wurzeln fest im Boden verankern können.

Er gräbt mit Freude und kommentiert: „Super, dann können wir im Sommer die eigenen Pfirsiche und Aprikosen essen."
„Vermutlich nicht, denn die jungen Bäume brauchen zwei bis drei Jahre, bis sie Früchte tragen und ich habe sie eigentlich nur wegen ihren zarten Blüten gekauft."
„Du für die Blüten und ich für die Früchte", sagt er lachend. „Und schon ergänzen wir uns wieder! Aber ich freue mich trotzdem auf die eigenen Pfirsiche und Aprikosen."

Ob Bäume Wünsche hören oder fühlen können, sei dahingestellt, jedenfalls belohnen sie ihn im Sommer mit sieben Aprikosen und sechzehn Pfirsichen, was er, zwischen den Pfirsichen und Aprikosen strahlend, fotografisch dokumentiert haben möchte. Der kleine Aprikosenbaum hat es ihm besonders angetan und produziert im

Folgejahr noch mehr Früchte, die Gregory begeistert gedeihen sieht, ohne zu ahnen, dass es die letzten sind, die er ernten wird.

Zunächst freuen sie sich auf Ostern. Beim Einkaufen entdeckt Gregory in einem Schaufenster solide, graue Filzpantoffeln, auf denen das Scheinwerferlicht des Schaufensters das Schweizer Kreuz schillernd weiß aus dem roten Quadrat leuchten lässt. Das gefällt ihm. Er macht Sophie darauf aufmerksam und sie meint: „Das wäre doch ein passendes Ostergeschenk für dich". Der Form halber protestiert er, lässt sich dann aber doch von ihr widerstandslos in den Laden führen und freut sich, als ihm die Verkäuferin an der Kasse die Tüte mit den „Schweizer" Pantoffeln in die Hand drückt.
Aber noch mehr freut er sich am Ostersonntag. Wie ein Glückspilz strahlend sitzt er damit am Frühstückstisch, links und rechts eine Pantoffel so über jede Hand gestülpt, dass das Schweizer Kreuz neben seinen Ohren leuchtet. Dazu erklärt er charmant:
„Damit hast du mich zu einem glücklichen Pantoffelhelden gemacht."

Aber darauf protestiert sie, denn einen Pantoffelhelden will sie nicht. Sie hält es lieber mit dem mallorquinischen Bergadler, zu dem zurückzufinden er sich gerade anschickt. Dafür bringt ihm seine Coaching-Tätigkeit den erhofften finanziellen Aufschwung, und dieser sofort frischen Wind in die erstarrte Situation seiner Abhängigkeiten.

Er wird in seiner Planung wieder verlässlich, auch wenn er manchmal erst im letzten Moment eintrifft, was er besonders bei der Hochzeit von Sophies Freund Elie aus Beirut sehr bedauert. Denn dadurch versäumt er den Empfang mit eingeplantem Sonnenuntergang im Hotel Swiss Majestic, bei dem die Damen kleine „Fascinators" tragen und sich mit diesem verspielten Kopfschmuck fantasievoll von den in formeller Schlichtheit gekleideten Herren abheben. Doch zu dieser Zeit ist Gregory noch in Berlin und hat alle Mühe, den Nachtzug zu erreichen, mit dem er um 10 Uhr in Montreux und noch rechtzeitig zur Trauung am Nachmittag eintrifft.

Nach einer Nacht mit Wind und Regen blitzt sogar ein Sonnenstrahl durch die Wolken als Sophie ihn am Bahnhof abholt. Aber dieser kleine Schönwetter-Appetitmacher ist nur von kurzer Dauer, denn zur Trauung am Nachmittag regnet es in Strömen. Die eleganten, mit viel Strass besetzten Kleider der libanesischen Damen werden gerafft und hochgehalten, um auf dem schmalen naturbelassenen Weg zur Kirche in Caux nicht mehr als unvermeidlich beschmutzt zu werden, während das delikate Schuhwerk im aufgeweichten Boden versinkt.

Aber das tut der Hochzeitsfreude keinen Abbruch, denn Libanesen verstehen es zu feiern, und sie feiern diese Hochzeit auch schon zum zweiten Mal, denn der in Beirut eine auf Hochzeiten spezialisierte Event-Management-Agentur führende Elie, hat seine Stephanie ein paar Wochen zuvor bereits dort geheiratet und nun in der Schweiz.

In der kleinen Kirche, hoch über dem See, wird die Trauung nach libanesischer Art zelebriert, ebenso wie das anschließende Hochzeitsfest im Caux Palace. Dabei ist Gregory vor allem von der Eleganz und Lebensfreude der Libanesen begeistert, mit der sie das Fest bereits bei der Trauung und später bei den Tänzen mitgestalten. Sophie, immer glücklich darüber, den Erfolg der Diplomanden mitzuerleben, freut sich vor allem über den bis ins kleinste Detail perfekt organisierten Ablauf.

Inzwischen fühlt Gregory sich wieder dem mallorquinischen Bergadler ähnlich, der mutig seine Flügel ausbreitet und sich zu neuen Höhen seiner Lebensfreude aufschwingt.

Zur Konfirmation seines Enkels fliegt er nicht von Berlin, sondern von Genf nach England, und ist nach drei Tagen zurück, denn es ist Sophies Geburtstag. Dafür hat er sich wieder einige Überraschungen ausgedacht, und ist glücklich damit seinen Wunsch: „Möge rund um uns her immer alles Freude sein" wieder verwirklichen zu können.

Er kommt so oft wie möglich, auch wenn es nur ein paar Tage zwischen seinen Coachings sind. Diese Tätigkeit zum Jahresende abzuschließen ist sein fester Vorsatz. Aber er möchte auch seine Mitarbeit in der Arbeitsgruppe, der sie ihre Erlebnisse im Landgasthof verdanken, beenden. Das hat er zwar nie ausdrücklich erwähnt, aber sein Entschluss steht fest, und zum Sommerbeginn überrascht er Sophie mit seinem Vorschlag, das Herbstprogramm mit ihr vorbereiten zu wollen.

„Das Herbstprogramm jetzt im Juni?"

„Ja, denn bereits jetzt im Juni muss ich wissen, ob du Lust hättest, mich Ende September nach Hamburg zu begleiten?"

„Nach Hamburg? Was gibt es denn in Hamburg Ende September?"

„Meine Verabschiedung", beschränkt er sich mit ernster Miene zu antworten und legt eine kleine Pause ein, denn er macht es gerne etwas spannend, wenn es ihm damit gelingt, diesen verblüfften Ausdruck auf Sophies Gesicht zu zaubern.

„Deine Verabschiedung? Aber wovon?"

„Von dem Arbeitskreis, den ich seit Jahren leite, und wo ich inzwischen meine Absicht auszuscheiden mitgeteilt habe. Damit findet meine Verabschiedung Ende September beim Jahreskongress in Hamburg statt, und da meine Einladung auch meine Ehe- oder Lebenspartnerin einschließt, würde ich mich freuen, wenn du mich begleitest."

„Ist das wirklich dein Ernst?"

„Absolut."

„Aber warum hast du deine Mitarbeit in der Arbeitsgruppe gekündigt, in der du so viele Jahre aktiv warst?"

„2015 hatte ich mir vorgenommen, verschiedenes innerhalb der nächsten beiden Jahre zu beenden und nun sind wir im Jahr 2017."

Freunde kommen, Freunde gehen

Für Sophie passt diese Perspektive wunderbar in dieses Jahr der Feste, in dem Gregory auch ihre Moskauer Freunde Vera und Serguei kennenlernt, mit denen sie seit vielen Jahren eine herzliche Freundschaft verbindet. Ihre Tochter und der Sohn haben in der Schweiz studiert, und obwohl die Tochter inzwischen in Kanada und der Sohn in den USA lebt, kommen Vera und Serguei jedes Jahr in die Schweiz. Dafür mieten sie gerne ein altes, zeitgemäß renoviertes Winzerhaus, das in diesem Jahr aber nur bis zum Morgen von Veras Geburtstag frei ist. Also feiern sie bei Sophie, denn Feste feiern ist Teil ihrer langjährigen Freundschaft. In diese soll nun auch Gregory aufgenommen und dabei in die Kunst des korrekten Wodka-Trinkens eingeweiht werden. Dieses beginnt mit einigen Erklärungen, wozu auch das Wissen gehört, wie man bereits in einer noch verschlossenen Flasche den guten vom mittelmäßigen oder schlechten Wodka unterscheiden kann, was ganz einfach ist, wenn man weiß, wie es geht.

Serguei zelebriert Wodka-Trinken nach russischer Tradition, wobei jedem Glas ein Trinkspruch vorausgeht, bevor man es in einem Ansatz leert. Den nicht russischen Freunden räumt man dabei jedoch ein, diese Gepflogenheit nicht in vollem Umfang mitzumachen und sieht ihnen nach, wenn sie zu Beginn das Glas nicht gleich ganz austrinken. Abgesehen von diesem kleinen Detail, durchläuft Gregory problemlos alle Kriterien seiner Einweihung, die mit zunehmendem Wodka-Genuss immer lustiger wird, obwohl das dazu von Serguei zubereitete Festessen eine nahrhafte Begleitung für das klare Getränk ist.

Aber Wodka gehört bereits zu dessen Vorbereitung, denn Serguei, leidenschaftlicher Koch und eingeschworener Wodka-Trinker, will das von ihm kreierte Geburtstagsessen nach russischer Tradition zelebrieren. Das macht alles sehr zeitaufwändig, weil zu Wodka auch Trinksprüche gehören. Davon verfügt Serguei über ein immenses Repertoire, wobei diese nach längerem Wodka-Genuss zunehmend humorvoller, aber trotzdem stets mit der gleichen Ernsthaftigkeit proklamiert und zunehmend von Veras Lachen begleitet werden.

Familienfeste gemeinsam zu feiern verbindet. Dazu gehört auch die am 07.07.2007 in Moskau gefeierte Hochzeit von Daria, der Tochter von Vera und Serguei, aber das ist eine andere Geschichte. Es gibt vieles, was Sophie mit Vera und Serguei verbindet. Manchmal, beim Zusammensein mit ihnen, glaubt Sophie ein Stückchen russische Seele in sich zu tragen, und wenn die beiden dann wieder abgereist sind, bleibt sie mit dem Eindruck zurück, als hätten sie diesen kostbaren russischen Teil ihrer Seele mitgenommen.

Auch von Gregory, der zwei Tage nach der gemeinsamen Geburtstagsfeier wieder abreist, fällt jeder Abschied nach wie vor schwer, selbst wenn der nächste Besuch bereits feststeht. Aber auch er stellt nach seiner Rückkehr traurig fest:

„Berlin empfing mich mit Regen und einem heftigen Gewitter. Deshalb saßen wir einige Zeit im Flugzeug fest, weil die Treppen wegen des Gewitters nicht angefahren werden konnten. Keine schöne Ankunft, und ich hatte auch keine Lust mehr, ein Bier in der Kneipe an der Ecke zu trinken. Aber die unbequeme Matratze wartete geduldig auf mich. Jetzt spüre ich erst so richtig, wie sehr ich dich vermisse und das Ende nächster Woche herbeisehne."

Tatsächlich ist er am Freitag zurück und kann nun endlich den Schweizer Nationalfeiertag, den 1. August, mit Sophie feiern, was ihm seit Jahren am Herzen liegt. Bereits vor dem Frühstück schmückt er die Terrasse mit kleinen Walliser und zwei großen Schweizer Fahnen, vom Klang der Ouvertüre zu Puccinis Oper Wilhelm Tell begleitet, die laut aus seinem Rechner schallt.
Zum Nationalfeiertag möchte er Sophie Rosen schenken: „Bleibende Rosen", wie er es nennt.
Ihr gefällt die Idee der bleibenden Rosen. Aber sie möchte es genau wissen:
„Meinst du Rosenstöcke?"
„Ja, denn ich denke in deinem Rosengarten gäbe es noch Platz dafür."
Er weiß, dass Sophie sich immer über Rosen freut, und so freut er sich, ihr damit eine Freude zu bereiten, eine dauerhafte Freude, über Monate und Jahre.

Im Gartencenter, das bis Mittag geöffnet hat, ist Ausverkauf von Rosenstöcken. Mindestens hundert warten darauf, Käufer zu finden und die Preise sind entsprechend reduziert.
„Also wähle, ich schenke dir mindestens drei", sagt der über diese Preisaktion erfreute Gregory.

Natürlich wählen sie zusammen aus. Sie lassen sich Zeit, bewundern die verschiedenen Sorten und Gregory kommt immer wieder mit einer neuen Variante daher, die er noch schöner findet als die bereits gewählte. Als sie die neun in die engere Wahl genommenen Rosenstöcken betrachten, die von weiß über zartgelb, orange, rosa und pink bis zu blutrot reichen und Namen von Prinzessinnen, Königinnen oder Schauspielerinnen tragen, meint Gregory für das kräftige Rot müsse es unbedingt Lilly Marlen sein, während Sophie Ingrid Bergmann besser gefällt.

Eigentlich würde sie am liebsten alle kaufen, möchte aber sein Budget nicht strapazieren.

Plötzlich hat sie eine Idee: „Ich weiß, was wir machen, du schenkst mir drei und ich verdopple deinen Einsatz und schenke dir sechs."

„Wunderbar, denn wenn du mir Sex schenkst, bin ich immer einverstanden!"

„Halt, halt, mein Liebster, alles zu seiner Zeit und noch sind wir bei den Rosen."

„Das eine schließt das andere aber nicht aus", beharrt er augenzwinkernd aus seinem frechen Lausbubenlächeln und Sophie entscheidet:

„Aber im Moment haben Lilly Marlen, Ingrid Bergmann und all die anderen Rosen mit den schönen Namen noch absolute Priorität."

Zufrieden fahren sie mit ihren Rosenstöcken nach Hause und verbringen den Nachmittag im Garten, wo das Rosenbeet von Sophie so angelegt ist, dass es an der rechten Seite mit den hellen Farben beginnt und zehn Meter weiter links mit den kräftig roten endet. Nun sollen die neuen Rosenstöcke das Beet farblich passend ergänzen. Sie balancieren die Abstände aus, Gregory gräbt neun Löcher, und zwei Stunden später strahlen zwischen den alten die neuen Rosen in reinem Weiß, Rosarot, Pink, in hellem Gelb und kräftigem Orange, während am anderen Ende das samtene Rot von Lilly Marlene und Ingrid Bergmann miteinander wetteifern.

Als alles fertig ist und sie ihr Werk von der Terrasse aus als farblich perfekt und ausgewogen bewundern, stellen sie amüsiert fest, dass sie in ihrer Freude an der Gartengestaltung an zwei glückliche Kinder erinnern, die im Sandkasten spielen.

„Vor allen Dingen hast du damit eine bleibende Erinnerung an unseren ersten gemeinsamen Nationalfeiertag, und ich freue mich darauf, dass wir heute Abend zusammen tanzen."

Abends lädt die Gemeinde zum Aperitif am See ein. Um 19 Uhr ist das Wetter noch sonnig warm, und die vielen Bänke an den langen Holztischen sind schon fast alle besetzt, als sie ankommen. Sophie trifft frühere Kollegen, die gerne etwas zusammenrücken. Nach der Ansprache des Präsidenten lässt die örtliche Musikgruppe die Nationalhymne erklingen, zu der aber fast niemand singt, weil kaum jemand den Text auswendig kennt. Jedoch das Bier und der Fendant sind erfrischend kühl, die Bratwürste krossgebraten und das Raclette passt perfekt zum Fest und zur gemütlichen Stimmung. Als der Abend langsam kühler wird, rückt man näher zusammen oder tanzt zur Musik der Live-Band, die zunächst Volkstümliches und später viel Flottes spielt, was dazu einlädt, die angefutterten Kalorien weg zu tanzen, was Sophie und Gregory begeistert.

Änderungen und Überraschungen

Danach bleibt Gregory bis zum Ende der Schulferien in Berlin, wo Lennart und Alexia bei ihrem Vater zu Besuch sind, und wo auch er in dieser Zeit wohnt, denn das Haus in Berlins Norden ist groß genug für alle. Der Vater freut sich, seine Kinder bei sich zu haben, hat aber wenig

Zeit für sie, die Gregory gerne ausfüllt, denn seit ihrem Wegzug hat er sie, besonders an den ungewohnten „enkelfreien Sonntagen", sehr vermisst. Nun kann er wieder Zeit mit ihnen verbringen und, was auch ihm entgegenkommt, seine Verpflichtungen wahrnehmen und seine Coaching Kunden betreuen. Doch bei all dem vergisst er nie, seine Erlebnisse allabendlich mit Sophie zu teilen und den Tag mit ihr zu beschließen.

Im September ist er zurück in der Schweiz.

Als er sich an einem sonnigen Nachmittag auf die Beantwortung von Testfragen zum Erwerb einer weiteren Qualifikation im IT-Bereich konzentriert, gibt es mehrere Anrufe aus England, wo Annabelle für ihre Mutter, die bei ihr zu Besuch ist, Zahlungen erledigen soll, aber mit dem Passwort nicht zurechtkommt. Gregory überprüft, was er gespeichert hat, und bestätigt ihre Angaben als korrekt. Nach zwei weiteren Anrufen ist die Situation gestresst und Sophie hört Gregory zum ersten Mal laut werden, als er sehr entschieden sagt, nicht weiterhelfen zu können, jetzt aber gerne weiterarbeiten möchte.

Dann schaut er Sophie nachdenklich an.

„Ist etwas falsch gelaufen?" fragt sie vorsichtig.

„Nicht wirklich, aber trotzdem habe ich den Eindruck, dass dort tatsächlich gerade etwas falsch läuft und dabei habe ich kein gutes Gefühl."

Inzwischen hat er alles für ihre gemeinsame Reise nach Hamburg vorbereitet, und Sophie freut sich darauf ihn zu begleiten. Danach wollen sie ein paar Tage Berlin anschließen. Sein Enkel Lennart hat in dieser Zeit Geburtstag und möchte diesen in Berlin feiern. Dafür ist der Sonntag nach Gregorys Verabschiedung vorgesehen, was gut ins Programm passt, denn Sophie kann während der Geburtstagsfeier eine ihrer Freundinnen oder ihren Schwager in Berlin treffen und abends mit Gregory in die Schweiz zurückfliegen.

Aber dann gibt es eine Änderung, denn Lennart wünscht sich als Geburtstagsgeschenk von seinem Vater einen Familienausflug zum Heidepark in Soltau, wobei entschieden wird, dass der Opi den Vater vertreten soll, der den Ausflug zwar gerne finanziert, aber nicht mitreisen möchte. Der Besuch soll vor der Geburtstagsfeier in Berlin stattfinden und fällt damit in die Tage, die Gregory und Sophie gemeinsam in Berlin verbringen wollten.

Als Sophie Gregory darauf aufmerksam macht, glaubt er eine gangbare Lösung in einem, wie er erklärt, idealen Kompromiss zu finden und schlägt vor: „Du kommst einfach mit."

„Wohin komme ich mit?"

„Zum Heidepark!"

„Zum Heidepark? Unmöglich!"

„Bitte überlege es dir. Denn das wäre das Einfachste."

„Also so einfach stelle ich mir das nicht vor, aber wenn du meinst, dann überlege ich es mir."

„Ich meine", bekräftigt er.

„Hast du dafür noch ein gutes Argument?"

„Ja, denn vielleicht ist es ganz gut wenn Annabelle dich kennenlernt und du sie."

Sophie überlegt, aber eigentlich hat sie bereits eine Idee für ihren Besuch im Heidepark:

„Also wenn du wirklich überzeugt bist, dass das gut gehen kann, dann rufe ich jetzt Douglas an und frage, ob er Zeit für mich hat, dann haben wir dort ein getrenntes Programm."

Gregory schaut ungläubig und mit gerunzelter Stirn. Er kennt Douglas, hat ihn mit Sophie mehrmals in Berlin und in der Schweiz getroffen, geht aber davon aus, dass er in Berlin lebt.

„Mit Douglas im Heidepark? Wie soll das denn gehen?"

„Ganz einfach, weil er dort im Management arbeitet."

Douglas ist ein Sophie seit Jahren nahestehender Diplomand aus den USA. Dass er sich über ein Wiedersehen freuen würde, steht außer Frage, fraglich ist nur, ob es dort in den Herbstferien noch ein Zimmer gibt.

Auch steht für Sophie trotz Gregorys Zuversicht noch riesengroß die Frage im Raum, wie Annabelle auf ihre Präsenz reagieren würde. Das ist ihr wichtig.

„Also wenn du mir versprichst, dass du Annabelle die Gründe dafür korrekt erklärst, damit sie und die Enkel wissen, dass sie völlig uneingeschränkt mit dir den Freizeitpark erkunden können, dann komme ich mit, denn eigentlich haben wir diese Tage sowieso für uns geplant."

Gregory verspricht und Sophie ruft Douglas an. Sie erklärt, lediglich ein Zimmer zu benötigen, weil Gregorys Eintritt in den Park bereits durch die bestehende Buchung abgedeckt ist. Douglas prüft und bestätigt: „Alles gebucht und ihr seid natürlich meine Gäste. Ich werde sehen, dass ich am Freitag so schnell wie möglich frei bin, und am Samstag habe ich sowieso Zeit für dich, denn ich muss lediglich als Sicherheitsverantwortlicher abrufbar sein."

Sophie freut sich, dankt und erwähnt, dass sie genug Lesestoff mitnehmen wird, um auf jeden Fall unabhängig zu sein, worauf er charmant antwortet:

„Und ich werde dafür sorgen, dass du nicht viel Zeit zum Lesen bekommst und dir natürlich auch den Park zeigen."

Gregory ist begeistert, dass sich sein Vorschlag so einfach realisieren lässt. Allerdings sieht diese Programmänderung für sie vor, dass sie nach dem Kongress nicht nach Berlin, sondern zum Heidepark fahren und dann wieder nach Hamburg, wo ihre Wege sich am Sonntagmorgen trennen werden. Sophie wird die Bahn zum

Flughafen nehmen, um nach Genf zurückzufliegen und er den Zug nach Berlin zur familiären Geburtstagsfeier. Danach wird er mit dem Nachtzug in die Schweiz zurückfahren.

Sophie fragt lange nicht danach, ob er Annabelle informiert hat, denn das ist seine Sache. Aber als sie nach Hamburg fliegen, möchte sie doch gerne wissen, wie sie auf seinen Vorschlag reagierte, worauf er mit absoluter Ruhe gesteht, dass Annabelle noch nichts von ihrer Präsenz weiß.

„Aber das ist gegen unsere Abmachung", protestiert sie, und erinnert an sein Versprechen, seine Tochter rechtzeitig zu informieren, doch er glaubt, dass es besser ist, das erst kurzfristig zu tun.

„Kurzfristig ist gut, denn viel Zeit bleibt jetzt sowieso nicht mehr."

„Bitte glaub' mir, ich weiß, wann es am besten ist."

Sein rascher, zarter Kuss bringt Sophie nicht von ihrer Besorgnis ab, auch wenn sie einräumt: „Ok, aber auch wenn du vielleicht recht hast, so sehe ich das trotzdem anders, denn sie nimmt an, dass du nach Berlin kommst und das Warten auf deine Nachricht baut unnötigen Stress auf, den ich gerne vermeiden möchte."

Sophie, die zu diesem Zeitpunkt die Gründe für sein Verhalten nicht versteht, sieht in diesem Zögern zunächst nur, dass es trotz ihrer sonstigen Harmonie Situationen gibt, in denen er ganz anders als von ihr angenommen reagiert. Sie geht davon aus, dass dies vermutlich wieder so ein Punkt ist, an dem sich die Geister des männlichen und weiblichen Geschlechts scheiden. Sie beschließt, sich von den sie doch ziemlich belastenden Gedanken zu lösen, denn sie will sich dadurch ihre Freude auf den Kongress und Gregorys Verabschiedung nicht verderben lassen.

Der Montagmorgen ist herbstlich frisch und neblig trüb als Gregory und Sophie zum Jahreskongress unterwegs sind, zu dem circa 3000 Personen erwartet werden: Kunden, Geschäftspartner und Mitarbeiter des Unternehmens. Gregory erledigt die Anmeldung und bringt auch für Sophie Unterlagen mit. Das Namensschild, das er ihr feierlich ansteckt, sagt aus, dass er sie mit seinem Familiennamen eingeschrieben hat.

In der Kongresshalle sind die Plätze für die zur Verabschiedung eingeladenen Mitarbeiter und Gäste in der ersten Reihe reserviert. Kurz nachdem sie dort Platz genommen haben, kommt der für die Arbeitsgruppe verantwortliche Direktor vorbei, begrüßt Gregory freundlich und bedauert, dass er seine langjährige Aktivität aufgibt, worauf dieser, auf Sophie deutend, erklärt:

„Es gibt im Leben auch noch anderes als Gremien und Arbeitsgruppen."

„Ich verstehe", ist die Antwort des sympathischen Herrn und sein Lächeln herzlich, als er Sophie mit einem festen Händedruck willkommen heißt. Sie dankt und er sagt freundlich:

„Ich wünsche Ihnen beiden alles Gute und einen schönen Aufenthalt."

Sophie findet die Themen der Präsentationen interessant und nimmt an vielen Vorträgen teil, manchmal mit und manchmal ohne Gregory, der seinen Experten-Interessen folgt, für die ihr die spezifischen Fachkenntnisse fehlen. Einige der vorgestellten Geschäftsabläufe und Prozesse sind ihr vertraut, andere bringen neue Denkansätze. Ganz besonders freut sie sich darüber, bei den Mittag- und Abendessen einige von Gregorys früheren Kollegen kennenzulernen.

Mit dem Ende des Kongresses, kommt für Gregory die Stunde der Wahrheit unausweichlich näher, zumal ihn einige bekannte Telefonnummern auf dem Display seines Telefons an die Dringlichkeit der Information an Annabelle erinnern. Aber er möchte sich in Ruhe auf die passende Wortwahl besinnen und dafür braucht er erst etwas Abstand von den Eindrücken der Kongresstage. Von ein paar letzten Sonnenstrahlen animiert, schwebt ihm dafür Campari auf einer Alsterterrasse vor. Allerdings ist dieses Schönwetterverspechen trügerisch und von kurzer Dauer, denn wenig später verschwindet die Sonne hinter einer dicken Wolkendecke. Das hält die beiden jedoch nicht davon ab, sich auf einer Alsterterrasse niederzulassen, wo sie zwar fast die einzigen Gäste sind, aber Wolldecken an jedem Sitzplatz für angenehmes Verweilen plädieren.

Als Gregory den Moment für gekommen hält, Annabelle zu informieren, ist er sich durchaus bewusst, dass die vielen Anrufe auf seinem Telefon kein gutes Omen für ein positives Gespräch sind. So kommt es, dass Sophie in zwei dicke Wolldecken gepackt, einen gefühlt viel zu kalten Campari zu genießen versucht und dabei gegen das Frösteln kämpft, und er ein paar Meter von ihr entfernt gegen die Katastrophe, die ihm aus seinem Smartphone entgegenschlägt.

Das Telefon häufig von einem Ohr zum anderen wechselnd, gestikuliert er beim Sprechen mit den Händen, was Sophie nur in Stress-Situationen an ihm kennt. Aus ihr vom Wind entgegen getragenen Gesprächsfetzen hört sie immer wieder den Namen Douglas heraus.

Das Gespräch scheint ewig zu dauern, und als Gregory sich wieder zu ihr setzt, ist er erschöpft und sie besorgt, denn nun scheint genau das einzutreffen, was sie zu vermeiden versuchte: die Gemüter in Aufruhr zu versetzen. Und dafür könnten die Voraussetzungen nicht idealer sein, denn die Familie sitzt bei Viktoria zusammen, und die Empörung darüber, dass Gregory nicht nach Berlin kommt, sondern mit Sophie unterwegs ist, verbindet alle in einem verständlichen Groll, von dem Sophie am nächsten Tag bei ihrem zufälligen Zusammentreffen mit Annabelle eine erste Kostprobe bekommt.

Aber alles beginnt freudig, denn Douglas hat die Ankunft perfekt geplant und lässt die beiden mit einem Wagen vom Bahnhof in Soltau abholen. Er empfängt sie mit der ihm angeborenen Liebenswürdigkeit, die Sophie seit über zwanzig Jahren an ihm schätzt.

An einem der rustikalen Tische in der Lobby freunden sie sich mit dem Dekor, den Piraten und anderen zweifelhaften Gesellen an, die zu den Besonderheiten des Heidepark-Hotels gehören. Sie trinken mit Douglas Cappuccino und genießen das Wiedersehen. Dann macht Gregory sich zum vereinbarten Treffpunkt mit Annabelle und den Enkeln auf.

Douglas und Sophie bleiben noch eine Weile sitzen, bevor sie mit ihrem Krimi unter dem Arm auf eines der Cafés außerhalb des Attraktionen-Geländes zusteuert, wo sie der einzige Gast ist. Sie hat die Qual der Wahl einen Platz in der Sonne zu finden. Dazu geht sie zu verschiedenen Tischen und überprüft die Sonneneinstrahlung aus unterschiedlichen Blickwinkeln, um sicher zu sein, mit ihrer Lektüre nicht kurz darauf im Schatten zu sitzen. Eine freundliche Bedienung fragt, ob sie etwas trinken möchte. Sie bestellt ein Wasser und beginnt zu lesen.

Plötzlich sieht sie Annabelle und die Kinder hinter einer der Eisendrehtüren stehen, die mit dem Eintritts-Chip den Zugang zum Park freigeben. Sophie kennt die beiden von den Fotos, die Gregory immer wieder schickt und von denen das erste vier Jahre zuvor am Wunschbaum auf der Insel Mainau aufgenommen war, das die beiden neben seinem Papierstreifen mit Sophies Initialen zeigt. Auch sie wird erkannt. Mit Schulterzucken und fragender Miene zeigt Annabelle an, dass sie Gregory noch nicht getroffen haben.

Sophie steht auf, geht auf die Drehtür zu und bleibt dahinter stehen. Auch sie kennt Annabelle bereits von Fotos. Obwohl kaum geschminkt ist Annabelle auffallend schön, mit langem im Nacken zusammengehaltenem Haar und einem natürlich freundlichen Gesicht. Ohne Sophies vorsichtiges Lächeln zu erwidern, was diese keineswegs erstaunt, sagt sie kurz und bündig:
„Guten Tag, wissen Sie vielleicht, wo mein Vater ist?"
„Das kann ich Ihnen leider nicht sagen. Er ist gegangen, um sich mit Ihnen zu treffen, aber wo weiß ich nicht."
„Dann suchen wir jetzt einfach weiter", sagt Lennart, der es eilig hat, den Park zu erkunden. Doch Annabelle möchte zuvor ihren aufgestauten Groll loswerden. Ihre Wörter fliegen Sophie wie Pfeile entgegen und manche haben giftige Spitzen. Sie rügen Sophies Dreistigkeit hier zu sein, wo das doch ein Geburtstagsgeschenk für Annabells Sohn ist und wie sie es wagen konnte, ihren Vater nach Hamburg zu begleiten, wo er das doch gerade noch ihrer Mutter angeboten hatte, die natürlich nein sagte. Und überhaupt liebt er ja nur ihre Mutter, weshalb die Affäre mit ihr sowieso bald zu Ende sein wird.

Sophie steht da wie gelähmt und hört, was sie eigentlich gar nicht hören möchte. Trotz ihres Verständnisses für Annabells Groll und deren etwas flexiblen Umgang mit den wahren Gegebenheiten, ist sie unfähig zu reagieren, denn auf Pfeile, geladen in einem Köcher voll aufgebrachter Emotionen, war sie nicht gefasst. Irgendwann sagt sie energisch:
„Stopp, jetzt möchte ich etwas klarstellen und dann werden Sie vielleicht verstehen, warum ich hier bin."

Sie erklärt, dass Gregory sie bereits im Sommer zu seiner Verabschiedung eingeladen und auch eingeschrieben hat und dass sie danach ein paar Tage für sich geplant hatten, was sie jetzt aber, damit er bei dem Geburtstagsgeschenk für Lennart anwesend sein kann, geändert haben.

„OK -, wenn das stimmt?", räumt Annabelle etwas zögerlich ein.

„Es stimmt. Aber Sie können gerne Ihren Vater fragen, er wird es bestätigen."

Sie schaut Sophie prüfend an, als könne sie aus deren Gesichtsausdruck den Wahrheitsgehalt ihrer Aussage ablesen. Dann sagt sie mit einer plötzlich viel sanfteren Stimme:

„Falls Sie ihn sehen, sagen Sie ihm bitte, dass wir im Park auf ihn warten."

„Selbstverständlich."

Sophie geht an ihren Platz zurück, aber an Lesen ist nicht zu denken. Sie beobachtet, wie der Wind im Zusammenspiel mit den Blättern der nahen Bäume Bewegung auf den Terrassenboden zaubert, und erinnert sich dabei an Hazels ihr in Berlin ans Herz gelegten Rat, der Familie Gregorys mit Liebe zu begegnen. Denn, auch wenn sie es nicht gerne zulassen möchte, so haben Annabelles Worte doch eine Art negative Substanz hinterlassen, die nun durch ihre Emotionen zirkuliert. Um ihre Gedanken davon zu befreien, schaut sie so intensiv in den Himmel, vor dessen sattem Blau Schönwetterwolken im Höhenflug ihre Formen verändern, als erhoffe sie von diesem windigen Wolkenspiel voll Leichtigkeit, die Erleichterung ihrer eigenen Gedanken, aber so einfach ist das nicht. Sie versucht sich auf den vor ihr aufgeschlagenen Krimi zu konzentrieren, aber auch das klappt nicht, obgleich sie die Idee, dem zum Sterben erkorenen Opfer bei der Zahnbehandlung Gift in den Zahn zu füllen, exzellent findet.

Irgendwann sieht sie Gregory auf sich zukommen, der auch noch ein Suchender zu sein scheint. Er sieht angespannt aus und erklärt, Annabelle am vereinbarten Ort nicht angetroffen zu haben, und dass er sie seither überall sucht. Sophie beschränkt sich darauf zu sagen, dass sie Annabelle mit den Enkeln gesehen hat, dass diese Begegnung nicht sehr erfreulich war, und dass sie ihn ebenfalls suchen.

„Wieso nicht sehr erfreulich? Was hat sie gesagt?", will er wissen.

„Das besprechen wir später in Ruhe. Jetzt beeil' dich, denn sie war ziemlich aufgebracht und wartet dringend auf dich, vermutlich nicht weit von diesem Eingang entfernt."

Sophie ist froh, als Douglas sich zu ihr setzt, denn mit ihm kann sie alles besprechen, was sie nach diesem Zusammentreffen beschäftigt. Er kennt und schätzt Gregory, kennt die Situation von Anfang an und weiß um die Schwierigkeiten.

„Aber jetzt zeige ich dir den Park, dann kommst du auf andere Gedanken."

„Gute Idee", sagt Sophie, dankbar für die Zeit, die Douglas mit ihr verbringt, und von ihm durch den Park geführt zu werden empfindet sie als absolutes Privileg.

Als kleine Dankeschön-Geste für Douglas, wollen sie zusammen in Soltau zu Abend essen, wofür er ein gemütliches Restaurant ausgesucht hat. Dabei sind sich einig, dass der Besuch bislang gut verlaufen ist: Gregory hat den Nachmittag mit Annabelle und den Enkeln verbracht, und Sophie hat sich so gut es ging aus allem herausgehalten. Douglas führte sie durch einen Teil des Parks und auf den 75 Meter hohen Aussichtsturm, der ihnen einige der beeindruckenden Konstruktionen regelrecht zu Füßen legte. Seine ausgiebige Führung ist für den nächsten Vormittag vorgesehen, während Gregory mit den Enkeln die Attraktionen und Abenteuer erleben wird.

Die Nacht ist stockdunkel und die Straßen sind wie ausgestorben, als Gregory und Sophie mit dem Taxi zum Heidepark zurückfahren. Dabei stellen sie erleichtert fest, dass sie mit ihrem Tag zufrieden sind, nicht ahnend, dass jemand zur gleichen Zeit zum gleichen Ziel unterwegs ist: Gregorys Frau.

Bereits in der Lobby kommt die Information für diese Überraschung geradewegs auf sie zugerannt, denn Lennart und Alexia haben voll Ungeduld auf ihren Opi gewartet, um ihm diese Neuigkeit ankündigen zu können: „Opi, Opi! Gut, dass du da bist, Mami muss dich dringend sprechen, es gibt ein großes Problem."
„Schon wieder?", fragt Sophie spontan.
„Nein, nein, es ist nicht wegen dir, aber ich kann es ja sagen, denn die Mami sagt es ja sowieso gleich, es ist wegen der Omi, die sitzt nämlich im Zug und fährt hierher."
„Das darf doch wohl nicht wahr sein!", empört sich Gregory.
„Doch, doch, die Mami soll sie um Mitternacht am Bahnhof in Soltau abholen."

In dem inzwischen ziemlich leeren Restaurant sitzt Annabelle mit einer Freundin aus Berlin, die mit ihren beiden Kindern ebenfalls den Park besucht, wo sie sich zufällig getroffen haben. Sie ist entspannter als am Nachmittag, und als Gregory mit Sophie an den Tisch kommt, macht sie die beiden mit ihrer Freundin bekannt, bevor sie und Gregory sich an einen anderen Tisch setzen. Die sympathische junge Frau lädt Sophie ein bei ihr Platz zu nehmen und erklärt:
„Ich warte auf meinen Mann, der mit dem Auto anreist, aber das kann noch etwas dauern."

Sophie nimmt die Aufforderung dankbar an und findet in der jungen Frau eine aufgeschlossene Gesprächspartnerin, selbst für das persönliche Thema ihres Hierseins, über das sie bereits informiert ist. Als Kommentar dazu schaut sie Sophie lächelnd an und stellt fest:
„Aber eigentlich sehen Sie gar nicht aus wie ein Unmensch."
„Da sehen Sie, wie der Schein trügen kann", sagt Sophie scherzhaft. Sie lachen beide und finden genügend Gesprächsstoff, um Sophies Warten auf Gregory auszufüllen, das sich auszudehnen scheint, denn er hat Annabelle längere Zeit nicht gesehen und ist generell ein guter Zuhörer.

Als der Ehemann eintrifft, erklärt seine Frau kurz ihr Treffen mit Annabelle und Sophies Anwesenheit. Aus einem sehr sympathischen Gesicht schaut er sie verständnisvoll an, und begrüßt sie lächelnd. Dann setzt er sich ganz entspannt mit an den Tisch und scheint trotz der langen Anreise nicht zu müde zu sein, um noch gemütlich ein Glas Wein zu trinken. Sophie gefällt seine spontane Freundlichkeit, und im Laufe der Unterhaltung stellt sie dabei erleichtert fest, dass er gerne und nicht etwa aus Höflichkeit in dem inzwischen leeren Restaurant sitzen bleibt, bis Gregory und Annabelle ihr Gespräch beendet haben.

Bei der Verabschiedung ist Annabelle freundlich und Sophie erleichtert, wohlwissend, dass der Weg zur Herzlichkeit vermutlich noch lange nicht geebnet genug sein wird, um darauf gehen zu können oder vorwärtszukommen. Während Annabelle zum Bahnhof fährt, versucht Gregory die nächtlich Reisende telefonisch zu erreichen, aber sie antwortet nicht. So hinterlässt er die mit Bestimmtheit formulierte Bitte, hier keine Unruhe verursachen zu wollen.

Alles bleibt ruhig, aber Sophie hat Mühe ihren Schlaf zu finden. Sie steht vorsichtig auf und geht zum Fenster. Der Park ist wie erloschen und scheint sich unter seiner bescheidenen Nachtbeleuchtung von den Strapazen des Tages zu erholen. Sie schaut lange über das von Besuchern verwaiste Gelände, dessen leblose Existenz keinesfalls seiner Bestimmung entspricht, aber auch ihr eine gewisse Ruhe vermittelt, worauf sie in Gregorys Armen auch in dieser grotesken Situation wieder den für sie schönsten Platz auf der Welt findet. Aber es ist schon seltsam zu wissen, dass sie alle unter demselben Dach übernachten, was den ruhig schlafenden Gregory nicht zu beirren scheint, während Sophie, darauf hoffend, dass alles friedlich bleibt, immer wieder aufwacht.

Ihr Wunsch geht in Erfüllung, denn auch am nächsten Tag gibt es keine Zwischenfälle und auch keine Begegnung. Beim Frühstück mit Douglas an einem ruhigen Platz im Restaurant, kommen die Kinder immer wieder vorbei. Sie können es kaum erwarten mit ihrem Opi aufzubrechen, der, um fit zu sein und um eventuellen Hüftproblemen vorzubeugen, eine doppelte Dosis seiner Schmerzmittel einwirft.

Unterdessen führt Douglas Sophie durch den inzwischen wieder in lebhaftem Betrieb aktiven Park und freut sich über ihr Interesse, denn er gibt gerne Erklärungen zu den Attraktionen und fachkundige Antworten auf ihre Fragen. Eine Welt der Technik tut sich auf, mit strengen Sicherheitsregeln als Priorität, um das risikofreie Vergnügen für Jung und Alt zu garantieren, zumal wenn es dabei darum geht, den Adrenalin-Spiegel gewaltig aufzuputschen.

Sophie ist dankbar für die mit Douglas verbrachte Zeit, für seine offenen Ohren und sein offenes Herz zur Verarbeitung ihrer Eindrücke, aber natürlich auch für seine

Großzügigkeit, mit der er sie beide als seine persönlichen Gäste aufgenommen hat.

Als sie ihm dafür beim Abschied dankt, fragt er mit der ihm angeborenen Liebenswürdigkeit:

„Ist das nicht bei guten Freunden so üblich? Und das sind wir inzwischen seit über zwanzig Jahren."

Freunde treffen sie auch abends in Hamburg; es sind die Eltern eines früher angeworbenen Studenten, die sie in ihr italienisches Spezialitäten-Restaurant in Winterhude einladen, was Sophie wieder in die Welt ihrer beruflichen Kontakte zurückbringt, in der es oft nur eines Anrufs bedarf, um die Herzlichkeit früherer Freundschaften wieder aufleben zu lassen.

So auch an diesem Abend. Kaum haben sie mit Conny und Carlos an dem festlich gedeckten Tisch Platz genommen, perlt der Champagner in den Gläsern und es ist, als hätten sie sich nicht Jahre, sondern nur ein paar Tage lang nicht gesehen. Aber noch mehr als von der kulinarischen Seite angetan, ist Sophie berührt von der Herzlichkeit ihrer Gastgeber, die Gregory sofort in die Freundschaft aufnehmen.

Schöner hätte der Abschluss für diese ereignisreiche Woche kaum sein können. Am nächsten Morgen trennen sich ihre Wege am Dammtorbahnhof, wo Gregory mit Sophie auf ihren Zug zum Flughafen wartet, bevor er in seinen nach Berlin steigt. Am selben Abend nimmt er wieder einen Zug, und dieser bringt ihn zurück in die Schweiz, wo er seine Sophie nach 24 Stunden Trennung in Montreux wieder in die Arme nehmen kann.

Der gemeinsame Weg zeichnet sich ab

Vieles hat Gregory inzwischen an seine längeren Aufenthalte in der Schweiz angepasst. Auch seine Coachings hat er inzwischen so organisiert, dass er viel über Internet erledigen kann und nur ab und zu für ein paar Tage nach Berlin reist.

Sophie kann es kaum glauben und sagt bewundernd: „Unglaublich, dass du das tatsächlich so schnell auf die Reihe bringst."

„Freust du dich nicht?"

„Natürlich freue ich mich, aber ich dachte nicht, dass du das so schnell schaffst."

„Und ich dachte, wir sollten langsam damit beginnen, unsere Alltagstauglichkeit auch für den Ernstfall zu üben, so wie es ab nächstes Jahr sein wird. Aber falls du jetzt schon genug von mir hast, dann lass es mich bitte gleich wissen."

Mit seinem spitzbübischen Lausbubenlächeln nimmt er Sophie in die Arme und beugt mit der Tucholsky nachempfundenen und von ihm gerne praktizierten Art, eine Frau am Sprechen zu hindern, möglichen, jedoch keinesfalls erwarteten, Einwänden vor.

Allmählich nimmt der Herbst seine Gewohnheiten und seine Farben an: die Tage werden kürzer, die Nächte merklich kühler und die Blätter der Bäume verfärben sich. Sie leuchten unter den Stahlen der Oktobersonne in sanftem Gold, während der Schnee auf den Bergen dieselben Strahlen in blendendem Weiß reflektiert.

An einem dieser sonnigen Oktobernachmittage fragt Gregory: „Erinnerst du dich an die Anrufe aus England, als ich den Eindruck hatte, dass dort etwas nicht stimmt?"

„Natürlich."

„Und nun hat sich meine Vermutung bewahrheitet."

„Was meinst du damit?"

„Annabelles Partner Ingo kehrt nach Berlin zurück und sie mit den Kindern auch, wird in Berlin aber nicht mehr mit ihm zusammenwohnen."

„Da wird man sicher von dir erwarten, dass du dich in Berlin wieder so um die Kinder kümmerst, wie du es jahrelang getan hast."

„Das wird aber nicht so sein", denn zum einen gibt es dafür keine Wohnung mehr und zum anderen kennen nun alle meine Absicht, nur noch sporadisch in Berlin zu sein."

So überzeugend das auch klingt und so sehr sie Gregory auch glaubt, das Gefühl, dass ihre Vermutung nicht ohne Realitätsgehalt ist, bleibt untrüglich vorhanden.

Im November kommt Annabelle mit den Enkeln für zwei Wochen nach Berlin, um für Lennart und Alexia passende Schulen zu finden, am liebsten mit Englisch als Unterrichtssprache. Gregory reist nach Berlin, denn für solche Entscheidungen wendet Annabelle sich gerne an ihren Vater, der dafür auch immer ansprechbar ist.

Nach zwei Wochen Schulbesichtigungen und intensiven Coachings, kommt er zurück, froh alles für die Kinder zufriedenstellend geregelt zu haben:

„Das war jetzt wirklich wichtig für mich und für uns alle. Denn ich wollte mich jetzt wirklich so darum kümmern, dass alles passt."

Jedenfalls ist er überzeugt davon, damit alles nicht nur vorsorglich und verantwortungsbewusst, sondern auch zukunftsorientiert in die richtigen Bahnen geleitet zu haben.

Unterdessen erinnert der fortschreitende Herbst Gregory an seine Prioritäten in Haus und Garten. Er nimmt wieder die Gartenscheren auseinander und die Solarzellen aus den Lampen, holt die Lichterketten aus dem Keller und bringt sie rund um das Terrassengeländer an.

Sophie, angenehm überrascht und dankbar für seine angewandte Alltagstauglichkeit, bekocht ihn mit Liebe und bewusst gesund, manchmal aber auch ganz bewusst etwas ungesund, wenn es um gewisse Lieblingsspeisen aus ihrer oberschwäbischen Kindheit geht.

Im Garten ist es wieder der riesige Catalpa-Baum, der besondere Aufmerksamkeit fordert, weil er es mit seinen großflächigen Blättern schafft, binnen kurzem den Rasen zu bedecken, was er alljährlich wieder aufs Neue tut, besonders dann, wenn der kräftige Novemberwind ihn bei der Trennung von diesen unterstützt. Dabei kommen Sophie und Gregory ins Spiel, um die abgefallenen Blätter zu entsorgen, wobei die perfekt aufeinander abgestimmten Handgriffe nach wie vor an einen harmonischen Paarlauf erinnern, der vier Wochen lang zum Perpetuum mobile wird. Danach steht der Baum mit seinen kahlen Armen monatelang wie ein Mahnmal des Vergänglichen da, bevor er sich im Frühjahr als Zeichen seiner Wiedergeburt mit dem frischen Grün neuer Blätter präsentiert, um sich im Sommer wieder mit seinen kerzengerade gen Himmel strebenden weißen Blüten zu schmücken und damit seine ganze Pracht zu entfalten.

Gregory muss nach Berlin zurück, wo es einige Probleme zu lösen gibt. Aber er bleibt auf sein rasches Kommen fokussiert, und seine Gutenachtküsschen sind auch in schwierigen Zeiten ein Reigen zärtlicher Worte und überzeugend zuversichtlich: „Sie kommen durch Nacht und Nebel und nasskaltes Wetter. Der mallorquinische Bergadlernachfahre lässt sich weder durch Kälte noch durch Nieselregen beirren. Nur die finanzielle Basis muss geklärt sein. Morgen weiß ich mehr und melde mich telefonisch. Inzwischen sollen dich fünf Gutenachtküsschen - denn in fünf Tagen will ich bei dir sein - über die so lange noch bestehende Trennung hinwegtrösten."

Es werden mehr als fünf Tage, aber sie feiern ihr zweites Weihnachtsfest und tanzen wieder gemeinsam in ein neues Jahr, das sie der Verwirklichung ihrer Wünsche näherbringen soll. Dafür planen sie zukunftsorientiert, was für Gregory bedeutet, keine neuen Coaching-Aufträge mehr anzunehmen, und wobei Sophie in erster Linie an die Gesundheit denkt. Für deren Pflege hält sie Bewegung und gesunde Ernährung als beste Voraussetzungen. Also schenkt sie ihrem Liebsten und sich selbst zu Weihnachten ein Abonnement für ein Spa in Montreux, in dem sie an drei Vormittagen pro Woche gemeinsam Spaß an der Wassergymnastik haben, bevor er seine „körperliche Ertüchtigung" an den Geräten absolviert und Sophie ihren Yoga- und Pilates-Übungen treu bleibt.

Der Januar ist kalt und sonnig, aber das Spa bringt warmes Wohlbefinden, und nachmittags runden ausgedehnte Spaziergänge mit Cléa das Programm mit viel frischer Luft ab, bevor sie die Tage in Harmonie am Kaminfeuer beenden. Dazu gehört das entspannte Einschlafen beim Fernsehen ebenso wie die amüsante Abwechslung ihrer Schlafphasen.

Das friedliche Miteinander wird eines Tags von einem Mail aufgemischt, auf dem ganz groß: „Haftbefehl gegen meinen Vater" steht. Es kommt von seiner Tochter Viktoria, die dazu erklärt, dass ihr in die Schweiz geflohener Vater zur Vollstreckung einer eidesstattlichen Versicherung polizeilich gesucht wird. Eine Kopie des Haftbefehls ist nicht beigefügt und so kann dieses erschreckende Wort in Sophies Fantasie seine ganze Tragweite auskosten. Dabei stellt sie sich bereits vor, dass ihr Liebster bei seiner nächsten Berlinreise eventuell verhaftet wird. Strategisch passt der Haftbefehl perfekt in diesen ersten Monat des Jahres, der erkennen lässt, dass Gregory künftig mehr Zeit in der Schweiz als in Berlin zu verbringen plant.

Gregory bleibt erstaunlich ruhig und überlegt: „Vielleicht sollten wir zunächst herausfinden, warum ich verhaftet werden soll. Ich kenne meine finanziellen Verpflichtungen und keine davon lässt auf einen Haftbefehl schließen."

Beim Anruf an Viktoria erhält er keine genaue Auskunft, aber Sophie zu ihrer gefälligen Kenntnisnahme und als Beweis für den Wahrheitsgehalt der Information, eine Kopie des Haftbefehls, der weitaus weniger dramatisch ist als das erste Mail vermuten ließ, denn er betrifft eine Forderung aus Unstimmigkeiten bei einer früher von Gregory verwendeten Kreditkarte, die jedoch seiner Meinung nach geklärt waren. Doch das sieht die Justizia Inkasso anders und fordert mit Zinsen und Unkosten eine Zahlung von 9.350 Euro. Gregory glaubt sich zu erinnern, eine Abrechnung angefochten, aber den akzeptierten Betrag beglichen zu haben. Doch nach 19 Jahren hat er darüber keinen Nachweis mehr, und laut Anruf bei der zuständigen Stelle in Berlin, liegt die Verjährungsfrist dafür bei 30 Jahren.

Damit hat der Haftbefehl seinen panischen Beigeschmack verloren, ist zu einer freundlich formulierten Vorladung mutiert, mit der man Gregory die Möglichkeit einräumt, seiner Verhaftung zu entgehen, sofern er sich am 30. Januar um 11:55 Uhr beim zuständigen Gerichtsvollzieher in dessen Büro im Brunsbütteler Damm 190 einfindet.

„Da hast du ja gerade noch mal Glück gehabt, mein Liebster", sagt Sophie übermütig, weil erleichtert, „denn man räumt dir eine Gnadenzeit bis fünf Minuten vor zwölf ein."

„Damit ist das Problem aber noch nicht aus der Welt geschafft und ich möchte auch zu gerne wissen, wie es dazu gekommen ist."

„Das wirst du am 30. Januar erfahren."

„Aber dazu muss ich spätestens am 29. Januar zurückfahren."

Also reist er mit dem Zug durch eine Nacht mit wenig
Schlaf und ist am Morgen froh, seinem Ziel näher zu
kommen: „Gerade hat der Zug die Elbe überquert, das
heißt in 40 Minuten bin ich in Berlin. Spätestens fünf
Minuten vor Zwölf werde ich beim Gerichtsvollzieher
sein und dann werden wir mehr wissen. Ich habe mich
übrigens in einem sehr korrekten Hostel einquartiert, wo
man mir heute bei der Reservierung vier Nächte zum
Preis von drei angeboten hat."

Sophie wünscht ihm Glück und versichert, in Gedanken
und in Liebe mit ihm verbunden zu bleiben. Vierzig Minuten nach zwölf erfährt sie, wie es zu dem angedrohten
Haftbefehl kam: Bei Zustellung des Zahlungsbefehls an
die Einraumwohnung hatte seine Frau die Annahme mit
der Begründung abgelehnt, dass ihr Mann nicht mehr
hier, sondern in der Schweiz wohne.

Der Gerichtsvollzieher rät, ein Gespräch mit der Schuld-
nerberatung zu vereinbaren, was Gregorys Programm einen zusätzlichen Stressfaktor hinzufügt, denn er möchte
am Sonntag unbedingt in der Schweiz sein, um mit Sophie seinen Geburtstag zu feiern und dann zum Ende der
Woche wieder in Berlin. Denn dann kommt Annabelle
mit den Kindern aus England zurück, wo sie mit ihrer
Mutter gerade den Umzug vorbereitet.

Von einem stressvollen ersten Tag in Berlin völlig unbe-
lastet ist sein Gutenachtmail: „Ich habe alle Termine vereinbaren können, nur den Anwalt kann ich morgen erst
erreichen. Aber mein Zugticket für Samstagabend ist gebucht. Also schlüpfe ich nun erschöpft unter die harte
Hostelbettdecke, aber es wird ja nicht für lange sein. In
Gedanken bin ich jetzt schon bei dir und bleibe auch in
meiner Hostelzelle in Liebe mit dir verbunden."

Aber es kommt ganz anders und dafür ist ein verwechseltes Gepäckstück verantwortlich, doch davon ahnt er nichts, als er am Samstagnachmittag in der Universitäts-Bibliothek seine Berichte schreibt und sich drauf freut, abends im Zug in die Schweiz zu sitzen.

Die Katastrophe ereilt ihn am Fahrkartenschalter des Bahnhofs, wo er sein Ticket abholt und ein vertauschtes Gepäckstück dafür sorgt, dass er nicht auf dem reservierten Platz im Zug nach Basel und auch in keinem anderen der an diesem Abend noch in die Schweiz fahrenden Züge sitzt, sondern drei Stunden lang in der Nähe des Fundbüros am Bahnhof, darauf hoffend, dass der Passagier, der entweder sein Gepäckstück oder dessen Gepäckstück er anstelle des eigenen mitgenommen hat, es dort abgeben wird. Beide Flugzeug-Kabinenkoffer, sehen sich zum Verwechseln ähnlich, beide sind verschlossen und keiner trägt ein Namensschild.

Als die Fundstelle schließt gibt es keine Hoffnung mehr. Sophie erschrickt an seiner dunklen Stimme, mit der er informiert, dass er heute nicht mehr reisen und auch nicht lange sprechen kann: „denn der Akku ist fast leer. Jetzt fahre ich zu meinem Ex-Schwiegersohn, wo ich zum Glück heute übernachten kann."

Sophie versucht zu schlafen, was nicht ganz einfach ist, denn die Aufregung, ob er nun kommt oder nicht sind beste Voraussetzungen für eine schlaflose Nacht, die sie sich mit ihrem Liebsten schöner vorstellt, als sie in Sorge und Enttäuschung zu verbringen. Davon möchte sie ihn so schnell wie möglich überzeugen, aber darauf muss sie noch zehn Tage warten, denn den Koffer bekommt er erst am Montag wieder und die Enkel treffen ein paar Tage später aus England ein. Sie freuen sich, dass der Opi inzwischen bei ihrem Papa Quartier bezogen hat und sich um sie kümmern wird, bis der Umzug abgeschlossen ist.

Als Sophie Gregory nach seiner Rückkehr auf die Problematik dieserart schlafloser Nächte anspricht, ist er absolut ihrer Meinung, und weist auch gleich darauf hin, dass die Nächte ab sofort wieder anders angenehm und aufregender sein werden. Aber Sophie legt ihm die Ernsthaftigkeit ihrer Überlegungen nahe, und lässt sich von seinem Lausbubenlächeln auch nicht davon abhalten, diese noch einmal zu betonen.

Berlin „inkognito" zu erleben ist sein Wunsch ein paar Wochen später, als er Sophie zu ihren ITB-Aktivitäten begleitet, dort mit ihr das klassische Programm absolviert: den Abendempfang mit den Ehemaligen, das Frühstück mit Hazel und die obligate heiße Schokolade mit Connie.

Als er kurz darauf für den offiziellen Abschluss seiner Coaching-Tätigkeit wieder nach Berlin reist, wohnt er zusammen mit seinen Enkeln bei deren Vater, möchte aber zu Ostern wieder in der Schweiz sein. Doch Annabelle will mit Ostern auch das Feiern ihrer Rückkehr verbinden und dazu gehört Gregory.

Sophie versteht seinen Wunsch zu bleiben und fährt zu Hedy, die nach einem kürzlich erlittenen Schlaganfall die Pflegeaktivität in der dafür erschaffenen „Hedys Welt" aufgeben muss. Nun wird sie zusammen mit den noch verbleibenden Pensionären versorgt, nachdem die sehr pflegebedürftigen Mitbewohner bereits anderweitig untergebracht wurden.
Obgleich Hedy noch verschiedene Einschränkungen zu überwinden hat, schwingt sie bereits wieder das Zepter, nach dem sich alle gerne richten, weil sie wissen, gut damit zu fahren, denn das Wohlergehen ihrer Pensionäre und Angestellten liegt Hedy sehr am Herzen.

Es wird ein fröhliches Osterfest mit dem 93jährigen, charmanten Berthold, der trotz seines hohen Alters stolz darauf ist, mit seinem Rennrad die Dorfstraßen unsicher zu machen, was er sich auch von Hedy nicht verbieten lässt.

Dazu gesellt sich die ebenfalls hochbetagte, lustige Roswitha, die immer etwas zu erzählen weiß, und dann gibt es noch die etwas schwerfällige Hildegard, die man nur zu den Mahlzeiten sieht, weil sie, übergewichtig und gehbehindert, meistens in ihrem Zimmer vor dem Fernseher sitzt. Doch wenn alle zum Mittagessen am Tisch versammelt sind, versucht sie ihren vermeintlichen Mangel an Aufmerksamkeit durch Herumnörgeln auszugleichen, was niemand zur Kenntnis nimmt, worauf sie leise vor sich hinmurmelnd in ihrem Teller herumzustochern beginnt. Für Hedy ist das oft der Moment, mit einem energischen: „Ja geht's noch?" oder „Was passt jetzt schon wieder nicht?" einzugreifen, wodurch Hildegard sich mit Zuwendung belohnt fühlt, was vermuten lässt, dass sie ihr Nörgeln nur darauf anlegt, durch Hedys Zurechtweisen einen kleinen Moment im Zentrum der Aufmerksamkeit zu stehen.

Je nachdem, wie diese die Lage einschätzt, setzt sie sich entweder einen Moment neben die Missmutige, um alles auf deren Teller in mundgerechte Stückchen zu schneiden, oder sie erklärt ihr, sie solle entweder sofort mit ihrem Meckern aufhören oder allein in ihrem Zimmer essen, worauf diese beleidigt auf ihren Teller schaut und dann plötzlich dringend zur Toilette muss, was sie natürlich nicht allein kann und womit sie notgedrungen wieder besondere Aufmerksamkeit bekommt.

An den Menschen, die Sophie bei Hedy in den zwanzig Jahren der Wohngemeinschaft mit den Pensionären erlebt, stellt sie immer wieder fest, wie deren unterschiedliche Charaktere und Persönlichkeiten sich besonders im Zustand körperlicher Abhängigkeit zeigen.

Sie erinnert sich an eine Episode, als sie eines Morgens gemütlich beim Frühstück saß und Hedy, die bereits mit ihren Angestellten in der Pflege aktiv war, völlig aufgebracht in die Küche kam und sich mit der Frage:
„Gibt es noch Kaffee?", auf einen Stuhl fallen ließ und erklärte:
„Denn den brauche ich jetzt dringend, entweder Kaffee oder Schnaps."
„Was ist passiert?"
„Ich musste meinen neuen Pflegling gerade fast gewaltsam in die Dusche zerren, weil er mir weismachen wollte, dass er als Arzt sich von mir nicht vorschreiben lässt, wann er zu duschen hat."
„Und was hast du gesagt?"
„Dass es mir egal ist, wer er ist und was er war, dass er stinkt und dass ich, solange ich ihm den Hintern putze, auch entscheide wann er zu duschen hat."

Gregorys Gutenacht-Mails kommen mit den Erlebnissen des Tages und manchmal auch mit Fotos, meistens vom Golfen mit Lennart. Er verspricht seine Rückkehr zum Wochenende und Sophie freut sich darauf; allerdings nur bis zum Samstagmorgen, denn sein im Zug gebuchter Platz bleibt leer, weil ihn die Enkel zum Bleiben überredet haben.

Wenn eine Frau einen Mann verlässt, hat sie entweder genug oder nicht genug von ihm, erkannte eine deutsche Schauspielerin. Für Sophie trifft weder das eine noch das andere zu, denn das Aufteilen von Gregorys Präsenz sollte die Normalität und kein Problem sein, aber von seiner Scheibchentaktik und dem kurzfristigen Ändern seiner Zusagen hat sie nun wirklich genug. Denn dadurch haftet seinem Bemühen, es allen recht machen zu wollen, schon von vornherein das Siegel des Scheiterns an und sie fragt sich, wie man Vorfreude stückchenweise guillotinieren kann, bevor man aktiv werden und sich wehren muss?

Sophie sieht den Moment gekommen, sich zu wehren und fragt sich ernsthaft, ob sie Gregory jetzt nicht doch aufgeben soll, denn Pünktlichkeit und Zuverlässigkeit sind ihr wichtig, und nahmen in ihrer Erziehung einen prioritären Stellenwert ein. Oft, wenn sie als Kind gewisse Verhaltensregeln hinterfragte, war die unanfechtbare Antwort ihrer Mama: „das gehört zum Anstand und ist eine Sache des Respekts."

Bei Gregory dürfte es kaum anders gewesen sein, denn bei ihren Treffen im ersten Jahr waren Pünktlichkeit und Zuverlässigkeit eine nie infrage zu stellende Basis. Aber vermutlich sind diese Werte für ihn im Bemühen den Vorgaben der Familie ebenso gerecht zu werden, wie seinem Wunsch bei ihr zu sein, modulierbar geworden. Für Sophie aber sind sie von elementarer Bedeutung. Also wird sie versuchen, ihn auf die Notwendigkeit zuverlässiger zu sein einzustimmen, damit er beidem gerecht werden kann, der Familie und ihrem Zusammensein, denn sein Verhalten der letzten Wochen ist nicht das, was eine gemeinsame Zukunft wünschenswert macht. Sie möchte sich auf sein Kommen verlassen können und sicher sein, dass er seinen Zusagen entsprechend handelt und diese vor Beeinflussung zu bewahren weiß.

In der Zeit des sich ausdehnenden Wartens analysiert sie, was sie ohne Gregory in den letzten Jahren wohl anders gemacht hätte. Vermutlich hätte sie ihr Haus verkauft, das sie zusammen mit ihm inzwischen jedoch mehr als jemals zuvor genießt, zumal es ihm gefällt und er sich in

Haus und Garten wohlfühlt. Doch wie wären Haus und Garten ohne ihn? Inzwischen unvorstellbar!

Ihre Freunde Elisa und Jean haben mit einem Immobilienmakler von Montreux schon einige Transaktionen abgeschlossen und laden ihn zusammen mit Sophie zum Kennenlernen ein. Sie werden sich einig. Er kommt, sieht sich alles an und stellt ein mit Sophie ausgearbeitetes Profil ihres Domizils auf verschiedene Internetportale. Er glaubt, einen Käufer zu finden.

Wenn auch mit gemischten Gefühlen, so erlebt sie ihren Entschluss dennoch mit einer gewissen Erleichterung. Sie beginnt Unabhängigkeit zu üben, Unabhängigkeit von Gregory als eine Art Befreiung von seiner Unzuverlässigkeit, die sie durch seine ständig verschobene Rückkehr als emotionale Diktatur empfindet, obgleich er diese vermutlich nicht als solche wahrnimmt. Sie will mit ihm darüber sprechen, aber dazu muss er erst wieder da sein.

Nach einem Monat kommt er tatsächlich zurück. Er ist mit dem Nachtzug gereist. Als Sophie ihn nach ihrer Yogastunde am Garagenausgang des Palace Hotels in Empfang nimmt, steht er dort, auf seinen kleinen Koffer gestützt, so schief wie der Turm zu Pisa. In dieser physischen Schräglage kommt er langsam auf sie zu. Es ist ein Bild zum Erbarmen, bei dessen Anblick er ihr so leidtut, dass sie ihre eigene Schräglage, nämlich jene ihrer Psyche, daran wieder aufrichtet und sich einfach darüber freut, dass er endlich wieder angekommen ist, bei ihr, bei sich selbst und bei ihrer Liebe.

Seine schräge Körperhaltung und sein offensichtlich erschwertes Gehen sind wie Indikatoren dafür, dass er ihrer Pflege bedarf, des abendlichen Einreibens der schmerzenden Hüfte, des gesunden Essens, der Spa-Besuche und - last but not least - ihrer Liebe. Zusammen mit diesem Anblick verschmelzen ihre Enttäuschung und ihr Unmut über seine Unzuverlässigkeit in einem Anflug plötzlichen Mitgefühls zu nachsichtiger Besorgnis. Sie lösen sich in Freude auf, als er sie in seine Arme nimmt und sanft flüstert: „Da bin ich."

Bis zu diesem Moment war sie sich ganz sicher, ihn wegen seiner laufenden Verspätungen entsprechend verhalten zu empfangen, und nun scheint alles wieder fast so wie immer. Aber nur fast, denn so ganz einfach kann sie die Erfahrungen der letzten Wochen nicht wegstecken. Also spricht sie ihn gleich im Auto darauf an und macht ihm, wie sie hofft, dabei unmissverständlich klar, dass es nicht die Verlängerung seiner Aufenthalte ist, sondern die Art, wie er damit umgeht:

„Du versprichst, bestätigst und schickst mir sogar die Kopie des Zugtickets, das du letztendlich gar nicht benützt, weil du gar nicht kommst."

„Aber ich komme immer – und das weißt du, auch wenn es nicht immer ganz genau an dem vereinbarten Tag ist", rechtfertigt er sich.

Doch Sophie bleibt darauf bestehen, dass sie sich auf seine Zusagen und die gemeinsamen Absprachen verlassen können muss.

Er verspricht sich zu bessern, und sie verweist darauf, dass sie darüber noch ein eingehenderes Gespräch führen müssen.

„Einverstanden, aber nicht gleich, denn jetzt freuen wir uns erst über unser Wiedersehen."

„Unser mehrfach verschobenes Wiedersehen", berichtigt sie, worauf er rasch hinzufügt:

„Aber ich habe dir auch ein Versöhnungsgeschenk mitgebracht."

„Ein Versöhnungsgeschenk? Hattest du den Eindruck ich würde dir den Krieg erklären?"

„Na ja, man weiß ja nie, aber es ist etwas, was du dir gewünscht hast."

„Zur Versöhnung –?"

„Nein, zum Lesen; und der Titel sagt etwas aus, was uns beide betrifft."

„Dann weiß ich, was es ist: Hurra wir lieben noch!!!"

„Das war jetzt auch nicht schwer zu erraten."

„Zu erraten bleibt aber, ob wir das auch wirklich noch tun?"

„Von meiner Seite aus bestätige ich das zu 100 Prozent und dafür habe ich mir auch neue Verhaltensregeln ausgedacht."

„Verhaltensregeln? Wofür?"

„Dafür, dass wir uns jeden Tag mindestens fünfmal ganz eng umschlungen halten und uns sagen, dass wir uns lieben."

Diesem Vorsatz gibt es nichts hinzuzufügen.

Im Garten sieht er gleich nach dem kleinen, im Vorjahr gepflanzten Aprikosenbaum, der ihn für die ihm ständig entgegengebrachte Aufmerksamkeit mit reichlich zartrosa Blüten belohnt.

Dagegen sieht es in Sophies Rosenbeet noch gar nicht rosenfreundlich aus, weil die meisten Rosenstöcke noch zwischen den allmählich welkenden Frühlingsblumen versteckt sind.

„Wir sollten den Rosengarten heute noch etwas in Ordnung bringen", schlägt sie vor.

„Heute?"

„Ja, denn die Rosenstöcke sieht man kaum vor lauter halbverblühten Blumen und Rosen brauchen dringend Licht und Luft, damit sie sich entwickeln und blühen können."

„Ok, kein Problem, wenn du meinst, dass das so dringend ist."

„Ja, ich meine, denn wir bekommen Besuch und da sollte das Rosenbeet in Ordnung sein."

„Besuch? Wer kommt?"

„Ein Makler mit einem potenziellen Kunden."

Sie sieht ihren Liebsten forschend an, der darauf anders als erwartet reagiert:

„Und die interessieren sich für deinen Rosengarten?"

„Nein, aber für unser Haus und den Garten."

„Aber wieso denn das -?"

„Weil ich es zum Verkauf angeboten habe."

„Das ist jetzt aber nicht dein Ernst?"

„Doch!"

„Und warum? Und warum so plötzlich?"

Seine Stirn in die Falten seiner Ungläubigkeit gerunzelt, schauen seine Augen so hilflos drein, dass Sophie Mühe hat ernst zu bleiben, denn dieser Blick geht ans Herz und ruft nach Sanftmut.

„Das kann ich dir gerne erklären", sagt sie bemüht streng. „Denn in den letzten Wochen hatte ich sehr viel Zeit und die Gelegenheit festzustellen, dass du ein Traum bist, wenn du hier bist, aber zum Alptraum wirst, wenn du in Berlin bist und deine Rückkehr laufend verschiebst, während ich in Haus und Garten darauf warte, dass du deine Zusagen einhältst. Da diese in letzter Zeit sehr flexibel waren, möchte ich solche Probleme künftig vermeiden und ohne dich hätte ich das Haus sowieso längst verkauft, weil es mir zusammen mit dem Garten zu arbeitsintensiv ist."

Gregory ist sprachlos und Sophie sagt versöhnlich:

„Aber wir können das alles ganz in Ruhe besprechen, jetzt gehen wir erst mal rein und feiern deine Rückkehr, denn wichtiger als alles andere ist doch, dass du da bist."

„Aber ich wusste nicht, dass du das als so schlimm empfindest."

„Wie hätte ich es denn empfinden sollen, wenn du sagst du kommst und dann immer wieder im letzten Moment verschiebst?"

Gregory schaut sie betreten von der Seite an und sie erklärt mit Überzeugung:

„Ich kann und will mit dieser Unzuverlässigkeit nicht mehr umgehen müssen. Überhaupt kann man generell nicht so mit einem Menschen umgehen, den man zu lieben vorgibt."

„Ich gebe es nicht vor, denn ich liebe dich wirklich und das weißt du."

Es gibt ein längeres Gespräch und Gregory verspricht, darauf zu achten zuverlässiger zu sein und derartige Enttäuschungen zu vermeiden.

„Ich lasse mich dabei manchmal auch zu sehr von den Enkeln beeinflussen", räumt er ein, „die natürlich immer noch dieses und jenes mit mir machen wollen."

„Kein Problem, wenn du darüber die mit mir vereinbarten Abmachungen nicht vergisst."

Als er feststellt, dass auf der Terrasse noch kein Margriten-Bäumchen steht, was bislang in keinem Frühjahr fehlen durfte, wundert er sich:

„Warum hast du in diesem Jahr noch kein Margriten-Bäumchen?"

„Weil du noch nicht da warst, um es mit mir auszusuchen", antwortet sie scherzhaft.

„Das wird sich rasch ändern und dafür habe ich auch eine prima Idee. Ich möchte es dir schenken, als Zeuge meines Versprechens und zum Verzeihen meiner Verspätung. Also kaufen wir dein Bäumchen gleich heute."

Sie suchen es zusammen aus, und auf Sophies Terrasse scheint der leere Blumenkübel geradezu darauf zu warten, dass Gregory es dort installiert. Doch zuvor hält er es Sophie auf Augenhöhe entgegen und „bespricht" es mit einer feierlichen Mini-Rede, die aussagt, dass ihn und Sophie mit diesem Bäumchen ein Versprechen verbindet, auf das er achten wird.

Auch wenn das Bäumchen das vermutlich nicht Wort für Wort versteht, so blüht es doch mit erstaunlicher Großzügigkeit, wobei es sich später auch von den heißen Sommertemperaturen nicht beeinträchtigen lässt. Deshalb ist Sophie fast täglich damit beschäftigt die vertrockneten Blüten abzuschneiden, was Gregory gerne etwas amüsiert kommentiert, worauf sie erklärt:

„Das muss man tun, um das Wachstum zu unterstützen, denn wenn man die verblühten Blumen nicht abschneidet, haben die neuen keinen Platz sich zu entwickeln."

Er nickt zustimmend und Sophie fragt sich, ob er in diesem Grundsatz der Natur auch ein Gleichnis für ihre gegenwärtige Situation sieht, aber sie erwähnt es nicht, denn sie weiß, dass er die Schritte dafür in die Wege geleitet hat.

Jedoch was das Margriten Bäumchen anbetrifft, so scheint es sich der Vereinbarung mit Gregory bewusst zu sein. Es blüht mit Freuden, solange er da ist, und es kann vielleicht auch gar nichts dafür, dass es zum Ende des Sommers ganz anders reagiert. Allerdings wird er davon nichts mehr erfahren.

Doch noch ist Frühling, der sich auch in diesem Jahr wieder von seiner farbenprächtigsten Seite zeigt, was Gregory nicht daran hindert, in seiner Gartenfreude bereits an den herbstlichen Gemüseanbau zu denken: „Damit wir im Herbst und im Winter versorgt sind." Allerdings will er von Karotten generell nichts mehr wissen.

Im Mai pflanzt er Kartoffeln und dann stehen die Tomaten im Kernpunkt seines Interesses. Er befestigt die schnell wachsenden Pflanzen an langen Stäben und verkündet immer wieder, wie sehr er sich auf die Tomaten aus dem eigenen Garten freut. Auch an den Bohnenblüten hat er seine Freude, denn auch die Bohnen sind im Sommer frisch aus dem Garten ein besonderer Genuss.

Seine Gartenliebe und die zukunftsorientierten Winterpflanzungen beobachtend, hat Sophie fast Schuldgefühle und stellt ihren vielleicht doch etwas übereilten Entschluss, Haus und Garten zu verkaufen, infrage.

Bis Mitte Mai kommt der Makler mehrmals mit potenziellen Kunden. Offenbar besteht Interesse, aber zum Glück gibt es immer wieder etwas, was nicht ganz in die Vorstellung der Interessenten passt. Als sie sich bewusst wird, dass sie inzwischen bei jedem Besucher hofft, er möge sich nicht zum Kauf entschließen, bedauert sie ihren Entschluss und kommt mit dem Makler übereinstimmend zu der sehr entgegenkommenden, freundschaftlichen Vereinbarung, vorerst alles zu annullieren.

Nicht nur sie ist über diesen Entschluss erleichtert, sondern ganz offensichtlich auch Gregory, der zwar kein Wort darüber verliert, aber seine Gartenaktivitäten intensiviert. Er „kärchert" die Steinplatten und Ziersteine und selbst den imposanten indischen Steintisch, in dem er sich anschließend mit den Blüten des Catalpa-Baums und dem Himmel um die Wette spiegeln kann.

Die Nacht zu Sophies 75. Geburtstag ist mild, sternenklar und wie dazu geschaffen, das neue Lebensjahr auf der Terrasse zu beginnen. Pünktlich um Mitternacht bringt Gregory das Tablett mit dem Champagner, der im Schein einer dicken, weißen Kerze in den Gläsern perlt und zittert, und mit ihrem Flackern auch sein Gesicht erhellt. Natürlich singt er dabei. Als er das Tablett abstellt, erkennt Sophie auf der Kerze eine von ihm aufgemalte und mit eingeritzten Blumen umrankte Zahl 75, zusammen mit einer in seinen klaren Buchstaben geschriebenen Inschrift. Es ist eine Liebesbotschaft, die er auch gleich feierlich vorträgt und damit erfüllt seine Bestätigung, dass es nichts Schöneres gibt auf Erden, als lieben und geliebt zu werden nicht nur seinen, sondern auch Sophies Wunsch. Denn rund um sie her soll immer alles Freude sein. Darauf ist er nach wie vor bedacht. Deshalb bleibt auch der Austausch von Zärtlichkeit eine liebevolle Priorität. So kann es vorkommen, dass Sophie, wenn sie morgens im Haushalt oder sonst aktiv ist, plötzlich auf ihrem Smartphone liest:

„Es gibt jemanden ganz in deiner Nähe, der auf ein Spätmorgenküsschen wartet."

Und wieder wird es „Schützen"

„S'schützelet" sagen die Biberacher, wenn sie sich auf das Fest einstimmen. Auch Gregory und Sophie stimmen sich ein. Sie üben das gemeinsame Singen des Schützenfestlieds und er lernt dabei auch tatsächlich alle drei Strophen von „Rund um mich her ist alles Freude."

Er verbringt zwei Wochen Sommerferien mit den Enkeln in Berlin, wohnt wieder zusammen mit ihnen bei deren Vater, und kommt pünktlich für die Reise nach Biberach zurück. Sie freuen sich auf die gemeinsame Rückkehr in der Stadt ihrer Kindheit, auf die Treffen mit den Freunden und auf das Schützenfest, das eines jeden „Bibers" Herz höherschlagen lässt.

Die Schützenfreude hat einige Kriege und viele Generationen überdauert. Auch wenn sich im Lauf der Zeit manches geändert hat, so ist doch vieles so geblieben wie Sophie und Gregory es kennen. Dazu gehört zweifelsohne der „Schützenschatz" für kürzere, längere oder dauerhafte Romanzen, die bei den Schülerinnen der oberen Klassen oft mit ihrer Begeisterung für die Schützentrommler des Wieland Gymnasiums beginnen. Zu Sophies und Gregorys Schulzeit verband sich damit auch der Wunsch eines manchen Mädchenherzens, die blaue Trommlermütze des zum „Schützenschatz" erkorenen Trommlers möge im Verlauf des Tages oder abends auch den eigenen Kopf zieren, was oft als stumme und doch offensichtliche Liebesbezeugung einzuschätzen war.

Doch für das Erleben des Schützenschatz Brauchs gibt es keine Altersgrenze, wofür Gregory der beste Beweis ist, weil er sich als nahezu Siebzigjähriger darauf freute, Sophie als seinen „Schützenschatz" zu hofieren, was ihm auch perfekt gelang.

In diesem Jahr ist vieles anders, denn sie treffen sich nicht auf dem Friedhof, und er hält seinen Schützenstrauß auch nicht hinter dem Rücken versteckt, sondern Sophie bekommt ihn im Hotel.

Beim Jahrgänger-Umzug möchte er ihr wieder ein Herz verehren, zwar nicht aus Lebkuchen, sondern selbstgebastelt aus Karton. Doch dabei klappt es auch in diesem Jahr nicht so wie er es sich vorstellt, weil ihm eine Schulfreundin zuvorkommt, die Sophie spontan um den Hals fällt. Danach schafft er es dann gerade noch, ihr sein Kunstwerk umzuhängen und seine Zuneigung auf einen flüchtigen Wangenkuss zu beschränken, denn Aufenthalte gibt es im Umzug nicht, weil zu jeder Altersgruppe eine Band gehört, deren Musikanten im Takt und in geordneten Reihen marschieren.

Er ärgert sich, weil er nicht mag, wenn die Dinge anders laufen als von ihm geplant, aber sie freut sich als sie liest was er in gewollt unbeholfener Kinderhandschrift auf das Herz geschrieben und mit der Abkürzung „von ihrem süalG" unterzeichnet hat, denn er hat es so großgeschrieben, dass sie es auch im Gehen lesen kann.

Sie freut sich auch auf das Tanzen mit ihm. Dabei fallen sie ihren Freunden als Paar auf, was Gregory mit der Ergänzung bestätigt, dass er nur noch sporadisch in Berlin ist und die Vorbereitungen dafür trifft, mit Sophie vornehmlich in der Schweiz zu leben.

Diese Tage in ihrer Heimatstadt werden zum getreuen Nachempfinden des Schützenfestlieds, in dem alles Freude ist. Auch s'Herrgöttle von Biberach zeigt sich von seiner besten Seite und lässt die Sonne unbewölkt vom tiefblauen Himmel strahlen, unter dem sie sich am Sonntagmittag von der sympathischen Hotelbesitzerin des Ebersbacher Hofs verabschieden, die dagegen aber einen Einwand hat:

„Sie werden doch jetzt nicht schon fahren wollen, so kurz vor dem Schützenumzug?!"

Gregory bedauert, erinnert an den Rückweg zum Genfersee, und die Frau Wirtin bedauert ebenfalls, nachdem sie vergeblich versuchte, die beiden zum Ansehen des Umzugs zu überreden. Als im selben Moment eine kleine, in den Stadtfarben gekleidete und offensichtlich zum Schützenumzug gehörende Musikantengruppe zum Mittagessen eintrifft, bittet sie diese, für Sophie und Gregory ein Abschieds-Ständchen zu spielen, was die Musikanten gerne in die Tat umsetzen.

Es sind berührende Momente des Abschieds von ihrer Heimatstadt, die sie zwei Tage lang in der vom Schöpfer verschönten Welt erlebten, wobei die dritte Strophe des Schützenfestlieds das aussagt, was sie intensiv fühlen:

„Rund um mich her ist alles Freude, so freu' auch meine Seele dich, in Gottes schönem Weltgebäude, wie reichlich segnet er auch mich."

Zwei Seelen fühlen sich reichlich gesegnet und erkennen, wie sehr sie immer noch mit ihrer Heimatstadt durch viele Schützenfest- und andere Erinnerungen verbunden sind.

In diesem Jahr ist alles anders als bei den vorausgegangenen Schützenfestbesuchen. Es ist die Fortsetzung jahrelanger Wünsche, weil es nach diesem Ausflug in die Welt ihrer Kindheit keine Trennung mehr gibt, sondern einen gemeinsamen Heimweg, mit Erinnerungen an Menschen, die diese Welt mit ihnen teilten oder geteilt hatten. Denn mit einigen gab es in diesen Tagen ein Wiedersehen, das Erlebtes lebendig werden ließ; von anderen besuchten sie die Grabstätten.

Somit fügen sich Vergangenheit und Gegenwart zu einer zeitlosen Vertrautheit, für die sie dankbar sind. Dankbar ist Sophie auch dafür, dass Gregorys Balanceakt zwischen Berlin und der Schweiz inzwischen besser gelingt und es keine unangenehmen Mails und Anrufe mehr gibt.

Sommerfreuden

Die Hochsommertage sind heiß, und, obgleich die frische Brise vom See das Drückende an der Hitze verweht, ist die Sonne viel zu intensiv, um im Garten aktiv zu sein. Aber es ist die Zeit der Aprikosen. Davon verarbeiten sie 20 Kilo zu Konfitüre, entsteinen sie gemeinsam und lösen sich beim Rühren ab. Solange Sophie die Gläser füllt, schreibt Gregory mit seiner gradlinigen Handschrift die Etiketten, die sie dann, wie das i-Tüpfelchen auf die Deckel klebt. Später trägt er die Gläser in den Keller und Sophie versorgt sie.

Diese Art harmonische Zusammenarbeit lobt er gerne als angewandte Alltagstauglichkeit, und darin sind sie inzwischen nahezu perfekt.

In den milden Sommernächten lässt er sich von dem meist klaren Sternenhimmel nach wie vor gerne zum Erläutern der Sternbilder motivieren und nach wie vor hört ihm Sophie gerne zu.

Mitte August beobachtet er den Himmel mit besonders wachsamen Augen, in der Hoffnung, eine oder auch mehrere Sternschnuppen zu erhaschen, denn er ist davon überzeugt, dass man, selbst wenn man schon viele Wünsche erfüllt bekommen hat, sich immer neue ausdenken darf, damit auch diese in Erfüllung gehen.

Trotz der Hitze dieser Augusttage denkt er wieder an den Gemüseanbau im Herbst, was für Sophie nicht zu diesen hochsommerlichen Temperaturen passt. Also zieht er sich mit ihrem detaillierten Gartenbuch zurück und lernt, welche Gemüsearten sich nebeneinander vertragen und welche Kombinationen zu vermeiden sind. Erfreut und amüsiert, beobachtet sie wie sich ihr Gärtner aus Liebe Notizen macht, nachdenkt und letztendlich feststellt, dass man für die meisten Gemüsesorten im Winter ein Gewächshaus benötigt, für dessen Konstruktion er auch gleich mit Vorschlägen daherkommt.

Für Sophie sind diese Wochen eine Zeit beschwingter Leichtigkeit, aber es ist auch eine Zeit der Kreativität. Lieber als die Gartenplanung ist ihr das Schreiben, weil sie dann alles gleich mit ihm abstimmen kann. Außerdem mag er gerne, wenn sie ihm abends vorliest, was sie geschrieben hat. Manchmal fragt sie ihn etwas und manchmal, wenn sie keine Antwort mehr bekommt, ist er eingeschlafen.

Wenn er dazu in Stimmung ist, schreibt er seine Empfindungen zu einigen Kapiteln, die sie dann mit ihren Gedanken zum gemeinsamen Text verknüpft. Aber lieber als das Schreiben ist ihm in diesen heißen Tagen das Lesen. Dazu macht er es sich mit dem grünen Ordner auf der Terrasse bequem und liest aufmerksam was sie geschrieben und mit seinen Beiträgen verflochten hat.

Viel wichtiger als die Geschichte selbst, ist für Sophie die Erfüllung ihres Wunschs, mit Gregory kreativ zu sein, was sie im fortgeschrittenen Alter als erstrebenswert, bereichernd und dem Kopf und der Gesundheit zuträglich empfindet.

Deshalb wird sie auch nie den Moment vergessen als er, mit dem grünen Ordner unter dem Arm, vor ihr steht und feststellt:

„Beim Lesen und auch ganz oft, wenn ich an dich denke, fühle ich, wie unsere Gedanken sich verbinden und wir uns aufeinander einstimmen."

„Schön, wie du das sagst. Damit erfüllt sich mein Wunsch nach gemeinsamer Kreativität und verbindet sich mit deinem, wonach rund um uns her immer alles Freude sein soll."

Er lächelt zufrieden und schlägt vor:

„Vielleicht sollten wir unser Lied deshalb noch viel öfter singen, damit rund um uns her auch wirklich alles Freude bleibt."

Als er es sagt, sind es nur noch ein paar Tage, bis mitten in diese Freude ein Mail aus Berlin platzt, mit einer Nachricht, deren Tragweite Sophie erst viel später erkennt und gegen die auch das Singen nicht mehr hilft.

Wie jeden Tag schaut Gregory auch an diesem Morgen nach dem Frühstück kurz in seinen Computer. Er sitzt ruhig am Tisch und liest. Plötzlich schaut er auf und sieht Sophie, die ein paar Meter weiter das Frühstücksgeschirr versorgt, mit einem ihr fremden, wie erstarrten Blick durchdringend an. Sie beobachtet sein langsames Aufstehen, wobei er sich am Tisch abstützt und die ersten Schritte etwas schwerfällig geht, was mit seinem Hüftproblem keine Seltenheit ist. Aber trotzdem ist es an diesem Morgen anders, denn er geht wie in Zeitlupe und so seltsam gekrümmt, als trüge er eine Last.

Seine Gesichtszüge wirken auf Sophie wie eingefroren, und sie erschrickt höllisch an seinen Augen. Denn sie weiß sofort, dass sie diesem entsetzten Blick schon einmal begegnet ist: in den Augen eines Wettkandidaten im Fernsehen, kurz bevor er zum zweiten Sprung über ein fahrendes Auto ansetzte, nachdem der erste Sprung missglückt war. Sophie glaubte damals, in den Augen Angst zu erkennen, und Gregory schaut nun mit demselben Blick. Sie weiß nicht, wie sie diesen Blick deuten soll, aber sie versucht ihr Entsetzen zu verbergen, als sie fragt: „Was ist passiert?"

„Ich muss ganz schnell nach Berlin!"

„Etwas Schlimmes –?"

So offenbar wie ihre Besorgnis ist auch sein Versuch, ruhig zu sein. Sein Gesicht entspannt sich. Aber als er den Grund für seine Reise erklärt, klingt seine Stimme, als stecke sie in einer eisernen Rüstung, Kreuzrittern ähnlich, die Rüstungen anlegen, um dem möglichen Widerstand beim Verkünden des Evangeliums zu begegnen und dabei, wenn es sein muss, Menschen töten.

„Nein, es ist nichts passiert, oder vielmehr es ist noch nichts passiert. Ich muss nur rasch handeln, weil ich schon wieder Probleme mit dem Finanzamt habe."

„Probleme mit dem Finanzamt? Und deshalb erschrickst du so?"

„Na ja, weil der Termin für die Abgabe meiner Einkommenssteuer-Erklärung am 31. Juli abgelaufen ist und der Fiskus mir nun droht, mich nach einer Schätzung zu veranlagen, was ich absolut vermeiden muss."

„Aber wie kann das denn passieren?"

„Ich ging davon aus, dass mein Steuerberater den Termin auf den 30. September verlängert hat, was aber nicht der Fall ist."

„Und jetzt?"

„Jetzt werde ich gleich mit dem Finanzamt sprechen und auch sehen, dass ich mich am Montag mit dem Steuerberater treffen kann, denn er hat alle Unterlagen."

„Dann ist es ja nicht so schlimm wie ich befürchtete, als ich deinen entsetzten Blick sah. Denn du hast mich wirklich angesehen, als ob jemand gestorben sei."

„Ja, weil ich mich geärgert habe, dass der Steuerberater die Verlängerung des Termins nicht wie vereinbart eingereicht hat und der Fiskus mir jetzt dafür die Pistole auf die Brust setzt. Aber das lässt sich sicher rasch regeln." Er überlegt und wird zusehends entspannter: „Heute ist Donnerstag, also reicht es, wenn ich am Wochenende reise. Ich bin dann auch ganz schnell wieder zurück."

Sophie ist beruhigt, aber der Ausdruck seiner Augen bleibt präsent, erinnert sie an den Blick des Wettkandidaten, dessen Leben sich damals durch eine Querschnittslähmung dramatisch veränderte. Aber dafür, wie dieser sein Schicksal in unerschütterlichem, christlichem Glauben, mit Mut und Durchsetzungskraft meistert, erlangt er bis heute weltweite Bewunderung. Durch viele Therapien und eine immense Willenskraft gewann er einen Teil seiner Beweglichkeit zurück, er schloß ein Studium ab, heiratete und wurde Film- und Bühnenschauspieler.

Das allerdings ließ sich am Abend dieses schrecklichen Unfalls, nicht erahnen. Ebenso wenig ahnt Sophie an diesem Morgen, welchen Veränderungen ihres und Gregorys Lebens dieser entsetzte Blick vorausgeht, zumal er sich der Tragweite des erhaltenen Mails vermutlich selbst nicht bewusst ist.

Er schaut nach Reisemöglichkeiten und bucht seinen Flug für Samstagmittag. Dann fällt ihm ein, dass er noch gar nicht weiß, wo er übernachten kann. Er ruft seinen Ex-Schwiegersohn an und erklärt, dass er für ein paar Tage wegen einer Steuerangelegenheit nach Berlin kommen muss und ob er wohl bei ihm übernachten könne.
Seine Frage klingt vorsichtig, und als er die Antwort hört:
„Komm einfach so, wie es dir passt, das ist schon ok", ist er sichtlich erleichtert und erklärt:

„Damit wäre jetzt alles geregelt und inzwischen haben wir noch zwei Tage für uns. Es wird auch nicht lange dauern, bis ich wieder zurück bin."

Er, der inzwischen seine gesamte Garderobe bei Sophie hat, nimmt nur das Allernötigste mit, Unterwäsche für drei Tage, ein Hemd, drei Polo-Shirts und eine Jeans zum Wechseln.

„In drei Tagen bin ich zurück", verspricht er, als er Sophie beim Abschied am Bahnhof lange an sich gedrückt hält und dann, bevor er sich von ihr löst, in ihr Ohr flüstert:

„Du kannst auch gleich damit beginnen, die Stunden zu zählen ..."

Vielleicht hätte er lieber Jahre statt Tage sagen sollen, denn wieder kommt alles anders, ganz anders.

26. Kapitel: Eine Lektion in Seelenliebe

Die ersten Septemberwochen sind eine Spätsommer-symphonie. Eine Komposition aus Sonne, Wärme und einem sanften Wind, der über die Maisfelder streicht und diesen, wenn er seine Intensität erhöht, ein leises Flüstern entlockt. Die Abende bringen ihre frühherbstliche Frische, die den Morgen jedoch nicht lange überlebt, denn die Septembersonne behauptet sich mit kraftvollem Strahlen. Somit passt die Spätsommersymphonie mit ihren Variationen von hellen und dunklen Tönen perfekt zum Wetter mit seinem Wechsel von Sonne und nächtlicher Kälte, den diese Jahreszeit auszeichnet.

Gregorys Abschiedsworte: „In drei Tagen bin ich zurück. Du kannst schon die Stunden zählen", begleiten Sophie hoffnungsfroh durch die sonnigen Tage, wiegen sie abends in den Schlaf und lassen sie am nächsten Morgen wieder fröhlich aufwachen. Nicht nur drei Tage lang, sondern einige mehr, aber das Zählen der Stunden gibt sie ziemlich schnell auf, denn für Gregory gibt es nach dem Steuerberater mehrere Termine beim Finanzamt, und dort geht alles schön der Reihe nach. Auf seine Versuche, an die Dringlichkeit seiner Angelegenheit zu erinnern, nachdem diese angeblich so eilig war, gibt ihm der Sachbearbeiter zu verstehen, dass seine täglichen Anrufe keinesfalls dazu angetan sind, die Sache zu beschleunigen.

Unterdessen ist für alles gesorgt. Gregory wohnt bei seinem Ex-Schwiegersohn, wo er, vielseitig einsetzbar, in erster Linie aber für die beiden Enkel da ist, die nach ihrer Rückkehr aus England Unterstützung bei der schulischen Anpassung brauchen. Dafür kann er gelegentlich ein Auto für seine Termine benützen, was ihm sehr gelegen kommt, denn sein neues Domizil ist fast 20 km vom Stadtkern entfernt. Es ist ein korrektes Geben und Nehmen, eine Art Probelauf für seine geplante Aufteilung zwischen der Schweiz und Berlin. Wie üblich, meldet er sich morgens, abends und oft noch dazwischen, denn wieder dauert alles länger als geplant. Nach zwei Wochen möchte er für ein paar Tage zurückkommen: „Denn das Finanzamt lässt sich Zeit mit dem nächsten Termin und einen Teil dieser Wartezeit möchte ich mit dir verbringen."

Sophie freut sich auf die Spätsommertage mit ihm, die seine Gartenliebe wieder aktivieren werden, und auf die langen Spaziergänge mit Cléa, deren lebhafte Freude an seinem Hiersein sich durch seine Großzügigkeit von „Leckerli" täglich erneuert. Auch darauf, die Tage auf der Terrasse ausklingen zu lassen, freut sie sich, denn sie hört immer noch gerne zu, wenn er die Sternbilder und deren sich mit den Monaten verändernden Positionen erklärt.

Er will am Freitagabend mit dem Nachtzug reisen. Aber sein Anruf am Freitagnachmittag bringt ein paar Moll-Töne in die heitere Spätsommersymphonie.

Sein Enkel Lennart hat in Viktorias Immobilienfirma ein kurzes Praktikum absolviert, über das er nun für die Schule einen Bericht schreiben muss, und dazu braucht er Gregory:
„Denn damit kommt er absolut nicht zurecht und ist heilfroh, dass ich noch hier bin, denn dem armen Jungen hilft ja sonst keiner."
„Aber dabei kann ihm doch niemand besser helfen als Viktoria selbst."
„Das tut sie aber nicht, sondern geht davon aus, dass er das allein schaffen muss, außerdem ist sie schon wieder geschäftlich unterwegs. Deshalb kann ich leider dieses Wochenende noch nicht reisen."

Dieser emotionale Blitzschlag ist ihr nicht fremd, er gehörte zu Gregorys Berlin-Verweilmodus, den es auf diese Weise nicht mehr geben sollte. Als hätte er ihre Gedanken erraten, beeilt er sich, ihre Sprachlosigkeit zu durchbrechen:

„Aber für Lausanne bin ich zurück, denn ich weiß, wie sehr du dich darauf freust."

Sie möchte nicht mit ihm argumentieren, denn sie freut sich wirklich sehr auf diese Abendveranstaltung mit Tanz, zu der sie von einem ihrer Ex-Studenten eingeladen sind, der inzwischen in Lausanne eines der führenden Hotels leitet.

Obgleich nichts dafür spricht seine Zusage zu bezweifeln, reagiert sie mit einer gewissen Vorsicht, denn sie glaubt in seiner Aussage, dass dem armen Jungen ja sonst keiner hilft, weit mehr als die Begründung einer zeitlichen Verschiebung seiner Reise zu erkennen. Das gleicht eher einer verpflichtenden Lebensphilosophie mit dem Potenzial, jederzeit zu einer Lebensaufgabe zu mutieren. Es ist wie ein Dominostein, dem, einmal angetippt, alle anderen folgen.

Unterdessen bleibt Gregory liebevoll aufmerksam präsent. Er zählt die Tage bis zu seinem Kommen und lässt Sophie jeden Abend an seinen Tagesabläufen teilhaben, die oft dann eintreffen, wenn sie auf der Terrasse beim Betrachten der Sterne seine Schulter zum Anlehnen vermisst. Aber sie vermisst ihn auch im Garten, im Haus und bei ihren Spaziergängen. Besonders wenn sie an den Maisfeldern und den inzwischen abgeernteten Getreidefeldern vorbei geht, wo sie beim Analysieren der Ähren jeden Frühsommer die Getreidesorten herauszufinden versuchen.

Die inzwischen mannshohen Maispflanzen rascheln nicht nur im Wind, sondern auch wenn Cléa in den kerzengeraden Pflanzenreihen verschwindet. Meistens kommt sie mit einem Maiskolben heraus, legt sich damit auf den Boden und beginnt daran zu knabbern, jedoch ohne Sophie dabei aus den Augen zu verlieren. Um sie einzuholen, rennt sie dann mit dem restlichen Maiskolben wieder ein Stück voraus, legt sich wieder hin und knabbert weiter. Jedoch bleiben die Maiskörner danach nicht für immer verschwunden, denn, dem natürlichen Weg durch ihren Verdauungstrakt folgend, kommen sie alle unbeschadet, rund und gelb, wieder auf die Erde zurück, was etwas verwundern mag und auch ziemlich amüsant aussieht.

Gregory scheint die Vorsicht in ihrer Freude wahrzunehmen, denn beim Zählen der letzten verbleibenden Trennungstage verspricht er rechtzeitig einzutreffen:
„Auch wenn du skeptisch sein solltest, ich bestätige, dass ich am Donnerstag, wie versprochen, bei dir bin. Ich komme am Mittwoch an. Heute Abend will ich mit Lennart noch Diktat üben, denn er schreibt diese Woche einen Text mit schwierigen Wörtern, die meist falsch geschrieben werden. In ein paar Tagen können dann auch wir beide wieder schwierige französische Texte und Aussprachen üben. Dein dich innig und ewig liebender Gregory freut sich darauf."

Doch was sie zwei Tage später liest, lässt eine Änderung vermuten: „Leider habe ich dich am Telefon nicht erreicht, aber ich werde es weiter versuchen, denn ich liebe dich wirklich, auch wenn du zweifeln magst."
Sie weiß, dass für sie von diesem Anruf mehr als nur ein Kommen oder Nichtkommen abhängt, ahnt, was sie nicht glauben will, aber so ist es: Gregory wird in Berlin gebraucht. Er soll sich um seinen Enkel Tassilo kümmern, weil seine Tochter Viktoria sich kurzfristig dazu

entschlossen hat, mit zwei anderen Maklern im Allgäu Wohnungen in einem fast fertiggestellten Freizeitzentrum zu besichtigen und die anderen Großeltern in ihrem Sommerhaus sind.

„Und wer hätte sich um Tassilo gekümmert, wenn du schon hier gewesen wärst?"

„Dann hätten das sicher die anderen Großeltern übernommen."

„Aber vielleicht lässt sich das noch einrichten", versucht Sophie die Situation zu retten, denn das Sommerhaus ist keine hundert Kilometer entfernt, und vielleicht können die Großeltern trotzdem zwei Tage nach Berlin kommen. Er verspricht, diese Möglichkeit mit seiner Tochter zu klären, und

Sophie erinnert ihn an die von ihm gerne benützte Aussage, wonach Worte ohne Taten nicht gedachte Taten sind:

„Wir werden sehen, ob die Tat übermorgen folgt. Du hast es in der Hand und ich im Herzen, das nicht mehr enttäuscht werden möchte."

Damit hofft sie inständig, es möge ihm gelingen ihre Vereinbarungen mit den Wünschen seiner Familie auszubalancieren, jedoch am nächsten Tag sagt er ab, bedauert die Enttäuschung, die er ihr bereiten muss.

„Wenn du das wirklich musstest, dann solltest du vielleicht vorerst einfach dort bleiben wo du bist und mich auch nicht mehr anrufen, es sei denn aus dem Zug, falls noch Zeit dafür ist."

Aber es gibt keine Stimme aus dem Zug, und sie sagt die Einladung ab.

Die Septembersymphonie verliert die Beschwingtheit ihrer Tempi und Sophies Spätsommertage verlieren die Heiterkeit ihrer Vorfreude auf sein Kommen.

Sie reagiert mit Schweigen, antwortet weder auf seine Anrufe noch auf seine Mails, die er zunächst an die „geliebte Schweigsame" und dann an die „weiterhin Herzallerliebste, auch wenn sie immer noch schweigt", richtet. Jedes Gutenachtmail trägt eine Zahl, mit der er ihre Tage des Schweigens nummeriert.

Mit ihrem Schweigen möchte sie Gregory Denkanstöße geben. Denkanstöße zum Hinterfragen, ob die Situationen, die ihn von seinen Reisen abhielten, vielleicht doch anders zu organisieren gewesen wären. Sie, die Wahrheitssuchende, hofft dabei ebenso inständig, eine mögliche Beeinflussung seiner Entscheidungsfreiheit ausschließen zu können, wie sie andererseits befürchtet, dass sich diese bewahrheiten könnte. Das wäre bei allen künftigen Reisen wie eine Gleichung mit zwei Unbekannten, mit schwerlich zu berechnenden, weil menschlichen Einflüssen unterliegenden und deshalb beliebig variablen Größen.

Die Unklarheit der Situation lässt sie nicht zur Ruhe kommen, während sie beharrlich weiter schweigt und mit schlafgestörten Nächten kämpft. Ihre Träume sind voll Bilder der Erinnerung, die sich auflösen und neu formen, bis sie daran erwacht. Sie möchte nachts auch nicht mehr auf das Klopfen ihres Herzens hören und sich fragen was mehr hämmert, das Herz in der Brust oder die Gedanken im Kopf.

Sie braucht medizinische Hilfe. Patrick empfiehlt eine junge Ärztin im nur ein paar Kilometer entfernten, neu eröffneten „Maison de la Santé", dem Haus der Gesundheit. Das passt zu ihrer Situation, denn eigentlich ist sie kerngesund, auch wenn die Störungen beunruhigend sind.

Die Ärztin ist ausgebucht und die Wartezeit über eine Woche. Ihrer Erwähnung einer gewissen Dringlichkeit verdankt sie es, zwei Tage später im Wartezimmer des lichtdurchfluteten Ärztehauses zu sitzen, in dem alles noch neu und frisch riecht. Sie ist erleichtert und besorgt zugleich, denn wie soll sie, sportlich und kerngesund, erklären was ihr fehlt? Zumal ihr eigentlich gar nichts fehlt außer ihm, Gregory, in dessen Armen sie von diesem emotionalen Zusammenbruch unverzüglich genesen würde. In seinen Armen, dem für sie schönsten Platz auf der Welt.

Aber diese Welt gibt es nicht mehr, der Welten Untergang hat stattgefunden, denn es ist nicht nur eine Welt daran zerbrochen, sondern viele ihrer kleinen Welten: Ihre Orte der Heiterkeit und der Lebensfreude, die sie zusammen teilten, als rund um sie her noch Freude war. Die Freude an kleinen Dingen ist ihr geblieben, die Dankbarkeit auch, und irgendwo auch das Vertrauen, dass nichts im Leben ohne Grund geschieht.

An all das denkt sie an diesem sonnigen Herbstnachmittag während sie mit drei weiteren Patienten darauf. wartet, aufgerufen zu werden. Sie blättert in einer Zeitschrift, ohne wirklich zu lesen, denn sie schaut lieber hinaus durch die breite, halb geöffnete Glasschiebetür, die den Blick auf einen kleinen Spielplatz frei gibt, auf dem Kinder herumtollen, lachen und kreischen. Zwei Mütter, sitzen auf einer Bank und unterhalten sich.

Es dauert nicht lange, bis die Ärztin im Türrahmen erscheint und Sophie leise aufruft. Die junge Frau trägt ihren weißen Ärztekittel offen über einem T-Shirt, Jeans und einem sportlich wirkenden Körper, was Sophie gefällt. Natürlich und unkonventionell stellt sie sich als Sarah Steinberg vor, und bittet Sophie, ihr zu folgen.
Auch ihr Sprechzimmer ist hell und lichtdurchflutet. An einer der kahlen Wände hängen ein paar, offensichtlich

von Kinderhand gemalte Bilder. Sie geben dem sonst farblosen Raum ein fröhliches Aussehen.

In einem kleinen Gläschen hat Sophie die schönste Rose ihres Gartens mitgebracht und stellt sie auf den Tisch der Ärztin, die sie etwas erstaunt, aber freundlich lächelnd anschaut und sich offensichtlich darüber freut.

„Das ist mein kleines Dankeschön dafür, dass Sie so schnell Zeit für mich gefunden haben", erklärt Sophie und findet, dass die weiße Tischplatte mit dem kräftigen Rot der Rose weniger steril wirkt. Denn auf dem Tisch gibt es nur einen Computer, eine Uhr und ein Foto von zwei kleinen Buben, Frau Dr. Steinbergs Söhne, wie sie später erfährt.

Die Ärztin bittet Sophie ihr gegenüber Platz zu nehmen. Sie fragt, ob Patrick ihr Sohn sei, was Sophie bejaht, worauf sie sich nach dessen Befinden erkundigt. Was wie eine banale Frage klingt, entbehrt jedoch nicht des persönlichen Interesses; sie ist für Sophie, die nicht so richtig weiß, wie sie ihren außergewöhnlichen Zustand und den Grund dafür erklären soll, wie eine Brücke des Vertrauens. Es ist eine Brücke zu ihren Gefühlen, die sie bisher für sich behielt und die nun aus ihr herausdrängen, aber nicht in Worten, sondern in Tränen. Das Versagen der Stimme öffnet ihr Herz und sie kommuniziert wortlos in Emotionen, die sich in ihren Tränen auflösen, was Frau Dr. Steinberg verständnisvoll zur Kenntnis nimmt. Sie schiebt eine Box Papiertaschentücher über den weißen Tisch mit der roten Rose und sagt betont ruhig: „Weinen Sie nur, ich habe Zeit."

Sophie erinnert sich später nicht mehr an das anschließende Gespräch, sondern nur noch an dieses beruhigende Gefühl des Vertrauens und des Erkennens dort angekommen zu sein, wo sie Erleichterung ihres Kummers findet. Das Einvernehmen mit der Ärztin ist wie eine

Umarmung, eine Stütze, aus der man gestärkt hervorgeht. Die stumme Solidarität wird zur Basis des Vertrauens, in der sie ihre Stimme wiederfindet. Wörter lösen die Tränen ab, durch die sie dankbar lächelnd zu erzählen beginnt.

Frau Dr. Steinberg hört aufmerksam zu, und ihr Verständnis lässt die anschließende medizinische Untersuchung für Sophie eher zur Begleiterscheinung als zum Kernpunkt ihres Besuchs werden, dessen eigentliche Wirksamkeit mit der schlichten Aufforderung begann: „Weinen Sie nur, ich habe Zeit".

Diese Aufforderung war wie ein Geschenk, wo doch alle wissen, dass die Ärzte dieser Tage keine Zeit mehr für ihre Patienten haben, weil ihr komplexes Vergütungssystem jede Minute nach Punkten abzurechnen verlangt. Sophie verabschiedet sich mit einem Rezept für Beruhigungstabletten und einer dankbaren Umarmung, die ihr ein Bedürfnis ist und auch erwidert wird.

Unterdessen schickt Gregory seine Mails weiterhin an die „schweigsame Herzallerliebste". Er erzählt seine Tagesabläufe und wünscht Sophie ruhige, erholsame Nächte, obgleich er von deren Unruhen nichts ahnt, und diese mit den Medikamenten auch wieder schlaffreundlicher sind. Damit reduziert sich auch Sophies nächtliches Schreiben von Briefen, in denen sie Seite um Seite mit rasch hingeworfenen Buchstaben füllt, um ihr Aufbegehren gegen sein Verhalten loszuwerden. Auch wenn sie keinen davon jemals abschickt, so sind sie doch eine gewisse Erleichterung, wohlwissend, dass es eine wirkliche Erleichterung nur durch Aufrichtigkeit in einem persönlichen Gespräch geben kann, weil sie ihm dabei in die Augen sehen möchte.

Sie kann auch deren entsetzten Ausdruck nicht vergessen, zumal sich daraus inzwischen die Frage ergibt, welche Nachricht dieses Mail wohl überbracht haben mochte. Denn sie vermutet, dass es weit mehr war als eine Forderung des Finanzamts, zumal die Insolvenz inzwischen als geringfügig abgeschlossen wurde. Aber es hatte auch den finanziellen Rettungsschirm seiner Tochter gegeben, der unter Bedingung des Abbruchs der Beziehung zu ihr aufgespannt wurde. Vielleicht bestehen daraus Forderungen, die er als abgegolten ansah?

Trotz ihres Wunsches nach Klarheit möchte sie Gregory vorerst nicht sehen. Kirsten fühlt mit und rät, sie solle sich mit schönen Dingen beschäftigen, um die Zeit des Wartens auszufüllen. Hazel erinnert an liebevolle Gedanken. Beide sind von Gregorys Liebe und seinem Zurückkommen überzeugt.

Inzwischen steht für Gregory die nächste Herausforderung an, die er bestätigt: „Ich habe den Termin fest eingeplant und möchte unbedingt dabei sein."
Es ist das 50-jährige Bestehen des Internationalen Clubs, in dem er Mitglied ist, und das Sophie mit einem festlichen Mittagessen im Montreux Palace Hotel zu feiern plant. Sie weiß, dass ihm die Teilnahme als Mitglied zusteht, aber sie stellt dafür eine Bedingung: „Vorausgesetzt, dass du so rechtzeitig eintriffst, dass uns davor genügend Zeit für einen Gedankenaustausch über die aktuelle Situation bleibt."
Er ist einverstanden, freut sich auf das Wiedersehen und versichert dabei, die schweigsame Herzallerliebste gleicherweise, wie bisher zu lieben, dass sich daran nichts geändert hat und sich auch nichts ändern wird.

Auch Sophie ist sich ihrer Liebe bewusst. Es ist die Präsenz einer Liebe, die weit über das körperliche Empfinden hinausgeht. Es ist das Wahrnehmen gleicher Dinge, die ihnen auffallen oder sie berühren, ähnlich dem „Knopfkleidengel" im Museum. Aber es ist vor allem die seinem Wunsch entsprechende Freude daran, denn: „Rund um uns her soll immer alles Freude sein".

Er schreibt, wie sehr er sich auf sein Zurückkommen freut, aber Sophie reagiert mit vorsichtiger Zurückhaltung, denn wirklich freuen kann sie sich erst, wenn er im Zug sitzt. Und das ist gut so, denn die Dominosteine sind in Bewegung, wenn auch in Zeitlupe. Aber ihrer Bestimmung entsprechend fallen sie einer nach dem anderen, denn alles kommt anders als geplant:

Gregory verschiebt seine Abreise kurzfristig von Freitagabend auf Sonntagabend, und dafür gibt es einen nachvollziehbaren Grund. Annabelle, inzwischen in Viktorias Immobilienfirma angestellt, soll von Freitag bis Sonntagnachmittag an einem Seminar über Finanzierungen teilnehmen. Lennart wird das Wochenende bei einem Freund verbringen, und Gregory soll Alexia in Annabelles Wohnung betreuen und bei den Schulaufgaben unterstützen.

Er verspricht: „Morgen telefonieren wir und dann kann ich dir meine Ankunftszeit mitteilen, denn am Jubiläum bin ich auf jeden Fall bei dir."

Sophie versucht ruhig zu bleiben, wenngleich diese Verschiebung einer Zeitbombe gleicht, deren Ticken sie zu vernehmen glaubt. Sie hat sich auf Zeit für Gespräche mit ihm gefreut und auf Zeit für das eventuelle Wiederentdecken des gemeinsamen Pulsschlags ihrer Liebe, was sie jedoch grundsätzlich von der erhofften Übereinstimmung bei ihrer Aussprache abhängig macht.

Kirstens Rat weiterhin befolgend, versucht sie, sich mit schönen Dingen zu beschäftigen. Sie verabredet sich für Sonntag zum Mittagessen in Cully, einem ihre Lieblingsorte am See. Es ist ein sonniger Oktobersonntag, an dem alles stimmt, das Wetter, die Freunde, das Restaurant, das Essen und Gregorys Zusage, abends im Zug zu sitzen. Aber sie empfindet eine seltsame Traurigkeit, in der sie selbst den strahlenden Himmel über dem tiefblauen See als erdrückend empfindet. Es ist, als wisse sie bereits, dass der Nachtzug ohne ihn fahren wird. Und so ist es dann auch, denn ihre Vorahnung wird von Gregory ein paar Stunden später in zehn Wörtern bestätigt, mit denen er sein Bedauern darüber ausdrückt, nicht im Zug zu sein.

Damit ist die tickende Zeitbombe explodiert, gezündet durch Annabelles verspätete Rückkehr, was bei solchen Seminaren nicht unüblich ist. Gregory kann seine Enkelin nicht allein in der Wohnung lassen, und alle anderen Familienmitglieder scheinen als Ersatz nicht verfügbar zu sein.

Bei seinem Anruf am nächsten Morgen schlägt er vor, am Abend zu reisen. Sophies Antwort ist unmissverständlich klar und kompromisslos: „Lass mich jetzt bitte einfach in Ruhe, rufe nicht mehr an und melde dich auch sonst nicht mehr."

Die vor Wochen noch so heiter klingende Spätsommersymphonie verändert die Frequenzen ihrer Töne. Sie mutiert im Gleichklang mit Sophies Emotionen zur elegischen Herbstsonate, dazu bestimmt, mit ihren Moll-Tönen den ganzen Herbst zu durchziehen und Sophies Erkenntnis zu begleiten, dass sie sich nicht mehr auf ihn und seine Zusagen verlassen kann, weil seine Liebe in der Berliner Realität nicht mehr umsetzbar ist. Vermutlich unterliegt diese der familiären Absicht, nun endgültig besiegt zu werden, was sich am überzeugendsten dadurch erreichen lässt, wenn es durch Gregorys eigene Handlungsweisen geschieht. Damit wird die Realität zu einer Gleichung mit mehreren Unbekannten, denn zu seiner wie obsolet gewordenen Entscheidungskraft kommen die sich in nachvollziehbarer Logik ergebenden Notwendigkeiten seiner Präsenz, für die es einen reichhaltigen Fundus von Möglichkeiten gibt. Während Sophie die wahren Gründe des Scheiterns seiner Reisen zu erkennen glaubt, scheint Gregory die sich in Berlin als „zufällig" ergebenden Notwendigkeiten nicht zu hinterfragen.

Zunächst bleibt ihm nichts anderes übrig, als ihre Bitte zu respektieren, dass sie vorerst weder schriftlich mit ihm kommunizieren noch ihn sprechen möchte. Er soll auch keine Reise mehr planen. Sie erinnert an das Margriten-Bäumchen, das er im Frühjahr als Zeuge für sein Gelöbnis wählte, wonach derartige Unzuverlässigkeiten nicht mehr vorkommen sollten. Wie erstaunlich dieses inzwischen auf seinen Wortbruch reagierte, erwähnt sie dabei nicht, zumal sie es selbst kaum glauben kann. Denn offenbar ist die Reaktion des Bäumchens nicht einfach eine Laune der Natur, denn der kleine Aprikosenbaum, dem Gregory stets seine besondere Aufmerksamkeit schenkte, tut es ihm gleich. Er verliert plötzlich alle Blätter, was zwar im Oktober nicht erstaunlich ist, doch seine Äste verfärben sich dabei in kürzester Zeit von ihrem frischen Grün in vertrocknetes Braun.

Sophie sucht Rat im Gartencenter, wo man ihr einen Spray gegen kleine rote Spinnen verkauft und rät, einen Ast abzuschneiden, um zu sehen, ob er innen grün ist. Sie schneidet nicht nur einen, sondern viele Äste ab, weil in keinem noch die geringste Spur Grün vorhanden ist. Der kleine, so unerwartet fruchtbare Aprikosenbaum ist total ausgetrocknet und stirbt. Damit folgt er dem Margriten-Bäumchen auf der Terrasse, das bereits unmittelbar nach Gregorys Abschied plötzlich alle Blüten verlor und trotz Sophies korrekter Pflege verdorrte.

Unterdessen passieren auch Gregory einige Widrigkeiten. Er verliert seinen Geldbeutel mit allen Ausweiskarten, bekommt einen vereiterten Zahn und danach eine Grippe.

Doch auch in der schweigsamen Zeit, wie er diese Phase nennt, schreibt er mehrmals täglich, lässt Sophie an seinem Leben teilnehmen und schickt allabendlich sein Mail mit oft nach wie vor poetischen Gutenachtküsschen. Er schickt mutige, die sich nicht abweisen lassen, solche, die demütig daherkommen und viele trotzige:
„Weil Trotz auch etwas von Beständigkeit, Standhaftigkeit und Hartnäckigkeit hat, denn das brauche ich, um dich von meiner Liebe zu überzeugen."
Er erklärt, sie alle sorgfältig zu sammeln, in der Hoffnung, sie bald keimfrei persönlich übergeben zu können. Ein paar Tage später erinnert er daran, dass die Reserve wächst. Seine Mails richtet er an seine „Immer noch Herzallerliebste", und versichert dabei immer wieder, trotz der Trennung in Liebe mit ihr verbunden zu bleiben.

Er trifft sich mit Hazel, die Sophie wochenlang mit telefonischen Coachings betreute, während sie mit ihr auf seine Rückkehr hoffte, und die nun mit dem Rat erstaunt, loszulassen:
„Er kann nicht kommen, denn er ist in seiner neuen Familienkonstellation fest eingegliedert."

Gegen Sophies dadurch sehr präsente Versuchung, jetzt wirklich Schluss zu machen, überzeugt Kirsten mit der Frage: „Was hast du davon, wenn du eure Liebe jetzt beendest? Ihr seid fusionierte Seelen und kommt nicht so einfach voneinander los. Die eine Seele wird die andere immer vermissen. Also was würde es dir bringen? Du wüsstest dann, dass du ihn nicht wiedersiehst, aber im Moment weißt du, dass ihr euch wiederseht, und das ist auch seine ganze Hoffnung, weil er dich auf keinen Fall verlieren möchte. Aber in der gegenwärtigen Situation kann er sich der Familie gegenüber nicht durchsetzen, was sehr von der finanziellen Seite abhängt. Damit wirst du vorerst leben müssen, denn das wird Zeit brauchen. Also halte zu ihm aber beschäftige dich weiterhin mit anderen schönen Dingen. Lass dir von niemand deine positive Lebenseinstellung oder den Glauben an eure Liebe nehmen. Schenke dem Leben weiterhin dein Lächeln."

Gregory möchte mit ihr sprechen, aber sie ist noch nicht bereit, seine sanfte, dunkle Stimme zu hören, die emotional wieder Wogen aufwiegeln könnte, gegen die sie sich wehrt. Das schreibt sie ihm genauso wie sie es empfindet, und er antwortet: „Aber wir bleiben trotz deines Schweigens miteinander verbunden, denn wir können auch wortlos kommunizieren. Das ist bei Personen, die sich lieben, immer so."

Damit behält das Echo ihrer Emotionen, das so oft im Gleichklang der Sehnsucht schwang, seinen zuversichtlichen Unterton. Aber die Töne der Gegenwart klingen anders, denn ohne Transparenz und Aufrichtigkeit ergeben sie keine Harmonie.

Gregory weiß, dass ihm die gegenwärtige Situation keinen Handlungsfreiraum lässt, aber hält an seinen allabendlichen Mails fest: „Zum Glück gibt es noch die Gutenachtmails, um meine Tage wenigstens in Gedanken mit dir zu beschließen."
„Dagegen gibt es nichts einzuwenden", ist Sophies Kommentar, doch so banale Wünsche wie einen gesunden, erholsamen Schlaf brauche ich nicht, das ist wie achtloses Rosenkranzbeten."

Im Versuch Kirstens Rat zu befolgen und zu ihm zu halten, bedarf es nicht nur der Beschäftigung mit anderen schönen Dingen des Lebens, sondern eines tiefen Vertrauens in die Zuversicht, dass letztendlich alles gut wird. Sie meditiert und achtet noch mehr als zuvor auf die kleinen Dinge des Lebens, die Freude bereiten.

Dazu gehören ihre Spaziergänge mit Cléa, bei denen sie sehr bewusst die Harmonie mit der Natur erlebt. Besonders wenn sie an der Rhône entlanggehen, dem breiten, lautlos fließenden und so oft seine Farbe wechselnden Fluss, horcht sie auf das Rauschen des Herbstwinds, der mit den Blättern der riesigen Bäume spielt, hört das Lied, das sie gemeinsam singen, der Wind und die Bäume, und denkt daran, wie oft sie hier mit Gregory gesungen hat. Dabei ist ihr die zweite Strophe des Schützenfestlieds besonders nah:

„Das Rauschen in belaubten Bäumen ruft freudig müsst ihr Gott erhöh'n. Die Zeit in Schwermut zu verträumen, ist Gottes Welt zu voll zu schön."

Aber nicht nur bei ihren Spaziergängen, sondern auch sonst ertappt sie sich immer wieder dabei, dass sie mit Gregory spricht, ihm Fragen stellt und nach Erklärungen sucht, auf die nur er die Antworten geben kann. Aber dafür ist die Zeit noch nicht gekommen, denn selbst wenn er glaubt, die Lage bald positiv beeinflussen zu können, folgt er vorerst dem vorgegebenen Rhythmus seines auf die Enkel und die Erledigung seiner Angelegenheiten abgestimmten Lebens.

Allmählich lockert Sophie ihre strenge Konsequenz und antwortet ab und an auf seine Mails. Sie schreibt ohne Anrede, denn den so unzuverlässig gewordenen Gregory mag sie nicht mehr ihren Liebsten nennen, auch wenn die Liebe präsent ist. Aber sein Verhalten verbietet ihr diese Präsenz zu demonstrieren, denn Liebe soll leuchten und nicht Schatten spenden.

Ganz intensiv nach diesem Leuchten sehnt sich auch Gregory in der Eintönigkeit eines Novembersonntags, und äußert einen Wunsch, den er vorsichtig in neutrale Sätze verpackt:

„Alexia ist bei Annabelle geblieben, Lennart ist hier, aber in einem Videospiel mit mehreren Online-Teilnehmern aktiv, und ich lese ein Buch von Suter, in dem dessen Protagonist Almen auf eine Porzellansammlung aus dem Rokoko mit pikanten erotischen Darstellungen stößt und einzelne Stücke davon verkaufen will.

So vergeht wieder ein Tag ohne dich, was hoffentlich bald ein Ende haben wird, denn ich möchte so bald wie möglich zu dir kommen, wenn es dir recht ist, was ich sehr hoffe. Aber auch auf Distanz und trotz der länger als geplanten Trennung bleibe ich innig mit dir verbunden. Ich bin auch neugierig zu erfahren, wie du dein Wochenende gestaltet hast.“

Das Wochenende war sonnig und Sophie hat im Garten gearbeitet, wo sie allerdings allein und nicht im Paarlauf mit ihm die abgefallenen Blätter des Catalpa-Baums in Plastiksäcke packte.

„Zu deiner Frage, was ich am Wochenende unternommen habe, überlege ich, ob du noch weißt, dass ich einen großen Garten habe, in dem es vor einigen Monaten noch einen Gärtner aus Liebe gab, der ihn bepflanzte und pflegte. Als er ging, stand der Garten in voller Blüte. Doch leider ist mein Gärtner aus Liebe seit Monaten verschollen, was meine Gestaltung dieses sonnigen Wochenendes vordergründig bestimmte.“

Zu seinem Besuch möchte sie sich noch nicht äußern, auch wenn sie mit ihm sprechen möchte, um die Einflussnahme seiner Familie auf sein und damit auch auf ihr Leben zu verstehen. Wie sehr er damit zum Werkzeug emotionaler Verletzlichkeit wird, scheint ihm nur peripher bewusst zu sein.

Sie formuliert es vorsichtig, erwähnt, dass es die Sophie, der er beim Abschied versprach in drei Tagen zurück zu sein, nicht mehr gibt. Sie schickt ein Foto des mit Catalpa-Blättern übersäten Rosengartens:

„Den du liebevoll gepflanzt und mit Freude gepflegt hast, und der ohne dich jetzt so aussieht. So ähnlich ergeht es auch meiner Liebe. Daraus entsteht gerade eine neue Sophie, die ich gerne noch etwas in sich selbst wachsen lassen möchte, bevor ich sie dir vorstelle. Andererseits ist der gegenwärtige Status quo kein erfreulicher Zustand und bedarf der Klärung, damit wir wissen, ob und wie es mit uns weitergehen kann. Doch bis das geklärt ist, wird manches nicht mehr so wie bisher sein, denn ich möchte erst wieder Vertrauen in dich haben können, was ich nur zusammen mit dir herausfinden kann."

Er antwortet liebevoll, hofft, die Distanz bald zu beenden. Er ist auf die neue Sophie gespannt und möchte auch den Garten wieder pflegen, sofern es sein Rücken erlaubt, denn seine Körperhaltung ist schlechter geworden:

„Ich werde offenbar immer gebeugter. Das kommt vom fehlenden Sport und vom vielen Sitzen. Es gibt an mir viel zu korrigieren. Nicht nur meine Zuverlässigkeit in Bezug auf Reisetermine. Sicher fällt mir noch vieles mehr ein. Zurzeit geht einiges schief, es ist, als ob mir das Pech an den Händen klebt. Aber ich lasse mich nicht verdrießen, sondern blicke vorwärts, denn bald wird es besser."

In Sophies Antwort liest er, dass er für das Pech an seinen Händen selbst verantwortlich ist. Sie wünscht sich, er möge herausfinden, dass er seines eigenen Glücks oder Unglücks Schmied ist und dass das auch so bleiben wird, solange er nicht sein eigenes Leben lebt, sondern das von anderen:

„Aber dabei will ich jetzt nicht mehr helfen, sondern baue mein Leben wieder auf, weil ich mich nicht länger mit dir im Kreis drehen möchte, was ich allerdings beim Tanzen mit dir liebe. Du hast mich als deine ‚Dancing Queen' zu lieben begonnen, aber inzwischen drehst du dich nur noch um deine eigene Achse."

Das klingt entschlossen, aber so einfach ist es nicht, weil sie alles, was sie mit ihm in Liebe verbindet, vermisst. Sie kämpft gleichermaßen mit dieser Situation wie gegen sie.

Hoffnung bringt das Bekenntnis eines Talkshow-Teilnehmers bei Markus Lanz, der nach einer ähnlich schwierigen Situation in seinem Leben erkannte: „Mein größter Fehler war, dass ich nicht gradlinig war und nicht NEIN sagen konnte. Ich habe es nicht kapiert, weil ich immer dachte, das geht schon irgendwie."

Sophies Verstand, so logisch emotionslos wie es seiner Funktion entspricht, suggeriert ihr, dass Gregory es offenbar auch nicht kapiert, und es nun doch an der Zeit sei, sich aus seinem Leben zurückzuziehen. Mit diesen Gedanken geht sie schlafen, aber sehr wohl ist ihr dabei nicht, und so ist sie erleichtert als sie am nächsten Morgen liest: „Die Sonne scheint draußen, aber in mir ist immer noch Schatten. Zudem kämpfe ich gerade auch noch mit einer Erkältung. Ich nehme Medikamente, schlürfe heiße Hühnersuppe und will nicht mehr jammern. Ich bin ja, wie du richtig feststellst, selbst dafür verantwortlich. Aber wenn ich nicht meinen Optimismus behalten könnte, dann wäre es echt traurig. So sende ich dir dennoch ein optimistisches und zukunftssicheres Morgenküsschen."

Damit sieht sie ihn schon fast wieder auf dem Weg der Erkenntnis und fragt sich, ob mit diesem Talk-Show-Bekenntnis vielleicht gerade wieder der Zufall als Wegweiser in ihr Leben greift. Sie hofft, die Sonne von draußen möge ihm auch die innere Klarheit bringen. Das stärkt ihren zuversichtlichen Geduldsmodus und leuchtet als kleiner Hoffnungsschimmer durch die Wirren dieser diffusen Situation, die sie mit jedem anderen Mann sicher längst beendet hätte. Aber bei Gregory ist es anders. Warum mag sie nicht ergründen. Also befolgt sie Kirstens Rat und beschäftigt sich mit schönen Dingen. Sie trifft sich mit Freunden, besucht Konzerte und vermehrt ihre Spa-Besuche, wo sie nicht nur den Körper, sondern auch die beim Schwimmen, bei Yoga und Pilates entstandenen Freundschaften pflegt. Auf die dabei immer wieder auftretende Frage nach Gregorys Rückkehr antwortet sie wahrheitsgemäß, dass er in Berlin noch einiges zu erledigen habe, was mehr Zeit als vorgesehen in Anspruch nimmt. Aus Takt dünnt sich das Interesse daran jedoch allmählich aus.

Erst drei Monate sind nach Gregorys Abschied „für drei Tage" vergangen, aber in seinen gegenwärtigen Lebensumständen scheint für ihn die Zeit mit Sophie Lichtjahre entfernt, obgleich sie ihm in seinen Gedanken uneingeschränkt nah ist. Wie oft hat er sich gewünscht, die alles Leben bestimmende Größe Zeit beeinflussen zu können, um ihre Trennungszeiten zu verkürzen und dafür ihre Wiedersehen zu verlängern. Jetzt scheint die Zeit still zu stehen, so wie inzwischen auch in seinem Leben alles stagniert.

„Es wird so lange brauchen, wie es brauchen wird", hatte Sophies mediale Freundin Else schon während des „holperigen" Jahres angedeutet und dabei die Zeit als menschliches Konstrukt bezeichnet. Inzwischen versteht sie, was Else damit meinte und was ihr damals wie eine ausweichende, unqualifizierte Prämisse eher suspekt als aussagekräftig vorkam. Nun ist es nachvollziehbar. Das jedoch passt nicht in Gregorys Vorstellung, er hält es lieber mit den Märchen, in denen die Zeit auch keine Rolle spielt, denn Dornröschen schlief immerhin hundert Jahre bevor ein Kuss sie wieder zum Leben erweckte.

Aber so lange wird er nicht warten können. Also orientiert er sich weiterhin am Märchen der Schneekönigin, in dem er oft Parallelen zu seiner Lebenssituation sah; damit will er sich seine Zuversicht auf einen positiven Ausgang seines Märchens bewahren. Er hofft auch inständig, sich seinen Wunsch eines Wiedersehens mit Sophie, bald erfüllen zu können. Dabei denkt er an die Sternschnuppen, die er in den Nächten kurz vor seinem Abschied am Himmel erhaschte, überzeugt davon, dass man sich immer wieder neue Wünsche ausdenken darf, auch wenn schon viele in Erfüllung gegangen sind. Daran hält er fest, auch wenn die Nächte der Sternschnuppen unerreichbar weit entfernt scheinen.

Inzwischen ist es November geworden. Der ungemütliche Monat hat das Wetter voll im Griff und spielt seine ganze Palette an Unwirtlichkeiten mit Nebel, Regen und stürmischen Winden aus. Sie fegen über die Felder, rütteln an den Bäumen und rasen an den Häusern entlang, durch deren Kamine man manchmal das Pfeifen vernimmt. In Sophies Garten zerren sie an den Ästen des Catalpa-Baumes und lassen nicht eher locker, bis sie ihn gänzlich entblättert haben. Es ist ein stürmisches Vergnügen, das sich über Wochen hinziehen kann. So kehren die Blätter wieder zur Erde zurück, aus der sie hervorgegangen sind und aus der, dem Kreislauf der Natur folgend, jedes Jahr wieder neue entstehen und die kahlen Äste in rauschendes Grün verwandeln.

In Berlin fällt der erste Schnee. Gregory schaut in die niederschwebenden Flocken und denkt an Weihnachten:

„Der Schnee zaubert im Garten eine vorfreudige Weihnachtsstimmung. Zu früh, sage ich mir, denn es ist erst November und wenn schon Weihnachten wäre, wäre ich bei dir. Also vertreibe ich die Weihnachtsgedanken und fühle ähnlich wie Kinder, die mit ihrer Ungeduld die langsam vergehenden Tage beschleunigen wollen."

Aber nichts lässt sich beschleunigen, auch wenn ihm alles viel zu langsam geht. Er weiß, dass er weder die Zeit noch seine Situation beeinflussen kann, auch wenn er inständig hofft, einen Weg zu finden, der ihn seinen Wünschen rasch näherbringt. Aber anstelle der Erfüllung seiner Wünsche tritt die Feststellung, dass es ihm schon lange nicht mehr so gut geht wie mit Sophie, besonders in der letzten gemeinsamen Zeit, als alles geregelt schien.

Er denkt an ihr Lachen, als er ihr erklärte, dass man sich von Sternschnuppen immer neue Wünsche ausdenken darf, worauf sie antwortete, mit ihm wunschlos glücklich zu sein. Für ihn sind das Erinnerungen aus einer anderen Welt, in die zurückzukehren er sich sehnlichst wünscht: Er möchte am ersten Advent bei ihr sein, aber dafür bedarf es ihres Einverständnisses.

Also erinnert er an das Basteln der Adventskränze, an den Geruch der Hefezöpfe, wenn sie diese aus dem Backofen nehmen, und an ihr gemeinsam zu schreibendes Buch, das er nach wie vor liebevoll „unser Baby" nennt, während Sophie darin eine sinnvolle Kreativität im Alter sieht.

Macht hoch die Tür, das Tor macht weit, ist das Adventslied, das sie zusammen sangen, und Sophie ist bereit, die Tür für ihn zu öffnen. Aber sie öffnet vorsichtig und nur einen kleinen Spalt, durch den aber trotzdem die Freude des zu erwartenden Wiedersehens strahlt.

Wie sehr ihre Vorsicht angebracht ist, erfährt sie wenig später, denn nun plant Annabelle zum Wochenende des ersten Advents in Berlin eine größere Wohnung zu beziehen und zählt darauf, dass ihr Vater vollumfänglich für Lennart und Alexia verfügbar ist sowie für alles Technische in ihrer neuen Wohnung.

Also gibt es kein gemeinsames Singen von Adventsliedern, und Sophie nimmt die Hefezöpfe allein aus dem Backofen. Sie verzichtet auch auf das Basteln des Adventskranzes, weil sie Gregory dabei zu sehr vermissen würde. Aber sie kauft einen fertigen Kranz. Trotzdem ist dieser erste Sonntag im Advent in diesem Jahr den vorausgegangenen Jahren an Adventsfreude nicht ebenbürtig.

Sie reagiert wieder mit Schweigen, in das sie sich wie in das Wohlbefinden vertrauter Nestwärme hüllt. Aber sie antwortet als er dieses bedauert:
„Keine Nachricht von mir? Das sollte dich nicht wundern. Es ist meine stumme Reaktion darauf, keinem deiner Worte mehr glauben zu können, weshalb ich auch keine Worte mehr für dich finden möchte. Die Hefezöpfe habe ich allein aus dem Ofen genommen und sie mit lieben Menschen geteilt. Durch deine Wankelmütigkeit unterliegt mein Leben ständig emotionalen Veränderungen; es ist wie ein Bild mit wechselnden Lichtreflexen, ferngesteuert aus Berlin. Dieser Einfluss lässt das Rot der Freude und die goldenen Hoffnungsschimmer verblassen, während sich ein schwaches Leuchten der Liebe gegen die dunklen Töne der Enttäuschungen wehrt.

Gerne würde ich wissen, wie du dein Leben gestalten möchtest oder kannst, um zu vermeiden, dass Gefühle weiterhin im dubiosen Gemisch aus Zusagen und Enttäuschungen verkümmern. Man sollte nicht nach den

Sternen greifen, um mit ihnen am Himmel der Liebe zu strahlen, wenn man sie später, wie Sternschnuppen verglühen lässt."

„Gefühlt bin ich dir sicher näher, als du vermutlich spürst. Auch die momentan 1000 Kilometer sollen uns nicht davon abhalten, uns auf Weihnachten zu freuen. Ich vertraue darauf, dass unsere Trennungszeit bald vorüber sein wird, der Beweis folgt mit dem Bahnticket."

Aber ein Bahnticket als Beweis lehnt sie ab. Für sie ist es ein Beweis auf Krücken, ein armseliger Versuch darüber hinwegzutäuschen, dass die Liebe allein seine Zusagen nicht aufrechterhalten kann. Obgleich er liebt, sich sehnt und den Fokus auf sein Kommen richtet, bleibt er physisch dort, wo die Umstände ihn festhalten und wo er, der „mallorquinische Bergadler", mit gestutzten Flügeln davon träumt, sie wieder aufspannen und damit fliegen zu können. Dabei gibt er auch seine Zuversicht, dass alles wieder gut wird, nicht auf.

Aber Sophie hat Mühe daran zu glauben, während Gregory davon überzeugt ist, die Situation früher oder später beeinflussen zu können. Darin sieht er lediglich eine Frage der Zeit, die es, selbst mit dem Risiko, dass es Monate oder Jahre dauern könnte, zu überstehen gilt. Sein Drahtseilakt dabei ist es, Sophie nicht zu verlieren, denn für sein Durchhalten ist es immens wichtig, den Kontakt mit ihr zu spüren, auch wenn sie nicht oft antwortet. Aber solange er die Verbindung fühlt, geht es ihm gut. Also meldet er sich mit unverminderter Regelmäßigkeit und vergisst dabei nie, sie seiner Liebe zu versichern, ebenso wie seiner Vorfreude darauf, bald wieder bei ihr zu sein.

Das jedenfalls wünscht er sich ganz intensiv zu Weihnachten und stimmt Sophie darauf ein. Aber sie ist vorsichtig geworden, empfindet die Perspektive auf ein gemeinsames Fest wie ein für sie bestimmtes Geschenk, von dem sie noch nicht weiß, ob es rechtzeitig zugestellt wird, sich insgeheim jedoch darauf freut. Aber ihre Freude ist, sofern Freude das überhaupt sein kann, vernünftig. Sie versucht, ihr den prioritären Charakter abzusprechen und ordnet sie in die Aktivitäten ihrer Tage ein.

Aber Weihnachtsfreude gehört zur Jahreszeit und behauptet sich so naturgetreu wie die Blätter an den Bäumen, die jedes Frühjahr mit grünen Spitzen aus den kahlen Ästen wachsen. Ähnlich ergeht es Sophie mit den zunehmend die Straßen, Schaufenster und Häuser schmückenden Dekorationen, die sich mit Erinnerungen und Gerüchen verbinden, und ihre Vorfreude darauf intensivieren, Weihnachten vielleicht doch mit Gregory zu feiern.

Er jedenfalls verfolgt seinen Weihnachtswunsch als prioritäres Ziel, das er, als unverdrießlich Hoffender ebenso vehement anpeilt wie seine Vernunft ihm, dem gleichzeitig Realitätsbezogenen, die Schwierigkeiten aufzeigt, die es dafür zu überwinden gilt, was seine Freude nicht schmälert:
„Du glaubst vielleicht nicht, wie oft ich an dich denke und mir dabei immer wieder Weihnachten bei und mit dir vorstelle. Dabei sage ich mir, dass träumen nur der erste Teil davon ist, das Tun und Handeln sind der wichtigere Teil. Also jetzt träumen und dann aber ganz schnell handeln."
„Das klingt alles sehr schön", findet Sophie, „es darf nur nicht wieder klanglos verhallen, weil du das Opfer anderer Prioritäten bist. Ich möchte dir wieder glauben und vertrauen können, was in den letzten Monaten nicht möglich war. Aber ich gebe die Hoffnung nicht auf, zumal du einsiehst, dass das Handeln wichtiger ist als das Sagen."

Gregory ist sich der Ernsthaftigkeit ihrer Einstellung zur Situation bewusst. Er wiegt sie mit Weihnachtsfreude auf: „Die Tage werden kürzer und auch die Zeit unserer Trennung nimmt ab. Darüber freue ich mich trotz Hektik und grauem Himmel, denn ich freue mich sehr darauf, Weihnachten endlich wieder bei dir sein zu können. Also schlafe ich mit weihnachtlichen Gedanken ein und wünsche dir dabei lauter goldene Träume mit Weihnachtssternen und warmem Kerzenschein."

Auch Sophie schläft mit weihnachtlichen Gedanken ein, aber sie träumt nicht von Weihnachtssternen und Kerzenschein, sondern davon, dass ihr verwaistes Haus, in dem Gregory immer etwas zu basteln und zu reparieren fand, bald wieder von Lachen und von Liedern erfüllt sein wird. In seiner Abwesenheit hat es seinen Charakter verändert, ist zu einer gemütlichen Herberge ihres Körpers und ihrer Gefühle geworden, zu einem stummen Zeugen der Vergänglichkeit, zu einem Museum glücklicher Momente, in die man sich vertieft, wie in die Betrachtung schöner Gemälde oder Gegenstände. Auch wenn das Haus nichts von seiner Gemütlichkeit verloren hat, so ist es ohne Gregory inzwischen doch anders als mit ihm.

Gleichgeblieben oder eher noch intensiver geworden ist Cléas Zuneigung und Anhänglichkeit. Sie weicht kaum von Sophies Seite und begrüßt sie bei jedem Heimkommen so freudig schwanzwedelnd, dass sich nicht nur der Schwanz bewegt, sondern das ganze Hinterteil wackelt. Als Willkommensgeste hält sie dabei einen von Sophies Hausschuhen in der Schnauze, als wolle sie sagen: „Schau, es ist alles bereit, damit du es dir hier gemütlich machen kannst."

Es ist fast so, als müsse sie die durch Gregorys Abwesenheit entstandene emotionale Lücke mit einer offensichtlichen Steigerung ihrer Zuneigung füllen. Sophie freut sich darauf, mit beiden wieder die Heiterkeit ihres Hauses zu erleben und dabei vielleicht auch seine Arme als den immer noch schönsten Platz auf dieser Welt zu empfinden.

Vier Tage vor Weihnachten gibt es eine Überraschung, die eigentlich nur ihn betrifft und Sophie wenig berührt: „Mein Schwiegersohn hat uns heute mit der Mitteilung überrascht, dass er mit den Kindern über Weihnachten nach Kitzbühel fahren will. Die Kinder sind begeistert und ich freue mich auf dich."
„Und ich freue mich auf dich, wenn du tatsächlich kommst", ist ihre ehrliche Antwort.

Zwei Tage später bereitet sich die zweite Überraschung vor, die durchaus positiv klingt:
„Meine Herzallerliebste, ich versuche dich telefonisch zu erreichen. Bitte, wann kann ich dich sprechen? Es geht um meine Abreise weg von Berlin zu dir."
Positiv ist auch ihre Antwort: „Gerne darfst du auch ohne meine Rückbestätigung buchen. Ich habe dir zugesagt, dass meine Einladung bis Weihnachten gilt, und meine Zusagen halte ich ein. Also schreib mir einfach wann du anzukommen planst."

Also schreibt er, und das ist die wirkliche Überraschung: „Meine Herzallerliebste, wir müssen dringend sprechen, weil sich alles wieder ändert. Hier das Wichtigste: auf Wunsch von Viktoria hatten wir zusammen mit Annabelle gestern ein Gespräch über unsere Weihnachtspläne. Beide baten mich inständig, das letzte gemeinsame Weihnachtsfest hier mit der Familie, einschließlich

Viktorias Schwiegereltern, zu feiern. Ich soll unterdessen bei Annabelle in Alexias Zimmer wohnen. Das heißt für uns: Ich komme erst nächste Woche zu dir."

Sophies Antwort ist klar: „Meine Einladung gilt bis Weihnachten und das weißt du. Mehr brauche ich dazu nicht zu sagen."

Der Schock, falls es einer sein sollte, ist geglückt. Aber von Fremdeinwirkungen auf ihr Leben hat Sophie inzwischen mehr als genug. Sie wehrt sich dagegen ihre Lebensessenz, die Essenz der Freude, ferngesteuert zerstören zu lassen, will nicht mehr Opfer von Entscheidungen anderer sein, auch wenn Gregory das anders sieht und um Verständnis für den Wunsch seiner „Kinder" für dieses letzte gemeinsame Weihnachtsfest bittet, das es in dieser Zusammensetzung nicht mehr geben wird.

Durch diese Information klingen die Töne des ewigen Lieds des Verschiebungsmodus, das Sophie nicht mehr hören möchte.

Aber nachdem sich die heitere Septembersymphonie im Oktober zur melancholischen Herbstsonate wandelte und das gemeinsame Adventsliedersingen im November ein unerfüllter Wunsch blieb, möchte sie, die Weihnachtsklänge liebt, diese durch den mit Gregorys Absage entstandenen Verlust an Weihnachtsfreude nicht zum Trauermarsch werden lassen. Sie möchte Weihnachten trotzdem in Freude und auch ohne Gregory als Fest der Liebe erleben, wenngleich sich die Enttäuschung nicht ganz aus den Emotionen vertreiben lässt. Sie wehrt sich auch nicht gegen die Traurigkeit, weil deren Akzeptanz zur Überwindung erforderlich ist.

Aber sie weiß, was sie zu tun hat, und an diesem Entschluss ändern weder seine Mails noch seine Weihnachtsbotschaft etwas, mit der er ihr am frühen Weihnachtsmorgen versichert, sie trotz ihres Schweigens unverändert zu lieben. Ihre Weihnachtsbotschaft wird anders klingen, das steht unwiderruflich fest, auch wenn es dafür noch eines gewissen Reifeprozesses bedarf.

Zu diesem Reifeprozess ebenso wie zu ihrer Weihnachtsfreude trägt Margret bei, eine zur Freundin gewordene frühere Kollegin, die den Krebs mehrmals besiegte; aber dieses Mal scheint er den Kampf zu gewinnen. Margret weiß, dass es endgültig ist und sie sich auf der geraden Strecke zur Erlösung befindet. Um an das öffentliche Verkehrsnetz angeschlossen und in Krankenhausnähe zu sein, ist sie von ihrem Haus auf dem Dorf in eine kleine Wohnung in Montreux gezogen. Nach dem Heiligen Abend in der Familie ihrer Tochter, möchte sie den Weihnachtstag dort in Ruhe verbringen und freut sich auf Sophies Besuch. Auch Sophie freut sich auf das Wiedersehen mit der Freundin, ohne zu ahnen, wie sehr dieses zum Rettungsanker ihrer Emotionen und zu einem ungeahnten Stabilisator ihrer Entscheidung wird.

Margret und Sophie haben sich einige Jahre nicht gesehen, und als Margret ihre Freundin an der Fahrstuhltür im 4. Stock empfängt, strahlen ihre Augen vor Freude. Sie ist mit ihren 43 Kilo nicht nur fast durchsichtig mager geworden, sondern auch etwas kleiner; selbst die Haut in ihrem Gesicht ist nun viel zu reichlich für ihren Kopf. Es sind unverkennbare Merkmale ihrer Krebserkrankungen, die durch die Herzlichkeit ihrer Ausstrahlung jedoch an Bedeutung verlieren.

Nicht zu übersehen allerdings, ist die Schwäche ihres Körpers, die ihre Beweglichkeit so sehr einschränkt, dass sie sich nur auf Sophies Arm gestützt in ihrer kleinen Wohnung fortbewegen kann, oder aber indem sie sich an den Möbeln festhält, die den Raum fast gänzlich ausfüllen. Sie trägt einen rosaroten Kaschmirpullover, der ihre Zerbrechlichkeit weich umhüllt und die Sanftheit ihres Wesens unterstreicht.

Der kleine, festlich gedeckte Tisch drückt ihre Freude über Sophies Besuch aus. Durch den dreiarmigen silbernen Kerzenleuchter, dem feinen Porzellan und den Kristallgläsern auf weißem Damast, hebt er sich mit einer unerwarteten Feierlichkeit von der Ansammlung an Möbeln und sonstigen Gegenständen ab. Zu diesen gehört ein Couchtisch, auf dem ein kleiner Weihnachtsbaum mit Bescheidenheit, weil aus Plastik, etwas Weihnachtsstimmung verströmt. Auf der Kommode daneben steht ein leerer Hasenkäfig mit offener Tür. Den Hasen hat ihre Tochter vor ein paar Tagen abgeholt, weil Margret ihn nicht mehr versorgen kann. Im Gegensatz zu dieser traurigen Leere bemüht sich im Käfig daneben ein pfeifender und aufgeregt zwischen zwei Schaukeln hin- und her-hüpfender Wellensittich um Aufmerksamkeit, die ihm Margret mit liebevollen Worten immer wieder schenkt.

Als sie am Tisch Platz genommen haben, bittet sie Sophie, die Weinflasche zu öffnen. Obgleich sie nur einen winzigen Schluck des auserlesenen Burgunders trinken kann, so möchte sie trotzdem mit Sophie auf das Weihnachtsfest und ihre Freundschaft anstoßen.
Beim glockenhellen Klang der Gläser und vom Strahlen ihrer hellen Augen begleitet, dankt sie für die Freundschaft, die sie seit vielen Jahren miteinander verbindet. Sie freut sich über das von Sophie zu Hause vorbereitete Weihnachtsessen, auch wenn sie kaum etwas davon zu sich nehmen kann, wobei selbst das Kauen des zarten, flambierten Kalbfleischs eines immensen Zeitaufwands bedarf. Aber Zeit spielt dabei keine Rolle, sie hat in diesem Umfeld an Bedeutung verloren.

Erstaunlich ist Margrets Lebhaftigkeit beim Austausch von Erinnerungen, die sie problemlos aus ihrem Gedächtnis abruft. Als besonders berührend empfindet Sophie Margrets Wahrnehmen ihrer Gegenwart, die sie im Einklang mit ihrer fortschreitenden Vergänglichkeit sieht. Mit dieser klaren Endgültigkeit eines Menschenlebens, erlebt Sophie die Endlosigkeit einer Liebe, die in der Realität nicht mehr fühlbar lebensfähig ist als eine seltsam groteske Gemeinsamkeit. Diese wird durch Gregorys per SMS gesandte Weihnachtsgedanken intensiviert, denn er ist nah und gleichzeitig Lichtjahre entfernt.

Draußen scheint die Sonne und Margret möchte ein bisschen spazieren gehen, denn mit Sophie und auf einen soliden Stock gestützt, fühlt sie sich sicher auf dem Weg, der von ihrer Wohnanlage aus direkt in eine grüne Landschaft führt. Darüber freut sich die geduldig im Auto wartende Cléa, die, als sei sie sich Margrets Zerbrechlichkeit bewusst, artig bei Fuß geht, auf Hochspringen verzichtet und sich darauf beschränkt, ihre Freude über das Wiedersehen nur durch kräftiges Schwanzwedeln auszudrücken.

„Ich hoffe, wir sehen uns bald wieder", ist Sophies Wunsch beim Abschied, aber Margret weiß, dass sich dieser kaum erfüllen wird. Als Antwort hält sie Sophie lange in ihren Armen fest.

Sophies Weihnachtserlebnis mit Margret beschließt den für ihre Nachricht an Gregory nötigen Reifeprozess. Durch die Eindrücke dieser wenigen Stunden hat sie Abstand gewonnen. Sie hat Vergänglichkeit und Zeitlosigkeit empfunden und Kraft daraus geschöpft, auch wenn zwei, wie sie empfindet, endgültige Abschiede an einem Tag schwer zu stemmen sind.

Zu Hause macht sie es sich mit einem Feuer im Kamin und vielen Kerzen gemütlich. Die große Geburtstagskerze mit Gregorys Widmung ist inzwischen so weit abgebrannt, dass nur noch das halbe Herz mit den beiden eingeritzten Initialen aus dem weißen Wachs leuchtet.

Sophies Weihnachtsbäumchen rundet diese Halbheiten mit frischem Grün ab, denn auch es ist nur halb so groß wie die Tannen der Vorjahre. Sie hat dieser winzigen, etwas schräg und ganz unvorhergesehen in ihrem Garten gewachsenen Eibe mehrmals versprochen, irgendwann als schön geschmückter Weihnachtsbaum in ihrem Wohnzimmer zu stehen, was eigentlich noch nicht für dieses Jahr vorgesehen war. Aber nun ist die kleine Eibe wie ein schräger Ersatz für Gregory, aber trägt die goldenen und roten Kugeln mit Würde. Sie scheint dankbar dafür zu sein, dass Sophie ihre leicht schräge Haltung nicht mit schweren elektrischen Kerzen belastet, sondern lediglich eine Girlande aus kleinen Lämpchen über die noch etwas schwachen Ästchen verteilt.

Sophie fühlt sich mit diesem rührend aussehenden Bäumchen verbunden, verbunden durch die Schräglage ihrer Emotionen, die es durch dieses Mail an Gregory wieder aufzurichten gilt. Sie hat ihre Argumente dafür „gedeihen" lassen, hat sie dabei immer wieder verworfen und gemildert, um nicht in einen Vorwurfmodus zu verfallen, der jedoch in ihren Gedanken und Emotionen ganz klar vorhanden ist. Ebenso klar ist aber auch ihre Überzeugung, mit der Widersprüchlichkeit der letzten Monate nicht länger umgehen zu wollen. Sie liest den Text sorgfältig durch, bevor sie ihn mutig abschickt und diesen Abend für den endgültigen Rückzug aus Gregorys Leben hält.

Sie hat sich auf klare Aussagen beschränkt und ihre Argumente in Liebe verpackt. Es sind die Beobachtungen der letzten Monate, die ein Geflecht aus Liebe und Widerspruch, aus Freude und Enttäuschung ergeben, das die Zuversicht auf eine gemeinsame Zukunft nicht mehr trägt, obgleich alle Vorbereitungen dafür getroffen waren.

Gregorys Antwort ist so klar wie ihre Aussage, er ignoriert ihren Rückzug und besteht auf der Wahrhaftigkeit seiner Liebe.

Kirsten versucht Verständnis in die Situation zu bringen: „Er kann nicht so wie er möchte und es immer wieder durchzusetzen versucht, denn er steckt in einer familiären Zwangsjacke, aus emotionalem Gewebe geschneidert und mit finanziellen Fäden verstärkt. Sein Ziel ist es, dir in Augenhöhe zu begegnen, was in dieser Fixierung noch nicht möglich ist. Sich aus dieser Verpflichtung zu befreien, könnte sehr lange dauern, was ihn jedoch nicht davon abhalten wird, weiterhin an eure Liebe zu glauben, die seine ganze Hoffnung ist."

Damit wird sie recht behalten, was Gregory ein paar Tage später bestätigt, wonach die Liebe seine Hoffnung bleibt, die er zum Jahresende in gute Vorsätze verpackt: „Alles, was sich im neuen Jahr ändern soll, schreibe ich mir heute Nacht auf. Ich lese auch immer wieder in unseren Mails, nicht nur um mich zu erinnern, was natürlich sehr schön ist, sondern auch um Stärke aus der Vergangenheit zu ziehen und zu wissen, dass unsere Liebe trotz aller Verspätungen noch lebt. Ich freue mich, wenn auch du unsere Verbundenheit trotz der räumlichen und inzwischen auch viel zu langen zeitlichen Entfernung verspürst, ich tue es jeden Tag."

Diese Art der Verbundenheit erinnert Sophie an Hazels Botschaft, wonach eine Seelenliebe nicht einer ständigen physischen Nähe für ihr Bestehen bedarf. Jedoch hatten weder Gregory noch sie diese durchaus nachzuvollziehende Vorstellung mit den zu überwindenden Schwierigkeiten verbunden und mit Enttäuschungen, die an der Seele nagen. Der Schmerz ihrer Seele ist für Sophie wie zu einem Teil ihrer selbst geworden, und manchmal hat sie das Gefühl, als hätte Gregory ein Stück Seele mitgenommen, um es in seiner Obhut zu behalten und seinen eigenen Schmerz damit zu lindern.

So wie sie in ihrer energetischen Verbindung oft ihre unausgesprochenen Gedanken erkannten, so erkennt Gregory auch Sophies Zweifel und erinnert an seine Überzeugung: „Du weißt ich bin Schwabe und stur. Deshalb gebe ich die Hoffnung auf bessere Zeiten nicht auf und hoffe, dass auch du trotz allem noch ein Fünkchen Hoffnung auf unsere gemeinsame Zukunft pflegst."

Mit dieser Hartnäckigkeit stellt er sich vor, seinen Geburtstag mit Sophie zu feiern, jedoch ein termingerecht eintreffender Bandscheibenvorfall spricht dagegen, worauf er, mehr und mehr verzweifelnd, seinen Besuch zum Valentinstag plant. Als hoffe er, sich zu dessen Realisierung Mut zu machen und seine Durchsetzungskraft dadurch zu stärken, bucht er seinen Platz im Zug für den 13. Februar. Er schickt Sophie die Kopie seines Billets, aber sie legt ein Veto ein. Und dafür gibt es einen besonderen Grund, mit dem nicht nur die Dominosteine zu fallen beginnen, sondern auch das seit langem über dieser Liebe schwebende Damoklesschwert in Bewegung kommt.

Eine Entscheidung der Familie bringt Gregory am Wochenende vor dem Valentinstag in eine katastrophale Zwicklage: Seine Tochter Viktoria fährt mit ihrem Sohn und den Schwiegereltern zum Wintersport. Wie so oft überlässt sie während ihrer Abwesenheit dem Vater das Auto. Jedoch diesmal geschieht es mit der Auflage, seine noch bei Sophie befindlichen „Sachen", wie man es nennt, zu holen. Damit hofft man, der Gefahr seiner möglichen Rückkehr in die Schweiz vorzubeugen. Doch er soll nicht allein fahren, sondern ihre Mutter soll ihn begleiten.

Gregory glaubt, in der gegenwärtigen Situation keine andere Wahl zu haben als zuzustimmen, weiß aber auch, wie er dieses Vorhaben verhindern kann: Er wird Sophie informieren und sie bitten, nicht zu Hause zu sein. Doch dazu muss er sie erreichen, was er verzweifelt per Mail und per Telefon versucht, aber ohne Erfolg, denn sie besteht auf ihrer Bitte, er möge sie nicht mehr anrufen, was er bisher akzeptierte.

Deshalb ist sie erstaunt, Freitagnacht ein Mail mit folgendem Wortlaut zu erhalten: „Bitte ruf mich dringend an, damit wir das Wochenende besprechen können."
Aber auch darauf reagiert sie nicht, denn sie haben für das Wochenende nichts zu besprechen. Sein Besuch ist für den Valentinstag vorgesehen, und außerdem hat sie für den morgigen Samstag bereits ein Programm: Morgens Spa, Mittagessen mit Françoise und dann Fernsehnachmittag, gemütlich mit Cléa zu ihren Füßen. Das passt perfekt in dieses trübe Februar Wochenende.

Am Samstag hängen die Wolken wie dicke Schleier vor den Bergen und die Palmen auf der Liegewiese vor dem Spa halten ihr grünes Blattwerk verwegen gegen die trübe Witterung. Sie sehen dabei so verloren aus, als hätten sie sich im Breitengrad geirrt. Auch die Unwirtlichkeit des Wetters steht in umgekehrtem Verhältnis zum Wohlbefinden im Spa, das mit schwimmen, Yoga und Jacuzzi trotz der offensichtlichen Gegensätze perfekt in diesen Vormittag passt.

Das sind die von Sophie wahrgenommenen Gegensätze. Für Gregory jedoch gibt es einen ganz anderen Gegensatz, denn diese Reise ist für ihn so widersprüchlich zu seiner Hoffnung, Sophie mit dem Verbleiben seiner „Sachen" vom Wunsch seiner Rückkehr zu überzeugen. Aber vor allem gilt es, sie vor einer fatalen Situation zu bewahren, von der sie nichts ahnt und von der er sie bei jeder Pause zu warnen versucht, während er dem Genfersee entgegenfährt. Er ist am Verzweifeln, weil sie nicht antwortet und er die zu erwartende fatale Situation nur dann verhindern kann, wenn er sie noch rechtzeitig erreicht.

Aber Sophie sitzt gemütlich beim Mittagessen mit Françoise. Die beiden unterhalten sich mit den Gästen am Nebentisch über Erlebnisse mit Hunden. Erst als sie ihr Smartphone zur Hand nimmt, um ein Foto von Cléa zu zeigen, explodiert die Realität der sich zuspitzenden Situation, denn es zeigt mehrere Anrufe von Gregory und eine als dringlich gekennzeichnete Audionachricht.

Sie entschuldigt sich, um die Nachricht abzuhören und wird dabei so blass, dass Françoise darauf nicht nur mit besorgten Blicken reagiert, sondern spontan aufsteht, um sie im Falle des Versagens ihrer Beine aufzufangen. Für Sophies offensichtliches Erschrecken ist Gregorys Stimme verantwortlich, jene Stimme, die sie seit Monaten nicht mehr hören wollte, und die trotz der Schreckensnachricht, die sie verkündet, so vertraut klingt, dass auch dabei der Inhalt seiner Worte in totalem Widerspruch zu dem steht, was sie an Emotionen wachruft.
„Sophie, ich habe mehrmals versucht dich anzurufen und habe dich leider nicht erreicht. Aber ich bin mit meiner Frau unterwegs zu dir, um meine Sachen abzuholen. Ich treffe voraussichtlich gegen 14 Uhr ein."

Dann liest sie seine als SMS gesandte Nachricht, die ebenfalls in totalem Widerspruch zu der vorausgegangenen steht: „Leider konnte ich diese Reise nicht verhindern, aber wenn ich anrufe sage bitte, dass du nicht zu Hause bist, und sei bitte auch nicht zu Hause. Darum bittet dich, so grotesk es auch sein mag, dein dich auch in dieser Situation innig liebender Gregory."

Es ist kurz nach 13:30 Uhr. Sophie erkennt, wie wenig Zeit ihr bleibt, um Cléa aus dem Haus zu holen, bevor er dort eintrifft, was jeden Moment passieren kann. Die Vorstellung dieser grotesken Begegnung mit Gregory nach sechs Monaten Trennung ist pures Entsetzen und bestimmt ihre panische Handlungsweise: Sie verlässt das Lokal wie eine Flüchtende und wird sich dabei klar, dass sie sich diesem möglichen Zusammentreffen nicht allein aussetzen möchte. Marie-Ange muss dabei sein! Ein Anruf genügt und Marie-Ange, die Sophies Entsetzen teilt, kommt ihr bereits auf der Straße in Corseaux entgegen, als Sophie sie dort abholt.

Zu Hause ist alles friedlich; niemand erwartet sie vor dem Haus, aus dem Cléas freudiges Bellen klingt. Das Haus steht da wie eine Burg, aber es beherbergt eine hochexplosive Sprengladung für eine Situation, die Gregory durch sein Eintreffen zum Entzünden bringen kann, und die unmittelbar bevorsteht. Auch er ist sich dieser Gefahr bewusst und dankbar für jeden Stau auf der Autobahn, der sein Ankommen verzögert.

Cléas überschwänglich freudige Begrüßung gilt besonders Marie-Ange, die für Sophie Sicherheit und Schutz verkörpert, während sie, total unter Druck, in Windeseile ein paar Sachen für die Nacht und Futter für Cléa zusammenpackt. Sie will heute keinesfalls mehr in ihr Haus zurückkehren, sondern lieber bei Marie-Ange übernachten, zumal sie auch nicht weiß, ob Gregory unverrichteter Dinge wieder zurückfährt, oder eventuell in der Gegend bleibt, um noch einmal vorbeizukommen.

Auch Cléas Freude und Sophies fühlbare Anspannung passen in die Widersprüchlichkeit dieses Tages, in deren Bewusstsein Sophie plötzlich das Gefühl hat, nicht mehr atmen zu können, sofern sie ihr Haus nicht unverzüglich verlässt. Und das ist gut so, denn wenig später kommen zwei Anrufe von Gregory, auf die sie nicht antwortet, die aber vermuten lassen, dass er angekommen ist. Heilfroh darüber, ihr Haus noch rechtzeitig verlassen zu haben, wird sie sich der unvorstellbaren Realität bewusst, dass der seit langem sehnsuchtsvoll erwartete Gregory vor ihrem Haus steht und sie sich bei Marie-Ange in Sicherheit bringt, um ihm nicht zu begegnen.

Das übertrifft alle Widersprüchlichkeit dieses Tages. Sophie kämpft mit Gefühlen der Revolte. Sie revoltiert gegen alles, was sich an diesem Nachmittag direkt oder indirekt ereignete, aber am meisten gegen Gregory, den sie für all das verantwortlich macht und von dem sie sich verraten fühlt, weil er sich auf diese Reise einließ, die für sie ein totaler Vertrauensbruch ist.

Aber auch er ist aufgebracht in seiner auf Widersprüchlichkeiten aufgebauten Doppelrolle. Zumal ihn auf der Rückfahrt alles an Sophie erinnert: Der Bodensee, Meersburg und Biberach, all das verbindet ihn mit ihr. Dabei ist sein Verdrängungsmodus nicht stark genug, um seine eigene Revolte gegen diese Situation zu dämpfen. Er schickt ihr noch eine Nachricht aus dem Hotel, aber das kann weder sein schlechtes Gewissen beruhigen noch seinen dringenden Wunsch erfüllen, ihr diesen Kraftakt so schnell wie möglich erklären zu können.

Denn diese erzwungene Reise, ist für ihn ein zu absolvierendes Pflichtprogramm, für das Viktoria die Trumpfkarten in der Hand hält.

Das jedoch weiß Sophie nicht, und es zu wissen hätte vermutlich auch nichts an ihrem Aufbegehren geändert, das sie zusammen mit Marie-Ange in der Gemütlichkeit von deren Wohnung bei einem rasch zubereiteten Abendessen zu beruhigen versucht. Es ist von einem exzellenten Rotwein begleitet, der beiden die nötige Bettschwere bringt, und in dem sie ihre Empörung und die Enttäuschung über Gregorys Verhalten ein bisschen ertränken können. Trotzdem finden sie weder für ihn noch für diese Gewalttour die geringste Entschuldigung.

Ganz anders sieht es Kirsten, die auf Sophies Schilderung des Unbegreiflichen unverzüglich rät: „Auch dabei bleibt dir nichts anderes übrig, als die Dinge gelassen zu nehmen und Chancen der Entwicklung in allem, eben auch in diesem, zu sehen. Gregory zerbricht gerade an vielem, was ringsherum um ihn passiert, aber immer ist Liebe zwischen euch."

Trotzdem ist diese Reise für Sophie ein totaler Vertrauensbruch, und das soll der letzte sein. Für sie ist damit das seit langem über ihren Köpfen schwebende Damoklesschwert gefallen, und das mit Gregorys Hilfe. Ihre Reaktion ist Empörung, gefolgt von Schweigen, das Gregory beklagt:
„Nun bin ich schon drei Tage ohne Nachricht von dir. Ist dein Schweigen ein Akt der Erziehung, der Rache oder der Enttäuschung? Wie kann ich dich wieder zu einer Reaktion bringen? Bitte gib mir ein Zeichen, ich warte darauf in unveränderter Liebe."

Es ist weder Erziehung noch Rache, denn die Liebe ist nach wie vor präsent, wenn auch nicht unverändert. Es ist eine von den Ereignissen der letzten Monate gebrandmarkte Liebe, die ihre Stimme verloren hat. Also schreibt Gregory wieder an die „Schweigsame Herzallerliebste", an seine „nach wie vor Herzallerliebste", oder an die „mir keineswegs gleichgültig Gewordene."

Manchmal fällt es ihr schwer, nicht zu antworten, zumal er bekennt, sich zwischen sprachlos und mutlos zu bewegen, weil es immer wieder Rückschläge wie von seinem Rücken, dem Finanzamt oder aus anderen Gründen gibt:

„Natürlich selbst verschuldet. Vielleicht habe ich doch bald die Möglichkeit, all dies mit dir in friedlicher, nicht nachtragender Atmosphäre zu besprechen, und ich hoffe inständig, dass du mir meine Unzuverlässigkeit der letzten Monate irgendwann verzeihen kannst. Mehr fällt mir im Moment nicht ein, außer dass ich dich unverändert liebe."

Aber Sophies Entschluss sich zurückzuziehen steht nun unumstößlich fest. Er läutet den Beginn eines Endes ein, das vielleicht gar kein Ende ist, weil eine Seelenliebe nie ganz verlöscht, aber in der aktuellen Situation ist es ein notwendiges Ende, auch wenn Gregory zuversichtlich bleibt:

„Bitte lass mich im Glauben, dass es auch wieder anders, nämlich besser wird, ich jedenfalls gebe die Hoffnung nicht auf und bin inzwischen nicht untätig: Ich arbeite mit einem Physiotherapeuten an meiner Beweglichkeit, denn ich möchte dir aufrecht entgegentreten. Das ist sowohl physisch als auch im übertragenen Sinn gemeint. Deshalb bitte lass uns in Verbindung bleiben."

Sie akzeptiert, möchte ihm den Hoffnungsschimmer lassen, bittet ihn aber, keine Besuche mehr zu planen. Denn so kann sie die Enttäuschungen nicht realisierter Besuche und die Wünsche nach einem Wiedersehen verhindern, die seit Monaten unerfüllt blieben. Auch wenn sich ihre seit Jahren von Gregory gepflegte Erwartungshaltung noch nicht ganz ausschalten lässt, so hängt sie nur noch wie ein vom Feuer übrig gebliebenes Rauchfähnchen in Luft, dem „Wind of change" ausgeliefert.

Gregory bleibt mit seinen Gutenachtmails präsent, von denen er meint, dass Sophie darauf trotz ihres Rückzugs nicht verzichten sollte, und manchmal antwortet sie, denn Kirsten rät zu Nachsicht und dazu, negative Gedanken abzubauen und keinen Groll zu hegen, sondern bei allem zu wissen, dass nichts ohne Grund geschieht, auch wenn man es nicht versteht.

Langsam wird es Frühling. Sophies Garten beginnt zu blühen und Gregory freut sich über ein paar Fotos, die sie ihm schickt, nachdem die kräftige Sonne die Blumen aus dem Boden und die Blüten auf die Bäume gezaubert hat. Doch es gibt eine Ausnahme: das Aprikosenbäumchen. Als dessen blattloses Gerüst sieht, fragt er: „Was ist mit meinem Aprikosenbäumchen passiert. Ist es erfroren?"

„Nein, es ist einfach verdorrt", antwortet sie wahrheitsgemäß, ohne weiter darauf einzugehen, denn rational ist nicht zu erklären, dass der kleine Baum ohne biologisch nachweislichen Grund nach Gregorys Fernbleiben alle Blätter verlor und einfach verdorrte.

„Vielleicht war es krank", folgert er, und Sophie lässt es bei dieser Feststellung bewenden.

Der Frühling bereichert nicht nur die Luft mit seinen Gerüchen und verschönt die Gärten mit seinen Farben, sondern er intensiviert auch Sophies Vermissen Gregorys und die mit ihm empfundene Lebensfreude. Denn während es wie im Lied des Musicals bunt wird um ihr Haus, kommen auch die Erinnerungen, die auf ihre Emotionen wie ein Substrat wirken, normalerweise dazu bestimmt, das Gedeihen von Pflanzen und Blumen zu unterstützen. Manchmal wehrt sie sich gegen diese Intensivierung ihrer Gefühle, aber meistens lässt sie ihnen freien Lauf.

Auch Gregory, dessen Tagesabläufe sich wenig voneinander unterscheiden, sehnt sich nach allem, was ihn mit Sophie verbindet, tagträumt in Erinnerungen und wünscht sich in ihren Garten zurück. Er schreibt oft mehrmals am Tag, denn wenn schon nicht physisch, so möchte er ihr wenigstens gedanklich nahe sein. Als „sturer Schwabe" und nach wie vor zuversichtlich Hoffender, erinnert er immer wieder an die Pflege des Fünkchens Hoffnung auf die gemeinsame Zukunft und bittet Sophie, diese nicht zu vernachlässigen.

Jedoch sie, die mehr und mehr den Realitätsbezug vermisst, sieht das inzwischen anders: „Wenn man das Fünkchen als ein Schimmern betrachtet, so wird unsere Liebe immer in uns schimmern. Ob sich jedoch mit dem Schimmern das Wort Hoffnung noch verbinden lässt, kann ich aus heutiger Sicht nicht sagen. Ich hatte mich in den mallorquinischen Bergadler verliebt, dass dieser sich ab und an in ein modulierbares Knetteigmännchen verwandelt, war dabei nicht vorgesehen. Also schaue ich jetzt einfach zu und beobachte, wie es bei dir weitergeht."

Gregory verspricht zuversichtlich, dass der Verlust der geografischen Balance nicht dauerhaft sein muss und auch nicht sein wird: „Irgendwann werde ich wieder der Alte sein und meine lahm gewordenen Bergadlerflügel wieder bewegen können. Das ist nicht nur meine Hoffnung, es ist meine Überzeugung."

Unterdessen vergeht die Zeit und nichts scheint sich bei ihm zu bewegen. Auch für Sophie vergeht die Zeit schleichend und selbst die Rhône, die bislang so kraftvoll durch ihr breites Bett strömte, wälzt sich in diesen ersten Sommerwochen mit den von der Schneeschmelze braungefärbten Wassermassen nur ganz gemächlich ihrem Ziel entgegen.

Anders dagegen der Sommerwind. Er bringt Bewegung in die Luft und kreiert seine eigene Melodie, wenn er mit den Blättern der Bäume spielt, über die Felder streicht oder mit frischen Temperaturen vom Gebirge herunterweht und die heißen Tage von der Last ihrer Hitze befreit. Ähnlich erfrischend sind die Gewitter, die das Flüstern des Windes mit Donnergrollen durchbrechen. Alles ist wie es der Jahreszeit entspricht. Doch Sophie hat Mühe mit diesem Sommer, der so anders ist als die Jahre zuvor. Selbst beim Gärtnern empfindet sie nicht die übliche Freude, und das Aprikosenbäumchen ist mit seinen braun verdorrten Ästen nicht dazu angetan, diese zu optimieren. Ganz im Gegenteil, es steht aufrecht, jeden Blattes bloß und erinnert wie ein Mahnmal an den Grund seines tristen Zustands, in dem ihm die Lebensader zu seiner Entfaltung abhandengekommen ist. Sophie fühlt ähnlich, und obwohl sie Gregory vermisst, ist sie erleichtert ihn gebeten zu haben, keine Besuche mehr zu planen. Diese Entscheidung ist wie ein Zufluchtsort für die Unversehrtheit ihrer Gefühle, die es vor weiteren nicht eingehaltenen Besuchsankündigungen zu bewahren gilt.

Er lässt Sophie mit zuverlässiger Regelmäßigkeit an seinen Aktivitäten mit den Enkeln teilhaben. Damit zeichnet er aber auch auf, wo sich sein Leben inzwischen abspielt, wenngleich er dabei immer wieder darauf hinweist, dass auch seine Probleme einmal vorbei sein werden: „Was uns betrifft, so ist die Hoffnung, meinerseits noch nicht gestorben ist. Das sage ich dir mit weiterhin gültiger inniger und ewiger Liebe."

Aber Sophie fehlt der immer mehr abhandenkommende Realitätsbezug. Ihre beiden Leben finden inzwischen nur noch auf getrennten Bühnen statt, während sie ganz ungewollt in eine emotionale Abhängigkeit schlittert, weil sie, einem unbewussten Automatismus folgend, immer wieder auf ihr Smartphone schaut, um zu sehen, wann und was er geschrieben hat. Sie erkennt, dass das zu einer Art emotionalem Wetterbericht ausartet, der ihre Emotionen beeinflusst, und dass dieser Zustand das Ziel ihrer Liebe nicht sein kann, auch wenn Gregory immer wieder versichert seine Hoffnung nicht aufzugeben. Dabei scheint er jedoch Verschleißerscheinungen von deren Glaubwürdigkeit ebenso außer Acht zu lassen, wie die Vorstellung, Sophie mit seiner virtuellen Präsenz aus einer weit entfernten Welt zu strapazieren. Das baut einen gewissen Groll in ihr auf, und genau das wollte sie vermeiden. Dabei wird ihr klar, dass sie sich auch vor der Schilderung seiner Tagesabläufe schützen muss, um nicht weiterhin aus der Ferne an einem Leben teilzunehmen, in dem die Realität ihrer Liebe keinen Platz mehr findet.

Gregory reagiert ebenso dickköpfig wie verzweifelt auf ihren Wunsch, den Kontakt mit ihm nun doch ganz abzubrechen. Er bleibt bei seiner Überzeugung, dass Träume wahr werden, wenn man fest daran glaubt. So wie im Märchen der Schneekönigin will auch er seine Hoffnung nicht aufgeben.

Auch Sophie gibt ihr Fünkchen Hoffnung nicht ganz auf. Es ist das bescheidene Restleuchten einer Seelenliebe, die sich nie ganz löschen lässt. Sie ist überzeugt, mit ihrem Rückzug das Richtige zu tun. Aber groteskerweise vermisst sie nun, dass sie keine Nachrichten von Gregory mehr findet, wenn sie auf ihr Smartphone schaut, das sie nun nur noch mit herzlosem Schweigen konfrontiert. Sie vermisst die roten Smartphone-Herzen, ohne die Gregory nie an seine Herzallerliebste schrieb. Sie hat Mühe, sich mit dem neuen Seelenzustand und der unterschätzten Leere anzufreunden, die sich nach sechs Jahren ständigen Kontakts nun ausbreitet, nicht nur im Smartphone und ihrem Computer, sondern auch in ihr selbst. Das hat sie sich nicht so dramatisch vorgestellt.

Wieder weiß Kirsten Rat, auch wenn dieser zunächst erstaunt: „Du musst verzeihen."

„Aber wem soll ich verzeihen? Gregory für seine Liebe mit den obsolet gewordenen Versprechen ohne Realitätsbezug? Oder seiner Familie, die ihren legalen Anspruch auf seine Präsenz und damit ihre Komfortzone verteidigt, in die jedes Mitglied seiner Familie eingebettet ist? Dabei gibt es doch gar nichts zu verzeihen, denn niemand hat mich zu dieser Liebe gezwungen."

„Aber viele Menschen haben diese Art Liebe nie erlebt und auch das kann Unbehagen schaffen. Doch sei beruhigt, denn vermutlich gibt es nicht viele Frauen, die Gregorys Werben und dieser Liebe widerstanden hätten."

„Und wenn, dann sollen sie die ersten Steine auf mich werfen", kommentiert Sophie fast trotzig als Reaktion darauf, dass sie Kirstens Vorschlag mit dem Verzeihen nicht richtig einordnen kann, denn sie ist nicht von Hass oder Rachegedanken erfüllt, sondern eher von Dankbarkeit für all das Schöne, das sie mit Gregory trotz aller Schwierigkeiten erlebte.

„Denk einfach über deine Frage zum Verzeihen nach und wisse, dass es dabei nicht darum geht, ob die Personen denen du verzeihst, es verdienen oder nicht, sondern dein Verzeihen ist für dich selbst, damit du zur inneren Ruhe kommst."

Gregory respektiert den von Sophie auferlegten Abbruch, was ihn jedoch nicht davon abhält, ihr zwei Jahre später zum Geburtstag seine Glückwünsche per Bankauszug zu übermitteln, auf dem Sophie liest, dass der überwiesene Geldbetrag für Champagner bestimmt ist, um zum Geburtstag mit ihr anzustoßen.

Unterdessen hat sie es geschafft, in ihre Welt ohne Gregory zurückzufinden. Es war ein holperiger Weg, ein Wechselspiel der Emotionen mit kurz- oder langfristigen Erfolgen und dem Ziel, das Unverständliche akzeptieren zu lernen.

Ein paar Monate wird sie dabei psychologisch begleitet, doch wirklich frei wird sie erst als sie zu begreifen lernt, dass alles so sein darf wie es ist. Dazu gehört die Entscheidung, das Klammern an die Vorstellung wie es sein sollte und nicht mehr ist, aufzugeben, weil dieser unerfüllte Wunsch die Gegenwart mit Traurigkeit füllt.

Um diese Befreiung zu erreichen, gibt es viele Techniken und Meditationen: Einatmen, ausatmen, lächeln und die Gegenwart annehmen.

Aber was Sophie wirklich hilft, ist in diesem Prozess eine Lektion in Seelenliebe zu erkennen und zu erfahren, dass deren inneres Leuchten alles überstrahlt: Vertrauensbrüche, Enttäuschungen, die Traurigkeit und all die Emotionen, die ohne dieses Erkennen Marterwerkzeuge der Seele bleiben.

Sie lernt ihr Leben so anzunehmen, wie es ist und lernt, dass es zum Großteil an ihr selbst liegt, ob sie glücklich ist oder nicht.

„Ich entscheide mich, glücklich zu sein, das ist gut für die Gesundheit", wusste schon Voltaire und das war jahrelang auch ihr Leitsatz in den emotionalen Berg- und Talfahrten mit Gregory, die von ihrer seelischen Verbindung begleitet waren.

Nun erlebt sie, was Seelenliebe wirklich bedeutet: Unkonditionierte Liebe, die dem anderen den Freiraum lässt, den er für sich wahrnehmen möchte. Beim Durchwandern dieses Lehrpfads ihrer Seele lernt Sophie ohne Schuldzuweisung und Groll zu lieben und dem Leben dabei ein Lächeln in Liebe zu schenken, selbst durch Tränen.

Sie findet in die Zufriedenheit ihres Lebens zurück, behält Gregory dabei aber im Herzen, weil sich die Lichter dieser Liebe nie ganz löschen lassen. Sie wünscht sich, auch er möge sein Leben in Liebe und Zufriedenheit meistern. Aber davon weiß sie nichts, weil keine schriftliche Verbindung mehr besteht, und sie ihm den Wunsch, er möge sie nicht mehr anrufen, so nachhaltig vermittelte, dass er ihn respektiert.

Unumstößlich von der Liebe Gregorys zu Sophie überzeugt, sieht Kirsten auch in dieser Zeit alles anders als es sich darstellt, und meint: „Vielleicht ist es ja gar nicht das Ende, sondern nur eine unübersichtliche Kurve nach dem Motto: It is not the end, it is just a bend."

Jedenfalls hört sie nie auf an diese Liebe zu glauben und muntert Sophie immer wieder mit kurzen Botschaften auf:
„Auch im Eis lacht die Sonne. Ich glaube an euch und an euer Buch, mit dessen Erfolg er seine Flügel wieder aufspannen wird."

Aber die erhoffte Verwirklichung ihrer Prophezeiung erlebt sie nicht mehr, denn zwei Sommer nach Gregorys Abschied entschwebt ihre Seele dieser Welt, wobei sie Sophie das Versprechen hinterlässt, die Fäden nun von einer anderen Ebene aus für ihre Liebe zu ziehen.

27. Kapitel: Angela Merkels Musikwunsch

Es ist der 2. Dezember 2021. In Deutschland sagt der Wetterbericht für den Monat Dezember Nebel, Wolken, Nieselregen und sinkende Temperaturen voraus, jedoch mit der Hoffnung auf ein dominierendes Hochdruckgebiet zum vierten Adventswochenende.

Für die Schweiz wird empfohlen sich in warme Schichten zu kleiden, weil die Temperaturen auf Minusgrade sinken werden, bevor es zum Jahresende viel Sonnenschein und frühlingshaftes Wetter geben wird.

Gregory hat es sich in seiner kleinen Wohnung gemütlich gemacht und schaut über die Lämpchen am Geländer seines Balkons auf die Baumwipfel in den Abendhimmel, der, von der Weihnachtsbeleuchtung des nahen Kurfürstendamms aufgehellt, weniger dunkel erscheint als es der Tages- und Jahreszeit entspricht. Es ist der Donnerstag nach dem ersten Advent, aber er hat nicht nur eine Kerze für die erste Adventswoche angezündet, sondern mehrere Kerzen über den Raum verteilt.

Auf einen ruhigen Fernsehabend eingestellt, bleibt er nach den 19-Uhr-Nachrichten in seinem Sessel sitzen, um den Zapfenstreich zur offiziellen Verabschiedung von Angela Merkel anzusehen. Wie viele Zuschauer ist auch er von der Feierlichkeit dieser nächtlichen Zeremonie bewegt, die in perfekter Präzision mit dem Aufmarsch der Paradetruppe des Militärs beginnt, wobei selbst die im Wind flackernden Fackeln nicht nur Licht, sondern auch Feierlichkeit auszustrahlen scheinen. Es ist der große Zapfenstreich zu Ehren der mächtigsten Frau der Welt, die sechzehn Jahre lang die Geschicke

Deutschlands lenkte, jene Europas prägte und die anderer Länder beeinflusste. Ein Abschied in Würde, beeindruckend.

Durch tausend Kilometer und jahrelanges Schweigen von Gregory getrennt, hat auch Sophie es sich zu Hause mit Kerzen gemütlich gemacht. Mit Cléa nach wie vor treu zu ihren Füßen liegend, lässt sie den Tag am Kaminfeuer ausklingen.

In diesem sehr ähnlichen Szenario und ganz unabhängig voneinander, sehen beide einem entspannten Abend entgegen, der sich jedoch ganz anders als geplant entwickelt, denn beide sind von Angela Merkels Musikwunsch, dem instrumentalen Arrangement des Hildegard Knef Songs der roten Rosen, die es regnen soll, überrascht und aufgewühlt. Sicher hat dieses Lied auch im Leben der scheidenden Kanzlerin eine besondere Bedeutung, sonst hätte sie es sich nicht für ihre offizielle Verabschiedung auf höchster Ebene gewünscht. Im Licht der Fackeln lauscht sie mit besonnener Miene der vom Militärcorps kraftvoll gespielten Melodie, die bei Gregory und Sophie eine Überdosis an Emotionen auslöst: Die lebhafte Erinnerung an ihr erstes Treffen in München, wo Gregory im Hugendubel-Café und diesen Song im Smartphone an ihr Ohr haltend, über die verblüffte Sophie hunderte von roten Rosenblütenblättern regnen ließ. Diese Momente sind ihr plötzlich so präsent, dass sie sich kaum wundern würde, wenn sich der Reigen aus Rosenblütenblättern hier und jetzt wiederholen würde. Aber es sind nur kurze Momente, schöne Momente aus einer fernen Zeit.

Beim Loslösen aus diesen Erinnerungen hilft ihr das Musikstück „Ich bete an die Macht der Liebe". Es war das Lieblingslied ihrer Mutter, das sie seit ihrer Kindheit nur noch einmal, als Glockenspiel aus einem Kirchturm in

St. Petersburg, gehört hatte. Diese Melodie empfindet sie als beruhigend. Aber trotzdem lässt sich das Lied der roten Rosen nicht ganz verdrängen und auch wenn sie glaubt, inzwischen zu allem, was mit Gregory zusammenhängt genügend Abstand geschaffen zu haben, so ist die Erinnerung an ihn doch nicht ganz ohne Schmerz; allerdings ohne den früher dabei empfundenen, auslösenden Stich und das anschließende Pochen ihrer aufgewühlten Emotionen.

Mit vielen Meditationen, einer Therapie und zwei Lehrgängen in Selbsthypnose gezähmt, verhält sich dieser monatelang aktive Schmerz inzwischen ruhig, ähnlich einer verschollenen, phantomartigen Präsenz, die manchmal auftaucht und wieder verschwindet. Damit bleibt die Erinnerung an Gregory und an den besonderen Tag in München, an dem sie sich ihre Liebe gestanden, frei von jeglicher Negativität, denn sie hat mit allen Beteiligten auf ihre Art Frieden geschlossen, und hat auch keinerlei Erwartungshaltung mehr an Gregory.

Also ordnet sie die an diesem Abend so überraschend heraufbeschworenen Emotionen zu den Erfahrungen einer nicht immer einfachen, so doch erlebnisreichen Epoche ihres Lebens ein, von der vieles in ihr weiterlebt; nicht nur eine Vielzahl von Erinnerungen, sondern auch das nie erlöschende Leuchten der Liebe in seiner stummen, in sich ruhenden Existenz. Damit hat alles seine Ordnung, und Sophie erlebt ihren Fernsehabend in korrektem Realitätsbezug.

Gregory dagegen will seine Erinnerungen an und mit Sophie nicht verdrängen. Der Wunsch sie zu kontaktieren, lässt ihn nicht zur Ruhe kommen, aber gleichzeitig ist ihre Bitte, das nicht mehr zu tun, in seiner Erinnerung durchaus präsent. Nach langem Zögern und Abwägen wie sie wohl reagieren wird, schickt er sein vorsichtig

zurückhaltendes Mail um 21:49 Uhr ab, wobei seine Gefühle jenen nicht unähnlich sind, die er, fast neun Jahre
zuvor, bei seinem erzwungenen Treffen am Bodensee
empfand, das ihrer beider Leben grundlegend veränderte.

Als Sophie kurz nach Mitternacht schlafen geht und so
wie jeden Abend noch einmal in ihr Smartphone schaut,
leuchtet ihr auf dem Display Gregorys Name entgegen.
Es ist fast wie ein unerklärliches Lichtsignal von einem
anderen Stern.

Sein Mail kommt ohne Anrede, ist in sachlichem Wortlaut verfasst und absolut grußlos:
„Für dich soll's rote Rosen regnen … bei der Verabschiedung von Angela Merkel kamen die Erinnerungen
an schöne Zeiten zurück. Die Zeit vergeht, die Erinnerungen bleiben. Ich danke dir dafür und wünsche dir eine
gesegnete Vorweihnachtszeit."
Trotz der späten Stunde antwortet sie spontan: „Danke
für die Erinnerung, ich hatte dieselben Gedanken, sehr
verbindende Gedanken und so wird es immer sein. Auch
wenn viel zu viel Zeit vergeht, so wissen wir beide, dass
sich die Lichter der Liebe nicht löschen lassen."
Auch seine Antwort kommt prompt: „Daher zünde ich
in dieser Zeit jede Woche mehr Lichter als normalerweise an. Du vielleicht auch! Ich danke dir für die
schnelle Antwort. Gute Nacht und liebe Grüße aus Berlin. Gregory."

Aus dem Absender ersieht sie seine neue Adresse. Also
ist er umgezogen, lebt nicht mehr mit den Enkeln bei deren Vater im Norden Berlins.

Am darauffolgenden Tag fragt er: „Bist du heute Abend
zu Hause?" Sie glaubt seine Absicht zu ahnen und beugt
vor, ohne seine Ankündigung eines möglichen Anrufs

abzuwarten: „Ja, aber ich möchte nicht mit dir sprechen … noch nicht."

Denn sie ist sich absolut sicher, dass sie weder seine Stimme hören noch unaufgeforderte Informationen über sein Leben erhalten möchte. Dazu ist sie noch nicht bereit, ihr ist eher danach, ihre stummen Fragen, wie und mit wem er wohl lebt, vor Antworten zu schützen, weil diese noch schmerzen könnten. Offenbar sind ihre Selbstschutz-Mechanismen noch in Kraft, aber vielleicht versucht sie damit auch einfach das positive Bild, das sie von Gregory aus allen schönen Erinnerungen herausgemeißelt hat, vor einer möglicherweise befremdenden Realität zu bewahren.

Aber neugierig ist sie schon, und ein paar Tage später will sie doch ein bisschen nachhaken, jedoch ebenso sachlich wie er und ebenfalls ohne Anrede und ohne Gruß:
„Ich zünde jeden Tag viele Kerzen an. Lichter der Liebe und der Hoffnung, und die brauchen wir im Moment ganz besonders. Vielleicht zündest du am 6. Dezember eine Kerze mehr an, eine besondere Kerze."
Gregory fragt: „Liebe Sophie, das habe ich (noch) nicht verstanden: Welche Bedeutung hat der 6. Dezember? Zurzeit sind Annabelle und Alexia bei mir zu Besuch, müssen aber am Mittag wieder zurück. Annabelle ist inzwischen wieder verheiratet und wohnt in der Nähe von Hamburg. In diesem Jahr hat sich vieles verändert. Wenn es dich interessiert, berichte ich der Reihe nach. Eine schöne vorweihnachtliche Zeit wünscht dir Gregory aus Berlin."

Sie bedauert, dass er sich an diesen für sie beide so wichtigen Tag, dem Beginn der Erweiterung ihrer Liebe, das Wochenende in München, nicht mehr erinnert: „Schade, dass du das vergessen hast, denn du hast mich monatelang darauf vorbereitet und auch ein Mosaiksteinchen darüber geschrieben. Ist der Verdrängungsmodus noch immer aktiv?"

Wieder kommt seine Antwort sofort: „Natürlich erinnere ich mich daran, denn das ist in der Tat ein sehr bedeutsamer Tag in unserem Leben. Nur das Datum war mir nicht mehr präsent. Das tut mir leid, und ist umso ärgerlicher, da ich dieses Wochenende wirklich sorgfältig vorbereitet hatte und es auch wunderschön war. Dafür werde ich dir immer dankbar sein."

Am 6. Dezember schickt er ein Foto von seinem Balkon: „Heute, zur Erinnerung an den 6. Dezember habe ich die Lichterkette auf meinem Balkon verstärkt. Auf dem Fensterbrett sind es weiterhin zwei Lichter. Sie leuchten sanft und wärmend. Vielleicht sitzt du jetzt kuschelnd vor dem Kamin und trinkst etwas Wärmendes, und vielleicht hast du ja auch eine Lichterkette auf dem Geländer deiner Terrasse?"

Eine Verstärkung der Lichterkette zur Erinnerung? Zur Erinnerung an etwas, das nicht mehr existiert? Das erinnert eher an Allerheiligen, wenn man an den Gräbern Kerzen anzündet, Kerzen zum Erinnern und Gedenken, zumal Sophie auch immer eine Kerze anzündet, wenn jemand gestorben ist, den sie kannte. Aber anstelle des Todes denkt sie lieber an den Advent und an ihre frühere Lichterkette auf der Terrasse, nach der er fragt, und die er selbst anbrachte, zu Zeiten, als sie noch zusammen Advent und Weihnachten feierten. Daran, dass sie ihre Abende am Kamin mit Glühwein oder Tee verbrachten scheint er sich jedoch noch zu erinnern, und darauf geht sie ein:

„Schön, diese Vorstellung. Als es dich noch gab, gab es auch Lichtlein um das Geländer und kleine Tannenbäumchen mit Lichtern vor den Fenstern. Vielleicht kaufe ich nächstes Jahr welche, falls ich noch hier wohne, aber Kaminfeuer habe ich jeden Tag."

„Was heißt das?", fragt er sofort. „Möchtest du dein Haus aufgeben? In Sorge – Gregory."

„Kein Grund zur Sorge, aber ich werde es verkaufen, weil es mir zu arbeitsaufwändig ist und mir Yoga und Pilates im Spa mehr Freude bereiten, als im Garten gegen das Unkraut zu kämpfen. Ein Haus wie dieses ist gut für eine Familie und im Idealfall mit einem Mann, der gerne bastelt. Selbst die abgefallenen Blätter des Catalpa-Baums lasse ich inzwischen erst alle herunterfallen, bevor ich sie entsorge. Denn auch wenn Patrick dabei hilft, so ist es nicht der harmonische Paarlauf, den wir alljährlich zusammen praktizierten.

Falls du mir, wie vorgeschlagen, erzählen möchtest, was sich in den letzten Jahren in deinem Leben verändert hat, dann höre ich dir gerne zu, was heißt ich lese ich es gerne."

Diese Aufforderung ist ehrlich, denn nun möchte sie doch gerne wissen, wie er lebt, allein zu zweit? Aber noch verrät er darüber nichts, lässt nur Andeutungen fallen:

„Das mit dem Hausverkauf ist verständlich, liebe Sophie, ich könnte bei meiner schlechten körperlichen Verfassung auch kein Haus und Garten pflegen. Daher wohne ich inzwischen in einer kleinen, altersgerechten Wohnung in zentraler Lage. Das zu meiner Situation. Ich bin auch sehr erleichtert, dass sich unsere Beziehung wieder verbessert und sich unsere ‚bleierne Zeit' langsam auflöst. Das tut gut. "

Die Erwähnung der altersgerechten Wohnung macht Sophie nachdenklich, weil Gregory bisher alles, was mit

Alter zusammenhing, von sich wies. Sie fragt sich, ob der Begriff altersgerecht und die Erwähnung einer schlechten körperlichen Verfassung ein eventuell nicht zufriedenstellendes Ergebnis seiner Hüftoperation andeuten soll.

Am nächsten Tag liest sie: „Ich würde gerne mit dir Laub zusammenrechen, denn mit deiner Unterstützung würde ich das sicherlich auch schaffen. Mein Problem ist die Einschränkung des Gleichgewichts, ob durch die Hüftoperation oder als Folge der anschließenden COVID-Erkrankung konnte bisher nicht herausgefunden werden. Tatsache jedoch ist, dass ich seitdem nicht mehr auf einem Bein stehen kann. Aber Autofahren kann ich nach wie vor gut, auch bis in die Schweiz. Mein Physiotherapeut meint, ich müsse fleißig üben, viel fleißiger als bisher, jedoch es fehlt mir der Antrieb. Aber vielleicht erreichst du, dass die fehlende Motivation wieder zurückkommt. Dazu fiel mir heute Nacht, als ich über uns nachdachte, ein Satz von Angela Merkel ein, der große politische Bedeutung erhielt: WIR SCHAFFEN DAS.
Das ist jetzt auch mein Wahlspruch der nächsten Tage, Wochen und Monate. Oder weißt du einen besseren?"

Sophie weiß keinen besseren, denn Mut und Zuversicht sind auch ihre Leitgedanken. Also stimmt sie zu und ergänzt, dass er ihr im Erkennen seiner liebevoll zuversichtlichen Wortwahl allmählich wieder vertraut wird, aber sie betont: „Trotzdem möchte ich dich vorerst nicht wiedersehen, nicht vor meinem Geburtstag, denn dafür brauche ich noch etwas Zeit."

Gregory geht nicht darauf ein, erwähnt jedoch, dass sie jederzeit in seiner Berliner Wohnung willkommen ist, und er sie auch nach wie vor gerne vom Flughafen abholt. Er erinnert daran, dass Weihnachten, das Fest der Liebe, näher rückt.

„Was bedeutet es für dich, was bedeutet Liebe für dich?", möchte Sophie wissen.

„Liebe bedeutet für mich Zuneigung, Empathie, Freude, Glück, schöne Erinnerungen und vieles mehr. Ich sende Grüße mit vorweihnachtlicher Freude und Liebe."

Sie dankt, erinnert an seine frühere Definition, wonach man Liebe daran erkennt, dass man die Gedanken des anderen wahrnimmt, bevor sie ausgesprochen werden. Sie ergänzt:

„Auch die Harmonie gehörte für uns zur Liebe und das Lachen und das Backen der Hefezöpfe, aber das habe ich schon für den ersten Advent erledigt."

Es ist ein sanftes Vortasten in eine eventuell noch vorhandene Liebe, wobei Gregory sich überlegt, wie er seine Recherchen dynamischer gestalten könnte, um mehr über ihr Leben zu erfahren. Lebt sie allein? Hat sie einen Partner? Wie verbringt sie ihre Tage?

Um das so neutral wie möglich herauszufinden, erkundigt er sich nach den gemeinsamen Freunden des Internationalen Clubs. Sie schickt ihm Fotos und er dankt:

„Mit den Fotos kommen die Erinnerungen zurück. Sie sind durch die vergangene Zeit nur etwas verschüttet, aber mit dir werde ich sie aufbauen können, denn seit ein paar Tagen träume ich immer mehr von dem gemeinsam Erlebten und die Erinnerung daran wird immer präsenter."

Sophie freut sich darüber, mit den Fotos aus der Vergangenheit einen Hoffnungsschimmer in seine Gegenwart leuchten zu lassen. Auch er möchte Fotos für sie aufnehmen und damit zunächst Annabelles Patchwork-Familie vorstellen, mit der er den vierten Advent verbringen wird. Weihnachten wird er mit seiner Tochter Viktoria und dem Enkel Tassilo feiern, und zu Silvester hat er Annabelles Schwiegermutter zu sich nach Berlin eingeladen.

Sophie schluckt als sie das liest, denkt dabei sofort an ihre gemeinsamen Jahresausklänge und vor allem an seinen ersten Silvesterbesuch, als er gerade noch vor Mitternacht eintraf, um mit ihr ins neue Jahr zu tanzen. Ob er nun mit Annabelles Schwiegermutter ins neue Jahr tanzt? Wird er womöglich von Annabelle in die neue Patchwork-Familie „eingebürgert"? Und wie geht seine getrennt von ihm lebende Frau mit dieser neuen Lebenssituation um, wie reagiert sie wohl auf den Besuch der Schwiegermutter?

Diese Fragen kann sie nicht stellen, also antwortet sie vorerst gar nicht und geht schlafen. Aber sie wacht immer wieder auf, und irgendwann packt sie den Stier bei den Hörnern:
„Ich bin heute früh schlafen gegangen und werde auch jetzt gleich weiterschlafen. Aber ich wollte mich nur schnell melden, damit ich die Neuigkeiten in deinem Leben richtig verstehe: Also Annabelle ist wieder verheiratet und du liebst ihre Schwiegermutter?"

Bei ihrer Überlegung ob ein Fragezeichen oder ein Ausrufezeichen korrekter wäre, empfindet sie den Gedanken an die Vermutung angenehmer. Dabei, und um jegliche Assoziation einer eventuell anzunehmenden Betroffenheit von vornherein auszuschließen, erwähnt sie auch gleich, einen fröhlichen Tag mit Freunden im Spa verbracht, und mit Cléa lange Spaziergänge im Schnee unternommen zu haben:
„Hier ist alles weiß, auch mein Garten, wo die Blätter unter dem Schnee schlafen und darauf warten, dass nicht der Prinz sondern die Sonne sie wach küsst und Patrick

sie danach aufgeweicht in den Kompost bringen kann.
Jetzt träume ich weiter."

Obwohl mitten in der Nacht, antwortet er sofort und erklärt, dass bei den familiären Beziehungen und den Planungen der nächsten Wochen etwas durcheinander gekommen zu sein scheint:

„Am kommenden Wochenende bin ich bei Annabelle eingeladen, um dort mit ihrer neuen Familie, inklusive Schwiegermutter, Julclub zu feiern. Es werden sicher viele Fotos gemacht, dann kann ich dir das ‚who-is-who‘ erklären. Ich habe Annabelles Schwiegermutter ebenso freundschaftlich nach Berlin eingeladen, wie meinen Freund Roland aus München einen Monat zuvor. Nachdem das geklärt ist, wünsche ich dir eine gute Nacht und frohes Erwachen zum dritten Advent."

Damit scheint für ihn tatsächlich alles geklärt zu sein, stellt Sophie zufrieden fest, wenigstens was die Schwiegermutter anbetrifft, aber wieso erwähnt er nichts von seiner Frau? Sie scheint nicht mehr relevant zu sein. Demnach hat diese Überlegung jetzt, zu nachschlafender Zeit, auch für sie nicht relevant zu sein. Ihr lag hauptsächlich an der Entschärfung ihrer Silvester-Vorstellung und diese ist inzwischen neutralisiert. Also schläft sie sofort wieder ein und wacht, viel zu früh, aber wie von Gregory gewünscht, fröhlich auf zum dritten Advent.

Draußen ist noch alles dunkel und vermutlich schläft Gregory noch, aber sie möchte sich trotzdem kurz für seine Klarstellung der Beziehungen bedanken, um ihrer etwas zu schnell geäußerten Vermutung den leicht peinlichen Beigeschmack zu nehmen, denn selbst wenn es so wäre, was geht sie das noch an?

Sie versucht sich damit zu rechtfertigen, dass ihr dieser Gedanke mitten in der Nacht kam und sie deshalb vielleicht etwas zu spontan auf seine diesbezügliche Ankündigung antwortete:

„Da kann man schon mal etwas durcheinanderbringen, denn wenn du eine Frau zu dir einlädst, könnte es ja auch sein, dass du dich wieder verliebt hast. Das kann ich doch von hier aus gar nicht wissen. Zumal mich deine Mitteilung an die Silvesternacht erinnert, als wir zusammen in ein, wie wir dachten, glückliches neues Jahr tanzten, das dann ganz anders kam, denn es war das „holperige Jahr". Aber das ist jetzt auch schon sieben Jahre her. Für den heutigen Tag wurde Sonne angekündigt, und so werde ich mit Cléa nachher über die Felder gehen. Darauf freue ich mich."

Seit Tagen weiß Gregory, dass er Sophie etwas mitteilen möchte, wusste bisher jedoch weder die passenden Worte noch den richtigen Moment dafür zu finden. Aber nun scheint sich die Gelegenheit dafür zu bieten, denn diese Information gehört zur Richtigstellung seiner familiären Konstellation.

Allerdings ist diese familiäre Veränderung völlig anderer Natur als die von Sophie vermutete Einbürgerung in Annabelles neue Familie, die sie in ihrer Vorstellung gedanklich bereits abgefedert hatte. Aber nun ist sie doch erleichtert darüber, dass es nichts weiter als eine Vermutung war. Deshalb trifft sie die von Gregory in sachlicher Schlichtheit übermittelte Nachricht völlig unvorbereitet in ihrem fröhlichen Adventserwachen. Diese erstaunt auch dadurch, dass er, der seinen mit ihr erlebten Emotionen oft Flügel verliehen hatte, nun ganz sachlich ein sein Leben grundsätzlich beeinflussendes Ereignis erwähnt.

In der verwirrenden Betroffenheit dieser Nachricht, und mit einem Gefühl ehrfürchtigen Schauderns, geht sie in den Keller und holt eine große, weiße Kerze aus ihrem Vorrat. In deren Schein versucht sie dann den Tod als letzte Instanz in Gregorys Ehe zu begreifen, über den er sie wie beiläufig in seinem Mail informiert:

„Es gibt keine Konkurrenz. Keine Ähnlichkeit mit dir oder meiner verstorbenen Frau. Ja, du liest richtig, ich bin inzwischen verwitwet, aber das konntest du nicht wissen …"

Natürlich konnte sie das nicht wissen. Es hätte auch wenig an ihrem Erschrecken geändert, wieder einmal ganz unvorhergesehen mit der Allmacht des Todes konfrontiert zu sein, der oft unverhofft die zeitliche Begrenztheit eines irdischen Lebens aufzeigt. Gregory gibt dazu keine weiteren Erklärungen, sondern erzählt von seinem Tagesprogramm mit seinem Enkel Tassilo.

Unfähig auf diese Neuigkeit zu reagieren, orientiert sie sich an den vertrauten Gewohnheiten ihres Morgens: Kaffee und Frühstück. Dann drängt es sie hinaus in die frische Luft und morgendliche Kälte. Kräftig ein- und ausatmend, lässt sie diese beiden Elemente der Natur bei ihrem Spaziergang mit Cléa auf ihr Gemüt wirken. Sie geht an der träge fließenden Rhône entlang, schaut auf die Bäume mit ihren Mistel-Nestern und in den sich inzwischen von morgendlich schüchternem Weiß in zartes Hellblau verfärbenden Himmel.

Dabei sagt sie sich, dass sie ja eigentlich über Gregorys Nachricht erleichtert sein sollte, aber auch ohne zu wissen, wann und woran seine Frau verstorben ist, fühlt sie mit ihm eine stumme Verbundenheit in seiner sicherlich empfundenen Trauer, weil diese unerlässlich ist, wenn ein Mensch, der einem nahe stand, aus dem Leben scheidet.

Abends schreibt sie ihm so wie sie empfindet:

„Das tut mir jetzt doch alles sehr leid, denn egal wie auch immer du später zu deiner Frau standest, es tut immer weh, einen Menschen zu verlieren, mit dem man über viele Jahre verbunden war und viel zusammen erlebte. Das hat auch mich sehr berührt. Ich habe eine große Kerze für sie angezündet und ihr Frieden gewünscht. Dir, mein Lieber, wünsche ich Kraft durch die Zeit der Verarbeitung dieser schwierigen Erfahrung."

Wieder antwortet Gregory prompt und wieder ganz anders als erwartet:

„Dabei haben mir die Gedanken an dich und an das, was du in deinem Leben schon durchgemacht hast und trotz alledem ein positiv nach vorne blickender und lustiger Mensch geblieben bist, sehr geholfen. Deshalb, aber nicht nur deshalb, liebte und liebe ich dich. Mit diesem Geständnis schlafe ich jetzt ruhig ein."

So spontan und ebenso emotional wie auf die erste Erklärung seiner Liebe acht Jahre zuvor, ist Sophies Antwort:

„Mit diesem Geständnis darfst du ruhig schlafen, weil auch meine Liebe zu dir nie erloschen ist und mich durch diese endlose Traurigkeit begleitete, die nach deinem Abschied einfach da war und von der fast niemand etwas bemerkte, außer mir selbst. Es war eine Lektion des Lebens, in der ich viel lernte und dabei auch oft dachte: It is not the end, it is just a bend."

Aber das mit dem ruhigen Einschlafen klappt nicht so richtig, dazu ist sie viel zu aufgewühlt, zumal Gregory mitten in der Nacht noch zu erwähnen einfällt:

„Das zarte Pflänzlein unserer wieder neu freigelegten Liebe soll weiterwachsen, es soll stark werden und stark bleiben. Durch dich motiviert, arbeite ich auch wieder mehr an meiner körperlichen Ertüchtigung. Du gibst mir Mut, du gibst mir das Ziel, das schönste Ziel."

Als Dank dafür nimmt sie am nächsten Morgen die strahlend über den Bergen aufgehende Sonne für ihn auf: „Denn im übertragenen Sinn geht diese Sonne auch für uns auf. Sie soll diesem zarten, sich nach Licht sehnenden Pflänzlein Kraft geben und dir Mut zum Durchhalten und Verbessern deiner körperlichen Schwächen."

Dabei fällt ihr wieder das Albert Camus Zitat ein, wonach der Herbst des Lebens ein zweiter Frühling ist, in dem jedes Blatt zur Blume wird, während Gregory sich lieber wieder an Rosenblüten orientiert, denn er überrascht sie zum Heiligen Abend mit sieben Bacchara-Rosen und seinem Versprechen: „Für dich soll's tausend rote Rosen regnen."

Sophies ehrliche Freude über Gregorys neue, liebevolle Präsenz in ihrem Leben spricht nicht gegen ihre „integrierte Vorsicht", sondern gesellt sich eher als Verbündete an deren Seite, um dem Leben die Entscheidung darüber zu lassen, inwieweit sich seine Wünsche den Ereignissen entsprechend realisieren lassen. Dabei ist es für sie von vordergründiger Bedeutung, wieder Vertrauen in ihn aufbauen zu können, was sich in erster Linie an seiner Zuverlässigkeit orientieren wird. Denn beides, Zuverlässigkeit und Vertrauen, sind für sie Grundelemente zum Gedeihen ihrer - wie er es nennt - „neu freigelegten" Liebe.

Sophie, durch die Erfahrungen der letzten Jahre so intensiv vorsichtig geworden, wie er hoffnungsfroh zuversichtlich ist, möchte auch herausfinden, was von dem Mann, der sie am 18. August 2018 für drei Tage verließ, noch übrig geblieben ist und ihm nahebringen, dass dies nichts mit seiner körperlichen Situation, sondern lediglich mit seiner Zuverlässigkeit und Eigenständigkeit zu tun hat.

Aber auch keine emotionalen Verletzungen durch die Entscheidungen anderer wird es mehr geben dürfen. Diese ihm ans Herz gelegten Voraussetzungen beweisen zu können, wird Zeit brauchen, denn für eine rasche Realisierung müsste ein Wunder geschehen. Jedoch er scheint daran zu glauben, wie er in seinem Weihnachtswunsch verrät:

„Möge es für uns viele Wunder, wunderbare Stunden, Tage, Wochen, Monate und Jahre geben, denn wir beide wissen, dass wir uns im nächsten Jahr beeilen werden, Versäumtes nachzuholen. Das neue Jahr wird, wenn du mitmachst, unser neues Jahr."

„Versäumtes kann man nicht nachholen. Also lass uns einfach zuversichtlich sein und nach wie vor glauben, dass es nichts Schöneres gibt auf Erden, als lieben und geliebt zu werden, und dann vielleicht auch wieder die Macht der Liebe spüren. Vielleicht sind deine Rosen liebevolle Vorboten dafür: Sieben Fünkchen Hoffnung …"

Sie erwähnt dabei auch, dass sie sich an seinen Mails und an seiner Liebe täglich erfreut und dass auch seine Rosen nach einer Woche noch aufrecht stramm in der Vase stehen:

„Natürlich pflege ich sie auch entsprechend, denn mit den Rosen ist es wie mit der Liebe, wenn sie dauern soll, braucht sie viel Pflege."

Er verspricht: „Für uns werden Blumen dauerhaft blühen. Das jedenfalls hoffe ich und glaube auch daran, wenn wir die zarten Pflanzen gut pflegen An mir soll es nicht liegen. Ich freue mich auch jetzt schon auf den Mai und den Sommer. Dieser positive Blick in unsere Zukunft soll uns in den Tag begleiten."

Aber Sophie möchte alles langsam angehen lassen und dabei dem Leben die Chance geben, ihren Wunsch von einem kreativen Herbst des Lebens mit seinen Träumen von fliegenden Rosenblüten und Bettfedern zu verwirklichen, zumal für Gregory in seiner Vorstellung Träume und Märchen wahr werden, wenn man fest daran glaubt und daran arbeitet.

Auch wenn für sie jegliche Perspektive in diese Richtung vorerst nur als leise Ahnung wie hinter einem vor die Vergangenheit gezogenen Vorhang durchschimmert, hat Sophie für deren Realisierung eine Idee, die sie ihm als Wegbereiter verrät:

„Vielleicht solltest du dabei einfach an die Märchen denken, in denen der Anwärter auf die Liebe der Prinzessin verschiedene Gefahren durchstehen oder Hürden überwinden muss, und da du mich schon einmal erobert hast, könnte es dir durchaus gelingen, mich mit Zuverlässigkeit und mit Vertrauen in deine Liebe aufs Neue zu erobern. Davon gehe ich jetzt zuversichtlich aus und freue mich darauf, mit dir wieder Zufälle zu genießen, auf Zeichen zu achten und für die uns geschenkten Wunder zu danken."

Auch darauf kommt seine Antwort ohne Zögern:

„Ich nehme die Herausforderung an und freue mich auf unser Wiedersehen im Mai, möchte aber mit dem Zählen der Tage noch bis April warten, sonst kommt mir die Zeit zu lang vor."

Sein Versprechen gliedert sich wunderbar in die Reihe der Zufälle, Zeichen und Wunder ein. Denn auf den erstaunlichsten aller Zufälle, den Musikwunsch Angela Merkels, folgt als kleinerer Zufall die COVID-Erkrankung eines Freundes, der ihm seine Karte für einen Konzertabend in der Heilig Kreuz Kirche schenkt, mit dem Titel „Viva La Vida". Gregory erlebt diesen Abend in der besonderen Atmosphäre, die hunderte von Kerzen in der schlichten Kirche verbreiten, als Zeichen. Er nimmt das von Giorgio Fragos beeindruckend gespielte Stück für Sophie auf seinem Smartphone auf, die, tausend Kilometer entfernt, diesem Zeichen ebenso ergriffen lauscht.

Unterdessen bereitet die Natur in Sophies Garten eine Überraschung vor, denn an dem nach Gregorys Abschied total vertrockneten Aprikosenbaum ist neben dem inzwischen abgebrochenen Stamm ein neuer Trieb gewachsen. Nachdem er im letzten Jahr bereits kleine Äste mit vielen Blättern trug, geschieht in diesem Frühjahr ein Wunder, weil er diese mit fünf zarten Blüten schmückt und damit die Reihe aus Zufällen und Zeichen durch ein ganz unerwartetes Wunder der Natur erweitert.

Aber das Größte aller Wunder bleibt bis zu Sophies Geburtstag noch eine vorsichtige Perspektive. Es ereignet sich aber wunschgemäß, denn zwei Tage vor ihrem Geburtstag sitzt Gregory tatsächlich im Zug in die Schweiz, wo er so pünktlich wie versprochen ankommt.

Wie Sophie auch gleich feststellt, gibt es dabei zu seinem ursprünglichen Versprechen jedoch einen kleinen Unterschied, einen unerheblichen Rechenfehler, denn es sind nicht nur drei Tage seit seinem Abschied vergangen, sondern vier Jahre weniger drei Monate und drei Tage.

Gregory gibt diesen kleinen Rechenfehler, der ihm ganz offenbar unterlaufen ist, unumwunden zu, betont aber auch gleich, dass das mit den drei Tagen trotzdem stimmt, sofern man sie in ein erweitertes Verhältnis setzt, nachdem sie etwas aus dem vorgesehenen Schema gefallen sind.

Sophie freut sich darüber, dass sein Lausbubenlächeln die vier Jahre, weniger drei Monate und drei Tage ohne Schaden zu nehmen überstanden hat, und er erinnert sich an die für ihn schönste Art, sie von möglichen Einwänden abzuhalten.

Die Autorin

Céline Chevrier wurde 1943 in Biberach an der
Riss, Deutschland, geboren. „Genieße die Zufälle,
achte auf die Zeichen, danke für die Wunder" ist
das erste Buch der Autorin.

In ihrem Erstlingswerk zeigt sie auf romantische
Weise die Entstehungsgeschichte einer großen
Liebe, die das Leben der beiden Protagonisten für
immer verändert.

Aufgewachsen in einer süddeutschen Kleinstadt,
interessierte sich Céline Chevrier schon früh für andere Länder, Menschen und Kulturen. In ihrer Freizeit genießt die Autorin Musik, Kultur und Kunst.
Céline Chevrier lebt heute in Port-Valais in der
Schweiz.

novum VERLAG FÜR NEUAUTOREN

Der Verlag

> *Wer aufhört*
> *besser zu werden,*
> *hat aufgehört*
> *gut zu sein!*

Basierend auf diesem Motto ist es dem novum Verlag
ein Anliegen, neue Manuskripte aufzuspüren, zu ver-
öffentlichen und deren Autoren langfristig zu fördern.
Mittlerweile gilt der 1997 gegründete und mehrfach
prämierte Verlag als Spezialist für Neuautoren in
Deutschland, Österreich und der Schweiz.

**Für jedes neue Manuskript wird innerhalb
weniger Wochen eine kostenfreie, unverbind-
liche Lektorats-Prüfung erstellt.**

Weitere Informationen zum Verlag und
seinen Büchern finden Sie im Internet unter:

w w w . n o v u m v e r l a g . c o m